LE SECRET D'ALIX

DU MÊME AUTEUR
CHEZ POCKET

L'ORPHELINE DE SAINT-AUBIN
LE CHOIX D'UNE VIE
LE SECRET D'ALIX

ISABELLE CHAVY

LE SECRET D'ALIX

ÉDITIONS NOUVELLES PLUMES

Avertissement

Les personnages et l'intrigue de ce roman sont entièrement fictifs même s'ils s'appuient sur des événements réels. Si certains personnages historiques apparaissent, c'est pour mieux nourrir le travail de fiction, mais ce roman ne relève pas d'un travail d'historienne.

MIXTE
Papier issu de sources responsables
FSC® C003309
FSC www.fsc.org

Pocket, une marque d'Univers Poche, est un éditeur qui s'engage pour la préservation de l'environnement et qui utilise du papier fabriqué à partir de bois provenant de forêts gérées de manière responsable.

ISBN : 978-2-266-30599-0
Dépôt légal : avril 2020

« L'amour ne veut pas la durée,
Il veut l'instant et l'éternité. »

Friedrich Nietzsche

À Marie-France Galmiche
et Jean-Marie Grandemange

1

Les temps obscurs
(mars 1245)

Ils avaient passé la nuit dans une mauvaise auberge à Auriac. Leur voyage touchait à sa fin, plus qu'une journée de marche avant d'atteindre leur destination. Le convoi s'ébranla à l'aube. Les ombres de la nuit s'attardaient encore dans les ruelles du bourg quand le grincement des roues et le bruit des sabots troublèrent le silence – volets clos et pas âme qui vive à la ronde, pas même un chien égaré –, tandis que des nuages prêts à crever s'amoncelaient à l'horizon, ne présageant rien de bon. Les lourds rideaux noirs de la voiture restèrent fermés, dissimulant soigneusement ses occupants, les protégeant des regards éventuels et du froid mordant qui soufflait sur les hauteurs sans discontinuer. Ici, c'était encore l'hiver. Vent et pluie mêlés, qui fouettaient chevaux et cavaliers sans pitié ; un paysage tourmenté et dont le relief accidenté rendait la progression d'autant plus pénible. La garrigue, monotone et inhospitalière, s'étendait à perte de vue, ponctuée par quelques villages épars, désolés et silencieux comme des tombes, naufragés au milieu de nulle part. Trente ans après les premiers bûchers, les gens se cachaient encore à l'approche de la voiture de l'Inquisition. Tout le monde savait qu'un nouveau juge inquisiteur venait de prendre ses fonctions pour remplacer celui que des *faydits*, mercenaires hérétiques, avaient assassiné, ainsi que ses compagnons, quelques mois plus tôt. Mais ce que l'on ne comprenait pas, c'était ce qu'il venait faire par ici, au bout du monde. La peur était toujours là, palpable et profondément ancrée.

L'intérieur de la voiture était plongé dans la pénombre. Les deux passagers enduraient sans broncher les rudes cahots du chemin, regard fuyant et bouche obstinément close, leurs mains dissimulées dans les pans de leurs robes de bure : le nouveau juge inquisiteur, frère Thomas, et le greffier qu'on lui avait attribué, frère Jean. Six soldats à cheval les escortaient depuis leur départ de Toulouse, afin d'assurer leur sécurité. Ils n'en étaient pas pour autant rassurés et ne se leurraient pas. En cas d'embuscade, l'escorte ne ferait pas le poids. Les milices qui rôdaient dans la région étaient insaisissables comme le vent et sans pitié. Et ne laissaient jamais aucun survivant derrière elles.

Les deux voyageurs ne pouvaient être plus dissemblables. Frère Jean était un moine entre deux âges, dont la chair flasque et blafarde tressautait au moindre cahot. Un gros visage lunaire et luisant et des yeux globuleux qui ne pouvaient s'empêcher de faire des allers-retours furtifs entre le chapelet qu'il pressait entre ses mains et l'homme, mystérieux, assis en face de lui. Ils avaient fait connaissance quelques semaines plus tôt à l'évêché de Toulouse et, malgré la promiscuité imposée du voyage, les longues heures passées ensemble dans la pénombre inconfortable de la voiture, c'est à peine s'ils avaient échangé quelques paroles. Insensible au désarroi croissant du gros moine, frère Thomas était resté plongé dans ses pensées, le visage impénétrable et le regard suffisamment lointain pour dissuader toute tentative de discussion, ne serait-ce que pour évoquer l'étrange mission qui les attendait.

Quel horrible voyage ! Le greffier, oppressé, avait la sensation d'étouffer dans cet espace confiné. Pour couronner le tout, son corps replet, gras et malodorant avait décidé de se rebiffer, échappant à tout contrôle, ruisselant d'une sueur âcre désagréable tandis que des maux de ventre le mettaient à la torture depuis leur départ, l'obligeant à se tortiller sur la banquette étroite et à serrer les dents. L'odeur aigre de la peur. Au moindre ralentissement, son cœur partait au triple galop, persuadé de vivre sa dernière heure. Oui, cette mission le rendait malade d'angoisse. Il n'était pas taillé pour ce genre de périple. Pourquoi lui et pas un autre ? Était-ce le besoin insatiable de se remplir la panse qui l'avait perdu ? Le prix à payer pour ses faiblesses – péché de gourmandise, fatale attraction de la chère ? Il avait conscience d'être dénué de toute volonté lorsque la tentation devenait obsédante mais il était aussi le premier à se repentir et à faire preuve de contrition. La sanction n'était-elle pas excessive ? On l'avait arraché à son monastère sans lui demander son avis, et depuis, il ne s'écoulait pas une minute sans qu'il regrette amèrement la sécurité et la tranquillité de sa petite cellule. Les dernières embuscades dans la région étaient encore toutes récentes. Des hommes de Dieu avaient été sauvagement assassinés sur ces mêmes chemins inhospitaliers. C'était tenter le diable ! Et puis, comme si cela ne suffisait pas, on l'avait chargé d'être le greffier de ce nouveau juge inquisiteur, surgi de nulle part. Il frémissait encore au souvenir de ce premier regard échangé qui l'avait littéralement tétanisé. Il s'était senti suffoquer, comme si l'air s'était subitement raréfié autour de lui. Une sensation terrible qu'il n'était pas près d'oublier.

Âgé d'une quarantaine d'années, le nouveau juge avait tout de l'ascète : maigre à l'extrême, osseux et sec, la peau livide et parcheminée comme s'il avait été privé de soleil pendant des années, le regard perçant, les cheveux tonsurés et grisonnants. Un profil d'aigle. Aucune trace de mansuétude dans ce visage-là. Et lorsqu'il vous regardait, c'était comme être transpercé et fouillé au plus profond de soi sans aucun égard, ce qui provoquait un malaise quasi physique chez ses interlocuteurs. Frère Jean en savait quelque chose et ses entrailles ne s'en étaient toujours pas remises… Quelles sombres pensées pouvaient occuper à ce point son voisin pour qu'il ne desserre pas les lèvres ? Avait-il peur lui aussi ? Honneur, défi ou mission suicide ?

Comme s'il lisait dans ses pensées, frère Thomas tourna la tête à ce moment précis et fixa sans mot dire le pauvre moine qui déglutit laborieusement, plongeant en lui un regard froid et calculateur qui semblait dire : « Je le sais parfaitement, notre vie ici ne tient qu'à un fil, à bien des égards. Et alors ? Si telle est notre destinée. Vous devriez en être honoré… »

Ils se rendaient au château d'Arrigues. Le seigneur des lieux les avait mandés quelques mois plus tôt, dépêchant un messager à Toulouse. Mais il fallait s'attendre à tout dans cette contrée sauvage, y compris à tomber dans un guet-apens. Pas question donc de se jeter dans la gueule du loup sans avoir au préalable pris quelques renseignements sur Geoffroy d'Arrigues. L'évêque en personne les avait mis en garde : l'homme était un personnage trouble et ambigu. Son château était un des rares à ne pas avoir été mis à feu et à sang pendant les sombres années de traques menées par Montfort et ses soudards. Il avait été épargné, non seulement parce qu'il était perché tel un nid d'aigle imprenable sur son éperon rocheux mais surtout parce que son propriétaire avait été l'un des premiers seigneurs à prêter allégeance au roi de France, tandis que tous ses anciens frères d'armes mouraient l'épée au poing ou sur les bûchers destinés aux hérétiques. Bref, il n'avait pas hésité à trahir son suzerain, le comte de Toulouse, pour mieux sauver ses terres du pillage. Un personnage retors et manipulateur, en qui on ne pouvait avoir aucunement confiance, avait insisté l'évêque à qui cette mission déplaisait. Pendant un moment, il avait même eu la tentation d'ignorer la requête de Geoffroy. Est-ce que tout cela en valait encore la peine ? Risquer des vies pour traquer un pauvre hère condamné à la clandestinité, sans aucun appui nulle part ? Après toutes ces années de ravages dans la région ? L'hérésie avait été écrasée. Qu'il y ait encore quelques hérétiques, isolés et solitaires, sur ces terres reculées ne représentait plus un danger pour l'Église catholique. Elle avait gagné en même temps que Montségur était tombé. Cependant l'étrange requête de Geoffroy d'Arrigues s'était répandue dans les méandres de l'évêché, et plus loin encore, provoquant le doute et l'incrédulité. Puis ce mystérieux dominicain dont on ignorait tout, jusqu'au patronyme – frère Thomas –, était arrivé et avait sollicité une entrevue auprès de l'évêque. Un tête-à-tête confidentiel qui réussit contre toute attente à balayer les réticences du vieux prélat et à le convaincre de le charger de cette mission. Un tour de force incroyable qui en disait long sur le charisme et la force de persuasion de ce moine inquiétant. Et qui fit grande impression. Qui était donc cet homme et comment avait-il fait pour influencer le vieil évêque ?

Alors que le soleil déclinait à l'horizon, un des gardes qui composaient l'escorte annonça qu'ils approchaient d'Arrigues. Frère Thomas écarta le rideau noir, lentement, pour poser les yeux sur l'imposante forteresse qui prenait racine dans la roche même de la falaise et se dressait vers le ciel. Au-dessus du donjon tournoyaient deux rapaces. L'un d'eux tomba subitement en piqué et frère Thomas le perdit des yeux.

Ils entreprirent l'ultime ascension, un chemin en lacets, périlleux et exposé au moindre éboulis. Les chevaux renâclèrent tandis que la voiture tanguait dangereusement. Frère Jean entraperçut des moutons qui paissaient sur les pentes arides et, au détour d'un virage, des enfants surgirent sans crier gare, des bâtons à la main, dévalant la pente sans même leur jeter un regard. Un peu plus loin, un groupe de lingères, leur panière chargée sous le bras, sortit du bosquet qui bordait le chemin côté précipice. Sous l'effet de la surprise, elles interrompirent net leurs bavardages et reculèrent dans les taillis, frôlées par les chevaux harassés.

La voiture blanche de poussière franchit les portes du château dans un ultime soubresaut, meurtrissant un peu plus les corps malmenés des voyageurs, et déboula avec fracas dans la cour. Après cet interminable périple aux confins du silence et du repli sur soi, frère Jean eut comme la sensation de recouvrer subitement l'ouïe, assailli, frappé de plein fouet par le bruit invraisemblable d'une ruche fourmillante d'activité et de clameurs : le souffle d'une forge invisible répondant au choc du métal heurtant l'enclume, des éclats de voix, des ordres lancés, des rires, des hennissements et le cliquetis des armes se balançant au rythme des démarches impatientes. Frère Jean écarta timidement un pan du rideau. Une nuée d'enfants accourus des quatre coins de la cour étaient en train de les encercler, en maîtres des lieux turbulents et curieux, tandis qu'autour d'eux se croisaient valetaille, soldats, palefreniers, chiens pouilleux et volailles égarées dans un étrange ballet routinier. Des volutes de fumée, pareilles à de longs rubans gris, s'échappaient des quelques masures en bois adossées le long de la muraille. Une odeur de fumier et de pain chaud emplissait l'air. Le ventre de frère Jean gargouilla douloureusement. Le moine guettait du coin de l'œil un geste, un signe chez son supérieur. En attendant, il se tortillait sur son siège, mal à l'aise et ankylosé. Ils restèrent un long moment immobiles, s'imprégnant de la rumeur extérieure. Comme s'ils n'étaient pas encore totalement prêts. À quoi était due cette hésitation chez le juge inquisiteur ? Frère Jean aurait donné cher pour lire dans ses pensées. De la peur ? À moins qu'il n'attende quelque chose ? Mais quoi ? Comme il n'était qu'un pauvre petit moinillon un peu couard, frère Jean s'abstint d'émettre la moindre interrogation et se tassa un peu plus sur lui-même, prenant son mal en patience. Lorsque frère Thomas ouvrit enfin la portière, un vent glacial s'engouffra dans l'habitacle, leur coupant le souffle. Le greffier frémit en voyant le juge déployer sa longue silhouette noire, son manteau s'envolant autour de lui telles les ailes d'un corbeau. Les enfants détalèrent comme des lapins. De marbre, l'inquisiteur resta planté là, les yeux comme hypnotisés par la bannière des Arrigues, que le vent faisait claquer au sommet du donjon : un griffon d'or sur champ d'azur. L'homme semblait tellement à mille lieues de là, perdu dans des pensées inaccessibles, que le greffier sentit fondre le peu de courage qui lui restait. Dans quel guêpier avait-il mis les pieds ? Une violente crampe lui scia les entrailles lorsqu'il se contraignit à le rejoindre, le corps crispé d'attente et d'appréhension.

— Vous voilà enfin ! tonna une voix dans leur dos. Je commençais à croire que vous vous étiez perdus en route. Cela fait des semaines que j'attends !

Les deux religieux se retournèrent d'un même mouvement. Un homme d'imposante stature les toisait de toute sa hauteur, poings sur les hanches, le regard vaguement narquois. Bien que vêtu comme le plus humble des valets, crasseux et débraillé, il émanait de lui une telle autorité que le doute n'était point permis quant à son identité. Proche de la cinquantaine, Geoffroy d'Arrigues paraissait dix ans de moins. C'est à peine si le temps avait laissé ses marques sur ce corps vigoureux et massif, la chevelure ample et encore très noire, la peau mate de ceux qui vivent dehors, qu'il vente ou qu'il neige. Le temps avait eu moins de mansuétude à son égard, songea frère Thomas qui vrilla un regard implacable dans celui de leur hôte – sa manière de sonder le personnage et de le tenir sous sa coupe pour déceler la faille ou briser d'éventuelles résistances. Rares étaient ceux capables de soutenir son regard sans baisser les yeux en premier, indisposés. Car il avait ce pouvoir-là, susciter un indéfinissable malaise chez ses interlocuteurs, rien que par sa façon de les fixer. Cette fois-ci cependant, il ne parvint même pas à faire ciller le seigneur des lieux. Ébranlé, le juge se sentit partagé entre le soulagement et le dépit. Et masquant son étonnement sous un air impassible, il fut le premier à détourner le regard.

— Venez vous mettre à l'abri avant d'attraper froid…, les invita le seigneur en les précédant.

Les deux hommes d'Église lui emboîtèrent le pas tandis que des garçons d'écurie s'occupaient des montures. Ils pénétrèrent dans le corps de logis et Geoffroy les précéda dans l'escalier qui menait à la grande salle où les seigneurs d'Arrigues avaient coutume de recevoir leurs convives. Ils débouchèrent dans une pièce chaude et accueillante, baignée de lumière tant les candélabres étaient nombreux et disposés partout, traquant la moindre trace d'ombre. Dans l'immense cheminée, un feu crépitait, jetant des éclats fauves sur les dalles. Un chien beige sommeillait devant l'âtre. Aux murs étaient suspendues de nombreuses tentures aux couleurs vives, alternant scènes de chasse et d'amour courtois. Mais n'était-on pas sur les terres qui avaient vu naître les premiers troubadours, à la fois si jalousés et dénigrés par les seigneurs francs ? Le mobilier était succinct quoique raffiné : deux coffres en bois soigneusement ouvragés, à l'imposante serrure en fer, une longue table dressée sur des tréteaux, pouvant accueillir sans mal une trentaine de convives, et plusieurs bancs de part et d'autre. On pouvait imaginer sans peine les fêtes et les banquets que les barons d'Arrigues organisaient sur leurs terres, avec baladins, musiciens et danseurs et tout le faste dont ils savaient faire preuve. Pour ceux qui n'avaient connu que l'austérité et la rudesse du mode de vie des seigneurs francs, l'art de vivre occitan était toujours une découverte grisante.

— Vous prendrez bien un peu de vin chaud aux épices pour vous réchauffer, suggéra le seigneur d'une voix cordiale.

Il claqua des mains et une servante apparut en longeant les murs, chargée d'un pichet et de gobelets en étain qu'elle disposa sur la table avant de s'esquiver aussi furtivement. Oubliant tout ce qui l'entourait, frère Jean s'approcha du feu, attiré comme un papillon, savourant la chaleur qui circulait à nouveau dans tout son corps depuis la plante des pieds jusque dans la colonne vertébrale en provoquant un agréable engourdissement. Geoffroy s'assit à califourchon sur l'un des bancs et, accoudé à la table avec nonchalance, fixa le juge qui demeurait debout, comme réticent. En deux gorgées, il avala le vin brûlant puis se mit à tapoter des doigts sur le bois plein de cicatrices.

— Vous n'avez pas soif ? finit-il par s'étonner.

Frère Jean jeta un bref coup d'œil en direction de son supérieur, guettant son approbation, en vain. Alors, n'y tenant plus, il se jeta sur son gobelet, buvant d'une traite le breuvage. Son ventre, ce traître, se mit à gargouiller bruyamment, ce qui lui valut le regard outré du juge. Ce dernier, daignant enfin se rapprocher, prit place face au baron, dans un mouvement sec et nerveux. Puis, dardant sur leur hôte son regard d'épervier, il dit :

— Je suis là pour prendre acte d'une dénonciation. Je vous écoute. Frère Jean, préparez le registre et votre plume. Tenez-vous prêt à tout consigner.

— D'où venez-vous ? Votre accent vous trahit, vous n'êtes pas d'ici, remarqua Geoffroy, intrigué.

— Je ne suis pas venu si loin pour parler de moi, rétorqua le juge en réprimant un geste d'impatience.

Sa mine seule, menaçante et glaciale, aurait suffi à dissuader toute once de curiosité mais Geoffroy d'Arrigues, à l'évidence, n'était pas un interlocuteur ordinaire. Ne s'effarouchant pas pour si peu, il continua au contraire sur sa lancée, l'humeur sarcastique :

— On dit que vous vous êtes porté volontaire pour la mission. La rumeur est venue jusqu'ici, c'est pour dire ! Il est vrai qu'il n'y a pas meilleure mission en ce moment pour tout homme d'Église qui nourrirait quelques ambitions, à moins que cela ne soit le sens du martyre… L'Église a des ressources inépuisables !

Frère Thomas se raidit et ses yeux ne furent plus que deux fentes. On aurait dit un serpent prêt à se jeter sur sa proie. Le greffier sentit une sueur froide s'insinuer entre ses omoplates, tandis que ses entrailles se liquéfiaient à l'idée que ce regard tombe sur lui, le clouant sur place. Même le baron ne pouvait pas ne pas remarquer la rage qui se dissimulait sous cette apparente froideur. Dans cet homme couvait un étrange feu qui semblait n'attendre qu'un signal – mais lequel? – pour tout consumer autour de lui. C'était terrifiant.

— Nous vous écoutons..., susurra le juge, les dents serrées.

— L'homme en question se nomme Albin de Fourques. Une vieille connaissance. Il a échappé à la prise de Montségur. Il se cache dans la montagne et ça fait des années maintenant qu'il vous glisse entre les doigts. Il aurait pu tomber mille fois dans vos filets et, chaque fois, il vous a échappé. Il faut que ça cesse. Une bonne fois pour toutes.

Albin de Fourques. Frère Jean dressa l'oreille subitement et fixa le juge à la dérobée. Mais si ce dernier ressentit de la surprise, ou un quelconque trouble, il n'en laissa rien paraître. Lentement, comme s'il n'était pas sûr d'avoir bien entendu, il objecta :

— Albin de Fourques? En êtes-vous certain? Les derniers hérétiques ont tous été éliminés après la chute de Montségur. Ceux qui restent croupissent aujourd'hui dans nos cachots en attendant leur procès, les autres se sont exilés vers l'Espagne et on n'en a plus jamais entendu parler. Si cet homme était encore en vie, pourquoi prendrait-il le risque de rôder dans les parages? Ce serait de la folie, non?

— De la folie, peut-être, en effet..., concéda Geoffroy, la mine soudain rembrunie.

Le juge, à l'affût, comprit qu'il avait déniché une faille dans la solide carapace du seigneur des lieux et, tous les sens en éveil, vaguement excité comme s'il était sur la piste d'un gibier tout proche, se redressa. Il doutait pourtant encore des motivations et de la lucidité de Geoffroy d'Arrigues. Ou n'osait y croire. Albin de Fourques ! Un nom qui n'était pas inconnu. Mais c'était comme parler d'un fantôme ! Des années que plus personne ne l'avait vu. Désigné comme disparu.

— J'espère que je ne me suis pas déplacé pour rien, gronda-t-il, songeur.

Cela suffit à piquer Geoffroy qui, bondissant sur ses pieds, abandonna tout masque d'amabilité pour foudroyer du regard les deux hommes d'Église. Il se mit à arpenter la pièce de long en large, faisant vaciller les flammes des bougies dans son sillage. Le chien beige leva la tête, tendu. Finie la cordiale et moqueuse hospitalité des premières minutes, le seigneur des lieux arborait désormais une mine offensée et vindicative.

— Vous osez mettre ma parole en doute ? Vous me prenez donc pour un vieux fou qui ressasse le passé et qui court après un mirage ?

Pointant un doigt accusateur sur le juge, il poursuivit hargneusement :

— Ne jouez pas au plus fin avec moi, parce que vous le savez très bien ! Albin de Fourques appartient à ces milices hérétiques qui ont égorgé vos prédécesseurs dans leur sommeil ! Et tant qu'il sera en liberté, vous serez les prochains sur la liste !

— Très bien, concéda froidement le juge. Supposons qu'il soit toujours en vie… Si nos renseignements sont justes, vous êtes parents…

— Un cousin éloigné, au troisième degré ! rectifia Geoffroy.

— Qui ne possédait rien, ni terre, ni fortune…

— Oui, et alors ? Où voulez-vous en venir ? s'emporta le baron, en faisant volte-face.

Les deux hommes se défièrent du regard.

— C'est pourtant simple, je ne comprends pas votre acharnement à son égard. S'il est toujours en vie, son sort n'est guère enviable. À l'évidence, vous êtes son pire ennemi et, de surcroît, il est condamné à l'errance. Tôt ou tard, il finira par tomber dans les mailles de la justice divine. Et puis, je m'étonne que vous n'ayez pas déjà réglé le problème par vous-même. Ou ce n'est peut-être pas faute d'avoir essayé, en vain ? Comment fait-il pour vous échapper, sur vos propres terres ?

Une lueur mauvaise brilla dans le regard de Geoffroy tandis qu'il se figeait, corps massif et poings serrés. Comme il ne devait pas faire bon d'être l'ennemi d'un tel homme, songea frère Jean, qui considérait les deux protagonistes avec inquiétude. Il aurait tout donné pour ne pas se trouver coincé dans cette pièce avec eux, mêlé à une histoire qu'il pressentait sombre et dangereuse. Il vit Geoffroy s'approcher lentement du juge, collant presque son visage au sien pour mieux siffler, la voix cinglante :

— Tout simplement parce qu'il n'est pas sur mes terres. Là où il se cache, je ne peux agir. Et j'ai mes raisons qui ne vous concernent point. Tenez-vous-en aux faits. Je vous offre un hérétique sur un plateau d'argent, un chef de milice, un *faydit*, un chevalier sans terre, sans quête et sans honneur. Contentez-vous d'accomplir votre mission !

— Parlez sur un autre ton, messire Geoffroy ! Vous êtes bien arrogant et je ne suis pas l'un de vos valets !

— Et comment devrais-je vous parler ? riposta le baron, le visage déformé par un rictus. L'évêché n'a rien trouvé de mieux que de m'envoyer un loup loqueteux pour nettoyer ce qui reste du troupeau ! Et dire qu'il faudra en plus que je veille à votre sécurité !

— Nous avons notre propre escorte, nous nous passerons de la vôtre ! rétorqua le juge tandis que frère Jean sentait tous ses poils se hérisser de terreur.

— Croyez ce que vous voulez, vous ne serez pas en sécurité, or j'ai tout intérêt à ce que vous restiez en vie. Mais il se fait tard et j'ai encore plusieurs tâches à accomplir avant que la nuit tombe. Nous en reparlerons donc ce soir. En attendant, un serviteur va vous mener à votre chambre. Vous attendrez qu'on vienne vous chercher. Ne vous déplacez jamais seuls dans le château, sous aucun prétexte.

Les deux religieux, faisant volte-face, découvrirent un vieux serviteur qui s'était matérialisé dans leur dos comme par magie, à croire qu'il était là depuis le début à leur insu – ce qui n'était guère rassurant –, à moins qu'il n'y eût un passage dérobé derrière l'une des tentures. Geoffroy profita de ce vague moment de flottement pour s'esquiver, à grandes enjambées furieuses.

Ils suivirent sans un mot le vieux valet dans un dédale de couloirs sombres et étroits et d'escaliers venteux, sans croiser âme qui vive. La famille du baron devait occuper d'autres étages et ce n'était pas là qu'on les conduisait, à l'évidence. Au contraire, ils semblaient descendre dans les profondeurs d'une tour, la fraîcheur et l'humidité s'y faisant de plus en plus présentes. Le frère Thomas, aux aguets, ne quittait pas des yeux la nuque grise du serviteur, vieillard rabougri et mutique, dont le pas claudicant faisait sinistrement écho sur les murs glacials. Un trousseau de clés bringuebalait contre sa hanche au rythme de sa laborieuse démarche. Frère Jean talonnait le juge, la respiration sifflante, effrayé à l'idée d'être distancé et de s'égarer. Un instant, l'idée qu'on leur tendait un piège effleura l'esprit de l'inquisiteur. Après tout, qui pouvait lui assurer que

Geoffroy n'était pas lui-même derrière ces bandes de *faydits*, jouant un double jeu, faisant le ménage sur ses terres et faisant endosser la responsabilité des meurtres par d'autres ? Dans quelle mesure le spectre d'Albin de Fourques n'était-il pas un leurre, un appât, et lui, frère Thomas, la victime à piéger ? Personne n'avait jamais été en mesure de dire qui commandait réellement ces milices et qui en faisait partie.

Ils débouchèrent dans une petite pièce circulaire percée de trois meurtrières, exiguë et sombre, et dont le sol était en terre battue. Elle était dotée d'une cheminée, sorte de grande bouche béante exhalant un air glacial et fétide, et qui n'avait pas dû servir depuis longtemps. Ils se trouvaient dans les soubassements du donjon, juste au niveau du sol ; de l'extérieur leur parvenaient la rumeur de la cour, le va-et-vient des charrettes et des chevaux, des éclats de voix, l'aboiement d'un chien, le souffle du vent. Frère Jean, pourtant habitué à un confort rudimentaire, considéra l'endroit d'un air atterré. L'air sentait le moisi et le sol, inégal, était jonché de crottes de souris. Deux simples paillasses avaient été disposées de part et d'autre de la cheminée, devant laquelle se trouvait un banc. Sans un mot, le valet entreprit de redonner vie à quelques bougies à moitié consumées, posées de guingois sur un candélabre recouvert de cire. Puis, faisant craquer ses genoux, il s'agenouilla devant l'âtre pour disposer du bois et lancer un feu, tâche qui sembla durer une éternité aux deux hommes ahuris de fatigue, de froid et de faim. Puis il se retira, tirant derrière lui la lourde porte en bois dont le grincement sembla résonner dans toute la tour.

Pendant un long moment, les deux religieux demeurèrent perdus dans leurs pensées, réchauffant leurs membres frigorifiés devant le maigre feu qu'un courant d'air aplatissait de temps en temps, comme un esprit sournois et invisible. Frère Jean était trop choqué, trop épuisé aussi pour esquisser le moindre geste et encore moins pour faire part de son incompréhension et de son indignation. C'était un cauchemar, tout simplement. Et il commençait à se demander s'il en verrait un jour le bout. À croire que Dieu Tout-Puissant était vraiment très fâché après lui et comptait bien le punir de façon exemplaire. Il ne remarqua pas tout de suite que frère Thomas n'était plus à ses côtés. Ce dernier s'était dirigé vers l'une des meurtrières et, accroupi, contemplait d'un air songeur des sortes d'entailles faites dans la pierre. S'approchant sans bruit, et malgré l'obscurité, frère Jean distingua des silhouettes gravées, des ébauches malhabiles, comme si quelqu'un avait vécu autrefois dans cette geôle nauséabonde et, à défaut de savoir écrire, avait naïvement représenté des scènes de la vie du château. Le cœur étreint par une sourde mélancolie, il entendit les mots sortir tout seuls de ses lèvres : « Vous pensez que c'était un cachot ici, autrefois ? »

Frère Thomas sursauta et lui décocha un regard agacé.

— Un cachot ? Non, bien sûr que non.

— Mais quelqu'un a vécu ici, pourtant…

— Juste des enfants qui se sont amusés. Car ce sont des dessins d'enfants, non ? le rabroua-t-il.

Penaud, frère Jean n'insista pas tandis que le juge retournait auprès du feu, la mine tourmentée.

— Serait-il possible que notre hôte soit lui-même l'un des *faydits* qu'il prétend traquer ? demanda celui-ci brusquement.

— Comment le savoir ? émit le greffier embarrassé. Personne n'a jamais apporté aucune preuve pour l'affirmer. Il est vrai que son père, Agénor d'Arrigues, était réputé pour ses sympathies envers les hérétiques. Mais on dit aussi que Geoffroy s'y est toujours opposé, que père et fils étaient en profond désaccord et que Geoffroy aurait même été à l'origine de certaines dénonciations par le passé. Un écheveau dans lequel il est difficile de démêler le vrai du faux, hélas…

— Le baron Geoffroy a prêté allégeance au roi de France. Il est intouchable sur ce point. Pourquoi prendrait-il alors de tels risques en se jouant de nous de la sorte ? Qu'y gagnerait-il ?

Le greffier haussa les épaules, décontenancé. C'était la première fois qu'il voyait le juge aussi prolixe et il en était fortement perturbé ; ça lui ressemblait si peu.

— Il y a tellement de rumeurs qui circulent à son sujet…, murmura-t-il en se signant.

— Quelles sortes de rumeurs ?

— Qu'il aurait pactisé avec le diable en personne…

Frère Thomas ricana.

— Des commérages de bonne femme !

— Mais vous l'avez vu comme moi, s'emporta le moinillon. Comment est-il possible que le temps n'ait eu aucune prise sur sa personne ? De même, le château d'Arrigues est le seul de la région à ne pas avoir été cerné par les troupes de Montfort. Il n'a connu ni siège ni attaques. Tout le fief a été épargné. Comme s'il était protégé… par Dieu ou plutôt par le diable en personne ! Un pacte qu'il aurait accepté en échange de l'assassinat de son propre père…

Comme frère Thomas semblait écouter avec grand intérêt, le greffier s'enhardit et poursuivit sa diatribe avec fougue :

— Mais il en paie le prix aujourd'hui ! Et quoi qu'il fasse, jamais plus il ne connaîtra la paix et la rédemption, car on ne peut pas pactiser avec le diable impunément, sans contrepartie ! Pour preuve, nous savons tous la malédiction qui pèse sur sa famille.

— Malédiction ? l'interrompit sèchement frère Thomas.

Le greffier déglutit lentement. Comment ? Il n'était donc pas au courant ?

— Une terrible maladie contre laquelle personne n'a trouvé de remède. Vous ne saviez pas ?

— Je ne suis pas de la région, riposta le juge. Comment aurais-je pu le savoir ? De quelle maladie s'agit-il ? Il ne me semble pas malade…

— Lui n'a rien. Ce sont ses fils. Il en a eu cinq. Seul le dernier est encore en vie mais il souffre du même mal qui a terrassé ses frères. Il paraît qu'à la moindre égratignure ils se vidaient de leur sang, sans que personne puisse endiguer l'hémorragie. Avez-vous déjà vu pareil mal ? C'est comme s'ils avaient été empoisonnés ! On dit que le dernier fils vit enfermé dans ce donjon et qu'il ne sort plus, pour éviter toute blessure qui lui serait fatale… Mais allez savoir, il est peut-être déjà mort. À moins que tout cela ne soit une légende de plus sur la famille d'Arrigues…

Il se tut, comme effrayé par ses propres insinuations.

— Le nom d'Arrigues serait donc voué à disparaître ? murmura frère Thomas, se parlant à lui-même, songeur. Serait-ce là la vraie raison ? Albin de Fourques pourrait-il prétendre à l'héritage des terres, au même titre que Geoffroy ?

Frère Jean écarquilla de grands yeux perplexes.

— Peut-être, à condition qu'Agénor d'Arrigues l'ait couché sur son testament avant de mourir… Chose qu'il a peut-être faite, après tout ? Il l'avait recueilli et élevé comme son propre fils après que ses parents avaient été tués.

— Albin de Fourques pourrait donc prétendre à l'héritage..., répéta frère Thomas, le regard subitement durci.

Cela ressemblait davantage à une affirmation qu'à une interrogation et frère Jean, pris au dépourvu, mal à l'aise, vit le juge se renfermer, se claquemurer dans cette sorte d'étrange absence qui lui était propre, mettant par là un terme à leur première vraie conversation.

La nuit était tombée lorsqu'un nouveau serviteur vint les chercher. L'obscurité avait presque totalement avalé la pièce, excepté les quelques zones de lumière diffuse dispensée par les bougies et le feu dans la cheminée. L'ombre des deux hommes, prostrés et tassés sur l'unique banc, semblait décuplée, géante et difforme sur les murs suintants d'humidité. Frère Jean s'était à moitié assoupi, affaibli et démoralisé, le menton calé contre la poitrine, un sifflement rauque se faufilant entre ses lèvres entrouvertes, les yeux mi-clos, tandis que frère Thomas demeurait immobile et silencieux, le regard perdu au-delà des flammes dans la cheminée.

Leur guide, brandissant devant lui une grosse torche que les courants d'air menaçaient de souffler à tout instant, les précéda dans le couloir, tout aussi mutique que le premier. Il les abandonna sur le seuil de la pièce dans laquelle ils avaient été reçus quelques heures plus tôt et s'effaça sans un bruit.

— Approchez donc ! retentit la voix tonitruante de Geoffroy.

Un feu immense ronflait dans l'âtre et toutes les bougies avaient été allumées, enfumant la pièce.

— Venez vous asseoir ! leur dit-il tandis qu'il remplissait déjà leurs gobelets de vin.

Ce n'est qu'en pénétrant dans la lumière, un peu estourbi, que frère Thomas remarqua la femme qui se trouvait à l'extrémité de la table. Elle se tenait très droite, regard baissé comme si elle cherchait à fuir à tout prix la confrontation avec les nouveaux venus. Elle était plus jeune que Geoffroy mais son visage blanc et émacié trahissait déjà les ravages du temps, à moins que ce ne soient les épreuves qui avaient creusé chacune de ces rides. Elle était aussi blonde et diaphane que son époux était brun et buriné. Un curieux couple que physiquement tout opposait.

Les deux religieux prirent place autour de la table dans un silence épais.

— Ma dame..., salua frère Thomas du bout des lèvres.

Celle-ci tressaillit, sans chercher à masquer sa répulsion, et détourna vivement la tête en direction du feu qui crépitait en une multitude de gerbes incandescentes. Un accueil qui ne pouvait guère être plus éloquent ! Le juge feignit de ne pas s'en offusquer, tandis que le maître des lieux, désinvolte, commençait à se servir sans préambule. Un repas frugal les attendait : de la soupe, du pain, du fromage, du poulet froid et du pâté en croûte, quelques noix et des pommes ridées pour finir. Rien d'extraordinaire en somme, mais frère Jean, n'y tenant plus, se rua dessus comme un affamé. Seigneur, il lui semblait revenir à la vie ! Et l'expérience commençant à faire effet, il ne doutait point que l'accalmie serait de courte durée. Aussi fallait-il en profiter, quitte à s'empiffrer, lécher la graisse sur ses doigts boudinés et mastiquer à toute vitesse, les yeux mi-clos, pour mieux savourer. Un vrai goret, semblait penser Geoffroy qui s'était immobilisé et l'observait à la dérobée, mi-fasciné, mi-dégoûté. Frère Thomas, quant à lui, fixait son subordonné avec consternation. Le greffier ne put réprimer un énorme rot qui fit sursauter la châtelaine, horrifiée. Cette dernière n'avait pas touché au repas, se contentant d'émietter sa tranche de pain. Elle foudroya du regard son époux, comme si tout cela n'était qu'une pitoyable mascarade au-dessus de ses forces. Mais ce dernier, que la situation semblait fort divertir, l'ignora purement et simplement.

Les craintes de frère Jean se confirmèrent hélas très vite, avant même qu'il n'ait eu le temps d'attaquer sa troisième cuisse de poulet, lorsque le juge, d'une voix fielleuse, s'enquit :

— Il me semble que vous avez un fils. Il ne mange pas avec nous ?

Le silence qui suivit fut terrible, presque autant que le regard qu'échangèrent Geoffroy et son épouse, livide. Frère Jean, la bouche pleine, déglutit avec peine, en essayant de faire le moins de bruit possible, dans l'espoir un peu vain qu'on l'oublie, peut-être. Manquant s'étouffer, il se jeta sur le vin qu'il avala d'une traite, breuvage râpeux et un peu vert qui lui valut une grimace amère.

— Mon fils est trop faible pour se lever, finit par répondre Geoffroy d'une voix atone. Il y a quelques semaines, il s'est malencontreusement entaillé le pied. Oh ! c'était une toute petite égratignure, ridicule, mais elle a failli lui être fatale…

Réprimant un sanglot, son épouse enfouit son visage entre ses mains tandis qu'il lui décochait un regard venimeux. La voix sourde et plus saccadée, il reprit :

— Je sais très bien ce que les gens pensent et disent. On parle de malédiction, de diablerie, que sais-je encore ! Fadaises de superstitieux ! J'ai déjà perdu quatre fils qui se sont vidés de leur sang sans qu'on n'ait rien pu faire. Mais ce mal est bien réel et c'est mon épouse qui l'a transmis. À l'époque, lorsque je pris pour épouse Aude de Limoux, fille cadette d'Aymeric de Limoux, j'ignorais qu'elle avait eu trois frères, tous morts de la même manière. On s'était bien gardé de me le dire. Remarquez, ce ne devait pas être leur unique mensonge par omission. Mais voilà pourquoi il est fort probable que nous n'ayons jamais aucun héritier mâle.

Il se servit une rasade de vin qu'il but d'une traite avant de reposer brutalement le gobelet sur la table, les lèvres serrées de rage et de souffrance mêlées. Frère Jean glissa un regard empreint de compassion vers la châtelaine, qui avait supporté les propos de son époux sans broncher, digne et résignée. Quelle triste vie devait être la sienne, auprès de cet homme hargneux, à la rancœur si palpable ! Il l'imaginait sans peine veillant et priant au chevet de ce dernier enfant, condamné. Et quand il ne serait plus là, qu'adviendrait-il d'elle ?

— Mais je ne vous ai pas fait venir ici pour parler de ma famille, se ressaisit Geoffroy. Je vais mettre quelques-uns de mes hommes à votre disposition pour vous aider à retrouver et capturer Albin de Fourques. Ils connaissent le terrain, ils vous seront utiles.

Frère Thomas esquissa un geste de refus mais Geoffroy ne lui laissa pas le temps de s'exprimer, enchaînant avec autorité :

— Vous en aurez besoin. Je n'ai pas envie que l'on vous retrouve égorgés dans la garrigue. Ils vous conduiront là où il se terre… et vous le débusquerez.

— Mais où se cache-t-il, s'il n'est point ici ?

Geoffroy laissa passer quelques secondes, avant de répondre :

— Sur les terres de ma sœur, à deux journées de cheval d'ici.

Frère Jean sentit un profond, un immense accablement l'envahir à l'idée de devoir repartir, par monts et par vaux, pour une expédition des plus incertaines et avec pour compagnon de voyage cet homme terrifiant et obscur.

— Sachez toutefois qu'elle le protégera. Toujours et jusqu'à la mort, reprit Geoffroy d'une voix sourde.

— Votre sœur ? répéta frère Thomas.

Frère Jean releva la tête, comme interpellé. C'était presque imperceptible mais la voix du juge avait sonné étrangement, d'une façon inhabituelle. Ce dernier pourtant ne s'était pas départi de son impassibilité, ou cela avait été si furtif – juste une ombre, une crispation des lèvres comme cela lui arrivait parfois – qu'il n'avait point eu le temps de le surprendre.

— C'est vrai, j'oubliais que vous n'êtes point d'ici, lâcha Geoffroy avec impatience. Vous ne pouvez pas comprendre. Ma sœur, Alix de Beaumont.

À cet instant précis, Aude se leva brusquement, heurtant la table et le banc, et, d'une voix blanche, intervint :

— Je crois que pour ce genre d'affaire, vous n'avez point besoin de ma présence.

— Oui, retire-toi ! riposta-t-il avec férocité.

Elle ne broncha pas mais les gratifia tous d'un regard lourd de mépris. Et sans bruit, elle quitta la pièce, laissant dans son sillage une odeur de mélisse.

— Ne faites pas attention, maugréa Geoffroy en se resservant à boire. J'ai une épouse qui a les nerfs fragiles. Vous le savez déjà, elle descend d'une famille de chevaliers francs. Son père était un compagnon de Simon de Montfort. En récompense pour ses faits d'armes, lui ont été octroyées des terres dont les anciens propriétaires avaient été excommuniés et spoliés de leurs biens après la chute de Trencavel. Autant dire que l'honorable famille de Limoux n'a rien à redouter de la très sainte Église catholique ; elle l'a largement servie ! Pourtant, allez comprendre, ma chère épouse a toujours eu comme une sorte de… terreur superstitieuse à votre égard. Étrange, non ? Et votre présence ici ne la réjouit pas, mais vous avez dû le remarquer… Elle a d'ailleurs longuement tenté de me dissuader et cela explique en partie l'endroit où vous allez dormir cette nuit… Elle ne voulait pas de votre présence dans le corps de logis. Je n'ai vu aucun inconvénient à cette requête. Et puis, à l'évidence, vous n'êtes pas le genre de prélats qui aiment se vautrer dans le luxe ; vous saurez vous contenter de votre humble abri.

Sa voix était empreinte d'une ironie à peine voilée, comme s'il prenait un malin plaisir à railler ses hôtes. Puis, sans crier gare, l'expression de son visage changea du tout au tout, comme sous l'effet d'une vive émotion jugulée avec peine.

— Il y a des choses qu'Aude ne pourra jamais comprendre, des histoires qui remontent bien avant qu'elle ne vienne vivre ici…

Frère Jean en avait oublié de manger et fixait le châtelain, l'air perplexe et la bouche grande ouverte. Le juge, lui, semblait perdu dans ses pensées, donnant l'impression qu'il n'avait rien écouté. Cependant, au bout d'un certain temps, il dit :

— Mais puisque nous parlons de biens spoliés, qu'est-il advenu des terres de la famille de Fourques ?

— Allons bon ! Quelle question ! Elles furent attribuées à un chevalier franc, compagnon d'armes de Montfort.

Geoffroy demeura songeur quelques instants, le visage rembruni, avant de reprendre la parole, d'une voix légèrement acide :

— Les hommes se sont toujours cru tout permis au nom de Dieu.

— On dit que votre père avait des sympathies hérétiques.

— C'était surtout un païen. Un inconscient, responsable de son propre sort !

Là-dessus, il se leva, signifiant que le dîner et la discussion étaient arrivés à leur terme. Les deux religieux l'imitèrent, frère Jean jetant un regard désolé aux reliefs du repas, un vrai gâchis, alors qu'il était à peine repu. La mort dans l'âme, il se résigna à emboîter le pas à son supérieur, à qui le baron s'adressait à nouveau, avec cette autorité naturelle qui lui semblait propre :

— Allez dormir maintenant. Demain, vous partirez à l'aube.

Pour frère Thomas, l'endormissement fut tardif et laborieux. Son corps et son esprit manquaient cruellement de sommeil, n'aspirant qu'à l'oubli et au vide, quelques heures tout au moins, mais à l'intérieur de son crâne il y avait cette douleur lancinante qui n'avait cessé de s'amplifier, impossible à ignorer, alimentée par le poids de pensées quasi obsessionnelles, qui se bousculaient, refusant de céder la place et de baisser la garde. La plainte lugubre du vent qui s'insinuait à travers les meurtrières ressemblait à une mélopée venue d'outre-tombe. Recroquevillé sur sa paillasse, parcouru de frissons, il sentait l'humidité du sol qui infiltrait insidieusement ses membres endoloris, tandis que les ronflements sonores du greffier et les cavalcades de quelques rats invisibles lui interdisaient tout répit. Les nerfs à vif, il avait malgré tout fini par sombrer dans une sorte de néant lorsqu'une main l'en extirpa brutalement. Quelqu'un lui secouait l'épaule avec véhémence. Il faisait encore très noir dans la pièce et les quelques braises du foyer distillaient à peine un faible halo. Désorienté et le cœur cognant à toute allure, il eut du mal à reconnaître le visage blafard et apeuré de frère Jean, presque collé au sien, yeux exorbités et haleine aigre. Ses lèvres semblaient remuer mais frère Thomas ne saisissait pas un traître mot, comme s'il rêvait.

— Mais qu'est-ce qui vous prend, frère Jean ? cria-t-il en se dégageant avec vigueur.

Le greffier semblait en proie à une vive terreur, tremblant de tous ses membres et claquant des dents.

— Vous ne l'entendez donc pas ? Je n'arrive plus à dormir ! Ça n'arrête pas ! Elle est derrière la porte, je l'ai vue. Il faut que vous lui disiez de s'en aller…

Frère Thomas sentit les poils de ses bras se hérisser. Que diable se passait-il ? Le greffier était-il en train de délirer ? Se redressant, il tendit l'oreille, en vain. Rien que le silence, assourdissant et épais comme de la poix.

— Vous avez rêvé, il n'y a personne ! pesta-t-il en repoussant violemment le malheureux moine sur son séant, la robe de bure retroussée jusqu'aux cuisses.

— Mais pourquoi n'entendez-vous pas ? s'exclama ce dernier, au comble de la terreur. Là, en ce moment, elle pleure !

— Mais qui donc ?

— Une toute jeune fille. Je l'ai aperçue. *Laissez-moi revenir*, qu'elle suppliait… Dites-lui qu'on ne peut rien pour elle, cria le moine en plaquant ses mains sur les oreilles, son corps oscillant d'avant en arrière, comme atteint de folie subite.

Le juge se leva d'un bond. Il saisit une torchère qui achevait de se consumer et se dirigea droit vers la porte, fendant l'obscurité avec exaspération. Il l'ouvrit à la volée, comme pour surprendre l'indésirable visiteuse, ne révélant qu'une pénombre encore plus dense.

— C'est bien ce que je disais ! Il n'y a personne que le fruit de votre imagination superstitieuse, frère Jean !

Ce dernier, bouleversé, le rejoignit et fixa le long corridor qui se perdait dans la nuit. Il se figea net, le visage en sueur, en dépit du froid.

— Parce que vous ne la voyez pas, là, en ce moment… ? balbutia-t-il, au bord de l'affolement.

Frère Thomas fixa son greffier avec stupeur.

— Mais qui donc, bon sang ?

— Là-bas, une silhouette blanche, c'est une jeune fille, les cheveux dénoués, elle est pieds nus. Oh… Elle vient de… disparaître… Elle est entrée dans le mur !

Le moine, sonné, pivota sur lui-même en quête de l'apparition. Ébranlé, le juge persista à fouiller l'obscurité du regard, trop tard à l'évidence.

— Il n'y avait personne, finit-il par déclarer.

— Non, ce n'est pas possible, s'entêta le moine en sanglotant à moitié, le corps entier parcouru de tremblements.

— Eh bien, c'était peut-être Aude de Limoux ou une servante, allez savoir ! lâcha le juge, sans vraiment y croire.

— Non, ce n'était pas elle ! Et si c'était un spectre ? Il s'est passé tant de choses horribles entre ces murs !

— Allons donc, tout cela n'a pas de sens, le rabroua frère Thomas, troublé malgré lui.

— Elle semblait si malheureuse… Elle demandait de l'aide…

Perturbé, le juge ne releva pas et se contenta de reconduire le greffier à sa couche, non sans le maintenir fermement par le coude. Puis il referma soigneusement l'huis derrière eux, après avoir scruté une dernière fois les ténèbres.

— Rendormez-vous. Je suis sûr que demain nous aurons une explication rationnelle à tout ceci.

— Je ne dormirai pas une nuit de plus dans cet endroit, marmonna frère Jean en se pelotonnant sur sa paillasse.

— Ça suffit. Nous partirons demain.

Quelle nuit affreuse ! Le petit matin trouva frère Thomas de méchante humeur, épuisé, tanné par le doute comme au premier jour de son arrivée dans la région. Il se sentit à deux doigts de renoncer, assailli par une soudaine bouffée de panique, et se prosterna en prière, le visage dans les mains. Il resta figé de longues minutes, le souffle suspendu, ignorant volontairement son compagnon qui, avachi sur sa couche, arborait un air de sidération. La terreur ressentie cette nuit semblait s'être imprimée sur son gros visage flasque et haletant, faisant ressortir ses yeux bouffis de sommeil et injectés de sang. Qu'avait bien pu voir le moine cette nuit ? Hallucination ? Manifestation diabolique ? Revenant ? Une parente folle que l'on tenait cachée ?

Geoffroy d'Arrigues les attendait dans la grande salle, finissant de manger. Seul. Il leva sur eux un regard intrigué.

— Mauvaise nuit ? s'enquit-il, légèrement goguenard.

— Hébergez-vous d'autres femmes au château en dehors de votre épouse, messire ? lâcha frère Thomas sans préambule.

Geoffroy fut vaguement désarçonné par la question :

— Pourquoi cette question ? Bien sûr ! Nous avons des cuisinières, des servantes qui s'occupent de ma femme et de mon fils. Il y a les épouses des soldats, les lingères et, pour être franc, je ne saurais même pas vous dire le nombre exact de personnes vivant à Arrigues !

— Mais ces femmes ont-elles coutume de rôder dans les couloirs en pleine nuit ? insista le juge avec hargne.

Sur ses gardes, le baron riposta :

— Certes non ! Et sûrement pas là où vous étiez logés, si c'est ce que vous insinuez. Cela fait des années que cette partie de la tour est inhabitée. Plus personne n'y va. Qu'est-ce qui se passe ? Mon épouse serait-elle venue vous voir ?

— Non, pas votre femme. Mais nous avons entendu pleurer et même aperçu une jeune fille qui s'est enfuie quand on a voulu l'approcher…

Le juge se garda bien d'ajouter que lui-même n'avait rien vu et que tout cela ne reposait que sur le douteux témoignage d'un pauvre moine peut-être fou. Pour autant, il ne s'attendait pas à une telle réaction chez son hôte. Ce dernier se figea, livide.

— Comment était-elle ? murmura-t-il.

— Très jeune. Triste. Elle demandait à ce qu'on la laisse revenir, énonça lentement frère Thomas, dévisageant intensément le baron, qui au fur et à mesure semblait se décomposer. Vous la connaissez ? Une parente que vous retenez contre son gré ?

Geoffroy s'ébroua soudain, comme revenant à la vie. En un instant, les doutes et le trouble disparurent de son visage, aussi fugaces que s'ils n'avaient jamais existé.

— Vous avez dû rêver. Et nous n'avons pas de fantômes, à Arrigues, à ce que je sache !

Il affichait une mine si hostile que frère Thomas choisit de ne pas insister. Mais le doute était là, désormais, insidieux et sournois…

— Ne traînez pas, mangez rapidement, votre escorte est déjà prête et vous attend dans la cour. Je vous retrouve là-bas.

2

Aux origines
(1197-1205)

Les douleurs la réveillèrent juste avant l'aube et la peur, fulgurante, arriva dans la foulée. Une peur de bête prise au piège. Non, pas déjà !

La pièce était encore plongée dans l'obscurité mais on pouvait entendre la cahute de bois grincer, vibrer sous les assauts du vent. À croire qu'elle allait, elle aussi, se disloquer d'un instant à l'autre.

La jeune fille comprit avec terreur qu'elle n'arriverait pas à juguler l'assaut des vagues qui la terrassaient, ni à contrôler la souffrance de ce corps qu'elle ne reconnaissait plus, difforme, écartelé. Elle se leva péniblement, en prenant soin de ne pas réveiller sa voisine, titubant de douleur.

Sa décision avait été prise dès le début, dès qu'elle avait su. Qu'importe qu'il ait gelé cette nuit à pierre fendre. Elle savait ce qu'elle devait faire. Cet enfant, elle n'en voulait pas, elle n'en avait jamais voulu, elle n'avait jamais souhaité qu'il pousse dans son ventre et qu'il s'y accroche, malgré toutes ses tentatives pour l'en déloger.

Elle se dissimula sous un vilain châle de laine et sortit, se mordant les lèvres pour réprimer un hurlement, à croire que son corps tout entier n'était qu'un cri, prêt à se fendre.

Noyée dans la brume du petit matin, elle s'éloigna des communs du château en tenant d'une main son gros ventre, de peur qu'il ne se déchire là, d'un seul coup. Le soldat qui surveillait la petite poterne hocha à peine la tête lorsqu'elle passa devant lui. Elle s'engagea sur le chemin tortueux qui descendait vers des bosquets nichés en contrebas. La nature semblait figée dans un silence irréel. L'eau avait gelé par endroits, parant les branches des arbres d'une multitude de cristaux qu'elle aurait trouvés jolis en d'autres circonstances. Elle sentait à travers ses hardes le vent de février lui mordre les chairs et elle grelottait, tout en gémissant, à bout de forces. Quand elle fut assez éloignée du château, elle abandonna la lutte et se mit à crier sans discontinuer, le visage ruisselant de larmes. Au loin dans le ciel, le cri d'un rapace sembla lui faire écho. Le sentier descendait en pente de plus en plus raide et les cailloux roulaient sous ses pieds. Mais ses jambes semblaient être animées d'une volonté propre, indifférentes au danger, la conduisant vers la masse sombre du bois, qui hérissait ses branches nues et noires en direction du ciel bas. Elle n'avait qu'un désir : l'atteindre le plus vite possible, trouver un fourré, se cacher, s'accroupir comme une bête et hurler à la mort pour extirper cet intolérable supplice qui lui broyait les os.

Une douleur plus vive la transperça. Trébuchant, elle tomba sur les genoux, se coupant les mains sur la roche.

Au-dessus de sa tête, le ciel était d'un gris ardoise. Elle se mit à claquer des dents.

Ferma les yeux, le souffle coupé.

Il n'était venu à elle que trois fois, à la va-vite, dans la grange puis dans le petit verger qui jouxtait la basse-cour, ceint d'un muret assez haut pour protéger des regards indiscrets. C'était le début de l'été. « Tu es si douce et si tendre », lui avait-il haleté à l'oreille tandis que les cris des martinets résonnaient dans le ciel bleu. Le cœur vide, le corps abandonné et les yeux brouillés de larmes, elle s'était concentrée sur le ballet incessant des oiseaux, leur enviant leur liberté. Un figuier enveloppait l'espace de son odeur entêtante. Des pierres lui meurtrissaient un peu plus le dos à chaque nouvel assaut. Mais aurait-elle voulu se soustraire à son désir qu'elle n'aurait pu. Il était le seigneur des lieux et elle n'était qu'une insignifiante petite servante fraîchement arrivée de son village, portant avec innocence ses quinze printemps. Tout était allé si vite. Pour lui, cela n'avait jamais été rien d'autre qu'une lubie passagère, dont il s'était vite lassé.

Un cri interminable sortit de sa gorge, la figeant au milieu du chemin dans une position grotesque. Instinctivement, elle s'accroupit. Cette voix n'était plus la sienne et ces cris étaient ceux d'un animal. Ruisselante de larmes, dans une ultime poussée, elle expulsa un corps flasque et sanguinolent.

Hagards, ses yeux fixèrent la chose qui gisait sur les pierres tachées de sang. L'enfant n'avait pas crié et semblait mort, les yeux clos, son petit corps bleuissant déjà. Un garçon. La main tâtonnante, elle chercha une pierre assez aiguisée pour trancher le dernier lien qui les rattachait. Elle le dissimulerait dans les taillis ; le froid ou les loups lui régleraient son compte. Elle ne souhaitait qu'une chose : rentrer au château, le ventre libéré de son poids honteux. Elle savait que personne n'oserait demander ce qu'elle avait fait de son bâtard pour la simple raison qu'il n'était pas le premier et ne serait pas le dernier, et que seule une froide indifférence avait accueilli cette grossesse.

Elle songea à sa mère, femme rugueuse et brusque, restée au village, avec ses frères et sœurs.

Quelle aurait été sa réaction en apprenant l'infortune de son aînée, cette petite Agnès connue de tous pour sa douceur, son sérieux, sa timidité, que les garçons n'intéressaient pas, trop occupée à seconder la mère dans son éreintant labeur ?

À présent, la jeune fille tremblait de tous ses membres, transie, épuisée. Le sang coulait à flots entre ses cuisses. Tout cela était si loin, comme appartenant à une autre vie… et cette fille, étendue sur le sol gelé, les jupes retroussées, maculées de sang, ne pouvait être elle. Non, sa mère ne saurait jamais. Et ce serait comme si tout cela n'avait jamais eu lieu.

Le jour se levait à peine, blafard, lorsqu'un bûcheron gravissant la sente découvrit le corps sans vie de la jeune fille et un nourrisson, qui vagissait entre ses jambes. Il n'y avait plus rien à faire pour la mère, mais il n'eut pas le cœur de laisser le petit là, même s'il était déjà tout bleui de froid. Avec mille précautions, il le déposa dans sa gibecière, au chaud contre la fourrure des lièvres qu'il avait pris au collet quelques minutes plus tôt. Il n'était pas question qu'il ramène cet enfant chez lui, il avait suffisamment de bouches à nourrir comme ça. Mais il dénicherait bien au château une femme qui accepterait de s'en occuper. Il reprit lentement son ascension, soufflant bruyamment sous l'effort, son fardeau pesant plus lourdement dans son dos. Il salua de la tête la sentinelle qui gardait la poterne, un gaillard qu'il avait connu en langes, et se dirigea vers les cuisines, comme chaque matin que Dieu créait. Il savoura la bonne chaleur qui l'accueillit ; un feu crépitait dans l'immense cheminée. Il déposa sur la grande table sa gibecière et sortit ses prises une par une, sous l'œil attentif de Philiberte, la cuisinière, grosse matrone à la mine bourrue, qui de ses mains rougeaudes se mit à palper les bêtes.

— Je vois que la chasse n'a pas été très fructueuse, marmonna-t-elle.

— En effet, il n'y a pas grand-chose… Les bêtes se terrent…, répondit doucement le vieil homme. Mais j'ai ça aussi et je ne sais pas quoi en faire… Me suis dit que cela n'aurait pas été chrétien de le laisser mourir…

Et là-dessus, il sortit de sa gibecière le nouveau-né sous les yeux ahuris de la femme. L'enfantelet était souillé de lymphe et de sang, sa peau était blême, il semblait plus mort que vif mais il respirait, à n'en point douter, et de temps en temps il émettait un petit gémissement.

— Mais qu'est-ce que tu veux que j'en fasse ? grommela la femme qui s'en saisit sans ménagement.

L'homme haussa les épaules.

— Vous trouverez bien une nourrice dans le coin…

— Comme si on n'en avait pas assez, de ces orphelins ! Et la mère ?

— Déjà morte, pas loin d'ici. Faudra enterrer le corps… avant que ça n'attire les loups…

— Tu aurais peut-être mieux fait de le laisser auprès d'elle. À l'heure qu'il est, il serait délivré…, marmotta Philiberte en se signant.

— Mais c'était pas chrétien, s'obstina le bûcheron.

— C'était une fille de chez nous ? s'enquit-elle alors.

— Je l'ignore, je ne la connaissais pas. Mais c'était encore une enfant…

La cuisinière, le visage fermé, se signa à nouveau.

La jeune Berthe avait accouché quinze jours plus tôt et allaitait son nourrisson dans le cellier, entre les jambons suspendus et les sacs de farine, quand Philiberte déboula sans crier gare. Elle déposa à ses pieds un paquet de hardes grises et déclara d'un air désabusé :

— On l'a trouvé ce matin. Sa mère est morte. Il m'a pas l'air bien vigoureux, il va sans doute pas vivre longtemps. Mais en attendant que le chapelain le baptise, donne-lui un peu de ton lait, veux-tu ?

La fille se renfrogna.

— Pourquoi moi ? J'en ai déjà pas assez pour le mien !

— Parce que j'ai pas le temps de courir partout à la recherche d'une autre nourrice. Et dépêche-toi car j'ai besoin de toi à la cuisine.

Avec mauvaise grâce, la jeune mère déposa son petit dans un panier d'osier qui reposait au sol à ses pieds et prit le nouveau-né. Réprimant une grimace de dégoût, elle le plaqua sans douceur contre son mamelon.

— En plus, il sent mauvais…

La cuisinière haussa les épaules.

— Normal, il était avec les bêtes que Côme a piégées ce matin.

La matrone était sur le point de tourner les talons lorsque Berthe glapit de douleur.

— Il ne tète pas, ce glouton ! Il mord ! Regarde comme il m'a fait mal !

— Allons, c'est qu'il doit être affamé !

Mais deux gouttes de sang perlaient autour du mamelon de la jeune fille incrédule.

— Regarde, il a une dent !

— Tu racontes des bêtises, ma fille. Un nouveau-né à peine sorti du ventre de sa mère, qui a encore son cordon !

— Mais si, regarde donc !

Dubitative, la cuisinière se pencha sur le nourrisson qui s'était à nouveau cramponné au sein et ne le lâchait plus. La fille se mit à crier de plus belle :

— Enlève-moi cette sangsue ! Il me fait mal ! Cet enfant a le Mal en lui ! Mon Dieu ! Philiberte, enlève-le-moi !

La cuisinière arracha le petit au sein de Berthe qui hurlait, partagée entre la douleur et la peur.

— Cesse donc, tu vas ameuter toutes les commères avec tes cris de truie qu'on égorge ! fulmina Philiberte.

C'était bien sa veine, gaspiller son précieux temps après lequel elle courait sans cesse, à cause de ce nouveau-né et de cette idiote de servante. Décidément, la journée commençait mal. Exaspérée, elle jeta à peine un regard au sein marqué d'une morsure nette, faisant la sourde oreille aux lamentations de Berthe tandis qu'elle manipulait brusquement le bébé qui se mit pour la première fois à pleurer avec véhémence, comme s'il protestait. Elle aperçut alors deux petites dents, aiguisées et blanches comme de la nacre, sur la mâchoire inférieure de l'enfantelet. Effrayée, elle s'empressa de l'emballer dans les lainages et se signa. De toute sa vie – et Dieu sait qu'elle en avait vu, des choses ! – jamais elle n'avait été témoin d'une anomalie pareille. Berthe avait raison. Il y avait de la diablerie là-dessous.

L'enfant fut apporté au chapelain, le père François, qui sermonna les commères que la nouvelle avait fait affluer, les accusant de superstitions sacrilèges. Il le baptisa et, comme l'enfant avait été trouvé le jour de la Saint-Blaise, on lui en attribua le patronyme.

Les remontrances de l'homme d'Église n'avaient pas suffi à dissiper pour autant les peurs des femmes du château. En leur for intérieur, la méfiance était toujours là. Et que ce petit ait tué sa mère pour venir au monde n'arrangeait rien à leurs yeux. « Elle s'est complètement vidée de son sang. C'est Côme qui l'a trouvée. Le petit aurait dû mourir, il était tout bleu de froid! Comment a-t-il pu survivre? » Il avait fallu le laver, pour le débarrasser du sang et de la lymphe dont il était couvert, mais, au moment de l'emmailloter, Berthe avait découvert cette horrible tache couleur lie-de-vin en forme de main à six doigts sur sa cuisse gauche. Apeurée, elle s'était signée et avait ameuté toutes les autres servantes. Qu'on lui trouve quelqu'un d'autre pour l'allaiter, elle ne nourrirait plus le fils du démon, montrant à qui voulait bien la marque que ses dents avaient gravée sur son sein. « Tu devrais crier moins fort, avant que cela n'arrive aux oreilles de dame Mahaut », l'avait rabrouée Philiberte, qu'une irruption soudaine de la maîtresse des lieux dans ses cuisines tourmentait davantage.

De toute façon, toutes s'accordaient pour penser que ce petit ne passerait pas l'hiver. Il semblait si mal en point. C'était l'affaire de quelques jours et tôt ou tard, il rejoindrait sa mère dans la tombe. Dans les communs, plus personne n'osait évoquer la jeune Agnès. Une fin tragique, certes, mais pourquoi était-elle allée dans les bois pour mettre au monde son bâtard sinon pour s'en débarrasser? Jusqu'au bout, elle avait cherché à dissimuler son état, même si personne n'était dupe, s'enfermant dans le mutisme comme on érige autour de soi de hautes murailles protectrices et dissuasives. Possédée puis abandonnée, elle avait vécu ces derniers mois comme une ombre. Mais chacun sa croix.

On attendit le crépuscule pour charger son corps sur une charrette bringuebalante qui l'emmena au cimetière du hameau voisin, où elle fut inhumée dans la fosse commune avec les nécessiteux et les inconnus de passage. Et plus jamais, au château, on ne prononça son nom.

L'orphelin, lui, passa de sein en sein, avec réticence, quand on y pensait. Le reste du temps, il somnolait, emmailloté dans son tas de lainages souillés, à même le sol. Il ne mangeait pas à sa faim mais il ne pleurait pas, se faisant oublier dans l'agitation des cuisines. Toutes évitaient instinctivement de croiser son regard et, si par mégarde cela arrivait, elles se signaient avec effroi.

— Il faut croire que cette fois-là, le diable était de sortie lorsque notre seigneur s'est accouplé avec cette pauvre fille. Ce petit n'a pas un regard normal, répétait Philiberte en frissonnant. Je n'ai jamais vu de nouveau-né vous fixer de cette manière, comme s'il lisait dans votre âme.

— C'est Dieu qui nous envoie un message, prédit la vieille Mariette qui, malgré ses jambes tordues et son grand âge, s'était déplacée exprès. Nous ne le savons pas encore, mais cet enfant annonce des temps nouveaux et de grands malheurs… Le mal est entré au château… Je vous le dis : nous allons au-devant de grandes souffrances…

— Mon Dieu, ayez pitié de nous…

Agénor, seigneur d'Arrigues, était à mille lieues des sombres prédictions qui avaient germé dans la tête de quelques commères. Chaque jour, on le voyait arpenter le chemin de ronde, chaudement emmitouflé dans sa pelisse en peau de loup. Quand il n'était pas à inspecter la garde ou à gérer diverses affaires nécessitant sa présence, il contemplait depuis les remparts le paysage enneigé qui s'étendait à perte de vue. Le château avait été construit par ses aïeux trois générations plus tôt, sur un pic rocheux particulièrement escarpé, tel un nid d'aigle. Et il n'aimait rien tant que d'assister au lever du soleil lorsque ses lueurs orangées venaient à caresser peu à peu la pierre blanche, nimbant le château d'une lumière quasi irréelle. Arrigues était alors comme un vaisseau de pierre, noble et majestueux, voguant entre ciel et terre. L'hiver était loin d'être la saison préférée du châtelain, contraint de ronger son frein, la neige et le verglas les coupant du reste du monde. Impossible d'enfourcher son cheval et de partir galoper dans la plaine, comme le réclamaient pourtant son corps et son esprit. Il aimait passionnément ces lieux qui l'avaient vu naître et grandir. Cependant, il ressentait toujours l'impérieux désir de s'en éloigner, ne fût-ce que pour mettre de la distance entre lui et sa froide épouse.

C'était un habitué des cuisines, en quête d'odeurs appétissantes et de quelques jeunes filles à lutiner au passage. Ses chiens l'annonçaient toujours, le précédant avec des jappements sonores et de grands coups de queue frénétiques, leurs museaux furetant partout sous la table, en dépit des sempiternelles récriminations de la cuisinière. Le début d'un grand branle-bas de combat, Philiberte chassant les bêtes à coups de torchon et pestant à voix haute tandis que Berthe ou une autre emportait Blaise à la hâte. Des mains brusques qui soulevaient le nouveau-né comme un vulgaire paquet et le dissimulaient à la cave derrière les tonneaux. Quand il était d'humeur, Agénor restait parfois un bon moment à discuter avec Côme des prises du matin ou encore à taquiner Philiberte. Les femmes, monopolisées par la présence de leur seigneur, oubliaient alors le nourrisson, ne le récupérant qu'au bout de quelques heures. De toute façon, il ne pleurait jamais et paraissait plus mort que vif. Un jour, il glisserait de vie à trépas sans même un soupir et son bref passage sur terre ne serait plus qu'un mauvais souvenir. C'était tout au moins ce qu'elles espéraient secrètement.

Après sa visite quotidienne aux cuisines, Agénor repartait comme il était venu, tel un tourbillon, ne tenant jamais en place.

Bel homme de grande stature, le teint buriné par le grand air et la chevelure noire, c'était un bon vivant très estimé de ses hommes et de ses vassaux et qui ne laissait pas non plus la gent féminine indifférente, enjôleur avec tout ce qui portait jupon. Insaisissable et capricieux comme le vent. À voix basse, les servantes émoustillées affirmaient qu'il avait le diable au corps. Certaines, plus que d'autres, en savaient quelque chose. S'il n'était pas à cheval à chasser, il s'entraînait à l'épée, sautait, bondissait. Arpentait son château et ses terres du matin au soir, infatigable, passant la majeure partie de son temps avec ses soldats dont il appréciait la compagnie franche et brutale. Et fuyant autant que possible son épouse, Mahaut, une grande femme austère et maigre, dont les cheveux sombres se striaient précocement de mèches grises. Élevée dans la crainte de Dieu depuis sa plus tendre enfance. Une sainte femme, murmurait-on partout, qui faisait pénitence pour tous les excès de son époux et n'agissait jamais sans l'approbation de son confesseur attitré, plus collant qu'une ombre et dont le regard sévère faisait frémir. Au château, on la craignait bien davantage que le baron et on la disait sans pitié. On racontait beaucoup de choses à son sujet : qu'elle refusait d'accomplir le devoir conjugal depuis la naissance de leur fils. Certaines assuraient même avoir entendu le baron Agénor tambouriner à la porte de son épouse, menaçant et suppliant tour à tour qu'elle lui ouvre, en vain. Une vraie mère louve à l'égard de son unique fils, le petit Geoffroy, qu'elle emmenait partout avec elle et couvait d'un amour possessif. On disait aussi qu'elle renvoyait sans égard toute jeune fille soupçonnée d'avoir cédé aux avances du seigneur des lieux. Car, tôt ou tard, elle finissait par l'apprendre. Et de sa part, aucune mansuétude ni pardon n'étaient à espérer. Aussi la plupart des enfants nés de ces amours coupables étaient-ils envoyés dès leur naissance dans la famille éloignée, pour ne point offenser le regard de la châtelaine.

Certaines langues ne se privaient pas de dire que l'union d'Agénor et de Mahaut avait commencé sous de mauvais auspices et qu'elle ne pouvait être heureuse... Des proches du jeune Agénor avaient même tenté, à l'époque, de le dissuader. En vain. Tant de considérations diverses entraient en jeu ! Pour Mahaut, il s'agissait de secondes noces. Quelques années plus tôt, elle avait épousé Arthur, le frère aîné d'Agénor, apportant avec elle une dot conséquente et de nombreuses terres qui jouxtaient le fief d'Arrigues. On ne pouvait espérer meilleure union. Lorsque Agénor l'avait vue pour la première fois, il avait presque seize ans, elle en avait déjà vingt-deux. Elle n'était pas belle, avec un long visage étroit que rien ni personne ne semblait pouvoir dérider, une bouche aux lèvres trop fines dissimulant des dents disgracieuses et un corps dénué de la moindre forme. Pourtant ses sens s'étaient emballés à la vue de cette jeune fille dont la pureté et la grande piété ne faisaient aucun doute. Il s'était mis à envier son frère et à convoiter en secret son épouse, comme il avait toujours envié et jalousé Arthur, les deux frères étant sujets à des rivalités et ayant été élevés dans la compétition depuis leur plus jeune âge.

Personne ne se doutait alors qu'Arthur mourrait si jeune, terrassé en quelques jours par une fièvre maligne. Mahaut n'avait pas encore enfanté. Mais l'avait-il seulement touchée ? On racontait tellement de choses sur ce couple mal accordé, de quoi alimenter les mauvaises langues, à tort ou à raison.

Son frère à peine enterré, c'était devenu une obsession pour Agénor. Mettre dans son lit sa veuve pour la soumettre, mieux qu'Arthur n'avait su le faire. Et conserver coûte que coûte la précieuse dot, empêcher Mahaut de retourner auprès de sa famille et de tout reprendre, terres et biens.

Si, de son vivant, Arthur s'était révélé pieux, raisonnable et sage, Agénor était tout l'opposé : fougueux, imprévisible, dissipé. Et cela n'avait pas été sans conséquences. Sa relation avec Mahaut s'était détériorée très vite, dans l'intimité comme en public. Ces deux-là n'étaient pas faits pour s'entendre, encore moins pour s'estimer ou s'aimer. Et lorsque les parents d'Agénor avaient disparu à leur tour à quelques mois d'intervalle, le couple s'était retrouvé seul à la tête d'Arrigues, comme deux ennemis retranchés sur leurs positions, sans avoir su trouver le moindre terrain d'entente, que ce soit dans le secret de l'alcôve ou dans la gestion du domaine. La naissance d'un fils un an plus tard n'avait rien changé à la donne. Une haine indicible était tout ce qui les liait désormais et ce n'était un secret pour personne au château.

L'orphelin fut caché bon gré mal gré, l'habitude remplaçant peu à peu ce qui n'était au début qu'un réflexe. Livré à lui-même, il devint un enfant chétif, si malingre et si sale qu'il n'inspirait que répulsion. Avec le temps, les peurs instinctives et la méfiance se relâchèrent parmi les servantes, pour se muer en malveillance et en mauvais traitements. Prostré dans un coin, il végétait dans ses hardes souillées et ce n'est que lorsque l'odeur se faisait trop incommodante, les mouches trop envahissantes ou quand le chapelain venait à rôder dans les parages, qu'on s'empressait de le décrotter et de le nourrir. L'épaisse couche de crasse dissimulait fort heureusement les nombreux hématomes dont le petit corps frêle était couvert. Durant ses premières années de vie, l'enfant prit l'habitude de se terrer dans les coins sombres comme une bête jugée malfaisante, les commères saisissant le moindre prétexte pour le rudoyer, pincer ses bras maigres, l'humilier. Certaines, profitant de ce qu'il ne savait encore s'exprimer, déversaient sur lui fiel et rancœur à la moindre occasion. « Ôte-toi de là, sale petit pouilleux ! Ah ! ça ne t'avance pas à grand-chose d'être son bâtard, hein ? Ici, tu n'es rien ! Tu ne vaux rien ! Tu n'existes pas ! Il y en a qui disent que tu lui ressembles. Avec ces cheveux jaunes ? Et cette face de demeuré ? » En guise de défense, il se recroquevillait sur lui-même et se balançait d'avant en arrière en se bouchant les oreilles, le regard fuyant. Il était le simplet, celui qui ne communiquait que par grognements et faisait mine de mordre ou de griffer quand on le menaçait un peu trop. Un enfant sauvage que même la mort n'avait pas voulu. Son visage était mangé par des yeux noirs couverts de croûtes purulentes sur lesquelles les mouches se posaient sans qu'il réagisse. La peau grise et craquelée. Les ongles noirs et cassés, les jambes écorchées. Ses cheveux poisseux étaient d'un jaune presque blanc qui lui donnait des faux airs d'albinos. Enfin, il dégageait une telle odeur d'urine et d'excréments que Philiberte finit par le chasser de sa cuisine à coups de trique, n'en voulant plus. Il était temps qu'il se débrouille seul. Son sort ne la concernait plus. Il se mit à voler les reliefs de repas, lorsque la faim se faisait trop lancinante. Il se faufilait à quatre pattes sous les tables et, d'une main avide, se saisissait de tout ce qu'il trouvait, épluchures, trognons, os. Un jour, il se servit dans la gamelle des chiens. Il fut mordu plusieurs fois aux bras et aux jambes et ne dut sa survie qu'à la présence d'un soldat qui passait par là et qui dispersa les molosses à coups de pierres.

La nuit, il dormait dans les écuries sur la paille souillée. Le jour, il se cachait ici et là, à l'affût, observateur invisible. Rien n'échappait à ses petits yeux inquisiteurs. Il éprouvait une sorte de fascination pour le personnage bondissant qu'était Agénor. Il percevait l'estime que le seigneur des lieux inspirait à ses gens. Il redoutait davantage le regard glacial de Mahaut, dont les seuls sourires étaient réservés à l'enfant brun qui la suivait partout, Geoffroy, l'héritier. Ce dernier allait sur ses sept ans. Il était temps qu'il quitte les jupes de sa mère, apprenne à monter à cheval et à manier l'épée en bois. L'enfant était téméraire, au grand désespoir de sa mère qui s'affolait pour la moindre égratignure. Elle accusait alors le baron d'exposer leur fils à des risques inconsidérés. Ils n'avaient qu'un seul enfant. Tout l'avenir d'Arrigues reposait sur ces épaules vulnérables. Si elle venait à le perdre, elle ne s'en remettrait jamais. Mais à qui la faute s'il n'y en avait pas eu d'autres, rétorquait Agénor avec rancœur. Le couple ne pouvait respirer le même air sans se déchirer et s'affronter en permanence. Pire, on devinait le baron à bout, se faisant violence pour ne pas lever la main sur son épouse quand celle-ci le narguait du regard, leur fils en guise de bouclier. Ses colères et sa nature tempétueuse ne lui étaient d'aucun secours face à l'implacable mépris de Mahaut et le seul remède était encore de s'absenter du château, de plus en plus souvent et longtemps, comme une capitulation non avouée; la dérobade de l'ours devant le serpent.

Un jour de mai de l'an 1202, Agénor d'Arrigues annonça qu'il partait en Terre sainte faire la croisade avec d'autres baronnets de la région sous la bannière du comte de Toulouse. Était-ce pour fuir son épouse ? Pour expier ses péchés ? Ou poussé par une envie impérieuse d'aventure et de liberté ? Agénor s'était toujours vanté de ne croire ni à Dieu ni à diable, raillant par là son épouse si pétrie de religion. Mais leurs relations s'étaient tellement dégradées au fil des mois et des années qu'à moins d'une guerre ouverte entre eux, Agénor n'avait plus d'autre choix que de changer d'air et d'horizon.

Les années passèrent.

Au château, on ne l'attendait plus. Le comte de Toulouse revint sans lui et tous étaient de plus en plus persuadés qu'il ne rentrerait pas. Beaucoup de chevaliers laissaient la vie sur les terres brûlées d'Orient. On disait aussi que certains choisissaient d'y rester et de s'y établir. Durant ces années, Mahaut dirigea le château d'une main de fer, sous la garde de nombreux gens d'armes qu'Agénor avait pris soin de mettre en place avant son départ, par précaution. Vivant dans une grande piété, la tenue quasi monacale, les cheveux disparaissant sous un voile blanc, elle prépara peu à peu son fils à la tâche qui lui incomberait un jour, grâce à une éducation stricte soigneusement planifiée. Elle avait chargé le chapelain de lui enseigner la lecture des textes saints. De son côté, elle l'emmenait partout avec elle, l'initiant aux différents devoirs d'un seigneur : les litiges à régler, la justice à rendre, la gestion de la trésorerie, la répartition des divers impôts, tandis que Guillaume, chef de la garde, avait pour mission de lui enseigner le maniement des armes et d'en faire un futur combattant. Mahaut nourrissait le secret espoir de voir un jour son fils prendre la place d'Agénor si ce dernier tardait trop à rentrer de Palestine. Et si Dieu dans sa grande miséricorde pouvait ne jamais le faire revenir, elle lui en serait éternellement reconnaissante et redevable…

Mahaut était fière de son fils. Geoffroy était un garçon grand pour son âge, déterminé et particulièrement intelligent. Il raisonnait déjà parfaitement et avait très vite compris les responsabilités qui seraient les siennes un jour. Vif d'esprit, il questionnait et sollicitait beaucoup sa mère, veillait jalousement sur elle, élevé dans le mépris de son père, cet homme qu'il connaissait si peu et qui avait si mal traité son épouse. En fils unique, il frayait peu avec les autres enfants du château, marmaille pouilleuse qui le redoutait instinctivement et avait appris à garder ses distances. Tous s'en méfiaient comme de l'eau qui dort car derrière cette physionomie d'ange, trompeuse, couvait un tempérament ombrageux dénué de compassion et capable de subits accès de violence. En dépit de son jeune âge, il était déjà doté d'une force prodigieuse. Pour Mahaut, rien n'était plus légitime que ce comportement. Son fils serait un jour le maître des lieux. Il était indispensable qu'il apprenne dès à présent à s'imposer, à se faire respecter et obéir. L'enfant aurait la trempe nécessaire, elle n'en doutait point.

Les chemins de Geoffroy et Blaise ne s'étaient encore jamais croisés. Durant les premières années, les servantes du château avaient soigneusement dissimulé l'orphelin. Puis celui-ci avait fini par disparaître de lui-même, conscient qu'on n'approchait pas impunément du feu sans risquer de s'y brûler. Mais si Geoffroy ignorait tout de son existence, Blaise n'avait cessé d'épier le jeune seigneur, non sans crainte et fascination. À plusieurs reprises, il avait saisi des bribes de conversation, ici et là, lorsqu'on pensait qu'il n'entendait pas. Incrédule, il avait appris que le sang d'Agénor coulait aussi dans ses veines. Cependant, beaucoup de choses lui échappaient. Pourquoi le fait d'avoir le même sang qu'Agénor octroyait-il des droits et des privilèges à Geoffroy tandis que lui devait vivre clandestinement ? Pourquoi l'un avait-il tout à ses pieds, tandis que l'autre était plus mal traité qu'un chien ? Il avait beau scruter les traits de Geoffroy, accablé par tant de beauté et d'assurance, il ne se trouvait rien en commun avec lui. L'eau dans l'abreuvoir lui renvoyait invariablement l'image floue d'un gamin pouilleux, le visage émacié et les yeux chassieux, les membres couverts d'eczéma purulent.

Mais éviter indéfiniment le jeune maître aurait été illusoire.

Un matin, alors qu'il faisait encore sombre dans l'écurie et que les bêtes commençaient juste à s'ébrouer, Blaise fut subitement arraché au sommeil par de violents coups de botte dans les côtes qui lui coupèrent le souffle. Puis, avant qu'il ne comprenne ce qui lui arrivait, une poigne de fer le saisit par les cheveux, lui tirant sèchement la tête en arrière, tandis qu'il était fermement maintenu au sol, écrasé par le poids d'un corps. Il suffoqua sous la douleur. La respiration rauque de son agresseur résonnait dans son oreille. Il chercha à se débattre. Une gifle l'assomma à moitié. Puis il fut saisi par les pieds et on le traîna sans ménagement hors de sa cachette, comme un rat pris au piège, effrayant le cheval qui se trouvait à côté et dont les sabots lui frôlèrent le crâne. Sa tête bringuebala sur le sol. Sous le choc, sa lèvre inférieure éclata. De la bile remonta dans sa gorge tandis que sa vue se brouillait. Ses mains tentèrent instinctivement d'agripper une prise pour se retenir. Peine perdue. Jeté dans la cour au milieu du va-et-vient indifférent des palefreniers, il sentit une nouvelle pluie de coups s'abattre sur lui.

Il eut vaguement conscience de silhouettes amassées autour d'eux, attirées par le spectacle : un enfant, mais pas n'importe lequel, en battant un autre plus petit, qui avait dû commettre une faute impardonnable pour mériter un tel sort. Blaise se mit en boule, les mains sur la tête, et fit le mort. Au-dessus de lui, Geoffroy s'acharnait : « Qui tu es, toi ? Je ne veux plus jamais te trouver en train de dormir à côté de mon cheval ! Sale vermine ! C'est le dernier avertissement que tu auras, tu as compris ? » Comptait-il le frapper jusqu'à ce qu'il ne soit plus qu'une loque sanguinolente ? Son corps n'était que douleur lancinante, les oreilles bourdonnantes et le regard voilé. Il perdit connaissance.

« Pousse-toi de là, ou tu finiras par être piétiné ! » maugréa un soldat en lui jetant un seau d'eau au visage. L'homme le dominait de toute sa taille, poings sur les hanches, et le toisait avec dégoût.

Blaise cligna des yeux, ébloui par le soleil qui dardait ses rayons juste au-dessus de sa tête. L'attroupement s'était dispersé et Geoffroy avait disparu. Combien de temps était-il resté inconscient ? Il remua lentement ses membres endoloris. Le simple fait d'inspirer lui laboura les côtes. Un vertige le saisit. « Allez ! » bougonna le soldat en l'empoignant. Il le redressa comme un vulgaire pantin désarticulé et, ses doigts crochetant la chair de son bras, l'envoya valdinguer : « Fiche le camp ! »

Blaise tituba tant bien que mal jusqu'à l'étable et s'y terra, bouleversé par la virulence de l'attaque, aussi soudaine qu'inattendue.

L'hiver de l'an 1205 fut rude et glacial. Durant toute la mauvaise saison, le château se retrouva isolé sur son pic rocheux, les chemins rendus impraticables par la neige. Puis il gela à pierre fendre. La malemort fit son apparition, fauchant de nombreuses vies parmi les vieux et les jeunes, les pauvres comme les riches. Terrassée par une fièvre foudroyante, Mahaut refusa dans un ultime sursaut de lucidité la présence de son fils auprès d'elle, terrifiée à l'idée qu'il puisse être contaminé à son tour. En vain. Ce fut la première et la dernière fois que Geoffroy désobéit à sa mère. Impuissant, il la regarda s'éteindre, son visage cireux couvert de sueur, le corps décharné à force de pénitences. En état de choc, il resta prostré à son chevet, refusant de lâcher sa main, même lorsqu'elle eut rendu son dernier souffle.

La nouvelle de la mort de la baronne plongea les habitants du château dans un profond désarroi. Elle avait beau avoir été crainte de son vivant, sa disparition affolait. Qu'allaient-ils tous devenir ?

Mahaut fut inhumée sous une dalle de la chapelle, aux côtés des parents d'Agénor et de son premier époux, Arthur, puis tous les regards convergèrent vers Geoffroy et ses dix ans. Trop jeune pour prendre les rênes du domaine. Prosterné devant la tombe, sourd aux propos que lui tenaient le chapelain ou les dames de compagnie de sa mère, l'enfant semblait accablé de chagrin. On se mit alors à guetter le dégel avec impatience et, dès que ce fut possible, un messager partit à Toulouse prévenir le comte, dans l'espoir qu'Agénor, lui, soit toujours en vie et qu'il revienne…

3

Le renouveau
(1205-1209)

Le printemps vit le retour du baron Agénor à Arrigues, basané comme un Sarrasin et plus vigoureux que jamais, tout auréolé d'une réputation de vaillant guerrier, de nouvelles cicatrices sur le torse et sur les bras en guise de trophée, preuve des combats menés dans la poussière des déserts arabes. Au château, il fut accueilli dans la liesse et on festoya quatre jours durant. Dans l'attente de son retour, le fidèle Guillaume, chef de la garde, avait tenu les rênes du domaine, tout en veillant sur Geoffroy, à qui il continuait de dispenser son enseignement et ses conseils. Ce dernier était toujours très affecté par la perte de sa mère, s'enfermant dans un inquiétant mutisme. Et lorsque Guillaume se montrait trop directif à son égard, l'enfant partait aussitôt dans de grandes colères : « N'oublie pas qu'un jour c'est à moi que tu devras obéir. Alors surveille un peu plus tes paroles ! » Geoffroy accueillit son père comme un étranger venant usurper ce qui lui revenait de droit. La mémoire de Mahaut était partout à Arrigues. À ses yeux, c'était elle la véritable châtelaine, et que son époux ose revenir après toutes ces années d'absence, sans même une once de regret ou de chagrin, ulcérait le jeune garçon.

— Je ne reconnais pas mon fils. Que lui est-il arrivé ? Je pensais qu'il serait heureux de retrouver son père, confia Agénor, désemparé, à Guillaume.

— Mon seigneur, vous ne l'avez pas vu grandir. Il est encore sous le coup de la mort de notre châtelaine. C'est un enfant secret, pas facile à cerner et qui a beaucoup de fierté. Sur certains points, il vous ressemble, mais il est évident que sa mère était son modèle et qu'il lui était profondément attaché…

— Beaucoup trop, oui ! Mahaut a toujours été une mère possessive et étouffante… Durant mon absence, il était convenu qu'elle l'envoie chez un de mes fidèles amis, pour qu'il y suive son éducation. Rénier de Bramont avait accepté de le prendre à son service.

— Dame Mahaut ne nous en a jamais parlé. Et j'ai fait de mon mieux en ce qui concerne son éducation…

— Et je t'en suis redevable, mon brave Guillaume…

Agénor reprit ses anciennes habitudes, parcourant son fief inlassablement, à la rencontre de ses gens et de ses vassaux, recréant des liens là où le temps et l'absence avaient laissé des traces. Qu'on se le dise, il était de retour, déterminé à reprendre les choses en main. Des retrouvailles heureuses et intenses, plus qu'il ne l'aurait imaginé, avec les terres de ses ancêtres et ses racines : son âme était liée à jamais à ce domaine sauvage et aride. C'était comme une reconquête. Son hospitalité était renommée dans toute la région, que ce soit pour ses riches banquets, ses joutes équestres ou les célèbres *cansos* que des troubadours de passage chantaient pendant les veillées. L'art de vivre occitan. Quant à son veuvage, il ne semblait point l'accabler outre mesure ; mieux, la mort de Mahaut semblait l'avoir délivré et il se trouvait toujours une nouvelle jeune servante pour occuper la couche vide du seigneur des lieux.

Il recevait régulièrement la visite de son ami Robert de Fourques. Ils s'étaient croisés ensemble, ce qui avait renforcé encore plus leurs liens. Les épreuves, vécues épaule contre épaule, les avaient rendus inséparables, comme deux frères de sang. Que ce soit à l'abri des murailles ou chevauchant à travers la lande, ils n'avaient aucun secret l'un pour l'autre et pouvaient discourir pendant des heures. Robert de Fourques avait quelques années de moins qu'Agénor. C'était un homme mince au corps élancé, à la chevelure châtain clair qui ondulait légèrement. Plutôt bel homme, son visage grave, souvent songeur, lui conférait un air mystérieux. Il boitait légèrement, à la suite d'une blessure reçue à la cuisse lors d'une échauffourée. Ils venaient à peine de rentrer des terres d'Orient lorsqu'il annonça à Agénor qu'il se mariait. Il était temps de se poser et de penser à l'avenir de son propre fief. Son père, vénérable vieillard, n'en avait plus pour longtemps et le pressait de se décider. Son choix n'avait pas pris longtemps et s'était porté sur la jeune Constance, fille d'un seigneur ami, de dix ans sa cadette.

— Constance de Marmand ? s'était enquis Agénor.

— Oui. Une beauté, avait acquiescé Robert avec un sourire.

— Les Marmand sont des cousins de la famille de Mahaut. Je me rappelle les avoir vus lors de nos noces. J'espère qu'elle saura te combler, mieux que je ne l'ai été…

— Je ne suis pas inquiet. Si tu savais ! Cette jeune fille, c'est la douceur incarnée…

Agénor fut absent du château pendant plus d'une semaine pour assister aux noces de son ami et, lorsqu'il en revint, il n'était plus le même. Quelque chose avait changé en lui.

Les mois qui suivirent, il prit son rôle de père plus au sérieux, s'évertuant à entrer en contact avec ce fils étranger, qui semblait le fuir dès qu'il le pouvait. En vain. Lorsqu'ils se retrouvaient en tête à tête, Geoffroy dardait invariablement sur lui un regard lourd de reproches et de mépris. Pire, l'enfant ressemblait tant à sa mère physiquement qu'Agénor devait parfois se faire violence pour réprimer la répulsion qu'il lui inspirait.

— Il doit être écrit que cette maudite me hantera jusqu'à la fin de mes jours..., confia-t-il à Robert de Fourques. Quant à mon fils, mon sang coule peut-être dans ses veines, mais c'est bien là tout ce qui nous unit. Il est arrogant, hostile et il me considère comme un intrus dans mon propre château.

— C'est pourtant ton unique héritier... Laissez-vous un peu de temps pour apprendre à vous connaître.

— Rénier de Bramont s'est à nouveau proposé pour le prendre à son service. Cela lui ferait peut-être le plus grand bien de s'éloigner et de s'aguerrir un peu...

— Je pense au contraire qu'il a besoin de te côtoyer davantage. L'éloigner d'Arrigues ne fera qu'agrandir le fossé entre vous, je le crains.

— Tu as sans doute raison. En attendant, j'ai décidé que j'allais suivre ton exemple.

— Tu vas te remarier ?

— Oh oui ! Et mon cœur a déjà choisi son élue...

Agénor s'absenta plus de deux mois cette fois-ci et, lorsqu'il réapparut par une chaude journée d'août, il n'était plus seul. La rumeur avait précédé son retour. On savait peu de chose de cette nouvelle châtelaine dénichée chez un obscur et lointain vassal. Malgré le soleil qui cognait dur, tous les habitants d'Arrigues et des villages alentour s'amassèrent le long des chemins et jusque dans la cour pour guetter le convoi et découvrir la jeune épousée. L'impatience, la curiosité de chacun était à son comble. L'air sec exhalait l'odeur des figuiers qui poussaient près du puits, procurant la seule ombre de la cour. Il n'y avait pas un souffle d'air, juste le chant entêtant des cigales et le cri des martinets dans le ciel d'un bleu limpide. L'enfant trouvé dans les bois était là, lui aussi, noyé dans la masse. Il avait huit ans maintenant mais en faisait beaucoup moins, de par sa taille chétive. Comme les autres, il attendait et guettait l'apparition, fébrile.

Agénor arriva le premier, au triple galop, dans un nuage de poussière, exubérant et excité comme un jeune chien. Il précédait le reste du convoi qui apparut peu de temps après. Les bêtes étaient fourbues et blanches de la poussière des chemins. Les cavaliers aussi semblaient éprouvés par la chaleur et la longue ascension. Il sauta à terre alors que son palefroi n'était point encore à l'arrêt et, jubilant, fila vers une litière aux rideaux fermés. Prenant tous ses sujets à témoin, il écarta les lourdes tentures et souleva dans ses bras la nouvelle châtelaine, comme si elle ne pesait pas plus lourd qu'une plume.

— Voici votre nouvelle maîtresse, dame Héloïse! clama-t-il d'une voix forte.

Des vivats retentirent dans la foule; tous se mirent à rire et à parler à haute voix en même temps. L'enthousiasme de leur seigneur était communicatif.

Seul Geoffroy se tenait à l'écart, refusant de se mêler à l'allégresse générale, le regard chargé de rancœur. Quant à Blaise, bousculé de toutes parts, il ne pouvait détacher les yeux de la jeune Héloïse. Car c'était comme si un ange venait d'apparaître sous ses yeux. Elle n'était que lumière. Des yeux d'un incroyable bleu-gris, comme le ciel dégagé d'hiver. Des cheveux auburn brillant de mille feux sous le soleil, une peau veloutée constellée de taches de rousseur. Et si jeune, si perdue au milieu de la foule qui la saluait avec dévotion tandis qu'Agénor la maintenait serrée contre lui, tel un bel objet précieux qu'on exhibe avec fierté.

Elle sortait à peine de l'enfance et ses traits juvéniles trahissaient une vive émotion. Quinze années séparaient Agénor de sa nouvelle épouse. Elle était issue d'un lignage peu glorieux, énième fille d'un petit vassal désargenté, mais tous comprenaient sans peine ce qui avait séduit Agénor. Héloïse était très belle.

Le regard de la jeune fille s'échappa au-delà de la foule bariolée, comme pour fuir la douloureuse emprise de son époux qui la faisait sienne aux yeux de tous, presque indécemment. Le cœur serré, elle songeait à sa mère et à ses nombreuses sœurs laissées derrière elle, qu'elle ne reverrait jamais plus, à ce contrat qui avait scellé son destin, signé par son père, petit seigneur sans héritier mâle, la livrant à cet homme venu de loin et dont l'unique désir était d'acquérir celle que les rumeurs disaient belle comme un joyau. Les noces avaient eu lieu sur les terres qui l'avaient vue naître, sonnant comme des adieux définitifs. Pour que le déracinement ne soit pas trop violent, outre les nombreux coffres qui composaient le convoi, son père lui avait accordé d'emmener avec elle deux dames de compagnie, la timide Blanche et Clothilde, sa sœur de lait. Mais pour l'heure, ni l'une ni l'autre n'était à ses côtés ; elles étaient retenues en arrière.

Tâchant de retenir ses larmes – elle était désormais châtelaine –, elle laissa glisser son regard sur tous ces anonymes qui la dévisageaient avec curiosité et insistance. Ses yeux tombèrent par hasard sur l'enfant qui tentait de se dissimuler derrière les jupes des ribaudes, bousculé sans ménagement, indifférent aux taloches qui pleuvaient sur sa nuque lorsqu'il encombrait trop le passage. Un étrange petit garçon au visage fermé, presque méfiant. Leurs regards se croisèrent, furtivement. Blaise parut surpris et réprima un sursaut. Saisi de panique, il tenta de se dérober et heurta brutalement le ventre rebondi d'un valet. Celui-ci, ulcéré, le flanqua par terre d'une simple gifle. Mais l'enfant se releva aussitôt et décocha un regard terrible à Héloïse qui ne l'avait pas quitté des yeux, comme statufiée. Un regard lourd d'hostilité, lui sembla-t-il. À moins que cela ne fût un regard chargé de peur, la supplique muette d'un animal dénué de conscience et de parole. Il s'évanouit dans la foule. Le temps qu'Héloïse reprenne ses esprits, elle se retrouva subitement nez à nez avec Geoffroy, qu'Agénor avait fait venir jusqu'à eux, non sans menace. « Mon fils unique, Geoffroy ! » lui chuchota-t-il à l'oreille tandis que la jeune fille et le garçon se dévisageaient sans un mot. À peine cinq années séparaient Geoffroy de sa nouvelle belle-mère. Grand et vigoureux pour son âge, il lui arrivait déjà à l'épaule et bientôt il la dominerait de toute sa taille. Il la fixa d'un regard dénué de chaleur, les lèvres et les poings serrés, tâchant de faire abstraction de la poigne de fer qui le contraignait à ne point se dérober. Car Agénor était juste dans son dos, le serrant de près.

— Voici ta belle-mère. Elle sera désormais la châtelaine d'Arrigues. Salue-la donc comme il se doit, mon fils.

Geoffroy s'inclina avec raideur tandis que ses yeux étincelaient d'une lueur mauvaise. Puis lorsqu'il estima que l'étreinte forcée avait assez duré, il se dégagea sèchement et tourna les talons.

Pour célébrer l'arrivée d'Héloïse, on festoya quatre jours et nuits durant. Des seigneurs et leurs familles vinrent de tous les coins reculés d'Occitanie profiter des troubadours, des danseurs, des musiciens ; des forains dressèrent des tentes aux toiles multicolores dans la cour. Il y avait des dresseurs d'ours et des cracheurs de feu, des acrobates et des jongleurs. On aménagea la prairie en contrebas pour des joutes équestres. Agénor ne fut pas le dernier à fanfaronner, virevoltant sur son destrier somptueusement harnaché. Temps bénis d'insouciance et de jouissance. L'union d'Agénor et d'Héloïse serait-elle plus heureuse ? Seuls Blaise et Geoffroy, pour des raisons différentes, demeuraient à l'écart des festivités. Le premier fuyait par instinct tout contact, redoutant les mouvements de foule, sachant pertinemment que sa présence indisposait.

« Éloigne-toi, oiseau de malheur ! Tu n'as rien à faire ici ! » lui lança-t-on si, par mégarde, il venait à croiser le chemin de quelques visages connus. De toute façon, il n'aimait ni le bruit ni l'agitation qui avaient envahi le château, troublant son sommeil, le contraignant à déserter l'écurie que de nombreux chevaux et leurs palefreniers avaient investie. Quant à Geoffroy, voir son père évoluer avec cette intruse lui glaçait le sang. Il ne supportait pas de voir Héloïse fouler les mêmes lieux que sa mère et s'y installer comme la nouvelle maîtresse. Mahaut n'était enterrée que depuis dix-huit mois. Était-il donc le seul à penser encore à elle ? À la regretter, à la pleurer ? Parfois, il lui semblait que la rage et le chagrin allaient l'étouffer. Durant ces jours de liesse, et par la force des choses, les chemins de Blaise et de Geoffroy se croisèrent à plusieurs reprises. L'un comme l'autre étaient en quête de solitude et de lieux tranquilles. Mais toute similitude s'arrêtait là. Geoffroy n'était pas d'humeur à tolérer la présence de ce gamin pouilleux qui se mettait toujours en travers de son chemin, à croire qu'il le suivait comme son ombre. Il avait en outre perçu certaines rumeurs qui l'avaient choqué ; de ces railleries dont les domestiques faisaient des gorges chaudes lorsqu'ils se croyaient seuls. L'épouvantable réputation de son père, trousseur de jupons invétéré. Cette créature attardée serait de son sang ? C'était tout simplement intolérable. Les festivités avaient considérablement réduit l'espace où Blaise pouvait se réfugier et se cacher. Il était exposé et vulnérable, d'autant plus à la merci du jeune maître qu'il était impossible de l'éviter. S'il avait pu, il aurait creusé à même la roche dure pour le fuir tant ce dernier provoquait chez lui une terreur absolue. De fait, maintenant qu'il connaissait son existence, Geoffroy fondait sur le bâtard comme le faucon sur sa proie, bouillonnant de haine, de mépris, de colère. Blaise n'opposait aucune résistance. Il se contentait de se coucher en boule sous la pluie de coups, soumis, tremblant de tout son corps et sanglotant, espérant presque que le jeune maître ait la force et le courage d'en finir, une fois pour toutes. Mais Geoffroy s'arrêtait toujours *in extremis*, comme s'il souhaitait garder le meilleur pour la fois prochaine. Pas un mot mais un regard qui en disait long, comme une promesse.

La vie de tous les jours reprit son cours au château. Follement épris, Agénor n'était plus le même homme, ne montrant que douceur et prévenance à l'égard de sa jeune épouse. Du jour au lendemain, il cessa de rôder autour des servantes, comme s'il en avait perdu le goût ou l'envie. Son cheval restait à l'écurie, il délaissait les longues chevauchées qu'il affectionnait tant, leur préférant la compagnie d'Héloïse qu'il aimait surprendre dans le verger, en compagnie de ses dames, à l'ombre des pommiers. Partout on chuchotait qu'on ne l'avait jamais vu ainsi, si dévoué et si amoureux. Malgré la différence d'âge, ils formaient un beau couple. Héloïse, elle, s'habituait peu à peu à sa nouvelle vie et à ses nouvelles responsabilités. Son époux était un être passionné et ardent. Mais capable également d'une grande tendresse, éveillant en elle un tourbillon d'émotions insoupçonnées. Griserie des sens. Amour passion. Héloïse sut très vite qu'elle aimerait cet homme jusqu'à la mort, quoi qu'il arrive. Il avait ravi son cœur pour toujours et elle n'en aimerait point d'autres aussi fort. Il persistait toutefois une zone d'ombre dans ce tableau d'apparence idyllique : l'attitude de Geoffroy à son égard. Cette façon qu'il avait de la toiser avec mépris comme si elle avait été une simple maîtresse; ce ton insolent qu'il n'utilisait qu'avec elle; et, pire encore, l'habitude qu'il avait parfois de la bousculer comme par inadvertance, quand Agénor n'était pas dans les parages. Elle ne s'était jamais leurrée au sujet de leur relation, sachant pertinemment qu'elle ne remplacerait pas sa mère. Elle n'en avait ni l'âge ni l'étoffe. Elle et Mahaut étaient le jour et la nuit, diamétralement et irrémédiablement opposées. Mais pouvait-elle espérer, avec le temps, un certain respect ou une sorte d'estime qui les lierait, elle et Geoffroy? Car elle n'était point son ennemie et ne souhaitait pas l'être. Hélas, toutes ses tentatives pour l'amadouer échouaient. Geoffroy demeurait intraitable. Et durant les longues périodes de solitude, lorsque Agénor ne pouvait être là, la mélancolie s'emparait d'elle, comme une vague déferlante. Nostalgie des temps passés, du cocon familial perdu, que même le babillage et la tendre affection de ses dames de compagnie ne parvenaient à dissiper.

— Ma mie, tu sembles soucieuse. Tu ne te plais pas au château? On t'a contrariée? Que se passe-t-il? la pressait parfois Agénor, inquiet.

Longtemps elle hésita à lui confier ses tourments, se sentant coupable malgré elle.

— J'ai l'impression que ton fils me déteste. Il me parle comme s'il n'avait aucun respect pour moi. Et puis, il y a aussi le père François, qui me met mal à l'aise. J'ai toujours été une bonne chrétienne et je pense avoir un comportement irréprochable mais il ne cesse de m'épier, de rôder autour de moi comme si j'étais coupable de quelque crime. J'ai bien conscience que pour certains de tes sujets il faudra du temps pour m'accepter… mais je t'avoue que parfois cela me pèse. Je ne pensais pas que cela serait aussi difficile.

— En ce qui concerne Geoffroy, il finira par s'habituer. Ce gamin est insupportable et imbu de lui-même. Sa mère l'a trop gâté. Mais il pliera. Quant au chapelain, il ne t'ennuiera plus. J'aurais dû le chasser depuis longtemps. C'était le confesseur de Mahaut. Dieu sait tout ce qu'elle a pu lui raconter sur moi. Et je le soupçonne d'avoir une fâcheuse influence sur Geoffroy. Je ne l'ai jamais aimé, seulement toléré. On s'en passera.

Héloïse plongea son regard dans celui de son époux. Il la tenait serrée entre ses bras. Il pencha la tête vers elle et ses lèvres happèrent les siennes avec fougue.

— Je t'interdis de te faire du souci…, lui murmura-t-il à l'oreille tandis que ses mains s'égaraient insidieusement sous l'étoffe soyeuse.

L'attirant contre elle, Héloïse effleura de ses lèvres son front, ses paupières, son nez, ses joues puis sa bouche. Un long baiser tendre, dans lequel elle mit toute son âme.

Le vieux chapelain fut congédié et remplacé par un nouvel homme de Dieu, qui prit ses fonctions juste à temps pour marier l'une des dames de compagnie d'Héloïse, Clothilde, avec le sergent Guillaume.

Clothilde accoucha d'un fils prénommé Jehan au printemps de l'an 1206, devançant de quelques jours la délivrance d'Héloïse qui mit au monde une fille, Alix. Si Agénor fut déçu de ne pas avoir de fils, il ne le montra point. C'était un tout petit nouveau-né aux traits délicats, aux yeux noisette et à la chevelure rousse comme sa mère. Les grandes mains d'Agénor pouvaient le contenir tout entier. Très affaiblie par le travail qui avait duré toute une nuit, Héloïse garda le lit pendant plusieurs jours tandis que Clothilde était désignée comme nourrice. Ces derniers événements lièrent encore plus les deux jeunes femmes, déjà très proches depuis l'enfance. Si Héloïse était frêle et mince, presque diaphane, Clothilde était au contraire robuste, grande et brune. Elle avait mis au monde un gros gaillard qui lui avait déchiré les entrailles en passant. Ce dernier avait tout pour survivre en ce bas monde : des braillements vigoureux, un appétit féroce, un poids imposant. La petite Alix à ses côtés semblait minuscule et vulnérable. Mais lorsqu'une épidémie frappa au château à l'automne suivant, Alix survécut alors que le petit Jehan fut emporté dans la tombe. Un épisode douloureux qui rappela à tous combien la vie était fragile et ne tenait qu'à un fil. Héloïse était à nouveau enceinte. L'été de l'an 1207, elle mit au monde une nouvelle petite fille, prénommée Jeanne, en souvenir du petit Jehan disparu trop tôt et qui laissait sa mère inconsolable. C'était encore une fille pour le baron Agénor. Il s'en amusa. Qu'importe, son épouse était jeune. Cette deuxième naissance s'était bien passée. La petite avait davantage hérité des traits de son père, le teint mat et les cheveux noirs. En revanche, elle avait reçu les yeux bleu-gris de sa mère.

Geoffroy accueillit chaque naissance avec une indifférence feinte. Les relations entre le père et le fils ne s'étaient guère améliorées, chacun gardant ses distances. Agénor désigna pourtant son fils comme parrain d'Alix, avec le secret espoir, peut-être, que cela changerait quelque chose. Douze années séparaient le frère et la sœur. Peut-être réveillerait-elle en lui l'instinct de protection et les liens du sang ? Geoffroy avait déjà la taille, la force et le physique d'un homme. Il la tint dans ses bras le temps nécessaire à la cérémonie, partagé entre le rejet et une attirance inconnue. Cette enfant n'y était pour rien, elle n'était qu'innocence et Dieu seul savait le destin qui serait le sien, heureux ou tourmenté, bref ou long. Serait-elle un jour une menace pour son héritage ? C'était difficile à imaginer. Non, elle ne lui faisait pas peur. Mais il se doutait que son père ne s'arrêterait pas là et continuerait d'espérer un fils. Et c'était là une chose qu'il avait du mal à pardonner : que son père ait désiré d'autres enfants après lui, le privant ainsi irrémédiablement de son héritage dans son intégrité puisque les lois occitanes voulaient que le partage soit fait de manière équitable entre tous les enfants, filles et garçons. Si Agénor ne se préoccupait pas de n'avoir que des filles, il n'en était pas de même pour Héloïse, dont les angoisses ne s'apaisaient pas. C'était comme être prise entre l'enclume et le marteau. Le châtelain était d'un tempérament fougueux et facilement irritable. Et Geoffroy était impétueux et fier. Leurs relations s'envenimèrent. Le jeune garçon affichait parfois une telle attitude, faite d'arrogance et de provocation, qu'Agénor en était ulcéré. Il bouillait d'une rage mal contenue lorsque des échos déplaisants lui parvenaient aux oreilles. Comment contrer, maîtriser ce comportement autoritaire et abusif qu'affichait Geoffroy envers les domestiques et même les soldats ? Et cette insolence permanente à l'égard de sa belle-mère ? C'était plus qu'il ne pouvait tolérer. Mais il ne savait comment s'y prendre, à part lever la main sur lui, le faire fouetter et l'enfermer lorsqu'il avait dépassé les bornes. Il pensait encore que Geoffroy finirait par ployer. Ce n'était qu'un enfant en mal d'autorité qui devait apprendre l'obéissance.

Héloïse, avec son cœur et sa sensibilité de jeune mère, voyait les choses différemment. Une menace, invisible et insidieuse, rôdait autour d'elle et de ses filles. Elle la pressentait. Agénor, dans son orgueilleuse obstination, ne semblait pas vouloir l'admettre. Pourtant, comment ne pas redouter l'avenir ? Aujourd'hui, Agénor était dans la force de l'âge, vigoureux et déterminé. Mais qu'en serait-il dans dix ans lorsque ses forces commenceraient à décliner et que Geoffroy deviendrait un homme ? Et s'il arrivait malheur à Agénor ? Une mauvaise chute de cheval ? Une blessure ? La maladie ? Qu'adviendrait-il d'elle et de ses deux petites filles ? Aux yeux de Geoffroy, elle resterait éternellement l'épouse illégitime et n'aurait d'autre alternative que de se retirer dans un couvent. Quant à savoir ce qui arriverait à Alix et Jeanne, elle en tremblait d'avance. Les petites seraient à sa merci, sans protection.

Souvent, elle observait à la dérobée ce beau-fils qui dès le début avait décidé de ne lui laisser aucune chance. Et trois ans après son arrivée à Arrigues, elle en ressentait toujours la cuisante humiliation, comme une blessure restée à vif. De l'incompréhension aussi, douloureuse, totale. Elle aurait tellement souhaité que cela se passe autrement. Pire, en grandissant, Geoffroy avait parfois des regards dénués d'ambiguïté, qui la mettaient à la torture, et elle priait de toutes ses forces pour qu'Agénor ne remarque rien.

Agénor l'avait elle-même cueillie au seuil de l'adolescence. Comment aurait-elle pu élever Geoffroy et le considérer comme son propre enfant? Elle était si jeune et si inexpérimentée. Elle avait encore tout à apprendre, à découvrir, sur elle-même et sur les autres. Elle aurait pu, tout au plus, être comme une grande sœur pour ce garçon à la sensibilité exacerbée. Mais même ce rôle lui avait été refusé. Cinq malheureuses petites années qui les séparaient, la rendant à la fois attirante et honnie. Geoffroy était maintenant bien plus grand qu'elle. Il semblait bâti dans le roc, à l'image de son père. Il la dominait de toute sa taille et de toute son arrogance. Il l'impressionnait et l'oppressait. Elle se refusait à partager l'inconséquence d'Agénor qui se contentait de vivre au jour le jour. Ils ne feraient jamais la paix, elle en avait la certitude. Geoffroy n'aimait pas ses sœurs. Il ne les protégerait pas. Elle avait déjà assisté à certaines de ses colères. Elle en avait tremblé et rêvé des nuits entières. Elle savait de quoi il était capable. Elle n'avait d'autre choix que de se faire le plus discrète possible, le contrarier le moins possible… et peut-être cela porterait-il ses fruits un jour.

À cette époque, une nouvelle religion se propageait lentement dans les campagnes. L'hérésie contaminait la populace mais touchait également les seigneurs. On disait que le vicomte de Trencavel en personne était le chantre de cette nouvelle religion.

Quand les premiers « bons hommes » et « bonnes femmes » arrivèrent sur la place publique des villages, Agénor ne les chassa pas. Il les écouta même avec une certaine curiosité. Il aurait eu, en outre, peu de chose à leur reprocher : ces hommes et ces femmes ne provoquaient aucun désordre parmi la population et cette nouvelle Église dont ils transmettaient le message avait à ses yeux l'avantage de n'exiger ni dîme ni autres sortes d'impôts. Quant à leurs discours, il eut la faiblesse de les trouver sympathiques et brillants. Une religion qui ne jugeait pas et qui ne promettait pas les flammes de l'enfer pour le moindre petit péché. Qui refusait de vénérer la croix, objet de supplice. Qui ne faisait point commerce d'indulgences, pour laver les consciences. Son propre suzerain, le puissant Raymond de Toulouse, se montrait bienveillant à leur égard. Excédé par les interférences récurrentes de l'Église catholique dans ses affaires, de tempérament ombrageux et récalcitrant, ce dernier avait été excommunié à maintes reprises, pour cause de parole non tenue et de désobéissance flagrante. S'il décidait de coopérer avec l'Église, ce n'était que pour mieux se rebiffer dans la foulée.

Un jour, Agénor interpella l'un de ces bons hommes qui prêchaient sur ses terres. Du haut de sa monture, sa voix forte survola la foule qui s'était amassée :

— Alors comme ça, tu prétends que l'Église catholique et son pape nous mentent, qu'ils ont réécrit les Saintes Écritures à leur convenance pour mieux nous duper ?

— Oui, je l'affirme. Moi et d'autres de mes compagnons avons traduit les Saintes Écritures et l'Église en a détourné le vrai message, répondit calmement l'homme, chevelure blanche et regard d'azur.

— Pour sûr, elle nous dupe jusque dans le langage qu'elle utilise ! Qui parle et comprend encore le latin aujourd'hui ? Pas moi ! retentit une voix dissimulée dans la masse, qui retenait son souffle, attentive.

— Et ils ne savent que nous menacer ! surenchérit un autre, encouragé par le silence d'Agénor, qui se contentait d'écouter, un vague sourire aux lèvres.

La mine légèrement narquoise, Agénor reprit alors :

— Il n'y aurait donc ni enfer ni châtiment divin ? Voilà qui m'arrangerait bien car je suis un grand pécheur et ai toujours vécu en parfait profane, je le crains...

Des rires étouffés fusèrent parmi l'auditoire. Le bon homme réprima lui-même un sourire.

— À qui ai-je l'honneur ? s'enquit-il.

— Au seigneur de ces terres, Agénor d'Arrigues. Et toi, qui es-tu ?

— Pierre d'Albret.

— D'où viens-tu ? Tu n'es pas d'ici.

— J'ai beaucoup marché en effet. J'ai laissé mon ancienne vie pour venir jusqu'ici.

— Eh bien, Pierre d'Albret, je serais curieux d'en entendre davantage. Si tu le souhaites, tu me trouveras au château…

— Avec plaisir.

— Je te préviens toutefois : nous ne ferons que discuter. Tu n'arriveras pas à me convertir. Non pas que je sois attaché aux principes et fondements de notre Église. Mais tout le monde par ici te dira que j'ai des manières de païen…

— Soit ! répondit Pierre d'Albret en riant.

C'est ainsi qu'en l'an de grâce 1208 Pierre d'Albret répondit à l'invitation et se rendit au château. Agénor, s'il n'adhérait pas à sa théorie, s'entícha rapidement de l'homme. Le châtelain était un esprit contradictoire et impertinent, qui se délectait de ces joutes orales. Il se mit à consacrer de plus en plus de temps aux visites du bon homme, qui se pliait au jeu de bonne grâce. Assis près du puits à l'ombre des figuiers ou bien cheminant inlassablement sur les remparts, ou encore installés près de la cheminée, dans la grande salle, ils avaient toujours des conversations animées et riches d'instruction. Et Agénor n'aimait rien tant que railler les propos de son interlocuteur :

— L'abstinence, l'abstinence ! Crois-tu que les gens vous suivront là-dessus ? Comment peux-tu renoncer au corps d'une femme ou à un simple verre de vin? Vous êtes pires que des ermites. Vous vous privez de tout ce qui vaut la peine d'être vécu!

— Tu verras, baron, nous serons plus nombreux que tu ne l'imagines, rétorquait Pierre d'Albret, les yeux brillants de malice. Ici-bas, rien ne sera jamais pur. Nous vivons dans un monde de violence et de mensonge, où les bas instincts dominent. Il faut nous élever, aller au-delà des simples besoins physiques, afin de purifier nos âmes. Notre vie sur terre n'est qu'un passage, une transition…

À cet instant, Héloïse apparaissait; cela faisait des heures qu'elle cherchait son époux.

Ce dernier l'attirait alors contre lui, avec gourmandise.

— Dis-moi, bon homme, comment voudrais-tu que je renonce à pareil joyau?

Tandis qu'Héloïse rougissait, embarrassée, Pierre d'Albret se contentait de répondre :

— Votre bonheur fait plaisir à voir. Il n'est pas si commun. Veillez bien l'un sur l'autre…

Le bon homme était vêtu de la traditionnelle *alva* blanche, sorte de grande chemise, qui permettait d'identifier ceux que l'on surnommait les *parfaits*. Ces derniers étaient encore peu nombreux, car, pour devenir un parfait, il fallait avoir renoncé à son ancienne vie et se consacrer à une quête spirituelle faite de renoncement, de solitude, de tentations et de doutes. Pierre d'Albret était de complexion frêle, grand, souple et maigre comme un roseau, la peau parcheminée d'une multitude de rides, des cheveux dont la blancheur tranchait avec le bleu intense de ses yeux. Il était déjà âgé à l'époque, cependant l'éclat de son regard, la vivacité de ses propos donnaient l'illusion d'une jeunesse et d'une force incroyables.

— Tu dis ne pas croire en Dieu. Il est vrai que nous ne pouvons prouver son existence. Nous ne faisons qu'interpréter des signes. Mais je suis convaincu d'une chose : ici-bas n'est pas le royaume de Dieu.

— Je ne crois pas dans le Dieu vengeur que prône l'Église de Rome, nuança Agénor. Ce Dieu-là est construit de toutes pièces par des hommes qui se croient au-dessus des autres.

— Tu vois, nous sommes d'accord sur ce point.

— Mais je suis persuadé au moins d'une chose : Rome ne vous laissera pas prêcher très longtemps sur son propre terrain. Vous encourrez son courroux. Que ferez-vous alors ?

— Personne ne pourra nous faire taire. On ne peut bâillonner la vérité. Tôt ou tard, elle resurgira.

Pierre d'Albret et Agénor ne se connaissaient que depuis quelques semaines lorsque ce dernier vit sa foi douloureusement éprouvée. Fatalité ou volonté de ce Dieu implacable dont il se détournait de plus en plus, il n'aurait su le dire. Toujours est-il qu'une peur immense le saisit comme jamais lorsque les cris d'Héloïse retentirent, effrayants, cette triste nuit où elle mit au monde leur troisième enfant. Un garçon. Le fils tant attendu.

Ils faillirent perdre la mère cette nuit-là, pauvre corps exsangue, à bout de forces.

L'enfant, quant à lui, était mort-né. Sorti par le siège, il s'était étranglé avec son cordon.

Héloïse resta entre la vie et la mort durant plusieurs jours et Agénor erra comme une âme en peine, hermétique à tout ce qui l'entourait.

Durant la longue convalescence de la jeune femme, Agénor trouva le réconfort auprès de Pierre d'Albret. Il lui semblait que seul ce dernier savait trouver les paroles apaisantes, bien plus que les heures solitaires de vaines prières, auxquelles il ne trouvait plus de sens. Un jour, la Providence lui accorderait ce fils tant espéré. Il n'en doutait pas. Même si, pour l'heure, la peine était là, incommensurable. Pour cela, Héloïse devait d'abord reprendre des forces. Sa belle Héloïse qui n'était plus que l'ombre d'elle-même. La naissance l'avait terriblement meurtrie, dans son corps et son âme, et depuis qu'elle avait repris conscience, elle n'était que larmes. Et lui, homme bourru, ne savait que dire ni que faire pour lui redonner le goût de vivre.

La présence de Pierre d'Albret lui devint indispensable. Ce dernier était comme le reflet de son âme, un ami sincère et loyal comme il y en avait peu. Agénor finit par le convaincre de rester à Arrigues, dans l'une de ces petites maisons de pierres adossées aux remparts. Il ne le retenait pas contre son gré ; le bon homme était libre de partir quand il sentirait le moment venu. Mais pour l'instant, il avait besoin de lui. Et puis les temps à venir risquaient de s'annoncer difficiles pour les cathares. L'Église de Rome avait décidé de faire un grand ménage en Occitanie, par tous les moyens nécessaires : elle ne pouvait plus tolérer l'hérésie qui gagnait du terrain, ses prélats tournés en dérision, puis le meurtre du plus important, du plus engagé d'entre eux, le détesté Pierre de Castelnau. Le comte de Toulouse fut soupçonné d'en être le commanditaire, même si en vérité il ne devait pas être le seul ennemi du légat assassiné. Sentant le vent tourner, Agénor offrit sa protection à Pierre d'Albret. Il ne doutait pas que le comte de Toulouse, Raymond VI, par une de ses éternelles pirouettes, saurait se sortir d'affaire comme toujours. Mais en attendant, il lui faudrait à nouveau faire profil bas. Ni lui ni ses vassaux cependant n'imaginaient l'ampleur de la contre-offensive de l'Église catholique.

Finis les serments non tenus et les dérobades. En juin de l'an 1209, le pape déclara le Languedoc terre païenne. Raymond VI consentit à subir l'humiliante cérémonie d'expiation sur le parvis de l'église de Saint-Gilles afin de protéger son comté. Il fut déshabillé et fouetté en public par un légat du pape puis jura allégeance à l'Église et à la croisade que celle-ci s'apprêtait à lancer. Sept de ses châteaux lui furent confisqués en guise de représailles. Puis la croisade débuta à l'encontre de tous les autres seigneurs occitans qui avaient refusé de prêter allégeance. Parmi eux, Raymond-Roger de Trencavel, vicomte de Carcassonne, Béziers et Albi. Les chevaliers croisés fondirent d'abord sur Béziers, massacrant toute la population sans discernement. Puis la terrible armée prit le chemin de Carcassonne.

Pierre d'Albret était présent à Arrigues ce funeste jour d'août de l'an de grâce 1209 lorsqu'un cavalier, dont la monture était sur le point de crever, arriva dans la cour au milieu d'un nuage de poussière. Aussi essoufflé que son cheval, en proie à une extrême agitation, il cria : « Carcassonne est tombée ! Trencavel s'est rendu ! La ville est entre les mains de Simon de Montfort ! »

Un coup de tonnerre dans un ciel bleu.

4

« Massacrez-les tous car Dieu connaît les siens ! » (1209)

Les terres d'Arrigues étaient alors si éloignées du tumulte de la bataille menée dans la plaine que le temps semblait suspendu, comme indifférent. À Arrigues, seule la chaleur accablait les corps et les esprits.

Agénor apprit la nouvelle avec consternation. Ce qu'il craignait depuis quelques mois se concrétisait. L'Église de Rome avait décidé de lever une croisade contre les Albigeois, déterminée à écraser l'hérésie qui gangrenait le Languedoc. Une croisade en Occitanie ! Des chevaliers chrétiens contre des chevaliers chrétiens !

Et Trencavel qui s'était rendu ! Il n'arrivait pas à le concevoir tant il estimait le personnage, en dépit des nombreuses querelles qui l'avaient opposé à Raymond de Toulouse.

— Dans la ville assiégée, la situation était devenue critique, expliquait le messager. Ils commençaient à manquer d'eau et de vivres. Il a décidé de se rendre pour épargner les habitants. Dieu seul sait ce qu'il adviendra de lui.

— Mais le roi d'Aragon ne devait-il pas venir à sa rescousse ?

— Il en était question mais il arrivera trop tard, désormais.

— Quant au soutien de Toulouse, il pouvait toujours l'attendre ! persifla Geoffroy qui avait surgi en silence dans le dos de son père et avait tout écouté. Encore maintenant il ne sait pas dans quel camp se mettre. Il finira par choisir celui du plus fort. Peut-être paiera-t-il tout au plus la rançon pour faire libérer son neveu ?

— Ce ton arrogant est déplacé, tu parles là de ton suzerain ! le sermonna Agénor avec exaspération.

Héloïse vint aux nouvelles, alertée par l'effervescence qui régnait partout au château. Depuis son dernier accouchement, elle avait beaucoup maigri et restait de santé fragile. Agénor savait qu'il aurait dû la ménager et lui laisser le temps de guérir. Mais, égal à lui-même, il n'avait pas su résister. Elle attendait à nouveau un enfant. Et c'était peut-être le fils tant espéré.

— Que va-t-il se passer maintenant ? s'enquit-elle en se glissant aux côtés de son époux qui criait des ordres, bondissant ici et là.

Préoccupé, il lui adressa un regard distrait.

— Je ne sais pas. Je m'inquiète surtout pour Robert de Fourques et sa famille. Il était à Carcassonne, aux côtés de Trencavel. Il faut que je mette sa famille en garde. Si les choses devaient mal tourner, ils risqueraient d'être excommuniés et chassés de leurs terres. Ce serait dramatique.

— Tu pars ? s'exclama-t-elle.

— Oui, dès maintenant. Robert ferait la même chose pour moi.

Le visage de la jeune femme devint plus pâle que la mort. D'un geste, elle retint Agénor et, d'une voix suppliante, murmura :

— Ne nous laisse pas seules…

— Guillaume et Geoffroy veilleront sur vous et le château, ma mie. Ne t'inquiète pas, pense à l'enfant que tu portes, tu devrais d'ailleurs aller te reposer…

Consternée, Héloïse ne trouva rien à répondre. Il fallait qu'Agénor soit aveuglé ou grandement tourmenté pour les laisser ainsi à la merci de Geoffroy. Ce dernier avait écouté leur échange sans exprimer la moindre émotion, le visage dur. En dépit de la chaleur, elle tremblait de tous ses membres. Elle jeta un regard éperdu autour d'elle ; tout n'était plus que bousculade, agitation, une vraie pagaille qui annonçait le départ imminent du baron. La nouvelle s'était propagée comme l'éclair, chacun y allant de son commentaire, non sans effroi.

Tandis qu'Agénor se dirigeait à grandes enjambées vers les écuries, Geoffroy bouscula la jeune femme pour rattraper son père, qu'il interpella d'une voix haineuse :

— Si tu leur accordes l'hospitalité, tu nous mettras tous en danger !

— Je n'ai pas le temps de discuter, Geoffroy, rétorqua Agénor sans se retourner, occupé à seller lui-même son cheval pour gagner de précieuses minutes. Mais ta mère et Constance, l'épouse de Robert, étaient cousines. Cela devrait suffire à te convaincre, non ?

Il releva brusquement la tête et fixa son fils, avant de reprendre :

— Tu ne peux pas être à ce point dénué de compassion ? Robert a toujours été plus qu'un ami pour moi. C'est un frère. À l'heure qu'il est, je ne sais ce qu'il est advenu de lui. Je pars donc avec quelques soldats et je te confie le château. Guillaume te secondera. Tu veilleras sur elles, n'est-ce pas ?

— Tu me demandes de veiller sur ta femme et tes filles alors que depuis un an tu nous mets tous en péril en accueillant sous ton toit des hérétiques ? Montfort ne se contentera pas de la prise de Carcassonne. Tu connais sa réputation ! Depuis un an, tu joues avec le feu de façon inconsidérée !

— Montfort a une dette envers moi. Je lui ai sauvé la vie il y a fort longtemps. Je ne pense pas qu'il ait oublié. Ou bien ce n'est plus l'homme d'honneur que j'ai connu…

— Mais tu n'as pas l'air de réaliser que vous n'êtes plus dans le même camp ! Comment peux-tu être aussi aveugle ! s'emporta Geoffroy. Robert a choisi. C'est un hérétique. Qu'il en paie aujourd'hui le prix, il savait ce qu'il faisait ! Mais toi, que vas-tu te mêler de ces histoires de religion, alors que tu dis ne pas en croire un traître mot ?

— Oh ! Geoffroy… Pourquoi ne peux-tu pas comprendre ?

Le père et le fils se toisèrent un long moment, les poings serrés de rage et le regard lourd de défi.

La rumeur bruissait jusque dans les cuisines. Tous redoutaient des représailles. Ils connaissaient leur seigneur. Allait-il repartir guerroyer ? Et sous quelle bannière ? Tout cela ne présageait rien de bon. Alors qu'elle allait chercher du bois en maugréant à voix basse, la vieille Philiberte tomba nez à nez avec Blaise qui se tenait prostré dans un coin sombre. Elle eut la peur de sa vie et fit un grand bond en arrière, en glapissant. Voilà des semaines qu'il semblait s'être volatilisé. Elle s'était faite à l'idée, soulagée. Mais elle s'était bien leurrée ! Reprenant ses esprits, elle se signa avec effroi, tandis que les paroles de Mariette, trépassée depuis, lui revenaient en mémoire, de plein fouet : « Nous ne le savons pas encore, mais cet enfant annonce des temps nouveaux et de grands malheurs… Le mal est entré au château… Je vous le dis : nous allons au-devant de grandes souffrances… »

— Que fais-tu ici, mauvais bougre ? Ôte-toi de ma vue ! Tu n'as pas encore compris qu'on ne veut pas de toi ici ? cria-t-elle en le menaçant d'une bûche, les yeux flamboyants de peur et de colère.

En guise de réponse, Blaise se ratatina sur lui-même en poussant des gémissements.

Agénor était absent depuis plusieurs jours et n'avait encore envoyé aucun messager pour donner de ses nouvelles. L'attente était intolérable pour Héloïse qui, dès l'aube, se rendait sur les remparts pour scruter l'horizon. Elle allait bientôt d'accoucher. Tout son corps était endolori et pesant ; le moindre déplacement lui coûtait. Elle espérait de toute son âme que ce serait un fils, cette fois-ci. Ainsi que le retour de son époux, sain et sauf.

Le soleil cognait impitoyablement sur sa chevelure qui semblait sur le point de s'embraser. Sa dame de compagnie, Clothilde, arriva subitement, la débusquant en poussant un cri désapprobateur.

— Misère, vous voulez attraper la mort ? Ça ne fera pas revenir notre seigneur plus vite d'attendre ici ! glapit-elle, toute tourneboulée.

Le visage rougeaud et la poitrine opulente à bout de souffle, Clothilde transpirait à grosses gouttes et exhalait une forte odeur de sueur.

— Mettez-vous au frais ! Ce n'est pas une heure à rester dehors ! J'ai aussi demandé à Blanche de faire rentrer vos petites filles qui jouaient dans le verger. Et j'ai encore dû chasser ce petit sauvage qui leur tourne sans cesse autour, vous savez bien, le muet, le simplet. Mon Dieu, il est si sale, il empeste comme un bouc et son regard est si sournois… Vous devriez vous en méfier, ma dame, et ne plus tolérer sa présence. Si vous le souhaitez, j'en parle à Guillaume qui prendra les mesures nécessaires.

— Tu veux parler du petit Blaise ? s'enquit Héloïse, se laissant entraîner dans l'escalier menant au logis.

— Oui… Je vous le répète : il a quelque chose d'anormal dans la physionomie qui me donne la chair de poule. Vos petites sont si innocentes, elles ne se rendent pas compte…

Héloïse fut saisie d'un léger vertige et s'immobilisa, le temps qu'il se dissipe. Cherchant le contact rassurant de la pierre froide et rugueuse, sa main s'écorcha contre une aspérité, provoquant un couinement chez Clothilde mais Héloïse ne réagit pas, les yeux perdus dans le vague.

— Je sais tout cela, chuchota-t-elle, je l'ai aussi surpris à me suivre et à m'épier. C'est un enfant étrange mais il ne me semble pas menaçant.

— Détrompez-vous, ce n'est plus un enfant, ma dame ! rétorqua Clothilde. Et Dieu m'est témoin que je vous aurai mise en garde.

À l'ombre des arbres fruitiers, dans le verger ceint de hauts murs de pierres blanches, Alix et Jeanne s'ébattaient en poussant des cris de joie au milieu des herbes grillées par le soleil. Elles avaient été confiées à Blanche, l'autre dame de compagnie, mais celle-ci s'était assoupie, écrasée par la chaleur et le chant strident des cigales. Arrivant comme une furie, Clothilde ne se priva pas d'invectiver la bonne à rien, cette grosse mollassonne inconsciente et irresponsable. Cette dernière, réveillée en sursaut, se mit à rouler des yeux coupables, sans rien comprendre à ce qui lui arrivait. Les petites étaient toujours là et allaient bien : pourquoi une telle fureur ? Héloïse surgit à son tour, le souffle court. Ses yeux cherchèrent des traces de Blaise mais ne le virent pas. Clothilde avait peut-être exagéré, comme cela lui arrivait souvent. Elle en ressentit malgré tout un indicible soulagement, teinté de culpabilité et de mauvaise conscience. Jamais elle n'avait avoué à qui que ce soit sa terrible humiliation lorsque, dès son arrivée à Arrigues, quelques mauvaises langues s'étaient empressées de lui ouvrir les yeux sur la nature de son époux, semant le doute au passage quant à la réelle identité de cet enfant que tout le monde surnommait le simplet. Et ce n'était pas tant la réputation de son époux ni cette évidence qu'il avait dû semer nombre de bâtards à travers le pays qui l'avaient le plus choquée au final, mais bien le fait que ce bâtard précisément fût si idiot, si repoussant et traité comme un chien par la valetaille. Elle aurait dû ressentir de la pitié ou de la compassion pour cette pauvre créature qu'Agénor, le plus aveugle d'entre tous, ignorait superbement. Au lieu de cela, elle n'avait éprouvé que de l'aversion.

— Rentrons au château, il fait trop chaud ! décréta Clothilde en prenant fermement les deux petites filles par la main.

Tapi dans une sorte de tunnel tracé au milieu de ronciers, Blaise les regarda s'éloigner. Ses yeux suivirent aussi longtemps qu'ils le purent la silhouette sautillante d'Alix, dont les longues boucles rousses bondissaient dans son dos ; petite fille chahuteuse et turbulente venant se blottir contre sa mère puis câlinant la grosse Clothilde comme on amadoue un ours bourru.

Agénor rentra de son expédition deux jours plus tard, en pleine nuit. Des voix feutrées, le fracas des sabots sur le sol, la rumeur d'un va-et-vient inhabituel et le réveil des chiens alertèrent Héloïse qui s'extirpa douloureusement du lit pour se précipiter à la fenêtre.

Les silhouettes des cavaliers se dessinaient à la lueur des flambeaux en contrebas et, parmi elles, Héloïse reconnut avec soulagement son époux. Il y avait aussi Geoffroy et Guillaume, venus à leur rencontre. Tous les trois s'entretenaient à voix basse mais parfois l'éclat d'une voix fusait, impérieuse ou tendue. Une contraction surprit Héloïse qui posa une main sur son ventre rebondi. L'enfant qu'elle portait semblait particulièrement impatient et remuant et elle pressentait qu'il arriverait plus tôt que prévu. De toutes ses grossesses, jamais elle n'avait été si énorme et lourde. Ce serait un sacré gaillard, elle en était certaine. Laborieusement, elle retourna à sa couche, cherchant une position confortable, puis, calée sur le flanc gauche, les yeux ouverts dans le noir, elle guetta les pas de son époux.

Ce dernier ne vint pas tout de suite. Une fois les chevaux rentrés à l'écurie et les hommes éparpillés, il se rendit d'un pas lourd à la petite maisonnette qu'occupait Pierre d'Albret. Un rai de lumière ténu filtrait sous la porte et entre les volets clos. Le bon homme était réveillé. Agénor entra sans frapper.

Pierre d'Albret était assis devant l'âtre. Il se leva à l'arrivée du baron et, au premier coup d'œil, comprit que quelque chose n'allait pas. Agénor semblait avoir pris dix ans d'un coup. Le visage creusé, les yeux hagards et la bouche réduite à un trait mince et amer. Des rides qui n'étaient pas là avant, autour des yeux et aux commissures des lèvres. Sale et échevelé, couvert de terre et de poussière, comme s'il avait chevauché sans s'arrêter, à bride abattue. Il se laissa tomber sur le banc et Pierre d'Albret le vit s'effondrer sur lui-même, colosse brisé, visage dans les mains, sanglotant sans bruit, seules ses épaules frémissantes trahissant son immense détresse.

— Vous êtes arrivés trop tard…, murmura Pierre d'Albret en fermant les yeux.

Agénor mit du temps avant de pouvoir répondre et cela sembla durer une éternité au bon homme, qui était venu s'asseoir à ses côtés, silencieux et prostré.

— Après ce que nous avons vu, je crains que toi et tes semblables ne soyez jamais plus en sécurité… Ils n'auront de cesse de vous anéantir et de la pire façon qui soit, finit par murmurer le baron.

— Si tel est notre destin… La mort ne nous fait pas peur, tu le sais bien, baron, objecta Pierre d'Albret avec douceur.

— Mais tant que vous vivrez sous mon toit, vous serez sous ma protection. Ce ne sont pas ces diables noirs qui me feront trembler et céder ! Tous ces crimes commis au nom de Dieu ! Comment a-t-on pu en arriver là ? Je les combattrai, je vengerai mon ami, jusqu'à mon dernier souffle !

— Crois-moi, Dieu n'a rien à voir avec la folie des hommes. *Ce n'est pas Dieu qui fait les bonnes récoltes mais le fumier que l'on met dessus.* Seule l'éternité est d'essence divine. Ici-bas, tout n'est qu'illusoire et transitoire, tout n'est que vanité vaine. Raconte-moi. Qu'est devenue la famille de Fourques ?

— On est arrivés trop tard. Les soudards de Montfort nous avaient précédés et ont égorgé tous les habitants, violé les femmes, transpercé les enfants. Il y avait des cadavres partout, jusque dans le puits. Certains corps, éventrés, avaient été suspendus au-dessus du vide et se balançaient en répandant leurs viscères, nez coupé, yeux arrachés. Je n'ai pas vu une telle cruauté depuis les croisades. C'étaient des innocents, incapables de se défendre, qui n'ont pas eu le temps de fuir ni le moindre espoir de clémence. Un massacre. Un crime impardonnable.

— La famille ?

Agénor secoua la tête, le visage ravagé par le chagrin.

— J'ai retrouvé Constance égorgée, gisant dans un des escaliers, ses deux plus jeunes enfants à côté d'elle – le plus petit n'était même pas encore sevré. Dans une mare de sang…

— Mon Dieu…

— Mais je n'ai pas retrouvé l'aîné. J'ai cherché partout, on a soulevé tous les corps, il n'y avait pas un seul survivant. Son cadavre était peut-être trop mutilé et nous ne l'avons pas reconnu…

Il se tut, des larmes silencieuses se répandant sur ses joues, laissant de longues traînées noires. Il leva alors ses deux mains, qu'il contempla d'un air hébété : des mains noires de suie, prises de tremblements.

— L'odeur était intolérable… avec cette chaleur… Ils avaient laissé les corps comme ça, à la merci des charognards… On a enseveli Constance et ses enfants. Puis on a fait un immense bûcher sur lequel on a empilé les morts, un à un… On ne pouvait pas les laisser comme ça…

— Et qu'en est-il du sort de Robert de Fourques ? Sais-tu ce qu'il est devenu ?

Agénor ferma les yeux sur la vision de ce vieil ami qu'il ne reverrait jamais plus en ce monde, ce compagnon de toujours, qui ne cesserait de le hanter. Comme il ne répondait pas, trop bouleversé, Pierre d'Albret murmura :

— Prions pour leurs âmes, qu'ils aillent en paix, dans la lumière du Seigneur. Ils ne connaîtront plus les souffrances d'ici-bas, ils sont délivrés…

Et le parfait se mit à réciter le *consolamentum* d'une voix à peine audible, longue prière destinée à accompagner les défunts dans l'autre monde.

L'aube livide éclairait lentement la chambre, chassant les dernières ombres, quand, à moitié endormie, Héloïse sentit le corps de son époux s'écrouler contre son flanc. Il n'avait pas pris la peine de se débotter et demeura étendu sur le dos, immobile, sans rien dire. Elle finit par se redresser sur un coude, ses cheveux dénoués tombant en cascade sur le bras d'Agénor, et scruta attentivement son visage aux yeux clos. Cherchant à saisir ce qu'elle pressentait déjà. Un grand malheur. D'une main tremblante, elle lui caressa le front puis les cheveux, ses joues mangées par une vilaine barbe. Leurs regards se croisèrent, intenses et suppliants. Pas besoin de mots, elle avait compris. Elle se mit à pleurer, le visage enfoui contre l'épaule d'Agénor. Ce dernier l'étreignit avec force, puis posa ses deux mains sur ce ventre qui portait la vie et murmura :

— Nous sommes en guerre, Héloïse, et je ne pense pas que Raymond reste plus longtemps hors du conflit. C'est toute l'Occitanie qui est en danger si nous ne réagissons pas. Il va sans doute me rappeler sous sa bannière et j'irai.

Quand le soleil fut haut dans le ciel, boule de feu impitoyable annonçant une journée torride, Agénor se rendit à la salle des gardes pour transmettre ses ordres, choisir les sentinelles qu'il souhaitait mettre en faction sur les remparts, renforcer la vigilance et se préparer à toute éventualité. Il avait confié une Héloïse anéantie aux bons soins de Clothilde et de Blanche, guère plus vaillantes, toutes deux ébranlées par la nouvelle. Elles avaient conscience que leur sort serait scellé avec le riche et très convoité comté de Toulouse. Mais Raymond était-il assez puissant pour les protéger ?

Soucieux, Agénor passait ses journées à guetter l'horizon depuis les remparts. S'attendait-il à voir surgir les troupes de Montfort ?

Comme chaque matin, Alix et Jeanne jouaient dans le verger, sous la surveillance de Blanche, de Clothilde ou de quelques autres servantes. Leurs cris et leurs rires parvinrent aux oreilles d'Héloïse avant même qu'elle ne les aperçoive. Une joie de vivre, une insouciance qui la rasséréna sur le moment. La volonté de croire qu'ici, ils seraient tous à l'abri, toujours. Arrigues était au bout du monde, si loin de tout. Réputée imprenable, jamais la citadelle n'avait subi d'assaut ou de siège. Et puis, quelle armée serait assez stupide pour venir s'y perdre ? En été, c'était comme rôtir dans les flammes de l'enfer : si peu d'ombre, une terre aride et minérale, traîtresse et implacable ; il était si facile de s'égarer dans ces gorges profondes, ces garrigues interminables, ces bosquets touffus. Et en hiver, la région devenait encore plus inhospitalière. Il fallait y être né et l'avoir dans le sang pour pouvoir y survivre, s'y accrocher coûte que coûte. Héloïse se rappelait encore la détresse qui l'avait saisie en découvrant cette contrée sauvage. Nostalgie des plaines fertiles de son enfance, de la végétation luxuriante ; même la lumière était plus douce là-bas, chez elle. Cela avait été long pour elle de s'accoutumer à son nouvel environnement, persuadée au fond d'elle-même qu'elle resterait une éternelle déracinée. Mais aujourd'hui, pour la première fois, divers sentiments surgissaient en elle, tandis qu'elle songeait à sa terre d'adoption : reconnaissance, confiance, attachement. La terre de ses filles.

Celles-ci se gavaient de figues noires, la figure barbouillée, profitant que Blanche se soit encore assoupie à l'ombre de l'arbre, la bouche grande ouverte et le visage cramoisi de chaleur. Héloïse était sur le point de les rejoindre en souriant lorsqu'elle remarqua soudain la présence de Blaise, qui rampait dans les herbes en direction des petites. On aurait dit un félin, guettant ses proies, sauf qu'il riait lui aussi. Répugnant de crasse, la peau purulente et couverte de croûtes. Saisie d'effroi, elle le vit se coller à Alix et, de ses mains noires, la mine béate, lui caresser les cheveux. Héloïse sentit son cœur faire une violente embardée. Les fillettes, inconscientes, chahutaient à présent, lui grimpaient sur le dos en poussant des cris auxquels il ajoutait les siens, stridents. Héloïse se mit à hurler.

— Alix et Jeanne, venez ici immédiatement !

Les petites se figèrent, interdites, tandis que Blanche se réveillait en sursaut. Blaise, lui, n'attendit pas. Comprenant qu'il venait d'être repéré, il détala comme une souris.

— Oh, maman, tu es là ! s'exclama Alix, les joues en feu. On a fait manger des fourmis à Blaise et il n'a rien dit !

— Je ne veux pas vous voir traîner avec lui, Alix ! Je vous l'ai déjà dit ! Il n'a pas toute sa raison ! Regarde dans quel état tu es ! Blanche, je ne te laisserai plus jamais seule avec mes filles !

La voix d'Héloïse s'étrangla dans des notes aiguës. Dans un état d'extrême agitation, ses doigts tentaient vainement de démêler les nœuds dans la chevelure de son aînée, tirant sans douceur, comme si les mains du simplet l'avaient souillée.

— Aïe, tu me fais mal, maman ! protesta Alix.

— Pardonne-moi…

Livide, la jeune femme tenta de se ressaisir. Des contractions lui serraient à nouveau le ventre, irrégulières et violentes.

— Ma dame, vous allez bien ? s'enquit Blanche d'un air penaud.

— Disparais hors de ma vue ! siffla Héloïse, furieuse. Tu n'es qu'une pauvre sotte irresponsable !

La dame de compagnie fondit en larmes et se retira, tête et épaules basses.

Blaise s'était réfugié dans les ronciers ; il n'avait rien perdu de la scène, avait tout observé, ressenti la peur et la colère d'Héloïse au plus profond de sa chair, comme une énième meurtrissure, envahi par une détresse inexplicable, qui le plombait littéralement, le renvoyait à son état de bête sauvage. Car lui aussi avait les cheveux emmêlés, les hardes déchirées, des bleus, des bosses et des éraflures et il aurait tellement aimé sentir les doigts d'Héloïse sur sa peau et lire sur son visage autre chose que de la répulsion et de la peur. Il n'avait plus qu'une envie dans ces moments-là : aller se taper la tête contre un mur ou se mutiler un peu plus les bras et les jambes, pour faire couler le sang, ressentir la douleur physique qui lui ferait oublier l'autre douleur, tellement plus insupportable.

Blanche fut définitivement renvoyée et Héloïse sentit les premières douleurs de l'enfantement dans la soirée qui suivit. Elle mit au monde des jumeaux, un garçon et une fille, après plusieurs heures d'un travail éprouvant. Voilà pourquoi elle ne s'était jamais sentie aussi lourde et fatiguée. Fou de joie, d'émotion et de reconnaissance, Agénor contempla les deux nouveau-nés, si petits. Le garçon avait les cheveux roux comme sa mère. La petite fille était brune. Arthur et Marie. Hélas, le bonheur devait être de courte durée. Le petit garçon mourut à trois jours, dans son sommeil, cessant tout simplement de respirer. Douleur immense et inconsolable. Incompréhension et hébétude. À croire que Dieu leur refusait un fils.

Agénor erra plusieurs jours, malheureux comme les pierres et incapable de consoler son épouse. À l'immense peine s'ajoutaient les recommandations du médecin : Héloïse ne serait plus en mesure d'enfanter sans y laisser la vie. Il fallait qu'Agénor se fasse une raison.

Déserter le lit conjugal.

Renoncer à ce fils tant attendu.

Faire le deuil de tant d'espérances.

Le temps du bonheur était-il donc révolu ?

Agénor se jeta à corps perdu dans des préoccupations sans cesse plus pressantes, passant le plus clair de son temps en compagnie de ses hommes, envoyant des messagers, en quête de nouvelles du côté de Toulouse, guettant leur retour en arpentant les remparts de long en large, épaules voûtées et regard fébrile de celui qui ne connaîtrait plus jamais la paix.

Parfois, Geoffroy venait lui tourner autour, pareil à un chien hargneux.

— Il faut que tu prennes une décision ! Tous les jours, des messagers viennent te dire que les troupes de Montfort ravagent les campagnes, brûlent les châteaux et massacrent la population. Le comté de Toulouse sera sa prochaine étape. Il faut te débarrasser des hérétiques que tu abrites. Nous sommes tous en danger avec eux sous notre toit !

Là-dessus, il jetait un regard accusateur à Pierre d'Albret qui se tenait en retrait lorsque le père et le fils venaient à se quereller.

Un jour, cependant, le parfait dit :

— Ton fils a raison. Nous allons partir.

— Il n'en est pas question, s'emporta Agénor furieux. Je suis encore maître sur mes terres et je n'ai pas l'intention de vous chasser. Ce serait signer votre arrêt de mort. Attendons encore un peu les instructions de Raymond. Si nous devons prendre les armes, nous les prendrons, quitte à affronter en personne ce diable de Montfort et à faire table rase du passé !

Geoffroy ricana, exaspéré :

— Notre fier et valeureux suzerain ! En ce moment, il doit trembler dans ses braies sans savoir à quel saint se vouer ! Il a toujours eu une peur bleue d'être excommunié, il a toujours été faible et indécis, père ! Tu le connais, pourtant ! Il laissera Montfort entrer sur ses terres et en découdre avec ses vassaux avant même d'avoir pris une décision. Et il perdra son comté.

— Mais nous lui avons prêté allégeance, Geoffroy. Nous n'avons pas le choix et je refuse de me parjurer.

— Alors nous mourrons tous. Nous ne pourrons pas compter sur ces petits seigneurs hérétiques contre la menace capétienne. Et je ne pense pas non plus que tes bons hommes prendront les armes. Vous êtes tous plus pathétiques les uns que les autres. Vous tendez le cou au bourreau. Mais moi, je réclame et revendique l'héritage qui sera le mien. Je ne veux pas le sacrifier et tout perdre pour des histoires qui ne me concernent en rien !

Là-dessus, Geoffroy s'éloigna à grands pas vers les écuries, ulcéré de ne pouvoir davantage bousculer les convictions de son père. La frustration qui en résultait et qu'il était incapable d'endiguer le rendait fou de rage. L'Occitanie était à la merci de deux volontés de fer, d'un côté l'Église de Rome, déterminée à éradiquer l'hérésie qui tournait ses prélats en dérision, de l'autre côté Louis VIII qui, sous couvert de prêter main-forte au pape, le mal nommé Innocent III, comptait bien lui aussi tirer profit de cette croisade. Une croisade dans laquelle Agénor d'Arrigues tenait désormais le rôle de l'infidèle.

Il n'était qu'un simple vassal. Mais à ses yeux, il était inconcevable que le roi de France puisse s'attaquer au puissant comté de Toulouse. Ou alors, ce ne serait ni plus ni moins qu'une abominable usurpation.

Un jour, un messager confirma la nouvelle que Robert de Fourques avait été exécuté devant Carcassonne pendant que son suzerain, le vicomte de Trencavel, s'était constitué prisonnier. Le roi d'Aragon et les renforts promis n'étaient pas arrivés à temps. Raymond de Toulouse, quant à lui, n'avait même pas bougé le petit doigt, abandonnant son neveu à son sort et scellant ainsi son destin. Tous les biens de Trencavel avaient été confisqués au bénéfice de son adversaire, Simon de Montfort, tandis que sa famille avait la vie sauve, à condition de s'exiler en Aragon. La déroute était totale et terrible. Depuis, la rumeur courait que Trencavel avait été lâchement assassiné dans sa geôle, en dépit de tout honneur. Le procédé était odieux. Montfort et ses chevaliers semblaient prêts à commettre les pires infamies, avec la bénédiction d'Innocent.

Ces derniers événements affectèrent énormément Agénor.

Impossible de trouver le sommeil sans revoir ces scènes d'horreur au château de Fourques, sans être harcelé par les souvenirs heureux où Robert était encore en vie. Les périls affrontés ensemble en Terre sainte, les femmes d'un jour partagées, les longues chevauchées, les parties de chasse. Parfois il se réveillait en sursaut, persuadé que tout cela n'était qu'un cauchemar. Hélas ! Robert avait été passé au fil de l'épée comme un vulgaire félon et l'on avait assassiné sa famille.

Bientôt d'autres amis valeureux allaient tomber à leur tour. Il en avait pourtant vu et commis des massacres au nom de Dieu, sur les populations mécréantes qu'il était parti autrefois combattre, dans les lointains déserts d'Orient. Mais jamais il ne s'était senti à ce point acculé. À présent, il redoutait ce monde qui changeait de visage et qui n'augurait rien de bon. Les alliés d'autrefois étaient devenus ses plus farouches ennemis.

Et l'obsédante interrogation : la citadelle tiendrait-elle en cas de siège ?

C'était une nuit sans lune, septembre était déjà bien entamé. Héloïse se remettait lentement de ses relevailles, la petite Marie semblait s'accrocher à la vie, couvée du regard par ses deux sœurs aînées. De gros nuages noirs s'étaient profilés à l'horizon en fin de soirée, amenant avec eux la menace d'un orage. Toute la journée, l'air avait été étouffant et moite. On pouvait entendre au loin dans la plaine le grondement du tonnerre sans que rien n'éclate. Le vent avait fini par se lever, souffle chaud entraînant dans ses bourrasques des tourbillons de feuilles jaunies et desséchées, soulevant la poussière des chemins. Il s'amplifia d'un coup à la tombée de la nuit et s'infiltra insidieusement jusqu'au cœur des foyers, passant par les cheminées, aplatissant les feux, faisant gémir les charpentes et claquer portes et volets. Dehors, l'obscurité était totale et chacun cherchait vainement le sommeil. L'orage, s'il éclatait, promettait d'être violent. Ce n'était pas un temps à mettre un pied dehors : le diable et ses démons étaient de sortie.

La tempête rugissait tant et si bien qu'il fallut un certain temps aux sentinelles pour réaliser que l'on tambourinait contre la lourde porte de chêne.

Guillaume vint réveiller Agénor. Ce dernier s'extirpa doucement du lit pour ne pas alerter Héloïse. Sans un mot, il enfila ses braies, sa tunique et ses bottes, se saisit de son épée et disparut dans l'obscurité du couloir, suivi de son sergent. Héloïse, le cœur étreint par l'angoisse, se redressa sur sa couche. Le vent était si fort dehors qu'il était impossible de percevoir d'autres bruits. Prise d'une impulsion soudaine, elle se leva. Ses pieds nus touchèrent la pierre froide. Juste vêtue d'une ample chemise blanche, elle se saisit d'une dague et quitta la chambre pour rejoindre celle au bout du corridor dans laquelle dormaient ses filles, la nourrice et une autre servante. Le grincement de l'huis fut étouffé par un violent coup de tonnerre qui la fit sursauter. Presque aussitôt, un éclair fulgurant zébra les ténèbres. Elle enjamba le corps de la servante qui dormait en boule devant la porte, d'un sommeil de plomb, et s'approcha du grand lit dans lequel se trouvaient ses deux aînées, blotties l'une contre l'autre malgré la chaleur, cheveux et souffles mêlés. Héloïse se glissa contre le corps d'Alix et, respirant son odeur, ferma les yeux tout en sachant qu'elle ne trouverait point le sommeil, trop tendue, aux aguets. La dague était toujours là, serrée dans sa main droite.

Agénor avait dévalé les escaliers à toute allure, au risque de se rompre le cou, Guillaume sur ses talons, dans un cliquetis d'armes. Geoffroy attendait en bas, sur le pas de la porte, vêtu et armé, indifférent aux éléments qui se déchaînaient derrière lui. Il était inutile de parler, le son de leurs voix se serait perdu avec la plainte du vent. Aussi Geoffroy se contenta-t-il d'emboîter le pas à son père et le suivit-il jusqu'à la poterne où la garde s'était assemblée, en faisant le gros dos, dans la lueur vacillante des flambeaux menaçant de s'éteindre à tout instant. Au milieu du groupe de soldats se tenaient trois silhouettes, dissimulées sous de grandes capes noires, le capuchon rabattu. Serrées l'une contre l'autre ; celle du milieu, plus petite, tremblait comme si elle avait froid ou peur.

L'un des gardes s'approcha d'Agénor et vociféra :

— Des malheureux qui viennent demander asile.

— Par ce temps ? D'où viennent-ils ?

— Deux jeunes filles. Elles disent venir du château de Fourques.

— Quoi ?

D'un geste brusque, Agénor écarta les soldats qui encerclaient les réfugiés et, sans plus de ménagement, mû par une étrange intuition, rabaissa le capuchon de la plus petite silhouette. Abasourdi, il lâcha un juron et son visage se décomposa. C'était le fils aîné de Robert de Fourques, le petit Albin.

— Comment est-ce possible ? murmura-t-il pour lui-même.

Les deux autres silhouettes se découvrirent à leur tour, gestes précipités et tremblants, révélant les visages à peine plus âgés de deux toutes jeunes filles, sœurs à l'évidence, la mine éperdue. Les traces de terre dont leurs joues, leurs fronts et leurs mains semblaient être recouverts ne parvenaient pas à masquer les nombreuses griffures, comme si elles avaient dû se cacher dans les ronces. La plus âgée tomba à genoux sur les cailloux, s'agrippant aux jambes du baron, au bord des larmes.

— Nous vous supplions de nous accueillir ! Nous n'avons nulle part où aller !

— Relève-toi, petite, l'interrompit Agénor en la saisissant par un bras, allons d'abord nous mettre à l'abri.

Ils se réfugièrent dans la salle des gardes où l'on apporta des flambeaux supplémentaires, mettant en lumière les visages apeurés des réfugiés, leurs yeux cernés, les meurtrissures sur leur peau blême et leur terrifiante maigreur. Les deux jeunes filles, entourées par les hommes, roulaient des yeux épouvantés mais aucune d'elles n'avait lâché la main de l'enfant, qui se tenait immobile et silencieux, comme indifférent.

Agénor était sous le choc. Il n'avait d'yeux que pour l'enfant ; c'était bien lui, il le reconnaissait. Il ressemblait tellement à son père que c'en était insupportable ! Il se mit à le palper, brusquement, la peur et la rage au ventre : était-il blessé ? Avait-il faim ? Comment avait-il survécu ? Le petit Albin ne réagit pas, les yeux perdus dans le vide. On aurait dit une marionnette, une coquille de noix creuse.

— Comment avez-vous survécu ? fit Agénor en se redressant. J'ai été à Fourques. J'ai vu ! Guillaume, qu'on leur apporte de quoi manger et boire, ils ont l'air affamés !

— Ma sœur et moi n'étions pas au château quand les soldats sont arrivés. Nous étions à la rivière en train de relaver du linge parce que nous avions renversé notre panière sur le chemin, en chahutant. Notre mère était très fâchée après nous, expliqua l'aînée d'une voix entrecoupée par les sanglots. Nous avons d'abord entendu des chevaux lancés au galop, ils semblaient très nombreux ; on n'a pas compris tout de suite, jusqu'à ce qu'on entende des cris, affreux. Et puis on a vu de la fumée. Alors on s'est cachées. On a eu tellement peur. On a dormi dans le bois, on n'osait pas rentrer, même après le départ des soldats. Mais notre mère n'est pas revenue nous chercher… Alors, la nuit d'après, on a décidé d'aller voir. On n'a pas osé franchir le portail qui était resté grand ouvert, ce qui n'était pas normal. Il n'y avait aucun bruit, comme si tout le monde était parti. Mais dans la cour, on a vu des corps, partout… Alors, j'ai pris la main de ma petite sœur et on s'est sauvées. On pleurait tellement, on ne voyait pas où l'on mettait les pieds, on tombait et puis on se relevait… Le village aussi a été brûlé. Il n'y avait que l'église qui était toujours là. On n'avait nulle part d'autre où aller ; on y est entrées. Il y avait des villageois à l'intérieur, tout le monde pleurait et gémissait. Le prêtre nous a reconnues. Il pensait que nous étions mortes comme les autres. Il nous a dit de fuir, de ne pas traîner dans les parages car les cavaliers allaient sans doute revenir et tout brûler. Et à ce moment-là, il a poussé vers nous le fils de notre châtelain. Il l'avait trouvé dissimulé sous des corps, dans les écuries du château… « Un miracle », qu'il a dit, puis il nous a demandé : « Emmenez-le au château d'Arrigues, c'est ce que son père aurait voulu. Et protégez-le. »

La jeune fille se tut un moment et fixa Albin avec émotion. Le silence était total dans la pièce, tous semblaient frappés par l'horreur de ce récit.

— Il ne parle plus, reprit-elle d'une voix à peine audible. On n'a pas pu lui arracher un seul mot. C'est comme s'il ne nous voyait pas.

— Vous avez été très courageuses, murmura Agénor en s'agenouillant devant l'enfant, lui tenant les deux mains avec ferveur.

— Dieu seul sait ce qu'il a pu voir, chuchota Pierre d'Albret.

— Nous avons marché de nuit, continua la petite lingère. Nous avons évité les villages qui avaient été incendiés. On a vu des bûchers qui fumaient encore… et des tas de corps…

— Seigneur…

— Parfois, on a dû faire des détours, rebrousser chemin, de peur de retomber sur ces hommes. C'est comme s'ils nous précédaient partout où nous allions. Un jour, nous nous étions cachés dans des buissons au bord d'un chemin quand nous avons vu passer des prisonniers : on leur avait crevé les yeux et coupé le nez et les lèvres…

La voix de la jeune fille se brisa.

— Des barbares, lâcha Pierre d'Albret.

— Les troupes de Montfort ravagent tout sur leur passage, intervint Geoffroy. Carcassonne est tombée, Lavaur, Termes et Minerve aussi ! Nous savons ce qui nous attend et ce n'est pas avec quelques soldats de garnison que nous résisterons longtemps !

— Tu as raison. On ne peut plus rester sans rien faire, marmonna Agénor en se redressant, le visage durci.

— Héloïse ! Héloïse ! Où es-tu ?

La jeune femme se redressa sur son séant au moment même où Agénor et une servante faisaient irruption dans la chambre, une torche dans la main de cette dernière pour mieux écarter les ténèbres. Et dans les bras du baron, tache claire, le corps recroquevillé d'un petit garçon qui s'agrippait à sa tunique.

— Héloïse, regarde ! C'est un miracle !

— Que se passe-t-il ? Parle moins fort, tu vas réveiller les filles…

Mine embarrassée de la petite servante que l'on avait elle aussi brutalement tirée du lit, les yeux encore bouffis de sommeil, éblouissant de sa torche la jeune châtelaine incrédule.

— Eh bien, qu'elles se réveillent ! Les filles, ouvrez les yeux ! répliqua le chevalier avec fougue, son précieux fardeau collé contre sa poitrine.

Enserré entre ses bras puissants, un enfant, étrangement inerte, mais dont les deux yeux brillants comme du quartz le fixaient avec attention, créant un lien invisible et tacite entre eux.

Deux corps alanguis remuèrent sous les draps, grognèrent, gémirent. Une tête aux cheveux roux émergea alors entre deux épaules dénudées et le visage encore ensommeillé d'Alix apparut, blanc comme la lune et doté d'immenses yeux noisette. Agénor déposa le petit Albin à côté d'elle et les deux enfants se retrouvèrent nez à nez, aussi perplexes l'un que l'autre.

Le premier échange de regards.

5

Alix de Beaumont
(mars 1245)

À un croisement marqué par un calvaire, que des mains inconnues avaient fleuri – quelques rameaux de genêts –, la voiture de l'Inquisition et son escorte bifurquèrent sur un nouveau chemin qui se faufilait en pente raide vers le sud-est, pendant que des nuages noirs s'amoncelaient à l'horizon et qu'un vent froid se levait. La voiture grinçait de partout, malmenant les voyageurs qui en avaient les membres meurtris. Ils avançaient prudemment, au pas, de crainte que les chevaux ne s'emballent. Quant aux soldats, dont le nombre avait doublé avec les renforts à la solde de Geoffroy, ils demeuraient aux aguets. Il n'y avait pourtant pas une seule habitation en vue, ni âme qui vive, et certainement pas de quoi dissimuler une troupe de brigands, à moins qu'ils ne surgissent de ces chaos de pierres. Seuls des genêts en fleur dispensaient ici et là une touche de couleur dans un paysage de gris et de roche, d'une tristesse absolue.

À en juger par la mine terreuse et maussade du greffier, frère Thomas devina que celui-ci ne s'était pas encore remis de ses terreurs nocturnes. Force était de reconnaître que lui-même était la proie de doutes. Mais en quittant Toulouse, il savait que son chemin serait semé d'embûches et qu'il n'en était qu'aux prémices.

À la mi-journée, ils laissèrent derrière eux la lande et, au fur et à mesure qu'ils descendaient dans la plaine verte et fertile, les premiers villages apparurent, de la fumée s'échappant des cheminées mais les volets obstinément clos et les ruelles vides, comme désertées par leurs habitants. Quelqu'un avait dû prévenir de leur arrivée, plus efficace que la crécelle annonçant le passage des lépreux et faisant fuir la population. Ils traversèrent aussi des hameaux isolés et totalement abandonnés, des arbres poussant à l'intérieur des masures, crevant les toits et éventrant les murs, les mauvaises herbes effaçant les dernières traces d'un chemin qui menait autrefois à une ferme. Trente ans plus tard, ces endroits sentaient encore la mort et personne ne souhaitait s'y attarder, qu'importe la fatigue qui commençait à peser.

— Sommes-nous encore sur les terres de Geoffroy d'Arrigues ? s'enquit frère Thomas.

— Non, nous venons de pénétrer sur celles d'Alix de Beaumont, répondit le greffier, en jetant un coup d'œil prudent derrière le rideau noir.

Le printemps était déjà arrivé dans la plaine tandis que là-haut, sur les terres d'Arrigues, l'hiver semblait s'éterniser. Les bourgeons commençaient à éclore, couvrant la campagne de diverses nuances de vert. Ils traversèrent des sous-bois tapissés de jonquilles et de jacinthes. L'air bruissait du frémissement des feuilles et du chant des oiseaux. Les deux voyageurs se laissèrent gagner par ce calme inespéré tandis que le convoi avançait à une allure plus vive et régulière. La campagne affichait à présent un relief plat et monotone, parsemé de petites parcelles à la terre noire fraîchement labourée. Pour la première fois, ils croisèrent des personnes, alignées sur les talus des chemins, bras ballants et bouche bée, des vilains vêtus de haillons, qui regardèrent passer la voiture et son escorte avec un effroi à peine dissimulé.

À la demande du juge, frère Jean apporta quelques renseignements sur la famille de Beaumont, alors qu'ils approchaient de la ville de Vauriac et de son castelet. Geoffroy d'Arrigues avait su choisir ses alliances en donnant en mariage sa sœur à Philippe de Beaumont, compagnon d'armes de Simon de Montfort.

— C'est par ici qu'il y a eu les premiers bûchers, chuchota frère Jean comme s'il craignait qu'on ne l'entende. Aucune famille n'a été épargnée. Certains, plutôt que de se rendre, ont préféré se jeter du haut des remparts…

S'il espérait une réaction du juge, il en fut pour ses frais. Frère Thomas ne répondit rien, le visage indéchiffrable.

Vauriac apparut soudain au détour du chemin, ceint de hauts remparts crénelés, le donjon d'un château en arrière-plan. Frère Thomas baissa les yeux sur ses mains qui tremblaient imperceptiblement. Il s'empressa de les glisser dans les pans de sa robe de bure.

À peine eurent-ils franchi la grande porte fortifiée que le bourg les posséda, les engloutit dans ses ruelles étroites et animées, assourdissantes. Le juge réalisa qu'il avait oublié à quel point une ville pouvait être bruyante et oppressante. Assaillis par toutes sortes d'effluves nauséabonds, ils se frayèrent un passage tant bien que mal, circulant au ralenti devant échoppes et ateliers d'artisans, subissant les regards tantôt inquiets tantôt mauvais des badauds et des ribaudes qui haranguaient les passants, devant s'immobiliser de nombreuses fois à cause de l'encombrement des rues. Frère Jean se mit à suer à grosses gouttes. Comme il aurait été facile en cet instant, pour un homme en quête de vengeance, de s'attaquer à l'un d'eux puis de se fondre dans la foule. Un coup de poignard en plein cœur, c'était si vite donné ! Ils évitèrent de tirer le rideau pour ne point se faire remarquer davantage. Mais de l'intérieur, frère Jean pouvait entendre la rumeur de la ville, les cris des chalands, tandis que les soldats de l'escorte, du haut de leurs montures impatientes, ouvraient un passage, bousculant sans ménagement la piétaille.

Au bout d'interminables minutes d'immobilité, la voiture s'ébranla enfin et déboucha sur la place principale de Vauriac, sorte de grande cour carrée avec un puits et un abreuvoir en son milieu, cernée de maisons étroites à colonnades sous lesquelles s'abritaient des échoppes. À chacun de ses angles, des rues pavées distribuaient le reste du bourg. Suivant l'une d'elles, ils arrivèrent enfin en vue du castelet, à l'abri derrière ses remparts. La voiture franchit le pont et passa sous la herse relevée pour s'engouffrer avec fracas dans une grande cour, affolant volailles et chiens sur son passage et faisant accourir la garde.

La voiture venait de s'immobiliser lorsque la portière s'ouvrit, laissant apparaître la silhouette massive d'un soldat roux et moustachu qui, main posée sur le pommeau de son épée, lorgna les visiteurs avec défiance. Il parut fortement ébranlé lorsqu'il réalisa de qui il s'agissait et, s'inclinant avec déférence, il s'écarta pour leur céder le passage.

À la suite du juge qui descendit sans un mot, le visage fermé et froid, frère Jean eut toutes les peines du monde à dérouler son gros corps rompu hors de la voiture. Ses petits yeux éblouis par la lumière papillonnèrent, découvrant le nouvel endroit dans lequel ils avaient atterri, un château de taille modeste, mais massif et compact. Il fut surtout frappé par cette végétation foisonnante qui semblait habiller les pierres ocre, glycines encore endormies dont les troncs noueux serpentaient le long des façades, roses trémières disséminées un peu partout, buissons de lilas sur le point d'éclore. Et derrière un mur, percé d'une petite porte en bois close, reliant le corps de logis aux communs, le regard devinait la cime d'arbres, sorte de jardin ou de verger secret, protégé par les remparts. Comme la promesse d'un havre de paix, à l'abri des yeux indiscrets, loin de la rumeur et de l'agitation de la ville.

Un vieil homme frêle et chauve arriva. Il affichait une mine perplexe et vaguement inquiète et s'inclina maladroitement devant le juge.

— Nous n'attendions pas votre visite ! déclara-t-il, le visage empourpré. Que nous vaut un tel honneur ?

— Calmez-vous, mon brave, murmura frère Thomas d'une voix lasse. Nous venons juste nous entretenir avec votre maîtresse, dame Alix.

La requête sembla plonger l'homme dans un profond désarroi.

— Maintenant ? C'est que… dame Alix ne reçoit aucune visite.

— Nous insistons. Nous avons fait une longue route pour venir jusqu'ici.

— Mais j'ai des ordres… Je ne peux la déranger sous aucun prétexte, murmura le vieil homme d'un ton implorant.

— Mais enfin, pour quelles raisons ?! finit par s'emporter frère Thomas, excédé.

— Notre dame est très malade…

— Malade ? À moins d'être mourante…

L'homme n'eut pas le temps de répondre qu'un fracas inattendu de sabots et le hennissement d'un cheval les firent sursauter tous les trois.

Le soleil descendait lentement sur l'horizon, embrasant les pierres. En contre-jour se découpait la silhouette élancée d'un jeune homme chevauchant un splendide cheval noir, au poitrail blanchi par l'écume. Le cavalier avait surgi sans crier gare, en trombe, les prenant de court. Il les toisait avec méfiance, contenant avec peine sa monture nerveuse. Les deux religieux plissèrent les yeux, gênés par le soleil.

— Que se passe-t-il ici ?

— Ah, messire ! Ce sont…

— Oui, je vois bien, Raimond. Tu peux nous laisser.

— Merci, maître !

Le valet ne se fit pas prier pour s'esquiver.

Le cheval piaffait d'impatience, ses sabots caracolant sur les pierres, faisant reculer d'instinct les dominicains. Pour calmer sa monture, à moins que cela ne fût pour impressionner ses visiteurs, le jeune homme la mit au pas, traçant un large cercle autour d'eux, sans les lâcher du regard. Une outrecuidance qui souffla frère Thomas. Était-ce une manière assumée de les intimider ? Se détachant alors du contre-jour, le visage du cavalier se dessina plus nettement : une vingtaine d'années, grand et élancé, des yeux et des cheveux de jais, un menton volontaire et un regard énergique. Le juge se sentit tressaillir de la tête aux pieds. Un revenant.

— Qui êtes-vous ? Que venez-vous faire ici ? interrogea le jeune homme.

— Je suis le frère Thomas, nouveau juge inquisiteur, et voici mon greffier, frère Jean.

Pendant un bref instant, le cavalier parut décontenancé.

— Il n'y a plus aucun hérétique par ici. Et vous n'êtes pas les bienvenus, rétorqua-t-il.

— Ce n'est pas ce qui se dit, riposta calmement frère Thomas. Nous sommes là pour rencontrer dame Alix. Nous ne repartirons pas tant que nous ne l'aurons pas vue. Nous devons l'interroger.

— Ma mère est malade, laissez-la tranquille ! s'insurgea le jeune homme tandis que le cheval, sentant la nervosité de son maître, se remettait à piaffer de plus belle.

Le greffier, qui suivait la discussion avec intérêt, vit le juge se troubler, comme s'il était en proie au doute. Mais il commençait à cerner le personnage et de fait, le visage de ce dernier retrouva presque aussitôt son impassibilité. Que cachait donc cet homme derrière ce masque ? C'en était presque aussi fascinant que cette tension qui régnait entre le cavalier et ses visiteurs indésirables.

Le juge avait dissimulé ses mains dans les manches de sa robe.

— Je suis désolé d'apprendre que votre mère est si mal. Mais j'insiste.

Le regard du jeune homme se voila, mine rembrunie et contrainte.

— Dans ce cas, je vous invite à revenir demain matin. Il est hors de question que vous la dérangiez ce soir. Pour la nuit, vous pourrez loger à l'auberge de *L'Alouette.*

Là-dessus, il claqua la langue et fit faire volte-face à son cheval qui, se cabrant à moitié, fit reculer les deux religieux. Ils le regardèrent s'éloigner au petit galop, franchissant le pont puis disparaissant comme il était apparu. Le greffier réalisa alors qu'ils ne savaient même pas comment le cavalier se nommait.

— Que fait-on, mon père ? s'enquit le chef de leur escorte, vieux soldat au teint gris et à la peau parcheminée.

Aucun des gardes n'avait bougé, attendant les ordres. Devaient-ils mettre pied à terre ? Dans la cour, les quelques habitants du château qui passaient par là les contournaient avec prudence, comme s'ils eussent été des pestiférés. Regards en coin chargés d'appréhension, pas précipités, parfois même volte-face.

— Trouvez-nous cette auberge, décréta le juge d'une voix blanche.

Il retourna s'asseoir dans la voiture, imité par le greffier consterné. Ce dernier, s'affalant sur la banquette, ne put s'empêcher d'énoncer ce qui le turlupinait, à savoir cet accueil outrageant, ce manque total d'hospitalité. Même pas une chambre à leur offrir ? Congédiés comme de la vulgaire piétaille, il était flagrant qu'ils dérangeaient et que dès cette nuit le fugitif serait averti de leur présence en ville, si cela n'était déjà fait. Il aurait tout le temps de leur échapper et demain, il serait loin ! Leur mission était perdue d'avance. Jamais ils ne mettraient la main sur lui. Jamais !

Il avait parlé d'une traite, la voix hachée, qu'importe si son interlocuteur, comme à son habitude, ne semblait pas écouter, les yeux perdus dans le vide. La voiture s'ébranla, les bousculant sans ménagement. Frère Thomas ne réagit pas. Ses doigts s'étaient enfoncés dans la chair de ses bras, pareils à des serres d'oiseau, pour mieux contrer l'étourdissement – une faiblesse du cœur, une mollesse dans tout le corps. Frère Jean, lui, continuait de dérouler sa litanie, volubile et agité, persuadé que tout cela n'était que ruse et diversion ; Alix de Beaumont n'était pas plus malade qu'eux. On avait dû la prévenir de leur arrivée, elle cherchait à gagner du temps.

— Il suffit ! tonna brusquement le juge, faisant sursauter le moine. Au contraire, je suis persuadé qu'Albin de Fourques n'ira pas loin… Nous le retrouverons…

Le greffier darda sur lui un regard perdu : comment pouvait-on être à ce point aveugle ? Ou stupide ? Quelque chose lui échappait, ce n'était pas possible autrement. Ils dénichèrent l'auberge dans une petite rue adjacente ; son enseigne rouillée – une alouette en plein vol – attirait l'œil, grinçant au gré du vent. Une masure biscornue à la façade décrépite, qui semblait pencher dangereusement sur la rue, en équilibre précaire. Deux soldats se chargèrent d'emmener les chevaux aux écuries. Les hommes d'Église et le reste de l'escorte franchirent l'huis en baissant la tête et descendirent les quelques marches irrégulières menant à la pièce qui faisait office de salle à manger, enfumée et sombre. Un porcelet, alléchant, cuisait à la broche dans la cheminée noircie par la suie, ne parvenant pas toutefois à masquer une forte odeur de graillon et de corps mal lavés. Qu'importe, frère Jean n'avait d'yeux que pour les jambons et les saucissons, les aulx et les oignons qui pendaient au-dessus des têtes, accrochés aux poutres. Son ventre se tordit sous l'effet de violents spasmes, et il ne remarqua pas le silence de mort qui les avait accueillis parmi le peu de clients déjà attablés. Conversations brutalement interrompues, gestes suspendus, regards vite baissés.

Tandis que les soldats prenaient place autour d'une table, faisant racler les bancs sur le sol, l'aubergiste, ventru et rougeaud, surgit de la cuisine, sans même chercher à masquer son affolement.

— Vous venez pour manger ? s'enquit-il servilement, jetant par-dessus son épaule quelques furtifs regards en direction de sa maigre clientèle.

Voyant sa salle se vider comme par magie, le propriétaire ne put dissimuler son accablement.

— Nous souhaitons également être logés, énonça froidement frère Thomas, indifférent au sauve-qui-peut général qui s'effectuait dans son dos.

— Vous et vos soldats ? fit l'aubergiste effaré.

— Oui. Et je veux que notre chambre soit toujours sous bonne garde.

— Pour combien de nuits ? se renseigna le pauvre homme, de plus en plus désolé.

— Je l'ignore.

— J'espère que vos hommes sauront se tenir, pour la clientèle, vous comprenez…, gémit l'hôte en se tordant les mains, même si à cette heure précise – il ne se leurrait pas ! – tout le bourg devait déjà être au courant, faisant de son auberge le lieu à fuir comme la peste.

Ce fut le jeune cavalier de la veille qui les accueillit en personne, le lendemain matin, à la première heure. Sans un mot, les lèvres serrées et le pas rapide, comme s'il était pressé de se débarrasser de cette corvée, il les introduisit dans une grande pièce claire, agréablement décorée de tapisseries aux couleurs vives. Près de l'immense cheminée dans laquelle flambait un feu imposant, une femme était assise sur un banc agrémenté de coussins de brocart, avec à ses côtés une jeune suivante. L'irruption des nouveaux venus leur fit lever la tête de concert. Frère Thomas encaissa sans broncher le regard intense que la châtelaine darda sur lui, sereinement. Silhouette si frêle qu'il se demanda depuis quand elle ne se nourrissait plus. Il ne pouvait détacher ses yeux d'elle, avançant sans réfléchir, comme tiré par un fil invisible dont elle seule avait le contrôle. Elle avait conservé de sa jeunesse une admirable chevelure auburn qui brillait de mille éclats dans la pièce nimbée de soleil, et de magnifiques yeux bruns, légèrement ombrés de mauve. Un visage ciselé avec grâce et finesse, des lèvres un peu trop rouges peut-être, tranchant avec sa peau, trop pâle. Sa poitrine se soulevant comme au ralenti. Il n'y avait aucune ostentation chez elle, comme si son statut importait peu, vêtue d'une simple robe de samit et d'un modeste surcot brodé. Ses mains dénuées de bagues étaient posées sur ses genoux. Seul son maintien, droit et digne, trahissait son lignage.

Ses yeux n'avaient pas lâché le visage du frère Thomas quand le bruit d'une bûche s'écroulant dans l'âtre la fit sursauter, mettant fin à un silence qui devenait pesant.

— Voici les oiseaux de malheur dont je t'ai parlé, mère ! annonça le jeune homme.

— Merci, Damien. Que puis-je pour vous ? s'enquit-elle d'une voix posée.

— Il paraît que vous êtes souffrante ? éluda frère Thomas lorsqu'il fut à quelques pas d'elle.

D'un signe de tête, elle lui présenta des tabourets pour lui et son greffier et attendit qu'ils se soient assis avant de répondre :

— Oui. Pourquoi ? Vous pensiez que mon fils mentait ?

— Comment savoir ? J'aimerais vous entretenir, seule.

Alix de Beaumont le dévisagea longuement avant de murmurer :

— Damien et Béatrice, attendez-moi à côté. Ce ne sera pas long.

— Es-tu sûre ? protesta Damien.

— Oui, mon garçon. Béatrice, va avec lui… s'il te plaît…

Damien leur décocha un regard si menaçant que frère Thomas s'attendit à ce qu'il regimbe. C'était à l'évidence un jeune homme impétueux, que la situation mettait hors de lui. Cependant, à sa plus grande surprise, celui-ci ne discuta pas la requête de sa mère. Il se tourna vers la jeune suivante qui le fixait sans un mot, attentive, et eut à son adresse un geste imperceptible. Elle se leva et ils quittèrent ensemble la pièce.

— Votre fils a un sacré tempérament. Il est bien fier, constata frère Thomas.

— Ma foi, il aura hérité cela de son père, répondit-elle avec un étrange sourire.

— Vous ne lui avez donc jamais appris que son attitude pouvait lui coûter cher ?

Elle le fixa longuement, songeuse.

— Vous êtes venus jusqu'ici avec une escorte bien dérisoire. C'est mal connaître le pays et son passé.

— Est-ce une menace ?

— Dieu m'en garde ! s'exclama-t-elle, presque amusée. Non. Je suis étonnée, c'est tout. Vous avez un accent qui n'est pas d'ici. Qui vous envoie ?

— Nous venons à la suite d'une dénonciation.

— Je ne comprends pas... Qui dénonce qui ?

— On dit que vous cachez sur vos terres l'hérétique Albin de Fourques.

Alix tressaillit, paraissant tomber des nues, et son visage devint d'une pâleur effrayante.

— Qui est à l'origine de cette dénonciation ? C'est mon frère qui est derrière tout ça, n'est-ce pas ? souffla-t-elle.

— En effet. Vous ne semblez guère étonnée...

— Je n'ai rien à vous dire sur cet homme, dit-elle en faisant mine de se lever.

— Votre frère prétend le contraire.

— Il se trompe et ce n'est pas ici que vous le trouverez. Je n'ai pas revu Albin de Fourques depuis... des années. On m'a même rapporté qu'il était... mort.

La voix d'Alix se fêla. Fermant les yeux, elle poursuivit :

— Je ne sais pas ce que cherche Geoffroy en vous envoyant ici. Mais il vous fait perdre votre temps. En tout cas, ce n'est pas moi qui vous aiderai à traquer qui que ce soit.

— En prenant le risque que cela se retourne contre votre famille ? J'aurais pourtant de quoi ouvrir une enquête sur vous. Ne me tentez pas ! menaça frère Thomas, agacé.

Alix le fixa, stupéfaite.

— Et sous quel prétexte ?

— Les circonstances troubles de la mort de votre époux. Qui nous dit que vous n'étiez pas à l'origine de ce guet-apens ?

— Vous seriez prêt à retourner toute cette boue ? Dans quel intérêt ? Tout cela remonte à plus de vingt années ! Et mon époux avait suffisamment d'ennemis dans la région pour savoir que sa vie ne tenait qu'à peu de chose. Il connaissait les risques lorsque nous avons pris possession de Vauriac. Nous étions loin d'être les bienvenus, mais comment aurait-il pu en être autrement ? Si cela n'avait tenu qu'à moi, je me serais contentée d'une cabane dans la garrigue.

— Avec Albin de Fourques ?

La châtelaine ne répondit pas, le fixant droit dans les yeux, digne et calme.

— Si on le retrouve sur vos terres, vous avez bien conscience que vous serez accusée de complicité ? reprit-il.

— Nous verrons bien…

Le juge se leva, imité par le greffier qui referma le registre avec soulagement.

— Je ne vous raccompagne pas, vous trouverez bien votre chemin seuls, dit-elle sans ciller.

— Nous reviendrons.

— Ai-je seulement le choix ? murmura-t-elle d'une voix lasse.

Frère Thomas ne répondit pas, se contentant de la regarder avec intensité, le souffle suspendu. On aurait dit deux statues se faisant face. Le temps comme arrêté.

Un rayon de soleil vint illuminer la chevelure d'Alix, donnant l'illusion que celle-ci allait s'embraser d'un instant à l'autre. Cette femme irradiait d'une aura quasi surnaturelle. Son immobilité, ce calme anormal et cette poitrine qui se soulevait à peine… cela ne pouvait être que la beauté du diable… Le greffier inquiet se mit à toussoter, rompant l'étrange charme. Il vit alors le juge tressaillir, comme s'il émergeait d'une sorte d'envoûtement et qu'il revenait de très loin. Les yeux un peu hagards. En plus d'être une probable hérétique, Alix de Beaumont était-elle aussi un peu sorcière ? Usant de sa beauté pour mieux posséder les âmes et annihiler toute volonté chez autrui ? Comment expliquer sinon l'attitude irrationnelle de frère Thomas ? Ce regard comme hypnotisé ? Si un homme comme lui baissait sa garde, c'était dire à quel point cette femme devait être puissante ! Frère Jean sentit ses entrailles se nouer de terreur face à la révélation, évidente : seule la sorcellerie avait pu protéger Albin de Fourques de la justice divine. C'était là l'unique et vraie raison.

Leur escorte les attendait dans la cour, au soleil, mais cela ne parvint pas à rassurer frère Jean en proie à de vifs émois. Frère Thomas, bien qu'ayant recouvré un semblant de vie, était toujours dans un état second, plus mutique que jamais. Il passa devant les soldats sans les voir et le gros greffier n'eut d'autre recours que de lui emboîter le pas en trottinant pour ne pas se laisser distancer. Au lieu de rentrer directement à l'auberge, ils prirent le chemin de l'église de Vauriac située au cœur du bourg, faisant fuir les badauds sur leur passage aussi aisément qu'une mauvaise odeur importune. L'édifice se dressait devant eux, massif et sobre. Frère Thomas s'y engouffra sans un regard pour le mendiant borgne gisant sur le parvis et qui, par un étrange phénomène de mimétisme, se fondait presque dans la pierre. Hésitant, le greffier se figea sur le seuil, comme au bord d'un précipice. Devait-il le laisser seul ou bien le suivre ? À l'intérieur, il faisait frais et sombre comme dans une grotte. Le juge n'était plus visible, englouti par les ténèbres. Il n'y avait pas une âme à la ronde, ni le moindre murmure. Seules quelques taches de couleur tremblotaient sur les dalles, au gré des rayons du soleil joueur, transperçant les vitraux comme autant de flèches célestes. L'escorte, privée de consigne, désœuvrée et maussade, se mit à piétiner. Le gros moine serait bien resté avec eux à faire les cent pas. La cloche retentit soudain au-dessus de leurs têtes, un vrai coup de tonnerre qui fit envoler tous les pigeons et bondir frère Jean affolé. Il battit des bras, chancela et, sans réfléchir, franchit le seuil comme on se jette à l'eau, aussitôt happé par un silence absolu. Quelques bougies se consumaient au pied d'un Christ grandeur nature sur sa croix. Frère Thomas se trouvait là, à genoux sur les dalles, le visage dans les mains, aussi immobile qu'une statue. Puis, brusquement, comme traversé par une indicible souffrance, il s'affaissa sur lui-même, se recroquevilla si bas que son front frôla le sol. Frère Jean, tétanisé, le vit esquisser un cri muet qui lui déforma tout le visage dans une terrifiante grimace ; de douleur, de peur, de colère ? Impossible de douter davantage : cet homme était possédé et rongé de l'intérieur. Le moine sentit ses jambes se dérober sous lui et jeta aux alentours des regards de souris prise au piège. Ils étaient seuls. Ses yeux accrochèrent le visage torturé du Christ et un sombre pressentiment le saisit, comme une main invisible lui étreignant la gorge. Lorsque frère Thomas sembla revenir à lui, une éternité était passée, annihilant tout sentiment de réalité. Hébété, frère Jean le vit se redresser lentement, étirant sa longue carcasse engourdie par le froid et la posture inconfortable. Une fois debout, le juge fixa longuement le Christ supplicié. Le son de sa voix, inattendu, fit sursauter frère Jean lorsqu'elle claqua dans la nef, comme la pierre éclatant sous le gel :

— Cet Albin de Fourques n'a cessé de porter malheur à tous ceux qu'il a côtoyés et prétendu aimer. Il aurait dû périr avec sa famille. Dieu a failli. Il est grand temps d'y remédier.

À l'auberge, le juge et son greffier avaient choisi de se restaurer dans la chambre qu'ils partageaient, à l'écart du reste de la clientèle, faisant monter le repas par une petite servante muette d'effroi qui s'éclipsa aussi vite que possible, comme si elle avait servi le diable en personne. La chambre était située sous les combles, humide, sombre, à l'écart de tout passage. Depuis la lucarne, c'est à peine si l'on voyait un bout de ciel, l'horizon bouché par la façade décrépite d'une maison mitoyenne. Mais cet isolement arrangeait tout le monde. Ils allaient devoir enquêter. Gratter de vieilles cicatrices et réveiller de mauvais souvenirs.

Depuis leur entrevue avec Alix de Beaumont, quelque chose semblait s'être fissuré dans le regard du juge. Comme une faille insondable. Le greffier le voyait parfois passer des heures à parcourir le registre de l'Inquisition, à tourner les pages et à lire encore et encore les procès-verbaux de l'époque, ses lèvres remuant en silence : les soupçons d'hérésie concernant Agénor d'Arrigues, le signalement, très tôt, d'un nid d'hérétiques à la citadelle. La mort du seigneur. Puis la fuite d'Albin de Fourques pour Montségur avec ses zones d'ombre, et le doute : y avait-il vraiment mis les pieds ? L'homme s'était comme évaporé dans la nature, aperçu ici et là, sans jamais aucune certitude, juste des rumeurs, des aveux arrachés à de pauvres hères soumis à la question. Et puis ces deux noms, écrits noir sur blanc, à quelques années d'intervalle, les deux sœurs d'Alix… et sur lesquels les yeux du juge semblaient s'attarder plus que de raison, perdus dans de lointaines pensées. Jeanne et Marie.

Et lorsque le greffier avait osé émettre son humble avis, estimant qu'Albin de Fourques était sans doute mort depuis longtemps, qu'il était impossible qu'il ait pu passer à travers les mailles du filet, pour preuve, personne ne l'avait revu depuis des années, le juge l'avait fixé comme s'il eût été un insignifiant petit vermisseau avant de lui cracher à la figure un cinglant : « Taisez-vous ! Vous ne savez rien, vous ne comprenez rien… » Frère Jean avait dégluti lentement, comme cloué au sol.

La nouvelle de la présence de l'Inquisition en ville s'était propagée comme une épidémie de choléra, provoquant une onde de peur parmi la population. Et l'escorte avait beau s'être installée dans la salle à manger pour la nuit, dissuadant toute intrusion en théorie mais abrutie de vinasse, un matin ils trouvèrent un chat noir crevé sur le pas de la porte de leur chambre. Le lendemain, une chouette crucifiée. Puis la dépouille d'un gros rat grignoté par les vers. Et même une fois, une croix blanche peinte sur l'huis, comme pour les maisons où la malemort avait pris ses quartiers. L'hôtelier jurait chaque fois ses grands dieux n'y être pour rien, s'arrachait le peu de cheveux qui restaient sur son crâne luisant de sueur : non, il n'avait vu personne et il ne savait vraiment pas de qui il pouvait s'agir ; ils étaient forcément venus la nuit, mais qui ? Des *faydits* ? Il n'y en avait plus dans la région depuis la mort de Philippe de Beaumont. Gros yeux écarquillés sur le point de sortir de leurs orbites, le corps exhalant une sueur aigre, le malheureux fut le premier à s'asseoir sur le tabouret face au juge et à son greffier et à subir l'interrogatoire. Ce n'était qu'un début ; frère Thomas ne doutait pas que tôt ou tard des langues se délieraient. En attendant, il ne comptait pas rester un jour de plus dans cette auberge sordide. Ils rendirent visite au curé de Vauriac. Celui-ci était en train de bêcher un petit carré de terre qu'un simple muret en pierres sèches séparait du cimetière. Un individu courtaud et ventru comme un tonneau, la soutane relevée bizarrement à mi-cuisses, dévoilant des jambes tordues et blafardes. Il leur tournait le dos et parlait tout seul. La voix sèche de frère Thomas, retentissant comme un coup de tonnerre, le fit bondir et lâcher son outil de surprise. Il se tourna vers ses visiteurs. Ces derniers réprimèrent un mouvement de recul. Jamais encore il ne leur avait été donné de voir une figure aussi laide et délabrée. Des yeux porcins perdus au milieu d'une face rougeaude, un nez énorme bourgeonnant comme un chou rouge, des oreilles immenses et toutes décollées. Sa peau grêlée desquamait par endroits, comme à vif, et sa dentition était réduite à quelques chicots noirâtres. Quant à sa soutane, elle semblait rigidifiée par la crasse. Frère Thomas ne chercha même pas à dissimuler le dégoût que lui inspirait le personnage. Avec répulsion, il déclina leurs identités et la raison de leur présence. Le prêtre parut tomber des nues et fut saisi de tremblements pitoyables. Il bégaya tant bien que mal qu'il n'était ici que depuis dix ans mais que selon son humble avis ses paroissiens étaient tous de braves gens vivant dans la piété et qu'il n'avait jamais eu connaissance de quoi que ce soit ; sinon, il se serait fait un devoir de le signaler. Lorsque le juge lui rapporta les tentatives d'intimidation dont ils étaient l'objet, le curé écarquilla de gros yeux confus. C'est que la ville accueillait beaucoup d'étrangers, que ce soit des marchands, des saltimbanques, des gens de passage…

— Et si c'était votre châtelaine qui était derrière tout ça ? Ou son fils ? lâcha brusquement frère Thomas.

La question laissa le curé sans voix, comme tétanisé. Ses yeux firent plusieurs fois l'aller-retour entre les deux religieux qui le considéraient attentivement. Prenant une grande inspiration, il finit par murmurer :

— Pourquoi ? On lui reproche quelque chose, à notre châtelaine ?

— Oui. De protéger un hérétique.

Le visage du curé se décomposa.

— Je ne peux pas le croire, mon père. Dame Alix vit recluse dans son château et ne reçoit jamais aucune visite.

— Mais son fils, lui, parcourt bien ses terres sur son cheval.

— Comme n'importe quel seigneur qui doit gérer un domaine…

— À moins qu'il ne soit en relation avec des hérétiques.

À nouveau, cette insinuation laissa le curé perplexe, comme si une telle idée ne l'avait jamais effleuré, confortant frère Jean dans le frêle espoir que l'affaire serait vite résolue, puisque sans aucune raison d'être…

— Concernant votre châtelaine, il paraît qu'elle serait souffrante ? s'enquit subitement frère Thomas, prenant ses deux voisins au dépourvu.

À la grande surprise du greffier, le curé eut l'air sincèrement affligé lorsqu'il répondit :

— Hélas !

— Depuis quand ?

— Je ne saurais dire… Quelques mois. Un jour, elle a cessé de se déplacer sur ses terres comme elle en avait l'habitude. C'est une bonne châtelaine, très aimée de ses sujets, qui n'hésitait pas à se rendre même dans les villages les plus éloignés. Soucieuse de tous. Une belle âme ; que Dieu veille sur elle…

Il se signa.

— Avez-vous entendu parler d'Albin de Fourques ?

— Non, répondit l'homme d'Église sans l'ombre d'une hésitation.

Une réponse trop rapide qui valut au prêtre le regard suspicieux du juge. Il déglutit difficilement, la gorge sèche.

— Je vais vous charger d'une mission, mon père. Désormais vous serez mes yeux et mes oreilles. Et vous serez attentif à la moindre rumeur. Je veux avoir des informations sur cet homme. M'avez-vous bien compris ?

L'homme hocha frénétiquement la tête.

— Mon greffier et moi allons également quitter l'auberge. Vous nous hébergerez et nous tiendrons nos interrogatoires au presbytère.

— Bien sûr… Vous êtes les bienvenus…, bafouilla le curé sans parvenir à dissimuler le profond accablement provoqué par l'annonce du juge.

Ils s'en retournèrent à l'auberge pour récupérer leurs affaires. L'escorte qui patientait à l'ombre d'un tilleul s'ébroua avec mauvaise grâce et leur emboîta le pas dans un cliquetis d'armes entrechoquées. Devant la chambre, une odeur familière de charogne les assaillit. Frère Jean faillit rendre tripes et boyaux en découvrant cette fois-ci une chouette, que l'on avait clouée sur l'huis et dont la dépouille grouillait de vers. L'odeur était épouvantable. Les soldats de l'escorte, que l'inactivité rendait moroses et hargneux, s'empressèrent d'aller secouer l'aubergiste. C'était le début de l'après-midi, l'homme était en train de piquer un somme sur une maigre paillasse installée près de la cheminée dont le feu vivotait, avec un ronflement sonore. Roué de coups, il rebondit contre un mur avant de s'étaler au milieu de ses marmites, dans un tintamarre à réveiller tout le voisinage. Évidemment, il n'avait rien vu, rien entendu et tombait des nues. Mais des deux, c'était encore frère Jean le plus estourbi. Planté au milieu de la pièce, bras ballants et yeux exorbités, le souffle haletant de celui qui se noie, il semblait en proie à la plus vive des terreurs.

— Je refuse de retourner là-haut. Il est évident que quelqu'un nous menace… C'est un avertissement. Nous ne sommes pas en sécurité.

— Allons, ce n'est que de l'intimidation, rétorqua sèchement frère Thomas. On cherche juste à nous effrayer. Notre présence dérange…

— Je n'ai pas envie de finir égorgé dans mon sommeil !

Les yeux réduits à deux fentes, le juge balaya l'inquiétude de son greffier d'un geste de la main, agacé.

— Pas question de nous laisser impressionner. Nous commencerons dès demain les interrogatoires. D'abord tous ceux dont les oreilles traînent. Ceux qui ravitaillent le château. Les serviteurs, et en premier ceux qui sont là depuis longtemps. Nous devrons entendre tout le monde.

Frère Jean se contenta de déglutir laborieusement, accablé par l'ampleur de la tâche.

Ils attendirent le déclin du jour pour s'installer au presbytère, tâchant d'atténuer l'écho de leurs pas dans les ruelles livrées au vent et à l'obscurité naissante, pressant l'allure instinctivement, leurs ombres décuplées les précédant en silence. Devant eux, les soldats ouvraient la marche, à grandes enjambées nerveuses, la main sur le pommeau de l'épée. Trottinant pour ne pas se laisser distancer, frère Jean tentait de se convaincre qu'il ne craignait rien. Il avait la responsabilité de veiller sur le registre de l'Inquisition, rangé à l'abri dans son coffret et dont le poids lui sciait les bras. Un registre qui valait bien plus que sa propre vie, dépositaire de tous les témoignages passés et de ceux à venir. Quant à frère Thomas, il fermait la marche, sombre silhouette énigmatique, le capuchon rabattu sur le visage et les mains disparaissant dans les manches de sa robe, comme avalées. À croire qu'il n'était pas fait de chair, juste une ombre.

Le curé de Vauriac devait les guetter car il leur entrebâilla la porte avant même qu'ils n'aient besoin de frapper. Ils se faufilèrent à l'intérieur sans bruit. Deux toutes petites pièces exiguës et nauséabondes dans lesquelles les trois hommes d'Église devraient se tasser et cohabiter, tandis que les hommes d'armes se relaieraient pour faire le guet dans la rue. Les autres dormiraient à l'écurie avec la mule. D'office, frère Thomas réquisitionna la pièce du fond dans laquelle se trouvait la paillasse du pauvre curé abasourdi. Ce dernier et le greffier se contenteraient de dormir par terre dans la première pièce. Ce n'est qu'une fois seul que frère Thomas abaissa son capuchon, sans parvenir à maîtriser le tremblement de ses mains. Agacé, il serra les poings, tête baissée et yeux clos, attendant qu'elles s'immobilisent. L'une de ses manches, dans le mouvement, se retroussa, révélant une dague maintenue sous le poignet par un lacet en cuir. Puis il se dévêtit totalement et saisit la lanière qu'il nouait autour de sa taille. Ses yeux étaient toujours fermés. Le front plissé, la bouche réduite à un simple trait, amer. Pas besoin de regarder ce corps blême et décharné, il en connaissait la moindre cicatrice. Lentement, il leva la lanière au-dessus de ses épaules et, d'un coup sec, l'abattit, une fois, deux fois, dix fois, de plus en plus fort, ajoutant de nouvelles marbrures rouge vif aux anciennes.

La jeune Béatrice referma sans bruit la lourde porte derrière elle. Damien de Beaumont était là qui l'attendait à la lueur d'une torche suspendue au mur. Arpentant le couloir d'un pas nerveux, le bruit de ses bottes rebondissant contre les parois, comme un écho. Il arborait une expression tourmentée. Les jeux d'ombre et de lumière mettaient en relief la forme de ses pommettes, son nez aquilin et sa mâchoire saillante. Quelques mèches de cheveux, qu'il avait épais et ondulés, lui barraient le front. Échevelé comme après une longue chevauchée, la respiration légèrement saccadée et le regard interrogateur. Elle le rejoignit, leurs doigts se cherchant instinctivement et s'enlaçant. L'attirant contre lui, il s'immobilisa et enfouit son visage dans sa chevelure, laissant échapper un soupir.

— Comment va-t-elle ?

— Pas très bien.

— Sale oiseau de malheur !

— Ils vont revenir…

— Je sais. Et il va mener ses satanés interrogatoires jusqu'à ce qu'il parvienne à ses fins. Ces maudits sont des charognards.

— Je ne comprends pas. Pourquoi maintenant ? s'enquit-elle dans un souffle, déconcertée.

Il secoua la tête, rageur.

— Geoffroy. Il a dû l'apprendre…

— Il faut lui parler alors. Il est le seul à pouvoir renvoyer ces moines. Lui dire que… Il n'est peut-être pas trop tard ?

— Oh non ! Mon oncle a décidé de mener sa dernière croisade. Grand bien lui fasse ! Je n'irai pas le supplier. Et je t'interdis de l'approcher, tu m'entends ?

— Alors, on ne fait rien ?

— Je protégerai ma mère autant que je peux. Je n'ai pas l'intention de leur faciliter la tâche, crois-moi...

— C'est bien ce qui m'inquiète, murmura la jeune fille en prenant le visage de Damien entre ses mains pour mieux plonger son regard dans le sien.

En guise de réponse, ou de dérobade, Damien esquissa un sourire sans joie. S'il y avait une âme sur cette terre qui pouvait lire en lui comme dans un livre ouvert, c'était bien Béatrice.

— Je vais aller la voir avant qu'elle ne s'endorme, décida-t-il brusquement.

— J'ai peur qu'elle ne trouve point le sommeil... Ce soir elle était agitée et sa toux était mauvaise.

— Catherine est passée ?

— Oui, tout à l'heure...

Il déposa un baiser sur les lèvres de la jeune fille. Béatrice était si menue dans ses bras. Pas plus lourde qu'un roseau, souple et gracile. Lorsqu'elle se blottissait contre lui, sa joue reposait contre son torse. Juste à l'emplacement du cœur. Quant à ses mains à lui, elles suffisaient à lui enserrer la taille. Il se souvenait d'un jour quand ils étaient enfants. Béatrice s'était entaillé le pied sur les cailloux au bord de la rivière et il l'avait portée sur son dos tout le long du chemin, fier d'être si robuste, avec le souffle chaud de la petite fille qui caressait son cou. Elle était frêle comme une brindille. Une peau blanche comme la nacre, des cheveux châtains qui bouclaient jusqu'aux hanches et des yeux d'un bleu si pâle qu'ils en étaient presque gris. Catherine disait toujours qu'elle avait mis au monde un ange. Et ce n'est pas lui qui aurait démenti. Parce que c'était aussi son ange à lui.

Elle lui ébouriffa tendrement les cheveux.

— Vas-y, lui chuchota-t-elle.

Il déposa un baiser sur chacune de ses paupières puis s'arracha à son étreinte.

La pénombre envahissait lentement la chambre, estompant les angles, comme si elle sortait des murs, s'infiltrant partout, grignotant tout l'espace peu à peu. En guise de rempart, des bougies disposées ici et là formaient des îlots de lumière, pareils à des auréoles frémissantes. On avait fait brûler du romarin et de la lavande pour assainir les lieux. L'air en était imprégné. Damien trouva sa mère assise sur le banc près de la fenêtre, le regard perdu au-delà de l'horizon. Pensive. Si lointaine et inaccessible qu'il sentit à nouveau une angoisse sourde l'étreindre. Au bord de la nausée. Elle était en train de partir. Là, sous ses yeux. Ce n'était pas que le corps, de plus en plus diaphane, qui rendait les armes. Son âme aussi se dérobait. Une âme qui semblait déjà planer hors de son enveloppe corporelle et qui n'attendait qu'un signe pour couper le dernier fil. Le son de sa voix de plus en plus rare. Cet effacement progressif...

Lui, c'était le sentiment d'impuissance qui l'étouffait.

Rester là, sans rien pouvoir faire d'autre qu'assister à l'inéluctable.

Écouter cette toux affreuse qui la laminait de l'intérieur, comme si des cailloux s'entrechoquaient et raclaient ses poumons. Elle devait en avoir le corps broyé, les chairs à vif. Seules les décoctions que lui administrait Catherine lui procuraient quelques rares moments de répit. De quoi nourrir un fol espoir. Il ne pouvait se résigner.

Le ciel, dégagé, commençait à se teinter de mauve et la lune, qui serait pleine cette nuit, se dressait déjà, nimbant la vue d'une clarté laiteuse. Alix tourna la tête et sourit à son fils. Il avait le visage des mauvais jours : regard voilé et bouche crispée. La colère qui couvait en lui était presque palpable. Elle le laissa approcher sans mot dire. Lorsqu'il fut à sa hauteur, il s'immobilisa, tendu et les poings serrés.

— Je peux les dissuader de revenir…, lâcha-t-il d'une voix sourde.

Alix se raidit, ignorant la douleur qui lui enserrait la poitrine.

— Au contraire, tu ne t'en mêles pas !

— Mais on peut s'en débarrasser ! Ils ne sont que deux et leur escorte est dérisoire !

— Non, Damien !

— Mais pourquoi ?

— Parce que cette histoire n'aura jamais de fin et dure depuis déjà trop longtemps. Nous avons tous assez souffert, c'est un combat perdu d'avance et qui ne mènera à rien, tu le sais aussi bien que moi, non ? Je ne crains plus rien désormais. Alors ne t'inquiète pas pour moi. Tandis que Béatrice et toi, vous auriez tout à perdre.

Sa voix se fêla, à bout de souffle, cédant la place à une violente quinte de toux. Damien fixa sa mère d'un air accablé. Ce n'était pas dans sa nature de capituler, elle le savait mieux que quiconque.

— Très bien, marmonna-t-il en fuyant son regard.

— Promets-le-moi, insista-t-elle, haletante.

— Oui.

Elle lui étreignit la main en guise de remerciement. Ce fils qui ne savait pas à quel point il la comblait et la bouleversait chaque fois. Ces yeux si farouches et cette chevelure noire. Jusqu'à ces mains si semblables. Une mère louve, voilà ce qu'elle était et serait jusqu'à son dernier souffle.

— Je suis un peu fatiguée, laisse-moi à présent.

— Repose-toi, maman.

Tendrement, elle lui caressa la main. Il avait le regard embué. Trancher les derniers liens, ceux qu'elle chérissait le plus, ne serait pas facile. Elle réprima un soupir et détourna la tête pour qu'il ne puisse lire le combat qu'elle livrait avec elle-même. Il se retira en étouffant le bruit de ses pas, les épaules voûtées et la démarche légèrement titubante.

Une fois seule, Alix réprima un sanglot. Cette oppression permanente dans la poitrine n'était pas due qu'à la maladie. L'inquiétude était toujours là, tapie, en embuscade. Jamais elle ne la quitterait. C'était une compagne tenace, coriace et implacable, avec laquelle il avait fallu apprendre à vivre.

Il y avait pourtant eu une époque, autrefois, où elle avait connu l'insouciance.

Quand elle pensait à son père, c'était comme un géant dans son souvenir. Ce caractère impulsif et passionné, qui épuisait et fascinait à la fois. Elle aurait voulu être un garçon, rien que pour pouvoir le suivre partout, jusque dans ses expéditions. Malgré l'érosion du temps, elle pouvait encore sentir les poils drus de sa barbe crisser sous ses doigts de petite fille, des doigts explorateurs, qui aimaient le taquiner. Elle avait été la fille préférée. Liée par une complicité et une tendresse indicibles. Un privilège qui ne s'oubliait pas, une blessure jamais refermée aussi. Sa mère, elle préférait se la rappeler telle qu'elle la voyait avec ses yeux d'enfant : lumineuse, belle et heureuse. Ses cheveux qui étincelaient au soleil. L'odeur de mélisse qu'elle laissait dans son sillage, les histoires qu'elle leur contait et qui les captivaient, souvenirs empreints de nostalgie de ses propres années d'enfance. Elle les préparait déjà, délicatement, à l'inévitable séparation.

Les jeux dans le verger. L'odeur de l'herbe sèche, qui griffait les jambes et les bras. Les branches des arbres qui ployaient sous le poids des fruits, l'odeur des figues charnues, gorgées de sucre. Au-dessus de leurs têtes, les rayons du soleil perçaient le feuillage en une multitude de trouées lumineuses. Le chant des martinets emplissait le ciel. Du regard, elle adorait suivre leurs virevoltes. Cette liberté qu'ils avaient, tout ça parce que la nature les avait dotés d'ailes. Si elle avait été un animal, elle aurait été un oiseau. Et puis il y avait aussi les parties de cache-cache dans le château, interminables. Elle était la meilleure à ce jeu-là, usant de la complicité et de l'indulgence des gardes. Les folles cavalcades. C'était toujours le chien, au final, qui la débusquait, grosse truffe noire et queue affolée en quête de caresses.

Elles avaient été trois sœurs, inséparables. La Providence les avait faites aussi dissemblables que possible et pourtant elles étaient liées comme les doigts de la main. Jeanne, à qui elle confiait tous ses secrets, les petits comme les grands. La douceur et la fidélité incarnées. Un regard bleu-gris comme le ciel avant l'orage. Marie, la plus fragile, la plus tourmentée des trois, et dont elle se rappelait encore la naissance, difficile, et les premiers pas. Hantée par l'ombre d'un petit frère, né à quelques minutes d'intervalle et qui, durant leurs premiers jours de vie, avait été son prolongement quasi fusionnel. On lui avait raconté que dans le berceau lui et Marie dormaient blottis l'un contre l'autre, pareils à des chatons, et que si on essayait de les séparer, ils se mettaient à pleurer. Marie avait pleuré pendant des semaines, nuit et jour, sans discontinuer, après la mort de son jumeau. Rien ne parvenait à la consoler, ni nourrice, ni berceuse, ni caresse. Comme si son chagrin était sans fond. Ce n'est que lorsque Albin était entré dans leur vie qu'elle s'était un peu apaisée.

Son cœur se gonflait encore de tendresse quand elle songeait à sa nourrice à elle, Clothilde, qui bougonnait contre tout et rien. Affectueuse à sa manière, bourrue et souvent mal lunée mais au giron si protecteur. À cette époque, Geoffroy gardait ses distances. Il n'était pas encore celui qu'il deviendrait. Pierre d'Albret dispensait sa sagesse et ses messages de tolérance, à l'ombre du figuier ou dans la grange. De plus en plus de monde venait au château pour l'écouter. Des gens guidés par la rumeur, venus des quatre coins d'Occitanie. Et puis Albin. Déjà. Albin et ses blessures à vif, renaissant lentement à la vie.

Les jours s'écoulaient, paisibles. L'hiver, ils étaient isolés du monde, à mi-chemin entre terre et ciel. Le silence était alors infini, quasi irréel. Un silence qui n'existait qu'à Arrigues, que jamais elle n'avait retrouvé ailleurs et qui vous enveloppait comme une seconde peau, figeant la forteresse hors du temps, sous son manteau de neige. Les hivers pouvaient durer si longtemps là-haut… Difficile d'imaginer alors que le soleil brûlerait et craquellerait la terre au plus fort de l'été, grillant la végétation, asséchant le tumultueux cours d'eau qui serpentait au pied de la falaise en se frayant un passage à travers un chaos de rochers et d'arbres enchevêtrés. L'air embaumait le thym qui poussait sauvage dans la garrigue. Les stridulations des cigales, entêtantes, obstinées, assourdissantes. C'était comme un chant venant de la terre, des arbres, des roches. Enfant, elle était très forte pour débusquer les énormes insectes qui se confondaient avec l'écorce des chênes verts. Il fallait approcher sur la pointe des pieds, sans bruit, pour ne pas les alerter ; le moindre craquement, un mouvement un peu trop brusque et tout s'arrêtait net. Le silence prudent des cigales, toujours sur leurs gardes…

Alix avait aimé cet endroit plus que de raison. Mais la magie des lieux avait été profanée et elle en avait été bannie. Ce n'étaient plus les terres d'Arrigues qu'elle avait connues et aimées. Cet Arrigues-là n'existait plus que dans un coin de son cœur, comme une vieille légende. Trop de larmes, de sang et de tragédie. Geoffroy en resterait le maître absolu, comme il l'avait toujours souhaité.

Une vilaine toux interrompit le cours de ses pensées vagabondes et tout son corps se raidit sous la violence de l'assaut, une vraie lame de fond, dévastatrice. Lorsque la crise fut passée, elle se laissa retomber contre le mur et ferma les yeux, épuisée, hors d'haleine. Son front était couvert de sueur et ses mains tremblaient légèrement. L'accalmie après la tempête ; le cœur encore affolé et le souffle saccadé.

Dehors, la nuit était tombée. Seule la lueur mobile de quelques torches dans la cour et sur le chemin de ronde indiquait que les sentinelles avaient pris leur tour de garde.

De l'autre côté des murs, le bourg s'apprêtait à observer le couvre-feu, enroulé comme une couleuvre à l'abri de ses remparts. Sans avoir conscience que le loup était entré et qu'il dormirait parmi eux.

Comme d'habitude, le sommeil ne viendrait pas pour Alix, là-haut dans sa tour. Pas tout de suite. C'était au contraire l'heure de l'attente et des réminiscences. C'était ainsi depuis si longtemps que son corps ne savait plus faire autrement.

Frère Thomas s'était résigné à mener ses interrogatoires au presbytère, faute de mieux. L'endroit n'était guère reluisant et le mobilier s'avérait des plus sommaires – une table bancale et un tabouret, un coffre sans serrure servant de rangement à tout un bric-à-brac sans valeur. Il avait dû envoyer deux soldats chercher un banc supplémentaire à l'auberge. La pièce, exiguë et confinée, empestait le chou et le graillon. Un pauvre feu se tordait dans l'âtre noir de suie, incapable de chasser l'humidité qui suintait des murs, tout juste bon à dégager une fumée âcre qui piquait les yeux. Toute la nuit, frère Jean avait été pris de quintes de toux, empêchant ses compagnons de fermer l'œil. Les traits de leurs visages étaient tirés par la fatigue et la tension. Pour autant, cela n'entama pas la détermination du juge qui, dès l'aube, le regard plus sombre que jamais, entreprit de questionner le curé de Vauriac sur chacun de ses paroissiens. Acculé, le pauvre homme tenta faiblement de se dérober :

— Je les connais, ce sont de braves gens, vous ne ferez que les effrayer. Ne faudrait-il pas plutôt les rencontrer chez eux, discrètement ? Ces convocations vont faire jaser.

— Eh bien, que ça jase ! rétorqua frère Thomas. Seuls ceux qui n'ont pas la conscience tranquille ont des raisons de trembler.

Au fur et à mesure que les noms tombaient, frère Jean prenait note, la plume grinçant désagréablement sur le parchemin. Patronyme, adresse, profession, âge. Ratatiné sur le fameux tabouret où s'assiéraient bientôt les convoqués, le curé de Vauriac semblait au bord de l'apoplexie.

— Allez les quérir maintenant ! ordonna le juge, impitoyable. Emmenez deux soldats. Vous rencontrerez moins de résistance.

Le curé se leva en titubant, le regard vitreux. Il semblait si bouleversé que le greffier oublia un instant la répulsion quasi animale que lui inspirait le personnage. On lui aurait annoncé sa sentence de mort, cela aurait été du pareil au même. Pourquoi une telle réaction ? Dissimulait-il quelque chose ? Protégeait-il quelqu'un ? Les premières personnes affluèrent au presbytère, airs hébétés ou incrédules, certaines protestant d'avoir été arrachées à leur besogne en pleine matinée, d'autres balbutiant leur incompréhension et leur inquiétude. Sans ménagement, les soldats les firent mettre en file devant l'église. Quelques gestes brutaux firent taire les plus hardies ou les plus indignées, tandis qu'une foule de curieux s'amassait sur la place pour commenter la nouvelle. Les interrogatoires débutèrent sans préambule. Certains durèrent à peine quelques minutes, d'autres traînèrent en longueur, sans raison apparente. Pour ceux qui attendaient leur tour sur la place, parqués comme des moutons, l'angoisse enflait au fur et à mesure qu'ils voyaient ressortir les mines déconfites, aux yeux rouges et fuyants. Le plus dur était de ne même pas savoir pourquoi ils étaient là. Qu'avaient-elles fait ? Est-ce que tout allait recommencer comme autrefois ? Le curé de Vauriac aurait aimé les rassurer. Mais lorsqu'il fit mine de sortir, le regard acéré du juge le cloua sur place. Il se fondit alors dans un coin de la pièce, préférant se faire oublier mais voyant et entendant tout, les larmes, les mains qui tremblaient et les fronts moites, les balbutiements malvenus et les tics nerveux. Dans la pièce, c'était comme si l'air s'était raréfié et épaissi. Presque irrespirable. Une douzaine d'interrogatoires s'enchaînèrent sans la moindre pause, avec toujours le même accueil, le visage figé et impénétrable du juge trônant derrière la table, la voix coupante comme une lame, et ce gros greffier blafard, qui empestait la sueur rance et dont la plume affolée galopait sans relâche, retranscrivant le moindre mot, la moindre confidence dans ce maudit registre. Les questions étaient toujours les mêmes : connaissaient-ils Albin de Fourques ? Avaient-ils déjà entendu ce nom ? Protégeait-on une milice d'hérétiques dans le pays ? Soupçonnaient-ils leur châtelaine d'avoir des sympathies hérétiques ? La moindre hésitation dans la voix ou dans le regard était tout de suite perçue par le juge à l'affût, déclenchant une nouvelle pluie de questions soupçonneuses, insinuantes. La plupart des interrogés étaient de pauvres gens ignorants et impressionnables, qui bégayèrent et jurèrent leurs grands dieux n'être au courant de rien, ils n'avaient rien à se reprocher ! Des femmes fondirent en larmes. Il fallut répéter les questions tant elles étaient bouleversées et ne comprenaient mot de ce qu'on leur disait. Se retrouver là, comme des accusées ! Deux ou trois voix osèrent toutefois se rebiffer, prenant la défense de leur châtelaine avec des tons offusqués. Un homme, corpulent comme un ours, charretier de son état, eut même l'audace de faire remarquer que Vauriac avait été nettoyé, ratissé lors des dernières purges, et qu'il ne voyait vraiment pas comment des hommes auraient pu échapper aux mailles de la justice divine ! Tout cela n'avait pas de sens et n'était que perte de temps. Un colporteur, miséreux et édenté, cracha un jet de salive noirâtre aux pieds du greffier avant d'exprimer son étonnement : pourquoi l'avait-on convoqué, vu qu'il n'était que de passage et ne connaissait rien au bourg et à ses habitants ? Allons bon, avait répliqué le juge irrité par une telle mauvaise foi, c'était pourtant le propre des colporteurs, non ? Laisser traîner leurs oreilles partout, être à l'affût du moindre ragot. Passer des messages. Personne n'était dupe ! Jouer l'idiot faisait de lui un complice. Le vieillard avait longuement soutenu le regard du juge. Le visage impavide et les paupières mi-closes. Un visage raviné, buriné comme du vieux cuir, sec et rêche.

— À mon âge, je ne crains plus rien, avait-il fini par répondre, la voix lasse. Je crois surtout que vous avez mieux à faire que de vous en prendre à un pauvre homme comme moi qui atteint le bout de sa route. Pourquoi j'irais dénoncer quelqu'un que je ne connais même pas, qui ne m'a rien fait ? Qu'est-ce qu'il a fait pour mériter cela ? J'ai jamais trouvé ça très chrétien, dénoncer les autres…

Un silence de mort avait succédé à ses paroles. Le greffier avait cessé de griffonner et fixait lui aussi le colporteur, tassé, presque réduit à un simple tas de hardes grises sur le tabouret.

Ils l'avaient laissé repartir.

Cette première matinée d'interrogatoires était sur le point de s'achever. Et ils n'avaient pas la moindre piste. Rien qui permette de dire si Albin de Fourques était toujours dans les parages ou même en vie. Le greffier, en son for intérieur, était persuadé qu'ils poursuivaient un leurre, une chimère. Cela était tellement évident. Mais alors, pourquoi le juge refusait-il de l'admettre ? Il y avait en lui une obstination troublante, comme s'il savait des choses que les autres ignoraient. Ce qui n'avait aucun sens, aucune logique. Le curé de Vauriac semblait penser la même chose que frère Jean et il en fit lui-même la remarque. Mais le juge ne se laissa pas démonter par l'argument.

La cloche de l'église était en train de sonner les six coups de sexte lorsque entra la dernière personne convoquée. C'était encore un colporteur, entre deux âges, presque chauve à l'exception de quelques étranges mèches grises qui lui tombaient dans le cou, pareilles à des queues de rats. Sa peau était grise de crasse et il dégageait une odeur particulièrement désagréable, mélange de transpiration et de vieille urine. Il s'installa sur le tabouret d'un air faraud, ses grosses cuisses débordant de chaque côté, et n'attendit pas qu'on l'interroge pour prendre la parole. D'une traite, il débita tout ce qu'il y avait à dire sur sa personne, à savoir qu'il n'avait aucune attache familiale, qu'il avait roulé sa bosse un peu partout, ce qui faisait de lui un homme particulièrement bien renseigné, croyant et pratiquant forcément, et qui n'avait rien à se reprocher, évidemment. Frère Thomas reconnut tout de suite le genre d'individu prêt à dénoncer père et mère pour sauver sa peau.

— C'est un hérétique que vous recherchez ? Albin de Fourques, jamais entendu parler ! Pourtant, j'ai les oreilles qui traînent et qui entendent tout ! Mais si j'étais vous, j'irais jeter un œil du côté de chez Catherine Martin. Des choses pas claires s'y passent la nuit, j'ai souvent vu des silhouettes se faufiler dans sa maison après le couvre-feu. Et voyez-vous, la mère Catherine, elle a été dame de compagnie de dame Alix pendant un temps !

Il avait parlé d'une traite, d'un ton volubile, et il moulinait l'air de ses gros bras boudinés. Depuis le coin de la pièce, le curé de Vauriac le fixait d'un air consterné. La nature humaine pouvait parfois se montrer affligeante et cet homme en était un lamentable exemple. Cela démontrait que l'on pouvait toujours compter sur les plus vils instincts de quelques-uns pour soutirer n'importe quelle information, vraie ou fausse. Frère Jean était en train de tout noter consciencieusement. Cette Catherine serait donc la prochaine. Le colporteur souriait fièrement, exhibant des chicots noircis et grignotés jusqu'à la gencive.

À cet instant, des bruits de voix et de cavalcade leur parvinrent de l'extérieur. Damien de Beaumont surgit brusquement dans le presbytère, deux soldats sur les talons. D'un regard plein de mépris, il embrassa l'ensemble de la pièce, aperçut le registre grand ouvert sur la table et la plume restée suspendue dans la main du greffier, foudroya des yeux le colporteur qui ne faisait plus le paon tout à coup.

— Est-ce là votre manière de procéder ? Ne me dites pas que vous comptez sur ce genre d'individu pour mettre la main sur votre fugitif ? lâcha-t-il en fixant le juge avec colère.

D'un discret signe de tête, frère Thomas signifia au colporteur de déguerpir. Ce dernier ne se fit pas prier, renversant le tabouret dans sa précipitation.

— Je n'aime guère vos méthodes, poursuivit Damien en approchant de la table, la mine menaçante. À quoi riment ces simagrées ? Il y a une foule de curieux agglutinés devant l'église, on ne parle que de vos convocations dans le pays, les gens commencent à raconter n'importe quoi et vous les effrayez. Est-ce que tout cela est vraiment nécessaire ?

— Nous aurions pu procéder de façon plus discrète si vous nous aviez accordé l'asile, riposta le juge.

— Ma mère ne veut pas de vous sous son toit. Et je l'approuve.

— Nous pourrions vous l'imposer. Votre attitude vous met tous en péril. Au moindre soupçon, l'Inquisition enquêtera sur votre famille !

— Comme si cela n'était pas votre intention ! ironisa le jeune homme, acerbe. Vous n'êtes que la marionnette de mon oncle. C'est lui qui tire les ficelles.

— Je ne suis la marionnette de personne, rétorqua le juge. Des hérétiques vivent toujours dans votre ville. Nous avons reçu des menaces, on a déposé des charognes devant notre logis. Quelqu'un cherche à nous effrayer ou à nous provoquer.

— Et qui me dit que ce n'est pas un coup monté de votre part pour vous trouver un prétexte ?

— C'est curieux, car, de mon côté, je commençais justement à me demander si ce n'était pas vous qui étiez derrière tout ça…

Les deux hommes se jaugèrent du regard, l'un furieux, l'autre ironique.

— Vous aimez donc ça, remuer la boue, raviver les mauvais souvenirs ? finit par murmurer Damien, la mine révulsée.

— Je ne me pose pas ce genre de questions. On m'a donné une mission à remplir, je fais mon devoir. Prévenez votre mère que nous reviendrons tantôt interroger ses gens. Et ne me forcez pas à avoir recours à monseigneur l'évêque…

Livide, Damien ne répondit pas. Il se contenta de fixer tour à tour le greffier puis le curé, dont les yeux paniqués cherchaient un point de fuite à l'autre bout de la pièce. Puis il tourna les talons et sortit à grandes enjambées.

Les hommes d'Église entendirent les chevaux s'éloigner au galop tandis que les soldats restés sur place dispersaient la foule de curieux sans ménagement. Depuis le presbytère, ils perçurent la clameur sourde qui montait. Sans un mot, frère Thomas se leva, saisit le registre qu'il referma avec un claquement sec puis le rangea dans son coffret, telle une sainte relique. Le greffier et le curé l'observèrent en douce, évitant de croiser son regard de peur d'y rester englués comme dans une toile d'araignée. Il s'engouffra dans la pièce du fond et referma la porte derrière lui, signifiant clairement qu'il souhaitait qu'on le laisse tranquille.

Une fois seul avec le coffret, le juge inspira lentement, s'évertuant à calmer le tumulte qui grondait en lui. Puis, avec d'infinies précautions, il ressortit le registre et le posa sur ses genoux. Il le feuilleta, jusqu'à ce qu'il tombe sur le procès-verbal des quelque deux cents personnes qui avaient péri sur le bûcher après la chute de Montségur. Du doigt, il se mit alors à parcourir la liste tandis que ses lèvres ânonnaient en silence. Il ralentit une première fois sur le nom de Marie d'Arrigues. Le regard perdu dans le vague et les dents serrées, il resta un long moment pensif. Puis, émergeant doucement, il reprit sa quête. Il s'arrêta sur le nom d'Albin de Fourques que l'on avait raturé. Avant, après le bûcher ? Impossible à dire. C'était d'autant plus troublant que son nom apparaissait à nouveau quelques lignes plus bas, dans une autre écriture. Laquelle croire ? Pourquoi ces hésitations, ces revirements ? Son regard fut alors attiré par le nom de Roger de Vauriac. L'ancien baron de Vauriac, dont on avait spolié les biens puis qui avait été excommunié, au bénéfice de Philippe de Beaumont, seigneur franc. Malin comme le diable, il avait réussi à s'enfuir, se cachant dans la montagne avant de réapparaître tel un revenant, à la tête d'une redoutable troupe de *faydits*. Chassé de ses terres mais toujours à les hanter, dans le but obsessionnel de se venger. Lui et ses *faydits* étaient à l'origine d'innombrables embuscades dans la région mais jamais on n'avait pu les saisir sur le vif. Ils connaissaient les lieux mieux que quiconque, jusqu'à la moindre ravine, se déplaçant toujours hors des sentiers. N'attaquant jamais au même endroit et changeant chaque fois de stratégie. Une troupe composée de mercenaires aguerris, qui n'avaient plus rien à perdre et que les gens d'ici protégeaient, cachaient, au péril de leur propre vie. Albin de Fourques était l'un d'entre eux. Vingt ans d'errance, de guets-apens, d'assassinats avant de finir à Montségur, encerclés, faits comme des rats. Mais déterminés jusqu'au bout : Roger de Vauriac et ses hommes avaient préféré le bûcher plutôt que de se rendre. Albin de Fourques était-il mort avec ses compagnons d'armes ? Geoffroy d'Arrigues semblait en douter fortement. Pourquoi ? Qu'est-ce qu'il ne leur avait pas dit ? Il avait juste laissé entendre certains liens unissant Albin à Alix. Albin serait-il resté dans la région pour Alix ? Faisait-il partie des *faydits* responsables de la mort de Philippe de Beaumont ? Et dans ce cas, Alix aurait-elle pu être complice de l'assassinat de son époux ?

L'esprit enfiévré de frère Thomas se mit à vagabonder en direction de Damien de Beaumont. Un jeune homme fougueux, qui par certains aspects avait beaucoup de points en commun avec son arrogant oncle Geoffroy. Les liens du sang… On n'y échappait pas si facilement. Et pourtant, comble de l'ironie, ces deux-là semblaient se haïr. Quant à cette famille, de Beaumont, en avait-il seulement le sang dans les veines ? Son instinct lui disait que non. Et il ne fallait pas être devin pour savoir qui était le vrai père. Le juge referma le registre, les yeux brillants d'excitation. Les interrogatoires ne mèneraient peut-être à rien. Mais il tenait désormais un autre moyen de pression pour attirer le fugitif hors de son trou. Albin avait beau être protégé et se terrer quelque part, il ne pourrait rester insensible au sort de son fils, dont la jeunesse impulsive était le principal défaut. C'est sur Damien de Beaumont qu'il fallait orienter l'enquête, ainsi que sur sa mère. Remuer le passé, enquêter à nouveau sur la disparition obscure de Philippe de Beaumont.

Après un repas frugal pris sur le pouce, frère Thomas et son greffier se rendirent au château, les soldats de l'escorte faisant le vide autour d'eux dans les ruelles du bourg, la nouvelle de leur déplacement se répandant à la vitesse de l'éclair. Aussi, quand ils débouchèrent dans la cour du château, tout le monde semblait déjà être au courant, les gardes en faction les laissant passer sans un mot, la posture raide et le regard indéchiffrable. Les deux hommes d'Église se dirigeaient vers le corps de logis lorsque Damien les intercepta, leur bloquant le passage d'un air furieux.

— Pourquoi revenez-vous ? Je croyais vous avoir dit que vous n'étiez pas les bienvenus ! À moins que vous n'ayez trouvé votre fugitif ? Faut-il que j'ordonne la mise en place d'un bûcher sur la place et que j'organise une grande fête pour l'occasion ? Cela fait tellement longtemps que nous n'avons pas eu l'occasion de festoyer ! Et vous semblez tellement apprécier la chair bien grillée !

— Vous blasphémez, mon jeune seigneur ! Une telle véhémence ! Auriez-vous des choses à dissimuler ? riposta froidement le juge.

— Vous perdez votre temps. Nous n'avons rien à nous reprocher, si c'est ce que vous insinuez !

— Je viens m'entretenir avec votre mère. J'ai quelques points à éclaircir avec elle, reprit frère Thomas en faisant mine de contourner le jeune homme.

Ce dernier, serrant les poings, anticipa son mouvement, le stoppant dans son élan.

— Vous n'irez nulle part, siffla-t-il entre ses dents.

— Vous préférez dans ce cas que je fasse ouvrir une nouvelle enquête sur les circonstances suspectes de la mort de votre père ?

La colère céda furtivement la place à la perplexité chez Damien et frère Thomas en profita pour se faufiler dans la brèche, la voix fielleuse.

— Car votre père a été occis dans un guet-apens, n'est-ce pas ?

— Comme si vous ne le saviez pas ! En prenant possession de Vauriac, il s'était attiré de nombreux ennemis ; comment aurait-il pu en être autrement ? Il n'était pas le bienvenu ; pour beaucoup, ce n'était qu'un usurpateur, lâcha Damien excédé.

— Un sort qui ne semble guère vous émouvoir !

Le jeune homme esquissa un geste d'impatience.

— Je venais de naître, je ne l'ai pas connu. Je n'ai aucun souvenir de lui. Mais j'estime qu'il savait prendre des risques en s'installant ici. C'était un guerrier expérimenté. Il connaissait l'histoire de ce fief et de son ancien seigneur. Alors, oui, il a été tué dans une embuscade. Mais il n'a pas été tué en traître…

— Intéressant… Et a-t-on retrouvé ceux qui lui avaient tendu ce piège ? Votre mère les a-t-elle fait châtier, pendre haut et court ?

— Non, on ne les a jamais retrouvés et vous le savez très bien. Cela pouvait être n'importe qui. Il y a vingt-cinq ans, ce fief était à feu et à sang, l'ancien seigneur avait gardé de nombreux sympathisants partout dans la région. Et puis, c'était l'hiver, la neige avait effacé toutes les traces de l'embuscade.

— Moi, ce qui m'étonne le plus dans cette histoire, c'est que votre mère ait pu rester seule sans être inquiétée, après la mort de votre père…

— Qu'est-ce que vous sous-entendez ? riposta le jeune homme d'une voix sourde.

— Cela me paraît pourtant évident. Nous savons qu'Albin de Fourques faisait partie des troupes de Roger de Vauriac, qu'il a participé à bon nombre de ces expéditions, des témoins l'ont vu plus d'une fois. Or, lui et votre mère se connaissaient depuis l'enfance. Ils étaient très liés, je crois. Liés jusqu'à quel point cependant, je l'ignore…

— Sale fouineur…, cracha Damien, la mine révulsée.

Frère Thomas fit celui qui n'avait rien entendu, poursuivant d'une voix lente et basse :

— ... mais je peux facilement imaginer quels étaient leurs vrais rapports... Et je ne crois pas aux coïncidences ; Albin de Fourques s'est enrôlé dans les troupes de Roger de Vauriac pour ne pas s'éloigner de votre mère... Tout comme je pense aussi que je ne vous apprends rien.

— Ce ne sont que des élucubrations sans queue ni tête !

— Vraiment ? dit froidement le juge d'une voix ironique.

— Vous remuez le passé parce que vous n'avez rien, aucune preuve !

Le juge esquissa un rictus.

— Albin de Fourques faisait partie de la troupe de mercenaires qui a assassiné votre père. Et votre mère a été épargnée... car elle était leur complice.

Damien de Beaumont blêmit.

— Quittez cet endroit !

— Je dois d'abord interroger votre mère et ses gens.

— Partez ! gronda le jeune homme en se faisant plus menaçant. Je ne vous laisserai pas la voir.

— Vous vous mettez en travers de notre enquête ? Mon greffier, frère Jean, consignera tout ceci dans le registre ! Vous êtes désormais un suspect, seigneur de Beaumont, ainsi que votre mère.

Entendant son nom, le greffier sursauta. Il réalisa qu'il n'avait cessé de se cramponner au coffre renfermant le registre, si fort qu'il en avait mal jusque dans les épaules et la nuque. Il jeta des coups d'œil effarés autour de lui, flairant subitement comme un danger invisible, qui aurait surgi en tapinois. Et de fait, la joute orale entre le juge et le jeune seigneur l'avait tellement accaparé qu'il ne s'était pas rendu compte du rassemblement dans la cour : des gens du château, femmes et hommes mêlés et des soldats qui s'étaient approchés sans bruit, en simples observateurs mais les mines éloquentes. Un silence anormal et soudain, qui aurait dû les alarmer. Même les oiseaux semblaient s'être tus. Il chercha du regard leur escorte, restée près du puits, à l'autre bout de la cour, et eut un violent coup au cœur. Quatre malheureux soldats dépenaillés et harassés, qui ne seraient d'aucun secours si le seigneur des lieux décidait d'employer la force. Le juge, pour autant, ne semblait guère s'émouvoir de la situation et fixait toujours droit dans les yeux son interlocuteur. Un serpent face à sa proie. Mais s'il espérait impressionner le jeune homme par ses menaces, il en fut pour ses frais. Loin de se décomposer, Damien ébaucha un sourire plein d'arrogance, qui fit l'effet d'une gifle au greffier resté en retrait.

— Voyez-vous ça ! siffla-t-il, sarcastique. Parce que vous croyez que je me livrerai à cette mascarade de mon plein gré ? Ici, vous êtes sur mes terres et je ne vous crains point. Vous allez quitter mon château de ce pas avant que je ne demande à la garde de vous mettre dehors. Un conseil toutefois, méfiez-vous de votre ombre. Les gens d'ici ne vous ont jamais portés dans leur cœur et il y a des griefs qui ne s'oublient pas…

— C'est une menace ?

— Oui, c'en est une. Et à présent, disparaissez !

Si cela n'avait tenu qu'à lui, frère Jean aurait pris ses jambes à son cou depuis belle lurette. Tout son gros corps flasque grelottait sous l'effet d'une peur irrépressible et ses entrailles, saisies de spasmes, lui signifiaient le besoin urgent de se vider. Un vrai supplice. Il fixait des yeux la nuque de son supérieur, priant en son for intérieur pour que le juge fasse preuve de bon sens et capitule. L'immobilité de ce dernier lui parut durer une éternité. Derrière eux, les gardes semblaient s'être encore rapprochés. Frère Jean laissa échapper un petit couinement désespéré. Les épaules du juge frémirent, presque imperceptiblement.

— Nous reviendrons, déclara-t-il froidement.

Ils firent le chemin du retour au pas de charge, fendant sans égard la masse des badauds qui encombraient les ruelles. Le juge arborait une mine suffisamment féroce pour faire le vide autour de lui, transperçant du regard tous ceux qui se faisaient prendre au dépourvu. Lorsqu'ils arrivèrent au presbytère, ils firent sursauter le curé qui était en train de manger, assis à la place même où se trouvait le juge un peu plus tôt, au moment des interrogatoires. Il se releva précipitamment comme pris en flagrant délit d'un quelconque crime, renversant dans sa hâte son bol de soupe.

— Vous êtes déjà de retour ? bredouilla-t-il, confus.

Ni le juge ni le greffier ne semblèrent l'entendre. Tandis que le premier se saisissait du registre pour le mettre à l'abri, le greffier, délesté enfin de son encombrant fardeau, se laissa choir sur le tabouret, en sueur et le souffle court. Puis, d'une voix mourante, il se mit à hululer :

— Il faut faire venir des renforts, prévenir monseigneur l'évêque, nous sommes menacés, vous l'avez entendu !

Le juge fit volte-face, la mine hargneuse.

— Cessez donc vos jérémiades de bonne femme ! Ce ne sont que des paroles d'intimidation. Damien de Beaumont est impulsif mais pas stupide !

Le moine se tut, vexé, et rentra le cou un peu plus dans ses épaules, son ventre gargouillant de plus belle.

— Qu'est-ce qui s'est passé ? osa alors demander le curé d'une voix chevrotante. Notre châtelain n'est pas un hérétique, si c'est ce que vous croyez ! Vous vous méprenez. Il a dû se laisser emporter par la colère.

C'est un jeune homme intrépide qui a le sang vif de la jeunesse. Mais il est comme dame Alix : juste et bon. Tous ses sujets l'apprécient beaucoup…

Il se tut et fixa le juge d'un air désespéré. Il songeait à ses paroissiens. Vauriac était un bourg paisible. Allait-il redevenir le théâtre de persécutions dramatiques ? Et quel rôle aurait-il à jouer dans tout cela ? Le juge considéra ses deux acolytes avec exaspération. Tant de faiblesse, d'aveuglement et de lamentations chez l'un comme chez l'autre ! Une raison de plus pour donner un bon coup de pied dans cette fourmilière. Un grand ménage s'imposait.

Cette nuit-là encore, frère Thomas eut toutes les peines du monde à fermer l'œil. Trop nerveux. Impossible de faire le silence dans sa tête. Images et pensées tournaient en boucle pêle-mêle. Et puis il n'avait plus l'habitude de ces longues nuits silencieuses. Au monastère, les cloches rythmaient le temps qui passait. Elles annonçaient tour à tour matines, laudes, prime, jusqu'à ce que la lueur blafarde du nouveau jour grignote peu à peu les ténèbres. Ici, il était sans repères, l'obscurité était impénétrable et le silence oppressant.

Il finit par sombrer dans un sommeil agité et capricieux, sursautant parfois, désorienté : était-il éveillé ou rêvait-il ? Comment savoir ? Un rire grinçant et dément retentit dans sa tête. Était-ce le sien ? Il s'agita sur sa paillasse, cherchant vainement à échapper aux visions qui l'assaillaient. Il se tenait au bord d'un précipice. L'attirance fatale du vide. Au fond, c'était le noir absolu. Et dans son crâne douloureux, l'incessant bourdonnement d'une multitude de voix, obsédantes, qui se faisaient écho. Des chuchotis, des rires lointains, des appels, des cris, des sanglots étouffés. Il lui était de plus en plus difficile de contrer cette seconde personnalité, secrète et profondément enfouie, qui profitait de ces nuits épuisantes pour se manifester. En lui cohabitaient deux esprits querelleurs, chacun cherchant à prendre le dessus sur l'autre. Qui finirait par l'emporter ? L'esprit froid et calculateur du juge ou bien celui du pauvre fou halluciné qui se terrait dans les tréfonds de son âme ?

Un hurlement strident le fit se redresser d'un bond sur son séant, complètement hagard. Ruisselant de sueur et le cœur prêt à lâcher. Autour de lui, les ténèbres étaient épaisses comme de la poix, il n'y voyait goutte. Où se trouvait-il ? Était-il à Arrigues ou bien au monastère de Sainte-Croix ? Il ne reconnaissait rien. Sa gorge le brûlait, comme si on l'avait raclée au couteau. Il mit du temps à réaliser que c'était lui qui avait crié. Il ne put réprimer un gémissement. Tâtonnant dans l'obscurité, il se laissa tomber à genoux sur le sol en terre battue et se prosterna en prière, le corps saisi de soubresauts, tension et froid accumulés. Une prière de désespéré, implorant Dieu de lui donner la force d'aller jusqu'au bout. Il était si près du but. Avoir pu la revoir, être si près d'elle… et la sauver de toutes ces âmes malfaisantes et impures… Il étouffa un sanglot.

Un bruit furtif dans son dos, comme une respiration, attira brusquement son attention. Instinctivement, frère Thomas se raidit, tous les sens en alerte. Du coin de l'œil, il devina plus qu'il ne vit l'ombre qui se faufilait dans la pièce, l'éclat blanc d'un poignard à la main. Il n'eut pas à réfléchir, recouvrant aussitôt une froide lucidité, prêt à bondir. L'intrus se déplaçait sans bruit, prenant soin de ne rien heurter, mais son souffle, saccadé, le trahissait. Une main invisible leva le poignard, lentement, donnant l'illusion que l'arme flottait dans l'obscurité et se déplaçait seule. Mais au moment où elle s'apprêtait à frapper, le juge se saisit de la lame qui ne quittait jamais son poignet. Avec force et rapidité, il fit brusquement volte-face et l'enfonça à l'aveugle, à plusieurs reprises, dans la poitrine de l'agresseur, pénétrant dans la chair jusqu'à la garde et ripant contre les côtes. Ce dernier n'eut pas le temps de soupirer. Il s'écroula comme une masse à ses pieds. Au même moment, un bruit de mobilier renversé retentit dans la première pièce, comme s'il y avait lutte. D'autres hommes étaient entrés, à la faveur de la nuit. Et le danger était toujours là. Glissant dans une matière poisseuse qui devait être le sang de l'intrus, le juge se précipita, la main crispée sur son arme. En transe, il ne pensait qu'à la confrontation suivante. Combien étaient-ils ? On était donc venu pour l'éliminer. Damien de Beaumont avait mis sa menace à exécution ! Une forme de griserie le gagna soudain. Si seulement ils avaient su ! Quelle erreur ! On ne pouvait pas le tuer ! Il avait si souvent échappé à la mort, à croire qu'il y avait un accord tacite entre eux : elle ne viendrait pas le réclamer tant qu'il n'aurait pas accompli sa mission ici-bas. Ce n'était pas encore aujourd'hui qu'on aurait sa peau. Il se rua vers la pièce de devant, se cognant aux murs, les pupilles dilatées, tous les sens aux aguets. De l'autre côté, c'était à nouveau le silence. Soit les assaillants s'étaient enfuis, soit ils se tenaient tapis, prêts à lui sauter à la gorge dès qu'il franchirait le pas de la porte. Comment leur escorte avait-elle pu les laisser entrer et se faire ainsi abuser ? À moins qu'elle n'ait été de mèche, comment savoir ? La nuit commençait à grisailler, laissant émerger quelques contours flous. Déboulant dans la pièce, il buta contre une masse flasque qui obstruait le passage et qui lui fit perdre l'équilibre. Il se vautra dessus et son arme lui échappa des mains. C'était un corps, trempé de sang. Mû par une répulsion quasi animale, le juge tenta de s'en dépêtrer le plus vite possible, à quatre pattes, à l'aveugle, écrasant des membres ici et là. Le silence était total, comme sous une chape de plomb. Mais sa respiration, hachée et rauque, emplissait désormais toute sa tête, un vrai bruit de forge qui le privait de son précieux sens de l'ouïe, le rendant terriblement vulnérable. Il heurta un autre corps qui gisait au sol, chercha à le contourner, glissant dans une flaque qui semblait s'étendre à l'infini. La porte du presbytère était entrebâillée, laissant passer un courant d'air et un rai de lumière blafarde. Le juge se précipita dans la venelle, s'attendant à être cueilli par une pluie de coups. Mais il n'y avait personne. Les agresseurs s'étaient enfuis. Son sang ne fit alors qu'un tour. La peur qu'il venait de vivre céda le pas à une rage noire. Titubant comme un homme ivre, il se mit à tambouriner aux portes et aux volets clos des maisons voisines, ameutant tout le quartier, décidé à réveiller la ville entière, jusqu'aux occupants du château.

La nouvelle se répandit très vite. Les premiers curieux affluèrent, abasourdis, emplissant l'air d'un bourdonnement de voix étouffées. Alix de Beaumont fit dépêcher sur place plusieurs soldats qui investirent les lieux dans un cliquetis d'armes. Depuis la ruelle, frère Thomas les entendit fouiller le presbytère de fond en comble, semblant s'en donner à cœur joie dans leur œuvre de saccage, mobilier renversé, vaisselle brisée, coffres forcés avec des bordées de jurons, un acte qui ressemblait davantage à une profanation qu'à une enquête. Mais, accroupi contre le mur, le corps saisi d'irrépressibles tremblements, le juge devait attendre la fin de la tempête qui faisait rage dans sa tête. Il était couvert de sang, jusqu'aux épaules, jusqu'au visage même, comme s'il s'était roulé dedans. Un sang qui avait séché et formait sur sa peau des écailles rigides. Les images de la scène du crime avaient eu le temps de s'incruster sur sa rétine et refusaient de s'effacer. À l'intérieur se trouvaient encore les corps du curé et de frère Jean que l'on avait égorgés si violemment que leur tête semblait presque décollée. Ils gisaient dans une position grotesque de pantin désarticulé, la soutane relevée à mi-taille, révélant leurs parties intimes dans un macabre et ridicule pied de nez. Ils s'étaient vidés de leur sang de la tête aux pieds. Mais le pire dans tout cela, c'est que le registre avait disparu. Il avait cherché partout, il était introuvable. Les agresseurs s'en étaient emparés.

Frère Thomas avait espéré qu'Alix de Beaumont se déplacerait en personne. Après tout, on venait d'assassiner son chapelain, qui n'était qu'un brave homme, une victime innocente. Sa déception fut cruelle. L'aube teintait le ciel de tout un éventail de bleus, l'éclaircissant lentement, lorsque Damien arriva sur son étalon noir. Il dut fendre la masse compacte de la foule qui s'était amassée devant l'église, contenant difficilement sa monture, nerveuse. Il sauta à terre sans un mot et disparut dans le presbytère. Lorsqu'il réapparut quelques instants plus tard, il arborait une mine déconcertée et vaguement choquée.

À grandes enjambées, il rejoignit frère Thomas et se planta devant lui. Mû par l'orgueil, ce dernier se força à se lever pour lui faire face, ignorant les vertiges et les battements affolés de son cœur. Il garda toutefois le contact du mur, s'y adossant au cas où ses jambes flageolantes le trahiraient. La colère l'étouffait à moitié. Et que Damien de Beaumont ose s'afficher devant lui, après les menaces qu'il avait proférées la veille à leur encontre, lui était particulièrement odieux. Il n'avait pas traîné pour les mettre à exécution. Ah ! il devait être sacrément surpris de le trouver encore en vie. Certes, il était à leur merci, plus isolé que jamais, mais, cette fois encore, il avait échappé au complot ourdi contre lui.

— Je vais faire prévenir monseigneur l'évêque. Ce crime ne restera pas impuni. Un nouveau greffier me sera envoyé ainsi que du renfort. Bientôt j'aurai la preuve que vous êtes derrière tout ça et votre sort sera scellé, Damien de Beaumont ! proféra-t-il d'une voix rauque.

— Parce que vous pensez que c'est moi qui ai commandité ce crime répugnant ?

— Qui donc ? Je n'ai pas oublié vos menaces. Elles ont été retranscrites dans le registre. Quant aux agresseurs, ils ne pouvaient pas venir de l'extérieur de la ville, toutes les portes sont fermées la nuit !

À peine eut-il prononcé ces dernières paroles qu'il jeta un regard inquiet vers la foule qui continuait d'affluer dans une clameur sourde. Les assassins étaient peut-être parmi eux, à quelques pas de là. Une sueur froide s'insinua entre ses omoplates.

La voix sifflante de Damien interrompit ses pensées.

— Vous êtes fou ! Je n'ai absolument rien à voir avec cet acte ! Nous venons de perdre notre curé qui était un homme juste et charitable et qui ne méritait pas ce sort. C'est votre présence ici qui l'a mis en danger et mené à cette mort indigne.

— Parce que vous osez prétendre n'y être pour rien ? gronda le juge. Vous qui avez eu des paroles relevant de l'hérésie pure et qui protégez un fugitif ?

— Je ne protège aucun hérétique ! Vous courez après un fantôme ! hurla le jeune homme exaspéré.

— Ne me dites pas que vous ne connaissez pas l'homme qui gît dans la pièce où je dormais !

— Non, je ne l'ai jamais vu. Cet homme n'était pas d'ici. Un pauvre malheureux qu'on a dû soudoyer et qui en outre n'a eu aucune chance face à vous. Un coup de dague en plein cœur ! Vous avez des talents insoupçonnés pour un simple homme d'Église ! riposta le jeune homme.

— L'instinct de survie. Ce n'est pas la première fois qu'on a voulu attenter à ma vie. Cet homme était venu pour me tuer. Aurais-je dû me laisser faire ?

— Je dis juste que vous êtes un homme mystérieux, frère Thomas… et je vous soupçonne de ne pas être celui que vous paraissez être…

— Vous cherchez à faire diversion. Qu'en est-il plutôt de l'escorte qui devait veiller sur nous et qui n'est pas réapparue ?

Damien esquissa un rictus plein de mépris.

— Nous en avons retrouvé trois, ivres morts, à la taverne du *Cheval Borgne*, à l'autre bout de la ville. Je les ai fait mettre aux fers et ils seront punis. Les autres ont disparu.

Le juge accusa le coup en silence, assommé par l'ampleur du danger qui planait autour de lui. Il était désormais seul et sans protection. Le temps que l'évêque de Toulouse dépêche du renfort et ordonne une enquête, il serait trop tard. Il était tombé dans un piège. Humilié et bouleversé, frère Thomas tenta de jouer son va-tout.

— À l'évidence, je suis toujours en danger. Il me reste donc comme ultime recours votre protection, seigneur de Beaumont. Au nom de la mission qui m'a été confiée, je vous demande l'asile.

Les deux hommes se fixèrent longuement, le souffle suspendu. Damien était acculé et le savait parfaitement. Les lèvres serrées, il se contenta de marmonner :

— Des soldats viendront vous chercher, préparez vos affaires.

Là-dessus il tourna les talons, rejoignant ses hommes à qui il ordonna de disperser la foule.

On dit que l'hospitalité des seigneurs occitans, petits ou grands, pauvres ou riches, était légendaire, tant leur accueil était chaleureux et fastueux.

Avant les premiers troubles qui allaient mettre le pays à feu et à sang, Arrigues avait été le site de réjouissances incessantes, de festins somptueux, de fêtes grandioses. Agénor aimait festoyer, recevoir, éblouir. Et parmi les nobles dames qui le visitaient en compagnie de leurs époux, nombreuses furent celles culbutées dans la paille par le maître des lieux, quand ils se croyaient à l'abri des regards. Orgueil et luxure. Dépravation dégoûtante. La famille de Beaumont fit exception à la règle et offrit au juge une hospitalité quasi monacale. Elle lui attribua une petite cellule à l'écart de tout passage, dans la tour la plus éloignée du corps de logis, celle qui était orientée plein nord. Pour y accéder, il fallait grimper un escalier interminable exposé à de violents courants d'air, qui s'engouffraient par les meurtrières en sifflant. Un pigeon invisible roucoulait quelque part au-dessus de sa tête. Des fientes jonchaient les marches. Pour autant, le juge n'était pas si mal loti. La pièce était certes petite, à peine de quoi faire une dizaine de pas pour atteindre le mur opposé, mais elle était ainsi plus facile à chauffer. Un feu crépitait déjà dans l'âtre, dispersant sa chaleur. Le sol était en plancher et n'aurait pas la froidure de la pierre. Quant à la paillasse, elle semblait propre.

Les premières nuits, frère Thomas demeura immobile sur sa couche, les yeux grands ouverts, s'imprégnant des bruits alentour : le trottinement des souris, le hululement d'une chouette au loin, le vent qui faisait claquer la porte ou le volet en bois. Un serviteur mutique lui apportait de quoi se sustenter deux fois par jour ; jamais il ne fut prié de se joindre aux repas du seigneur. Ce dernier ne vint d'ailleurs jamais le voir, ni lui, ni Alix de Beaumont qui demeurait invisible et pourtant si proche, allant jusqu'à hanter ses rêves, terriblement réelle. À croire qu'ils se désintéressaient de son sort. Méfiant, frère Thomas toucha à peine à sa nourriture. On l'avait mis à l'isolement mais il n'était pas captif. Libre à lui de se déplacer s'il le souhaitait, il n'y avait pas de serrure sur la porte. Quand la solitude et l'absence de nouvelles devenaient insupportables – l'évêque avait-il bien reçu son message ? Les renforts allaient-ils arriver ? –, il quittait son antre de pestiféré, à bout de nerfs, éprouvant le besoin irrépressible de bouger et s'aventurait dans la cour des communs, pour assister à la sempiternelle scène : des portes qui se refermaient brutalement sur son passage, des conversations interrompues, des bruits de cavalcade, des regards détournés et fuyants.

Jamais il ne leur pardonnerait ce sentiment de vulnérabilité et d'impuissance dans lequel ils l'avaient plongé. Sur le qui-vive en permanence, il ne quittait pas la dague qui lui avait déjà sauvé la vie, dissimulée dans la manche de sa robe de bure. Le frottement de la lame contre sa peau le rassurait. Au moindre mouvement du poignet, elle venait faire pression, la pointe appuyant juste à la saignée du bras.

Impossible de trouver le sommeil. Il était comme une bête aux abois, coincée dans son terrier, attendant que la mort frappe. Une menace invisible planait au-dessus de lui ; il la sentait, la flairait, elle était presque palpable. Était-il vraiment sous la protection d'Alix – quelle ironie ! – ou bien était-il tombé dans une embuscade bien plus sournoise ? La privation de sommeil, l'angoisse, les interrogations sans réponses commencèrent à grignoter sa lucidité, le faisant douter de ses sens et de son intuition. Rêve, hallucination, réalité ? À plusieurs reprises, il crut voir Alix qui se tenait au bout de sa paillasse, immobile et pâle comme un fantôme. Il crut le voir *lui aussi*. Avant qu'il ne se fonde dans l'obscurité. Qu'attendait-on pour venir l'égorger pendant son sommeil, lorsque son corps craquerait, vaincu par l'épuisement ? Le messager envoyé à Toulouse n'était peut-être jamais parti. Pire, on l'avait peut-être décrété mort ; il y avait bien trois cadavres au presbytère…

Cependant, force fut de reconnaître que, le temps passant, aucune menace concrète ne se manifestait. Il céda à la fatigue, dormit deux jours d'affilée et se réveilla tout étonné d'être encore en vie. Sa vigilance commença à décliner. Les journées s'égrenaient avec une lenteur insupportable. Dehors grondait la rumeur de la ville ; tous ces gens qui continuaient de vivre comme si de rien n'était, libérés pour le moment de sa présence menaçante. Avait-on retrouvé les assassins ? Il en doutait fort et songeait plutôt qu'on avait étouffé l'affaire. La solitude et l'inaction, paralysante, lui donnaient parfois l'impression de devenir à moitié fou. Frère Thomas se déshabillait alors totalement, détachait la lanière en cuir de sa taille et se fouettait les chairs, la douleur physique occultant pour un temps celle bien plus invivable de son esprit torturé.

Il n'y avait pas une nuit où il ne *la voyait pas*. Mais ce n'était pas l'Alix d'aujourd'hui.

Elle était encore Alix d'Arrigues, à l'immense chevelure rousse et bouclée qui lui tombait jusqu'aux reins. Ce sourire éblouissant qu'elle avait, le contact de sa peau sur la sienne ; était-ce un rêve ou est-ce que cela avait vraiment eu lieu ? S'il se concentrait ardemment, le corps tendu comme un arc, il pouvait encore sentir l'odeur de verveine qui la précédait partout. Il avait emmêlé ses doigts dans cette chevelure, fasciné et envoûté. Il l'avait vue se baigner dans la rivière, saisi par la beauté de ce corps gracile et encore juvénile.

Seigneur ! Il devenait fou ! Qu'arrivait-il à cette chair qui cherchait à se dérober à ses chaînes ? L'*autre* était-il en train de gagner du terrain, mettant tout en péril ?

L'aube n'était pas encore là lorsqu'il fut réveillé en sursaut, surpris par une main de fer plaquée sur sa bouche qui l'étouffait à moitié. Instinctivement, il se mit à ruer, sa main tâtonnant à la recherche de sa dague. Un violent coup de poing sur la tempe l'assomma. Une voix caverneuse retentit alors à son oreille, comme venant de très loin : « Allons faire une petite promenade, mon père, voulez-vous ?... » Il sentit qu'on le soulevait comme un vulgaire fagot. Puis, rudement, on lui ligota les mains et on le bâillonna. La douleur, qui lui martelait la tête et brouillait sa vue, l'empêcha d'esquisser le moindre geste de résistance. Un goût de bile avait imprégné sa bouche, il avait le cœur au bord des lèvres. On le poussa hors de la chambre, un poignard piqué entre les deux omoplates. Il trébucha, ses jambes se dérobant sous lui. Lorsqu'ils débouchèrent sur les remparts, l'air glacial le saisit. Cela l'aida un peu à reprendre ses esprits. L'homme dans son dos semblait être une force de la nature. Sa poigne lui broyait la nuque, le conduisant sans ménagement. Les cordes avaient été trop serrées et lui entamaient la chair. Fataliste, le juge ne fut guère étonné de ne croiser aucune sentinelle, à croire que cette partie du château avait été désertée. Son guide en revanche semblait connaître parfaitement les lieux. Ils dévalèrent une volée de marches glissantes. Il se tordit la cheville, rattrapé *in extremis* par son geôlier. Les doigts de ce dernier lui crochetèrent le bras et frère Thomas réprima un cri de douleur. En bas des remparts, ils arrivèrent devant une petite porte dissimulée par du lierre. Il était incapable de dire où ils se trouvaient. L'absence de lune rendait la nuit particulièrement sombre. Il ne distinguait pas grand-chose ; cette petite cour venteuse lui était tout à fait étrangère et il n'y avait jamais mis les pieds auparavant. D'un coup d'épaule, son ravisseur ouvrit la porte et poussa le juge de l'autre côté. Ses pieds nus heurtèrent une grosse pierre et, surpris, il chuta lourdement dans des ronces, tête la première. Douleur cuisante de la peau lacérée. Ses lèvres desséchées léchèrent avidement le sang fade.

— Debout ! gronda le géant agacé.

Le moine se releva tant bien que mal en serrant les dents. Ils s'engagèrent dans un sentier à peine visible qui sinuait en pente raide à travers un sous-bois touffu. La nuit bruissait de mille bruits, celui du vent dans les arbres, lugubre, le hululement d'une chouette au-dessus de leur tête, comme si elle les narguait. Des branches mortes craquant sous chaque foulée, des racines et des cailloux dressant des pièges invisibles ; un chemin hérissé d'embûches qui lui meurtrissait chaque fois un peu plus les pieds et les jambes. Dans un état second, l'esprit vide, il avança sans opposer la moindre résistance. Il était en train de revivre de vieux cauchemars, qui bâillonnaient toute volonté en lui.

Il dut se faire violence pour s'extirper de la lente torpeur qui l'envahissait corps et âme puis endiguer la vague de panique, ravageuse. Dans son dos, la pression du poignard se fit plus insistante, affolant son pouls déjà saccadé. Ils s'enfoncèrent dans le bosquet qui s'étendait en contrebas du château. Ils débouchèrent enfin dans une petite clairière. Le moine était hors d'haleine; il eut un étourdissement et se rattrapa au tronc d'un arbre. Le géant le poussa en avant d'un coup brusque dans le dos.

C'est alors qu'il vit les quatre cavaliers, vêtus de noir de pied en cap, qui attendaient, parfaitement immobiles au centre de la clairière, semblables aux quatre cavaliers de l'Apocalypse. Chacun tenait un flambeau à hauteur de visage, ce qui accentuait les jeux d'ombres et rendait leur présence d'autant plus inquiétante. Les jambes flageolantes, frère Thomas contint avec peine un frisson d'angoisse pure quand il reconnut celui du milieu : Geoffroy d'Arrigues. Que faisait-il ici en pleine nuit, si loin de ses terres ?

Le colosse le propulsa face contre terre, le nez à quelques pas des sabots d'un alezan impassible. Puis il lui arracha le bâillon. La voix de Geoffroy, pleine de morgue et de dédain, retentit alors :

— Il fallait que je vous voie, après toutes ces désastreuses aventures !

D'un simple geste, il fit signe à l'homme de remettre le moine debout. Ce dernier esquissa un geste de révolte, en un ultime sursaut de fierté blessée qui s'acheva en grimace de douleur, le bras tordu dans un angle improbable.

— Ne me tentez pas..., menaça Geoffroy.

— Que voulez-vous ? souffla le juge.

— Que vous laissiez mon neveu tranquille. Je vous ai chargé d'une seule et unique mission, retrouver

Albin de Fourques. Mais je ne vous permettrai pas de menacer Damien. M'avez-vous bien compris ?

Un signal d'alarme retentit dans la tête du juge. Toute cette mise en scène, la disparition du registre juste après les menaces de procès à l'encontre de Damien de Beaumont…

— Qu'avez-vous fait ? murmura-t-il. Où est le registre ?

— Je ne vois pas de quoi vous parlez.

— Les hommes que vous nous aviez donnés pour nous escorter n'étaient là que pour vous rapporter nos faits et gestes, n'est-ce pas ? Ils n'attendaient qu'un signe de vous…

— Imaginez ce que bon vous semble et accomplissez votre mission !

Chez frère Thomas, l'indignation prit le dessus sur la douleur et la peur.

— Je n'ai aucun compte à vous rendre et vous êtes bien loin de vos terres ! s'insurgea-t-il.

Des paroles qui semblèrent trouver un écho chez Geoffroy. Distraitement, il caressa l'encolure de son cheval puis il sourit froidement.

— Parce que vous croyez que vous êtes en position de négociation ? Un seul mot de vous et cette nuit sera la dernière de votre misérable vie…

En proie à la plus vive des frustrations, frère Thomas tremblait de tous ses membres.

— Je vous le répète une dernière fois : ne proférez jamais plus la moindre menace à l'encontre de mon neveu, est-ce clair ? Nous allons vous abandonner ici. Vous retrouverez vous-même votre chemin. Tâchez de revenir au château sans vous faire remarquer. C'est un passage bien connu d'Albin de Fourques. Maintenant que vous en connaissez l'existence, ne me décevez plus.

Là-dessus, tirant sur la bride de sa monture, il lui fit faire demi-tour, imité par les trois autres cavaliers. Ils s'enfoncèrent dans le sous-bois, coupant à travers les taillis, happés par les ténèbres. En état de choc, le juge les regarda disparaître, seul au milieu de la clairière. Enfin, pas si seul. Il avait oublié la présence de son ravisseur, brute silencieuse qui, lorsqu'il pivota sur lui-même, hagard, lui asséna un formidable coup de poing en plein visage. Il perdit connaissance.

6

Les charlatans de Dieu
(1209-1213)

À Arrigues, le temps passa, bruyant du silence du comte de Toulouse tandis que les chemins et les campagnes regorgeaient désormais d'une multitude de réfugiés chassés de Carcassonne, Auch ou Vendives ; des familles entières, hagardes, qui fuyaient les bûchers et les représailles et qui ne savaient où aller. Depuis que le pape avait mandaté son légat Arnaud Amaury, abbé de Cîteaux, pour endiguer l'hérésie, la région était le théâtre de violences sans fin et de simulacres de procès effrayants dont peu réchappaient. Le grand nettoyage avait commencé, partout, jusque dans les moindres villages. À la tête des chevaliers francs répondant à l'appel du pape, un petit seigneur d'Île-de-France, Simon de Montfort. Un guerrier sans pitié et dont la mission était de faire tomber tous les fiefs soupçonnés d'hérésie, un à un. Depuis la chute de Carcassonne, il avait hérité d'un surnom qui lui allait comme un gant, El Bruto, et qui à lui seul avait le pouvoir de terrifier les populations et de déclencher des fuites en masse. Son armée, composée de soudards, ne reculait devant aucune atrocité. Des guerriers qui se partageaient ensuite les terres et les châteaux qu'ils avaient ratissés, purgés de toute gangrène hérétique. Ce fut le cas de la châtellenie de Fourques qui, sa population à peine massacrée, l'odeur pestilentielle de la mort planant encore dans l'air, tomba dans l'escarcelle d'un petit seigneur franc aux mains tachées de sang.

La nouvelle atterra Agénor. Le dernier fils survivant de son ami Robert de Fourques était spolié de son héritage. Ce n'était ni plus ni moins qu'un vol abject. Sous couvert de religion et de justice, la couronne de France était en train de faire main basse sur l'Occitanie. Comment allait réagir le comte de Toulouse ? Agénor commençait à croire que son silence était un message en soi. Est-ce que cela voulait dire qu'il capitulait ou cédait ? Ou bien préparait-il une contre-offensive en secret ? Mais dans ce cas, qu'attendait-il pour convoquer ses propres vassaux, qui n'en pouvaient plus de se morfondre ? Pendant ce temps, les anciens vassaux de Trencavel, déchus pour certains, en fuite pour d'autres, entraient en résistance, entraînant les populations dans des combats d'une extrême violence. Des villages entiers brûlés. Des vieillards, des femmes et des enfants passés au fil de l'épée.

Combien de temps encore Arrigues serait-il à l'abri de cette folie qui se propageait comme une fièvre maligne ? Bientôt l'été céderait le pas à l'automne et, très vite, l'hiver serait là avec ses tempêtes de neige. L'hiver les protégerait. Car s'il y avait bien une chose dont Agénor ne doutait pas, c'est que jamais aucune troupe armée n'arriverait à accéder à Arrigues durant la mauvaise saison. Quant à la forteresse, elle avait l'habitude de vivre en autarcie. Mais après ?

Des réfugiés commencèrent à affluer, de plus en plus nombreux. Si beaucoup s'étaient jetés au hasard sur les chemins, d'autres choisirent Arrigues, attirés par la présence de Pierre d'Albret, tel un troupeau perdu en quête d'un berger.

Dépassé par le flot, Agénor ordonna la construction de cahutes dans la basse-cour, sous peine de voir ses écuries et ses étables envahies. Jamais la citadelle n'avait connu pareil phénomène, digne d'un temps de guerre. Là où il n'y avait que le silence autrefois, l'obscurité naissante bruissait dorénavant d'une vie inhabituelle et douloureuse – des pleurs d'enfants, des voix de mères éplorées, des chants et des prières lancinantes. Et tandis que la citadelle s'illuminait peu à peu de mille feux, Agénor contemplait les abris de fortune depuis les remparts, le cœur étreint d'un mauvais pressentiment.

— Et dire que la plupart ne sont venus que pour t'entendre prêcher… Quelle folie les anime donc, tous autant qu'ils sont? Vous êtes en train de signer votre arrêt de mort, vous en avez conscience? Chaque jour m'apporte les nouvelles des dernières atrocités commises par les sbires de Montfort. Pourquoi ne pas renoncer avant qu'il soit trop tard et sauver vos misérables peaux? Juste le temps que tout se tasse, de vous faire oublier… Parce qu'ils n'hésiteront pas à vous traquer jusqu'au dernier!

— Tu préférerais que l'on se parjure? soupira Pierre.

— Non! Mais vous êtes des fous! Vous allez à votre perte avec le sourire. Partout on dit avoir vu la même scène : des hérétiques se jeter d'eux-mêmes du haut des murailles ou dans les bûchers, le sourire aux lèvres! Comme si cette mort pouvait être douce!

— Tu ne peux pas comprendre parce que tu es un guerrier avant tout, baron. Tu mourras les armes à la main et ce sera bien comme ça, rétorqua le vieillard avec douceur.

— Et toi tu préfères griller comme un vulgaire porcelet!

— J'ai conscience que notre présence met ta famille et la citadelle en danger. Nous pouvons partir dès demain, si tu le demandes. Chacun, à sa manière, a charge d'âmes et se doit de protéger les siens. Je ne te jugerai jamais pour les décisions que tu prendras. Je comprendrai.

— Hors de question de vous jeter sur les chemins ! Ce serait signer votre arrêt de mort à tous, s'indigna Agénor.

— Mais Geoffroy, lui, n'attend que ça… Notre présence lui est de plus en plus intolérable et il ne s'en cache pas, remarqua Pierre d'une voix calme. Or vous ne pouvez pas continuer de vous déchirer ainsi tous les deux, surtout en ces temps si troublés. Il y a une telle amertume en lui. Cela pourrait mal finir.

— Je devrais l'envoyer se battre. Cela lui occuperait le corps et l'esprit. Il a dix-sept ans. À son âge, je guerroyais déjà. Je vais rejoindre les rangs de mes vieux amis, qui ont été excommuniés et chassés de leurs terres. Impossible de rester inactif plus longtemps, face à une telle ignominie ; j'ai déjà trop tergiversé…

— Et te jeter dans le conflit sans attendre les directives de ton suzerain ?

— Ai-je seulement le choix ? Quand il nous appellera, ce sera pour défendre Toulouse. Mais pour nous, ce sera déjà trop tard.

— Le dilemme du guerrier, murmura tristement Pierre, qui ne voit pas d'autre issue que celle des armes.

— Parce qu'il n'y en aura pas d'autre, ainsi va le monde depuis la nuit des temps !

— Et tu entraîneras Geoffroy dans ce combat ? Je doute qu'il te suive…

— Il me doit obéissance, bon Dieu ! Je ne lui demanderai pas son avis !

— Au risque de le braquer ?

Agénor fixa Pierre d'Albret d'un air ahuri.

— Ne t'en fais pas un ennemi, Agénor, insista le parfait avec gravité. Un jour, il héritera de vos terres qu'il devra partager avec ses sœurs. Tu ne dois pas l'oublier, ne serait-ce que pour tes filles…

— Si tu crois que je n'y pense pas…, soupira le baron, le regard perdu dans le vague.

— Alors il n'est pas encore trop tard pour faire la paix…

En guise de réponse, Agénor esquissa une grimace puis se prit le front entre les mains.

— En vieillissant et en se confrontant à la réalité du conflit, en fondant lui-même un jour une famille, ton fils finira peut-être par baisser la garde, reprit doucement Pierre.

Les deux hommes se fixèrent droit dans les yeux, la mine grave et sombre. Un long silence qu'Agénor finit par briser d'un ricanement désabusé.

— Je n'ai pas ta foi, hélas, bon homme. Mais advien‑dra ce qui pourra et oublions un moment mon maudit fils. Il faut aussi que nous parlions d'Albin, toi et moi. Il m'inquiète. Cela fait plusieurs semaines maintenant qu'il est à l'abri parmi nous mais il demeure prostré et indifférent à tout ce qui l'entoure. Il n'a pas encore prononcé la moindre parole. Il fuit les regards. J'ai peur qu'il n'ait perdu la raison.

— Cela se pourrait. La souffrance de cet enfant doit être immense…

— Crois-tu qu'il retrouvera l'usage de la parole, un jour ? insista le baron, la mine tourmentée.

Le bon homme haussa les épaules avec impuissance.

— Comment savoir ? Avec du temps et de la patience ? Dame Héloïse l'a recueilli avec beaucoup d'amour et de douceur. Elle saura peut-être guérir son âme blessée. Son sort est entre les mains de Dieu.

— Il doit guérir !

— Pour le moment, son âme s'est repliée tout au fond de lui et elle nous est inaccessible, objecta Pierre.

— Si tu savais comme j'enrage !

— Sois confiant et patient, baron. Tu sais bien que les blessures de l'âme guérissent plus lentement que celles du corps.

— J'ai une dette envers cet enfant. Le souvenir de son père me hante. Je ne cesse de penser à sa famille que je n'ai pas pu sauver. C'est une chose que je ne me pardonnerai jamais : ne pas être arrivé à temps. Ce garçon a tout perdu, sa famille, ses terres, son titre légitime, son honneur. Que deviendra-t-il plus tard ? Sera-t-il condamné à l'errance ? Un mercenaire au service des autres ? Un jour, je ne serai plus là pour veiller sur lui. Je dois songer à son avenir.

— Qu'as-tu en tête, baron ?

— Faire de lui un de mes héritiers légitimes. Lui transmettre mon nom, déclara Agénor non sans une pointe de défi dans la voix.

Pierre d'Albret accueillit la nouvelle sans broncher, pensif. Puis il poussa un long soupir.

— Une décision fort généreuse. Mais comment réagira Geoffroy ?

— Il réagira comme il l'entendra ! protesta Agénor avec véhémence. Il n'aura pas le choix. C'est encore moi le maître ici !

Le vieillard joignit ses deux mains sur lesquelles il laissa reposer son menton, la mine soucieuse. Il réfléchit longuement avant de répondre :

— Alors dans ce cas, prends le temps de te réconcilier avec ton fils, ton *unique* fils… car c'est une chose que Geoffroy risque de ne pas pardonner…

Le petit rescapé du château de Fourques était au centre de toutes les conversations à Arrigues. Un visage d'ange, de grands yeux noirs, une chevelure ébène bouclée qui faisait fondre le cœur des femmes. Mais un enfant prostré, énigmatique, comme enfermé en lui-même et que personne n'avait encore su toucher. Blaise, lui, épiait le nouveau venu, dévoré par un sentiment nouveau et implacable : la haine. Pas un geste, pas une expression chez le petit Albin n'échappait à sa vigilance obsessionnelle. Pourquoi toutes ces bonnes femmes s'émouvaient-elles autant à son sujet? Ce n'était qu'un attardé, hermétique à toute tentative d'approche. Il ne parlait pas. Avait un air de bête égarée. Quelque chose en lui s'était cassé, irrémédiablement. Blaise avait trouvé plus pitoyable et désespéré que lui. Et pourtant, il était le centre de toutes les sollicitations, comme s'il eût été l'enfant le plus précieux sur terre. Mais le plus insupportable, c'était de voir les liens indicibles qui se nouaient entre l'enfant et Alix. Son Alix. La petite fille bondissante et mutine semblait s'être assagie au contact du petit garçon. Comme contaminée. Elle pouvait passer des heures assise à ses côtés, babillant toute seule, comme si elle ne doutait pas qu'il finirait par lui répondre un jour. Parfois elle lui agrippait les doigts, les serrait entre les siens et jouait distraitement avec, l'esprit ailleurs. Son apathie ne la décourageait pas. Elle lui parlait de sa chienne qui venait de mettre bas et de sa ribambelle de chiots. Racontait la dernière gronderie de Clothilde à son égard; c'est qu'elle n'était pas très obéissante, elle en avait bien conscience mais c'était plus fort qu'elle. Elle sautait du coq à l'âne d'un ton volubile, reprenant à peine son souffle, évoquant sans transition les figues qui commençaient à mûrir, son fruit préféré! Et puis elle connaissait l'endroit idéal pour observer le soleil couchant depuis le chemin de ronde. Il faudrait qu'il vienne avec elle, un jour, pour voir lui aussi. Mais savait-il ce qu'elle aimait par-dessus tout ? C'était lorsque son père la soulevait de terre pour la jucher devant lui sur son cheval. Bien blottie entre ses bras. L'animal qui caracolait ; le coquin ne connaissait que son maître ! « Accroche-toi bien à sa crinière », lui disait Agénor avant de le talonner. Un jour elle aussi aurait sa propre monture. Puis elle lui parlait d'Arrigues comme du seul endroit au monde où ils seraient à l'abri, quoi qu'il arrive. De ces jolies fleurs orange qui poussaient à même la roche et dont elle aimait faire des bouquets. Du couple d'aigles qui devait nicher pas loin et qui tournoyait tous les jours dans le ciel, si majestueux. Comme cela devait être merveilleux de savoir voler. À quoi pouvait ressembler le monde vu de si haut ? Tout devait paraître si petit !

Blaise, cependant, n'était pas le seul à les épier. Héloïse aussi les observait à la dérobée, n'osant interrompre ces fragiles tête-à-tête. Malgré les soins quasi maternels qu'elle prodiguait à Albin, elle ne parvenait toujours pas à entrer en contact avec lui et commençait à douter. Rien chez lui ne montrait s'il entendait ou comprenait ce qu'elle lui disait. Elle s'adressait pourtant à lui avec une infinie douceur. Parfois elle effleurait sa chevelure d'une caresse timide. Mais c'était comme caresser une statue de pierre, froide et insensible.

— Le temps atténuera le choc et la douleur, ma dame, la rassura un soir Pierre d'Albret, alors qu'elle se confiait à lui, impuissante.

Ils venaient de visiter une nouvelle famille fraîchement arrivée que l'on avait entassée dans la grange, faute de mieux. Héloïse avait tenu à leur apporter en personne du pain, du fromage et de l'eau et, le cœur broyé par l'émotion, s'était attardée auprès des enfants, maigres et sales à faire peur.

— Hier encore, on nous a amené deux nouveaux orphelins, des enfants qu'on a trouvés dans un fossé du côté de Craies. Tant de malheur… Je vous avoue que tout cela me désespère. Nous essayons d'accueillir au mieux ces pauvres gens mais la place manquera bientôt et, avec l'hiver qui approche, nous n'aurons pas de quoi nourrir tout le monde…

— Vous faites ce que vous pouvez, ma dame, et c'est déjà beaucoup.

— J'ai beaucoup réfléchi, ces derniers temps. Dieu m'est témoin que j'ai toujours été une bonne chrétienne. Mais si je venais à mourir, maintenant, je ne voudrais recevoir que le *consolamentum*. Je ne veux plus rien avoir à faire avec l'Église de Rome. Cette Église-là a trop de sang sur les mains. Je ne peux pas être la complice de tant de violence et de crimes. Est-ce que cela fait de moi une hérétique pour autant ?

Sa voix se fêla tandis qu'elle levait un regard désespéré sur le vieillard. Celui-ci, en guise de réponse, se contenta de lui prendre les mains et de les serrer.

Cette année-là, l'automne fut beau et lumineux, comme indifférent aux horreurs qui secouaient le Languedoc. Le feuillage des arbres et la vigne vierge qui courait le long des murs s'embrasèrent de mille feux, comme la chevelure d'Alix sous le soleil déclinant. Le temps d'engranger les dernières récoltes avant le grand froid, les pommes et les courges et le raisin à presser. Une activité de ruche régnait au château, à laquelle se mêlait un sentiment d'urgence, nouveau et pressant. Agénor continuait d'envoyer des messagers vers des destinations mystérieuses. Les nouvelles qui en revenaient ne devaient pas être bonnes car le seigneur des lieux se montrait de plus en plus nerveux. Parfois, le messager ne revenait pas du tout.

Un jour d'octobre, trois mois après son arrivée, Albin prononça enfin ses premiers mots, provoquant un vif émoi dans son entourage qui n'y croyait plus.

L'enfant se trouvait avec Héloïse, Clothilde, Marie et Jeanne dans la chambre des dames. Pendant que les petites jouaient dans leur coin, Albin se tenait prostré près de la fenêtre, les genoux ramassés contre la poitrine, indifférent à ce qui l'entourait. Les femmes, assises près de la cheminée, discutaient à voix feutrée. Le temps était à la pluie et au vent, assombrissant la pièce. Un temps maussade et triste. D'humeur morose, Clothilde pestait encore au sujet d'Alix, qui s'était évaporée quelque part dans le château, traînant sans doute dans les jambes de son père, comme d'habitude. Elle l'avait cherchée partout, bien sûr, mais peine perdue, Alix était maligne ! Cette enfant n'en faisait qu'à sa tête et elle ne perdait rien pour attendre. Héloïse soupira d'un air résigné. Force lui était de reconnaître qu'Agénor était un peu responsable de l'attitude de son aînée, à vouloir l'élever comme si elle était un garçon. Leur complicité avait beau être merveilleuse, ce n'était pas rendre service à la petite qui poussait comme une herbe sauvage. La châtelaine était en train de se dire qu'il faudrait qu'elle parle à nouveau à son époux lorsque Alix surgit soudain dans la pièce, les faisant sursauter.

— Ah, quand on parle du loup ! rugit Clothilde.

Échevelée, la petite fille pressait tant bien que mal contre sa poitrine des petites formes indistinctes qui gigotaient en couinant. Une chienne hirsute était sur ses talons, répandant dans son sillage une longue traînée d'eau boueuse. Cris des servantes, la grosse voix indignée de Clothilde dominant les autres – les chiens n'avaient pas le droit de venir jusqu'ici, vraiment Alix exagérait ! Interrompant leur jeu, Jeanne et Marie levèrent des yeux intrigués, un sourire flottant sur leurs lèvres. Elles éclatèrent de rire lorsque la chienne s'ébroua à côté d'elles. Seul Albin ne semblait pas concerné. Ignorant le tumulte que son irruption avait provoqué, Alix fonça jusqu'à lui d'un air déterminé, suivie de la chienne dont la queue aspergea au passage une Clothilde au bord de l'apoplexie. Et là, sans mot dire, elle libéra les petites formes mouvantes aux pieds d'Albin. Cinq chiots complètement affolés qui jappaient, se chevauchaient et trébuchaient. Clothilde s'était levée, menaçante, une sanction exemplaire déjà prête à franchir ses lèvres pincées par la fureur, lorsqu'une voix inconnue la figea net dans son élan.

— Où est Balthazar ?

Tous les regards, abasourdis, convergèrent vers le petit Albin qui fixait les chiens d'un air bouleversé. Agenouillée à côté de lui, Alix pencha la tête, sa longue chevelure frôlant les dalles de pierre.

— Qui est Balthazar ? s'enquit-elle doucement.

Albin leva sur elle un regard perdu.

— Mon chien…, finit-il par bredouiller.

— Oh… Je ne sais pas où il est, Albin, je suis vraiment désolée. Mais je suis sûre qu'il va bien. Les chiens, ça sait toujours s'en sortir, ne t'inquiète pas pour lui.

— Je l'ai perdu… Quand je me suis retourné, il n'était plus là…

Les yeux de l'enfant s'étaient brusquement brouillés de larmes. Le visage blême et le souffle court, il semblait lutter de toutes ses forces contre une violente émotion. Il se recroquevilla sur lui-même, ne formant plus qu'un corps roulé en boule saisi de tremblements. La petite Alix resta sans voix, se mordant les lèvres d'un air coupable et affolé. Sa main vint se poser sur celle d'Albin, hésitante. Des larmes silencieuses au coin des paupières. Clothilde s'ébroua alors et, sourcils froncés, s'avança en direction d'Alix.

— Ma petite, j'ai deux mots à te dire ! gronda-t-elle.

Mais Héloïse, qui s'était aussi levée, la retint fermement par le bras. Du regard, elle lui intima le silence. Décontenancée, Clothilde fixa tour à tour la châtelaine puis les deux enfants. Alix s'était blottie contre Albin, la tête posée sur son épaule. Les chiots en avaient profité pour s'égailler partout, la chienne allant de l'un à l'autre, les bousculant de sa truffe humide. Marie en attrapa un qui passait devant elle et elle éclata de rire. Jeanne l'imita. Albin, lui, pleurait à présent. D'abord doucement, le visage enfoui dans ses genoux, puis de plus en plus fort. Alix tourna un visage éploré vers sa mère.

— Oh ! maman, Albin est tellement triste…

Chavirée par l'émotion, Héloïse les rejoignit puis enlaça les deux enfants, attirant Albin contre elle, couvrant ses cheveux de baisers et de caresses.

— Laisse-le pleurer, ma chérie, murmura-t-elle.

— Je ne voulais pas le faire pleurer ! sanglota la petite fille.

— Tu n'es pas responsable.

Rien n'avait été dissimulé à Albin. Dès les premiers jours après son arrivée, en dépit de son mutisme, et alors que rien n'indiquait s'il entendait ou comprenait, Agénor lui avait expliqué la situation sans détour. Son père était mort avec honneur à Carcassonne pendant que le reste de sa famille périssait en représailles. Un terrible drame dont il était le seul et inespéré survivant. Il lui avait ensuite juré qu'ici à Arrigues, il ne risquerait plus jamais rien et qu'il l'élèverait comme son propre fils. Albin n'avait eu aucune réaction, aussi vide, semblait-il, qu'une coquille de noix. Et Agénor s'était résigné à l'idée qu'il en serait ainsi pour toujours. Aussi, lorsque Héloïse lui apprit que l'enfant avait parlé, le baron en fut profondément exalté et à nouveau rempli d'espérance. Le cœur bondissant d'allégresse, il s'empressa d'aller voir Albin et le dénicha dans les écuries en compagnie des trois sœurs, qui avaient reçu l'ordre d'y ramener les chiens. Assis dans la paille, les chiots leur grimpaient sur les genoux et faisaient des roulés-boulés qui arrachaient des fous rires aux fillettes. Couchée sur le flanc juste à côté, la chienne semblait veiller avec indulgence. « Brave fille ! » fit Agénor en la caressant vigoureusement. C'était une de ses meilleures bêtes pour la chasse et elle venait d'accomplir sans le savoir un miracle auprès d'Albin… Il s'accroupit à leur hauteur, recevant tour à tour dans ses bras ses trois filles, manquant de basculer en arrière quand vint le tour de la fougueuse Alix. Riant aux éclats, les tempérant tant bien que mal, il se tourna ensuite vers Albin qui le fixait sans rien dire, le visage triste et pensif. Ils échangèrent un long regard. Puis d'un geste à la fois bourru et tendre, le baron lui ébouriffa les cheveux. Albin ne se déroba pas ; seules ses lèvres frémirent imperceptiblement, comme s'il réprimait un sanglot.

Prostré dans la paille à quelques pas de là, Blaise avait assisté à toute la scène depuis sa cachette invisible. Il vit les grandes jambes d'Agénor passer devant lui, le frôlant presque avant de s'éloigner vers le tumulte de la cour. Le cœur battant à tout rompre, il laissa s'écouler quelques instants sans oser esquisser un geste. Savoir qu'il aurait pu être découvert par le baron le tétanisait. Imprudent, il n'était qu'un imprudent ! Il n'avait pas le droit de baisser la garde, jamais. Il le savait pourtant ! Furieux après lui-même, il s'agrippa les cheveux qu'il tira de toutes ses forces, le visage déformé par une rage muette. Méthodiquement il en arracha plusieurs touffes, ajoutant de nouvelles trouées dans sa longue chevelure collée par la crasse, révélant un crâne pelé et couvert de croûtes. Il aurait continué sur sa lancée si le rire cristallin d'Alix n'avait pas subitement retenti. Surpris, il releva la tête, essayant de l'apercevoir. Mais la petite fille ne lui offrait que son profil fin et racé, ses cheveux éternellement décoiffés recouvrant sa petite silhouette agenouillée comme une cape dorée. Alors, sans bruit, il se mit à ramper en direction des enfants, comme un papillon attiré par la flamme d'une chandelle, et les observa à la dérobée en se rongeant les ongles. Il était si près d'eux qu'il aurait pu toucher la chevelure d'Alix. Il se sentait comme envoûté par ce rire joyeux qui résonnait dans toute l'écurie. La chienne le flaira et tourna la tête dans sa direction. Mais elle était habituée à sa présence et se contenta d'agiter faiblement la queue. Puis, le cœur au bord des lèvres, il fixa intensément la nuque d'Albin, qui lui tournait le dos. Dans son ventre, il y avait comme un nœud qui ne cessait de grossir, au point de lui étreindre la gorge et de l'empêcher même de respirer. Et cela empirait chaque fois que ses yeux tombaient sur Albin. C'était comme un rejet indicible qui l'étouffait toujours un peu plus. Il était à ce point perdu dans sa contemplation qu'il n'entendit pas venir Geoffroy. Sa voix résonna comme un coup de tonnerre, sèche et mordante :

— Alors comme ça, il paraît que tu reparles ?

Saisi d'une peur animale, Blaise recula en se tortillant. Massif, Geoffroy dominait de toute sa taille le groupe d'enfants, les poings sur les hanches. Les trois sœurs avaient levé sur leur frère des regards chargés d'appréhension et semblaient guetter la suite, en retenant leur respiration. Seul Albin ne semblait pas concerné par le brutal changement d'atmosphère et continuait de jouer avec les chiots comme si de rien n'était. Le jeune seigneur le fixa longuement, son exaspération de plus en plus palpable. Lorsqu'il comprit qu'Albin ne réagirait pas, il laissa éclater tout son mépris :

— Oui… tu parles peut-être mais tu n'as pas l'air plus malin qu'avant !

Geoffroy cracha au sol puis asséna à l'enfant une petite taloche à l'arrière du crâne, pas suffisamment forte pour lui faire mal mais assez sèche pour l'humilier. Marie fondit en larmes, terrifiée.

— Pourquoi tu fais ça, Geoffroy ? cria Alix, livide.

La fillette fixait son aîné d'un air abasourdi.

S'accroupissant à sa hauteur et collant presque son visage au sien, Geoffroy lui saisit le menton avec brutalité pour la forcer à le regarder droit dans les yeux et siffla :

— Petite bécasse ! Tu n'as toujours pas compris qu'il aurait mieux fait de crever avec sa famille ?

Et comme elle tentait d'échapper à son emprise, le visage ruisselant de larmes, il serra encore plus fort. Alix réprima un cri de douleur. Elle aperçut Albin qui avait relevé la tête et la fixait intensément, son beau visage exprimant la confusion la plus totale. Marie pleurait toujours tandis que Jeanne s'était enfoui la tête entre les mains pour ne plus voir. Même la chienne semblait déroutée et gémissait, nerveuse. Geoffroy se releva d'un bond et, d'un coup de pied, chassa un des chiots qui lui grimpait dessus. Il s'apprêtait à faire volte-face, laissant les enfants à leur stupeur, lorsqu'il remarqua la silhouette sombre qui tentait maladroitement de se faufiler entre les ballots de paille. La surprise d'abord puis l'irritation se succédèrent en un éclair sur son visage. En deux pas, il fut sur Blaise, qu'il retourna et plaqua au sol, lui écrasant la gorge du genou.

— Décidément, on trouve de tout dans ces écuries ! Maintenant un sale rat qui ne peut pas s'empêcher de fouiner ! Je croyais pourtant t'avoir déjà fait comprendre que tu devais disparaître ! Faut-il donc que j'y remédie moi-même ?

Suffoqué, Blaise se débattit, ses mains griffant vainement l'air autour de lui.

— Suffit ! cria Geoffroy excédé, qui lui décocha un formidable coup de poing en pleine face.

Sous le choc, l'arcade sourcilière éclata et le sang se mit à couler à flots. Alix hurla.

— Mais laisse-le tranquille ! Il ne nous importunait pas, c'est un innocent ! Pourquoi tu t'en prends à lui ? S'il te plaît, arrête ! Tu lui fais mal !

La chienne se leva et se mit à japper de terreur tandis qu'à côté, dans les stalles, les chevaux commençaient à piaffer, nerveux. Rempli de dédain, Geoffroy envoya Blaise valdinguer dans une flaque de purin. Puis, se penchant sur lui, la bouche tout près de son oreille :

— Voilà où sera toujours ta place, ne l'oublie surtout pas, l'idiot.

Là-dessus, il se redressa et s'en alla sans un regard pour les enfants.

Le corps parcouru de tremblements, Alix attendit longtemps sans bouger, comme pour être bien certaine que Geoffroy ne reviendrait pas. Albin avait le regard perdu dans le vide, avec une expression sur le visage qu'elle ne lui avait encore jamais vue : sorte de dureté et de rage contenue. Puis elle le vit se lever brusquement et s'enfuir en courant. Elle eut beau l'appeler, elle n'obtint pas de réponse. À côté d'elle, Jeanne tentait de consoler Marie en proie à une vive émotion.

— Allez voir maman et Clothilde. Il faut raconter ce que Geoffroy a fait…

— Mais il se vengera sur nous, après, objecta Jeanne avec terreur.

— Papa l'en empêchera.

— Mais pourquoi tu ne viens pas avec nous ? Viens, s'il te plaît !

— J'arrive… Allez-y, je vous rejoins… Allez !

Les petites filles disparurent à leur tour ; alors seulement Alix osa s'approcher de Blaise qui gisait sur la litière souillée. Il avait le regard vitreux comme le mort qu'elle avait vu dans une des cahutes de réfugiés, et des bulles de sang éclataient de temps en temps au coin de sa bouche. Un râle presque inaudible sortait de ses lèvres craquelées.

— Tu as mal ? Ne t'inquiète pas, ça va aller…, gémit Alix en promenant un regard horrifié sur ce corps maigre et meurtri de partout.

C'était comme une plaie géante, suppurante et à vif. Ses mains n'osèrent pas effleurer le visage tuméfié et encore moins la chevelure poisseuse de sang. Il se dégageait en outre de Blaise une odeur intolérable, d'urine, d'excréments, de sueur. Au bord de la nausée, elle se releva en titubant.

— Ne bouge pas, je reviens, je vais chercher un peu d'eau… Il faut laver tes blessures…

Elle revint aussi vite qu'elle put, ployant sous le poids d'un seau d'eau dont elle renversait le contenu à chaque pas, mouillant sa robe et ses chausses. Mais il ne l'avait pas attendue. Elle eut beau le chercher dans toute l'écurie, il avait disparu. Elle s'effondra alors sur un ballot de paille et céda au chagrin immense qui gonflait en elle. Sa mâchoire était encore endolorie là où les doigts de Geoffroy avaient fait pression et elle ne comprenait pas pourquoi il s'était montré si cruel. Elle avait mal et elle avait eu très peur aussi. Il ne s'était encore jamais comporté ainsi avec elle. Pourquoi ?

De longs et violents sanglots soulevèrent sa poitrine, comme un orage qui balaie tout sur son chemin, dévastateurs et la laissant toute pantelante. Désormais, elle savait qu'elle se méfierait de son frère, comme on se méfie d'un chien à l'humeur imprévisible.

Blaise s'était réfugié dans la bergerie, caché par la masse du troupeau qui bêlait sans discontinuer. Le corps harcelé de mouches noires, il était en train de lécher ses doigts ensanglantés lorsqu'une voix le figea net. C'était Jehan, le berger, vieillard édenté dont la peau était jaune et desséchée comme une mue de serpent. Il était au service des barons d'Arrigues depuis plus de trente ans ; le château et ses habitants n'avaient aucun secret pour lui, même s'il demeurait aussi muet qu'une tombe. S'accroupissant à sa hauteur, il se pinça le nez et émit un grognement désapprobateur.

— On dirait une bête qui lèche ses blessures… Es-tu une bête, petit ?

Pour toute réponse, Blaise se ratatina dans l'encoignure de la bergerie et lui décocha un regard assassin. Jehan haussa les épaules avec pitié.

— Ça fait des années que je me pose la même question à ton sujet : pourquoi tu restes ici ? Personne ne veut de toi et rien de bon ne t'arrivera céans ! À ta place, je serais parti depuis longtemps.

Blaise ne broncha pas, naturellement. Personne n'avait encore jamais entendu le son de sa voix, excepté les quelques affreux grognements qu'il poussait parfois. Tendant un doigt tordu qu'il agita sous son nez, le berger reprit :

— Je t'assure, suis mon conseil. Fuis très loin et ne te retourne pas, jamais. Ou alors tout cela finira très mal pour toi, je le crains…

Là-dessus, il tourna les talons et repartit en boitillant, houspillant les moutons qui lui bloquaient le passage.

À nouveau seul, Blaise se roula en boule. Le vieux berger avait raison, il aurait dû partir depuis longtemps. Mais voilà, il en était tout simplement incapable. Tant qu'Alix serait là, il ne pourrait jamais s'éloigner…

La guerre faisait rage en Languedoc. Certains soirs, sur l'horizon nimbé de pourpre, de longs rubans gris obscurcissaient le soleil dans son dernier éclat avant la nuit. Partout où le regard se posait alors, ces mêmes colonnes de fumée. La plaine entière semblait s'embraser. Mais c'était encore la nuit qu'on pouvait le mieux apercevoir le rougeoiement des brasiers dans le lointain. Un spectacle à la fois somptueux et vertigineux. Grimpé tout en haut d'un arbre, Blaise pouvait passer des heures à contempler ces points scintillants, comme autant de bouches béantes menant tout droit en enfer. Des gens là-bas étaient en train de rôtir. L'Église de Rome faisait son grand ménage. Selon la direction des vents, il leur parvenait parfois même des odeurs de brûlé, effluves qui pouvaient ensuite persister plusieurs jours d'affilée, comme suspendus dans l'air. C'était comme s'il pleuvait des cendres. L'air empestait alors la mort.

Depuis quelque temps, Agénor partait dans de mystérieuses expéditions, avec pour seuls compagnons une garde rapprochée. Personne au château ne savait rien de leurs destinations et encore moins de leurs desseins. Ils s'esquivaient à la faveur de la nuit, lorsque tout le monde dormait. Depuis sa cachette, Blaise était témoin de leurs départs silencieux où chevaux et hommes se mouvaient telles des ombres dans le froid, leurs silhouettes floues à peine éclairées par quelques rares torches que le vent tourmentait. Il aurait pu tout aussi bien rêver tant la scène semblait parfois irréelle, voix chuchotées, les sabots des montures emmaillotés dans des chiffons pour en atténuer le bruit.

Au sein de la valetaille, on commençait à trembler, à épier les signes de mauvais augure. À guetter. À attendre on ne savait quel événement qui ne saurait tarder. L'afflux de réfugiés plombait le moral des occupants de la citadelle. C'était comme une hémorragie impossible à endiguer. Des familles entières chassées de chez elles, aux allures de bêtes traquées, obligées de s'entasser dans une promiscuité miséreuse et de plus en plus problématique. Comment nourrir tout le monde ? Les plus faibles succombèrent à des épidémies de fièvres et de diarrhées aiguës. Dépassée par les événements, Héloïse interdit à ses filles de fréquenter les abris de fortune et tremblait à l'idée que la maladie ne décime tout le château. Partout où la mort frappait, on faisait brûler des herbes aromatiques pour purifier l'air et les corps étaient ensevelis le jour même. Mais bientôt, avec le froid, le sol serait trop dur pour qu'on le creuse. Il faudrait alors brûler les corps. La châtelaine avait le visage marqué par les nuits sans sommeil. À l'inquiétude de savoir son époux parti se battre s'ajoutait celle d'être à la merci de Geoffroy. Car après une violente querelle qui l'avait opposé à son père, le jeune homme avait refusé de le suivre dans ses folles équipées. Sa place était à Arrigues et nulle part ailleurs. Furieux et désabusé, Agénor avait fini par capituler. À ses yeux, ce n'était rien d'autre que de la couardise et de la provocation, mais puisque son fils tenait tant à se terrer, grand bien lui fasse, il veillerait donc sur *tous* les habitants de la forteresse, que cela lui plaise ou non. Il avait ajouté que pendant ses absences, c'était à Héloïse qu'il devrait rendre des comptes, en toutes circonstances. Acculé, Geoffroy avait cédé de mauvaise grâce. La présence des hérétiques sous son toit lui était de plus en plus intolérable. Si cela n'avait tenu qu'à lui, il les aurait tous chassés depuis longtemps. Il méprisait ces réunions publiques pendant lesquelles Pierre d'Albret prêchait sa bonne parole. Une assemblée qui ne cessait de grossir comme un chancre et qui attirait sans cesse de nouveaux fugitifs. Ce fut une sombre période. Et pour Blaise, une lente et longue descente aux enfers, comme si, jusqu'à présent, il n'avait connu que le purgatoire. Il voyait Héloïse et ses dames de compagnie s'évertuer à accueillir au mieux des orphelins sans cesse plus nombreux et la rancœur ne cessait de croître au fond de lui, car jamais personne n'avait eu une prévenance semblable à son égard. Pourquoi ?

Quant à Alix et ses sœurs, il les voyait de moins en moins. Elles n'avaient plus le droit de traîner dans la basse-cour. Les rares fois où il pouvait apercevoir Alix, c'était lorsqu'elle avait réussi à tromper la vigilance de sa nourrice pour écouter Pierre prêcher. Une de ses dernières lubies. Elle s'asseyait à l'écart de l'assemblée et buvait ses paroles comme s'il coulait de l'or de sa bouche. Cependant elle n'était jamais seule. Albin était là aussi. Et c'était bien ce qui tourmentait le plus Blaise. De les voir toujours ensemble, épaule contre épaule, inséparables. Cet enfant était une énigme et il devint rapidement une obsession. Que pouvait-il bien comprendre de toutes ces paroles d'illuminé ? Lorsqu'il écoutait Pierre d'Albret, Albin paraissait habité par une fièvre qui le consumait de l'intérieur. Tout son corps était tendu comme un arc, ses poings serrés et son regard fixe. Était-ce parce qu'il était lui-même fils d'hérétique non repenti, dernier descendant d'une lignée décimée ? Contaminé par cette infâme doctrine depuis son plus jeune âge ? Lequel des deux, entre Albin et Pierre, fit le premier pas vers l'autre ? Albin était alors un enfant sauvage et farouche. Et pourtant, un lien indicible, presque filial, se tissa entre lui et le vieillard. Une étonnante relation qu'Héloïse encouragea, pleine d'espoir. C'était la providence qui avait mis Pierre d'Albret sur le chemin d'Albin. Le seul, peut-être, capable de ramener l'enfant à la vie, par sa bienveillance et sa patience. Mais Blaise, depuis ses divers postes d'observation, savait bien, lui, qu'il n'y avait pas que Pierre qui était en train de jouer un rôle décisif dans la guérison d'Albin. Et il en était malade. Il en crevait littéralement de jalousie. Albin était en train de lui voler la seule âme qui eût jamais veillé sur lui. Certes Alix n'était encore qu'une petite fille. L'innocence et la pureté incarnées. Mais c'était elle, le véritable miracle, la guérisseuse. Et tandis que l'un guérissait lentement, l'autre dépérissait chaque jour un peu plus, comme une plante privée d'eau et de lumière.

L'hiver 1210 fut un hiver rude de solitude et d'attentes vaines. La citadelle d'Arrigues vécut ces longs mois de froid intense repliée sur elle-même, se donnant l'illusion que rien ne pourrait jamais l'atteindre.

Blaise ne voyait plus les trois sœurs. Elles restaient confinées au donjon avec le petit rescapé. Le miraculé. Celui vers qui tous les regards et toutes les attentions convergeaient désormais. Et que l'on couvait comme l'enfant prodigue.

Une saison cruelle. Blaise avait le corps couvert de dartres et d'engelures. Ses lèvres étaient si gercées et craquelées qu'ouvrir la bouche était un supplice. Mais la douleur physique n'était rien comparée au sentiment de solitude et de vide qui le rongeait. C'était comme une longue agonie qui n'en finissait pas. Tout était tellement *noir* en lui, confus, trouble. Ce besoin vital de s'attacher et de fuir à la fois. Toutes ces émotions contradictoires, perturbantes et incompréhensibles. Un écheveau inextricable fait d'envie et de jalousie, de peur et de haine parfois dévorantes mais aussi de dévotion absolue.

La toute-puissance des émotions.

Un jour, il sauva un chaton de la noyade. Peut-être parce qu'il s'était reconnu en lui : l'animal était pitoyable, tout pelé, rongé par la vermine et de surcroît mal formé, ses deux pattes avant tordues l'empêchant de grimper aux arbres et de courir normalement. Une misérable créature dont l'existence avait été jugée inutile. Pour Blaise, ce fut une rencontre providentielle. Cela ne lui était encore jamais arrivé : un être vivant à protéger, veiller, caresser, compagnon des heures sombres et des nuits froides. Qui serait mort de faim, tout seul, pataud comme il était, incapable de chasser. Liés l'un à l'autre pour toujours. Mais un chat, ça folâtre. C'est infidèle et libre comme le vent. Ça trahit sans même s'en rendre compte. Blaise avait beau le chercher partout, l'appeler, l'animal prenait de plus en plus goût aux escapades et pouvait disparaître pendant des jours. Pire, Blaise l'apercevait parfois en train de charmer d'autres que lui, attendrissant les enfants avec son étrange allure de grenouille sautillante. Jusqu'à ce que ces petits miaulements, plaintifs et menteurs, lui deviennent un jour insupportables. Il fut très facile de lui briser la nuque ; l'infidèle ne se méfiait pas, il espérait encore une caresse. Mais ce n'était plus possible.

Les journées s'égrenaient au ralenti. Même les bruits du quotidien semblaient étouffés par le manteau de neige. Les nuits étaient interminables tandis que dans la vallée, en contrebas, le cri des loups retentissait parfois. Il tournait en rond. Il ne savait que faire de sa misérable carcasse. Il avait besoin de les voir ou bien il finirait par en crever. Alix lui manquait. Elle ne le fuyait pas, elle. Au contraire, elle posait toujours sur lui des yeux empreints de douceur, comme si la répulsion qu'il inspirait aux autres lui était étrangère. Sa peau le brûlait encore là où elle l'avait l'effleuré, comme une empreinte indélébile. Curieuse et bouleversée à la fois, elle avait touché la cicatrice toute fraîche qui lui marbrait la joue, lui demandant comment il s'était fait cela. Bien sûr, il n'avait pas su lui répondre, bouillonnant d'impuissance et de désespoir. Et ses beaux yeux, perplexes, qui poursuivaient leur inspection, tant de marques sur un corps si grêle. Comment était-ce possible ? Ce n'était point des blessures de guerre et elle ne connaissait aucun autre enfant qui arborait autant de meurtrissures. Quelqu'un lui faisait-il du mal ? Était-ce Geoffroy ? Pourquoi certains de ses doigts étaient-ils si tordus, comme des serres de rapace ? Est-ce qu'il souffrait quand elle les touchait ? On sentait bien les os qui s'étaient mal ressoudés. « Pauvre Blaise », soupirait-elle parfois. D'autres fois, elle le repoussait en disant, la mine contrariée : « Tu es vraiment trop sale, tu sens mauvais. Tu devrais aller à la rivière. » Et elle s'éloignait en courant, inaccessible et insouciante. Mais depuis qu'Albin avait surgi dans leur vie, elle venait de moins en moins souvent le voir. Bientôt, elle cesserait de lui parler, elle finirait par l'ignorer comme tous les autres. Que deviendrait-il alors ? Le vide qu'elle laissait chaque fois derrière elle l'asphyxiait littéralement. Il se sentait comme ces poissons pêchés puis jetés sur la berge qui agonisaient avec d'horribles soubresauts. Il ne pouvait rester éloigné d'elle si longtemps. Après de longs moments d'observation, d'hésitation, il s'enhardit. Qui l'empêcherait de se glisser dans le château ? Déjouer la vigilance des sentinelles ne serait qu'un jeu d'enfant. De toute façon, il avait toujours été invisible, il était un fantôme, une ombre. Il se fondrait dans la pierre.

En se faufilant à l'intérieur du corps de logis, il fut saisi d'un sentiment nouveau et inconnu : la griserie. Pouvoir déambuler dans ces lieux interdits, arpenter en toute liberté les longs couloirs sombres avec pour seule compagnie la complainte du vent, explorer les moindres recoins, comme cette petite salle voûtée dans le soubassement d'une tour, découverte avec émerveillement et dont il ferait son repaire. Très vite il fut capable de s'orienter même dans le noir, laissant courir ses doigts sur l'aspérité des pierres, guidé par les bruits familiers, des éclats de voix, la ronde régulière de la garde et le cliquetis de leurs armes, l'écho de pas rebondissant contre les murs. Il n'était qu'un courant d'air, un souffle tout au plus, insaisissable ; un hôte insoupçonné et indésirable. Ce fut une période presque heureuse. Indéniablement, il était un animal nocturne. Dès que le soleil se couchait, il partait en maraude, sûr de ne croiser personne. Il zigzaguait, bondissait alors entre les flaques de lumière que quelques rares torchères dispensaient, leur préférant l'obscurité. Il était un rôdeur, qui hantait la citadelle à l'insu de ses occupants. Prenant de l'assurance, il approcha Héloïse, les nuits où Agénor s'absentait. Elle dormait recroquevillée et vulnérable dans un lit trop grand pour elle, sa longue chevelure éparpillée sur le drap écru. Son souffle était si régulier. Il céda à la tentation d'y enfouir son visage et de humer son odeur. Dans la chambre des filles, il n'était pas compliqué d'enjamber le corps de la servante allongée devant la porte. Elle dormait comme une souche, ronflant légèrement, piètre rempart. Les trois sœurs partageaient la même couche, blotties l'une contre l'autre, la plus jeune, Marie, coincée entre ses deux aînées. Jambes et bras mêlés. Marie avait un sommeil agité. La première fois qu'il avait été témoin de ces étranges réveils nocturnes, Blaise s'était cru démasqué. Il avait vu la fillette se redresser d'un bond, le faisant sursauter, puis darder ses prunelles vides sur lui, tout en tenant des propos incompréhensibles – un entrelacs de mots énoncés d'une petite voix aiguë et inquiète. Cela l'avait pétrifié, jusqu'à ce qu'il comprenne que ce n'était pas lui qu'elle voyait réellement et que ces paroles ne lui étaient pas destinées. Depuis, il s'était accoutumé à la bizarrerie de l'enfant et ne fuyait plus. Parfois, il lui prenait l'envie de tenter le diable : il poussait alors jusqu'à la salle des gardes, se collait dans une encoignure et écoutait les voix qui lui parvenaient assourdies. Il était dans le cœur même de la citadelle, au plus près de ses secrets et de ses conspirations. Il aimait épier les conversations entre Pierre d'Albret et Agénor, réalisant que derrière le seigneur assuré et déterminé se dissimulaient de nombreuses failles faites d'incertitudes, de doutes et de nuits blanches. Il assista à de violentes querelles opposant le baron à son fils Geoffroy et fut frappé par la haine profonde que ce dernier nourrissait à l'égard de son géniteur. Il comprit alors que c'était bien plus que de simples griefs qui les dressaient l'un contre l'autre. La jalousie et la rancœur consumaient Geoffroy, tel un brasier incandescent. Ce fut une révélation pour Blaise. Ainsi, lui et Geoffroy n'étaient pas si différents. Le fils légitime et le bâtard souffrant du même mal ?

Quelle étrange ironie…

Aux premières lueurs du jour, il rejoignait son repaire dans les profondeurs du château. Mais là encore, le sommeil tardait souvent à venir. Alors avec un long clou subtilisé à la forge, il se mettait à graver la pierre, le front plissé sous l'effort, ignorant la douleur qui irradiait dans ses doigts écorchés, dessinant les silhouettes de ceux dont il épiait les vies en cachette. Pour mieux attendre la nuit suivante.

Arrigues était devenu un nid d'hérétiques. Chaque jour, des rassemblements se tenaient dans la cour ou dans la grange. Pierre prêchait face à des convertis de plus en plus nombreux, gagnant même les rangs de la soldatesque. Agénor n'y voyait rien à redire. À ses yeux, c'était même une forme de résistance qu'il ne pouvait qu'encourager. Et si, en éternel profane, il ne se joignait jamais à ces assemblées, il n'empêchait pas pour autant ses propres filles de s'y mêler, à l'initiative d'Alix, qui entraînait ses sœurs avec elle, dans l'unique espoir d'y trouver Albin.

— Veux-tu bien arrêter de gigoter comme une anguille ? pestait Clothilde qui, chaque matin au lever, s'évertuait à peigner la longue chevelure d'Alix.

— Mais Albin m'attend ! C'est trop long ! Et tu me tires les cheveux !

— Et moi, si j'étais ton père, ma petite, je ferais en sorte que tu sois plus docile. Je vais aller lui en toucher deux…

Mais la fillette n'attendait pas la fin du sermon qu'elle connaissait par cœur. Elle glissait hors de portée des mains brusques de sa nourrice puis déguerpissait sans demander son reste, boucles échevelées flottant sur ses épaules menues.

— Reviens tout de suite, Alix d'Arrigues ! Et ne cours pas ainsi ou tu finiras par te rompre les os, malheureuse !

Peine perdue, Alix était comme un feu follet bondissant et téméraire, qui n'en faisait toujours qu'à sa tête.

Puis le printemps pointa son nez, comme une renaissance inespérée après une longue hibernation qui avait isolé les habitants d'Arrigues du reste du monde.

Le reste du monde ou ce qu'il en restait…

Partout en Ariège, sur les anciennes terres de feu Roger de Trencavel, on continuait de se battre pour des châteaux entrés en résistance. Simon de Montfort, avec sa trentaine de chevaliers aguerris et ses quelques milliers de soldats, les assiégeait un à un. Les chevaliers excommuniés et spoliés de leurs biens entraient alors en clandestinité et devenaient des *faydits* dont la seule riposte possible était embuscades et représailles sanglantes. Tous d'anciens compagnons d'armes d'Agénor. Ce dernier disparaissait de plus en plus souvent, laissant les rênes d'Arrigues à son fils que tout le monde surnommait, désormais, dans son dos, « le dogue ». Un jeune seigneur diablement efficace mais également mauvais comme la teigne, connu pour ses nombreux coups de sang et que tous redoutaient. C'était décidément une curieuse alliance que celle du père et du fils. Contrainte, pleine de tension et de non-dits. Chacun représentait une face d'une même et unique pièce, se tournant le dos, irréconciliables, mais liés malgré eux. Puis lorsque Agénor revenait, Geoffroy cédait la place sans un mot et s'esquivait, comme si leur présence conjointe était impossible. Dans les premiers temps, Agénor s'enquérait auprès d'Héloïse du comportement de Geoffroy. S'était-il montré à la hauteur de ses responsabilités ? Était-il resté respectueux à son égard ? Avait-il pris des décisions sans la consulter ? Aux yeux d'Agénor, Héloïse devait rester la châtelaine. Geoffroy n'avait pour mission que de seconder sa belle-mère, l'épauler, la défendre si besoin. Et qu'importe les ressentiments de ce dernier, Agénor avait été très clair sur le sujet. Cependant Héloïse renonça vite aux doléances. Que Geoffroy soit un être brutal et méprisant qui l'ignorait autant que possible et qui n'avait de cesse de rudoyer ses sœurs et ses sujets, elle avait très vite compris qu'aucune plainte de sa part n'y changerait quoi que ce soit. Agénor serait de plus en plus absent, de plus en plus dépassé par les ambitions de son fils aîné et Geoffroy grignoterait de plus en plus de pouvoir, balayant tôt ou tard tous ceux qui lui feraient obstacle. Aussi, seule importait désormais à Héloïse la sécurité de ses filles. Car l'étau était réel, qui se resserrait autour d'elles. Impuissante, elle voyait Agénor s'éloigner d'elle, victime de cet éternel instinct guerrier qui pousserait toujours les hommes loin de leur foyer et de leur épouse. Jusqu'au point de non-retour.

Chaque retrouvaille révélait un corps un peu plus meurtri chez Agénor.

Assis à califourchon sur un banc face à la cheminée, torse nu, il se laissait soigner, les yeux mi-clos et le front plissé. C'était devenu un rituel. Sans un mot, la gorge trop nouée pour pouvoir prononcer le moindre mot, Héloïse appliquait un onguent sur les nouvelles blessures. Parfois, il réprimait un sursaut et grognait. Alors elle suspendait son geste.

— Je te fais mal ?

En guise de réponse, il se contentait d'esquisser une grimace.

Les flammes dans la cheminée jetaient des lueurs mouvantes sur la peau marbrée d'Agénor. Héloïse contemplait pensivement ce corps massif, autrefois si vigoureux et si entreprenant, aujourd'hui malmené et diminué. Les poils de son torse avaient blanchi.

Les années de bonheur avaient été si brèves.

Un jour, un messager arriva, porteur d'une nouvelle qui consterna Agénor. Tandis que le comte Raymond de Toulouse multipliait les pourparlers pour conserver ses terres que le pape Innocent III avait *exposées en proie* et promises à qui les prendrait, son propre frère, Baudouin, choisissait de rallier les troupes des seigneurs francs. Si Agénor accusa le coup, vivement ébranlé, Geoffroy, lui, eut une lueur de triomphe dans le regard. Depuis le début, il ne cessait d'exprimer le fond de sa pensée : ils seraient tous en danger tant que ces impies demeureraient sous leur toit. Leur présence, leurs pantomimes, leurs simulacres de cérémonie, tout en eux l'ulcérait. Ce n'étaient que de pauvres illuminés, qui les entraîneraient dans leur perte, si Agénor ne se ressaisissait pas à temps. Quant à Pierre d'Albret, c'était le pire de tous. Un charlatan qui méritait mille fois le bûcher et qu'on laissait prêcher en toute impunité. De plus en plus de disciples imitaient son mode de vie ascétique, pratiquant le jeûne et l'abstinence, supprimant toute nourriture carnée de leurs repas quotidiens. Maigres et secs comme des ceps de vigne. Albin deviendrait l'un d'entre eux, lui aussi. L'ascendant que Pierre avait sur lui était immense et ne cessait de croître. En trois ans, l'enfant avait grandi, pris de l'assurance et, s'il n'était pas très loquace de nature, il n'était plus ce petit être sauvage, désorienté et affolé des premiers mois. Il était toujours assis au premier rang quand Pierre prêchait. Bien sûr, Alix n'était jamais très loin. Sa robe étalée autour d'elle, ses éternelles mèches folles encadrant son beau visage blanc, la joue blottie contre l'épaule du jeune garçon, elle écoutait aussi sans mot dire. Un jour, tout en cheminant côte à côte dans le verger, Albin lui confia ses rêves, la voix lointaine et le regard perdu au-delà de l'horizon.

— Un jour, moi aussi je partirai sur les routes pour prêcher comme Pierre. J'irai à la rencontre des gens, de ceux qui sont dans le besoin ou la peine. Moi aussi je deviendrai un parfait. J'accomplirai ainsi les desseins que Dieu avait peut-être pour moi, en me laissant la vie sauve. Sinon, pourquoi aurais-je été le seul à survivre ?

— Alors je t'accompagnerai sur les chemins, répondit Alix.

— Mais un parfait ne peut avoir de compagne..., objecta-t-il doucement.

Levant les yeux sur lui, elle s'immobilisa et d'une voix nouée souffla :

— Alors il faudra qu'on se quitte pour toujours ?

— Non, parce que je reviendrai te voir très souvent. Tu le sais bien.

— Mais ce ne sera pas pareil...

Le regard brouillé de larmes, Alix se détourna puis tourna les talons, ignorant les appels d'Albin.

En 1213, les seigneurs hérétiques souffrirent un nouveau revers à la bataille de Muret avec la mort de Pierre d'Aragon, suzerain de Béziers et Carcassonne. Ce dernier était entré dans la bataille après la mort de son beau-fils Roger de Trencavel. Agénor et tous les autres vassaux du comte de Toulouse ne purent que subir la défaite de plein fouet. Certains moururent, d'autres furent faits prisonniers et certains réussirent à s'enfuir. Lorsque Agénor revint à Arrigues avec sa troupe de guerriers décimée, il arborait une mine effroyable. À la citadelle, la nervosité était à son comble. On y avait vécu l'absence du baron en retenant son souffle, priant pour que l'issue des combats ne scelle pas leur sort. Geoffroy, lui, arpentait le chemin de ronde comme un loup en cage et, lorsque son père réapparut enfin, il ne lui accorda aucun répit, l'assaillant aussitôt :

— Père, il est encore temps ! Abandonne Toulouse qui ne mérite que l'excommunication, il finira par tout perdre et nous entraînera dans sa chute ! Renvoie Pierre d'Albret et son auditoire d'inutiles! Rallions-nous à Baudouin…

En quatre ans, Agénor avait considérablement vieilli, bien plus que pendant ses longues années de combat sous le soleil implacable d'Orient. Ses cheveux étaient à présent gris, sa peau tannée et dure comme du vieux cuir, des rides sillonnaient son visage comme si elles avaient été tracées au coutelas, longues et profondes. Son regard, quant à lui, était celui d'un homme las et désabusé.

— Je ne me résoudrai jamais à pareille décision, Geoffroy, murmura-t-il avant de repousser son fils de la main pour forcer le passage.

Ce dernier lui emboîta le pas d'un air furibond.

— Alors tu es bien plus faible que je ne le croyais! Tu es pathétique! cria-t-il.

Dos voûté, Agénor ne répondit rien, s'éloignant d'un pas lourd vers les appartements de son épouse qu'il délaissait de plus en plus. La culpabilité et la honte l'étouffaient. Il n'arrivait plus à affronter le regard tantôt résigné, tantôt angoissé d'Héloïse. Elle souffrait par sa faute et cela lui était insupportable. Il la voyait s'étioler sous ses yeux à force de vivre dans une peur permanente. Et il était incapable de la rassurer, encore moins de lui rendre cette joie de vivre qui illuminait autrefois ses magnifiques yeux bleus.

Quand le sentiment de solitude était trop fort, il rendait visite à Pierre d'Albret. Le vieil homme était le seul à pouvoir l'apaiser. Ils parlaient alors toute la nuit. L'un comme l'autre étaient insomniaques. D'autres fois, Agénor allait observer ses filles à la dérobée. Elles grandissaient en vase clos. Leurs compagnons de jeu étaient des orphelins ramassés sur les chemins. Elles étaient nées en pleine croisade albigeoise et n'avaient jamais connu ni l'insouciance de la paix ni l'époque fastueuse de l'opulence occitane. La guerre était à leur porte avec son cortège de malheurs et de souffrances. Quel avenir pour elles ? Sa belle et fougueuse Alix, qui semblait ne douter de rien. Jeanne, la douce et timide. Et la petite Marie, la tourmentée, dont les nuits étaient peuplées de cauchemars, qui parlait et marchait dans son sommeil, chose ô combien anormale, voire surnaturelle ! Était-elle possédée, envoûtée ? Il ne fallait pas grand-chose pour effrayer les servantes superstitieuses. C'était pourtant l'innocence incarnée. Juste une petite fille dont les angoisses resurgissaient la nuit, Agénor le savait bien, lui. Ses trois filles, ses joyaux, ses trésors. Quant à Albin, il devait être écrit dans les étoiles, le jour de sa naissance, que sa destinée ne serait pas des plus simples. Il semblait vouloir suivre les enseignements de Pierre d'Albret, quitte à renoncer au peu qu'il avait durement acquis. C'était un jeune garçon sérieux, déterminé, profondément intelligent et réfléchi. Mais Agénor ne l'entendait pas de cette oreille. S'il respectait ses idées, il n'en avait pas moins d'autres ambitions pour le fils de son ami. Quand Albin fut en âge, Agénor demanda à Pierre d'Albret de moins l'accaparer pour que lui-même puisse lui consacrer plus de temps. Il mit un point d'honneur à se charger en personne de son éducation et s'y employa avec une énergie qu'il n'avait pas manifestée avec son propre fils. Il lui apprit à monter à cheval. Il lui enseigna le tir à l'arc et le maniement de l'épée. Puis il en fit son écuyer, poursuivant son instruction sans compassion, pour mieux l'endurcir, bien décidé à en faire un futur guerrier. Albin était bon élève. Jamais il ne bronchait ou se rebiffait, même lorsqu'il frôlait l'épuisement. Pour Agénor, il ne pouvait en être autrement : un jour viendrait où Albin devrait prendre les armes pour revendiquer les biens dont on l'avait spolié. Depuis les remparts, Geoffroy les observait mi-agacé, mi-sarcastique. Cela faisait longtemps qu'il avait compris les manigances de son père et sa rancœur à son égard ne faisait que croître. Et lorsque sa rage devenait trop forte, il n'avait d'autre choix que de s'échapper dans de longues chevauchées à travers la garrigue, malmenant son cheval et menaçant de le faire crever, le visage contracté par la fureur et la désillusion, manquant mille fois de se rompre les os. Mais ne plus penser, ne plus avoir mal. Seul sous le ciel immense, de la garrigue à perte de vue, sans la moindre âme qui vive à l'horizon, alors qu'Arrigues n'était plus qu'un point lointain disparaissant à moitié dans le brouillard, il laissait enfin libre court à sa frustration, à sa haine et hurlait à pleins poumons, jusqu'à sentir cette brûlure familière dans la poitrine et dans la gorge, qui le laissait sans force, laminé et pantelant.

7

L'étau (1215-1217)

Lorsque Albin eut seize ans, il fut adoubé par Agénor. Celui-ci dépensa une fortune pour lui offrir une armure complète : camail de fer, grèves, grenouillères et solerets d'acier, sans oublier l'épée qu'il fit forger et frapper au blason d'Arrigues. Il lui offrit également deux chevaux : un magnifique palefroi noir et un destrier gris pommelé. Albin de Fourques était désormais un chevalier sans terre et sans attache.

— Quels projets as-tu pour lui ? s'enquit Héloïse, un soir, après l'entraînement au combat.

Avant de répondre, Agénor contempla le visage grave et soucieux de son épouse. Elle s'était approchée sans qu'il l'entende alors qu'il inspectait l'état de ses armes et elle le fixait ardemment. Troublé, il détourna les yeux et considéra ses mains, qu'il avait pleines de cals à force de manier épée et rênes. Il inspecta la cotte de tissu qui le couvrait à mi-cuisse, déchirée par endroits, les couleurs ternies et couverte de poils. Il sentait le cheval et ne s'était pas lavé depuis des jours, tout comme cela faisait des semaines qu'il n'avait pas touché sa femme. Le puissant seigneur d'Arrigues ne pouvait avoir plus piètre allure… Jamais il ne s'était senti aussi vieux, fatigué et démoralisé. Visiblement très tendue, Héloïse insista :

— Qu'espères-tu pour lui ?

Le baron eut un geste évasif.

— Je ne sais pas, reconnut-il d'une voix abattue.

Accusant le coup, Héloïse cilla et blêmit.

— Un jour, il devra partir, murmura-t-elle.

— Oui.

— Mais peut-être pas pour se battre comme tu l'imagines. Albin t'est dévoué corps et âme. Je sais qu'il n'aimerait pas te décevoir, surtout après tout ce que tu as fait pour lui. Je l'ai observé, il est doué pour le maniement des armes et il est excellent cavalier. Il a appris à lire et à écrire en même temps que nos filles. Tu lui as offert la meilleure éducation possible. Mais ne te leurre pas, Agénor. Son cœur porte davantage vers la foi…

— Il choisira le chemin qu'il souhaite. Je ne lui imposerai rien. Mais… si nous le mariions à l'une de nos filles ? Il deviendrait ainsi un de mes héritiers. Et s'il venait combattre à mes côtés pour servir notre suzerain, Raymond finirait par le récompenser. Raymond n'est pas un ingrat, il lui donnerait un fief et un titre.

— Ainsi, c'est donc ce que tu as en tête ? souffla-t-elle. Et faire de Geoffroy ton pire ennemi ? Et avec laquelle de nos filles envisagerais-tu une union ? Elles sont encore si jeunes !

— Avec Alix, parbleu. Ces deux-là sont toujours fourrés ensemble !

Bouleversée, Héloïse porta les mains à son visage et ferma les yeux.

— J'ai peur, Agénor. Toi et moi, nous nous éloignons l'un de l'autre…

— … Oh, Héloïse…

Agénor tenta de la prendre dans ses bras mais elle se déroba.

— J'ai tout le temps peur… peur qu'il t'arrive un malheur. Peur de ce qui nous arriverait, si tu venais à disparaître.

— Allons, Héloïse, je suis là ! Solide et plus déterminé que jamais ! Je ne suis pas prêt à baisser la garde et encore moins à rendre les armes, crois-moi ! Et tu me manques tellement, si tu savais…

Sa main effleura la joue d'Héloïse qui s'en empara pour la couvrir de baisers et de larmes. Émettant un grognement rauque, Agénor l'attira contre lui, encadra son visage de ses deux mains, la fixa intensément puis posa ses lèvres sur les siennes avec ardeur.

— N'aie pas peur, je serai toujours là pour te protéger…

— Geoffroy disparaît parfois pendant des jours. Et quand il revient, il a un air bizarre… Je n'ai pas confiance, Agénor ! Sais-tu où il va et qui il voit ?

— Non. Mais tu sais bien qu'il a toujours été secret et méfiant.

— L'as-tu fait suivre ? le pressa-t-elle.

— Pourquoi ? s'étonna Agénor, sincèrement dérouté. Qu'imagines-tu ? Tu penses qu'il nous trahirait ? Cela ne serait pas dans son intérêt !

Héloïse, confuse, détourna les yeux. Comment convaincre son époux lorsque ses craintes ne reposaient que sur une intuition ? Geoffroy avait toujours été insaisissable et dangereux à ses yeux. Et ce sentiment n'avait fait que croître avec le temps, l'inimitié qui les opposait plus exacerbée que jamais.

— Et puis Montfort ne viendra pas jusqu'ici. Raymond est en pourparlers, reprit Agénor d'un ton rassurant.

— Des pourparlers dont on ne voit pas l'issue, sans cesse remaniés ! rétorqua-t-elle.

— Il faut garder confiance, ma mie.

— Mais as-tu songé à ce qu'il adviendra de nous si tu viens à mourir au combat ?

— Geoffroy veillera sur vous. Et Albin aussi…, répondit Agénor, la mine rembrunie.

— Et moi, je crois que tu te leurres ! Tu ne veux rien voir, tu ne comprends pas ! s'exclama-t-elle avec véhémence.

Les yeux brouillés de larmes, elle s'arracha à son étreinte puis quitta l'armurerie en trombe, laissant Agénor complètement assommé.

— Ma dame, je n'ai pas trouvé Alix… Je pense qu'il serait temps que vous ayez une conversation avec elle. Une jeune damoiselle ne devrait pas disparaître ainsi et aller à sa guise. Ce n'est plus une enfant ! Et elle me fait tourner en bourrique ! annonça Clothilde en surgissant dans la chambre des dames, la mine contrariée et la poitrine hors d'haleine.

Interpellées, Héloïse, Marie et Jeanne levèrent la tête en même temps. Si la châtelaine parut ennuyée par la nouvelle, Jeanne, elle, rabaissa furtivement les yeux sur son ouvrage de tapisserie pour ne pas affronter la face courroucée de la grosse nourrice, qui traversa la pièce au pas de charge. Et de fait, passant devant les jeunes filles, elle les dévisagea tour à tour d'un air soupçonneux. Jeanne se sentit devenir rouge incandescent, se piquant maladroitement le doigt avec l'aiguille.

— Tiens-toi donc droite, ma fille, ou tu finiras voûtée comme une vieille femme avant l'heure ! bougonna Clothilde.

Le front moite, Jeanne suça son doigt sans broncher.

— Tu l'as cherchée aux écuries ? retentit la petite voix de Marie.

— Marie ! protesta Jeanne d'une voix presque inaudible.

Mais l'enfant n'en tint pas compte et poursuivit sur sa lancée :

— Alix est toujours avec sa jument. Depuis que papa la lui a offerte, elle dormirait avec…

— Hum… avec la jument, avec les chiens, avec son père, avec Pierre d'Albret… ou avec Albin ! rétorqua Clothilde en glissant un regard entendu vers Héloïse.

Jeanne déglutit de travers. Il n'était pas toujours facile d'être une confidente et encore moins de couvrir les escapades de sa sœur aînée, d'autant plus qu'elle n'avait ni son aplomb ni son courage. Et c'est d'une voix qu'elle ne reconnut pas, sorte de gargouillis étranglé, qu'elle émit :

— Je crois qu'elle devait rendre visite à l'une de ces femmes qui vient de perdre son bébé…

— Chez les réfugiées dans la basse-cour ? s'enquit Clothilde, en se radoucissant à peine.

Jeanne se contenta de hocher la tête, trop émotive pour en rajouter.

— Je lui parlerai, Clothilde ! intervint Héloïse. Tu as tout à fait raison. Alix n'a plus l'âge de se comporter ainsi…

— Parlez donc aussi à son père dans ce cas ! Moi, il ne m'écoute pas ! marmonna la nourrice d'un air vexé.

Alix sortait en effet de l'une des cahutes dans laquelle une femme et son nourrisson venaient de recevoir le *consolamentum*. L'enfant était né trop tôt et avait entraîné sa mère dans la tombe. La jeune fille avait l'air éprouvé. Elle s'immobilisa sur le pas de la porte, surprise par l'éblouissement du soleil, et attendit que

Pierre la rejoigne. Lorsque ce dernier arriva, ils cheminèrent en silence à travers la cour, côte à côte. Albin les guettait depuis la margelle du puits sur laquelle il s'était adossé. Dès qu'il les vit, il s'empressa d'aller à leur rencontre. Pierre d'Albret considéra tour à tour le jeune homme, qui avait désormais la stature d'un adulte, le corps mince et élancé, endurci par l'entraînement physique quotidien que lui imposait Agénor, puis Alix, jeune fille aux traits épurés, toute menue et toute frêle en comparaison mais dont la future et indéniable beauté s'esquissait déjà. Pas encore une femme, mais presque. Albin posa un regard soucieux sur Alix. Ces deux-là étaient tellement liés, songea Pierre non sans émerveillement, qu'ils semblaient lire l'un dans l'autre sans avoir à parler. Instinctivement, Albin saisit les doigts d'Alix qu'il pressa, avant de les relâcher aussi furtivement. Pierre fit comme s'il n'avait rien remarqué et leur annonça qu'il partait se reposer un peu. Les deux jeunes gens se retrouvèrent seuls.

— Une promenade à cheval ? suggéra Albin à voix basse.

Jetant un regard circulaire autour d'elle, noyée dans le va-et-vient des occupants de la forteresse, elle avait presque l'illusion d'être invisible. Alix savait que Clothilde la chercherait partout et qu'elle encourrait encore de sa part des remontrances. Mais Jeanne la couvrait. Marie aussi. Son père, quant à lui, ne dirait jamais rien. Et puis l'invitation était trop tentante. Elle objecta juste pour la forme :

— Tu sais que père ne veut pas qu'on s'éloigne trop…

— Bien sûr…

Leurs montures s'éloignèrent au pas, s'engageant prudemment dans le sentier escarpé qui sinuait sur le flanc de la paroi rocheuse. Au sud, aussi loin que les yeux pouvaient porter, la plaine, qui verdissait à nouveau. Au nord, plus en altitude, le plateau aride et sa garrigue malmenée par les vents. Entre les deux, une grande étendue boisée au relief accidenté, dont l'enchevêtrement végétal jouait le rôle d'un rempart naturel, tout en dissimulant d'étroites et profondes ravines, des chaos de rochers qu'une main de géant désœuvré aurait jetés là en des temps immémoriaux, des cavités secrètes ainsi que le cours tumultueux d'une rivière qui s'y faufilait, avant d'entamer sa descente vers la plaine. Le chemin était trop étroit pour chevaucher de front. Albin poussa son cheval noir en tête. Le calme était total, juste troublé par le pas des montures, lourd et cadencé. Les cavaliers tenaient fermement leurs rênes de peur que les bêtes ne s'emballent dans la pente. À travers les branchages, en contrebas, ils pouvaient déjà entrevoir l'éclat miroitant de l'eau. Les rives du torrent étaient quasiment inaccessibles, tant la végétation autour était inextricable, sauf à quelques endroits que l'homme avait défrichés. Ils débouchèrent ainsi sur une longue berge herbeuse. C'était ici que les lingères du château venaient laver leur linge. Ils mirent pied à terre puis continuèrent de longer le cours d'eau, empruntant un étroit sentier à peine visible, envahi par les herbes et les ronces, et arrivèrent sur un méandre encaissé, où affleurait ici et là le crâne moussu de quelques rochers. L'endroit était si profondément enclavé et les arbres si serrés sur les pentes de chaque côté qu'on voyait à peine le ciel. En toute saison, l'eau y était glaciale. Le courant pouvait y être très fort. L'hiver, le torrent impétueux était impossible à traverser. Mais au plus fort de l'été, il était presque à sec, ne conservant que quelques trous d'eau à la couleur émeraude, révélant des rochers chauffés par le soleil. Les femmes du château surnommaient cet endroit « la fontaine aux fées », peut-être à cause de cette étrange lumière verte, un peu irréelle, qui semblait percer la frondaison des arbres, et de ce silence de bout du monde. Ils attachèrent leurs montures à un arbre puis, avec précaution, s'approchèrent de l'eau. Excitée comme une enfant, Alix trempa la main pour la retirer presque aussitôt en éclatant de rire, saisie par la morsure du froid. Elle avait la joie facile et spontanée, véritable baume bienfaisant pour les âmes tourmentées. Inconsciente du regard qu'Albin posait sur elle, songeur et vaguement triste, elle laissa dériver ses doigts dans l'eau, sans se soucier du bas de sa robe trempé.

— Tu vas accompagner père dans ses expéditions, n'est-ce pas ? lâcha-t-elle brusquement, sans bouger ni lever la tête.

Tressaillant, Albin vint s'accroupir à ses côtés et, les mains posées sur les genoux, répondit doucement :

— Il se pourrait bien, oui.

— Un jour, notre suzerain t'attribuera de nouvelles terres. Quand tout cela sera fini… Ou peut-être même qu'il t'aidera à récupérer les tiennes. Père, en tout cas, t'aidera, lui !

— Je ne sais pas… Nous verrons bien.

Alix décocha un regard perçant au jeune homme.

— Et cela n'a rien à voir avec de la vengeance, tu le sais bien, reprit-elle. C'est juste une question de justice.

Comme il ne répondait pas, le regard perdu dans le vide, elle claqua ses doigts mouillés juste sous son nez, un sourire moqueur sur les lèvres. Surpris, Albin sursauta et lui sourit, la fixant avec intensité, comme s'il la voyait pour la première fois. Mais c'était souvent comme ça quand il était avec Alix : il ne pouvait s'empêcher de la dévisager de toute son âme, comme pour s'imprégner d'elle jusqu'au plus profond de son être. L'envie irrépressible de la serrer contre lui, de prendre son visage entre ses deux mains et de noyer son regard dans le sien. Parce qu'un jour, tout cela serait fini. Parce qu'un jour, ils ne seraient plus ensemble, à respirer le même air, à se frôler, à se regarder, à se comprendre sans même parler.

— Tu crois que si je dissimulais mes cheveux, je pourrais passer pour un écuyer ? s'enquit-elle d'un air malicieux. Comme ça, je pourrais partir avec vous.

— Tu es complètement folle ! la taquina-t-il en l'attirant contre lui.

Riant aux éclats, elle laissa ses doigts vagabonder distraitement sur le front d'Albin, avant de se perdre dans sa chevelure emmêlée.

— Folle, je le deviendrais en effet, certainement, si je devais passer mes journées enfermée avec Clothilde...

— Imagine-la, en ce moment ! La pauvre ! Elle doit courir partout en pestant très fort contre toi, encore disparue !

— Si je demandais à père, je suis sûre que...

— Tu dis n'importe quoi ! l'interrompit-il en posant un doigt sur ses lèvres. Ton père n'accepterait jamais ! Dis-moi quel père serait assez inconscient pour faire une chose aussi ridicule ?

Alix détourna la tête en faisant la moue.

— Je sais bien. C'était juste un rêve, grommela-t-elle.

— Mais parfois, trop rêver fait souffrir..., murmura-t-il.

Troublée, la jeune fille fixa son compagnon d'un air interrogateur. Mais celui-ci avait repris son air songeur, le regard perdu dans l'onde cristalline.

— Nous devrions rentrer, finit-elle par dire en constatant que la lumière déclinait doucement, ou bien je vais vraiment passer un très mauvais moment. Clothilde serait bien capable de me guetter avec un gourdin...

Albin éclata de rire et, se redressant, lui tendit la main pour se relever.

— Un jour, elle t'enfermera dans un cachot, prédit-il, taquin.

— Mais tu viendras me délivrer…

— Forcément.

Il l'aida à se hisser en selle puis rejoignit sa propre monture.

Ce jour-là, Alix rentra au château sans être inquiétée car dame Clothilde avait d'autres chats à fouetter qui monopolisaient toute son attention. Depuis quelques semaines, elle et les servantes constataient la disparition d'objets qui appartenaient à Alix. Au début, c'étaient de petites choses anodines : une épingle, un peigne en écaille, un ruban, des pendeloques. C'était peut-être simplement Alix qui égarait ses affaires, la jeune damoiselle en était tout à fait capable. Puis, impossible de remettre la main sur un voile en mousseline, sur un collier, un mouchoir brodé. Clothilde commença à nourrir de sérieux doutes : y avait-il une voleuse parmi les nouvelles jeunes servantes, certaines pas très dégourdies ni très futées ? Contrariée, la nourrice fit son enquête, fouilla les affaires personnelles des serviteurs, déboulant à l'improviste dans les communs et interrogeant d'un air suspicieux tous ceux qui avaient accès de près ou de loin au logis du seigneur. Jusqu'au jour où ce fut une ceinture qui disparut comme par enchantement. Alix s'étonnait bien sûr de ces disparitions mais, insouciante, ne s'en inquiétait guère, happée par d'autres occupations, qu'importe le raffut courroucé que faisait sa nourrice derrière elle et l'énergie qu'elle déployait pour remettre la main sur ces objets. Tenue en échec et de plus en plus perplexe,

Clothilde finit par s'en ouvrir à Héloïse, qui accueillit la nouvelle déconcertée.

— C'est en effet fort étrange ! Et tu dis que cela ne concerne que des affaires d'Alix ? Rien d'autre n'a été dérobé chez Jeanne ou Marie ?

— Non, ma dame, je peux vous l'affirmer. J'ai demandé aux servantes d'ouvrir leurs yeux de taupes endormies, mais, même comme ça, on dirait que les objets se volatilisent sous notre nez sans qu'on voie rien ! Ah, lorsque je mettrai la main sur la voleuse, je vous assure qu'elle s'en souviendra toute sa vie !

— Ne serait-ce pas Alix elle-même qui offrirait ses affaires à des jeunes filles réfugiées auxquelles elle se serait attachée ? Tu la connais, elle a tellement bon cœur. Elle aura peut-être pris en pitié certaines de ces pauvres femmes qui ont tout perdu…

— Notre damoiselle m'a assuré que non. Et j'ai été vérifier par moi-même, vous pensez bien !

— Alors, il y a bel et bien une voleuse. Je vais en parler à mon époux qui prendra les mesures nécessaires.

— Cela me semble plus raisonnable, ma dame.

Dès qu'il fut informé, Agénor mit au courant son sergent Guillaume. Et l'étau se resserra autour du mystérieux voleur. Au château, on ne parlait plus que de ça. Jeanne et Marie taquinaient leur sœur : c'était peut-être un amoureux transi ? Et si c'était Albin ? Celui-ci se contentait de les fixer avec amusement et haussait les épaules, tandis que les petites gloussaient, très fières de leurs sous-entendus.

— Et pourquoi j'irais voler alors qu'il me suffirait de demander ? rétorquait-il, malicieux.

— Beaucoup de bruit pour pas grand-chose, pestait Alix, ennuyée.

— Mais Clothilde a raison, reprit Albin en redevenant sérieux. On ne peut pas laisser un voleur agir impunément même s'il s'agit d'objets sans valeur pour toi…

Dans les profondeurs de la tour, Blaise contemplait ses trésors subtilisés nuit après nuit. Le vent était en train de tourner; il avait pris des risques inconsidérés. Un soir, profitant du faible éclat que distillait le croissant de lune, il se résolut à sortir du château, son précieux butin serré contre sa poitrine oppressée. Il longea les murs, ombre furtive et silencieuse, s'immobilisant au moindre bruit. Sans hésiter, il se dirigea vers le coin le plus reculé du verger, là où la pénombre semblait avoir tout avalé. On y voyait à peine mais qu'importe, il aurait pu marcher les yeux fermés, tant il connaissait l'endroit par cœur : cela avait été l'un de ses repaires, un refuge pendant si longtemps. Et puis, il était un animal nocturne, pour qui se déplacer dans l'obscurité n'avait jamais posé problème. À quatre pattes, il se glissa dans le tunnel qu'il avait creusé au fil du temps dans les ronces puis, quand il se retrouva au cœur du terrier végétal, se mit à creuser la terre à mains nues. Il lui fallut du temps et de l'énergie. Il ne distinguait rien, ses doigts écorchés ripaient sur les épines et les cailloux, les branches épineuses s'enlaçant autour de lui. Seul le bruit de sa respiration, saccadée et rauque, emplissait l'espace. Lorsque le trou lui sembla assez profond, il y jeta tous les objets, non sans déchirement. Devoir s'éloigner de ce qui était à ses yeux comme des reliques sacrées le rendait malade. Il tressaillit au bruit que fit la ceinture en chutant dans le trou, avec un tintement de clochette. Le cœur battant à tout rompre, il s'immobilisa, tous les sens en alerte. Mais autour de lui, il n'y avait que le bruissement du vent dans les branches et l'opacité de la nuit. Il reboucha le trou, un goût de bile dans la bouche, puis, lorsqu'il eut fini, s'allongea en position fœtale et ferma les yeux.

Albin se comportait étrangement depuis quelque temps et cela n'échappait pas à l'attention d'Alix. Il recherchait de plus en plus la compagnie de Pierre, avec lequel il pouvait deviser pendant des heures ; des tête-à-tête confidentiels dont la jeune fille se sentait exclue. Ou bien il partait seul à cheval et ne lui demandait plus de l'accompagner. C'était d'autant plus déroutant que ce changement d'attitude était arrivé d'un coup, comme un besoin irrépressible de prendre ses distances avec elle ; il faisait faux bond à leurs rendez-vous quotidiens, désertait les moments de complicité et profitait du moindre prétexte pour se dérober, l'humeur ombrageuse. Désorientée, blessée, Alix errait dans la citadelle comme une âme en peine. La vigilante Clothilde, de son côté, épiait la jeune fille à la dérobée et ne savait si elle devait s'alarmer. Déconcertée, elle ne reconnaissait pas l'enfant qu'elle avait élevée. Plus de fous rires intempestifs, de babillages charmants ni d'escapades interdites. Est-ce que cela voulait dire que leur damoiselle était en train de devenir raisonnable ou bien était-ce autre chose qui la minait de l'intérieur ? Souffrait-elle d'un mal quelconque, rampant et insidieux ? Elle s'étiolait à vue d'œil, pâle et diaphane. Ces longues rêveries mélancoliques et ce visage triste ne lui ressemblaient pas. Mais lorsque Clothilde entreprenait de la sonder, avec cette brusquerie inquiète qui lui était propre, elle ne parvenait qu'à la faire fuir. Alix était devenue aussi piquante qu'un chardon, aussi fuyante qu'une anguille. Et Clothilde faisait ce constat doux-amer que quelque chose avait bel et bien changé, à son insu. Révolu le temps des confidences, lorsque l'enfant venait chercher réconfort et consolation dans son giron.

La jeune fille lui préférait désormais la compagnie de sa jument auprès de laquelle elle trouvait refuge. L'animal lui soufflait dans le cou de ses naseaux chauds et humides et lui mordillait les cheveux, quémandant une caresse. Alix se blottissait alors contre son encolure puis enfouissait son visage dans les crins rêches et ne bougeait plus pendant de longues minutes, comme pétrifiée.

Blaise fut souvent le témoin impuissant de ces moments de solitude dans lesquels la jeune fille semblait se débattre. Il voyait, il comprenait tout, avec une effroyable lucidité, et il ressentait dans sa propre chair la douleur quasi physique qui broyait celle qu'il aimait. Parfois, quand elle se croyait seule, les yeux brouillés de larmes, elle parlait à sa jument tout en lui caressant le chanfrein, machinalement, comme si elle cherchait à la consoler, et il avait l'illusion que c'était à lui qu'elle s'adressait. Collant son front contre les naseaux de la jument, elle laissait libre cours à ses larmes. Et lui aussi pleurait en silence. Il aurait voulu lui dire qu'Albin ne méritait pas qu'on souffre pour lui, qu'il ne l'aimerait jamais comme lui l'aimait, qu'il avait d'ailleurs d'autres projets, d'autres envies, tenus secrets pour l'instant mais que lui, Blaise, avait percés à jour. L'avantage d'être invisible aux yeux des autres… Non, Albin ne la méritait pas. Et si elle persistait à l'aimer, elle souffrirait indéfiniment…

Alix pensait vivre le pire chagrin de sa vie. Elle ne pouvait pas encore se douter, du haut de ses seize printemps, que ce n'était que le premier. Cette sensation vertigineuse de manque, d'incompréhension qui la mettait à la torture n'était rien en comparaison de ce qu'elle aurait à traverser et à vivre dans les années à venir. Le coup de grâce arriva un matin lorsqu'elle surprit Albin qui attachait un baluchon, des vivres et une gourde d'eau à la selle de son cheval noir, à croire qu'il se préparait pour une longue absence. L'animal patientait à l'ombre du figuier, près de l'abreuvoir, sa queue balayant une nuée de mouches, indifférent aux va-et-vient de son maître perdu dans ses pensées. Dans un état second, Alix s'approcha sans bruit. Albin lui tournait le dos. Ses gestes étaient nerveux et secs. Il était si accaparé par sa tâche qu'il paraissait totalement étranger à l'agitation et au bruit autour de lui. Déjà parti, déjà ailleurs. Impossible pour Alix, cependant, d'admettre ce que ses yeux et sa petite voix intérieure ne cessaient de lui répéter, impitoyables. Elle était pourtant là, à quelques pas de lui, la gorge nouée, les yeux brouillés de larmes, comme clouée au sol par cette atroce douleur lancinante qui lui vrillait les entrailles. Et lui ne la voyait pas.

— Tu pars ? finit-elle par articuler d'une voix qu'elle ne reconnut pas.

Surpris, le jeune homme sursauta et fit volte-face. Son regard plongea dans le sien. Il se composa aussitôt une mine enjouée et avenante, trop exubérante pour être authentique. Manœuvre qui n'échappa pas au regard accablé d'Alix.

— Oh, tu es là depuis longtemps ? Je ne t'avais pas entendue ! Oui, je pars.

Alix encaissa la réponse, consternée.

— Tu comptais me le dire de vive voix ou avais-tu l'intention de t'éclipser comme un voleur ? murmura-t-elle, livide.

La mine si pleine d'entrain d'Albin s'effrita net.

— Je..., balbutia-t-il avant de détourner le regard.

Une bouffée de colère et de chagrin submergea d'un coup Alix.

— Eh bien, va-t'en, alors ! lâcha-t-elle, les yeux brillants de larmes.

— Oh, Alix ! Loin de moi l'intention de te faire de la peine ! gémit-il en esquissant un geste dans sa direction, un effleurement qu'Alix évita avec véhémence.

Plantant son regard implacable dans le sien, les poings serrés, elle riposta :

— Alors explique-moi et j'essaierai de comprendre.

Abattu, Albin laissa passer un long silence avant de répondre d'une voix sourde :

— C'est Pierre qui m'a conseillé de partir, pour mieux prendre du recul…

— Pourquoi ?

— Parce qu'il me faut réfléchir au chemin que je devrai tôt ou tard choisir. Et pour cela, il est nécessaire que je m'isole. J'ai besoin de me recueillir, de prier, loin de toute influence, et de décider de ce que sera ma destinée…

— Parce que tu ne le sais pas encore ?

La jeune fille était comme tétanisée. D'une main timide, il lui caressa la joue puis le cou.

— Ce n'est pas si facile, murmura-t-il.

— Tu fais pourtant partie de la famille maintenant… Père est-il au courant ?

Albin se contenta d'acquiescer en silence, la mine rembrunie. Abasourdie, Alix prit cela comme une nouvelle trahison et sentit une multitude de petites pointes acérées transpercer sa chair : elle était donc la seule à ne pas avoir été avertie ?

— Où pars-tu ? interrogea-t-elle d'une voix chavirée.

— Sur les causses mais je ne sais pas encore où exactement. Là où mes pas me guideront.

— Tu es fou…

— Mais il le faut…

— Promets-moi que tu seras prudent ! Ne tombe pas sur l'une des milices de Montfort, on dit qu'elles sont partout. Évite les villages.

— Ne t'inquiète pas, je sais tout cela, je ferai attention.

— Quand reviendras-tu ?

— Je l'ignore encore...

Les deux jeunes gens se dévisagèrent intensément. Alix luttait contre les larmes. Elle s'approcha de l'étalon noir dont les fers faisaient chanter la pierre et, impulsivement, déposa un baiser entre ses naseaux. Puis elle tourna les talons et partit en courant. Bouleversé, Albin la regarda s'éloigner et disparaître dans le corps de logis, avec pour ultime vision l'éclat du soleil dans sa chevelure rousse, comme un embrasement, puis plus rien.

Cette nuit-là, roulée en boule dans le lit et tournant obstinément le dos à ses sœurs, Alix pleura, des larmes qu'elle étouffait dans le matelas en se mordant les poings, tandis qu'Albin dormait quelque part à la belle étoile, loin d'elle.

Voir Alix si malheureuse rendit Blaise à moitié fou. Oublié l'incident des objets volés et qu'importe que les rondes aient été renforcées, il ne pouvait pas la laisser seule avec ce chagrin. Il fallait que quelqu'un veille sur elle et sur son sommeil. Et bien que conscient des risques, pour la première fois de sa vie, il outrepassa les signaux d'alerte que son instinct lui envoyait. Le besoin d'être auprès d'elle était plus fort, plus impérieux que tout le reste. Et durant l'une de ces nuits où il veillait sur elle, protégé par l'obscurité, allongé à même la pierre froide et inconfortable, là, juste à quelques pas de ses rêves agités, il commit la fatale erreur de s'assoupir. Cela faisait tellement longtemps qu'il ne dormait plus la nuit. Comment aurait-il pu imaginer que son corps baisserait la garde ? Pourquoi cette nuit-là ? Était-ce le fait d'être bercé par le doux bruit de sa respiration ? Ce furent des hurlements stridents de femme qui le réveillèrent en sursaut. Affolé, il réalisa aussitôt qu'il était piégé : déjà l'aube grise s'infiltrait partout dans la chambre. Il ne pourrait plus se sauver. Dans le grand lit, les trois sœurs remuèrent, extirpées brutalement de leur sommeil.

— Qu'est-ce qui se passe ? Le château est attaqué ? cria Marie, hagarde.

Clothilde, dans tous ses états, brandissait un candélabre en direction de Blaise, prête à l'embrocher au moindre mouvement.

— Qui que tu sois, tu bouges d'un pas et je t'étripe ! Mon seigneur ! Gardes ! Au secours !

Clothilde avait cru tomber raide de terreur en découvrant la chose mi-homme mi-bête qui se recroquevillait dans le coin tout près d'Alix. C'était d'abord l'odeur, pestilentielle, qui l'avait interpellée quand elle était entrée. Puis elle l'avait vu, horrifiée : une immonde créature couverte de terre et au regard apeuré. Qui était-il ? Comment avait-il pu se faufiler ici, à l'insu de tous ? Est-ce que les damoiselles allaient bien ? Les avait-il touchées ? La grosse matrone était l'incarnation même de la colère divine : rouge cramoisi, la poitrine haletante, décidée à en découdre et à y laisser la vie s'il le fallait pour protéger les filles de son seigneur.

— Vous allez bien, mes petites ? Toi, tu ne bouges pas !

Dans le couloir, le bruit de pas précipités se rapprochait. Acculé, paniqué, Blaise se colla contre le mur, avec l'espoir de se fondre dans la pierre, puis, en désespoir de cause, se prit la tête dans les mains et se balança d'avant en arrière en gémissant *crescendo.*

— Morbleu, que se passe-t-il ici ? tonna Agénor en surgissant dans la chambre, à moitié débraillé et l'épée déjà dégainée.

Héloïse affolée le suivait de près. En découvrant Blaise, elle lâcha un cri et chancela. Geoffroy surgit à son tour, talonné par Guillaume et quatre soldats sur le qui-vive. Envahi par la peur, Blaise sentit ses entrailles se liquéfier et, ne contrôlant plus rien, ses gémissements se firent hurlements. En bête prise au piège, il voulut forcer le passage et fonça tête baissée dans la masse compacte des corps qui l'encerclaient. Clothilde et Héloïse poussèrent un cri tandis qu'Alix, échevelée, à peine vêtue d'une longue tunique blanche, sortait du lit en s'exclamant :

— Ne lui faites pas de mal ! Vous lui faites peur, c'est tout !

Il heurta de plein fouet le torse de Guillaume qui le ceintura aussitôt. Terrifié, Blaise se mit à ruer, tentant de mordre et de griffer les membres qui le retenaient.

— Mais d'où sort cette créature ? s'exclama Agénor, abasourdi.

Un coup de poing en pleine face réduisit Blaise au silence. Des filets de sang coulaient de son nez et de l'arcade sourcilière, se mêlant à la crasse du visage. Un second coup dans la poitrine le plia en deux.

— Voyons, père, tu ne reconnais pas l'un de tes bâtards ! grinça Geoffroy.

— Foutredieu, que racontes-tu là ? s'indigna Agénor en le dévisageant avec horreur.

Héloïse, livide et tremblante, s'était approchée d'Alix pour lui couvrir les épaules et l'écarter des hommes. Sans oser lever les yeux sur son époux, elle lâcha, comme on avoue un épouvantable secret, les yeux brouillés de larmes :

— Il a raison, Agénor… je le reconnais.

Incrédule, ahuri, Agénor fixait tour à tour sa femme et son fils sans comprendre.

— C’est un demeuré, fit ce dernier d’une voix hargneuse.

— Je pensais qu’il avait disparu, continua Héloïse, anéantie.

Guillaume s’avança.

— Quels sont les ordres, mon seigneur ?

Blaise était maintenu au sol par les gardes, qui pesaient sur lui de tout leur poids. Malgré cela, son corps ensanglanté tressautait encore, comme celui d’un poisson agonisant, et un râle rauque sortait de ses lèvres craquelées.

— Moi, ce qui m’inquiète surtout, c’est qu’il ait réussi à déjouer la surveillance des sentinelles ! intervint Geoffroy. Comment a-t-il fait ? Et que faisait-il dans la chambre de mes sœurs ?

— As-tu osé les toucher, manant ? rugit Agénor en se ruant sur Blaise qu’il saisit par le collet, l’étranglant à moitié.

— Père !

— Ne te mêle pas de ça, Alix !

Asphyxié, Blaise émettait des petits gargouillis désespérés. Il avait l’impression que ses yeux étaient en train de sortir de leurs orbites et tout son corps était secoué de spasmes incontrôlables. Ainsi donc sa dernière vision serait le visage d’Agénor collé au sien, un visage empreint de haine et de répulsion. Quelle ironie : jamais il n’avait été aussi près de son géniteur, l’homme à qui il devait cette misérable vie et peut-être sa mort, sa délivrance ? Qu’il soit maudit ! Dans un sursaut d’énergie, il chercha à planter ses ongles dans ce regard insoutenable. Il n’était plus un homme mais une bête, prête à vendre chèrement sa peau. Surpris, Agénor recula, une longue estafilade sur le coin de l’œil. Héloïse poussa un cri.

— Je suggère qu'on jette cette vermine par-dessus les remparts ou qu'on la livre aux chiens ! Et qu'on n'en parle plus ! s'impatienta Geoffroy en lui balançant un coup de genou dans le menton, tandis qu'Agénor, après avoir tâté sa blessure, contemplait sa main pleine de sang d'un air hébété.

Blaise s'effondra, inconscient.

— Non, père, je vous en supplie ! Il ne nous a rien fait ! Il est muet et simplet ! Il a juste peur ! Il ne ferait de mal à personne !

— Ne te mêle pas de ça, Alix ! Héloïse, emmène les filles hors d'ici !

— Père, que vas-tu lui faire ?

Il fallut toute la force de persuasion de Clothilde et d'Héloïse pour traîner Alix hors de la pièce. Mais il aurait fallu aussi la bâillonner et ses suppliques continuaient de vriller les tympans des gardes. Excédé, Geoffroy saisit le bras de sa sœur avec férocité et la chassa lui-même hors de la chambre, la bousculant sans ménagement. Il l'envoya valdinguer contre le mur du couloir. Sonnée, Alix réprima un cri de douleur.

— Ne reste donc pas dans nos jambes, veux-tu ? Et mêle-toi de ce qui te regarde, bon sang !

Choquée par la violence de la scène à laquelle elle avait assisté, impuissante, Alix oscillait entre crise de larmes et révolte. Elle sentait encore les doigts de Geoffroy qui avaient broyé sa chair et les marques bleues sur sa peau lui rappelaient qu'elle n'avait pas rêvé. Dans la chambre des dames régnait un silence consterné. Marie et Jeanne pleuraient en silence. Marie avait été prise d'une crise de panique un peu plus tôt dans la journée et Clothilde avait eu toutes les peines du monde à la calmer.

— Geoffroy est méchant, tellement méchant !

— Eh bien, depuis le temps qu'on vous dit de ne pas traîner dans ses pattes ! Que ça vous serve de leçon ! marmonna la nourrice.

— Qu'est-ce qu'ils lui ont fait ? Ils l'ont tué ? gémit Jeanne, le visage rougi par les larmes.

— Vous n'avez pas à le savoir ! Une chose est certaine, on ne le reverra plus ! Votre père a pris la décision qui s'imposait !

— Mais était-il nécessaire de le tuer ?

— Alix, ça suffit ! Tu ne connaissais pas les réelles intentions de cette… créature ! Il était peut-être plus malintentionné que tu ne l'imagines ! Et il n'avait rien à faire dans votre chambre ! s'emporta Clothilde en brassant l'air de ses gros bras avec exaspération.

L'irruption soudaine d'Agénor dans la pièce les prit au dépourvu et la tension palpable qui régnait entre les femmes s'épaissit encore davantage. Blême, Clothilde piqua du nez sur sa tapisserie qui n'avançait pas, tandis que les petites détournaient leurs yeux rougis, fuyants et nerveux. Seule Héloïse ne réagit pas. Depuis l'incident, elle se tenait prostrée près de la fenêtre. C'est à peine si elle tressaillit lorsque Agénor ordonna à ses filles et à Clothilde de les laisser seuls. Cette dernière obtempéra, la mine ombrageuse, saisissant brusquement les enfants par le poignet et les entraînant à sa suite. La porte se referma sur elles, comme un coup de tonnerre résonnant dans tout le logis.

Le chevalier s'approcha d'un pas pesant et, comme son épouse demeurait indifférente, se laissa tomber à genoux devant elle. Il resta un long moment immobile, implorant, le silence entre eux plus lourd que du plomb. En d'autres circonstances, elle aurait enfoncé ses doigts dans son épaisse chevelure, le comblant de sa tendresse et de son réconfort. Mais en ce jour, c'était elle qui était blessée et il ne savait comment réparer le mal. Il n'aurait su dire ce qui l'anéantissait le plus dans toute cette histoire : que des langues bien pendues se soient accordé le privilège de l'odieuse révélation ou que sa tendre aimée ait tout gardé pour elle, sans jamais lui en parler. Pourquoi ne lui avait-elle jamais dit qu'elle connaissait l'existence de cette créature ? Par pudeur, honte, scrupule ? C'était comme si on avait souillé l'affection et la confiance qui les unissaient. Au bout d'un moment interminable, il murmura d'une voix rauque :

— J'ai tellement honte. Depuis quand sais-tu ?

Il la sentit frémir contre lui. Et le silence qui suivit lui sembla si long qu'il crut qu'elle ne lui adresserait plus jamais la parole. Pourtant, au bout d'un temps infini, le son de sa voix résonna, lointain et détaché.

— Depuis toujours…

Il ne put réprimer un sursaut de surprise.

— Et pourquoi ne m'as-tu jamais rien dit ?

— Allons, Agénor ! J'étais si jeune à l'époque, à peine plus âgée qu'Alix ! Je ne te connaissais pas, tu étais un étranger pour moi. Et que tu aies des bâtards, pourquoi cela aurait-il dû m'étonner ? Quand je suis arrivée ici, c'est la première chose qu'on m'a racontée sur toi. Tes innombrables aventures, ta réputation et ce bâtard un peu particulier, tellement… répugnant…

— Mais depuis que tu es entrée dans ma vie, je ne t'ai jamais trahie, tu le sais, n'est-ce pas ? Je t'ai aimée au premier regard… Tout cela remonte à une autre vie, dans laquelle tu n'existais pas.

— Je sais, Agénor, soupira-t-elle.

Accablé, il posa son front sur les genoux de son épouse et ferma les yeux.

— Tu ignorais vraiment tout de son existence ? s'enquit-elle au bout d'un moment, incrédule.

— Oui ! Aussi étrange que cela puisse paraître, oui ! Moi qui pensais connaître la moindre personne vivant dans ma forteresse, je ne l'ai jamais vu auparavant. Et pourquoi on me l'a volontairement caché, je l'ignore ! J'ai demandé à Guillaume de faire une enquête. Mais pour l'instant, curieusement, les langues ne semblent pas vouloir se délier. La plupart semblent même tout ignorer de son existence, à croire qu'il était invisible et se terrait loin des regards... Comment a-t-il pu passer inaperçu aussi longtemps, cela reste un mystère !

— Quand il était enfant, je le voyais parfois dans le verger. Il n'était jamais très loin de nos filles, comme si elles l'attiraient. Je n'aimais pas le savoir si proche d'elles mais les petites ne le craignaient pas, elles semblaient même familières avec lui et tu as bien vu la réaction d'Alix, cette nuit. Elle le connaît et, aussi incompréhensible que cela soit, elle le protège et n'a jamais eu peur de lui... Et puis, un jour, j'ai cessé de le voir. Il avait disparu. J'ai cru qu'il était parti ou mort. Et j'ai cessé de penser à lui... Mais maintenant, je me dis qu'il était toujours là, invisible, et qu'il continuait peut-être de nous épier, à notre insu ? Comment a-t-il fait pour se retrouver dans la chambre de nos filles, Agénor ?

— Il ne les a pas touchées, Clothilde s'en est assurée, marmonna-t-il d'une voix sourde.

— Je le sais bien mais... qu'est-ce qu'il faisait là, la nuit, dans leur chambre ? Et comment a-t-il pu entrer sans se faire prendre avec toutes les rondes que tu as renforcées ?

— Il ne reviendra plus, sois tranquille.

— Est-ce Guillaume qui s'en est chargé ?

— Non. C'est Geoffroy. Il y tenait.

Héloïse accueillit la nouvelle en silence. Comme s'il lisait dans ses pensées, mal à l'aise, Agénor grommela :

— Guillaume ou Geoffroy, quelle importance au fond ?

— Tu connais la différence pourtant, non ? lui reprocha-t-elle doucement. Guillaume aurait agi par devoir et… sans cruauté inutile.

— J'ai demandé à ce qu'on lui laisse la vie sauve mais qu'il soit chassé définitivement d'Arrigues et qu'il ne puisse jamais y remettre les pieds.

— Et tu crois que Geoffroy s'en contentera ?

Agénor ne répondit pas tout de suite, le visage tourmenté.

— De toute façon, c'est fait, nous ne pouvons revenir là-dessus.

Ce fut la douleur, fulgurante, qui le réveilla. Tous ses os semblaient avoir été brisés un à un et sa chair transpercée par une multitude de lames. Ses dents claquaient malgré lui. Il grelottait. Pourtant le soleil cognait dur au-dessus de sa tête, impitoyable. Il tenta de lever un bras. Ce n'était plus qu'un amas de peau sanguinolente. Une douleur vive dans l'épaule lui arracha un cri. Pourquoi n'était-il pas mort ? Jamais il ne serait capable de se lever, d'esquisser le moindre geste sans souffrir le martyre. Il allait mourir ici de faim et de déshydratation. Une lente agonie, voilà le supplice qu'Agénor lui avait réservé. Où se trouvait-il d'ailleurs ? Au prix d'un effort surhumain, il entrouvrit ses paupières tuméfiées. Il n'aperçut que le bleu du ciel et la boule jaune incandescente du soleil qui lui arracha des larmes. Pour pouvoir se repérer, il lui aurait fallu se redresser, tourner la tête. Mais il s'en sentait tout simplement incapable. Il se mit à pleurer et ses larmes lui brûlèrent les joues comme si elles étaient à vif.

La voix de Geoffroy, glaçante, le ramena à la réalité. Celui-ci se tenait à contre-jour. Saisi de panique, Blaise chercha à distinguer son visage, son corps entier se contractant d'avance, prêt à encaisser une nouvelle volée de coups, et peut-être le coup de grâce. Mais Geoffroy se contenta de s'accroupir à sa hauteur, en gardant ses distances. Ses yeux étaient plissés et fixaient sans pitié l'homme qui gisait à ses pieds, comme s'ils avaient eu le pouvoir de le clouer sur place.

— Tu as de la chance, on t'a laissé la vie sauve. Si cela n'avait tenu qu'à moi ! Je vais te laisser pourrir ici. Il n'y a personne à la ronde. Tu pourras toujours crier, appeler à l'aide, personne ne viendra. Et si par hasard tu devais survivre, ne t'avise jamais de remettre les pieds au château, tu entends ? Car je te tuerais de mes propres mains. J'ai demandé à ce qu'il y ait des patrouilles autour du château, avec des chiens. Alors si j'étais toi, je partirais très loin d'ici et pour toujours.

Sur ce, il se releva. Son cheval attendait à quelques pas de là, broutant l'herbe rase. Blaise le vit sauter en selle sans l'aide des étriers. Un bref claquement de langue, sec, puis il tourna bride.

Incapable de bouger, Blaise écouta le martèlement des sabots décliner puis s'estomper, comme un mirage, laissant place, pour finir, au silence, total. Au-dessus de lui, le soleil dardait ses rayons ardents. Bientôt la chaleur serait difficile à supporter. On l'avait déposé en pleine garrigue, là où il n'y avait pas la moindre tache d'ombre, ni un seul arbre sous lequel se réfugier. On le condamnait à mourir desséché, à même la rocaille brûlante qui perçait le peu de peau qui lui restait.

Impossible de mouvoir son corps disloqué. La douleur irradiait de partout, un vrai supplice. Le désespoir le submergea : il aurait beau se démener, cette fois-ci, c'était bel et bien fini. Il était là, comme une bête vaincue que la mort, patiente et sûre d'elle, guettait. Alors à quoi bon résister ? Baisser la garde, capituler, se résigner. Dormir éternellement. Ne plus jamais souffrir. C'était tellement tentant. Le sang martelait ses tempes.

Son cœur battait trop vite, brouillant sa vue. Est-ce que c'était vraiment si terrible de mourir ? Qu'est-ce qui le retenait encore ici-bas ? Se laisser glisser vers l'inconscience. Se replier en soi. Oublier. Ne plus penser. Il avait tellement mal, partout. De violents sanglots lui déchirèrent la poitrine, coupant le peu de souffle qui lui restait. Il avait peur. Au bout de combien de temps les oiseaux viendraient-ils se poser sur sa dépouille ? Ces charognards attendraient-ils seulement qu'il soit mort ou commenceraient-ils déjà à picorer la chair et les yeux, avant même qu'il n'ait rendu son dernier souffle ? Terrifié, il chercha à se redresser mais la douleur lui retourna l'estomac. Gémissant, il se laissa retomber au sol. Céder à l'oubli et au silence. Que tout cesse. Il sombra.

Il y avait tellement de colère en lui, de révolte et de haine. Un véritable bouillon. C'est cette rage qui le réveilla, en sursaut, suffoquant à moitié. Il mit du temps avant de réaliser qu'il était toujours au même endroit. Il avait un goût de fer dans la bouche et son corps semblait avoir pris racine dans la terre aride.

Il n'était pas mort.

Le soleil avait décliné et l'air s'était rafraîchi. Il frissonna. Les ombres grignotaient lentement le paysage. Il ne pouvait pas rester ici. Bientôt, on lancerait les chiens à ses trousses. Il devait s'éloigner le plus vite possible pour qu'ils perdent sa trace. La rivière. Seule la rivière pourrait effacer ses pas et le faire disparaître. Il se mit à ramper, son esprit enfiévré fustigeant le corps faible qui peinait à se relever. Geoffroy n'avait pas cru nécessaire de l'éloigner suffisamment, persuadé sans doute qu'il ne pourrait pas aller très loin, vu l'état pitoyable dans lequel il l'avait laissé. La silhouette du château se découpait sur l'horizon, toute proche. Entre ses paupières gonflées, Blaise discerna la bannière des

Arrigues qui flottait au vent et les ombres minuscules des sentinelles qui faisaient leur ronde sur les remparts.

Et en contrebas, vers la plaine, la tache vert sombre de la forêt.

Il songea à Alix qui était restée là-bas. L'idée de la perdre pour toujours l'anéantissait. Il aurait voulu l'arracher à sa famille et l'emmener très loin. Mais qui aurait voulu suivre de son plein gré un monstre comme lui ? Il se terra pendant plusieurs jours dans les sous-bois, se nourrissant de baies et de racines, cherchant un abri dans les cavités rocheuses, changeant sans cesse de refuge. Il pouvait entendre les cloches de la citadelle qui résonnaient jusqu'au plus profond des gorges étroites. Il surprit plus d'une fois les lavandières qui descendaient à la rivière et des enfants qui venaient chercher du bois pour en faire des fagots. Une autre fois, des cavaliers passèrent à quelques pas de lui sans le voir. Bien qu'ayant conscience du danger qu'il courait, il ne pouvait se résoudre à s'éloigner pour toujours. Après tout, lui aussi était un enfant d'Agénor et un habitant d'Arrigues. C'était là qu'il était né et c'était le seul endroit au monde qu'il connaissait. De quel droit l'en chassait-on ? La nuit, accroupi au creux d'une saillie rocheuse, il observait de loin la lueur des torches qui éclairait la citadelle. Il contemplait la multitude de points lumineux sans ciller, obstinément, jusqu'à ce que le sommeil ait raison de lui. Il ne savait qu'une chose et cela le torturait bien plus que ses blessures physiques : Alix était là-bas, à la merci d'hommes sans concession. Et elle lui manquait, affreusement.

Deux lunes étaient passées et l'été finissait doucement lorsque Blaise céda à l'impulsion qui le taraudait. Revenir à Arrigues, clandestinement, quoi qu'il lui en coûtât. Il connaissait les moindres recoins de la forteresse, c'était comme s'il était parti la veille. Il lui fut aisé de tromper la vigilance des sentinelles, profitant d'une nuit sans lune. Puis il se mit en quête. « Alix, Alix, Alix », murmurait sa petite voix intérieure, comme une litanie tournant à l'obsession. Il en bouillonnait presque d'euphorie.

La revoir, cependant, fut un choc.

Il avait quitté une jeune fille rieuse et délurée, et parfois même turbulente. Elle était désormais l'ombre d'elle-même, un fantôme errant plus que de raison sur les remparts, le regard perdu au-delà de l'horizon. Toujours seule. Il fallait être idiot ou aveugle pour ne pas deviner les tourments qui l'assaillaient. Impuissant, sonné, Blaise sentit la rage et le désespoir l'envahir. Pourquoi cet entêtement? Quand renoncerait-elle? Nombreux étaient les cavaliers à franchir le portail, porteurs de mauvaises nouvelles, mais jamais ce n'était Albin. Il l'avait abandonnée. À moins qu'il ne fût mort. Le pays était à feu et à sang.

— Pierre, reviendra-t-il? demanda-t-elle un soir au vieil homme qui contemplait à ses côtés l'horizon rouge sang.

Un vent frais s'était levé, annonciateur de l'automne, tandis que les premiers oiseaux migrateurs traversaient le ciel avec de grands cris en direction du sud, indifférents aux guerres sans pitié que se livraient les hommes ici-bas. Le dernier concile de Latran avait nommé Simon de Montfort seigneur de tout le Languedoc. Et depuis c'était la grande débandade, des massacres qui n'en finissaient pas, partout en Occitanie. Raymond avait été une nouvelle fois excommunié, puis destitué de son titre, déchu comme un vulgaire félon, et Toulouse mise à sac. La nouvelle se répandit à la vitesse d'un incendie gigantesque, ravageant tout sur son passage. La mort subite d'Innocent III en 1216 aurait pu amener une accalmie dans le conflit, d'autant plus que son successeur, Honorius III, s'intéressait davantage aux préparatifs d'une nouvelle croisade, la cinquième, en Terre sainte. Mais cela ne fit que laisser les coudées franches aux routiers et aux soudards qui composaient l'armée de Montfort.

Agénor s'absentait de plus en plus souvent d'Arrigues, participant à de multiples escarmouches et prenant de plus en plus de risques. À chacun de ses départs, Héloïse se disait que c'était la dernière fois qu'elle le voyait vivant.

Geoffroy avait suggéré à son père de marier ses filles à des seigneurs francs pour épargner Arrigues. Elle était loin cette époque où Agénor, en Terre sainte, avait sauvé la vie d'un obscur petit seigneur d'Île-de-France, du nom de Simon de Montfort. Comment réagirait ce dernier en retrouvant celui à qui il devait la vie ? Avait-il encore seulement une once d'honneur ? Agénor avait fixé son fils avec horreur et s'était éloigné sans rien dire.

Et pendant ce temps, Alix ne songeait qu'à Albin. Albin qui cherchait sa voie ; serait-elle celle des armes ou celle de la spiritualité ? Albin qui ne revenait pas.

— Pierre, reviendra-t-il ?

Il y avait tant de détresse dans sa voix.

— Oui, il reviendra.

— Pourquoi est-il si long, alors ?

— Parce que sa décision est difficile à prendre.

— Il sait pourtant que je ne le retiendrai pas. S'il souhaite recevoir le *consolamentum*, j'accepterai et je le laisserai partir.

— Et si, au contraire, tu te battais pour le garder ?

Alix fixa le bon homme sans comprendre, déconcertée.

— Le destin de chacun est écrit dès notre naissance comme un long chemin qui se déroule au fur et à mesure sous nos pas. Je ne pense pas que nous puissions nous y dérober. Mais parfois il est possible d'en dévier légèrement le cours et de choisir.

— Tu sais bien que je l'attendrai toute ma vie, s'il le faut. Mais je ne suis pas sûre que ce soit la vie qu'il souhaite…

— Détrompe-toi, il t'est beaucoup plus attaché que tu ne le penses.

La veille du retour d'Albin, Blaise fut dans tous ses états. Il était comme ces bêtes qui pressentent un malheur, agité, malade. Impossible de trouver le sommeil et encore moins de tenir en place. C'était comme si tout son être sentait l'imminence d'un cataclysme et se rebellait, rétif et affolé.

Sur la sente escarpée éclairée par la pleine lune, Albin marchait devant son cheval qui le suivait sans qu'il ait besoin de lui tenir la bride. Homme et bête semblaient aussi harassés l'un que l'autre. Une méchante barbe lui mangeait la moitié du visage, il avait la peau brune et tannée et le regard fatigué d'un vieillard. Avec ses guenilles et ses mains griffées, on aurait dit un vagabond, décharné et à bout de forces. Il tambourina à la porte et patienta, tête haute, l'attitude calme. Les soldats méfiants mirent un certain temps avant de remettre son visage. Ce fut au son de sa voix, inchangée, qu'ils réalisèrent qu'ils avaient Albin de Fourques devant eux. Ébahis, ils l'accueillirent avec effusion jusqu'à ce que Guillaume fende la masse de son corps massif et le serre dans ses bras, incrédule, le palpant avec brusquerie, comme pour être sûr qu'il était bien là, en chair et en os devant lui.

— Tu es revenu, fils ! C'est Agénor qui va être heureux ! Il n'est plus le même depuis que tu es parti, tu sais. Il n'a jamais rien dit mais ton départ l'a profondément bouleversé.

Cette nuit-là, pas un seul nuage ne troublait le ciel étoilé qui s'étendait à perte de vue. Albin posa ses yeux sur la masse sombre de l'imposant donjon. Ses occupants dormaient sans rien savoir encore de son retour. Cela lui laissait un peu de temps pour s'imprégner des lieux et savourer à l'avance les retrouvailles. Instinctivement, ses pieds l'emmenèrent à la masure qu'occupait Pierre d'Albret. Il espérait qu'il était toujours là. Mais peut-être avait-il été chassé, pendant son absence ? Il avait croisé tant de malheureux jetés sur les routes. De la lumière filtrait derrière les volets clos et il en ressentit une vive émotion. Pierre d'Albret n'avait pas changé ses habitudes et continuait de veiller tard. Entrebâillant doucement l'huis, il le découvrit à genoux, plongé dans la prière, ses lèvres remuant en silence. Le bois racla la pierre et les gonds grincèrent, faisant relever la tête au vieillard intrigué. Sur son visage parcheminé, d'abord la perplexité, comme si ses yeux ne reconnaissaient pas la silhouette qui se découpait sur le seuil, hésitante. Puis sa physionomie entière sembla s'éclairer de l'intérieur et un sourire immense illumina son visage. L'enfant était de retour ! D'un bond il fut debout et alla à sa rencontre, bras tendus et paumes tournées vers le ciel, comme pour une offrande. Sans un mot, les deux hommes s'étreignirent avec force.

— Même moi je commençais à trouver le temps long et à m'inquiéter, avoua le parfait, en levant un regard brouillé de larmes sur le jeune homme qui le dépassait désormais d'une bonne tête.

Albin se laissa tomber sur le banc devant l'âtre, épaules affaissées et lassitude soudaine. Pierre l'y rejoignit et attendit que le jeune homme parle.

— Si tu savais ce dont j'ai été témoin... C'est le chaos, partout. La guerre est aux portes d'Arrigues. Ils seront bientôt là... J'avais peur de ne plus te revoir.

— Pour le moment, nous sommes encore protégés. Mais toi, dis-moi tout ! Es-tu juste de passage ou as-tu choisi de rester ? Quelle décision as-tu prise ?

— Je me battrai aux côtés d'Agénor. Ma place est là et nulle part ailleurs...

Assis face à l'âtre dans lequel flamboyait un feu, le regard perdu dans le vague, Albin raconta à voix basse son exil, confiant ses expériences et ses doutes. Il s'était aventuré très loin, jusque sur les terres qui avaient appartenu à sa famille autrefois et qu'une nouvelle bannière occupait désormais. Étrangement, il n'avait rien ressenti, ni douleur, ni tristesse, ni désir de vengeance ou de représailles. Sa mémoire avait occulté beaucoup de souvenirs. C'est à peine s'il avait reconnu le château qui l'avait vu naître et grandir. Comme si une partie de lui était morte. Cette époque-là appartenait à une autre vie et l'enfant qu'il avait été, avant le drame, était devenu un étranger dont il ne savait plus rien. Il ne s'était pas attardé, pressé de reprendre le chemin et d'aller plus loin encore. Il avait vu des châteaux et des villages incendiés, des campagnes ravagées et des files interminables de pauvres gens fuyant les lieux des combats avec partout cette rumeur effroyable qui les précédait, la cruauté implacable des sbires de Montfort qui massacraient les populations sans aucune distinction et pendaient les chevaliers ennemis aux arbres comme de vulgaires manants, au mépris de tout code de l'honneur. Pierre écouta sans l'interrompre une seule fois, affligé.

— Partout on brûle des bons hommes comme toi parce qu'ils refusent de renier leur foi.

— L'Église et ses mercenaires prêchent pour Satan… Nous ne céderons pas face au Mal. Et toi, tu prendras donc les armes, car tel est ton destin, n'est-ce pas ?

Albin mit un moment avant de répondre, le visage tourmenté :

— J'aurais volontiers suivi tes pas. La violence me répugne tellement.

— Tu ne tueras jamais que par nécessité ou pour défendre ceux que tu aimes… Et le jour où tu seras prêt, je te donnerai le *consolamentum*…

Il y eut à nouveau un long silence.

— Et toi, Pierre, n'as-tu jamais aimé de femme dans ta vie ?

Alors qu'Albin fixait le vieillard, comme suspendu à ses lèvres, celui-ci poussa un long soupir et ferma les yeux, pour les rouvrir presque aussitôt sur un visage oublié.

— Je n'ai pas toujours été celui que tu connais. Moi aussi j'ai été jeune, fou et j'ai fait souffrir… J'ai convoité la femme d'un ami que j'ai trahi et perdu. Par dépit, j'ai épousé une autre femme qui m'a donné trois enfants. La vie m'a tout repris lors d'une épidémie de dysenterie. Je suis le seul à avoir survécu et j'ignore pourquoi. Mes enfants étaient l'innocence même. Ils ne méritaient pas ça, j'étais le seul vrai pécheur…

— Tu penses encore à eux ?

— Toujours. Je ne les oublierai jamais, même si je sais maintenant qu'ils sont bien mieux là où ils se trouvent, dans la lumière du Seigneur, plutôt qu'ici-bas où ne règnent que les ténèbres…

L'aube trouva les deux hommes fatigués mais sereins et apaisés. Ils n'avaient point dormi. Aux premières lueurs, Albin se leva sans un mot et quitta la maison de Pierre d'Albret pour se diriger vers le corps de logis. Blaise, dévoré par la jalousie, le vit arriver de loin et lui emboîta le pas sans se faire remarquer. Il n'avait pas besoin qu'on lui dise où le jeune homme comptait se rendre ainsi, d'un si bon pas. Il n'était pas le seul à savoir qu'Alix aimait se lever aux aurores et qu'elle se tenait souvent sur les remparts au moment du lever de soleil. Cependant il avait un doute : qui Albin irait-il retrouver en premier ? Agénor, le père de substitution, qui devait maintenant être averti de son retour et piaffer d'impatience à l'idée de revoir le fils prodigue ? Ou bien Alix ?

Albin prit d'abord le temps d'aller se laver. Il abandonna ses vêtements raides de crasse puis se glissa dans l'eau brûlante sur laquelle flottaient de la lavande et du romarin. Il régnait dans la petite pièce circulaire une douce chaleur, alimentée par un énorme feu qui grondait dans la cheminée en jetant des gerbes d'étincelles sur les dalles blanches. De temps en temps, un serviteur venait remettre de l'eau chaude dans le baquet. Épuisé, les yeux mi-clos, Albin sentit tous ses muscles se relâcher un à un. Il lui semblait que c'était la première fois depuis des semaines qu'il osait baisser la garde. Ne plus penser à rien. Se laisser juste aller au clapotis de l'eau chaude sur sa peau qui en avait perdu l'habitude. Il somnolait à moitié lorsque le bruit d'armes entrechoquées et la démarche cadencée d'un pas lourd et autoritaire le firent sursauter, pur réflexe, instinct de sauvegarde. Hébété, il lui fallut quelques instants pour reconnaître l'endroit où il se trouvait. L'instant d'après, Agénor déboulait comme une tornade, amenant avec lui des odeurs de sueur et de cheval. Ses cheveux étaient en bataille et tout poisseux, son pourpoint recouvert de poils et de terre.

En découvrant Albin, le vieux seigneur s'arrêta net et le dévisagea intensément, oscillant entre l'incrédulité et la joie. D'un regard aiguisé, il détailla sans complaisance le corps amaigri du jeune homme, tout en muscles secs et nerveux. Albin se redressa, un sourire incertain aux lèvres. Piétinant sur place, Agénor attendit qu'il se fût enveloppé dans un drap blanc et séché avant de l'attirer brusquement à lui et de l'étreindre vigoureusement.

Pendant qu'un serviteur lui rasait la barbe puis lui coupait les cheveux, Albin raconta à nouveau son voyage. Agénor l'écouta attentivement sans broncher, émettant juste de temps en temps quelques grognements.

— J'ai craint de ne pas revenir à temps et qu'à mon retour Arrigues ne soit plus qu'un tas de cendres, conclut Albin d'une voix rauque.

— Nous entrons dans une période de grands troubles et d'infinies souffrances. Mais jamais je ne rendrai les armes.

— Je serai à vos côtés.

Le bain chaud l'avait délesté de bien plus que de la poussière des chemins. Il se sentait plus léger, plus déterminé aussi. Il partit en quête d'Alix. Croisa d'abord divers visages connus et angoissés. Toutes ces mains implorantes qui agrippaient son pourpoint et ces yeux qui tentaient de lire en lui. La peur exsudait des corps maigres et inquiets comme une odeur rance. Était-ce vrai que les troupes d'El Bruto étaient aux portes d'Arrigues ? Est-ce que le château de Moremont était encore debout ? Et celui de Brisefer ? Était-il passé dans les villages de Broux, d'Arçonnay, de Lentrain et tant d'autres encore ? Qu'avait-il vu ? Savait-il si telle ou telle famille était encore en vie ? Chacun avait tant de questions et lui si peu de réponses réjouissantes.

Dans la chambre des dames, il fut détaillé de la tête aux pieds par une Clothilde bougonne et suspicieuse – il avait l'air d'un mendiant, avec ces joues creusées et ce teint pâle ! Avait-il l'intention de devenir un ascète comme cet illuminé de Pierre d'Albret, desséché comme un os de seiche ? C'était bien la peine d'avoir bataillé pour le ramener à la vie ! À l'inverse, Héloïse lui tomba dans les bras. Elle lui saisit le visage entre ses deux mains et baisa son front avec une tendresse infinie. Troublé et ému, Albin vit dans le regard de la jeune femme une lueur qui n'était pas là avant et qui racontait en silence un immense chagrin. Il aurait voulu s'en enquérir, souffrant de la voir si triste, mais n'osa pas et se contenta de la serrer fort dans ses bras. Puis ce fut au tour de Jeanne et de Marie de l'assaillir, tout excitées. La nouvelle de son retour était parvenue à leurs oreilles dès leur réveil et il avait fallu toute la force de persuasion de Clothilde pour les contenir. Piaillant d'une seule et même voix, elles l'assommèrent de questions et de cajoleries.

— Et Alix ? Elle n'est pas là ? finit-il par demander, étonné de l'absence de celle qu'il avait hâte de retrouver.

— Dieu seul sait où elle se trouve ! Elle disparaît tout le temps ! claironna Marie.

— Elle n'est pas venue te voir ? s'étonna Jeanne.

Non, elle n'était pas venue. Alix était la grande absente de ces retrouvailles.

En quittant le logis, il fut encore retenu par d'autres mains et d'autres visages souriants, serviteurs, soldats, réfugiés qui l'accueillaient comme s'il avait été l'autre fils du seigneur des lieux, jusqu'à ce qu'un bruit de cavalcade disperse les derniers curieux ; c'était Geoffroy qui revenait de la chasse avec d'autres cavaliers. Un sanglier était jeté en travers du dos d'une mule et les chevaux renâclaient, fourbus et en sueur. Sans un mot Geoffroy sauta à terre et, abandonnant sa monture au palefrenier, avança directement vers Albin. Les deux hommes se toisèrent avec défiance.

— Pourquoi es-tu revenu? finit-il par lâcher d'une voix suffisamment basse pour que seul Albin l'entende.

Ce dernier ne cilla pas et répondit sur le même ton :

— Pourquoi ? Tu espérais autre chose ?

— Tu n'aurais pas dû…

Geoffroy lui décocha un regard plein de fiel puis tourna les talons.

Un peu étourdi par tout ce qu'il venait de vivre depuis son retour, Albin embrassa du regard la cour et son agitation de ruche. Des filets de fumée s'élevaient des divers toits adossés à la muraille. Odeurs mêlées de fumier, de terre et de feux de cheminée. Le soleil d'automne donnait aux pierres une teinte dorée. En haut du donjon imposant et massif, le vent faisait claquer la bannière. Il tourna le dos au corps de logis et se dirigea vers les écuries et leur douce tiédeur. Ses yeux mirent quelques instants pour s'adapter à la pénombre. Souffles chauds et soupirs, raclements de sabots impatients et palefreniers à l'œuvre. Sur son passage il caressa des naseaux curieux et des encolures frémissantes. Au fond, la silhouette blanche de la jument d'Alix, les oreilles pointées dans sa direction. Il s'approcha lentement, étrangement ému. Alix était là, dans le coin le plus reculé, au milieu de la paille toute fraîche, genoux ramassés contre le visage et tenus serrés. Ses longs cheveux roux touchaient presque le sol. Un mantelet noir sur ses épaules dissimulait le pourpre de sa robe. Il fut accueilli par un long regard scrutateur. Il s'assit à côté d'elle sans qu'elle frémisse puis posa sa tête contre son épaule et ferma les yeux.

Les naseaux de la jument reniflèrent leurs deux têtes accolées. Alix la repoussa gentiment puis soupira.

— Tu es parti longtemps…

— Je sais.

— J'ai cru que tu ne reviendrais pas.

— Je t'ai cherchée partout. Pourquoi te cachais-tu ?

— Je ne sais pas.

— Tu m'en veux ?

— Oui, un peu.

— Je comprends.

— Comment vas-tu ?

— Fatigué. Tendu.

— Tu vas te battre aux côtés de mon père ?

— Forcément.

— Tu sais que Geoffroy n'approuve pas ? Avec notre père il se dispute en permanence. Ils se détestent. Geoffroy voudrait qu'on prête allégeance à Montfort. Il paraît que le comte de Toulouse a été destitué et qu'il est en fuite. On n'a plus de suzerain à qui se rallier, c'est chacun pour soi désormais…

— Ton père est un homme d'honneur, il ne cédera jamais. Il défendra nos terres, notre héritage, notre liberté.

— Es-tu retourné chez toi ?

— Ce n'est plus chez moi, depuis longtemps.

— Oh, Albin…

— Mais ça n'a aucune importance à mes yeux. Ma place est ici, auprès de toi.

Instinctivement, leurs mains se cherchèrent et leurs doigts s'enlacèrent. Alix relâcha l'étau de ses genoux et étendit les jambes, invitant Albin à s'allonger et à y poser la tête. Il ferma les yeux et soupira. Elle caressa les mèches noires bouclées. Ses doigts glissèrent ensuite sur son front plissé, puis sur ses paupières maintenues closes et enfin sur ses lèvres gercées. Au fur et à mesure de ses caresses légères comme une brise, la respiration d'Albin se faisait plus lente, plus ample. Se penchant au-dessus de lui, elle posa ses lèvres sur les siennes. D'une main, Albin la retint par le cou, l'attirant contre lui, et l'embrassa comme on renaît à la vie, avec toute la fougue, toute la passion des premiers instants, souffles mêlés, battements de cœur à l'unisson. Ils s'allongèrent dans la paille en se faisant face, yeux dans les yeux, tailles enlacées.

— Je t'aime…, chuchota-t-il.

Elle lui sourit, lumineuse.

Temps troublés et sombres, temps des expéditions clandestines et dangereuses, des choix ultimes, des trahisons et des peurs grandissantes.

Les réfugiés continuaient d'affluer. Des familles entières s'entassaient désormais sous des tentes dans la basse-cour, malgré le froid mordant de l'hiver tout proche. Héloïse et ses filles passaient une grande partie de leur journée à faire l'aumône, à s'enquérir de la santé des uns et des autres et à écouter d'une oreille compatissante les détresses infinies. La dysenterie fit son apparition et quelques ravages. Pour autant cela n'empêchait pas hommes, femmes et enfants de venir écouter les prêches de Pierre, toujours plus nombreux et toujours animés par cette mystérieuse foi qui les maintenait debout.

Geoffroy arpentait la forteresse comme un diable en cage, ulcéré, fou de rage.

Avec son père, le dialogue était rompu.

Temps de désaccord et d'incompréhension définitive. Agénor et une troupe de soldats fidèles, dont Albin faisait partie désormais, continuaient le combat. Pendant plusieurs semaines, ils ne donnaient plus aucun signe de vie, hormis parfois quelques nouvelles rapportées indirectement, souvent déformées ou contradictoires et sources d'angoisses sans fin.

Durant leur absence, Geoffroy dirigeait Arrigues d'une main de fer et refusait l'hospitalité à tout nouvel arrivant. Mais lui aussi pouvait parfois disparaître des journées entières, sans aucune explication. Pour quelle destination et dans quel but, Héloïse aurait donné cher pour le savoir, le cœur étreint par un mauvais pressentiment. Jamais elle ne s'était sentie aussi impuissante et démunie. Elle était peut-être la dame d'Arrigues mais elle n'avait aucun réel pouvoir. La forteresse bruissait désormais d'une tension palpable et croissante, nourrie par la peur. Les murs chuchotaient sur son passage et les conversations s'interrompaient brusquement, quand elle apparaissait. Des paroles pleines de sous-entendus flottant encore dans l'air et des silences éloquents. Et de fait, à Arrigues, les opinions étaient de plus en plus partagées et les discussions houleuses. Les servantes, lorsqu'elles se croyaient seules, n'étaient pas les dernières à ressasser les rumeurs :

— Le jeune seigneur a raison, Agénor a perdu la tête, nous finirons tous dans le même sac que les hérétiques…

— Oui ! Avec ses maudits protégés, il nous met tous en danger.

— Comment pouvez-vous dire de telles choses sans avoir honte ? Vous avez les yeux bouchés, ma parole ? Votre Geoffroy a une pierre à la place du cœur. Le jour où il sera le maître, nous regretterons toutes le temps d'Agénor. La charité chrétienne, ça ne vous parle plus ?

— Mais moi, je n'ai rien à voir avec ces loqueteux qui viennent se réfugier ici ! On n'a plus de place, pas assez de nourriture pour tout le monde, l'hiver arrive et je crains bien davantage les épidémies que les troupes de Montfort ! Qui nous dit d'abord qu'elles viendront jusqu'ici ? La forteresse est imprenable, non ?

— Moi j'ai entendu des choses et je vous le dis : un jour, Geoffroy trahira son père. Il le dénoncera aux Francs et on ne reverra jamais plus notre seigneur.

Lorsque Agénor rentrait, les langues se taisaient et chacun reprenait docilement sa place. Geoffroy, lui, s'éclipsait comme chaque fois et cela ne semblait étonner personne, pas même Agénor qui mettait les disparitions de son fils sur le compte de la frustration et de l'orgueil. Et lorsque Héloïse tentait d'exprimer ses doutes et ses appréhensions, c'était comme parler à un sourd.

— Il lui arrive de disparaître des journées entières ! Par les temps qui courent, où va-t-il ? Ne voudrais-tu pas le faire suivre, au moins une fois ?

— Le faire suivre ? Parce que tu crois qu'il se laisserait si facilement duper ? Non… Geoffroy est ce qu'il est, insupportable et odieux. Mais il n'y a rien qui compte plus qu'Arrigues à ses yeux. Il ne mettrait jamais la forteresse en péril pour une histoire d'amour-propre blessé ! protestait Agénor, buté.

— Sauf s'il n'a plus rien à perdre ! Depuis le retour d'Albin, il est encore plus irascible. Comment peux-tu être le seul à ne rien voir ? Il n'acceptera jamais de partager ce qu'il estime lui revenir de droit !

— Si, bien sûr, j'en ai conscience, mais, quels que soient nos désaccords et aussi profonds soient-ils, c'est le seul à être en mesure de défendre le château pendant mes absences. Nous avons tous besoin de lui, Héloïse. Et je te le répète, en dépit de notre mésentente, je ne le vois pas en traître. Trop fier et trop orgueilleux pour ça, crois-moi…

À bout d'arguments, abattue, elle lui rapportait alors les propos surpris chez les serviteurs, mais là encore, il haussait les épaules avec lassitude ; les portes d'Arrigues étaient grandes ouvertes et, si la forteresse accueillait volontiers, elle ne retenait personne contre son gré. Chacun était libre de choisir son camp, de rester ou de partir.

À chaque retour d'expédition, Albin partait rejoindre Alix. Au plus fort de l'hiver, ils se retrouvaient dans une des salles délaissées du donjon, là où personne ne venait plus jamais. Quelques fourrures étendues sur le sol, un feu dans la cheminée que les courants d'air aplatissaient, les flammes se reflétant sur leurs peaux nues saisies de frissons, ondes de plaisir et froid mêlés ; des étreintes passionnées et fougueuses, des explorations infinies et des fous rires, l'épaisse chevelure d'Alix déployée et masquant sa menue poitrine, baisers sucrés et doux comme le miel, front contre front, un seul souffle, noyé dans le regard de l'autre.

Ils tâchaient de protéger leur secret.

Alix voulait qu'Albin demande à Agénor de leur accorder le droit de se marier. Mais le jeune homme, torturé, doutait. Il n'avait rien à offrir que son épée et sa vie. Il n'était qu'un chevalier sans terre.

— Qu'importe, murmurait-elle, ardente et tendre, l'enlaçant tout entière, bras et jambes noués. Tu sais bien que je te suivrais sur les chemins et partirais d'ici sans regret.

— Mais j'aimerais tellement pouvoir t'offrir autre chose qu'une vie de misère et d'incertitudes.

— Je suis certaine que mon père accepterait.

— Et s'il refuse ?

— On s'enfuira. En Espagne ou ailleurs. Loin d'ici.

Quand les beaux jours revinrent, ils changèrent de cachette, préférant la paix de la fontaine aux fées, ce bout du monde enchanté, petite enclave invisible du monde extérieur. Pour ne pas éveiller les soupçons, ils arrivaient séparément et attachaient leurs chevaux un peu à l'écart du sentier. Ils s'étendaient sur un lit de mousse, le chant du torrent couvrait leurs rires et leurs gémissements.

— Nous pourrions nous construire ici une petite cahute, rêvait parfois Alix, allongée sur le dos.

Ils se lavaient ensuite dans l'eau glaciale en poussant des cris. En ressortaient frigorifiés et riant aux éclats. Alix était comme une naïade, aussi belle qu'insaisissable. Sa chevelure flottait dans l'onde comme des herbes aquatiques.

Jamais Blaise n'aurait cru qu'on pouvait souffrir à ce point. Haïr et aimer à la fois, c'était à se cogner la tête contre les murs. Il les suivit de loin, les épiant comme une bête à l'affût, dévoré de désir et de rage. Cette manière qu'Albin avait de la toucher et de la faire trembler, comme si elle lui appartenait. La vision de leurs corps enchevêtrés et soudés l'obsédait. Cette façon qu'elle avait de s'abandonner à lui, un hérétique, un banni, un sans-nom, un sans-terre ! C'était un amour dépravant et indigne d'elle. Une branche d'arbre craquant sous son pied le trahit un jour. Comme à son habitude, il la suivait de loin en zigzaguant dans les sous-bois un peu au-dessus du sentier, enjambant les souches à moitié ensevelies et se faufilant à travers les taillis épineux, dévalant le fort dénivelé en se dissimulant d'arbre en arbre. Alertée par le bruit – un claquement sec qui résonna dans tout le vallon – il la vit immobiliser sa monture et épier les alentours, la main posée sur la dague qu'elle portait à la taille, soudain alertée. Paniqué, il eut beau se jeter derrière le tronc d'un chêne vert, il sut que c'était trop tard et qu'elle l'avait aperçu. Elle l'avait reconnu, car il avait vu la peur et l'incrédulité se dessiner sur son visage.

Si seulement il avait pu se fondre dans l'écorce de cet arbre et disparaître ! Terrifié, le cœur battant à tout rompre, il s'accroupit, la tête dans les genoux, guettant le moindre bruit de pas, tout le corps tendu et prêt à bondir, s'attendant à ce qu'elle lui tombe dessus, dague brandie. Mais non. Lorsqu'il osa rouvrir les yeux, elle avait disparu sans un bruit. Submergé par un flot d'émotions contradictoires, il ne sut ce qui était le plus cruel pour lui : la déception qu'elle ne soit pas venue à lui ou le fait d'avoir été démasqué. Risquant un œil en contrebas, il ne trouva que le chemin désert.

Il rentra au château dans un état second, tellement perturbé qu'il faillit se faire prendre comme un vulgaire lapin. Toute prudence envolée, il butait sur le chemin sans chercher à se dissimuler. Il eut juste le réflexe de se jeter dans les fourrés lorsque le bruit croissant d'une cavalcade arriva à sa hauteur. Plusieurs cavaliers défilèrent au galop sous ses yeux, les sabots des chevaux lui envoyant dans le visage des mottes de terre. À leur tête, Geoffroy.

Il se faufila dans la forteresse et alla directement se réfugier dans le terrier qu'il s'était ménagé sous les ronces. Haletant et gémissant. Tremblant de tout son corps. Le désespoir et la colère se disputaient en lui. Qu'avait-il fait ? Comment avait-il pu être aussi imprudent ? Est-ce qu'Alix allait le dénoncer et lancer une immense battue à ses trousses ? Une partie de lui-même refusait de le croire mais sa raison lui disait qu'il ne pouvait se fier à personne.

La nuit tombait doucement sur Arrigues. Partout les flammes des torches trouaient l'obscurité, vacillantes et mouvantes. Même la nuit venue, la forteresse continuait de bruisser d'une vie invisible.

Seul sur les remparts venteux, le regard fixant le ciel rougeoyant chargé de cendres – là-bas, les combats faisaient rage et il faudrait bientôt y retourner –, Albin réfléchissait, écartelé, indécis, impuissant. D'un côté, cette folie meurtrière grandissante, prête à déferler et à tous les engloutir. Ce n'était plus qu'une question de jours, de semaines, il le savait, bientôt les fous de Dieu viendraient ériger leurs effroyables bûchers dans la cour même de la forteresse, aussi imprenable paraissait-elle. Perspective intolérable qui le rendait malade. De l'autre, l'amour qu'il avait pour Alix. Ce besoin irrépressible d'être auprès d'elle tout le temps, de la toucher, de l'entendre parler et rire. De la protéger coûte que coûte et de l'arracher à tout ça. L'emmener loin, qu'importe le prix à payer, sa vie seule lui était précieuse. Mais Agénor comprendrait-il ? Lui pardonnerait-il s'il venait à trahir la confiance qui les liait ? Conflit entre loyauté et amour passion. Il savait déjà lequel des deux serait le plus fort. Il tremblait tant pour elle. Ils ne pourraient pas se cacher indéfiniment, détromper la vigilance de Clothilde ou celle plus dangereuse de Geoffroy, qui semblait déjà soupçonner quelque chose. Qu'adviendrait-il d'eux alors ? Geoffroy ne cessait de harceler son père pour qu'il marie ses filles à des seigneurs francs. Et quand il devrait repartir se battre, qui veillerait sur elle pendant son absence ? Son dilemme était sans fond.

— Si père refuse de nous marier, nous nous enfuirons, répétait Alix, sans l'ombre d'une hésitation.

Il y avait en Alix une force et une détermination qu'il admirait. Et à bien des égards, il lui semblait que c'était elle qui le portait et le protégeait bien plus qu'il ne le faisait.

Il rejoignit Agénor qui donnait ses derniers ordres à la garde de nuit. Le seigneur avait l'air épuisé.

D'énormes poches se dessinaient sous ses yeux, son visage affaissé était noyé sous une barbe grise. Ils firent quelques pas en silence, frissonnant sous leurs fourrures tandis qu'un vent glacial s'insinuait dans les coursives, mordant et vif.

— Je ne te serai jamais assez reconnaissant pour tout ce que tu as fait pour moi…, commença le jeune homme.

— Allons, ton père était comme un frère pour moi. Et ils l'ont tué comme un chien.

Albin tressaillit. Puis, le ventre noué, il lâcha, comme on se jette dans le vide :

— J'aime Alix.

— Je sais.

Le jeune homme décocha un regard surpris au vieux chevalier et crut bon de préciser :

— Je l'aime vraiment.

— Vous avez grandi ensemble.

— Mais je ne l'ai jamais considérée comme une sœur…

— Si tu le souhaites, elle est à toi. J'ignore ce que l'avenir nous réserve. Mais si je peux sauver au moins l'une de mes filles et savoir qu'elle ne sera pas livrée à l'un de ces butors français, alors non, je n'hésiterai pas.

Bouleversé, Albin dévisagea son interlocuteur.

— Même si je n'ai rien à lui offrir en échange ?

— Tu lui apporteras l'essentiel : l'amour et la sécurité. Pour moi, tu es comme un fils. Personne ne sera plus digne d'elle. Et je veillerai à ce qu'Arrigues soit toujours votre toit et votre refuge. Je te demande juste de patienter encore un peu. Nous préparons une nouvelle expédition qui ne saurait tarder. Mais je te le promets, à notre retour, nous vous unirons.

Les deux hommes s'étreignirent longuement et la voix d'Agénor, sourde, de retentir tout contre l'oreille d'Albin, tandis que son bras puissant le maintenait contre lui :

— Tu es le fils que j'aurais aimé avoir.

Pendant ce temps, une ombre furtive quittait le château. Dès qu'elle put, elle quitta le sentier, trop visible, et s'enfonça dans les profondeurs du sous-bois. Les jambes de Blaise filaient à toute vitesse, se dérobaient et trébuchaient. Peut-être connaissaient-elles la peur pour la première fois de leur vie ? Il ne savait qu'une chose : il ne pouvait plus rester à Arrigues. C'était ça ou mourir et il y avait tant de manières de mourir, cruellement sous les crocs des chiens lancés à ses trousses ou à petit feu, de chagrin, d'envie, de jalousie, de rage. Alix l'avait vu et reconnu. Si elle n'avait pas encore parlé, elle finirait par le faire. Désormais, rien ne serait plus pareil. Il était revenu pour elle, prenant tous les risques, même les plus insensés, et pour quoi ? Il l'avait perdue. Elle avait choisi. À ses yeux il ne serait jamais qu'un fantôme, transparent ; il n'existerait jamais pour elle.

Il ne savait pas où il allait. Les branches lui cinglaient le visage mais il continuait d'avancer, en proie à l'hébétude la plus totale. Bientôt il ferait trop noir. Alors, comme les bêtes, il se creuserait un trou dans un fourré. Mais avant de s'endormir, il penserait encore à elle, au moins une dernière fois.

8

L'autre
1245

Recroquevillé sur le sol humide du sous-bois, un filet de bave et de sang au coin de sa bouche tuméfiée, frère Thomas demeurait inerte. Ses yeux mi-clos fixaient sans vraiment voir le frémissement des branches au-dessus de sa tête, la course des nuages dans le ciel. Ses oreilles ne percevaient aucun son excepté celui de sa respiration, désordonnée et rauque comme un soufflet de forge. Le sang battait dans ses veines. Sous son crâne douloureux défilait un flot incontrôlable de souvenirs enfouis, oubliés, d'images et de sons aussi vivaces que s'ils dataient d'hier. De temps en temps, il se raidissait et ses doigts semblaient vouloir crocheter la terre, comme s'il cherchait à s'agripper. Puis tout son corps se relâchait d'un coup.

Lorsqu'il reprit ses esprits, le jour distillait dans le sous-bois une lumière fade et terne. Une bruine légère crépitait sur le sol. Odeurs de mousse et de feuilles en décomposition. Un bousier s'affairait juste à côté d'une de ses mains, paume tournée vers le ciel, ongles noirs de terre. Un peu plus loin, une araignée tissait sa toile au creux d'une souche. Une multitude de gouttes d'eau s'accrochait aux fils qui vibraient doucement sans jamais lâcher. Ses yeux semblaient ne pas en perdre une miette, fixes et hébétés.

Tout au fond de lui, une voix l'exhortait à bouger. Elle lui disait : « Lève-toi, retourne au château, regarde bien autour de toi et mémorise tout. » Mais son corps semblait incapable de remuer, comme frappé d'inertie. Une pensée furtive le traversa : et s'il ne bougeait plus, est-ce qu'il finirait par se décomposer comme ces feuilles mortes ? Ronces et fourrés finiraient par le recouvrir, mausolée végétal ô combien tentant.

Il avait très mal à la tête et voyait un peu flou. Il se redressa péniblement en grimaçant. Portant une main à l'arrière de son crâne, il sentit une bosse énorme, toute poisseuse. Son regard balaya la petite clairière. Elle était envahie par les broussailles mais on pouvait voir très distinctement l'endroit où les cavaliers s'étaient tenus cette nuit, par le piétinement des herbes et des buissons, ainsi que le chemin d'où ils étaient venus. Tout autour le bois, gris et dénudé. Le château de Vauriac était invisible mais il ne devait pas être loin, là-haut, dissimulé par l'enchevêtrement des arbres. Il se mit debout et chancela, saisi de vertiges. Il lui fallut un moment pour trouver la trace du sentier par lequel il avait dû venir. Il sinuait, à peine visible, entre les ronces. Il hasarda quelques pas. Aussitôt la nausée le prit et, plié en deux, il vomit de la bile. L'air était frais mais il était en sueur. Grelottant, il tituba en direction du sentier. Ses pieds nus se remirent à saigner. L'ascension fut interminable. Son corps endolori et les pulsations dans sa tête le forçaient à faire une pause tous les dix pas. Tandis qu'il luttait, les yeux brouillés de larmes, des réminiscences d'une autre vie l'assaillirent ; d'autres branches, d'autres pierres coupantes, une autre forêt, mais cette même peur vrillée au ventre. Au bout d'un temps infini, il aperçut les fondations du château prises dans la végétation. Haute paroi de pierres suintantes d'humidité sur laquelle poussaient fougères et mousses. Le sentier la longeait à présent. Le juge était à bout de forces, trébuchant à chaque pas, hors d'haleine. Où pouvait bien être cette porte dérobée par laquelle ils étaient sortis ? Elle ne pouvait pas être si loin. Un vieil églantier la dissimulait à moitié. Au printemps, il devait totalement la masquer, vu la profusion de ses branches. Elle n'était pas verrouillée. Il en ressentit un soulagement infini. Son calvaire allait enfin prendre fin. Il n'avait qu'une hâte, retrouver sa petite cellule, s'étendre sur sa couche et ne plus bouger. Il poussa l'huis de toutes ses forces ; le bois était gonflé et racla la pierre. Il s'écorcha la paume des mains. Puis, dans un état second, il grimpa la volée de marches et déboucha dans un petit verger laissé à l'abandon.

Damien de Beaumont fut prévenu par le vieux serviteur taciturne qui apportait chaque jour ses repas au juge. Lorsqu'il pénétra dans la petite cellule, il découvrit ce dernier prostré sur sa paillasse, grelottant d'une mauvaise fièvre, le regard vitreux, les bras, les jambes et le visage lacérés comme s'il s'était roulé dans les ronces, et le crâne poisseux de sang – une vilaine plaie à l'évidence. Abasourdi, Damien inspecta du regard toute la pièce, en quête de signes de lutte ou d'intrusion. Peine perdue. Fixant à nouveau la silhouette du juge, il remarqua ses pieds noirs de terre et sa robe de bure verdie par endroits, déchirée sur le bas. Cela s'était passé dans les bois. Quelqu'un s'était introduit la nuit dans le château, déjouant la surveillance, et l'avait traîné dehors. Pourquoi ? C'était tout bonnement incompréhensible… quoique… Saisi d'une intuition soudaine, Damien ressortit en trombe, ses yeux lançant des éclairs. Dans le corridor attendaient une servante ainsi que Béatrice, la mine interrogatrice.

— Il a été roué de coups. Il faut nettoyer ses blessures, il en a partout ! Puis faites venir le médecin juif qui habite le bourg. Il aura besoin de soins.

— Bien, mon seigneur.

La jeune servante s'inclina puis s'éclipsa rapidement.

Il posa alors son regard sur Béatrice qui le considérait avec inquiétude.

— Il était là cette nuit…

— Et maintenant ? chuchota-t-elle.

— Il est sûrement loin.

— Faut-il le dire à Alix ?

— Non.

— Le juge va-t-il s'en sortir ?

— Je l'espère. Sinon, nous aurons de gros ennuis, marmonna Damien, la mine rembrunie.

Des sentinelles prirent position devant la cellule, nuit et jour. Des servantes se relayèrent auprès du frère Thomas pour nettoyer ses plaies et les couvrir d'onguent. En aparté, le vieux médecin juif manifesta son trouble auprès de Damien. C'était un tout petit homme au visage très doux et aux longs cheveux blancs, vêtu de noir de la tête aux pieds. Discret mais efficace, c'était un habitué des lieux pour avoir soigné plus d'une fois les membres du château. Il n'était pas homme à s'émouvoir pour peu de chose et savait tenir sa langue. Damien avait une confiance absolue en lui et ce, depuis longtemps. Le médecin lui fit son rapport, sans chercher à dissimuler son désarroi : le corps du religieux n'était qu'un entrelacs de cicatrices, certaines très anciennes et toutes assez vilaines. Jamais il n'avait vu ça. Avait-il été battu autrefois, s'était-il lui-même infligé ces blessures ? Certaines dans le dos ressemblaient à des traces laissées par des coups de fouet.

Il n'avait cependant pas pu toutes les compter à cause des plus récentes, trop gonflées et purulentes.

— Il est même fort probable qu'il n'ait jamais reçu aucun soin, si je me fie à la façon dont les plaies ont cicatrisé toutes seules. C'est un miracle qu'il n'y ait jamais eu d'infection fatale. Vu ce qu'il a dû endurer dans sa vie, cet homme est… une force de la nature, conclut-il.

— Mais cette fois-ci, s'en sortira-t-il ? s'enquit Damien.

Si le moine venait à mourir entre ses murs, d'une mort violente et ô combien suspecte, une enquête serait ouverte et l'Église jetterait à leurs trousses toute une cohorte d'inquisiteurs fanatiques.

— Il faut attendre que la fièvre tombe. Je ne peux pas encore me prononcer, dit le médecin, la mine lugubre.

Presque paternellement, il tapota le bras du jeune homme abattu avant de s'en aller à petits pas mesurés.

Les jours qui suivirent furent chargés de tension. Damien, sur des charbons ardents, tâchait d'épargner sa mère. Alix n'allait pas bien, son mal s'était encore aggravé, peut-être à cause de cette pluie qui n'en finissait pas, détrempant tout et s'infiltrant jusque dans les murs, malgré les immenses feux qui grondaient dans toutes les cheminées. Sa toux, sèche et rauque, résonnait dans tout le logis. Elle ne devait rien savoir. Mais il enrageait à l'idée de dépendre de la survie de cet homme qu'il honnissait plus que tout. En d'autres circonstances, il se serait réjoui de son trépas. Le juge et tous ses semblables étaient des démons. Ils avaient semé la terreur et le chaos dans toute la région, allant jusqu'à faire déterrer des cadavres jugés hérétiques pour les faire brûler sur les places des villages. Traqués jusque dans la mort.

Très affaibli et plus décharné que jamais, le juge avait besoin qu'on l'aide pour boire et se sustenter. Damien se tenait en observateur depuis le seuil, tendu et impatient. Un courrier de l'évêché venait d'arriver, annonçant qu'un nouveau greffier était en route. Jours sombres en perspective… Au bout d'une semaine, la fièvre tomba et, dès qu'il se sentit assez solide, le juge congédia toutes les servantes qui se relayaient à son chevet. Ses yeux brillaient d'une lueur assassine au fond de ses orbites creusées par la maladie. L'oiseau de proie était de retour, songea Damien frappé par la brutale métamorphose. Fini le moment de faiblesse où il s'était trouvé à leur merci et où il aurait été si facile de le réduire au silence. Damien laissa filer encore quelques jours avant de rendre visite au juge. Il lui répugnait de lui adresser la parole. C'était quasi épidermique ; à ses yeux, cet homme était un serpent fourbe et venimeux. Entre la peste et le choléra, il avait choisi la peste. Le dilemme était insoluble.

Lorsque Damien arriva dans la triste cellule, le juge buvait à petites gorgées un bouillon qu'on venait de lui apporter. Il leva les yeux et les deux hommes se jaugèrent longuement, en silence.

— Votre nouveau greffier est arrivé ce matin, finit par lâcher Damien à contrecœur. Je lui ai dit que pour l'instant vous n'étiez pas en état de le recevoir. Il patiente donc au logis de mon sergent.

Le juge accueillit la nouvelle sans émotion apparente.

— Que vous est-il arrivé ? reprit Damien.

Le moine arborait un visage encore tuméfié sur lequel plusieurs hématomes étaient en train de virer au jaune, lui conférant un air maladif.

— Disons que j'ai découvert l'existence de cette petite porte dérobée dans le verger, siffla-t-il.

— Cette porte n'est un secret pour personne, balbutia Damien, troublé. Tout le monde la connaît ici et on continue de l'emprunter régulièrement. Elle débouche directement sur un bosquet et, plus loin, sur la rivière.

— Je présume qu'Albin de Fourques la connaît aussi, riposta le juge dont les yeux malfaisants n'étaient plus que deux fentes. Une toute petite porte à l'abri des regards, presque entièrement dissimulée par un églantier et débouchant sur un bois, à l'écart du bourg, tellement pratique…

Damien sentit tous les poils de ses bras se dresser sous l'effet de la répulsion la plus totale. Cet homme était une plaie, un chien hargneux, un rat. À nouveau, il regretta de ne pas l'avoir occis quand il en était encore temps. Serrant les poings, il cracha :

— Finalement, vous avez eu ce que vous méritiez ! Quelle idée de partir en exploration sans escorte après ce qui est arrivé à votre premier greffier ! J'aurais cru que cela vous aurait au moins dissuadé de commettre une telle imprudence !

— Ne vous méprenez pas, mon seigneur, je ne suis pas sorti de mon plein gré si c'est ce que vous insinuez ! J'ai été enlevé. Un homme a pu se faufiler jusqu'ici. Et pour que cela soit si facile, il devait forcément avoir un complice ici même.

Damien blêmit.

— Qui était-ce ?

— Vous le savez très bien. Depuis le début, votre oncle tire les ficelles…

— Et vous êtes sa créature…

— C'est ce qu'il aimerait croire. Il a certes un compte à régler avec Albin de Fourques. Mais il aurait dû réfléchir un peu plus avant de faire appel à l'Inquisition. J'ai mis les pieds en plein dans une fourmilière. Et vous pensez bien que je ne m'arrêterai pas à la traque d'Albin de Fourques. Ma mission est d'éradiquer l'hérésie et je n'ai pas l'intention de faillir.

Sonné, Damien mit un certain temps avant de réagir.

— J'aurais dû vous laisser crever, finit-il par lâcher, puis il tourna les talons et sortit.

Les nuits étaient particulièrement agitées. Il avait toujours été sujet aux cauchemars mais depuis son agression dans le sous-bois ses rêves ressemblaient davantage à des hallucinations tellement réelles que lorsqu'il en émergeait, en sueur et le cœur affolé, il se sentait totalement désorienté. Dans sa tête, la deuxième voix s'incrustait de plus en plus souvent, plaintive et hystérique. *Elle* était venue cette nuit, il l'avait vue et entendue, il avait presque pu sentir la caresse de ses cheveux sur son visage et le souffle chaud de son haleine ; jamais ses lèvres n'avaient été aussi proches des siennes. Elle s'était assise juste à côté de lui, diaphane et lumineuse, et l'avait contemplé tristement.

— Est-ce que tu as mal ? avait-elle demandé. Pourquoi tu fais ça ?

— Parce qu'il faudra bien qu'ils paient, tôt ou tard, pour tous leurs crimes et leurs péchés. Toi aussi tu as péché. Ils t'ont entraînée avec eux, ils t'ont souillée.

— Tu veux me faire souffrir…

— Oh non…

— Mais c'est ce que tu fais.

— Je suis mort mille fois. Je suis revenu pour toi. Encore et toujours. Non ! Reste là, ne t'en va pas…

Mais Alix s'était levée et écartée de lui, comme mue par un profond dégoût. Et elle s'était évanouie dans l'ombre sans qu'il ait pu la retenir.

Un grand feu flambait dans la cheminée, crachant des gerbes d'étincelles qui venaient mourir sur les dalles blanches en grésillant. Assis sur l'un des bancs de la salle, un vieux moine sec et maigre comme un bâton de pèlerin patientait en lorgnant les nombreuses tapisseries qui ornaient les murs, sa robe de bure tellement crasseuse qu'elle aurait pu tenir debout toute seule, des sandales avachies sur ses pieds gris de saleté. Lorsque frère Thomas apparut à l'autre bout de la pièce, précédé par un serviteur aussi impénétrable qu'une dalle funéraire, le moine écarquilla des yeux ébahis et demeura pantelant. L'homme qui venait à sa rencontre, le pas déterminé et le regard farouche, conservait encore quelques stigmates de sa mésaventure nocturne, dont un hématome conséquent sur la pommette droite et une belle balafre sur le menton.

— Bonjour, mon père. Je suis frère François. Mon Dieu ! Que vous est-il arrivé ? Le seigneur de Beaumont m'a dit que vous étiez souffrant. En aucun cas que vous aviez été blessé vous aussi dans l'attaque du presbytère !

— C'est une longue histoire, éluda sèchement le juge en détaillant d'un œil froid la mise de son nouvel acolyte.

— Il paraît que l'on a volé le registre ? A-t-il été retrouvé ? C'est une catastrophe ! Tous ces procès-verbaux disparus ! Cela a beaucoup contrarié monseigneur l'évêque !

— Et moi donc ! Nous allons avoir de nombreux interrogatoires à mener.

— À ce propos…

Le moine se troubla : ce juge avait une telle façon de le fixer que c'en était presque effrayant.

— Qu'y a-t-il ?

— On m'a chargé d'un message pour vous, mon père, répondit le moine, mal à l'aise. Monseigneur vous recommande vivement de ne pas vous acharner outre mesure sur l'enquête si elle venait à piétiner.

— Je ne comprends pas…, siffla frère Thomas.

Frère François déglutit laborieusement.

— À l'évêché, notre hiérarchie se montre de plus en plus sceptique quant à l'intérêt de cette mission. On se méfie beaucoup de la famille d'Arrigues. Et si l'on considère l'infâme massacre auquel vous avez échappé *in extremis*, nous avons toutes les raisons de croire à un nouveau piège. Nous n'avons pas oublié l'abject crime d'Avignonet. Je vous rappelle que onze des nôtres y ont été assassinés dont le vénérable Guillaume Arnaud.

— Je sais tout cela, interrompit vivement frère Thomas, et ce crime n'est pas resté impuni, il a même permis de prendre enfin la décision qui s'imposait : assiéger une fois pour toutes Montségur et en finir avec ces bandes de *faydits* !

— Certes…

— Albin de Fourques faisait partie de cette troupe de *faydits* qui a assassiné nos frères dans leur sommeil.

— En effet et son nom, me semble-t-il, était inscrit sur le registre aux côtés de ceux qui ont refusé de se rendre et qui ont péri sur le bûcher, objecta le moine sans se démonter.

— C'est justement sur ce point que j'ai un doute.

— À l'évêché, nous pensons cependant que cet homme est bel et bien mort à Montségur, insista frère François.

— C'est qu'on vous aura dupés et mal informés !

— Mais qu'est-ce qui vous fait dire une chose pareille ? Avez-vous de nouveaux éléments dont on ignorerait l'existence ? Après la prise de Montségur, jamais plus nous n'avons entendu parler de lui ou de ses faits d'armes. Il a tout simplement disparu. Et pour une bonne raison, selon moi, que vous refusez d'admettre.

— Il est encore en vie et les gens d'ici le protègent.

— Vous avez des preuves? rétorqua le moine, dubitatif.

— Une intuition. Et mon intuition ne m'a jamais trahi…

— Une intuition! Mais que son nom resurgisse ainsi aujourd'hui, après toutes ces années de traque et de silence, ne vous semble ni suspect ni improbable?

— Non, absolument pas. Geoffroy le croit bel et bien vivant et, même si je me méfie de cet homme comme de la peste, j'ai foi en son jugement.

— Geoffroy d'Arrigues est un personnage trouble qui a toujours su tirer profit de la situation. Ce n'est pas un homme à qui on peut se fier, selon moi, loin de là. Il tuerait père et mère pour parvenir à ses fins.

— C'est ce qu'il a fait, d'ailleurs, n'est-ce pas, même s'il prétend le contraire?

Le moine fixa frère Thomas, mi-fasciné, mi-rebuté. Au bout d'un long silence durant lequel il réfléchissait, partagé et indécis, il finit par capituler :

— Très bien. Je vais envoyer un courrier à l'évêché pour dire que nous souhaitons enquêter encore un peu, que nous avons besoin de clarifier certains points.

— Sage décision.

— Mais nous ne nous obstinerons pas dans une voie périlleuse et sans issue.

Frère Thomas acquiesça, lèvres serrées et regard étincelant.

— Quant à notre hôte, Damien de Beaumont, avons-nous à redouter de lui? Son accueil fut des plus glacials. J'ai même cru un moment qu'il vous retenait prisonnier et qu'il me mentait.

Le juge esquissa alors un rictus qui fit froid dans le dos au greffier.

— C'est un hérétique, aucun doute là-dessus. Je m'occuperai de lui lorsque nous aurons mis la main sur Albin de Fourques.

À peine eut-il fini de parler que les menaces proférées par Geoffroy lui revinrent à l'esprit mais il refusa de céder à la peur et à l'intimidation. Le seigneur d'Arrigues était un personnage ambigu. Il voulait la perte d'Albin de Fourques mais le sort de Damien semblait lui importer puisqu'il avait clairement stipulé qu'il deviendrait à son tour un redoutable ennemi si l'Inquisition devait s'en prendre au fougueux jeune seigneur. Et c'était là une chose que frère Thomas ne comprenait pas. Pourquoi Geoffroy protégeait-il le jeune Damien, seulement lui et pas Alix dont l'hérésie ne faisait aucun doute non plus ? Il avait frôlé tant de fois la mort que celle-ci était devenue comme une compagne familière. Cela faisait longtemps qu'il n'avait plus peur d'elle. Geoffroy avait outrepassé les bornes. Il se croyait peut-être invincible. Mais il avait commis l'irréparable en volant le registre et en croyant pouvoir le manipuler. Et quand il en aurait fini avec Albin de Fourques, ce serait à son tour de devenir l'objet de sa traque. C'était le début de la fin pour la famille d'Arrigues, un vieux serment que frère Thomas était déterminé à honorer.

Le château de Vauriac n'avait ni l'allure ni les dimensions du château d'Arrigues. Ce n'était qu'un petit castelet insignifiant dont on faisait vite le tour. Dans lequel on pouvait entrer et dont on pouvait sortir sans difficulté, ce que frère Thomas savait désormais. Il savait aussi que Geoffroy possédait des yeux et des oreilles à l'intérieur, même s'il prétendait n'avoir plus aucun lien avec sa sœur Alix. Cette dernière demeurait sous surveillance à son insu. Le juge était surpris qu'elle n'en ait jamais eu le moindre soupçon.

Quand les contusions de l'inquisiteur ne furent plus qu'un mauvais souvenir, les deux hommes d'Église reprirent les interrogatoires, réquisitionnant d'office la grande salle du château. Ils avaient lieu le matin entre prime et sexte. Le reste de la journée était consacré à la prière dans la petite chapelle attenante et à la promenade dans l'enceinte du castelet. Le juge feignait de ne pas remarquer les gardes qui les suivaient de loin, mais, où qu'il aille, on ne le laissait jamais vraiment seul, même lorsqu'il déambulait dans le logis, mû par le désir inavoué de tomber sur *elle*. Il croisait une foule de visages fermés et hostiles, qui se détournaient de lui dès qu'il apparaissait. Il lui arrivait aussi de rencontrer Damien ou Béatrice qui passaient à côté de lui comme s'il avait été transparent. Mais ses espérances secrètes n'étaient jamais comblées, Alix restait invisible.

Les gens convoqués aux interrogatoires pénétraient chacun à leur tour dans la grande salle, le visage empreint d'appréhension et de réticence. Il leur fallait traverser toute la pièce dans un silence de mort, sous le regard pénétrant des deux hommes d'Église qui attendaient assis derrière une table. Deux gardes veillaient en permanence à quelques pas derrière. Aussi impressionnant cela fut-il, les langues ne furent cependant pas faciles à délier. La plupart se contentaient de fixer le juge d'un air ahuri ou apeuré. Mais personne ne semblait savoir quoi que ce soit sur l'existence d'Albin de Fourques. Et si le nom paraissait vaguement familier à certains, c'était lié à des événements qui remontaient à plusieurs années, lorsque l'ancien seigneur de Vauriac menait une guerre clandestine contre celui qui avait usurpé son fief. Alors, en effet, le nom d'Albin de Fourques avait pu circuler de lèvres en lèvres, comme étant l'un des *faydits* insaisissables qui traînaient dans la région. Frère Thomas demanda à rencontrer à nouveau Damien de Beaumont. Son intuition lui disait de creuser plus profond et de remonter le temps, à cette époque trouble où le fief de Vauriac avait changé de seigneur. Mais le jeune homme se révéla introuvable. Chaque fois qu'il s'enquérait de sa présence, ses gens se montraient peu loquaces et évasifs : le jeune seigneur était absent, toujours par monts et par vaux.

— Pensez-vous que Damien de Beaumont se soit enfui ou qu'il soit parti chercher du renfort ? s'enquit le nouveau greffier sans chercher à masquer son inquiétude. Il est peut-être parti prévenir Albin de Fourques ? Vous l'avez démasqué et menacé…

— Oh non, ce n'est pas le genre d'homme à fuir. Je suis même persuadé qu'il n'est pas très loin.

— Comment pouvez-vous en être sûr ? Et que nous ne sommes pas en danger ?

Le juge ne répondit pas, perdu dans ses pensées. Depuis quelques jours, ses yeux aguerris s'étaient focalisés sur les faits et gestes de Béatrice. Un lien invisible reliait les deux jeunes gens, il le sentait. Cette manière qu'ils avaient de se parler, de se frôler. En outre, la jeune damoiselle avait un port fier et altier qui détonnait avec sa condition de simple suivante. Grande et fine, un teint de nacre, des yeux bleus virant au gris et une longue chevelure brune qu'elle coiffait en une lourde tresse, sa beauté étrangement lui rappelait un autre visage mais il avait beau se concentrer, c'était comme si ses souvenirs se dérobaient et refusaient de révéler leurs secrets. Il était toutefois sûr d'une chose : jamais Damien ne s'éloignerait des deux femmes qui comptaient le plus à ses yeux et encore moins en les laissant sans protection.

Béatrice ne pouvait ignorer le regard perçant posé en permanence sur elle. Où qu'elle aille, où qu'elle soit, elle était à peu près sûre de tomber sur le juge qui semblait surgir de nulle part pour mieux se trouver sur son chemin. Insaisissable, il se déplaçait sans bruit et elle ne l'entendait jamais venir. Mais lorsqu'elle se retournait, saisie d'une intuition soudaine, il était là à la fixer de loin. Cet homme lui faisait froid dans le dos et elle devait se faire violence pour ne pas fuir dans la direction opposée. Il émanait de lui comme une aura menaçante. Quand il était dans les parages, l'air semblait aussitôt se raréfier. Il la suivait, elle en était certaine à présent, comme un prédateur traquant une proie, à l'affût. La peur lui nouait le ventre mais elle tâchait de ne rien laisser paraître, pour ne pas nourrir encore plus l'appétit de cet homme qu'elle sentait détraqué. Aussi ne fut-elle pas surprise lorsqu'elle reçut l'ordre de comparaître à son tour devant les deux religieux. Ce jour-là, Damien était absent et elle ne voulait pas mêler Alix à tout ça. Elle n'avait pas le choix, elle ne pouvait plus éviter la confrontation.

Elle traversa la salle sans un mot, livide et digne, évitant soigneusement leurs regards. Puis s'assit très droite sur le tabouret, posa les deux mains sur ses genoux et se laissa dévisager sans manifester la moindre émotion. Elle songea à ces innombrables personnes qui avaient vécu semblables interrogatoires avant elle, leurs effrois passés vibrant encore dans l'air. Terrible position d'accusés, où tout était déjà joué d'avance.

Le greffier, plume en l'air, attendait que le juge prenne la parole. Mais ce dernier semblait faire durer le silence, yeux mi-clos, comme s'il songeait et voyait des choses que personne d'autre que lui ne pouvait voir.

Lorsque sa voix sèche et froide retentit enfin, Béatrice se surprit à tressaillir.

— Veuillez donner les patronymes de vos père et mère.

— Catherine et Jehan Martin.

La plume de frère François se mit à grincer frénétiquement sur le parchemin.

— Quel âge avez-vous ?

— Vingt-cinq ans.

— Depuis quand êtes-vous au service de dame Alix ?

— Dix années.

Le juge se tut quelques instants. Le nom de Catherine Martin ne lui était pas inconnu. Le colporteur à tête de fouine l'avait évoqué au moment des interrogatoires au presbytère. Mais à l'époque, il n'en avait pas tenu compte, cette information tenant plus du ragot que de réelles présomptions.

Comme si elle lisait dans ses pensées avec ses incroyables yeux bleus comme des agates, Béatrice devança la question, le prenant de court :

— Les femmes de Vauriac appellent ma mère lorsqu'elles doivent mettre leurs enfants au monde. Elle est très réputée. On vient parfois la chercher de loin. C'est une femme honnête et respectée, qui n'a rien à se reprocher.

La voix de la jeune fille était douce et tranquille, comme si elle ne redoutait rien. Pourtant, en son for intérieur, l'orage grondait. Comme toutes les femmes qui soignaient, sa mère connaissait et utilisait des plantes, mais toujours avec la plus grande discrétion, consciente qu'à tout moment ce genre de savoir pouvait se retourner contre elle. Nombreuses celles qui avaient été traquées et pendues comme sorcières pour moins que ça. Aussi s'aventurait-elle en terrain mouvant et tout en elle tremblait.

Frère Thomas jugea qu'il ne fallait pas se fier à cette innocence apparente. Son expérience lui avait appris que c'étaient souvent les êtres les plus insignifiants ou les plus doux en apparence qui dissimulaient les pires vices.

— Est-ce votre mère qui a mis au monde Damien de Beaumont ?

— Oui.

— Pourquoi n'êtes-vous pas à ses côtés ? Ne souhaitez-vous pas prendre la relève un jour ?

— Dame Alix nous a fait un très grand honneur, le jour où elle a sollicité ma présence auprès d'elle.

— Certes, mais pourquoi vous plus qu'une autre ? Votre maintien et votre élocution trahissent en outre une certaine éducation qui est plutôt rare chez les femmes de votre condition…

— Ma mère et dame Alix s'étaient liées d'amitié comme cela arrive lorsque deux femmes sont seules. Elles ont trouvé l'une auprès de l'autre réconfort et soutien. Je suis née ici, entre ces murs. Aussi notre châtelaine me connaît-elle depuis que je suis toute petite et elle a toujours veillé sur moi avec bonté. Quant à ma mère, elle a toujours rêvé pour moi d'une vie meilleure, car si la sienne est honorable, elle n'en est pas moins rude et difficile.

Lorsque Béatrice se tut, le juge ne dit rien et se contenta de la fixer longuement, perdu à nouveau dans ses pensées. Le greffier, intrigué par ce silence qui s'éternisait, leva la tête et le dévisagea, perplexe. Frère Thomas tentait vainement de relier certains éléments entre eux. Quelque chose d'indéfinissable le perturbait. Son instinct lui disait de rester attentif et rusé. Mais il avait beau réfléchir, ça ne restait que des impressions fugaces et vagues, qui menaient toujours dans la même impasse. Agacé, il lâcha brusquement :

— Ce sera tout pour aujourd'hui. Vous pouvez vous retirer.

Béatrice se leva sans broncher, les jambes toutes flageolantes, le cœur au bord des lèvres. Elle retraversa la pièce comme une somnambule et la porte se referma derrière elle avec un claquement sourd. Chancelante, elle s'adossa contre le mur et ferma les yeux. Ses mains tremblaient sans qu'elle puisse rien y faire. Derrière la porte, les deux religieux devaient déjà délibérer et elle ignorait si elle en avait dit trop ou trop peu. Une sourde angoisse la submergea lorsqu'elle songea à Catherine dont elle avait dû évoquer l'existence, l'exposant à son tour.

Son instinct ne l'avait pas trahi et frère Thomas le comprit très vite en découvrant devant lui la matrone qui se faisait appeler Catherine Martin. C'était une femme du peuple âgée d'une bonne cinquantaine d'années, bâtie solidement et le regard franc. Elle avait les mains usées de celles dont l'ouvrage ne laisse aucun répit. Ses cheveux étaient châtains striés de gris et ses yeux bruns. Peut-être avait-elle été jolie, alerte et mince dans sa jeunesse mais rien cependant dans sa silhouette massive ne rappelait la délicate beauté de sa fille Béatrice. Comme si un vulgaire chardon avait mis au monde la plus précieuse des roses…

La femme entra dans la pièce d'un pas déterminé. Elle prit place sur le tabouret qui craqua sous son poids, ramena ses jupes sales autour d'elle puis fixa les deux hommes d'un œil méfiant. Le juge commença, sur un ton plein de sous-entendus :

— Vous avez une bien jolie fille, dame Catherine.

Se rengorgeant, la femme acquiesça avec vigueur.

— Je suis bien de votre avis, mon père. Mais en quoi ma fille pourrait-elle vous intéresser ? Elle est pure et innocente comme la colombe et n'a rien à dissimuler.

— Il paraît que vous l'avez élevée seule ?

— Hélas !

— J'ai les registres de la paroisse sous les yeux. Il est écrit que vous avez donné naissance à une fille le jour de la Saint-Roland en l'an de grâce 1221. Vous étiez alors vous-même âgée de trente-cinq ans environ... veuve de Jehan Martin... décédé le 4 janvier 1221. Votre époux n'a donc pas connu sa fille et n'a même jamais dû savoir qu'il allait devenir père ?

— En effet. Je ne le savais pas encore moi-même à cette époque... Paix à son âme, pauvre homme...

Elle se signa et soupira.

— Qu'est-il arrivé à votre époux ?

— Nous vivions des temps difficiles... On l'a retrouvé égorgé sur le bord d'un chemin non loin de Vauriac, murmura-t-elle d'une voix sourde.

— Un crime crapuleux ?

— Je l'ignore, mon père. Nous n'avons jamais su. C'était un homme qui buvait plus que de raison et qui n'était pas trop causant. Il se sera attiré des ennuis et sera tombé sur les mauvaises personnes.

— Peut-être... C'est étrange toutefois, les coïncidences. Le seigneur Philippe de Beaumont fut également assassiné en janvier de cette même année, si mes souvenirs sont exacts, n'est-ce pas, frère François ?

Ce dernier fit mine de feuilleter le registre même s'il connaissait parfaitement les dates.

— Que faisait votre époux de son vivant ? reprit le juge.

— Charpentier.

— Je vois. Dites-moi si je me trompe : vous avez épousé Jehan Martin en l'an de grâce 1210, soit dix années avant la naissance de votre fille.

— En effet. Mais je ne vois pas où vous voulez en venir...

— Vous étiez plus jeune que lui, de quinze années.

— C'était un bon parti et un homme charmant, au début. Je n'ai jamais eu à me plaindre.

— Dix longues années sans l'arrivée d'un seul enfant… Vous n'arriviez pas à concevoir ?

Le ton de sa voix s'était imperceptiblement durci et il dardait désormais sur la femme deux yeux chargés de défiance. Cette dernière releva le menton avec dignité.

— Nous aurions pu être parents une bonne huitaine de fois, si seulement Dieu ne nous avait pas repris les petits qui grandissaient en mon sein, avant même qu'ils ne naissent…

— Vous n'avez jamais eu d'enfants vivants avant votre fille ?

— Pour notre plus grande tristesse, non.

— La naissance de votre fille fut donc un miracle. Dommage que votre époux n'ait pu la connaître…

— Oui, cette petite fut un miracle.

— Expliquez-nous donc dans quelles circonstances votre fille est entrée au service d'Alix de Beaumont. Ne préfériez-vous pas la garder auprès de vous pour la former afin qu'elle prenne la relève un jour ? J'ai entendu dire que vous étiez renommée dans le genre de commerce que vous pratiquez… Elle est en outre en âge d'être mariée. Un prétendant a-t-il déjà été avisé ?

Catherine se redressa, sur la défensive.

— Pourquoi vous intéressez-vous à ma fille ? Ce n'est qu'une enfant, qui s'acquitte de sa tâche comme il se doit ! Dame Alix n'a jamais eu à s'en plaindre !

— Répondez à ma question !

— Dame Alix la connaît depuis sa plus tendre enfance. Elle l'avait prise en affection ; Béatrice et notre jeune maître ont grandi ensemble. Ce fut donc tout naturellement qu'elle me proposa de la prendre à son service.

— Tant de sollicitude de la part de votre châtelaine…

La femme, le visage de plus en plus rouge et luisant de sueur, fixa le juge d'un air fermé et hostile.

— Dame Alix nous a aidées à la mort de mon époux qui me laissait fort démunie. Notre châtelaine a toujours veillé sur ses sujets, même les plus humbles. Et vous trouverez par ici peu de personnes qui vous diront le contraire.

La dernière phrase avait été lâchée sur un ton de défi. Puis elle se tut, tourmentée et fulminante, se tordant les mains et triturant l'étoffe de sa robe, guettant du coin de l'œil la prochaine question.

Le juge esquissa un étrange sourire, froid comme la glace, puis, d'une voix très douce, dit :

— Oui, je le reconnais, votre châtelaine est une femme exceptionnelle. Elle-même était en deuil de son époux à cette époque. Elle a compati à votre souffrance. C'est tout à son honneur. Elle vous a donc gardée auprès d'elle, nourrie et logée ?

— Oui. Nous étions proches, je suis devenue sa dame de compagnie jusqu'à ce que ma fille prenne le relais. Je suis alors retournée à mon premier métier.

— J'ai entendu dire que vous mettez les enfants au monde mais qu'on fait aussi appel à vous en tant que soigneuse ?

— Nous avons un médecin juif à Vauriac. Je ne prétends pas guérir. Je sais juste soulager certains maux avec quelques plantes de ma connaissance.

— Vraiment ? Et vous faites commerce de quelles plantes exactement ?

Si Catherine blêmit, ce fut pour se ressaisir presque aussitôt et réciter, fière et hautaine :

— Les graines de la pivoine apaisent ceux dont le sommeil est peuplé de cauchemars… La consoude soigne les toux sèches quand elle est utilisée en cataplasme, elle a aussi des propriétés cicatrisantes et, en décoction, elle est efficace contre les diarrhées. Les feuilles d'aulne soulagent les pieds qui ont été écorchés par une longue marche.

— Utilisez-vous la belladone ou la digitale ?

— Je n'utilise pas ce genre de plantes, mon père. Et personne n'a jamais eu à se plaindre de mes soins jusqu'à ce jour.

— Oui, jusqu'à ce jour… Vous avez bien tout consigné, frère François ?

— Tout est soigneusement noté.

— Revenons à dame Alix. C'est vous qui avez mis son fils au monde ?

— Oui.

— Un fils comme premier-né. Comment a réagi Philippe de Beaumont ? Il devait être… comblé ?

Catherine marqua un temps d'hésitation – peut-être était-elle troublée par l'attitude équivoque du juge – avant de répondre d'une voix neutre :

— Certes. On festoya sept jours durant. Chaque habitant ici doit encore s'en souvenir. Le seigneur de Beaumont fut généreux avec ses sujets. Dans le bourg, partout ce n'étaient qu'acrobates, jongleurs et troubadours. Et beaucoup de seigneurs et leurs dames vinrent au château. Ce fut mémorable… le genre d'événement qu'on n'oublie pas…

Cela faisait déjà presque une heure que la femme gigotait sur son tabouret, mais le juge ne semblait pas encore en avoir fini.

— Votre famille est bien originaire de Vauriac ?

— Oui.

— Vous avez donc bien connu l'ancien seigneur de Vauriac. Celui qui a été excommunié pour hérésie et qui est mort à Montségur avec ses compagnons d'armes.

— Tout le monde le connaissait… c'était notre seigneur, riposta-t-elle avec aigreur.

— Il y avait beaucoup d'hérétiques à Vauriac et la plupart furent éradiqués comme vermine. Les registres parlent de soixante-dix arrestations. Mais ont-ils tous été arrêtés ?

— Comment savoir ? souffla-t-elle, les yeux remplis de larmes. Ce furent des temps de grandes souffrances.

— Dans le registre, des Martin apparaissent.

— De simples parents très éloignés avec qui nous n'avions aucun lien, mon père. Martin est un patronyme des plus communs. Et pour ma part, je me suis toujours comportée comme une bonne chrétienne et n'ai jamais adhéré à leur foi.

— Philippe de Beaumont a reçu le fief de Vauriac des mains de Montfort. Mais l'ancien seigneur avait réussi à s'enfuir et traînait toujours dans les parages. Philippe de Beaumont a dû essuyer de nombreux actes de rébellion, contre lesquels il lui fallut lutter avec la plus grande fermeté. Et nous savons, vous et moi, comment tout cela s'est achevé : par le crime le plus lâche qui soit, un ignoble guet-apens. Quel souvenir gardez-vous de Philippe de Beaumont ?

— Je ne sais plus, mon père, répondit-elle d'une voix lasse, tassée sur son tabouret comme une vieillarde épuisée. C'était un homme très occupé. Je l'ai rarement vu.

— Était-il craint ?

— Sans doute…

— Respecté ?

— Vauriac se relevait à peine, la population entière était encore très choquée, mon père ! Et ce nouveau seigneur était un étranger pour nous…

— Et comment était sa jeune épouse, dame Alix ?

Catherine ne répondit pas tout de suite, les yeux perdus dans le vague. Agacé, le juge réitéra sa question.

— Elle était malheureuse…, finit-elle par chuchoter à contrecœur.

— Comment pouvez-vous l'affirmer ? Vous a-t-elle fait des confidences ?

Hébétée, elle le fixa comme s'il était transparent.

— Cela se voyait, c'est tout, ce n'était un secret pour personne. Philippe de Beaumont était une brute même avec son épouse…

L'interrogatoire s'était éternisé. Frère Thomas était courbatu de partout et son crâne sur le point d'éclater. Quant à Catherine Martin, elle quitta le château en titubant, défaite et ravagée. Dans la cour, l'air embaumait le lilas. Avec tous ces interrogatoires qui le monopolisaient, le juge n'avait pas encore réalisé que le printemps était arrivé. Pourtant l'air était différent depuis quelque temps, plus doux et plus humide aussi. Les eaux sales dévalaient à vive allure les ruelles boueuses de Vauriac. Partout la végétation verdissante ployait sous le poids des gouttes dont le crépitement résonnait sur le sol. La nature s'éveillait et ils avaient vu dans le ciel le retour des oies sauvages.

De fil en aiguille, il arrivait à reconstituer peu à peu l'histoire d'Alix. Il savait qu'elle était aimée de son peuple, qu'elle n'avait pas été heureuse durant son bref mariage et qu'après son veuvage elle était retombée sous la protection toute relative de son frère Geoffroy d'Arrigues. Avait-elle eu son mot à dire ? Ces deux-là semblaient se haïr. Pour quelles raisons ? Et surtout, pourquoi ne s'était-elle pas remariée ? Cela aurait été dans l'ordre des choses, elle était encore très jeune. Qu'elle ait pu rester seule sans être inquiétée ou convoitée était tout simplement inconcevable et très troublant. Geoffroy avait forcément joué un rôle. Mais là encore, dans quel but ? C'était d'autant plus incompréhensible que le seigneur d'Arrigues n'avait jamais vécu à Vauriac – mystérieux protecteur mais tenu à distance ? Il était pourtant assez familier des lieux pour connaître l'existence de la porte dérobée et il avait forcément des espions dans les murs pour savoir qu'Albin de Fourques était toujours en vie… Cette histoire était décidément un écheveau inextricable. Et ce n'était pas tout ! Quels contentieux opposaient Geoffroy et Albin ? Le château d'Arrigues était-il vraiment l'unique enjeu de cette haine farouche et tenace ? Ou y avait-il d'autres raisons, plus enfouies, à l'origine du conflit entre les deux hommes ? En outre, un détail titillait le juge. Philippe et Alix de Beaumont s'étaient approprié Vauriac en des temps très troublés. Dès lors, ils avaient été accueillis comme des usurpateurs, pendant que l'ancien seigneur rôdait toujours dans les parages, soutenu par une bande de *faydits* redoutés. Et dans cette fameuse troupe, il y aurait eu Albin de Fourques. Cela ne pouvait pas être une coïncidence. L'ancien seigneur de Vauriac n'avait eu de cesse de se venger et il y était parvenu, attirant Philippe de Beaumont dans une embuscade fatale. Mais alors, pourquoi n'avaient-ils pas été jusqu'au bout de leurs représailles, en s'en prenant aussi à l'épouse et au jeune fils de l'usurpateur ? Cela avait été le triste sort de Jeanne, la jeune sœur d'Alix. Une nuit d'été, le castel dans lequel vivaient Jeanne et son époux français avait flambé comme une torche. Un vrai feu de joie dont il n'était resté que des cendres et des corps noircis. Les sentinelles avaient toutes été égorgées au préalable. Seule une troupe de guerriers aguerris et terriblement bien organisés avait pu commettre un tel acte. Songeur, frère Thomas se demanda comment avait réagi Alix en apprenant la mort tragique de sa sœur. Elles qui étaient si proches enfants.

Cette nuit comme toutes celles d'avant, le juge eut tout le mal du monde à fermer l'œil. Trop de pensées obsédantes se bousculaient dans son crâne. À ses côtés, lui tournant ostensiblement le dos, le greffier s'était endormi comme une masse. Si au début il s'était inquiété de voir son voisin si agité la nuit, il avait choisi de garder prudemment ses distances.

Lorsque la fatigue finit par avoir raison de lui, l'aube blafarde s'infiltrait déjà à travers les rainures du volet en bois. Derrière ses paupières closes qui tressautaient nerveusement, des images, des couleurs et des sons. Dans ses oreilles, des voix et des rires d'enfants. Un visage tout proche du sien, qui riait aux éclats et semblait lui parler, mais impossible d'en saisir les mots. Deux yeux bleu-gris qui le fixaient intensément. Frère Thomas émergea de son rêve en suffoquant. Le cri strident qu'il poussa réveilla en sursaut le greffier. Le juge semblait hors d'haleine, comme s'il avait failli se noyer et que l'air remplissait à nouveau ses poumons. Encore un de ces maudits cauchemars, pesta le greffier en son for intérieur. Mauvais, il songea qu'un peu de graines de pivoine de cette Catherine Martin n'auraient pas fait de mal au juge, qui en avait fort besoin !

Il savait maintenant à qui les incroyables yeux de Béatrice lui avaient fait penser. Héloïse et Jeanne avaient les mêmes.

Frère Thomas continua d'errer dans les couloirs sombres et venteux du château de Vauriac. L'âme tourmentée, refusant de s'avouer la véritable raison de ses déambulations : la quête d'une improbable silhouette, la traque d'un fantôme comme celui que son précédent greffier avait eu la chance d'apercevoir à Arrigues. Pourquoi lui n'avait-il rien vu ? Cela voulait-il dire que ce doux fantôme cherchait à l'éviter, lui, plus que tout autre ? Qui était-il ? Était-ce le fantôme de Jeanne ou bien celui de Marie revenu hanter les lieux de leurs malheurs ? Plus il y pensait, plus il était persuadé qu'il s'agissait de Marie, la plus jeune des sœurs, dont les nerfs étaient si fragiles et qui lui ressemblait tant quand, la nuit, il la voyait se lever, comme possédée, et se déplacer en dormant.

Comme dans son ancienne vie, frère Thomas parcourait le château, épiant le moindre bruit, retenant sa respiration, s'élançant à la moindre illusion d'optique. La fatigue lui jouait des tours. Il cherchait un homme de vingt ans, à la voix et au visage familiers, oubliant qu'Albin de Fourques, s'il était encore en vie, avait aujourd'hui près de quarante ans. Mais il eut beau arpenter des couloirs, des escaliers, des pièces vides plongées dans l'obscurité, faisant juste détaler quelques souris devant ses pieds, et retourner à la porte dérobée, il ne put prouver qu'un homme se faufilait incognito la nuit entre les murs. Quant au sentier qui en partait, s'enfonçant dans le sous-bois, il était envahi par les broussailles comme si personne ne passait plus par là depuis longtemps.

Alors ? Alors il recommença à douter des réelles motivations de Geoffroy. Et si Albin de Fourques était mort à Montségur comme tout le monde le prétendait ? Et si les motivations de Geoffroy n'étaient pas celles qu'il disait ? L'idée qu'on pouvait chercher à le duper lui effleura l'esprit. Les interrogatoires ne menaient à rien. Il n'était peut-être pas trop tard pour renoncer, au lieu de s'entêter ainsi et d'ignorer l'ordre adressé par l'évêque, prenant le risque de s'exposer à une sévère sanction en cas d'échec. Mais le passé l'avait englué dans sa toile, telle l'araignée.

— Vous paraissez souffrant, mon père. Auriez-vous des soucis ?

Le son de cette voix, retentissant dans son dos, le prit de court et le fit sursauter. Il fit volte-face et écarquilla des yeux sidérés.

C'était elle. Vêtue d'une simple robe de brocart pourpre. Ses cheveux roux tressés en une épaisse couronne sous la nuque. Elle ne portait aucun bijou ou ornement. Elle était seule, sans suivante dans son sillage, tandis qu'autour d'eux le jour chassait peu à peu les ombres.

Ils se fixèrent longuement sans parler ni bouger.

Elle non plus n'avait pas bonne mine. Ses yeux étaient cernés de mauve, sa peau bien trop pâle. Lentement elle le dépassa, le frôlant presque, pour entrer dans la grande salle. Un serviteur était en train d'attiser le feu. Elle s'en approcha puis, après s'être réchauffée, fit demi-tour et vint s'asseoir sur le fameux tabouret utilisé pour les interrogatoires. Le geste ne pouvait être anodin. Le juge, fortement ébranlé, se détourna pour qu'elle ne lise point sur son visage le trouble qui bouillonnait en lui.

— Que ferez-vous une fois tous les interrogatoires menés ? Avez-vous une piste ? s'enquit-elle d'une voix basse.

— En aurais-je une, ma dame, vous seriez la dernière personne à qui je confierais mes découvertes !

— Bien sûr.

Ils se jaugèrent du regard, en silence.

— Philippe de Beaumont n'est pas le père de votre fils, attaqua-t-il abruptement.

Alix ne cilla pas. Ce fut à peine si elle frémit, comme si elle s'y attendait.

— Et qu'est-ce qui vous fait dire ça ? riposta-t-elle, intriguée.

— Nous le savons parfaitement, vous et moi, gronda-t-il entre ses dents, plus irrité qu'il n'aurait voulu l'admettre par ce calme qu'elle affichait.

Elle haussa les épaules et murmura :

— Vous avez raison. Mon fils a été conçu hors des liens sacrés du mariage. Et j'ai aimé son père plus que tout au monde. Pour autant, cela fait-il de moi une hérétique ? Tout au plus une pécheresse, qui ne s'est pas confessée depuis longtemps et qui aujourd'hui vit sans même sentir le poids de sa faute. Ce fut un si beau péché… que je recommencerais sans hésiter !

— Vous blasphémez ! croassa le juge, choqué par une provocation aussi ouverte. Il est encore temps de vous repentir ou vous mourrez damnée pour l'éternité !

Elle darda sur lui un regard si cinglant qu'il se sentit comme fouetté.

— Épargnez-moi vos prêches bons à effrayer les imbéciles, mon père !

— Hérétique, vous l'êtes en réalité ! Je n'ai jamais rien entendu d'aussi blasphématoire ! Vous êtes une âme… perdue !

Elle se leva et se tint debout devant lui, digne et hautaine.

— Et vous, vous n'êtes qu'un pion, un de plus, entre les mains de mon frère !

— Je peux vous dénoncer et vous traîner devant les tribunaux de l'Inquisition, j'ai suffisamment de preuves pour cela !

— Mais faites, ne vous en privez pas ! Je suis si lasse de toute cette mascarade grotesque !

Il pouvait voir sa poitrine se soulever trop vite sous l'effet de la colère et de l'émotion. Le visage d'Alix était marbré de rouge comme si on venait de la gifler et ses lèvres plus blêmes que jamais. Une mauvaise toux déchira brusquement sa poitrine. Elle chancela, ploya sous sa violence. Instinctivement, frère Thomas la saisit par le coude et la guida jusqu'à un banc près de la cheminée, sur lequel elle se laissa choir, comme vidée. Ignorant la mine dévastée du juge qui la dévisageait, elle confessa d'une voix à peine audible :

— Mon frère ne me laissera jamais en paix. Il n'aura de répit que lorsque je serai morte.

— Je ne comprends pas un traître mot de ce que vous dites, ma dame…

Chaque quinte de toux qui la secouait était pour lui comme un coup de couteau lui lacérant les côtes.

— Savez-vous dans quelles conditions Geoffroy devint le maître d'Arrigues, mon père ?

— Non, mentit celui-ci, souffle suspendu.

— En dénonçant son propre père. Voilà de quoi est capable Geoffroy. C'est un homme sans foi qui se moque de tout ce qui ne sert pas ses intérêts et qui n'obéit qu'à ses propres lois. Et après mon père, il en dénonça d'autres, beaucoup d'autres. Il jeta sur les chemins des familles entières qu'il condamna à mort sans la moindre culpabilité. Puis il nous maria, ma sœur et moi, en choisissant les alliés les plus abjects qui soient.

Le juge fut pris d'un vertige soudain. Par réflexe, il se cramponna au manteau de la cheminée, ferma les yeux quelques brefs instants, humecta ses lèvres desséchées. Il avait tout à coup très soif. Sa bouche, sa gorge, ses yeux, tout lui brûlait. Et pourtant, il se sentait glacé jusqu'aux os.

Le feu se reflétait sur le visage d'Alix et embrasait sa chevelure, pareille à ces flammes infernales qui avaient réduit en cendres le château de Jeanne et de son époux français.

— Votre père était un hérétique. Il a eu ce qu'il méritait…

— Oh non. C'était un homme qui ne supportait pas l'injustice et la cruauté de ses semblables. Il s'était engagé à défendre les plus faibles et il l'a fait jusqu'au bout…

— Défendre les plus faibles… Vous vous leurrez, je le crains. Votre père était à la tête d'une milice dont les expéditions meurtrières firent des ravages. Il aurait dû être jugé et puni pour cela. Ce n'était qu'une question de jours, il était sur notre liste. Son fils ne nous en aura pas laissé le temps…

— Ne vous méprenez pas. Pour Geoffroy, l'hérésie de mon père n'était qu'un prétexte pour l'abattre. Il s'est ensuite évertué à tous nous écarter d'Arrigues, les uns après les autres. Or, aujourd'hui, il se retrouve devant la pire impasse qui soit : en faisant le vide autour de lui, il a condamné Arrigues. À sa mort, la forteresse pour laquelle il s'est tant battu tombera dans des mains étrangères car il n'aura aucun fils en mesure de lui succéder. Sa lignée est en train de s'éteindre. Et c'est une bonne chose, que ce nom maudit disparaisse pour toujours !

— Ces *mains étrangères* pourraient-elles être celles d'Albin de Fourques ? Il paraît que votre père l'avait élevé au rang de ses héritiers. Seraient-ce là les réelles motivations de Geoffroy : écarter définitivement la mainmise de son rival de toujours sur Arrigues ?

Alix lui décocha un regard désabusé.

— Parce que, vous aussi, vous croyez à ces lubies d'esprit détraqué ? Albin n'a jamais été un homme revanchard et malfaisant comme Geoffroy. Il n'a jamais revendiqué la part qui lui était pourtant due. Il avait même renoncé à récupérer ses terres familiales. Il ne se battait que pour ce qu'il estimait être juste : protéger et défendre ceux que vous persécutiez. Et rester fidèle et loyal envers mon père à qui il vouait un amour sans faille.

— Quel noble portrait vous faites là de votre amant ! persifla le juge piqué au vif. Au point de risquer votre vie pour le protéger ? Mais vous mérite-t-il au moins ? Ce n'est rien d'autre qu'un meurtrier !

Vous croyez pouvoir nous juger mais vous ne savez rien !

— Vous l'idéalisez avec vos yeux d'enfant ! Mais vous oubliez son autre visage, un hérétique qui a occis des hommes de Dieu. Votre Albin a du sang sur les mains, c'est loin d'être l'homme aux intentions nobles et pures que vous prétendez ! D'ailleurs, vous a-t-il protégée des ambitions de votre frère ? Où était-il lorsque vous avez été mariée à Philippe de Beaumont ?

Livide, Alix s'était comme statufiée et considérait le juge avec horreur.

— Comment pouvez-vous en savoir autant sur lui ? Vous ne le connaissez même pas !

— Où se terre-t-il ? Vous ne pourrez pas le protéger indéfiniment !

— Vous ne le trouverez jamais…

— Je crois au contraire qu'il est cerné et qu'il ne pourra plus se cacher très longtemps, lorsqu'il comprendra que c'est vous qui paierez pour lui ! Il finira bien par sortir de sa tanière, je n'ai aucun doute ! Quant à votre frère, je commence à mieux comprendre ses manigances : éradiquer une bonne fois pour toutes la menace que représente Albin pour Arrigues, tout en espérant récupérer votre fils pour en faire son héritier. Quelle ironie ! Faut-il qu'il soit désespéré !

— Mais vous-même ? Vous ne voyez donc pas que vous n'êtes qu'un instrument pour lui ?!

— Oh non, certainement pas !

— Expliquez-moi alors pourquoi un tel acharnement ?

— Vos petites vengeances personnelles ne m'intéressent pas. Ma seule mission est de mettre la main sur un dangereux hérétique et c'est tout.

— Vos traits me rappellent quelqu'un… mais qui ? Nous sommes-nous déjà rencontrés ?

Surpris et troublé, le juge vacilla.

— Si cela avait été le cas, je crois que je m'en souviendrais ! Vous paraissez fiévreuse. Peut-être serait-il plus raisonnable d'interrompre cette conversation.

Et de fait Alix semblait épuisée, au bord du malaise, le teint d'un blanc crayeux. Elle esquissa un pas en titubant, refusant la main qu'il lui tendait. Elle s'apprêtait à s'en aller lorsque, se ravisant brusquement, elle se tourna une dernière fois vers le juge figé.

— Vous vous acharnez sur une cause perdue. Retournez plutôt à Arrigues et transmettez de ma part à mon frère qu'il pourra bien mourir sans héritier, Damien ne veut pas de ses terres. Qu'il cesse de nous harceler et d'inventer des fantômes. Mon fils ne sera jamais le sien. Dites-lui qu'il est condamné à mourir seul parce qu'il est maudit. Et Arrigues, en dépit de tous ses efforts, reviendra à la couronne de France. Dites-le-lui, ce n'est qu'une question de temps, l'Occitanie n'est plus et ce depuis que Raymond a perdu son comté et cédé en mariage son unique fille au dauphin. Vous pourrez également ajouter ceci : Albin restera toute sa vie libre et insaisissable. Il est le vent et la pluie, le soleil et l'air que je respire. Jamais Geoffroy ne pourra nous séparer. Partez. Maintenant.

— Je n'en ai pas la moindre intention ! cria-t-il tandis qu'elle lui tournait le dos et s'éloignait.

— Dans ce cas, allez au diable !

Sonné, il la regarda sortir de la pièce et disparaître.

Chaque mot, chaque regard d'Alix s'étaient gravés au fer rouge dans l'esprit de frère Thomas. Une confrontation ressassée jusqu'à l'obsession. Il était en état de choc. Luttant pour se remettre du vif émoi qui l'avait saisi en traître, lorsqu'elle avait émis cette remarque terrifiante : l'impression de l'avoir déjà vu quelque part. Dire qu'elle avait failli le démasquer ! Depuis, il oscillait entre la déception cruelle qu'elle ne l'ait pas reconnu et le soulagement. Le pire ? Une partie de lui aurait aimé qu'elle le fasse. Et il se serait alors écroulé à ses pieds ! Il s'en voulait d'avoir été si dur envers elle – n'était-elle pas la dernière personne à mériter pareil traitement ? Pourquoi s'était-il montré aussi insensible et impitoyable à son égard alors qu'il l'avait tant aimée ? Jusqu'à ce qu'une bouffée de haine pure le submerge soudainement, comme un rappel impérieux et foudroyant : non, il ne fallait surtout pas céder à la compassion ni se laisser aveugler ! Car certains actes ne pouvaient être oubliés ni pardonnés. La douleur serait toujours là. Et elle n'était plus celle qu'il avait connue.

Il cessa de se nourrir. De terribles maux de tête le poussaient à fuir la lumière du jour. Son corps se couvrit de plaies purulentes qui le démangeaient comme s'il eût été atteint de la gale. L'*autre* était en train de revenir, faisant se craqueler la carapace, suintant par tous les pores et orifices de son corps malade.

Où se cachait donc Albin ?

Son instinct lui disait qu'il n'était pas loin, tapi dans un coin obscur, le passé se fondant dans le présent, tandis que le seul visage de Damien le projetait plus de vingt-cinq ans en arrière de la façon la plus violente qui soit.

Non, Alix était loin d'imaginer l'existence d'un danger encore plus grand que les sombres desseins de Geoffroy. Ce dernier, sans le savoir, avait fait entrer le loup dans la bergerie. Et le loup avait bien l'intention de se repaître, jusqu'au bout.

9

Le diable en bure
(1217-1218)

Le jour où Blaise se jeta sur les chemins, comme on se jette d'une falaise par désespoir, fut l'un des plus sombres de son existence. Il ne savait rien de ce qu'il y avait au-delà des bois et de l'horizon ni même s'il y avait quelque chose. Arrigues avait été son seul refuge durant plus de vingt ans. Le reste n'existait pas ou alors ce ne pouvait être que gouffres sans fond et paysages ravagés, ce qui n'était pas si loin de la réalité car le pays était à feu et à sang. Seuls la honte, le dégoût de lui-même et le chagrin incommensurable le firent avancer, pas après pas, sans but précis et sans répit, obstinément. Il était terrifié. Dès qu'il apercevait de loin un groupe de personnes, cavaliers ou paysans, il détalait comme un lapin pour se cacher dans les buissons. Il se nourrissait de racines et d'insectes. L'hiver serait bientôt là et il ne savait où aller. Il traversa des villages incendiés et vidés de leurs habitants. Il contourna des restes de bûchers que l'on avait dressés sur les places et fuit l'odeur pestilentielle qui s'en dégageait. Il croisa des processions d'hérétiques mutilés – nez et oreilles coupés – que des soldats exhibaient à travers la campagne. Il avait atterri en enfer.

La faim le tenaillait. C'est elle qui le poussa un jour dans un gros bourg, guidé par les effluves d'un marché sur la place devant l'église. Les odeurs, les couleurs agressives, les bruits stridents, les voix fortes et les bousculades l'assaillirent sans crier gare. Il manqua en défaillir tant il était faible, à bout de forces, ivre de fatigue. Il pataugea dans des rues boueuses, au milieu des détritus et des chiens errants qui se faufilaient entre ses jambes. Sur son passage, ribaudes, commères et paysans se détournaient hâtivement, la mine révulsée. Il fouilla d'abord sous les étals à la recherche de légumes pourris, puis s'enhardit et vint à voler directement sur les tréteaux ; il était vif et observateur et suffisamment désespéré pour ne plus rien redouter. Lorsqu'un marchand le surprenait en flagrant délit, il détalait en se fondant au milieu de la foule compacte, son morceau de pain dissimulé sous sa tunique.

Un jour, son attention fut attirée par un homme qui haranguait avec véhémence un petit attroupement de badauds sur la place de l'église. Il était juché sur un tonneau et tenait son auditoire en haleine par de grands gestes et des vociférations féroces. Intrigué, Blaise s'approcha en douce et alla s'accroupir sous une charrette. C'était un moine, repoussant de crasse, aux cheveux hirsutes, collés par la sueur. La peau grêlée, les yeux trop petits et trop rapprochés, le nez épaté à la couleur violacée, tout chez lui était fascinant de laideur. Mais son regard luisait d'une force incroyable. Il brandissait le poing vers le ciel menaçant, comme s'il le prenait à témoin et annonçait l'imminence de la fin du monde, la venue des quatre cavaliers de l'Apocalypse avec force imprécations, fustigeant les pécheurs, appelant au repentir et à la pénitence car Dieu n'aurait ni pitié ni pardon pour ceux qui s'étaient détournés de lui et professaient un faux discours. C'était un moine mendiant de l'ordre des dominicains. Les plus redoutables et les plus aguerris dans les joutes verbales qui les opposaient aux bons hommes. C'était leur mission et il en pullulait chaque jour davantage, arpentant les campagnes pour prêcher jusque dans les moindres hameaux où l'hérésie avait frappé.

D'emblée, Blaise se sentit envoûté par le personnage. Il se mit à le suivre de loin, de village en village. Chaque fois c'était la même scène : le moine privilégiait les jours de marché ou de foire, grimpait sur un tonneau, une pierre ou une charrette et se lançait dans une harangue enfiévrée. À la fin de sa prédication, il se laissait choir à même le sol, la soutane retroussée jusqu'aux genoux, dégoulinant de sueur, et engloutissait deux pintes de bière d'une traite, indifférent à la foule qui s'égaillait, encore sous le choc, étrangement muette. Il mastiquait ensuite un quignon de pain, d'un air satisfait, le regard perdu dans le vide. Il était alors beaucoup moins terrifiant, juste un gros bonhomme avachi et repoussant de saleté. Après cela, il rotait ostensiblement, se mouchait un bon coup dans l'une de ses manches puis s'étirait comme un chat après sa sieste. Un jour qu'il se grattait le crâne avec un os de poulet, vautré sur le parvis de l'église devant laquelle il avait prêché avec frénésie une bonne partie de la matinée, son regard croisa celui de Blaise. Ce dernier, comme à son habitude, s'était accroupi sous une charrette à quelques pas de là et n'avait pas bougé depuis. Intrigué, le moine lui fit signe d'approcher. Blaise ne faisant pas mine de bouger, il finit par se lever et alla à sa rencontre. Le premier réflexe de Blaise fut de déguerpir. Mais le regard du moine accrocha le sien et il s'en retrouva comme paralysé, gestes suspendus, souffle retenu. Le moine s'avançait sans se presser, en claudiquant, un rictus en guise de sourire sur ses lèvres charnues. Il tourna autour de la charrette et Blaise ne vit plus que ses deux pieds, noirs de terre dans des sandales usées. Puis, brusquement, il se baissa, si proche de Blaise que celui-ci sursauta et émit un cri rauque.

— D'où tu sors, toi ? C'est pas la première fois que je te vois. Tu me suivrais pas, par hasard ?

Comme Blaise ne répondait pas, se ratatinant contre une roue de la charrette d'un air apeuré, le gros moine, fasciné, se mit à quatre pattes pour mieux observer l'étrange créature, mi-homme mi-bête, qu'il avait débusquée.

— Tu ne parles pas ? On t'a coupé la langue comme à Muret ? Tu étais l'un d'eux ?

Blaise fit non de la tête, épouvanté.

— Alors, tu es né comme ça ?

Blaise détourna la tête et se recroquevilla davantage, se balançant d'avant en arrière.

— Dans ce cas, tu es idiot ou simple d'esprit ?

— …

— M'entends-tu, au moins ?

Le moine accompagna ses dernières paroles d'un claquement de doigts juste sous le nez de Blaise. Celui-ci fit un bond en arrière, se cognant la tête contre la charrette, et le moine éclata de rire, révélant une ribambelle de chicots noirs. Sa bouche était si puante que Blaise en fut suffoqué et cligna des yeux d'un air ahuri, ce qui redoubla l'hilarité du moine.

— Va, tu m'as l'air mal en point, dis-moi ! Que diable, tu n'as que la peau sur les os !

Là-dessus, sans crier gare, son bras jaillit sous la charrette, pareil à un gros tentacule, et Blaise sentit une poigne de fer le saisir au collet, l'extirpant de sa cachette sans qu'il puisse esquisser la moindre résistance, tétanisé.

— Quelle proie facile tu ferais ! Aussi faible et peureux qu'un petit lapin, se gaussa le moine goguenard. Je t'invite à partager mon maigre repas. Cela me fera de la compagnie !

Pressant la nuque de Blaise d'une main implacable, il le poussa devant lui comme un vulgaire pantin.

— Tu as faim ? Oui, je crois que tu as faim. Viens, toi et moi on va aller se dégotter de quoi se remplir la panse…

Blaise ne sut jamais vraiment pourquoi le moine le prit en pitié et s'encombra de sa présence. Ni pourquoi lui-même resta et suivit cet homme. Le dominicain ne semblait pas se formaliser du mutisme de son compagnon, il avait de la conversation pour deux et aimait parler tout seul à voix haute. La vie de frère Grégoire, tel était son nom, était faite de solitude intense et de longues marches à travers champs et bois. Une vie précaire qui dépendait de la charité de quelques passants quand il fallait mendier leur pitance. Il fut des jours où ils ne faisaient que marcher, de hameau en village, ne rencontrant parfois pas âme qui vive. Le moine avançait à grandes enjambées, fauchant les hautes herbes de son bâton, et soliloquait, prenant à témoin les arbres, les nuages, les oiseaux. Il les prenait tous à partie, s'excitait, s'adressait à Dieu, l'invoquait et pestait tour à tour. Quiconque l'aurait croisé en ces moments l'aurait trouvé bizarre, voire un peu fou. Mais Blaise le suivait comme un petit chien, envoûté. Il ne comprenait pas un traître mot des discours religieux que lui tenait frère Grégoire mais les yeux de ce dernier brillaient si intensément qu'il en était comme transpercé. Un jour qu'ils s'étaient mis à l'abri dans une grange abandonnée, assis sur un tas de paille moisie, le vent mugissant faisant tout vibrer autour d'eux, le moine lui apprit qu'un concile avait eu lieu deux ans plus tôt au Latran, décrétant tous les hérétiques damnés pour l'éternité. Blaise songea alors à toutes ces personnes qui s'étaient réfugiées à Arrigues, ainsi qu'à ses châtelains ; leurs âmes étaient donc vouées à l'enfer, celle d'Alix comme les autres. Frappé d'horreur, il ne réagit pas lorsque les mains du moine se firent pressantes et envahissantes, se frayant un chemin sous ses hardes, palpant et pinçant, de plus en plus intrusives. S'il ressentit de la douleur, du dégoût ou de la surprise, tout cela ne fit que rejoindre le lit des anciennes souffrances. Puis, lorsque le dominicain finit par s'endormir, ronflant comme un soufflet de forge, Blaise le fixa en silence sans bouger, sourd aux élancements de son corps, rasséréné à l'idée de ne plus être seul.

Ils s'arrêtaient sur les places des gros bourgs et frère Grégoire n'était jamais autant en verve que lorsqu'il croisait le chemin d'un parfait. La foule amassée pouvait alors assister à des joutes orales houleuses et grandioses. Face à des bons hommes ou des bonnes femmes froids et calmes, frère Grégoire s'emportait, tempêtait, menaçait. Dans l'auditoire, les petites gens, médusées, se signaient avec effroi.

Blaise apprit beaucoup de son compagnon de pérégrination. Ce n'était pas un homme charitable et il n'était pas du genre à s'attendrir sur les malheurs d'autrui. Selon lui, chacun méritait la peine et l'existence qu'il menait. Les hommes avaient mis Dieu en colère, ses représailles seraient terribles. Il pouvait aussi se montrer brutal et grossier, était souvent d'une humeur de chien. Son bâton trouvait alors une bonne résistance sur le dos courbé et soumis de Blaise. Malgré tout, le moine n'abandonna jamais Blaise et poursuivit l'enseignement qu'il s'était mis en tête de lui inculquer, même si ce dernier semblait aussi vide qu'un chaudron percé. Sans en avoir l'air, Blaise buvait la moindre de ses paroles. Éperdu de reconnaissance et d'admiration. Il se mit à exécrer ces hérétiques coupables de tous les maux de la terre. Dans sa tête, il se répétait en boucle, mot pour mot, les discours que le moine improvisait. Cela lui procurait comme une douce griserie et, quand il fermait les yeux, il s'imaginait à sa place sur le tonneau face à la foule attentive. Dans ses rêves, il savait parler.

Un jour qu'ils marchaient côte à côte sur un chemin forestier, le moine le prit au dépourvu en déclarant soudain :

— Je suis l'aîné de douze enfants. Mes parents étaient des paysans. Ils appartenaient à la seigneurie des Fourques. Je te dis ça parce qu'on n'en est pas loin. Juste de l'autre côté de la forêt, il y a une colline et, derrière cette colline, c'étaient leurs terres. Mais on n'ira pas. L'hérésie a été éradiquée là-bas, l'ancien seigneur et toute sa famille ont péri. On bifurquera avant, là où je sais qu'il y a encore des hérétiques qui se cachent. Ils sont malins, ils se fondent dans la masse. Il faut les débusquer.

À l'évocation du nom de Fourques, Blaise tressaillit et s'immobilisa net, comme s'il venait de heurter un mur invisible.

— Quoi ? Que t'arrive-t-il ? On croirait que tu viens de voir un fantôme ! se gaussa le moine.

Déjà il se détournait de Blaise, poursuivant son chemin, plein d'emphase sur l'importance de sa mission – seul le feu pouvait purifier les âmes impures ou corrompues et il fallait agir vite, pour endiguer la contagion !

Mais Blaise était comme pétrifié. Fourques. Il connaissait ce nom. C'était celui d'Albin. L'unique survivant du massacre. Et un germe potentiel, qui n'avait pas été anéanti avec les autres. Frère Grégoire l'ignorait-il donc? Il se mit à gesticuler, à pousser des gémissements, à crier. Le moine fit volte-face, interloqué.

— Qu'est-ce qui te prend, bon sang? Tu deviens fou ou quoi? Que dis-tu? Articule! Je suis sûr que tu peux parler! vociféra-t-il avec exaspération.

Une pluie de coups de bâton tomba sur les épaules de Blaise qui se tassa sur lui-même en geignant.

— Quel âne tu fais! Il va falloir que tu apprennes à t'exprimer autrement que comme une bête!

Des sons se bousculaient sur les lèvres de Blaise; ils roulaient comme des cailloux et il n'arrivait plus à les retenir. Sa frustration était telle qu'il sentait tout son visage s'empourprer, la chaleur de son sang affluer aux joues et battre dans ses tempes. Le moine le considéra avec perplexité, bâton en l'air.

— Toi aussi tu viens des terres des Fourques? C'est ce que tu veux me dire?

Blaise secoua la tête avec vigueur.

— Des terres d'Aigremont, alors? Non? De Brisevault? De Minerve? De Foix? Non plus? Bah, je perds mon temps avec toi! À moins que… Connaîtrais-tu le seigneur d'Arrigues? Viendrais-tu de là?

Blaise poussa un hurlement strident et tomba à genoux dans la poussière du chemin, la tête entre les mains.

— Tiens donc, murmura le moine, soudain intéressé. Nous parlons bien du même seigneur : Agénor d'Arrigues?

Frénétiquement, Blaise hocha la tête.

— Arrête de te mordre les mains! Comporte-toi comme un être humain et non comme un animal! Et arrête de hurler à la mort, tu me donnes la chair de poule avec tes cris!

Un nouveau coup de bâton réduisit Blaise au silence. Confus, il enfouit la tête entre ses genoux et demeura prostré, laissant juste échapper un long gémissement. Le moine s'agenouilla face à lui et de son haleine avinée lui fouetta le visage :

— Voilà qui est fort intéressant. Agénor d'Arrigues et sa forteresse du bout du monde ont toujours été intouchables. Tout le monde sait qu'il abrite des hérétiques. Je peux te dire qu'à l'évêché, on enrage. Et je ne te parle même pas des seigneurs francs qui ne rêvent que d'aller le défier sur son rocher. Un jour, ça viendra. Il a perdu la protection de son suzerain, Raymond ne pourra plus lui porter secours. Mais dis-moi… as-tu entendu parler d'un certain Pierre d'Albret ? On dit qu'il s'est caché à Arrigues. Et celui-là m'intéresserait au plus haut point, vois-tu ?

En guise de réponse, Blaise émit un couinement plaintif. Il avait fui la forteresse dans l'espoir de ne plus jamais en entendre parler, ni d'elle ni de ses occupants. Remuer ces souvenirs était insoutenable, c'était comme remuer le couteau dans la plaie encore et encore. D'une main autoritaire, le moine lui saisit le menton et le força à lever la tête. Le visage de Blaise était ruisselant de larmes qui laissaient des sillons noirs sur ses joues.

— Je vois que nous parlons des mêmes personnes…, murmura le moine d'un air satisfait. Eh bien, changement de direction. C'est là-bas que nous allons. Et tu viens avec moi.

Blaise retrouva des paysages familiers. Accablé, il revenait sur ses pas, sur son passé, entraîné par un frère Grégoire déterminé et exultant. Il lui semblait être parti depuis une éternité. Il se souvenait encore très bien de l'odeur des chemins et des couleurs flamboyantes dont se revêtait la nature avant le grand sommeil.

Depuis, l'hiver avait pris ses quartiers, grisaille à perte de vue, vent glacial et premières chutes de neige. Blaise grelottait de froid et de peur. Régulièrement il devait se jeter dans un fourré pour y soulager ses entrailles. Le moine marchait loin devant lui sans l'attendre. Il lui livrait toutes ses pensées à voix haute puis débitait de sombres prédictions. Et lorsqu'un soir la silhouette de la forteresse surgit au loin, protégée par des lambeaux de brouillard, Blaise sentit son cœur cesser de battre et ses jambes se dérober sous lui. Comment la vie s'était-elle déroulée à Arrigues pendant son absence ? Alix l'avait-elle dénoncé ? Il avait le sentiment de se jeter dans la gueule du loup, toute volonté annihilée.

Entre deux prêches, frère Grégoire avait entrepris de lui apprendre à parler, à coups de bâton dans le dos et les jambes. « Allons, mon âne, tu n'es ni sourd ni muet, tu n'es pas un animal, que diable ! » Lors de leurs haltes, dans les sous-bois, au bord d'une rivière, dans des granges isolées ou des moulins abandonnés, le moine s'adonnait à sa nouvelle mission avec une féroce détermination. Broyant la mâchoire de Blaise de ses doigts implacables, il le forçait à le regarder et à articuler.

— Répète, bourrique, ce n'est pas sorcier ! *Bâton ! Pierre !*

Puis il se mettait à le rosser de plus belle quand Blaise n'éructait qu'une bouillie de sons discordants, qui lui arrachaient des larmes d'humiliation.

— Seigneur, qu'est-ce que tu as la couenne épaisse ! Et là, ne me dis pas que tu ne sens rien !

— Mal, mal, gémissait Blaise en courbant le dos.

— Ah ! On progresse !

Blaise y mettait toute son âme. Il ânonnait comme les jeunes enfants malhabiles et ployait servilement les épaules sous les colères aussi brèves que tempétueuses de frère Grégoire. Mais le désir était là, terré depuis toujours au plus profond de lui. Les mots n'attendaient que ça : émerger, se bousculant sur ses lèvres crevassées, trébuchant sur sa langue pâteuse. Pouvoir enfin s'exprimer et conquérir la part d'humanité qui lui était due.

— Tu vois que tu n'es pas une bête ! M'est avis que Dieu tout-puissant a de grands desseins pour toi ! C'est la sainte Providence qui t'a mis sur mon chemin !

Ils avaient établi leur campement auprès d'un ruisseau qui serpentait dans un vallon boisé. Ils étaient à deux jours de marche d'Arrigues. Mais l'hiver compliquait leur progression. Un froid intense s'abattit sur le pays tandis que le ciel demeurait d'un bleu limpide. L'eau des mares était gelée, la nature figée dans un écrin de glace. L'air était coupant comme du silex.

— Il faut trouver un abri si on ne veut pas crever de froid, décréta frère Grégoire. Sans parler des loups.

Sur la lande fouettée par un vent glacial, ils dénichèrent une bergerie abandonnée dans laquelle il y avait un peu de paille humide et une épaisse couche de crottes de moutons. Ils s'y calfeutrèrent tant bien que mal puis entreprirent d'y faire un feu. Blaise regarda la fumée qui s'échappait par longues volutes à travers les planches disjointes du toit. Quand la nuit était claire, il pouvait entrapercevoir l'éclat de la lune et des étoiles. Ils avaient volé des hardes pour s'en couvrir et devaient se mouvoir régulièrement pour ranimer leurs membres engourdis. Ils avaient repéré un hameau et quelques cheminées fumant dans le vallon. Lorsque la faim se faisait trop intenable, ils allaient mendier, toquant aux portes. Leurs mines effroyables suffisaient en général à briser toute résistance chez les habitants, qui s'empressaient de leur jeter des restes de nourriture. Puis la neige arriva, les coupant du monde dans un silence irréel. Alors que le cri des loups résonnait parfois tout près de leur abri, leurs empreintes subsistant dans la neige, Blaise passa l'hiver à écouter les enseignements du moine et à dormir, roulé en boule contre le corps de ce dernier. Il commençait à s'habituer aux mains insinuantes de frère Grégoire qui se glissaient presque chaque nuit dans ses braies, prenant possession de son corps comme s'il eût été un simple pantin. Parfois il lui arrivait de vouloir se dérober au contact rugueux et brutal que lui imposait son compagnon mais sa voix autoritaire grondait dans l'obscurité, son souffle aigre tout contre son visage :

— Laisse-toi faire, bougre d'âne. Dieu sait fermer les yeux quand il faut et il n'y a pas de mal à se faire du bien, non ?

Alors, soumis, il se contentait de baisser les paupières et se repliait au plus profond de lui-même, là où personne ne pouvait l'atteindre.

Frère Grégoire s'était totalement dévêtu. Nu comme un ver, le corps flasque et la peau grise de crasse, il pénétra dans l'eau froide en vociférant pour se donner du courage. Puis il s'aspergea de la tête aux pieds, sa peau se marbrant aussitôt de violet. Le printemps pointait enfin son nez timidement. Les premiers bourgeons s'apprêtaient à éclore. Le sous-bois détrempé dégouttait, ruisselait. Partout l'eau chantait, des fines rigoles qui dévalaient les pentes au tumulte du torrent grossi par la fonte des neiges. Blaise se sentait tout engourdi après leur longue hibernation. Plus maigre que jamais et parcouru de frissons irrépressibles, il demeurait planté sur la berge en fixant avec crainte les flots déchaînés.

— Viens te laver, mon âne ! brailla le moine. Nous empestons la charogne, or là où nous nous rendons, il faudra être plus présentables…

Blaise se dévêtit avec réticence puis rejoignit frère Grégoire, s'immobilisant quand l'eau lui arriva à la taille.

Ce dernier considéra sans un mot le corps blanc parsemé d'une multitude de cicatrices boursouflées, pour la plupart bien vilaines. Il finit par lâcher, perplexe :

— Seigneur, qui t'a fait ça ?

Blaise détourna la tête et s'immergea complètement afin de se soustraire au regard perçant du moine, qui le détaillait sans retenue. La morsure du froid le surprit, lui arrachant un cri.

— Et si tu me disais d'où tu viens ? As-tu un nom au moins ? On a passé tout l'hiver ensemble et je ne sais toujours rien de toi !

— Personne, je ne suis personne…, cria Blaise, en claquant des dents.

Puis, dans de grandes gerbes d'eau cinglantes comme des gifles, il sortit de la rivière, son corps entier bleui par le froid, et s'empressa de remettre ses habits, à la fois furieux et choqué.

Ils marchaient depuis l'aube, faisant le dos rond sous une violente averse. Ils n'avaient pas trouvé d'abri et les arbres encore dénudés n'offraient aucune protection. Le sol, gorgé d'eau, spongieux, était glissant. Indifférent à la pluie qui ruisselait sur lui, le bas de sa bure imprégné de boue, frère Grégoire ouvrait la marche comme à son habitude, d'un pas volontaire, laminant les herbes à grands coups de bâton. Frigorifié, Blaise pataugeait loin derrière. Par des chemins détournés, ils se rendaient au bourg de Jersac car c'était jour de foire. Le bruit de la pluie les empêcha d'entendre le grondement d'une cavalcade qui se rapprochait dans leur dos. Et ce n'est que lorsque le martèlement sourd des sabots fit vibrer la terre sous leurs pieds qu'ils comprirent qu'une troupe de cavaliers fonçait droit sur eux. C'était d'autant plus surprenant qu'ils n'empruntaient que des sentiers de traverse, étroits et peu fréquentés, parfois même des passes de sangliers, dans l'intention justement d'éviter de périlleuses rencontres. Ils eurent juste le temps de se jeter dans un fossé et de se dissimuler sous les fougères, tandis que surgissaient au galop plusieurs cavaliers vêtus de noir. Ils étaient cinq ou six, aux montures fourbues et crottées jusqu'aux crins. Les sabots soulevaient des mottes de terre dans des giclées d'eau noire. Mû par une irrépressible curiosité, Blaise hasarda un coup d'œil et fut saisi d'horreur. Sur les six cavaliers, il en avait identifié au moins trois sans qu'aucun doute soit permis, comme surgis tout droit d'outre-tombe : la silhouette voûtée d'Agénor qui menait la troupe, devançant d'une encolure son sergent Guillaume ; quant au fougueux cheval noir qui fermait la marche, Blaise aurait pu le reconnaître entre mille. Albin passa à quelques pas de son visage, l'aspergeant de boue.

Les cavaliers étaient déjà loin lorsque les deux compagnons de route osèrent quitter leur cachette, trempés de la tête aux pieds. Frère Grégoire, prêt à en découdre, tenait à la main une dague que Blaise n'avait encore jamais vue. Mais il n'y prêta guère attention, trop bouleversé par ces retrouvailles inattendues. La troupe se dirigeait vers Arrigues, ce qui signifiait qu'ils revenaient d'une expédition. Frère Grégoire se mit à sautiller et à gesticuler sur le sentier, exécutant les pas d'une gigue aussi imaginaire qu'incongrue ; il jubilait.

— Je n'ai pas la berlue, rassure-moi, mon âne ! Il s'agissait bien d'Agénor d'Arrigues ? À ton avis, que fait-il sur les chemins, loin de sa forteresse, à cette heure si matinale ? Avec une escorte armée ?

Sa question n'était bien sûr que pure rhétorique.

Il ne faisait pas bon parcourir les campagnes, en ces temps-là. Ces dernières années, de nombreux fiefs hérétiques étaient tombés aux mains des Francs, mais de plus en plus de seigneurs occitans entraient en résistance, insaisissables et particulièrement dangereux dans leurs luttes clandestines. Les règlements de comptes ne cessaient d'ensanglanter le pays. Il ne se passait pas un jour sans que des religieux soient retrouvés égorgés, des châteaux usurpés par les Francs, incendiés par une nuit sans lune. Les villages alentour et leurs cultures n'étaient pas épargnés. Aussi était-ce toujours après maints détours et d'infinies précautions que frère Grégoire approchait une nouvelle bourgade.

Quand il ne prêchait pas, le moine n'aimait rien tant que se fondre dans la foule, écouter les rumeurs, fureter, fouiner. Il avait un instinct de chasseur et il y prenait un grand plaisir : « Laisse traîner tes oreilles, écoute ce que chuchotent les commères, sois particulièrement attentif quand on se tait subitement sur ton passage. Fais-toi oublier, disparais et n'en perds pas une miette ! » Les yeux brillants, Blaise opinait de la tête. Se rendre invisible, c'était quelque chose qu'il avait toujours su faire. Depuis quelque temps, une rumeur enflait et se propageait. On évoquait à voix basse les mystérieuses expéditions du seigneur d'Arrigues. On prétendait l'avoir vu à tel ou tel endroit, de nuit comme de jour. On vantait sa ruse, sa bravoure. Et si certains témoignages relevaient clairement de fantasmes, il était compliqué d'en démêler l'écheveau tant les croyances collectives étaient profondément ancrées. Partout aussi on louait la générosité de la dame d'Arrigues dont le sens de l'hospitalité était reconnu de tous. Des troubadours de passage chantaient même des aventures imaginaires à son sujet et vantaient la beauté des trois filles d'Agénor. D'autres toutefois exprimaient à voix basse leurs inquiétudes, mais, dès qu'ils apercevaient la bure de frère Grégoire, se dispersaient avec terreur, comme une nuée d'étourneaux. Ce dernier demandait alors à Blaise d'être ses yeux et ses oreilles : « Personne ne fait attention à toi, va écouter puis reviens. » Ce fut ainsi que Blaise perçut un autre bruit qui concernait cette fois-ci Geoffroy d'Arrigues. Des langues bien avisées prétendaient qu'il fréquentait des seigneurs francs, qu'il avait été vu plus d'une fois en leur compagnie pendant les absences de son père. On évoquait le jeune homme comme un être arrogant et fourbe, ne se déplaçant jamais sans une garde personnelle.

— À ton avis, comment deux êtres aussi dissemblables qu'Agénor et Geoffroy peuvent-ils cohabiter sous le même toit ? s'enquérait frère Grégoire, intrigué. J'aurais tendance à penser qu'il y a un seigneur de trop à Arrigues… Mais selon toi, qui en sortira vainqueur ? Le père ou le fils ?

Comme Blaise ne bronchait pas, le moine poursuivit ses réflexions à voix haute :

— Ce Geoffroy a-t-il vraiment l'étoffe qu'on lui prête ? J'en connais peu, des hommes suffisamment ambitieux et déterminés pour trahir leur propre père. Les liens du sang, l'honneur de la famille en général priment toujours, quoi qu'on en pense…

— Pas aller là-bas…, articula Blaise d'une voix suppliante.

Le moine le considéra avec un vif intérêt.

— Pourquoi ? Saurais-tu me faire entrer dans la forteresse ? On dit qu'ils accueillent tous les errants. On pourrait se faire passer pour de pauvres malheureux chassés de leur village. Qu'en penses-tu ?

Blaise n'en pensait absolument rien qui vaille mais, en guise de réponse, ne sut que rouler des yeux affolés, le corps saisi de tremblements comme chaque fois qu'il avait peur.

À Jersac, frère Grégoire prêcha sur la place publique, critiquant ouvertement l'attitude sacrilège du seigneur d'Arrigues en personne, l'accusant à haute voix d'hérésie et d'assassinats. Il mit en garde ceux qui ressentaient quelque sympathie pour les hérétiques, menaça d'excommunication la famille d'Arrigues et tous ceux qui les soutenaient. Il exhorta la foule à dénoncer ceux qui sortaient du troupeau. Les protégés comme leurs protecteurs seraient punis de la même manière, sans aucune distinction. Sa voix enflait dans le silence terrifié de l'assemblée. Comme toujours, il captivait, tétanisait son auditoire. Personne ne savait d'où il venait. Il ressemblait à un oiseau de malheur avec ses yeux qui brillaient d'une lueur démente. Les gens frémirent et se signèrent, des femmes gémirent tandis qu'il poursuivait son discours, comme habité, évoquant l'enfer sur terre et l'heure du jugement dernier. Pendant ce temps, Blaise se tenait en arrière, à l'écoute de ce qui se disait en douce. Tout ouïe, il sentait la nervosité ambiante, percevait les protestations proférées à voix basse de ceux qui osaient encore s'indigner. Il remarqua aussi une poignée d'hommes silencieux et impassibles, qui se tenaient à l'écart, sous les arcades des maisons. Troublé, il ne sut dire si c'étaient des paysans ou des commerçants. À moins que ce ne fussent des soldats déguisés ? Quelque chose d'indéfinissable dans leur maintien l'alertait. Mais lorsque frère Grégoire eut fini son discours, ils s'évanouirent dans la foule et Blaise les perdit de vue. Il en fit la remarque au moine au moment où il le rejoignait. Celui-ci l'entraîna dans la première gargote venue, impatient de se rincer le gosier. Puis, rotant avec ostentation, il haussa les épaules et grommela :

— Moi aussi je les ai vus. Ce n'est pas la première fois que je les vois. Ils ne font qu'observer et écouter. Difficile de dire qui ils servent : les Français ou les seigneurs occitans. N'ayant jamais été pris à partie, je pencherais plutôt pour les premiers. Ils sont en train de s'infiltrer dans le pays, ni vu ni connu. Cela veut dire, mon âne, que l'étau se resserre autour d'Arrigues.

Un mouvement de foule, des cris, une clameur et ce fut la place entière, bariolée et tumultueuse, qui résonna et ondula telle une vague. Les gens couraient en tout sens, s'écartaient ; montreur d'ours, cracheurs de feu, acrobates ou troubadours, bonimenteurs, tous se turent de concert, se tordant le cou dans la même direction. C'était jour de foire à Blansac. Comme d'habitude, frère Grégoire s'était trouvé un public attentif près du porche de l'église. L'air était saturé de relents de sueur et d'urine tandis que des légumes avariés pourrissaient dans l'eau croupie des rigoles. Le moine y trempait le bas de sa bure sans y prendre garde, en transe. Blaise les vit avant frère Grégoire, trop accaparé par sa diatribe exaltée. Plusieurs cavaliers en tenue d'apparat, montures caparaçonnées comme pour une parade, escortés de soldats peu avenants qui fendaient la foule sans ménagement. Le premier cavalier affichait un sourire empreint de suffisance. C'était un homme d'une quarantaine d'années, au profil d'épervier, maigre et sec. Chacun de ses doigts était orné d'une bague énorme qui rutilait au soleil. Il semblait plaisanter avec le cavalier qui se tenait juste à ses côtés. Ils n'étaient pas loin des terres fraîchement acquises par Aymeric de Limoux et Blaise en déduisit que cet homme orgueilleux, dont le regard effleurait avec dédain la piétaille, sortait pour parader et affirmer son nouveau pouvoir. Il arborait un simple camail de fer qui lui protégeait la gorge et les épaules avec par-dessus une cotte en tissu qui tombait jusqu'à mi-cuisses, marquée à ses couleurs. Mais ici comme ailleurs, la peur avait si bien creusé son sillon que sa cause semblait déjà tout acquise et, fanfaron, il triomphait sur son grand palefroi alezan. Seigneurs francs ou d'Occitanie, ils étaient finalement tous les mêmes, songea Blaise. Le cortège fendit la foule, oriflamme au vent et chevaux piaffant, avec en son centre deux cavalières un peu perdues, deux jeunes filles blondes comme on en trouvait rarement par ici et dont la présence suscitait murmures et interrogations. L'une d'elles était particulièrement belle et délicate, vêtue d'une robe de samit, mélange de soie et de fils d'or, ses cheveux tressés en couronne, dissimulés sous un voile transparent. Blaise fut chaviré par le bleu de son regard, qui semblait triste et soumis. Aucune lueur n'égayait ce visage. Quant à l'autre damoiselle, plus jeune encore, elle paraissait apeurée par toutes ces mains crasseuses qui se tendaient vers sa monture, dans l'espoir de lui toucher la robe ou les mains.

Et soudain, ce fut comme un choc en pleine poitrine, le sol s'ouvrit sous les pieds de Blaise et il sentit tout son sang se figer. À la fin du cortège se tenait un cavalier reconnaissable entre tous, visage fermé et digne, droit sur sa selle. Geoffroy d'Arrigues. Comment était-ce possible ? Il passa à quelques pas d'un Blaise paralysé d'effroi, le frôlant de son étrier sans le voir. Inaccessible et indifférent à tout ce qui l'environnait, il gardait les yeux vrillés sur la nuque de la jeune cavalière aux yeux bleus.

Les jours qui suivirent, la rumeur d'un mariage entre Geoffroy d'Arrigues et Marguerite de Limoux enfla et se propagea partout, jusque dans les moindres chaumières. Blaise eut du mal à croire, pour sa part, qu'une telle union pût être envisagée, sachant que le père du futur époux n'était qu'un mercenaire hérétique. Cette alliance était des plus improbables et lourde d'implications. À moins que cela ne fût un acte de rébellion pure…

— Sache que tout n'est que politique et fin stratagème, résumait frère Grégoire, désinvolte. Cet Aymeric de Limoux n'a que deux filles à vendre. Il n'a pas choisi n'importe qui en ce jeune coq prétentieux qui ne rêve que d'une chose, prendre la place de son père et l'envoyer tout droit en enfer. Remarque, je comprends que Geoffroy n'ait point envie de voir les troupes de Montfort faire main basse sur sa forteresse. La fille en outre est belle. Le jeune seigneur sait ce qu'il veut. Leurs deux familles réunies, ils seront les plus puissants de la région.

Blaise crut percevoir comme une note d'admiration dans la voix du moine qui lui laissa un goût amer dans la bouche. Mais il se contenta de serrer les poings.

Frère Grégoire persistait dans la mission qu'il s'était donnée : faire parler Blaise. Imperturbable, guidé par une foi intransigeante et virulente, il rossait le jeune homme avec hargne chaque fois que celui-ci écorchait les mots.

— Mon pauvre âne, tu seras ma plus difficile mission ! Ton cas est désespéré !

Le jeune homme se sentait bouillonner d'humiliation et de frustration intense. Comment pouvait-on être aussi stupide et lent ? Il n'était qu'un âne et rien de bon ne sortirait de sa cervelle. Quand le moine était fatigué de le battre, il lui tapotait la tête d'un air bonasse, presque avec affection.

— J'ai des projets pour toi, tu sais. Enfin, c'est plutôt Dieu qui a des projets pour toi ! Tu as un précieux avantage sur nous tous, tu connais la forteresse mieux que personne. Tu vas y retourner, t'y faufiler, t'y fondre et tu y seras mes yeux et mes oreilles ! Il est temps qu'on en finisse avec l'hérétique Agénor d'Arrigues, ça fait trop longtemps qu'il se moque en toute impunité de notre très sainte Église catholique.

Blaise cligna des yeux plusieurs fois et acquiesça en silence, muet d'être l'objet d'un tel honneur. Le moine lui faisait confiance et ça le bouleversait. Plein d'emphase, le frère Grégoire ne comptait pas s'arrêter sur sa lancée et continuait d'ériger des projets pour lui et son protégé. Blaise avait été *appelé*. Dieu avait posé son doigt sur lui. Blaise devrait rentrer dans les ordres dès que possible, afin de mieux Le servir encore. Transfiguré, le moine se mettait ensuite à chanter des psaumes à tue tête en moulinant du bâton.

Ils suivaient un chemin rocailleux qui serpentait dans la lande. Buissons chétifs, touffes de thym et de lavandin, quelques bosquets de chênes verts ici et là, pas âme qui vive à l'horizon, mais là-bas, émergeant dans la brume matinale, Arrigues et ses pierres blanches scintillant au soleil. Jamais ils n'avaient été si proches. Ils étaient en quête d'un abri, dernière halte avant que Blaise ne retourne incognito à la forteresse. Rien que d'y penser, il en avait l'estomac broyé d'appréhension. Frère Grégoire, lui, exultait. Comme à l'accoutumée, il interpellait Dieu et le tutoyait comme un vieil ami. Sur leur gauche, un bois sombre se dessinait et descendait en pente raide vers une combe que Blaise imagina profonde et inquiétante. Depuis quelques jours, il se sentait tendu et nerveux. Il mettait cela sur le compte de ses retrouvailles avec Arrigues mais une petite voix intérieure lui disait qu'il y avait autre chose, sorte de pressentiment qui lui mettait les nerfs à vif. Des cavaliers étaient passés par ici avant eux. Le crottin était encore frais. L'endroit n'était pas sûr et ils se déplaçaient trop à découvert.

Loin devant, il vit frère Grégoire s'immobiliser brusquement comme chaque fois qu'une idée lumineuse lui traversait l'esprit. Le moine fit volte-face vers Blaise pour l'apostropher. « Hé, mon âne… » Au même instant, un sifflement déchira l'air. Un éclair aussi vif que fugace. Éberlué, ne comprenant pas ce qui se passait, Blaise vit le moine ouvrir la bouche puis s'écrouler comme une masse, une flèche fichée en plein front. Par réflexe, il se jeta à terre, les mains sur la tête. Saisi de terreur, il guetta le sifflement qui lui serait destiné. Des soldats devaient se tenir embusqués dans les bois et il était une cible parfaite. Son cœur martelait sa poitrine si fort qu'il n'entendait rien d'autre. Tremblant comme une feuille, il se mit à pleurer. Il n'osait pas relever la tête, s'attendant à voir surgir des cavaliers, et resta étendu en plein milieu du chemin, de la terre dans le nez et la bouche, son corps entier secoué de sanglots. Mais rien ne se passa. Au bout d'un temps interminable, il hasarda un regard apeuré. Il ne voyait pas grand-chose, que les cailloux et les brins d'herbe que le vent agitait et, plus loin, la masse inerte du moine. Il tendit l'oreille. Tout paraissait normal. Au-dessus de sa tête, le chant des oiseaux semblait le narguer. Aucune trace du meurtrier, l'horizon était parfaitement dégagé si ce n'était la masse menaçante du bois qui abritait peut-être toujours celui qui avait tiré. Il se mit à ramper. Les larmes brouillaient sa vue, de la terre crissait sous ses dents. Il se traîna jusqu'au corps de frère Grégoire, genoux et mains écorchés par les pierres. Le moine gisait sur le dos, comme frappé de stupeur, les yeux et la bouche grands ouverts, bras en croix. La flèche avait atterri pile entre les deux yeux. Il n'y avait presque pas de sang. C'était complètement irréel. Hébété, Blaise le fixa longuement, sans bouger. Puis il donna quelques secousses au corps. De plus en plus fort. En vain. Le dominicain fixait le ciel sans ciller et ne réagissait pas. Alors Blaise se mit à gémir. Gémissement qui s'amplifia lentement pour finir en un long cri empreint de désespoir et de douleur. Comme une bête, il se redressa et se mit à hurler à la mort. Larmes, terre et morve ruisselaient sur son visage égaré. La fureur s'empara de lui et il se rua sur le corps du moine, qu'il laboura de coups de poing et de gifles. Comment pouvait-il lui faire une chose pareille, l'abandonner ici ?

Épuisé, le souffle court, Blaise resta prostré à côté du cadavre durant un temps infini. Le soleil s'apprêtait à disparaître derrière l'horizon. Autour de lui, le silence était total. Le vent était tombé et les oiseaux s'étaient tus. Les ombres gagnaient peu à peu du terrain. Que faire du corps ? Il ne pouvait pas le laisser là, à la merci des charognards. Mais la terre était sèche, friable et caillouteuse. Il sanglotait désormais de rage en contemplant ses mains en sang. Alors il traîna le corps derrière un buisson épineux puis le recouvrit patiemment de pierres, jusqu'à former un cairn. Lorsqu'il eut fini, il serra fort dans sa main la dague qui avait appartenu au moine. Il avait décidé de la garder.

Se redressant, il demeura un long moment immobile, poings serrés et yeux fermés, tous les sens en alerte ; cible vivante prête à mourir. Mais là encore rien ne vint. Le mystérieux agresseur s'était bel et bien évanoui. Alors ses pieds se mirent en branle, titubant vaguement. Il avait les yeux fixes et les lèvres serrées. Frère Grégoire lui avait donné une mission. Il se rendrait donc à Arrigues comme convenu.

10

Les noces de fer
(1218)

La journée était bien entamée lorsque Agénor et sa petite troupe, plus réduite qu'au départ, rentrèrent à Arrigues. Bêtes et hommes n'avaient jamais paru aussi harassés. Pourpoints et montures étaient crottés de terre. Tachés de sang également. Et il manquait à l'appel trois guerriers.

Alertée par la clameur dans la cour – la joie et le soulagement des retrouvailles, l'inquiétude aussi et les interrogations –, Héloïse, suivie de Clothilde et de ses filles, rejoignit précipitamment l'attroupement.

Cela avait été leur plus longue absence. Vingt-six nuits s'étaient écoulées sans qu'Héloïse en ait le moindre écho. Clothilde avait beau répéter : « Pas de nouvelles, c'est que tout va bien », Héloïse n'avait pas réussi à se débarrasser de la sourde angoisse qui l'étreignait quotidiennement et l'empêchait de trouver le sommeil la nuit. La tension et l'incertitude de ces derniers mois avaient atteint leur paroxysme. Elle n'était plus que l'ombre d'elle-même et désormais elle s'attendait au pire, guettant la nouvelle qui tomberait, telle un couperet.

Elle fut glacée d'effroi lorsqu'elle vit l'état physique dans lequel se trouvaient Agénor et ses hommes.

Les combats avaient dû être rudes et les risques énormes. Elle le laissa venir à elle, pétrifiée. Il boitait légèrement. Son visage était mangé par une barbe grise qui ne faisait qu'accentuer sa lassitude. Des traits marqués, des yeux sombres. Pourtant, lorsque leurs regards se croisèrent, un sourire s'épanouit aussitôt sur ses lèvres et il y avait tant d'émotion dans ce sourire qu'Héloïse se sentit vaciller. Il fendit l'attroupement sans aucun ménagement et, lorsqu'il fut à deux pas d'elle, l'attira contre lui et l'étreignit de toutes ses forces.

Alix aussi s'était faufilée, en jouant des coudes, pour s'approcher du cheval d'Albin. Leurs retrouvailles furent discrètes ; l'éventualité de leur union n'avait pas encore été ébruitée. Un seul regard lui suffit pour se rendre compte qu'Albin était perturbé. Il y avait bien sûr cette entaille toute fraîche sur son front et qui avait besoin de soins. Et peut-être d'autres blessures ailleurs, invisibles. Mais il y avait surtout cette lueur dans ses yeux, qui l'alarma. Comme elle le fixait, la mine interrogatrice, il lui pressa furtivement les doigts, se retenant de l'attirer contre lui, et la rassura à voix basse :

— Ce n'est rien qu'une branche traîtresse qui m'a frappé alors que nous étions au galop… Je vais bien, ne t'inquiète pas.

Elle hocha la tête, pas dupe, mais ce n'était pas le moment d'insister.

— Je te rejoins dès que possible, lui chuchota-t-elle.

— Retrouve-moi chez Pierre. On aura tout le temps de parler… Je t'attends… Je t'aime…

— Moi aussi je t'aime.

Puis, à contrecœur, elle tourna les talons pour rejoindre ses sœurs et Clothilde.

Agénor s'était fait préparer un bain. L'eau fumait quand il s'immergea, le corps zébré de cicatrices, les poils de son torse grisonnant de plus en plus. Il grimaça sous la sensation de brûlure puis finit par se laisser aller en fermant les yeux. Silencieuse, Héloïse se glissa dans son dos et commença à lui masser les épaules. Sous ses mains, les muscles semblaient résister, durs comme la pierre. Ses doigts s'y heurtaient douloureusement, persévérant malgré tout.

— Je sais que vous prenez de plus en plus de risques, chuchota-t-elle.

— Mais non…

— C'est la première fois que tu as autant de pertes. Trois soldats…

— On a eu quelques imprévus.

— La blessure d'Albin est vilaine et ce n'est pas une histoire de branche.

— Avec un emplâtre, elle ne se verra presque plus, ne t'en fais pas. Pierre connaît des plantes qui aident à cicatriser.

— Agénor, il y a aussi des bruits qui courent sur Geoffroy.

— Geoffroy… Est-on obligé, de parler de lui maintenant ? soupira le seigneur.

Il plongea la tête sous l'eau puis en jaillit en s'ébrouant. Éclaboussée, Héloïse recula trop tard. Elle était à la fois mécontente et découragée par la dérobade de son époux. Il tenta de la saisir par la taille, répandant de l'eau partout.

— Frotte-moi le dos, veux-tu, ma mie ? Après nous irons nous étendre peau contre peau, j'ai besoin de toi, tu m'as tellement manqué…

— Agénor ! Je voudrais que tu écoutes d'abord ce que j'ai à te dire !

— Qu'est-ce qui se passe ? grommela-t-il.

— Geoffroy n'est pas venu t'accueillir aujourd'hui.

— Ce n'est pas la première fois.

— Mais il a été vu en compagnie de seigneurs francs. Il complote avec eux pendant tes absences. Crois-tu qu'il nous trahirait ? Parce que ça y ressemble fort ! Mais lorsque j'essaie de l'interroger, il me traite de folle.

— Nous sommes peut-être en profond désaccord lui et moi, mais je reste persuadé qu'il ne nous trahirait pas. Il tient trop à Arrigues, il ne prendrait pas ce risque.

— Alors tu serais d'accord pour qu'il épouse celle qu'il convoite ?

Intrigué, Agénor se redressa brusquement.

— Qu'est-ce que tu veux dire ?

— Il a des vues sur Marguerite de Limoux, la fille d'Aymeric de Limoux. Il s'agit de la famille qui a accaparé les anciennes terres de Cassagnac. On raconte des choses horribles à leur sujet et on dit aussi qu'ils sont sans honneur, prêts à tout pour parvenir à leurs fins. Une alliance avec eux ? Tu ne peux pas ignorer ce que cela signifierait, Agénor. Sauf si, bien sûr, tu souhaites mettre un terme à une lutte que tu estimes sans espoir…

— Je sais qui c'est. Nous avons eu plusieurs escarmouches avec lui et ses hommes, il y a quelques mois. C'est un homme retors et manipulateur. Il cédera ses filles aux plus offrants.

— L'affaire semble déjà entendue entre lui et Geoffroy…

— Je vais parler à Geoffroy.

— Il ne supportera pas que tu t'opposes à son projet.

— C'est ce que nous verrons.

Entre chien et loup, Alix se faufila jusqu'à la masure de Pierre d'Albret. La nuit tombait doucement sur la forteresse, illuminée par une multitude de torches incandescentes et mouvantes. La garde veillait, partout ; rondes incessantes, sentinelles aux abois. Pierre lui fit signe d'entrer sans bruit. Albin s'était endormi sur ce qui servait de couche au vieil homme, nu jusqu'à la taille, un bandage autour des côtes. Un emplâtre jaune recouvrait également la blessure qu'il avait au front. Elle s'agenouilla à côté de lui et, pressant sa joue contre son bras, contempla en silence sa poitrine glabre qui se soulevait au rythme d'une respiration apaisée.

Pierre était resté près de la cheminée, jetant puis mélangeant des herbes dans un chaudron. L'éclat du feu se reflétait dans ses pupilles et la pénombre faisait ressortir le blanc de ses cheveux. Doucement Alix se releva et alla le rejoindre, prenant place sur un petit tabouret juste à côté du vieil homme.

Elle chuchota :

— Il vous a raconté ?

— À peine. Si peu, répondit-il sur le même ton.

— Jusqu'où sont-ils allés ? C'est la première fois qu'ils reviennent dans… un tel état. Ils ont perdu trois hommes. Et ils sont tous blessés…

— Je l'ignore et il ne me dirait rien même si je le lui demandais. Ils sont toujours très discrets sur leurs destinations, autant pour leur sécurité que pour la nôtre…

— Geoffroy n'est pas venu les accueillir.

— Qu'en pense ton père ?

Elle haussa les épaules avec lassitude.

— C'est surtout pour ma mère que je me tourmente. Geoffroy est impitoyable avec elle. Dès que père est absent, il en profite. Il la traite comme une moins que rien, la méprise ouvertement. Elle vit dans une angoisse permanente et ne sait plus quelle attitude adopter ; elle a peur de lui. Et puis la conduite de Geoffroy sème la confusion chez nos gens. Ses mystérieuses absences. Sa dureté à notre égard. J'entends bien ce qui se dit dans notre dos, les doutes et les inquiétudes. Oh, Pierre, devrions-nous avoir peur de Geoffroy ? Nos inquiétudes sont-elles fondées ? Si père venait à disparaître, qu'adviendrait-il de nous ?

— Il faut rester forte, Alix. Ton père mène un combat juste et louable. Chacun sa destinée. Quant à Geoffroy, c'est avant tout un esprit tourmenté et impatient. Implacable et sans pitié, sans doute. Dur et rancunier également. Tout le monde le craint. On pourrait même le croire dépourvu de sentiments ou de compassion. Mais je ne le crois pas d'un tempérament fourbe. Je suis persuadé qu'à sa manière il restera toujours fidèle à sa famille, à son nom, à ses terres.

Une bûche craqua dans l'âtre, jetant une gerbe d'étincelles.

— Vous êtes tellement indulgent, Pierre. Vous ne voyez que le bien, même là où il n'y en a pas une once… Tout est noir, absolument noir en Geoffroy…

— Peut-être bien.

— Il ne vous aime pas, pourtant, et vous le fait sentir chaque fois qu'il en a l'occasion.

— Ce n'est pas parce qu'un chien aboie qu'il mord nécessairement.

— Certains disent qu'ils l'ont vu en compagnie de chevaliers français. Vous ne pouvez nier qu'il conspire dans le dos de notre père. Au lieu de se battre à ses côtés, il pactise avec l'ennemi !

— Il cherche peut-être une alliance qui vous protégera tous…

Narquoise, Alix ricana.

— Nous protéger ? Y compris tous les hérétiques hébergés dans la forteresse ? Oh, Pierre, même vous ne pouvez croire une chose pareille !

Geoffroy ne réapparut au château que le lendemain. Il ne manifesta aucune émotion particulière lorsqu'il découvrit les chevaux dans l'écurie. Il croisa Albin qui était en train de soigner sa monture à la suite de leur dernière expédition, exténuante pour les hommes comme pour les bêtes, l'étalon noir boitait légèrement de la jambe antérieure droite. Les deux hommes se toisèrent sans un mot, le regard éloquent, et se séparèrent aussi vite, comme s'ils eussent été deux parfaits étrangers.

Agénor, lui, attendait son fils de pied ferme. Son immense silhouette lui bloqua le passage au moment où il allait franchir le seuil des écuries. Autour d'eux, palefreniers et valets se dispersèrent hâtivement, comme s'ils auguraient l'approche d'un orage, non sans raison.

— Où étais-tu ?

— Qu'est-ce que ça peut te faire ? grinça Geoffroy en essayant de le contourner.

— À quel jeu joues-tu ? Quelles sombres intentions es-tu en train de nous dissimuler, Geoffroy ?

— C'est ton épouse qui est venue pleurnicher ?

— Tu n'as pas à parler d'Héloïse sur ce ton !

— Je parle comme je l'entends ! Je vais me marier, père. Et je n'attends pas ta permission.

— Ah oui ? Vraiment ? Et qui serait l'heureuse élue ? s'enquit Agénor avec ironie.

— Marguerite de Limoux, débita le jeune homme sans ciller.

— Marguerite… de Limoux.

— Oui, la fille aînée d'Aymeric de Limoux. Elle apporterait une dot non négligeable. Pas de frères, juste une autre sœur, plus jeune. Son père consentirait à notre union.

— Le contraire m'eût étonné ! grinça Agénor.

— C'est une opportunité inestimable, père. Qui mettrait Arrigues à l'abri des convoitises.

— Ta façon de voir les choses. Tu deviendrais le gendre de cet homme sans foi ni loi et, s'il devait t'arriver un malheur – un accident est si vite arrivé ! –, ta jolie épouse se retrouverait veuve et seule à la tête d'Arrigues, mais pas longtemps, crois-moi !

— Je ne suis pas aussi naïf que tu sembles le croire, s'impatienta le jeune homme.

— Tant que je serai vivant, cela ne se fera pas.

— Je me passerai de ton approbation dans ce cas. Nous célébrerons notre union dans la chapelle du château de Cassagnac. Je vais également prêter allégeance au roi de France. Le frère de Raymond, Baudouin, l'a fait et c'est ce qu'il y avait de plus raisonnable. Tu as beau te démener comme un diable, mener tes pitoyables expéditions, Raymond cédera lui aussi tôt ou tard. Et tu te retrouveras complètement isolé.

Agénor avait blêmi.

— Baudouin n'est qu'un traître, il ne saurait être un exemple à suivre !

— Tu ne sens donc pas le vent qui tourne ? s'emporta Geoffroy, excédé.

— L'avenir dépend de ce qu'on en fera ! Je n'ai pas l'intention de capituler. Et tu oublies une chose : tu n'es pas encore le maître à Arrigues. Tout comme il te faudra le partager avec tes sœurs. En attendant, je ne peux consentir à cette union. Jamais je ne tendrai la main à mes ennemis, des chevaliers sans honneur venus mener croisade contre d'autres chevaliers. Le sujet est donc clos en ce qui me concerne.

— Non, le sujet n'est pas clos ! riposta Geoffroy avec véhémence.

Le jeune homme était hors de lui. Il agrippa son père par le bras. Ce dernier, surpris, se dégagea en lui décochant un regard empli de dégoût et d'amertume.

— Tes ennemis ? Ce ne sont pas les miens, il faudra bien que tu finisses par l'admettre ! insista Geoffroy, ulcéré. Et puis, il faut aussi que tu saches qu'ils t'ont à l'œil. Tu es surveillé ! Tes expéditions, ça ne peut plus durer. Ce n'est plus qu'une question de jours ! Ce mariage pourrait tous nous sauver. Alors cesse tes manigances avant qu'il ne soit trop tard et mets à la porte ces hérétiques qui pullulent sous notre toit !

— Tu ne peux pas me demander de rendre les armes, Geoffroy !

Le jeune homme eut un geste d'impatience.

— Je t'aurai prévenu.

— Geoffroy !

Agénor esquissa un mouvement pour le retenir mais le jeune homme l'évita rageusement. Heurtant son père de l'épaule, il força le passage et s'éloigna à grandes enjambées.

Dévoré par le ressentiment et cette déception immense, Agénor accusa le coup. Impossible de fermer l'œil la nuit, ressassant en boucle les mots échangés, mots-poison distillant lentement mais sûrement leur dose de fiel et de doutes vertigineux. Désertant la couche de son épouse, il arpenta les remparts pour tromper l'insomnie. Son unique fils, cet étranger, une menace potentielle ? Comment avaient-ils pu en arriver là ? Ressentir une telle haine, un tel dégoût pour son propre sang !

Il y avait eu des témoins de la scène, que l'effroi avait rendu muets sur le moment. Mais depuis, les langues s'étaient déliées. Impossible d'ignorer le trouble qui était en train de s'emparer des gens du château. La confiance qui se délitait, imperceptiblement. Comment lutter contre le poids de la peur ? Une fois qu'elle s'était enracinée dans les esprits, le mal était fait.

Agénor continuait de recevoir des messagers avec lesquels il s'enfermait de longues heures ; comptes rendus d'escarmouches et d'affrontements ici et là, le siège de Toulouse qui avait commencé et la fuite de Raymond. Et cette ultime menace, les vues de la famille de Limoux sur Arrigues. Geoffroy qui avait pactisé avec l'ennemi. Un plan se fomenta dans son esprit, la nécessité d'une nouvelle expédition, désespérée mais inévitable.

Une nuit, Agénor convoqua sa garde rapprochée dans l'armurerie, à l'abri des oreilles indiscrètes. Un signe qui ne trompa guère Alix, plus aux aguets que jamais. Depuis leur retour, elle sentait son père tourmenté et fuyant. Albin était dans le même état. Il ne lui avait rien confié de leur dernière expédition et se dérobait obstinément chaque fois qu'elle tentait de le sonder. Pourtant il était revenu changé, plus sombre et plus tendu. Qu'avaient-ils fait ou vu ? Ne rien savoir la rendait à moitié folle d'angoisse. Inquiète, elle chercha à retenir Albin avant que celui-ci ne se rende au rendez-vous et le rattrapa dans l'escalier.

— Veille à ce que mon père ne prépare pas une folie ! supplia-t-elle.

Albin la considéra avec tristesse.

— Ne t'inquiète pas. Guillaume y veille et tu le connais, de nous trois, c'est le plus prudent et le plus raisonnable.

— Oui, c'est aussi un vieux renard. Et Clothilde serait capable de le poursuivre en enfer s'il venait à se faire tuer… Malgré tout, je suis inquiète.

Ils tâchaient de parler à voix feutrée, de peur d'être entendus. En équilibre sur une marche étroite, Albin avait enlacé la jeune fille et la maintenait serrée fort contre lui, la bouche tout contre son oreille.

— Ce sera peut-être la dernière expédition. Si Toulouse se rend, notre sort sera scellé.

— Je crains qu'il ne soit guère dans la nature de mon père de se résigner…

Au sein de la petite pièce circulaire qui servait d'armurerie, à la lueur des candélabres, Agénor présentait à voix basse le plan de la prochaine expédition, dont l'objectif serait double. Tous les hommes présents, une petite dizaine, Albin et Guillaume y compris, écoutaient sans broncher, la mine grave et solennelle. Ils iraient d'abord incendier le château de Cassagnac. Agénor connaissait l'ancien seigneur, qui avait été pendu, sa femme violée puis égorgée. Ce serait donc une attaque de représailles, dans le but d'anéantir la famille de Limoux qui en avait pris possession et qui devenait une trop grande menace. Pétrifié, Albin écoutait Agénor en le fixant intensément. L'attaque n'aurait rien de loyal ni de glorieux. Ils agiraient à la faveur de la nuit comme de vulgaires mercenaires. Sur place, ils auraient soudoyé quelques complices pour pouvoir se faufiler à l'intérieur. Une fois les sentinelles neutralisées, ils n'auraient plus qu'à provoquer plusieurs départs de feu afin que le château s'embrase le plus rapidement possible.

— Pourrons-nous avoir confiance dans les personnes que nous aurons soudoyées ? Nous prenons un énorme risque, objecta Guillaume, la mine soucieuse.

— Une seule personne de confiance suffira. Je n'ai aucune inquiétude à ce sujet ! répondit Agénor.

— Est-ce là le seul moyen d'anéantir Aymeric de Limoux ? s'enquit alors Albin. L'incendie fera de nombreuses victimes, dont certaines seront innocentes. Est-ce vraiment nécessaire ?

Agénor fixa le jeune homme avec tristesse. Il comprenait sa réticence. Cette expédition ressemblait à une vengeance, qui réveillait forcément un vieux traumatisme.

— Si tu souhaites ne pas participer, je comprendrai.

— C'est le procédé qui ne me plaît pas. Déjà pour la dernière expédition…

— Tu ne seras pas obligé d'entrer dans le château. Si tu préfères, tu nous attendras à un endroit convenu.

Tous les regards étaient rivés sur Albin qui acquiesça en silence, le visage impénétrable.

— On va les enfumer comme des lapins, Albin. C'est tout ce que mérite ce porc ! intervint l'un des guerriers, la voix rocailleuse et vindicative.

— C'est eux ou c'est nous, renchérit un autre.

— C'est aussi très risqué, riposta le jeune homme. Si on se fait prendre…

— On ne se fera pas prendre ! On est déterminés et aguerris.

— Et de toute façon, avons-nous le choix ?

Un long silence plein de tension s'ensuivit avant qu'Agénor ne reprenne la parole :

— Une fois Limoux mis hors d'état de nuire, nous descendrons sur Toulouse pour rejoindre nos alliés et prendre à revers l'armée de Montfort. En chemin, Briscart des Maures et ses troupes se joindront à nous.

— Bonne nouvelle, approuva Guillaume.

— En attendant, rien ne doit transpirer. Le succès de notre mission dépend entièrement de son secret, qui doit être absolu.

— Quand doit-on partir ? demanda Albin, le cœur étreint d'une angoisse soudaine.

— Dans trois jours. Il n'y aura pas de lune cette nuit-là, ce sera le moment idéal. Mais on en reparle demain. Allez dormir un peu maintenant.

Les hommes se dispersèrent en silence dans l'obscurité de l'escalier. Seul Albin resta, la mine consternée. Trois jours. Cela signifiait, tout simplement, que son union avec Alix serait encore repoussée.

— Tu as d'autres remarques à faire, Albin ? Je te sens… tendu.

Le jeune homme tressaillit. Agénor le scrutait attentivement, le front plissé, soucieux.

— Euh… non… j'étais juste perdu dans mes pensées.

— Tu comprends pourquoi je n'ai pas le choix ? Je me suis renseigné. Limoux n'a installé que sa garnison à Cassagnac. Très peu de serviteurs, pas d'enfants. On n'est pas comme *eux*, si c'est ce qui te dérange…

— Mais il a ses filles auprès de lui. Qui ont l'âge des vôtres.

— Et tu sais aussi le risque qu'elles représentent… Trop dangereux.

— Oui.

Les deux hommes se faisant face, ils se turent quelques instants, tout en se dévisageant. Puis d'une voix sourde, Albin reprit :

— Après cette dernière expédition, je partirai. Et j'emmènerai Alix. Ce n'est pas que je cherche à fuir ni que je souhaite vous abandonner mais…

Agénor l'interrompit d'un geste de la main, le visage empreint d'amertume.

— Je sais. Tu n'as pas à te justifier. C'est ma faute. Je t'ai élevé comme un fils en oubliant que la réciproque n'était pas forcément vraie…

Albin esquissa un mouvement de protestation et rétorqua :

— Au contraire, tu es comme un père pour moi ! Mais je suis lucide : Geoffroy n'aura de cesse de m'éloigner d'Arrigues et de sa sœur. Tant que nous ne serons pas mariés, nous serons vulnérables et à sa merci.

Je n'aurai jamais aucun droit sur Arrigues et vous le savez. Mais je ne peux pas renoncer à Alix. Je ne veux pas la perdre.

— Tu as raison. J'ai laissé traîner, tellement contrarié par l'attitude de Geoffroy.

— Je ne lui offrirai sans doute pas la vie qu'elle aurait méritée.

— Alix a toujours été forte et déterminée. Depuis qu'elle est toute petite, elle a toujours su ce qu'elle voulait. À notre retour, cette fois-ci, je te le promets, vous vous marierez. Vous ne partirez pas les mains vides comme des voleurs. Je doterai Alix comme il se doit. Et pour le reste, je sais que tu sauras la protéger, la choyer et veiller sur la famille que vous fonderez ensemble.

Là-dessus, très ému, Agénor attira contre lui le jeune homme qu'il étreignit vigoureusement. Son regard était brouillé de larmes. Il le détourna vivement.

Ils chevauchaient sur la garrigue de front, au pas. Le soleil se levait à peine que déjà dans le ciel retentissait le cri des martinets. Sans crier gare, les oiseaux piquaient vers le sol, le rasant de leurs longues ailes noires, puis reprenaient de la hauteur en virevoltant, insaisissables. Les chevaux s'ébrouaient, leur queue balayant les insectes qui les harcelaient. Des petits lézards gris détalaient sur leur passage et trouvaient refuge sous les pierres. L'air donnait l'impression de vibrer sous les stridulations des cigales. La journée s'annonçait chaude et belle. Un peu plus tôt, ils avaient croisé des bergers et leurs troupeaux de moutons. Le tintement des cloches les avait poursuivis longtemps, bien après qu'ils avaient disparu. Ils étaient désormais seuls, avec la garrigue s'étendant à perte de vue autour d'eux. Parfois à l'horizon se dressait une cahute en pierres sèches. Certaines n'étaient plus entretenues et s'effondraient. Lorsqu'ils arrivèrent en vue d'une ancienne bergerie que des genévriers revêtaient à moitié, Albin sauta à terre, attacha son cheval à la branche d'un chêne vert rabougri puis vint aider sa compagne. Ils laissèrent leurs montures et, main dans la main, entrèrent en baissant la tête au moment de passer sous l'énorme pierre qui servait de linteau, leurs yeux mettant un peu de temps pour s'adapter à l'obscurité qui régnait.

Dans un coin restait un peu de paille. C'était leur refuge depuis des semaines. Sans un mot, ils se dévêtirent, se parcourant de baisers et de caresses, étreinte fougueuse, désespérée, trop longtemps réprimée; l'irrépressible besoin de se fondre en l'autre avant l'inéluctable séparation qui se profilait, effrayante, terrible, de plus en plus insupportable. Être tout à l'autre, se donner et se perdre. Leurs deux corps en sueur, vrillés, enchevêtrés, soudés. Souffles mêlés, se noyant dans le regard de l'autre. Puis une nouvelle pluie de baisers sur leurs peaux frémissantes, des soupirs étouffés, leurs cœurs emballés battant à l'unisson.

Tous deux avaient le cœur gros et les larmes au bord des yeux. Albin n'avait rien dit de la prochaine expédition qui les attendait ni quand ils partiraient. Mais il n'avait pas besoin de dire quoi que ce soit pour qu'Alix pressente, devine. La fébrilité était à son comble à la forteresse et Albin plus sombre que jamais. Chaque fois, Alix ne pouvait s'empêcher de penser que c'était peut-être la dernière fois qu'ils se voyaient. Alors, elle se donnait sans retenue et avec passion. Ne pas avoir de regrets, si un jour ils devaient se perdre…

Pour conjurer le sort, ils évoquèrent à voix basse leurs projets communs. Blottie contre lui, leurs mains enlacées, jamais rassasiées de caresses et se parcourant mutuellement, elle l'écoutait religieusement. Au prochain retour d'expédition, ils partiraient ensemble. Agénor leur accorderait sa bénédiction. Ils se trouveraient un endroit loin de la guerre et s'y installeraient. Il rangerait son épée pour ne plus y toucher.

Lorsqu'ils se résolurent à quitter leur refuge, le soleil était au zénith. Leur absence avait duré ; Clothilde, qui n'était plus dupe, avait dû remuer ciel et terre pour retrouver Alix. L'accueil risquait d'être orageux.

Alix finit de réajuster sa robe et sa coiffe avant de rejoindre Albin dehors. Elle ne remarqua pas tout de suite sa mine perplexe, jusqu'à ce qu'elle réalise à son tour qu'un cheval manquait, le sien en l'occurrence.

— Ma jument s'est sauvée ? s'étonna-t-elle.

C'était la première fois que cela arrivait. Souvent ils négligeaient même d'attacher leurs montures mais celles-ci ne s'éloignaient jamais. Ses yeux parcoururent la garrigue aussi loin qu'ils le pouvaient, s'attendant à découvrir le cheval broutant dans les broussailles, près d'une ravine, en vain. Elle siffla, l'appela plusieurs fois, pesta à voix basse.

Albin, lui, ne cherchait pas à dissimuler sa contrariété.

— Je l'avais parfaitement attachée. Ta jument n'a pas pu se sauver toute seule.

— Tu veux dire que… ?

— Qu'on l'a volontairement détachée.

S'ensuivit un long silence durant lequel les deux jeunes gens se contemplèrent, consternés.

— On n'a pas le choix, tu vas devoir monter avec moi. On est trop loin d'Arrigues pour faire le chemin à pied.

— Crois-tu que ce serait un mauvais tour de Geoffroy ?

Albin haussa les épaules, la mine rembrunie.

— Il a compris pour nous et il supporte de moins en moins ma présence. Il peut très bien nous avoir suivis à la trace, un jeu d'enfant pour lui…

— On n'a pas été assez prudents. Si c'est lui, ça veut dire qu'il était là tout à l'heure… Tu crois qu'il nous a vus ?

— Ce n'est peut-être pas lui mais quelqu'un qui passait par là et qui a profité de l'aubaine…

— Je le déteste !

— Bientôt il ne pourra plus rien contre nous.

Albin se hissa sur son étalon puis tendit la main à Alix qui prit place entre ses bras.

Bien que supportant le poids de deux cavaliers, le cheval noir maintint une bonne allure et rapidement ils arrivèrent en vue de la forteresse. Tandis qu'ils approchaient, Albin sentit Alix se raidir tout entière. Il mit le cheval au pas et ils commencèrent l'ascension, prudemment, attentifs aux cailloux qui roulaient à leur passage. Albin lâcha la bride, laissant sa monture gérer toute seule le terrain accidenté. Puis, lorsque cela commença à devenir trop escarpé, il mit pied à terre, laissant Alix seule sur la selle et, passant devant, guida le cheval d'une voix douce et calme.

Les sentinelles en faction ce jour-là ne bronchèrent pas lorsqu'ils franchirent la grande porte. Mais à peine arrivés dans la cour, ils tombèrent nez à nez avec Geoffroy. Sa mine n'augurait rien de bon : un mauvais rictus sur les lèvres, une lueur sarcastique dans le regard.

— Vous voilà enfin ! Je commençais à m'inquiéter ! Ton cheval est rentré tout seul, bride abattue, petite sœur. J'ai cru que tu avais fait une chute et que tu étais peut-être même blessée ! J'étais sur le point de lancer les recherches ! Mais je vois que tu étais accompagnée et que je me suis fait du souci pour rien ! Vous êtes fous. Vous ne devriez plus vous éloigner autant par les temps qui courent, à moins que vous ne cherchiez les ennuis…

Glissant à terre, Alix fonça sur Geoffroy sans chercher à dissimuler sa fureur. Elle siffla :

— Vraiment ? Mon cheval est rentré tout seul ?

— Oui, étonnant, n'est-ce pas ? riposta-t-il, sardonique, poings sur les hanches et jambes écartées.

Elle lui arrivait à peine aux épaules et était toute frêle face à lui. Un fétu de paille qu'un rien aurait balayé. Mais toute sa personne vibrait d'une rage folle, et elle soutenait son regard sans faillir.

— Ne te soucie pas de mes fréquentations, cher frère, et je fermerai les yeux sur les tiennes, aussi peu louables soient-elles ! Tu salis notre nom et tu déshonores notre famille. Et tu n'en as rien à faire ! Je n'ai donc aucune leçon à recevoir de toi !

— Tu as un sacré aplomb, petite sœur ! Parce que tu n'as pas honte de traîner avec ce moins que rien ? Parce que toi tu n'es pas en train de te déshonorer, à te comporter comme une putain ?

Livide, Alix leva le poing mais Geoffroy fut plus prompt et l'intercepta. Elle réprima un cri lorsqu'il lui tordit le poignet, lèvres serrées et regard dur. Albin, qui s'était jusqu'à présent tenu à l'écart, de peur d'envenimer les choses, la rejoignit en deux bonds et s'interposa, la mine menaçante. Geoffroy l'accueillit d'un regard glacial et plein de fiel. Mauvais, il lui jeta Alix dans les bras, sans ménagement.

— Tu l'as souillée. Tu n'avais aucun droit sur elle.

— Éloigne-toi, Alix, murmura Albin.

— Non, je ne vous laisserai pas seuls !

— Va-t'en ! hurla Geoffroy en la foudroyant du regard.

— Ne t'inquiète pas, rentre !

Alix regardait tour à tour les deux hommes. Chacun avait posé la main sur le pommeau de son épée.

— Vous ne pouvez pas vous battre ! Père ne le permettra jamais !

— Tu n'as pas entendu ? Disparais !

— Fais ce qu'il te dit, Alix…

Elle leur décocha un regard éperdu puis, à contrecœur, tourna les talons.

Les deux hommes attendirent qu'elle se soit éloignée avant d'avancer d'un pas en direction de l'autre, la mine clairement hostile, prêts à en découdre. Un petit attroupement s'était formé de loin. On chuchotait à voix basse.

— Si tu veux qu'elle soit à toi, vous devriez fuir maintenant sans vous retourner et ne jamais revenir, finit par marmonner Geoffroy, dents serrées.

— Pourquoi dis-tu cela ? Nous n'avons pas l'intention de nous cacher. Je vais épouser Alix, que ça te plaise ou non.

— Alors tu la perdras.

— Que manigances-tu ?

— Moi ? Rien ! Mais j'écoute et j'entends. Tu n'es qu'un hérétique, Albin de Fourques. Ta présence ici nous met tous en danger. Et un jour viendra où père ne sera plus là pour te protéger. Alors crois-moi, je te traquerai comme les autres, sans répit !

— Le message a le mérite d'être clair.

— Si j'étais toi, je partirais dès cette nuit. Après, ce sera peut-être trop tard ! Tu es prévenu ! Je te dis adieu, Albin. Et j'espère vraiment ne plus jamais te revoir.

Là-dessus, Geoffroy s'en alla, dispersant au passage les quelques curieux qui s'étaient risqués à s'approcher. Abasourdi, Albin prit son cheval par la bride et l'emmena à l'écurie. La jument s'y trouvait déjà et les accueillit par un hennissement. Il la caressa distraitement, en proie à une irrépressible bouffée d'angoisse. Geoffroy avait fait plus que cracher sa haine ; il leur avait lancé un avertissement. Terrible dilemme, où ses sentiments se heurtaient à un conflit de loyauté et qui l'écartelait. Il lui restait si peu de temps pour prendre une décision. Devaient-ils s'enfuir cette nuit comme des voleurs, sans avoir été unis devant Dieu, trahir Agénor, pour se laisser une chance ? Que choisir ? L'amour ou le devoir ? Ou était-ce déjà trop tard ? Cette nuit, il n'y aurait aucune lune dans le ciel.

Plus tard dans la soirée, Alix toqua deux coups discrets à la porte de Pierre d'Albret puis entra. Le vieil homme n'émit aucune remarque lorsqu'il vit sa mine brouillée et ses yeux rouges. Il avait appris ce qui s'était passé. Il se contenta de lui adresser un sourire résigné. Albin était assis devant le feu, dos voûté, perdu dans ses pensées. Elle le rejoignit.

— Qu'est-ce que vous vous êtes dit après mon départ ? Tu ne dois pas avoir peur de lui, Albin. Il ne le mérite pas. Ce n'est qu'un chien galeux sans honneur.

— Juste quelques mots, rassure-toi. On n'en est même pas venus aux mains, répondit-il en esquissant un sourire sans joie. Il m'a juste fait comprendre qu'il ne partagerait jamais Arrigues avec moi. Rien de nouveau en somme.

— Vous devriez partir tant qu'il est encore temps, mes enfants, intervint Pierre.

— Nous enfuir comme des voleurs ? s'indigna Alix. Arrigues m'appartient autant qu'à Geoffroy ! Pourquoi céderais-je ?

— Pour choisir la liberté et commencer une autre vie ailleurs ? Les terres d'Aragon ne sont pas loin. Vous pourriez y vivre sans entraves.

Alix baissa la tête, songeuse. Réticente encore.

— Oui, réfléchis, Alix ! implora Albin.

Elle le fixa, déconcertée.

— Tu voudrais t'enfuir ? Ne pas attendre que père nous marie ? Quand ?

— Cette nuit ?

Alix accusa le coup, livide.

— Si vite ? Mais si nous fuyons, tu ne récupéreras jamais plus tes terres, Albin. C'est ce que tu souhaites vraiment ? Tu ne pourras jamais rendre justice à ta famille.

Mal à l'aise, Albin détourna les yeux. Comment lui dire qu'il savait depuis longtemps que ce combat était perdu d'avance, qu'il avait capitulé et ne se faisait plus aucune illusion, au risque de paraître à ses yeux lâche et faible ?

— Tu es ma seule raison de vivre, finit-il par chuchoter. Le reste ne m'importe plus. Et si ça ne te fait pas peur de partir avec moi, si tu ne crains ni la misère ni la faim, je crois que nous devrions le faire.

Émue, Alix encadra son visage de ses deux mains puis posa ses lèvres sur les siennes avec ardeur.

— Je suis prête, tu le sais bien. Mais je tiens à ce que père nous marie, au moins ça, Albin…

Le jeune homme acquiesça, dissimulant tant bien que mal son profond accablement.

— Comme tu voudras, je comprends, murmura-t-il d'une voix nouée, échangeant par-dessus l'épaule d'Alix un regard avec Pierre d'Albret qui les contemplait tristement.

Albin eut tout le mal du monde à la laisser partir. Anéanti, il l'étreignit avec désespoir, s'enivrant de son odeur, mémorisant autant que possible le grain de sa peau, la douceur de ses cheveux, le goût de ses lèvres.

La séparation était inéluctable, Alix devait rejoindre ses sœurs et ne pouvait s'attarder davantage dans la masure de Pierre. Inconsciente de l'émoi qui ravageait son amant, elle se montrait enjouée, lui rendant ses baisers avec fougue. Lèvres contre lèvres, elle lui chuchotait des mots qui se voulaient réconfortants, doux et tendres. Bientôt, père les marierait. Dès demain, à l'aube, elle irait à nouveau le solliciter. Ils seraient alors l'un à l'autre pour toujours. Leurs baisers s'éternisaient ; front contre front, enlacés, presque agrippés. « Je t'aime tellement… », lui avait-il répondu dans un souffle. Pierre s'était esquivé sans bruit, comprenant la nécessité de leur accorder ce dernier moment d'intimité. Albin n'avait absolument rien révélé du tourment qui semblait le tarauder mais le vieil homme avait comme un mauvais pressentiment. Il alla s'agenouiller sous le figuier et se mit à prier en silence.

Au beau milieu de la nuit, le logis seigneurial résonna des cris de la jeune Marie qui, depuis quelques jours, faisait à nouveau des cauchemars. Ils réveillèrent Alix en sursaut. Le cœur battant à tout rompre, complètement désorientée, elle mit un temps infini avant de comprendre ce qui se passait. À l'autre bout de la pièce, la silhouette blanche de sa sœur se détachait sur l'obscurité, teint livide et regard fixe, ses cheveux dénoués l'enveloppant jusqu'aux hanches comme un suaire. Un gémissement continu semblait sortir de ses lèvres closes, sorte de mélopée sourde et entêtante, à donner la chair de poule. Ses poings étaient serrés contre son corps raidi. Immobile, elle paraissait pétrifiée. On aurait pu la croire possédée tant la scène était saisissante : ses yeux donnaient l'impression de voir quelque chose, mais Alix avait beau scruter les ténèbres, elle ne discernait rien. Impossible de savoir ce qui effrayait autant sa petite sœur. Et cette dernière était là sans l'être vraiment, à la fois réveillée et endormie. Alix quitta précipitamment sa couche, frissonnant au contact froid des dalles. Cela faisait des années que Marie faisait ces étranges rêves mais il lui semblait qu'elle ne s'y habituerait jamais. Elle sentait encore son cœur palpiter, affolé. Non sans crainte, elle attrapa doucement Marie par le bras, lui chuchotant à l'oreille :

— Viens, Marie, il faut te recoucher…

Elle ignorait si Marie entendait ou même comprenait. Mais cette dernière se laissa faire, docile. La plainte lancinante cessa.

— Là, rendors-toi, ce n'était qu'un rêve…

— Ils sont tous morts…, se lamenta la petite.

— Qu'est-ce que tu dis ?

— Il y a des corbeaux sur leurs corps. Beaucoup de corbeaux.

— Alix, fais-la taire ! supplia la voix de Jeanne qui remua dans le lit.

— Chut, Marie, c'est fini, ce n'était qu'un rêve, tu peux dormir en paix, reprit Alix.

La jeune fille s'allongea sans protester et Jeanne vint se blottir contre elle, l'enveloppant de son corps chaud.

— Elle me fait vraiment peur parfois, chuchota-t-elle tandis que la respiration de l'enfant s'apaisait lentement.

— Ce ne sont rien que des rêves…

— Et si elle avait le don de clairvoyance ? Et si elle voyait des choses ?

— Rien que des élucubrations, riposta Alix, en tentant d'ignorer la boule d'angoisse qui s'était formée dans son ventre.

Éreintée par les émotions de la journée, elle n'aspirait qu'au sommeil et au repos du corps. Elle n'avait pas envie de prêter foi aux divagations de sa sœur, surtout cette nuit-là où son esprit était si tourmenté. Elle pensa à Albin. Sa petite voix intérieure lui disait qu'elle avait pris la mauvaise décision tout à l'heure, qu'elle aurait dû céder et partir avec lui. Il avait été tendu tout le temps qui avait suivi l'altercation avec Geoffroy. Pourquoi n'avait-elle rien vu, rien compris quand elle l'avait rejoint chez Pierre ? Et lui qui s'était bien gardé de lui confier ce qui le tourmentait... Au fur et à mesure qu'elle y repensait, revivant leurs dernières paroles échangées, leur dernière étreinte, elle sentit croître en elle l'affolement. L'évidence la frappa de plein fouet, lui coupant le souffle. À cause d'elle, il était pris au piège. Si elle ne l'avait pas retenu, il serait parti depuis longtemps et se trouverait à l'abri loin d'ici. Mais voilà, en lui faisant le serment de ne jamais la quitter, il s'était par la même occasion condamné. Il s'était jeté dans la jolie toile d'araignée qu'elle avait tissée pour lui. Cette révélation la bouleversa. Un vertige la saisit brusquement et son corps pétrifié d'horreur se couvrit d'une sueur froide. Qu'avait-elle fait ?

Si elle l'avait laissé partir... Au bord de l'abîme, elle imagina la vie sans lui, tellement inconcevable. Et pourtant... N'aurait-elle pas dû avoir le courage de renoncer à lui et accepter de le perdre, pour qu'il s'éloigne de Geoffroy ? Un sacrifice, une petite douleur pour éviter une autre douleur bien pire ? Il n'était peut-être pas encore trop tard.

Dévastée, elle tourna le dos à ses sœurs et pleura en silence.

Une main timide effleura son bras. C'était Jeanne qui s'était redressée dans le lit.

— Tu pleures ?

— Ce n'est rien. Je suis fatiguée, c'est tout.

— Tu l'aimes, n'est-ce pas ? Vous êtes amants ?

Alix tressaillit comme si une guêpe l'avait piquée.

— Qu'est-ce que tu racontes ? la rabroua-t-elle plus sèchement qu'elle n'aurait souhaité.

— Ce n'est pas un reproche. Il est beau. Et il n'a toujours eu d'yeux que pour toi. Je te comprends. À ta place, si j'étais aimée comme tu es aimée, j'aurais fait pareil.

— Oh, Jeanne…

— Moi aussi j'aimerais savoir ce que c'est que d'être amoureuse… Dis-moi…

Alix soupira. Elle se retourna pour faire face à sa sœur dont elle distinguait à peine les traits et deux grands yeux avides qui la dévisageaient. Entre elles deux, roulée en boule, Marie s'était rendormie. Elle laissa passer un long silence puis, d'une voix basse, murmura :

— C'est à la fois grisant, merveilleux et… terrifiant.

— Terrifiant ? Mais pourquoi ?

— Parce que je ne saurais plus vivre sans lui. Et que j'ai peur, en permanence, qu'il lui arrive un malheur, que la vie me l'arrache.

— Moi, je crois que rien ne pourra jamais vous séparer.

— Geoffroy le hait.

— Mais Albin ne se laissera pas faire.

— J'aurais dû lui dire de partir.

— Comme s'il pouvait partir sans toi !

— Dès que possible, on s'en ira, tous les deux.

— Et je ne te verrai plus ? Tu nous quitteras, maman, Marie et moi ?

Alix ne répondit pas, caressant des doigts la joue toute chaude de Jeanne.

— Rendors-toi maintenant.

Au petit matin, alors que ses sœurs dormaient encore, Alix se vêtit en silence et quitta la chambre sur la pointe de pieds. Elle n'avait pas fermé l'œil de la nuit. Ses longs cheveux dénoués volèrent au vent lorsqu'elle sortit dans la cour. Ses pieds la conduisirent directement aux écuries, guidés par une soudaine intuition, un horrible doute, une peur atroce. Au fur et à mesure qu'elle approchait, elle sentait son estomac se nouer, un goût de bile dans la bouche. Des effluves moites de paille et de crottin l'accueillirent. Elle se figea sur le seuil, incapable de faire un pas de plus. Plusieurs stalles étaient vides. Le cheval noir d'Albin n'était plus là. Ils étaient repartis.

Agénor et ses hommes avaient quitté Arrigues au début du mois de juin. Peu de temps après, les chevaliers français connurent leur premier gros revers avec la mort brutale de leur chef, Simon de Montfort, devant Toulouse, la tête arrachée par un boulet de catapulte. À Arrigues, la liesse emplit tous les cœurs. C'était une nouvelle inespérée. Héloïse imaginait son époux aux côtés des autres chevaliers venus prêter main-forte à leur suzerain; ce dernier ne capitulait pas, rien n'était donc encore perdu. Peut-être même que l'armée de Montfort, privée de son commandement, se déliterait. Hélas, le répit fut de courte durée. Le fils d'El Bruto, Amaury de Montfort, prit la relève telle l'hydre aux multiples têtes et les combats reprirent.

Où se trouvaient Agénor et sa troupe, la châtelaine n'en avait aucune idée. Toulouse était si loin d'Arrigues. Aucune nouvelle ne leur parvenait avant des jours. Mais s'y trouvaient-ils vraiment ou poursuivaient-ils ailleurs d'autres desseins secrets? Pour tromper l'angoisse, elle se joignait à la prière collective dirigée par Pierre d'Albret sous le figuier. Jeanne et Marie l'accompagnaient toujours, Alix de temps en temps. C'étaient les seuls moments durant lesquels Héloïse arrivait à apprivoiser cette peur permanente qui lui vrillait les nerfs et l'empêchait de dormir. Les paroles du bon homme apaisaient son âme tourmentée. Se résigner, s'en remettre à la volonté de Dieu et se préparer au pire. S'occuper des autres, des plus malheureux que soi et tenter d'insuffler ce courage qui lui faisait tellement défaut pour elle-même.

Curieusement, Geoffroy s'absentait moins que d'habitude de la forteresse. Il arpentait nerveusement les remparts comme s'il guettait. Il rôdait autour des assemblées qui se formaient ici et là ; interpellait hargneusement sa belle-mère ou ses sœurs lorsqu'elles venaient à croiser son chemin : « Vous mériteriez que je vous enferme dans le donjon ! Vous êtes de pauvres folles ! »

Jusqu'à ce jour funeste où tout bascula.

Terrible moment de stupeur qui frappa gardes et habitants de la forteresse lorsque le seigneur de Limoux et sa sinistre escorte arrivèrent un soir dans la première cour, comme en territoire conquis, sans rencontrer la moindre résistance, les gardes affolés attendant des ordres de Geoffroy qui ne vinrent jamais, et pour cause, celui-ci allant à la rencontre de l'homme et l'accueillant comme une vieille connaissance. Autour des cavaliers qui affluaient en force et en nombre, un rassemblement s'était formé dans un silence de mort. Tous les regards reflétaient la sidération. Les esprits se refusaient encore à admettre l'inconcevable. Que venaient-ils faire ? Pourquoi Geoffroy n'agissait-il pas ? Le jeune homme arborait une mine énigmatique, les poings serrés et tout le corps tendu ; son regard semblait vide. Et puis il y eut un hurlement, un cri de bête, à glacer le sang. C'était Clothilde qui avait fendu la masse, bousculant ici et là sans pitié des corps inertes exsudant la peur, le regard obnubilé par la queue du cortège : deux mules sur lesquelles gisaient des dépouilles. Des corps sans vie et méconnaissables, souillés de sang, face contre bât, les bras et les jambes ballants. Personne ne chercha à la retenir. Elle se rua comme une folle sur le cadavre de son époux, Guillaume, l'étreignit, tenta de le redresser, sans réaliser qu'elle se couvrait de sang. Sur l'autre mule, c'était Agénor. Héloïse qui s'était approchée sans bruit, pâle comme la mort, s'écroula. Des bras compatissants s'empressèrent de la soulever et de l'emporter au logis tandis que des sanglots et des gémissements s'élevaient lentement de partout. Alix s'était figée juste derrière Geoffroy, incapable d'aller plus loin, hagarde et gelée. Où étaient les autres ? Pourquoi n'y avait-il que deux corps ? Où était Albin ? Et Geoffroy qui ne disait rien ! C'était pourtant leur père qui gisait ainsi en travers de cette mule. C'était une abomination, un choc d'une violence inouïe. Elle aurait voulu se jeter sur lui, le secouer, le frapper, hurler sa rage et sa douleur, mais elle était comme paralysée. Transformée en statue de pierre, des larmes silencieuses ruisselant sur son visage. Une main invisible venait de lui arracher le cœur et l'âme. Aymeric de Limoux descendit de cheval et s'avança vers eux, le fourreau de son épée battant sa cuisse avec un cliquetis métallique. Geoffroy n'esquissa pas le moindre mouvement, c'est à peine s'il se raidit vaguement, se campant davantage sur ses jambes. En retrait, Alix n'avait d'yeux que pour l'arme au balancement hypnotique. Sonnée, elle ne pouvait se défaire de l'idée que c'était peut-être celle qui avait tué son père et Albin. Et cet homme qui osait ensuite venir se pavaner, triomphant et plein de morgue. Elle était au bord de la nausée.

— Je t'ai ramené Agénor pour que tu puisses l'inhumer dignement. Les autres sont restés dans les bois. Les corbeaux et les loups s'en occuperont, déclara l'homme dès qu'il fut assez près de Geoffroy.

Sa voix était froide et cassante comme le gel ; son visage n'exprimait aucune émotion. Au moment où il parlait, son regard acéré tomba sur Alix. Des yeux qui la déshabillèrent sans aucune retenue, calculateurs et implacables, et la clouèrent sur place. Cet homme était un prédateur. Terrifiée, elle se sentit vaciller. C'est à peine si elle vit Geoffroy qui acquiesçait en silence, étrangement muet. Là-bas, deux soldats étaient en train de décharger le corps du vieux chevalier. Sa barbe et ses cheveux étaient poisseux de sang noir coagulé, son visage tuméfié. Ils le jetèrent comme un vulgaire fagot près du puits et la tête d'Agénor heurta le sol avec un bruit horrible. Un violent haut-le-cœur saisit Alix. Prise de vertige, elle recula précipitamment et tituba jusqu'à un coin de la cour où se trouvait le tas de fumier. Courbée en deux, secouée de spasmes et de larmes, elle se mit à vomir.

Geoffroy s'était approché du cadavre de son père avec réticence, mal à l'aise. Il sentait la présence attentive de Limoux dans son dos. La mort avait commencé à voiler le regard d'Agénor sans en atténuer pour autant la force : des yeux grands ouverts qui semblaient déterminés à emporter une ultime vision d'Arrigues, rivés sur le donjon et sa bannière flottant au vent. Ses lèvres bleuies étaient tordues dans un étrange rictus. Geoffroy se demanda si ce rictus lui était adressé depuis l'au-delà. C'était comme si son père lui transmettait un message disant qu'il avait *tout compris*. Mais compris quoi ? Glacé, le jeune homme eut beau sonder son cœur, il ne ressentit rien, ni soulagement, ni colère, ni euphorie. Juste un immense vide.

Il sursauta, saisi de frissons désagréables, lorsque la voix de Limoux retentit, sèche et autoritaire, tout contre son oreille :

— Je t'ai débarrassé d'une épine encombrante. À présent, si tu convoites toujours ma fille, je te conseille de chasser tous ces hérétiques. Il ne doit plus en rester un seul.

— C'était dans mes intentions, murmura-t-il d'une voix atone.

— Et merci de nous avoir avertis. Nous avons pu les intercepter à temps. On les a pris par surprise, ils sont tombés tête baissée dans le piège qu'on leur avait tendu. Ils n'avaient aucune chance, nous étions bien plus nombreux.

Geoffroy tressaillit et, faisant volte-face, dévisagea son interlocuteur.

— Avertis ? Qui était-ce ?

— Je l'ignore, je n'ai pas vu personnellement ton messager. Et il ne s'est pas attardé, ce que je peux comprendre.

— Ils étaient combien ?

— Qui donc ?

— Agénor et ses hommes ? Combien avez-vous compté de corps ?

— Ils étaient onze en tout. Mais ne te tourmente pas, aucun ne nous a échappé, je peux te l'assurer !

Geoffroy blêmit.

— Onze ?

— Il y a un problème ?

— Non, rien…

— Le sort d'Arrigues dépend de toi désormais, tu sais ce qu'il te reste à faire. Si tu as besoin d'aide pour remettre de l'ordre, je suis là.

Là-dessus, Limoux tapota l'épaule de Geoffroy presque paternellement puis tourna les talons, rejoignant sa monture et son escorte qui l'attendaient patiemment. Le jeune homme ne fit pas mine de bouger, se contentant de le suivre du regard, troublé.

Le chaos régnait à Arrigues. La garnison privée de son sergent était complètement désorientée. Geoffroy se montra implacable : il était désormais le nouveau seigneur. Au fil des années, presque imperceptiblement, il s'était composé une petite troupe de guerriers fidèles et loyaux, qui faisaient corps autour de lui. Ceux qui refusaient de reconnaître son autorité seraient mis aux arrêts et exécutés. Les serviteurs, quant à eux, couraient dans tous les sens, en état de choc. Geoffroy avait ordonné le confinement des femmes dans la chambre des dames mais Alix était introuvable.

Les corps furent ensevelis à la hâte pendant la nuit sans aucune cérémonie. Celui d'Agénor fut déposé sous une dalle anonyme de la chapelle que l'on descella rapidement, seul résonnant le bruit des outils sur la pierre, à la lueur de quelques bougies vacillantes. Geoffroy surveillait à distance, dissimulé par l'obscurité. Désireux de marquer les esprits, il avait interdit la présence de sa belle-mère et de ses sœurs. Agénor serait enterré comme le païen honteux qu'il avait été toute sa vie, à l'écart des tombeaux de ses parents, de son frère et de sa première épouse, dont les gisants offraient des visages impénétrables. C'était déjà inestimable qu'ils aient pu récupérer sa dépouille. Aymeric de Limoux aurait pu choisir de la laisser pourrir sur place. Avant de quitter la chapelle, Geoffroy se recueillit devant la sépulture de sa mère. Cela faisait près de quinze ans qu'elle dormait là-dessous. Ses traits s'étaient peu à peu estompés dans sa mémoire ainsi que le son de sa voix. Et pourtant, il la sentait plus présente que jamais en lui. Il pouvait même presque l'entendre qui lui disait :

« C'est bien mon fils, tu as lavé notre honneur et repris les rênes. » Ne l'avait-elle pas éduqué en vue de ce jour où Agénor ne se tiendrait plus sur son chemin ?

Pendant ce temps, un rassemblement s'était formé dans le verger autour de Pierre d'Albret. Un auditoire triste et apeuré, qui savait son temps compté et qui n'était plus que murmures étouffés, venant chercher le réconfort dans la prière. Des familles entières, les mères serrant leurs enfants contre elles, qui se mouvaient sans bruit. Beaucoup avaient pleuré et arboraient une mine hébétée. Le bon homme ne semblait guère plus vaillant. Il avait pris dix ans d'un coup. Sa main tremblait légèrement lorsqu'elle se posait sur la tête des croyants tandis qu'il récitait d'une voix chevrotante le *pater* puis le *consolamentum*.

Un peu plus tôt dans la soirée, il avait recueilli une Alix dévastée. Elle s'était écroulée à ses pieds en sanglotant. Des pleurs entrecoupés de cris de désespoir qui lui avaient déchiré l'âme. Il s'était senti impuissant à la consoler, lui-même anéanti par la douleur. Son esprit refusait d'admettre l'intolérable, lui qui avait passé les dernières années de sa vie à tenter de se soustraire aux émotions et aux élans du cœur. Il avait toujours su qu'Agénor mourrait les armes à la main, mais cela n'en atténuait pas pour autant le choc. Ils avaient eu le temps de tisser une amitié sincère, c'était un homme qu'il avait appris à apprécier et à estimer. Quant à Albin… son chagrin était sans doute encore pire lorsqu'il songeait à lui. Cela le ravageait littéralement. Il revoyait l'enfant qu'il avait chéri comme s'il eût été le sien. À bien des égards, Albin était bien plus qu'un fils spirituel. C'était aussi l'âme la plus noble qu'il ait jamais croisée. Alors comment consoler tous ces pauvres hères dont le sort serait bientôt scellé ? Comment trouver les mots pour panser l'effroyable peine qui submergeait la jeune Alix alors que lui-même avait l'impression de dégringoler dans un gouffre sans fond ? Lorsque les larmes d'Alix se tarirent, au bout d'un temps infini, il la vit se lever sans un mot. On aurait dit un fantôme tant elle était pâle et hagarde. Son corps était encore parcouru de spasmes. Elle quitta la masure et s'enfonça dans la nuit qui recouvrait lentement la forteresse.

Cela faisait des heures que Geoffroy la faisait rechercher. Personne ne semblait l'avoir revue après le départ de Limoux et de ses hommes. Elle s'était comme volatilisée. Furieux, il entra dans la chambre des dames et fondit droit sur Clothilde. Cette dernière n'avait pas quitté le chevet d'Héloïse. Silhouette affaissée sur elle-même, le visage raviné par les larmes et l'épuisement d'une nuit sans sommeil, elle veillait sur sa maîtresse qui n'avait pas repris connaissance. La fièvre s'était brusquement emparée d'Héloïse. Elle pleurait et s'agitait dans son lit, tenant des propos incohérents, mais son esprit semblait ailleurs et ses yeux ne reconnaissaient personne, pas même Jeanne et Marie qui se tenaient prostrées près de la cheminée. Les servantes évoluaient sans bruit dans la pièce, se frôlant avec des mines terrifiées. On craignait pour sa raison. Et si leur châtelaine était devenue folle de chagrin ? Clothilde leva un regard chargé de dégoût et de mépris sur Geoffroy, indifférente à la rage qui couvait en lui. Deux colères sourdes qui se heurtèrent de front. On avait jeté le corps de son époux dans la fosse commune comme un vulgaire mendiant. Que Geoffroy ne lui ait même pas accordé une sépulture digne de ce nom était d'une cruauté innommable. Jamais elle ne pourrait le lui pardonner.

— Où est Alix ? Tu n'as jamais su la contrôler ! Elle n'en a toujours fait qu'à sa tête ! S'il lui arrive malheur, tu le paieras de ta vie ! éructa-t-il.

— Le malheur, il est déjà là et ce n'est pas moi qui l'ai apporté ! riposta-t-elle avec fureur.

— Sorcière ! Sache que ton temps est compté. Je veux que tu sortes de cette pièce et que tu partes à sa recherche !

À contrecœur, Clothilde se leva. Depuis l'autre bout de la pièce, serrées l'une contre l'autre, Jeanne et Marie observaient la scène sans oser émettre un son, de peur que la fureur de Geoffroy ne leur tombe dessus. Il empoigna brutalement Clothilde par le bras et la poussa devant lui, comme on emmènerait un prisonnier à la potence. Cette dernière, le visage blême de colère et d'humiliation, ne broncha pas et quitta la pièce.

Alix fut retrouvée qui errait sur les remparts, en simple chemise de lin, les cheveux dénoués et le regard vide. « Ma douce, ma toute belle, c'est moi… », implora Clothilde en s'approchant doucement, comme on tenterait d'amadouer un animal sauvage, les bras tendus prêts à l'accueillir et à la réconforter, tremblants d'espoir et de tension accumulée. Et lorsqu'ils se refermèrent sur la jeune fille, un soulagement infini l'envahit ; elle avait eu tellement peur. Ce qu'avait fait Alix pendant toute la nuit était un mystère qui terrifiait rétrospectivement la nourrice. Si un malheur lui était arrivé, jamais Clothilde ne s'en serait remise et Geoffroy aurait eu toutes les raisons de le lui reprocher. C'est que son propre chagrin avait tout occulté. Le sentiment d'avoir failli la submergea.

Alix se laissa étreindre, bercer, embrasser tandis que la nourrice répétait avec gratitude : « Merci, mon Dieu, tu es vivante, tu vas bien… »

La jeune fille était dans un état épouvantable, échevelée, des vomissures sur sa chemise, ses pieds nus en sang. Clothilde lui fit donner un bain. Alix se laissa laver, inerte, puis une fois qu'elle fut séchée, la vieille nourrice l'aida à enfiler une tunique propre. Elle démêla ensuite sa longue chevelure, sans cesser de prononcer des paroles apaisantes. Sa petite Alix était si forte et brave. Elle survivrait. Et puis ses sœurs et sa mère avaient besoin d'elle. Aucune réponse en retour, mais la crise semblait être passée, ne laissant que débris derrière elle. La peur cependant lui nouait la gorge et les tripes même si elle s'évertuait à ne rien laisser paraître : jamais elle n'avait vu Alix dans un tel état. Elle ne pouvait décemment pas la rendre à sa mère et à ses sœurs ainsi. Et à défaut de réparer les blessures invisibles, elle soigna le corps comme elle put, avec dévotion. Puis elle la ramena avec elle à la chambre des dames. Alix se laissa guider sans rechigner. À peine eut-elle franchi le seuil que Jeanne et Marie se jetèrent dans ses bras en pleurant. Saisie d'un étourdissement, Clothilde s'écarta du trio éploré et tituba jusqu'au chevet d'Héloïse. Livide et à bout de souffle, elle s'effondra. Les temps qui s'annonçaient allaient être terribles.

Geoffroy vint dès qu'il sut qu'Alix était réapparue. Son visage exprimait à la fois l'inquiétude et la colère. Il fondit sur elle comme un rapace sur sa proie.

— Où étais-tu passée ?

Prostrée sur le grand lit, les genoux ramassés contre le menton, elle releva la tête et lui décocha un regard chargé de haine.

— Tu n'es qu'un monstre ! Jamais je ne te pardonnerai !

— Crois ce que tu veux, ce n'est pas moi qui les ai trahis.

Alix se mit à ricaner hystériquement.

— Et tu voudrais me faire croire une chose pareille ! Tu me crois donc si naïve ? Nous connaissons toutes ton vrai visage !

— Et moi, je pense que c'est Albin qui a trahi !

Soufflée, la jeune fille le dévisagea, les yeux écarquillés d'horreur.

— Tu es complètement fou… Tu n'as même pas le courage d'assumer ton geste ? murmura-t-elle.

Il haussa les épaules avec humeur.

— Pense ce que tu veux, cela m'est égal après tout. Je veux juste que tu te remplumes et te ressaisisses. J'ai des projets pour toi.

— Et moi, je veux que tu retournes là-bas ! gémit-elle, les yeux brouillés de larmes. Tu dois faire enterrer les corps ! On ne peut pas les laisser comme ça à la merci des charognards !

— J'y suis déjà allé, marmonna-t-il hargneusement.

— Il n'y a vraiment aucun survivant… ?

— Non.

Alix ferma les yeux, le visage ruisselant de larmes. S'agenouillant à sa hauteur, Geoffroy lui saisit le menton pour la forcer à le regarder droit dans les yeux. La voix dure, il martela :

— Albin est mort, tu m'entends ? Alors oublie-le. Et plus vite tu l'auras oublié, plus vite nous serons à l'abri.

— À l'abri de quoi ?

Geoffroy ne répondit pas, se relevant avec impatience, puis il embrassa du regard le reste de la chambre, sa belle-mère inconsciente gisant dans son lit, ses jeunes sœurs près de la cheminée qui évitaient de croiser son regard, Clothilde près de la fenêtre, devenue une vieille femme en l'espace d'une nuit, brisée et anormalement silencieuse, elle qui aboyait tout le temps, pour tout et pour rien.

— Je veux voir Pierre d'Albret, dit Alix.

Geoffroy fit volte-face et fixa sa sœur avec dureté.

— Impossible. Tu ne le verras plus jamais. Avant ce soir, ils devront tous avoir quitté la forteresse.

— Tu ne peux pas faire ça, tu vas les condamner à mort ! Il y a des familles et des enfants !

— Leur sort ne me concerne plus, Alix.

Depuis la fenêtre de la chambre, les femmes assistèrent impuissantes au départ des familles avec à leur tête la silhouette frêle de Pierre d'Albret dont l'*alva* blanche se détachait au milieu des étoffes brunes. Geoffroy avait posté deux sentinelles devant leur porte. Alix eut beau tambouriner, crier, elles étaient retenues prisonnières ou tout comme, et elle ne put faire ses adieux au vieil homme. Anéantie, elle retourna alors sur le lit et des deux mains se boucha les oreilles, tentant vainement de ne pas entendre l'agitation anormale qui régnait en contrebas : les chiens qui hurlaient à la mort et que personne ne semblait se soucier de faire taire, le hennissement des chevaux que la tension ambiante rendait nerveux, les éclats de voix impatientes et rudes, les pleurs des enfants. Les soldats avaient pour ordre d'évacuer toutes les masures une à une et de regrouper les familles au centre de la cour, les malmenant, les bousculant.

Geoffroy observait la scène depuis l'escalier qui menait au logis, bras croisés sur la poitrine. Cernée, pressée de toutes parts, la longue procession n'eut d'autre choix que de s'ébranler, vibrante de prières chuchotées et de gémissements affligés, les enfants accrochés aux jupes de leurs mères, de maigres baluchons sur les épaules voûtées. Sur tous les visages, cet air hagard, cet ultime espoir, la quête vaine d'un sursis. Et lorsque les portes se refermèrent sur eux – un choc lourd qui fit sursauter les femmes enfermées dans la chambre –, le silence s'abattit sur Arrigues, absolu, presque surnaturel.

Souffles suspendus, regards dans le vide, elles demeurèrent un long moment comme figées. Puis Jeanne la première fondit en larmes, bientôt imitée par Marie. Alix, elle, était toujours prostrée, comme perdue en elle-même, ses yeux fixant la fenêtre comme s'ils ne pouvaient plus s'en détacher.

C'était un cauchemar, dont elle ne se réveillerait jamais. Geoffroy leur rendit à nouveau visite en fin de journée, tandis que la lumière déclinait lentement dehors et que l'on commençait à allumer les bougies dans les principales pièces du château. Il arborait une mine fatiguée et sa démarche était plus lourde qu'à l'accoutumée. Pendant des heures, des coups de masse avaient retenti dans la cour, tant et si bien que les femmes en avaient les nerfs exacerbés et le corps tout entier endolori comme sous l'effet d'une multitude d'échardes qui se seraient plantées partout dans leur chair. C'étaient les soldats qui s'étaient employés à détruire tous les logis de fortune qui avaient poussé comme des champignons, adossés de guingois contre la muraille ; brisant la vaisselle et le maigre mobilier que des mains usées avaient fabriqués, faisant ensuite un feu de joie de tout ce bois arraché, descellant pour finir les dernières pierres, pour n'en laisser qu'un tas au fond de la cour. À la fin du jour, Arrigues avait retrouvé son aspect d'antan, d'avant les premiers réfugiés. Cependant, il n'en persistait pas moins un air de désolation. Tous ces débris et ces cendres encore chaudes qu'un petit vent dispersait malignement, c'était comme une blessure béante.

— Comment as-tu pu faire une chose pareille ? cracha Alix lorsque Geoffroy se planta devant elle, agacé et nerveux.

— Je n'avais pas le choix. Un jour, peut-être, tu finiras par comprendre.

— Père a élevé un serpent.

— C'était Albin le serpent. À partir du jour où il est arrivé, tout est allé de mal en pis.

— Tu crevais de jalousie, oui ! Parce que père l'aimait davantage que toi !

— Crois ce que tu veux, Alix, je ne me fatiguerai pas à te convaincre.

— Je ne resterai pas un jour de plus dans ce château. Je veux m'en aller. Finir mes jours dans un couvent.

— Oh non ! J'ai d'autres projets pour toi et Jeanne !

— À nous aussi, tu vas nous faire du mal ? s'enquit la petite voix effrayée de Marie, depuis l'autre bout de la pièce.

— Ne t'inquiète pas, il ne nous fera rien, la rassura Jeanne d'une voix tremblante sans oser affronter le regard de Geoffroy et ce visage fermé, hostile, qui n'augurait rien de bon. Nous sommes ses sœurs, son devoir est de nous protéger…

Alix ricana, amère.

— Geoffroy, nous protéger ?

S'agenouillant à sa hauteur, le visage blême d'une rage mal contenue, Geoffroy riposta durement :

— En tout cas, ce n'est pas Albin qui aura su te protéger. Je veux que toi, Jeanne, Marie et ta folle de mère, vous vous ressaisissiez maintenant. Et je te préviens, je n'attendrai pas indéfiniment que tu reviennes à la raison.

Sur ce, il se releva, jetant un regard excédé sur Héloïse qui somnolait en boule dans le lit défait. S'approchant d'elle, il cracha :

— Et secouez votre mère !

Les femmes attendirent qu'il ait tourné les talons et que le bruit de la clé dans la serrure retentisse pour oser respirer à nouveau normalement. Instinctivement, Jeanne et Marie vinrent se blottir contre leur sœur aînée tandis que Clothilde semblait émerger d'une profonde torpeur, l'air sonné.

— Mes pauvres petites… je crains que nous soyons bientôt séparées. Il va vous marier. Quant à votre mère, j'ignore le sort qu'il lui réserve… mais que Dieu ait pitié de nous.

— De toute façon, je n'attends plus rien de la vie, riposta Alix.

Elles vécurent tout l'été enfermées, n'ayant droit qu'à quelques brèves sorties dans les cours et le verger, mais jamais seules et toujours surveillées de loin. Qu'importe, il y avait des lieux où Alix ne pourrait plus mettre les pieds, c'était au-dessus de ses forces. Lorsqu'elle avait vu la première fois l'espace béant laissé par les masures détruites, elle avait chancelé d'horreur. Il n'y avait plus qu'un tas de poutres noircies là où se tenait autrefois la cabane de Pierre ; jusqu'à la cheminée qui avait été rasée et dont il ne restait qu'un trou noir dans le sol. Les ronces et les mauvaises herbes commençaient déjà à recouvrir les décombres. Bientôt il n'y aurait plus la moindre trace du passage de Pierre et de toutes les familles qui avaient vécu ici, leurs existences comme balayées, jetées aux oubliettes. Sourde aux suppliques de Clothilde qui lui demandait de revenir, Alix s'était entêtée, foulant ce qui autrefois était le sol d'une maison, accrochant sa robe dans les ronces et les éclats de bois, trébuchant et s'écorchant les mains, en quête désespérée d'un objet qui aurait échappé au saccage. En vain.

Mais le pire avait sans doute été la visite de l'écurie. Toutes ces stalles vides. Elle y était entrée en retenant sa respiration, le cœur battant à tout rompre, s'imaginant tomber sur *eux*, à la fois incrédule et pleine d'espérance. Si tout cela n'avait été qu'un mauvais rêve ? Et si Albin était là à l'attendre ? Alix avait senti ses jambes se dérober et le chagrin gonfler en elle, telle la crue d'une rivière emportant tout sur son passage. Car c'était ici que l'absence, définitive, irréversible, était la plus criante, la plus intolérable. Elle songea aux chevaux, à celui d'Albin et au fidèle et solide rouan de son père qu'elle avait toujours connu. Qu'étaient-ils devenus ? Avaient-ils été blessés, voire tués dans les combats ? C'étaient souvent eux les premières victimes, les jarrets tranchés en plein élan ou succombant sous les flèches, pour faire tomber leur cavalier. À moins que Limoux et sa bande de mercenaires ne s'en soient emparés ? Elle imagina le cheval noir s'enfuir au triple galop, délesté du poids de son cavalier, trop farouche et ombrageux pour se laisser capturer par un autre homme. Aussi libre que son maître, pour toujours.

Les jours suivants, Alix vécut en recluse, prostrée et éteinte. Elle cessa de s'alimenter, son estomac se révulsant dès la première bouchée et ne vomissant que de la bile. Clothilde dut l'obliger à s'abreuver.

— Tu n'es pas raisonnable ! grondait-elle, furieuse.

— Mange un peu, Alix ! suppliait Jeanne. Ou Geoffroy tiendra Clothilde responsable…

— L'immonde charogne ! pestait Alix entre ses dents, le dos tourné au reste de la pièce.

— Alix, mon enfant, s'il te plaît…, intervenait à son tour Héloïse de la couche qu'elle quittait rarement.

Depuis qu'elle avait repris connaissance, elle passait ses journées dans un état proche de l'hébétude. Ses mains tremblaient en permanence. Elle n'était plus que l'ombre d'elle-même, décharnée et abattue.

— J'aurais tellement voulu parler à Pierre. Êtes-vous bien sûres qu'il n'est plus là ? ne cessait-elle de s'enquérir.

— On te l'a déjà dit, il est parti, maman, répétait patiemment Jeanne.

— Avec tous les autres, renchérissait Marie.

— Et la tombe de votre père, l'avez-vous vue ? Qu'ont-ils fait de son corps ?

— Il a été enterré dans la chapelle comme il se devait, c'est ce que nous ont dit les servantes. Dès le soir de leur retour.

— Je suis tellement désolée pour vous, mes enfants.

— Elles sont fortes et courageuses, riposta férocement Clothilde. Les hommes ont toujours cherché à nous soumettre. Nous savons que ce n'est pas en ce bas monde que nous trouverons la paix, telle est notre destinée.

— Tu te souviens, Clothilde, lorsque nous étions enfants… Les histoires que nous contaient maman ou grand-mère.

Et la châtelaine de se lancer dans ces récits d'autrefois, tout enfiévrée. Si Clothilde, réticente, se contentait de bougonner, Jeanne et Marie écoutaient avidement. Ensemble elles invoquaient le passé enjolivé pour mieux tromper l'ennui et éloigner la peur. Et de fait, lorsqu'elles écoutaient Héloïse, c'était comme se ressourcer et se laisser emporter dans une autre vie, faite d'insouciance et d'innocence. Leur mère avait grandi à l'abri du monde et de ses turpitudes. C'était certes loin d'être l'opulence et le grand confort, le père d'Héloïse n'était qu'un petit seigneur peu fortuné dont l'épouse n'avait su donner que des filles. Toute une ribambelle de femelles dont la moitié n'avait pu être casée. Famille matriarcale où les figures de la mère et de la grand-mère étaient omniprésentes, tandis que le seigneur était toujours par monts et par vaux. Héloïse était l'aînée. La plus belle aussi, si elle en croyait son père, tout faraud de posséder un tel joyau, l'unique qu'il possédât en somme et qu'il céda si volontiers, dès que l'occasion s'en présenta.

— Nous pourrions demander de l'aide à mon père ! s'écriait-elle alors, comme frappée par une illumination soudaine. Il viendrait à mon secours et à celui de ses petites-filles ! Il faudrait lui envoyer un messager digne de confiance. Il n'a pas une grosse garnison mais je le connais, il n'écouterait que son cœur et son sens de l'honneur.

— Ma dame, vous avez donc oublié ? soufflait Clothilde, atterrée.

— Quoi donc, ma bonne Clothilde ?

— Votre père est mort depuis deux années. Et votre mère a pris le voile, tout comme certaines de vos sœurs…

— Tu te trompes, on me l'aurait dit…

— On vous l'a dit… rappelez-vous…

— Non…

Et Héloïse s'effondrait à nouveau, ahurie, submergée de chagrin et de confusion. Jeanne ou Marie s'évertuaient alors à faire diversion, avec l'énergie du désespoir. Tour à tour, d'un ton faussement enjoué, elles évoquaient les visites des troubadours qui autrefois s'arrêtaient à Arrigues et animaient les longues soirées devant la cheminée, les familiers dont la présence réchauffait, ceux qui avaient fait battre leur jeune cœur sensible et inexpérimenté, ceux encore dont elles affectionnaient particulièrement les *cansos*, s'en remémorant les vers et les déclamant, instants de grâce et de liberté. Jeanne surtout avait une très jolie voix : « *Ist trobador entre ver e mentir afolon drutz e molhers et espos e van dizen qu'amors vai en biais per quel marit esdevenon gilos e domnas son intradas en pantais cui mout vol om escoutar et auzir.* » (*Ces troubadours, entre vérité et mensonge, affolent les amants, les femmes et les époux et vont, disant qu'amour va de travers, c'est pourquoi les maris deviennent jaloux et les dames sont dans l'angoisse pour qui veut trop les écouter et les entendre.*) Puis, les yeux brillants de larmes, fixant Alix qui ne semblait pas écouter, elle poursuivait ardemment : « *Non volh voler volatge que me volvem vir mas volontats mas lai on mos vols es volatz…* » (*Je ne veux pas une volonté volage qui puisse incliner et détourner mes vils désirs sauf celle vers qui mes désirs se sont envolés.*)

Les femmes étaient épuisées. La nuit, Marie était en proie aux cauchemars et aux crises de somnambulisme. Jeanne avait pris l'habitude de dormir contre elle, une main autour de sa taille, prête à se lever et à la ramener si besoin. Quant à Alix, le sommeil la désertait, tout simplement. Impossible de concevoir qu'Albin ne soit plus de ce monde et qu'il ait cessé de respirer le même air qu'elle. Insupportable d'accepter l'idée que jamais il ne reviendrait et qu'il l'avait abandonnée à une solitude épouvantable. Elle se remémorait sans cesse les jours heureux. Fuyant tout repos, son corps entier se rebellait comme s'il eût été écorché vif. Le souvenir brûlant de leurs étreintes le laissait pantelant et accablé. Elle aurait voulu mourir elle aussi. Sombrer dans l'oubli et le vide pour faire taire la douleur. Disparaître avec Albin, puisque la vie leur avait refusé une destinée commune. Elle n'avait qu'une hantise, oublier peu à peu son odeur et le son de sa voix, car elle savait que ce seraient les premiers souvenirs à s'estomper, malgré toute son obstination. La mémoire et les sentiments lentement érodés par le temps félon, qui tueraient une seconde fois Albin.

L'aube cueillait les femmes dans une atmosphère pesante. Visages éprouvés par la fatigue et le chagrin. Gestes au ralenti comme pour s'économiser ou ne pas réveiller la douleur encore endormie.

— Un jour, je ne serai plus là pour veiller sur vous, mes petites filles, murmura Héloïse alors qu'elle brossait méthodiquement les cheveux de Marie. Depuis notre naissance, nous suivons le chemin qui a été tracé pour nous. Je sais qu'un jour tous ces malheurs appartiendront au passé. Vous fonderez à votre tour une famille. Vous trouverez du réconfort, je l'espère, dans l'amour que vous porterez à vos enfants. Vous deviendrez de belles jeunes femmes et un homme vous aimera peut-être, intensément…

— En ce qui me concerne, je n'aimerai plus jamais, l'interrompit sèchement Alix.

— Et moi, je te souhaite le contraire ! À ton âge, on n'a pas le droit de tourner le dos à la vie ! Et je ne crois pas qu'Albin aimerait te voir dans cet état.

— Et pour cela, tu devrais t'alimenter à nouveau ou tu finiras à l'état de squelette, intervint d'une voix grondante Clothilde, pour qui chaque jour était un combat contre la jeune fille.

Mais cette dernière, obstinée, secoua la tête et se détourna avec colère.

Un matin, les malaises et les crampes d'estomac clouèrent Alix au lit. Le regard vitreux, la peau anormalement translucide, elle fut saisie de violents haut-le-cœur. Cela faisait des jours qu'elle ne mangeait plus, elle n'avait plus que de la bile à rendre et les spasmes qui la secouaient en étaient d'autant plus violents. D'une main rude, Clothilde balaya les cheveux collés sur son visage émacié. La nourrice oscillait entre exaspération et folle inquiétude.

— Tu n'es qu'une tête de mule, Alix ! Je ne te laisserai pas dépérir de la sorte sans rien faire ! Moi aussi, j'ai perdu mon homme, et ta mère, son époux et le père de ses enfants ! Tu n'es pas la seule à souffrir ! Tu veux absolument t'accrocher à cette douleur mais ce n'est pas comme ça que tu feras revenir Albin ! Parce qu'il ne reviendra pas !

— Tais-toi, je ne veux pas t'écouter ! Laissez-moi tranquille ! criait Alix en la repoussant avec véhémence.

C'était bien plus que ses tripes que son corps rejetait. Et elle s'étonnait qu'il n'en sorte pas plutôt une bile noire tant elle se sentait dévorée par la haine, la colère et la détresse.

Elles avaient perdu la notion du temps et ne savaient plus depuis combien de jours elles étaient tenues captives dans cette grande pièce tout en haut du donjon. Autrefois havre chaleureux où dominaient les éclats de rire et les confidences insouciantes, désormais sinistre cellule monacale. Les jours raccourcissaient et il commençait à faire plus frais. Parfois, de l'extérieur, leur parvenaient le tumulte d'une forte pluie et des rafales de vent. C'était l'automne qui se profilait avec son cortège d'intempéries imprévisibles et virulentes.

Ne montant quasiment plus pour leur rendre visite, Geoffroy usait leur résistance, leurs ultimes forces en les laissant se morfondre. Au bruit de la clé dans la serrure et de la porte grinçant sur ses gonds, elles sursautaient chaque fois, avides et hagardes.

Alors que la campagne se parait de magnifiques couleurs pourpre et or et qu'octobre touchait à sa fin, Limoux et sa nombreuse escorte déboulèrent un matin à Arrigues, en grande fanfare, chevaux caparaçonnés, femmes en tenues d'apparat, soldats en armures rutilantes. Un convoi extraordinaire, multicolore, insolent, qui fut reçu dans la première cour avec tous les honneurs par Geoffroy en personne tandis qu'un rassemblement se formait autour, à la fois ébahi et interrogateur. Pendant une semaine, ce ne fut qu'une succession de banquets, de danses et de musiques. Geoffroy avait invité des troubadours et des jongleurs pour divertir ses invités. Depuis leur tour où elles se trouvaient cloîtrées, les femmes, consternées, pouvaient en saisir les échos. Il ne leur était pas nécessaire d'être devin pour savoir quel était l'hôte d'honneur. Cependant, à aucun moment Geoffroy ne leur demanda de se joindre à eux.

Le jeune homme jouait son rôle d'hôte à la perfection, à la fois détendu et sûr de lui. Sa belle allure, sa prestance ne laissaient pas indifférentes les femmes – épouses ou suivantes – qui avaient accompagné le convoi, certaines rivalisant de charme pour capter son attention. Toutes s'étonnaient de le voir si peu sourire. Il émanait de lui un air mystérieux qui le rendait d'autant plus séduisant à leurs yeux. Partout également on commentait à voix basse l'absence des demoiselles d'Arrigues à la table d'honneur. Pour couper court à toute rumeur, Geoffroy expliqua posément que sa belle-mère était souffrante et peinait à se remettre et que ses trois filles avaient préféré rester à son chevet, n'ayant guère le cœur à s'amuser après le deuil et la honte qui les avaient frappées.

Si toutes les femmes n'avaient d'yeux que pour le jeune seigneur, ce dernier ne semblait voir que Marguerite de Limoux. Elle était accompagnée de sa sœur, Aude, qui la suivait comme son ombre. De toutes les damoiselles présentes, c'était la seule à esquiver consciencieusement les lourds regards qu'il posait sur elle. Elle semblait même l'éviter dès qu'il faisait mine de l'approcher, entraînant sa sœur dans son sillage. Elle ne put toutefois se dérober le soir au moment des danses. Bousculant Aude qui lui barrait le chemin, Geoffroy accapara Marguerite avec autorité, main de fer dans un gant de velours, son regard froid démentant le sourire qu'il lui offrait pour mieux l'amadouer. Et de fait, son agacement n'avait cessé de croître tout au long de cette insupportable soirée qui n'en finissait pas. Ils évoluèrent gracieusement mais avec distance, au son des violes, des tambourins et des flûtes. Ils formaient pourtant un très beau couple, très contrasté : elle aussi blonde et pâle qu'il était brun et mat de peau. Il la couvait littéralement des yeux ; un regard sombre et pénétrant que Marguerite s'évertuait à éviter, silencieuse et lointaine. Points de convergence de tous les regards, l'un comme l'autre feignaient de ne pas entendre les murmures qui fusaient autour d'eux. Depuis la table d'honneur, Aymeric de Limoux et sa garde rapprochée les observaient avec satisfaction.

Geoffroy tenta de briser la glace :

— Je sais que votre père vous a mise dans la confidence. Bientôt, vous serez la maîtresse de ces lieux et la plus comblée des épouses…

Il sentit la jeune fille se raidir.

— Puisque tel est son désir…

— Vous êtes très belle. C'est un grand honneur pour moi.

— Il est vrai que l'honneur tient à peu de chose, riposta-t-elle d'une voix à peine audible.

Décontenancé et troublé, Geoffroy fit mine de ne pas avoir entendu et serra les dents. Il se souvenait encore de la première fois où il l'avait vue. Il l'avait aussitôt désirée et convoitée, déterminé à la faire sienne, quoi qu'il lui en coûtât. Sa beauté, gracile et délicate, éclipsait celle de toutes les autres femmes. Même sa jeune sœur paraissait fade et insignifiante à ses côtés, comme si elles n'avaient pas été du même sang. Son apparente froideur ne l'avait pas rebuté, au contraire. Il se sentait prêt à tout pour la conquérir. Puis, lorsque Aymeric de Limoux avait donné son accord, la vie s'était révélée sous un jour nouveau, pleine de promesses et de désir impatient. Après la danse, il ne parvint pas à la retenir, à son grand désarroi. Il la vit s'en retourner auprès de sa sœur sans lui adresser le moindre regard, digne et distante. Il était à ce point perdu dans ses pensées, ruminant sa frustration et l'humiliation infligée, qu'il n'entendit pas Aymeric de Limoux qui s'était approché.

— Pardonne à mes filles leurs mines peu avenantes. Les femmes sont des animaux craintifs et farouches. Mes filles ont eu beaucoup de mal à s'adapter à leur nouvelle vie ici. Tout est encore très nouveau pour elles. Marguerite a toujours été d'un tempérament fier mais elle fera une merveilleuse épouse. Et elle a parfaitement conscience qu'il n'y a pas meilleur parti à l'horizon. Une alliance entre nos deux familles garantira une paix durable dans la région. Bientôt vous serez unis devant Dieu. Et ce que Dieu a fait, rien ne peut le défaire…

— Je suis confiant et ne m'inquiète point, mentit Geoffroy du bout des lèvres, sans quitter des yeux la jeune fille qui lui tournait ostensiblement le dos.

Un contrat de fiançailles avait été rédigé peu de temps auparavant, devant témoins, suivi d'un banquet sur les terres de Limoux. Mais Geoffroy n'était pas dupe pour autant : Marguerite ne se laisserait pas séduire si facilement. Qu'importe, la priorité était d'assurer sa descendance. Le reste viendrait plus tard, peut-être.

— Je suggère de fixer la date des noces au mois de décembre, continua Limoux. Qu'en dis-tu ?

— Ce serait parfait.

— Laisse-moi maintenant te présenter deux de mes plus fidèles compagnons. Le fils de Montfort vient de leur attribuer à chacun un fief en échange de leurs services.

D'un geste bref de la main, il fit signe à deux hommes de s'approcher. Ces derniers bondirent comme s'ils n'attendaient que ça depuis le début des festivités.

— Je te présente Philippe de Beaumont et Charles de Mareille.

Les trois hommes se jaugèrent du regard. Tendu, Geoffroy leur rendit leur salut sans un mot. Il avait déjà aperçu le premier dans l'entourage de Limoux : Philippe de Beaumont était un homme massif et trapu, dont la chevelure très noire commençait à grisonner sur les tempes. Âgé d'une trentaine d'années, peut-être plus, son visage buriné semblait avoir été taillé à la serpe, un nez fort et légèrement épaté, des lèvres charnues, de gros sourcils broussailleux au-dessus d'un regard qui scrutait intensément son interlocuteur. Il était entré en possession des terres de Vauriac durant l'été. Geoffroy ne connaissait que de réputation l'autre homme et ne se gêna pas pour le dévisager longuement : plus jeune que Philippe de Beaumont, Charles de Mareille était un robuste gaillard blond à la peau cuite par le soleil sur laquelle le bleu des yeux tranchait, limpide, froid et calculateur. Il était le quatrième fils d'une vieille famille française désargentée – comme la plupart des mercenaires qui avaient suivi Montfort – et, dépourvu d'héritage, s'était ainsi lancé dans l'aventure. Pour ses mérites, il venait de recevoir le fief de Mortes-Pierres. Tout comme Vauriac, c'était une ancienne possession du vicomte de Trencavel. Aymeric exposa ce à quoi Geoffroy s'attendait déjà : ses deux compagnons et amis souhaitaient s'établir, fonder une famille et jouir enfin des récompenses qu'on leur avait attribuées. Leur présence ici n'était donc pas anodine.

— Il faudra nous présenter tes sœurs un jour, reprit Aymeric. Partout on dit qu'elles sont d'une grande beauté. Quand elles seront prêtes, bien sûr…

— Ce sera un grand honneur…

— Mais à présent, tu devrais aller faire ta cour ou bien ta future épouse risque d'être aussi rétive qu'un cheval sauvage, pendant votre nuit de noces !

Les trois hommes gloussèrent grassement. Rembruni, Geoffroy ne releva pas et esquissa à peine un sourire aigre. Tandis que ses compagnons se fondaient joyeusement dans la masse des convives, bras dessus, bras dessous, il tenta de repérer la jeune fille, le cœur subitement oppressé. Il l'aperçut à l'autre bout de la salle, en compagnie d'Aude et d'autres femmes, la mine plus fermée et froide qu'un bloc de glace, ne cherchant même pas à dissimuler la répulsion qu'elle éprouvait à se trouver en ces lieux. La rancœur monta en lui comme une bile amère. Soudain, tout lui fut insupportable : l'atmosphère de liesse qui régnait autour de lui et à laquelle il se sentait étranger, le bruit, les odeurs et tous ces visages inconnus, rouges de sueur, ces haleines chargées et ces corps qui se pressaient contre lui. Excédé, il quitta la pièce à grandes enjambées.

Pendant ce temps, Marguerite racontait à sa sœur la terrible épreuve de la danse durant laquelle elle s'était sentie la cible de tous les regards, déclarant sans ambages :

— Je le déteste. C'est un homme froid et calculateur. Il me répugne. Père ne pourra pas me forcer à l'épouser.

— Tu fais la difficile, protesta Aude qui, elle, au contraire, le dévorait des yeux, comme toutes les autres, subjuguée par la beauté ténébreuse du jeune homme. Je suis certaine que tu le juges mal. Tu ne le connais pas encore, c'est tout. Et ça te fait peur.

— Puisqu'il te plaît tant, pourquoi ne l'épouserais-tu pas, toi ? Je te le laisse volontiers ! rétorqua Marguerite avec aigreur.

Blessée, Aude contint son amertume. Elle savait pertinemment qu'elle était loin de posséder la beauté de sa sœur. À aucun moment Geoffroy n'avait daigné la remarquer. À croire que les regards ne faisaient que glisser sur elle. Elle avait un grand corps maigre et légèrement voûté qui renâclait à sortir de l'enfance. Aucune rondeur féminine dont elle aurait pu s'enorgueillir. Un visage ordinaire, sans grâce particulière. Une chevelure châtain clair dénuée d'éclat. La démarche gauche, tant elle se sentait parfois émotive et trop sensible.

— Ne te moque pas de moi, Marguerite, chuchota-t-elle, peinée.

— Allons, Aude, ce n'était pas de la moquerie, s'exclama la jeune fille en l'étreignant avec tendresse. Je suis sincère : s'il te plaît, pourquoi n'en parlerais-tu pas à père ?

Confuse, Aude jeta un regard étonné à sa sœur.

— Mais père ne voudra jamais ! Vous êtes fiancés désormais !

— Et s'il n'avait pas le choix ?

La musique et le bruit que faisaient les nombreux convives, serrés les uns contre les autres autour des tables dressées, couvraient leurs voix et Aude, pensant avoir mal compris, fit répéter sa sœur.

— Saurais-tu garder un secret ? lui chuchota Marguerite, portant sa bouche tout contre l'oreille d'Aude qui se sentit tressaillir de la tête aux pieds.

— Que manigances-tu ? s'inquiéta cette dernière en tentant vainement de lire sur le visage de Marguerite.

— Rien qui puisse t'interdire le bonheur. J'ai pris ma décision. J'ai dit à père que ce mariage me répugnait. Il n'a pas voulu m'entendre. Alors je vais m'enfuir et entrer dans les ordres…

— Oh, Marguerite !

La jeune fille sourit avec sérénité.

— Tu ne me trahiras pas, n'est-ce pas ? De toute façon, ton bonheur dépend de mon sort. Père n'aura d'autre choix que de t'unir à Geoffroy pour laver l'affront que je m'apprête à lui infliger. Et toi, ton vœu sera exaucé…

— Père ne te le pardonnera jamais ! Il te reniera !

— C'est fort probable. Mais là où je serai, il ne pourra plus rien contre moi.

Et comme Aude ne répondait rien, frappée de stupeur, Marguerite poursuivit avec ardeur :

— Comprends-moi, petite sœur ! Je sais que je dépérirais si je devais m'unir à cet homme. Je ne suis pas faite pour ce monde brutal où seule règne la loi du plus fort. Père a tant de sang sur les mains. Une vie entière de prières ne me suffira pas pour effacer toutes nos fautes et les crimes commis.

Tendrement, elle étreignit les mains de sa sœur avant de poursuivre d'une voix basse et âpre :

— Mais toi-même, tu devrais bien réfléchir. Qu'est-ce qui t'attire chez cet homme ? Méfie-toi de lui, il a la beauté du diable. Je ne voudrais pas qu'il te fasse souffrir, tu es si douce et si innocente…

— Je ne pense pas qu'il soit aussi mauvais que tu le décris.

— Vraiment ?

— J'ai lu de la souffrance et du doute dans son regard.

— Mais ce n'est pas toi qui lui accorderas l'absolution pour ce qu'il a fait. Jamais il ne connaîtra le repos.

— Nous ne nous reverrons plus.

— Sauf si tu pars avec moi. Réfléchis bien, Aude. Tu pourrais m'accompagner et tourner le dos à cette vie.

Sur les remparts exposés à un vent du nord, Geoffroy écoutait les cris et les rires d'ivrognes qui avaient investi les lieux en contrebas. Dans la cour obscure, des tentes avaient été dressées pour loger tout le monde. La citadelle grouillait d'une masse invisible mais bruyante ; envahie, souillée, violée quasiment – le prix à payer pour en rester l'unique maître. Geoffroy se sentait vaguement nauséeux. Ces hommes qui se prétendaient ses amis occupaient des terres et des châteaux d'anciens et authentiques seigneurs qu'il avait côtoyés dans sa jeunesse, aujourd'hui en fuite ou morts, comme Agénor. Il avait appartenu au même monde qu'eux, un monde ravagé, dont il ne restait que cendres et désolation. En proie à une vive tension, mélange ambivalent de dégoût et d'impuissance, il retourna sur ses pas en quête d'une servante sur laquelle il pourrait se défouler et expulser toute sa rage. Parmi les jeunes domestiques, il était craint pour sa brutalité et son absence de compassion. Nombreuses étaient celles qui en avaient déjà fait les frais. Il jeta son dévolu sur une toute jeune fille dont la peau laiteuse lui rappelait Marguerite et dont le regard soumis de chien fidèle éveilla en lui l'envie de faire mal. Il la culbuta à la va-vite dans un couloir sombre et, tandis qu'il malmenait le jeune corps gémissant sous lui, il rêva qu'il possédait enfin Marguerite de Limoux. Sa revanche, son assurance pour l'avenir.

Cela faisait des jours que Geoffroy n'était pas venu leur rendre visite. Lorsqu'il arriva dans la chambre, les femmes se figèrent d'appréhension et un silence de mort l'accueillit. La mine sombre, il parcourut la pièce du regard puis fixa Jeanne.

— Clothilde, aide-la à vêtir sa plus belle robe, ordonna-t-il. Tu la coifferas ensuite. Quand je reviendrai, elle devra être prête.

Tandis que Jeanne se levait docilement, livide et plus tremblante qu'une feuille, Héloïse s'enquit, la voix vibrante d'anxiété :

— Pourquoi ?

— On m'a demandé à la voir.

— Qui donc ?

— Un seigneur français.

— Oh, Geoffroy… jure-moi qu'il est digne d'elle et que tu ne la livreras pas à n'importe qui.

— Pour l'instant, rien n'est conclu, l'interrompit-il sèchement.

Il s'apprêtait à tourner les talons mais se ravisa brusquement en apercevant Alix qui gisait en position fœtale à l'autre bout du lit. L'air atterré, il s'approcha lentement d'elle.

— Qu'est-ce qu'elle a ? Elle est malade ? Pourquoi ne m'avez-vous rien dit ?

— Et en quoi nous serais-tu utile ? rétorqua Clothilde avec défi. Elle se laisse dépérir. Elle est la seule à pouvoir décider si elle souhaite encore vivre ou mourir ! C'est son droit. Et contre ça, tu ne peux rien.

— Il faut l'alimenter de force !

— C'est ce qu'on essaie de faire, dit Héloïse.

— Ne la touche pas ! cria Clothilde alors que Geoffroy se penchait sur Alix, collant presque son visage au sien, frappé par les immenses cernes bleutés qui mangeaient son visage et le souffle irrégulier qui soulevait sa poitrine.

— Alix, je sais que tu m'entends, je te préviens, je reviendrai bientôt te chercher et je n'ai pas l'intention d'offrir un cadavre en guise de future épouse ! Et si tu n'es pas prête, Marie prendra ta place. Ton élu me semble être un amateur de chair fraîche et tendre… il ne perdra peut-être pas au change !

— Et pourquoi ne nous laisserais-tu pas partir ? intervint à nouveau Héloïse, éplorée. Nous pourrions finir nos jours dans un couvent et tu n'entendrais plus jamais parler de nous !

— J'y ai déjà songé, chère belle-mère, persifla-t-il, acide. Mais ne t'en déplaise, j'ai d'autres projets pour Alix et Jeanne… ou Marie si je n'ai pas le choix.

— Marie n'est qu'une enfant !

— Alors raisonnez Alix ! Je reviendrai bientôt !

La porte claqua derrière lui avec fracas, laissant les femmes abasourdies.

Clothilde et Héloïse aidèrent Jeanne à se préparer, l'assaillant de mille et une recommandations, la cajolant et l'encourageant. Leurs voix n'étaient que chuchotements, ponctués de soupirs et de sanglots refoulés. À l'autre bout de la pièce, Marie assistait aux préparatifs dans un état proche de la sidération. Passive et muette, Jeanne se laissa revêtir d'une longue cotte en laine bleue sur laquelle les femmes enfilèrent un surcot dont les emmanchures étaient bordées de fourrure d'écureuil. Une ceinture en cuir tressé nouée sur le bas-ventre apporta la touche finale. Puis ses cheveux furent tressés en deux grosses nattes latérales croisées derrière la nuque. Lorsqu'elle fut prête, Héloïse étreignit sa fille avec émotion. Puis elles attendirent, fébrilement, le retour de Geoffroy.

Ce dernier ne tarda guère, visiblement impatient et nerveux. Il toisa Jeanne de la tête aux pieds, s'agaçant de la trouver si fade et craintive. Il espérait que Charles de Mareille ne ferait pas le difficile. Il saisit sa sœur par le bras et l'entraîna à sa suite, refermant la porte derrière eux sans avoir prononcé la moindre parole. Dans la chambre des dames, les femmes à nouveau seules échangèrent un long regard accablé.

Dans la grande salle, face à la cheminée, un homme leur tournait le dos, se chauffant les mains au-dessus du feu. Il avait dû faire une longue chevauchée car ses chausses ainsi que son garde-corps – un manteau à large capuchon – étaient maculés de terre séchée. Au bruit de leur arrivée, il se retourna lentement et, la mine gourmande, se mit aussitôt à détailler la jeune fille qui se tenait devant lui, si affolée qu'elle n'osait lever les yeux sur lui. Jeanne avait développé depuis peu une silhouette gironde que même ses vêtements amples ne parvenaient pas complètement à dissimuler et sa jeune poitrine rebondie se soulevait rapidement sous l'effet de la peur. Une lueur animale brilla dans les yeux de l'homme, qui se mordilla les lèvres de convoitise.

— Elle est très jeune, se contenta-t-il de dire, enchanté.

Sans ménagement, Geoffroy poussa Jeanne en direction de l'étranger. Le cœur battant à tout rompre, elle trébucha. Charles la rattrapa par le bras, plongeant son regard bleu acier dans celui de la jeune fille qui se sentit rougir.

— Elle sera docile et bonne épouse, affirma Geoffroy. N'est-ce pas, Jeanne ?

Tétanisée, elle ne put que hocher la tête.

— Mon cher futur beau-frère, je sens que nous allons bien nous entendre ! Et l'autre sœur ?

— Elle est souffrante. Mais d'ici quelques jours, elle sera à nouveau présentable.

— Et dire qu'Agénor cachait de tels trésors…

Ce fut une Jeanne creuse comme une coquille de noix qui regagna la chambre des dames un peu plus tard dans la soirée. Aucune des femmes n'osa l'interroger, encaissant sans broncher la détresse qui émanait de la jeune fille et pour laquelle elles ne pouvaient rien, sauf compatir en silence. Jeanne se laissa dévêtir sans rien dire, aussi molle qu'une poupée de chiffon. Ce faisant, Clothilde marmonnait pour elle-même des paroles inintelligibles. Elle refusa de toucher à son repas et alla directement se coucher.

Assise dans le baquet, le regard morne, Jeanne se laissait laver par une Clothilde bourrue qui dispensait ses conseils :

— Contente-toi d'assouvir ses besoins sans penser à rien. Les hommes ne sont pas réputés pour faire traîner les choses, Dieu merci ! Ils sont parfois tellement pressés, tu n'auras peut-être même pas besoin d'ôter ta chemise. Et le jour où tu lui donneras un fils, il se lassera de toi et ira voir ailleurs. Tu seras alors tranquille. C'est toujours comme ça que cela se passe.

— Mais vous ? Qu'allez-vous devenir ? Est-ce que je vous reverrai ?

— Je t'interdis de t'en faire pour nous. Chacune, nous suivons notre chemin, tel qu'il est écrit.

À cet instant, Alix apparut. La menace de Geoffroy avait fait son œuvre, la forçant à quitter l'état de torpeur dans lequel elle s'était réfugiée. Depuis, elle avait recommencé à s'alimenter, du bout des lèvres, à contrecœur, reprenant lentement des forces et des couleurs. Sans un mot, elle ôta sa tunique en lin qui glissa au sol et elle pénétra dans l'eau chaude. Jeanne se recroquevilla pour lui faire de la place et les deux jeunes filles se firent face, leurs jambes mêlées, arborant la même mine sombre. Clothilde jeta un regard contrarié à Alix dont la rousseur de la chevelure tranchait avec la blancheur extrême de la peau.

— Tu as l'air d'une déterrée.

Alix haussa les épaules, se contentant de baisser la nuque pour mieux lui offrir son dos nu. La nourrice, étouffant d'une rage contenue, lui frotta la peau avec vigueur.

— Tu n'as que la peau sur les os ! Quel homme voudrait de toi ?

— Tant mieux ! Ainsi, il ira vite voir ailleurs ! riposta sèchement la jeune fille. Et cesse de frotter aussi fort, tu me fais mal.

— Est-ce que je souffrirai ? s'enquit brusquement Jeanne en rougissant, piteuse.

Clothilde leva les yeux au ciel en soufflant fort.

— La partie de plaisir ne sera pas pour toi, c'est certain !

— Ne pense pas à ça, chuchota Alix.

— Ce ne sera que mon corps, moi je serai ailleurs…

— Exactement, conclut férocement Alix.

Après Jeanne, ce fut au tour d'Alix de s'apprêter pour rencontrer Philippe de Beaumont. Geoffroy vint la chercher, non sans méfiance, guettant sur son visage la moindre trace de révolte, et la mit d'emblée en garde :

— Le sort de Marie, d'Héloïse et de Jeanne dépend de toi ! Tu me fais faux bond et ce sont elles qui paieront pour toi.

Alix ne daigna pas répondre et passa devant lui avec raideur.

Philippe de Beaumont avait beau être un soldat aguerri, un trousseur de jupons invétéré, blasé à bien des égards, il n'en parut pas moins ravi lorsqu'il découvrit enfin Alix. Sans même chercher à masquer son émoi, il alla à sa rencontre avec empressement, aussi frétillant qu'un jouvenceau. Il ne sembla pas se formaliser de la mine peu avenante de la jeune fille, qui, pour sa part, le trouva fort laid et vieux : de fait, c'était un homme qui avait déjà bien vécu et qui aurait pu être son père. Il la dévorait tant des yeux que c'en était presque inconvenant et Alix s'en sentit humiliée. L'homme pria Geoffroy de lui accorder quelques instants, seul, en tête à tête avec sa promise. Ce dernier, qui se tenait un peu à l'écart, sembla hésiter. Puis, cédant avec réticence, il jeta un regard lourd d'avertissement à sa sœur avant de quitter la pièce.

Alix se retrouva seule face à Philippe de Beaumont qui continuait de la reluquer. Avec beaucoup de douceur, comme on tenterait d'apprivoiser un animal sauvage, il l'invita à venir s'asseoir près de la cheminée. Elle approcha lentement et obtempéra, sur ses gardes. Alors, sans crier gare, il s'agenouilla devant elle et, lui saisissant brusquement les deux mains, les porta à ses lèvres. Trop ébahie pour réagir, le cœur soulevé, Alix n'opposa aucune résistance.

— Quel immense honneur ! déclara-t-il d'une voix vibrante. Je ferai de vous une reine. Vauriac est un joli bourg, vivant. Son castelet est très agréable à loger, bien moins austère que cette forteresse. Et vu les tragiques événements de ces derniers mois, je pense que le mieux pour vous est de quitter cet endroit… Est-ce que je me trompe ?

Surprise, Alix le fixa longuement avant de reconnaître :

— Oui, j'ai hâte de partir d'ici…

— Acceptez-vous donc de m'épouser ? Vous n'aurez pas à regretter votre choix, je vous l'assure !

Elle le dévisagea avec confusion : excepté la vive répulsion physique qu'il lui inspirait – mais comment aurait-il pu en être autrement ? – l'homme ne lui paraissait pas si mauvais et c'était tellement inattendu. La vision furtive d'Albin, l'évocation de son visage et du son de sa voix la frappèrent de plein fouet et la firent chanceler. Tout en elle refusait encore d'admettre l'inéluctable. Une résistance qui frôlait la folie et le désespoir, un cauchemar qui n'en finissait pas, une nausée perpétuelle qui lui labourait les tripes. C'était avec Albin qu'elle aurait dû vivre et fonder une famille, pas avec cet étranger qui se tenait à ses pieds comme un héros sorti tout droit d'une *canso*.

Brisée, elle murmura :

— Vous ne me connaissez pas, vous ne savez rien de moi.

— Qu'importe ! Nous aurons toute la vie pour apprendre à nous connaître. J'ai confiance !

Enjoué, il se releva d'un bond.

— Alors ? Dites-moi oui ! Nous avons la bénédiction de votre frère ! Je peux vous arracher à cet endroit dès demain si vous le souhaitez !

— Qu'il en soit donc ainsi, chuchota-t-elle, livide.

Les noces furent fixées pour le début du mois de novembre de l'an de grâce 1218, les papiers prestement signés, les contrats âprement discutés, le montant des dots convenu après maintes palabres. Geoffroy n'en croyait pas sa bonne aubaine. Satisfait et comblé, il laissa un peu plus de liberté aux femmes les jours qui précédèrent la cérémonie. Alix en profita pour se rendre à la chapelle et se recueillir pour la première fois sur la sépulture de son père. Elle ne versa pas une seule larme, comme si la source s'en était définitivement tarie. Il lui semblait que son cœur était devenu aussi dur que de la pierre, son âme aussi sombre qu'un puits. L'Alix d'autrefois était morte avec Albin. Cette Alix-là n'avait pas pu survivre. Et c'était tout aussi bien. Elle arpenta ensuite la forteresse jusque dans ses moindres recoins, suivant les traces de son ancienne vie, tous ces petits lieux secrets où elle aimait se réfugier, témoins d'une époque insouciante. Elle caressa les pierres, mémorisant les aspérités, les yeux fermés pour imprimer chaque ressenti au plus profond de sa chair. Depuis les remparts, elle embrassa du regard la citadelle qui s'étirait sur son éperon rocheux pareil à un dragon assoupi, tandis qu'un brouillard épais l'engloutissait lentement, la dérobant peu à peu à ses yeux. Il était temps de faire ses adieux, pour toujours. Dire au vent qu'elle partait et qu'elle ne reviendrait plus jamais. Qu'il finirait par l'oublier comme tous ceux qui avaient foulé ce sol avant elle, car le vent n'avait que faire de la folie des hommes ; il était libre et éternel. Et lorsqu'ils seraient tous réduits à l'état de poussière, lui seul continuerait de souffler sur Arrigues. S'il ne devait y avoir qu'un seul maître à Arrigues, ce serait lui, définitivement.

Les noces d'Alix et de Jeanne eurent lieu par un jour particulièrement froid et venteux, malmenant les coiffes des femmes et faisant claquer furieusement la bannière dressée en haut du donjon, donnant l'impression que celle-ci s'apprêtait à s'envoler. La forteresse émergeait au-dessus d'une nappe de brouillard montant de la plaine et ressemblait à un navire éprouvé par la tempête. Le paysage n'était plus qu'une palette de gris et de noir sans fin. Les corbeaux criaillaient dans le ciel bouché, en tournoyant au-dessus de la cour, et les invités eux-mêmes avaient des expressions sinistres, pressés de se mettre à l'abri. Aymeric de Limoux avait amené son chapelain qu'il présenta à Geoffroy, puisque cela faisait des années qu'il n'y en avait plus au château. Pendant ce temps, on s'affairait dans les cuisines pour apporter la dernière touche au festin tandis que partout on commentait à voix basse les petites mines des jeunes promises. Les femmes ne pouvaient s'empêcher de compatir à leur sort. Jeanne surtout paraissait si démunie, si abasourdie. À l'opposé, Alix arborait un air résigné qui impressionnait son entourage, Geoffroy le premier. Les deux jeunes filles revêtirent leurs toilettes d'apparat dans un silence de mort. Plusieurs servantes appelées en renfort s'empressèrent autour d'elles avec des gestes fébriles, surveillées par Clothilde qui les houspillait d'un ton rogue. Héloïse, qui n'était pas conviée à la noce, observait la scène un peu à l'écart, les yeux brillants de larmes refoulées. Quant à Marie, elle ne lâchait pas la main de Jeanne :

— Je ne veux pas que vous partiez…

— Pour le moment, tu restes avec maman, intervint Alix en s'agenouillant devant sa petite sœur qu'elle étreignit fougueusement. Mais un jour, je te le promets, Jeanne ou moi, on viendra vous chercher, dès que possible.

— Tu me le promets ?

— Oui.

Là-dessus, Alix se retourna vers sa mère qui ouvrit grand ses bras pour la recevoir contre elle. Ne retenant plus ses larmes, Héloïse embrassa la chevelure rousse de son aînée puis, de ses mains, encadra son visage qu'elle dévisagea intensément.

— Mes trésors…

— Nous nous reverrons, maman. J'en suis certaine…

— Je n'en doute pas. En attendant, prenez soin de vous, mes filles adorées.

Mère et filles s'enlacèrent avec effusion tandis que les servantes larmoyantes s'éclipsaient discrètement, en reniflant. Puis ce fut au tour de Clothilde d'embrasser tour à tour les deux jeunes filles, muette pour la première fois de sa vie, la gorge trop nouée pour émettre le moindre son.

Le chapelain leur fit échanger vœux et alliances dans un silence pesant, toute l'assemblée retenant son souffle. Il faisait si froid dans la chapelle que les sœurs grelottaient en dépit de leur mantel de fourrure. Elles ressortirent chacune au bras de son époux, sous les acclamations convenues de la foule curieuse qui s'était amassée devant le porche, défiant les fortes bourrasques auxquelles s'était ajoutée une fine bruine. Indifférent à la liesse ambiante, Geoffroy se tenait en retrait, l'air tourmenté. Juste avant la cérémonie, alors que Limoux lui présentait le chapelain qui officierait, Geoffroy s'était étonné de ne voir que la fille cadette aux côtés de son père. Que Marguerite n'ait point daigné assister aux épousailles de ses futures belles-sœurs le contrariait grandement. Il ne comprenait pas.

— Est-elle souffrante ? s'était-il enquis, pressant.

— Un petit refroidissement, rien de méchant, avait éludé Limoux, évasif. En compensation, mon autre fille, Aude, se fera un honneur de vous tenir compagnie.

Furieux et soupçonneux, Geoffroy s'était retenu de justesse pour ne pas lui jeter à la figure qu'il n'avait rien à faire de son laideron d'autre fille. Il avait surtout la désagréable impression que Limoux lui dissimulait quelque chose.

La pluie se mit à tomber, cinglante. On courut se réfugier dans la grande salle où un banquet était prévu. Des dizaines de candélabres illuminaient la pièce, des tentures aux couleurs chatoyantes recouvraient les murs, un feu imposant grondait dans l'immense cheminée devant laquelle patientaient troubadours, musiciens et danseuses aux costumes bariolés. Plusieurs tables avaient été dressées le long des murs, faisant face à la table d'honneur où siégeraient les mariés et leurs familles. Les convives se jetèrent sur les mets et le vin dans un joyeux brouhaha. Alix observa les festivités d'un regard froid. Elle se faisait l'effet d'être une étrangère à son propre mariage. Tous ces gens qui mangeaient, buvaient, riaient à gorge déployée, qui semblaient se réjouir d'un événement heureux alors qu'elle se sentait au bord du désespoir ; elle ne savait rien d'eux, des inconnus pour la plupart dont les accents rocailleux lui écorchaient l'oreille. Certains s'étaient déjà jetés à gosier perdu dans une beuverie répugnante. Tandis que les chopes s'entrechoquaient violemment, leurs vociférations et leurs éclats de rire avaient quelque chose de bestial qui l'horrifiait. Mais le pire encore était de voir Jeanne, assise plus loin, que son époux aviné enlaçait et tripotait sans égards. Elle arborait une mine de suppliciée, subissant sans réagir les assauts obscènes. Alix en frémit de dégoût et de colère. Son époux à elle avait au moins la décence de s'enivrer en compagnie de ses pairs, tant et si bien même qu'il semblait presque l'avoir oubliée. Ne supportant plus la vision de sa sœur, Alix laissa vagabonder son regard sur les autres femmes présentes. Le monde dans lequel elles vivaient ne leur était pas clément. Aux yeux des hommes, elles n'étaient rien d'autre que des objets de convoitise ou une monnaie d'échange dans des enjeux politiques qui les dépassaient. Comment les *cansos* qui avaient bercé sa jeunesse pouvaient-elles être à ce point éloignées de la réalité ? Tout cela n'avait donc été que leurre et mensonge ? Son regard, intrigué, s'immobilisa sur Aude de Limoux, qui se tenait à la table de son père, encadrée de deux dames de compagnie raides et sévères. Elle aussi détonnait, au milieu de tous ces rustres. Alix ne put s'empêcher de ressentir de la pitié. La jeune fille n'était pas très gracieuse, un visage quelconque, un nez trop long ; elle se tenait toute voûtée comme si elle avait souhaité se recroqueviller sur elle-même et disparaître. Isolée au milieu d'un monde masculin dénué de raffinement et de douceur, elle lançait autour d'elle des regards craintifs. Alix aurait aimé échanger quelques mots avec elle, par courtoisie et curiosité, mais l'une comme l'autre étaient coincées à leur place. À un moment, elle vit Geoffroy s'approcher de Limoux et s'entretenir avec lui vivement. Son frère semblait contrarié et cela l'intrigua. À leurs côtés, Aude avait l'air de vouloir se faire encore plus petite et c'étaient carrément des regards effrayés qu'elle lançait maintenant autour d'elle, comme si elle avait redouté un piège invisible. Que se passait-il? Mais d'où elle était, Alix ne pouvait rien entendre, ni même lire sur les lèvres.

Un peu plus tard dans la soirée, Alix profita de ce que Charles de Mareille avait déserté la table, abandonnant son épouse à son sort, pour rejoindre Jeanne. Elle fendit sans ménagement la masse compacte des corps qui lui bloquaient le passage, ses chausses collant désagréablement au sol rendu tout poisseux. En l'apercevant, Jeanne leva sur elle un regard éperdu.

— Je tombe de sommeil, j'ai mal à la tête, tu crois que cela va durer encore longtemps?

Puis fermant les yeux, elle poursuivit :

— Je voudrais que tout cela soit derrière nous. Je suis morte de peur. Je ne vois plus mon époux. Je ne sais pas où il est parti.

— Je l'ai vu s'éloigner dans l'escalier. Avec un peu de chance, il se perdra dans les couloirs et se contentera de cuver dans un coin, en te laissant tranquille.

Assises l'une à côté de l'autre, leurs mains enlacées sous la table, elles contemplèrent en silence la fête qui s'éternisait. Elles se sentaient assommées par la fatigue et la peur. Dehors, la nuit était tombée. Les autres femmes, épouses ou concubines, commençaient à se retirer. Aude de Limoux disparut à son tour, aussi discrètement qu'elle était apparue. À l'autre bout de la pièce, Geoffroy était en pleines palabres avec Aymeric de Limoux et la conversation semblait prendre une tournure houleuse. Mais Alix était désormais trop oppressée pour maintenir sa vigilance. Elle n'avait qu'une hâte, que cette mascarade cesse, et laissait flotter son esprit au-delà des murailles, se réfugiant à la fontaine aux fées où Albin et elle aimaient se retrouver lorsque les beaux jours revenaient. Ils avaient alors l'illusion d'être seuls au monde et à l'abri de tout. Désespérée, elle se demanda s'il y avait eu des signes qu'elle n'avait pas vus ou su interpréter. Albin était mort mais elle continuait de lui parler, tout comme elle continuait de se confier à son père. Philippe de Beaumont ne posséderait jamais d'elle que son corps qui n'était qu'une coquille vide. Son âme, sa loyauté et sa fidélité, ses sentiments ne seraient jamais à lui, elle s'en était fait le serment.

Elle sentit son cœur cesser de battre quand elle le vit justement venir à elle, vaguement éméché, l'œil égrillard.

— Allons-y, ma mie, il est grand temps ! lâcha-t-il en lui tendant la main.

Ce ne fut pas tant de devoir le suivre qui la dévasta mais de laisser seule sa jeune sœur dont l'époux n'était toujours pas réapparu. Jeanne lui jeta un regard éperdu d'angoisse. Elle était au bord des larmes et se contenait à grand-peine.

— S'il ne réapparaît pas bientôt, va te coucher, ne l'attends pas ! lui chuchota Alix en se levant.

Jeanne acquiesça en silence.

Une chambre leur avait été préparée en vue de leur nuit de noces. Un feu flambait dans la cheminée, jetant des éclats fauves sur les murs et le sol. Une coupe de fruits secs et de pommes ainsi qu'une carafe de vin avaient été déposées sur un coffre en bois tandis que le lit semblait guetter l'improbable union, béant et impersonnel.

Alix se laissa déshabiller sans opposer la moindre résistance. Son époux avait des gestes brusques et impatients, une lueur fébrile dans le regard, et ses caresses faisaient mal. Il lui dénoua les cheveux avec un grognement admiratif puis la bascula sur le lit avant de se jeter sur elle.

Alix réprima un violent haut-le-cœur et serra les dents. Elle aurait voulu crier, pleurer, frapper de toutes ses forces ce poids mort qui l'écrasait et lui pétrissait douloureusement les seins. Au lieu de ça, elle ferma les yeux et, les lèvres obstinément closes, elle endura l'haleine avinée qui lui balayait le visage, le va-et-vient brutal entre ses cuisses. Son esprit, affolé, largua les amarres. À la fin, lorsque Philippe de Beaumont se retira, elle l'entendit lui susurrer à l'oreille : « Tu es magnifique », tandis que ses larges mains continuaient de la parcourir avec des manières de propriétaire satisfait. Elle réprima un frisson de dégoût. Paniquée, elle sentait que les larmes n'étaient pas loin. Elle avait mal partout. Repu, il roula sur le dos et s'endormit presque aussitôt, ses ronflements sonores envahissant le silence. Les yeux fixant le feu mourant, Alix demeura un long moment immobile, le temps que les battements de son cœur s'apaisent et que sa nausée se dissipe. Une petite voix en elle s'évertuait à répéter : c'est fini, cela aurait pu être pire, tu finiras par t'y habituer… Pitoyable mensonge, elle le savait.

Elle se coucha sur le flanc droit, tournant le dos à son époux, et là seulement, elle se mit à sangloter.

Il était convenu que les festivités dureraient trois jours. Puis chacun repartirait chez soi. Tandis que les convives de la noce émergeaient lentement, les mines abruties et la bouche pâteuse, Charles de Mareille et Philippe de Beaumont organisaient le convoi en pataugeant sous une pluie fine, gesticulant autour des chevaux et des charrettes, rudoyant valets et palefreniers. Pendant ce temps, dans la chambre des dames, c'était l'heure des adieux. Ni Jeanne ni Alix n'avaient évoqué leur nuit de noces. Cet épisode de leur vie resterait frappé pour toujours du sceau du silence et du secret. Mais ce qui tourmentait encore plus Alix, c'était la situation incertaine de sa mère et de Marie. Qu'allaient-elles devenir ? Marie était trop jeune pour envisager un mariage dans l'immédiat, quant à Héloïse, elle avait tellement souffert qu'elle n'était plus que l'ombre d'elle-même. Elle ignorait tout des projets de Geoffroy quant à leur avenir et redoutait le pire.

Le long convoi des mariés s'ébranla par une froide matinée grise. Il avait gelé durant la nuit, figeant la campagne sous un linceul blanc tandis que le ruissellement des eaux de la veille s'était pétrifié en de fines stalactites sous les créneaux et les linteaux des portes. De la vapeur s'échappait des naseaux des chevaux dont les sabots brisaient les flaques de glace et les hommes piétinaient sur place pour se réchauffer, pressés de se mettre en mouvement.

Depuis les remparts, protégé d'une épaisse pelisse en peau de loup, Geoffroy suivit le convoi des yeux aussi longtemps qu'il le put : charrettes chargées de coffres à lourdes serrures que des percherons tiraient laborieusement sur le chemin escarpé, va-et-vient des cavaliers qui ouvraient la marche, les deux couples cernés chacun d'une imposante escorte et précédant un cortège de suivantes, d'écuyers et de pages. Ce n'est que lorsque la dernière bannière disparut à l'horizon qu'il se décida à rentrer. Soulagé et rassuré.

Le convoi progressait lentement. Alix chevauchait sa jument blanche, précédant Jeanne qui se tenait à plusieurs encolures derrière elle. Régulièrement, Alix se retournait vers sa sœur, dans l'espoir de capter son regard, le cœur étreint par une sourde angoisse. Leurs époux ne leur avaient pas accordé l'opportunité de faire ce début de voyage ensemble ; Charles de Mareille surtout avait semblé désireux de trancher le plus vite possible avec tout ce qui aurait pu appartenir à leur ancienne vie. Et alors que Jeanne ne parvenait plus à dissimuler son chagrin et pleurait à chaudes larmes, il l'avait sèchement rabrouée en lui rappelant qu'elle n'était plus une enfant. Choquée et indignée, Alix l'avait foudroyé du regard mais elle s'était heurtée à un mur de glace. Saisie d'effroi, elle avait alors compris la vraie nature de cet homme et sa haine à l'égard de Geoffroy s'était encore décuplée : c'était lui l'unique responsable de tout cela. À ses yeux, elles n'avaient jamais été autre chose que des pions.

Le convoi s'engagea avec mille précautions sur le chemin accidenté qui menait à la vallée. Les hommes hurlaient sur les bêtes de somme qui renâclaient. Le gel rendait les pierres encore plus glissantes. Elles roulaient sous les sabots de la jument blanche, que l'agitation rendait nerveuse. Accablée, Alix imagina qu'elle chutait tout en bas du précipice vers le torrent glacial, une chute mortelle, définitive, qui la soulagerait de cette vie. Le cri d'un rapace résonna dans le ciel. Elle leva les yeux, lui enviant sa liberté, puis dévia son regard vers l'est, vers les hauteurs où s'étendait la garrigue. Son cœur fit alors une brusque embardée et elle fut saisie d'un vertige. Là-bas, très loin sur l'horizon, se détachait la silhouette d'un cavalier. Submergée par l'émotion, elle essuya fébrilement de la main les larmes impromptues qui lui brouillaient la vue. C'était trop loin pour bien distinguer. Cela aurait tout aussi bien pu être un mirage, une vision fabriquée de toutes pièces par son esprit désespéré. Bientôt d'ailleurs, elle le perdrait de vue, entraînée irrémédiablement dans la direction opposée, alors que tout en elle criait non, non, non. Elle avait beau plisser les yeux, cramponnée aux crins de sa jument, elle ne savait pas si elle rêvait ou si là-haut se tenait bien un cavalier. Puis, au moment où le convoi s'apprêtait à entrer dans le sous-bois, elle vit le cheval se cabrer et disparaître, la laissant abasourdie.

Jeanne et Alix se dirent adieu au croisement de deux chemins ; leurs routes se séparaient devant un calvaire, cernées de visages inconnus, au milieu d'une lande grise balayée par le vent. Ils avaient chevauché toute la matinée et Arrigues avait depuis longtemps disparu à l'horizon. Le froid était si mordant que Charles de Mareille, de mauvaise humeur, empêcha les embrassades. D'un ton autoritaire qui lui valut un énième regard noir d'Alix, il ordonna à Jeanne de cesser de pleurnicher, prétextant que tant de sensibilité était excessive. Jeanne ne broncha pas, comme éteinte de l'intérieur, mais Alix sentit une bouffée de haine pure pour cet homme la submerger. Il semblait d'ailleurs que ce serait dorénavant la seule chose qui la maintiendrait en vie, tant elle en voulait à la terre entière. La haine et la colère. Ce furent des adieux précipités, aucune étreinte ni même quelques paroles échangées, tout au plus un regard furtif, de loin, vite réprimé, et Alix, dévastée, vit sa sœur s'éloigner comme si elles étaient des étrangères, suivant dorénavant des chemins séparés qui les mèneraient Dieu savait où. Le convoi de Charles de Mareille était déjà loin lorsque Philippe de Beaumont estima qu'il était temps pour eux aussi de se remettre en route. Il s'approcha d'Alix et, le ton vaguement bourru, il marmonna :

— Il faut partir, ma mie. Allez !

11

Le sanglier, la louve et l'aigle (1218-1219)

Le voyage qui devait conduire Alix sur ses nouvelles terres dura quatre longues journées sous une pluie battante. Philippe de Beaumont lui avait vanté la beauté et l'opulence de son nouveau fief mais la jeune fille découvrit une tout autre réalité : toute la campagne alentour avait été brûlée et, aussi loin que portait le regard, ce n'était que désolation et villages abandonnés. En pénétrant dans Vauriac, ils découvrirent un bourg sinistré, encore tout fumant des derniers bûchers. De nombreuses maisons avaient été détruites, formant ici et là des tas de gravats noircis qui n'étaient pas sans rappeler de mauvais souvenirs à Alix. Les gens, apeurés, se terraient derrière leurs volets et, dans les rues étroites, aucune foule en liesse pour les accueillir, rien qu'un silence mortifère. Le castelet se détachait sur sa motte, surplombant le bourg. Un lieu froid et obscur, envahi par les courants d'air et déserté par ses anciens habitants. Philippe de Beaumont avait pourtant embauché en hâte quelques serviteurs pour rendre l'endroit plus hospitalier en vue de leur arrivée, mais ces derniers, tous des gens du coin, s'étaient montrés mal à l'aise et craintifs, à croire que le lieu était hanté. Et de fait, en guise de fantôme, Alix ne tarda pas à comprendre que la rébellion couvait sous la cendre et que l'ancien seigneur de Vauriac, bien qu'excommunié et chassé de ses terres, n'en avait pas moins gardé de fidèles partisans qui rôdaient encore dans les parages. Et lorsqu'elle était passée sous la herse du château dont les grandes portes béaient, elle s'était sentie observée par des yeux invisibles. À l'intérieur régnait un silence d'outre-tombe. Les cris perçants d'un couple de corneilles dans le ciel gris retentirent brusquement, leur faisant à tous lever la tête. Bon ou mauvais présage ? Certains dans le convoi se signèrent. Alix, elle, ne fut pas effrayée. Juste résignée et malheureuse à mourir. Partout où se posait le regard, des traces de combats, le sol encore jonché de débris. La même scène affreuse qu'à Béziers s'était déroulée ici : la populace éperdue tentant d'échapper au déferlement des *ribauds*, piétons sanguinaires qui précédaient toujours les chevaliers et qui s'en donnaient à cœur joie dans le carnage, tant que ces derniers n'intervenaient pas à leur tour, pour finir la besogne. Cette guerre qui portait le nom de croisade n'était que l'œuvre de bouchers, ici comme ailleurs.

Les premiers temps à Vauriac furent difficiles. Les journées se déroulaient dans une solitude et une monotonie extrêmes. Philippe de Beaumont avait interdit à Alix de sortir du château, les alentours n'étant pas sûrs, et elle se trouva réduite à tourner en rond, livrée à elle-même et désœuvrée, comme si elle avait été tenue captive. Mais d'une certaine manière, ne l'était-elle pas ? À peine installé, Philippe de Beaumont dut s'absenter, pour aller mater les révoltes qui défiaient encore son autorité et menaçaient son bien fraîchement acquis, laissant Alix seule avec quelques servantes mutiques pour unique compagnie. Des départs vécus comme un soulagement par la jeune fille. Quelques nuits de répit, sans avoir à subir, le cœur au bord des lèvres, les assauts brusques et bruyants de son époux. Une accalmie. Philippe de Beaumont était à ses yeux comme un vieux sanglier irascible que ces expéditions ramenaient toujours de fort mauvaise humeur. Leurs retrouvailles nocturnes servaient alors d'exutoire à sa rage et à sa frustration, la laissant ensuite pantelante et désespérée.

Elle prit goût aux longues journées de solitude où elle pouvait laisser libre cours à ses pensées. Elle songeait à Jeanne et se tourmentait pour elle. Comment sa jeune sœur, si innocente et fragile, endurait-elle sa nouvelle vie ? Était-elle entourée ? Elle pensait aussi à sa mère, à Clothilde et à Marie, s'inquiétant de ce qui allait advenir d'elles. Et puis, bien sûr, elle ne cessait de penser à Albin. Il était en elle, en permanence. Cela faisait déjà cinq lunes qu'il était mort mais il lui semblait que c'était hier. La blessure était toujours béante et à vif. L'absence, insupportable. Parfois, lorsqu'elle errait sur les remparts, il lui arrivait de considérer le vide et de se dire qu'après tout c'était peut-être l'unique possibilité qui lui restait, la seule liberté dont on ne pouvait la priver, le choix de vivre ou de mourir.

Son corps toutefois s'étoffait à nouveau. Instinctivement, elle se forçait à s'alimenter, du bout des lèvres, ses étourdissements et ses nausées n'étant pas totalement dissipés. Ses nuits restaient mauvaises et peuplées de cauchemars dans lesquels elle voyait Agénor, le corps lacéré et dont le sang rouge vif imbibait la terre tout autour, en une multitude de sillons. Elle se réveillait alors en sursaut, couverte de sueur et le cœur affolé.

Un jour qu'elle se déshabillait pour prendre un bain, particulièrement lasse, son regard se figea sur son ventre douloureux et tendu. Le doute n'était plus permis, il commençait bel et bien à s'arrondir, tout comme sa poitrine autrefois menue. La femme qui l'aidait suivit son regard et sourit d'un air entendu.

— Comme vous devez être heureuse, ma dame !

Atterrée, Alix ne répondit pas. Les signes étaient là mais elle n'avait pas voulu les voir. Impossible cependant de se voiler la face : un enfant grandissait en elle, discrètement, comme s'il avait su que ce n'était pas le bon moment et qu'il avait tout intérêt à se faire tout petit, le plus longtemps possible… Alix fut contrainte de patienter plusieurs semaines avant de l'annoncer à son époux. D'interminables jours durant lesquels elle oscilla entre euphorie et angoisse folle, à se répéter qu'elle aurait peut-être dû se jeter du haut des remparts, quand il en était encore temps. Mais c'était trop tard ; elle s'en sentait désormais incapable, elle portait la vie en elle. Elle pouvait sentir les mouvements du petit, déjà bien vigoureux, lui semblait-il. Elle s'inquiétait alors du peu de place qu'elle lui avait accordé jusqu'à présent, consciente de l'avoir caché aux yeux de tous : et s'il avait souffert de ces premiers mois à l'étroit dans sa matrice ?

D'un côté, elle vouait une infinie reconnaissance à la Providence pour lui avoir accordé ce don du ciel inespéré. Albin continuerait de vivre à travers cet enfant, elle ne l'avait pas complètement perdu. Mais elle était également terrifiée et désespérée. Si ses calculs étaient justes, l'enfant verrait le jour au début de la nouvelle année, peut-être même avant. Pour l'instant, son corps gracile et frêle sauvait encore les apparences. Mais le répit serait de courte durée et l'enfant naîtrait toujours cinq mois trop tôt pour pouvoir duper qui que ce soit. Que se passerait-il alors ? La réaction de Philippe serait terrible et l'idée que son petit ne survive pas à ce qui serait considéré comme une infamie la submergeait de douleur.

En attendant, Philippe de Beaumont ne se doutait de rien et, lorsqu'il apprit la nouvelle, il tomba aux pieds de sa jeune épouse, gonflé de fierté : déjà ! Si vite ! Leur union était bénie des dieux. Glacée, Alix resta muette. Aux yeux de son époux, la grossesse n'en était qu'à un stade très précoce où tout pouvait encore basculer. Il déserterait donc le lit conjugal jusqu'au terme, afin de la ménager. Tant de prévenance, elle n'était plus habituée ! Il fit verser des sommes conséquentes à l'Église pour que les saints intercèdent en sa faveur ; il espérait de toute son âme que cela soit un fils. Puis il partit en quête d'une matrone qui veillerait sur elle.

— Dans le bourg officie une femme très réputée, paraît-il, pour mettre les enfants au monde. Je lui ai ordonné de cesser tous ses engagements pour qu'elle ne se consacre qu'à toi et à notre futur enfant. Elle restera auprès de toi jusqu'au bout, nuit et jour. Elle arrive dès demain soir.

Alix sentit la panique l'envahir : jamais cette femme ne serait dupe ; au premier coup d'œil, elle comprendrait puis irait tout rapporter à son seigneur !

— Est-ce vraiment nécessaire ? C'est encore tellement tôt et je me sens très bien ! Je saurai prendre soin de moi, objecta-t-elle.

— Oh oui ! Il est hors de question que je perde à nouveau une épouse et mon enfant en couches ! répliqua-t-il presque hargneusement.

Accablée, Alix ne répondit pas et le laissa se retirer, la mort dans l'âme. Rien à faire, il n'y aurait pas d'échappatoire possible, depuis le début le destin jouait contre elle.

C'est ainsi que Catherine Martin entra dans la vie d'Alix. Une robuste matrone, encore jeune et dont la démarche lui rappela, telle une fulgurance, celle de Clothilde ; de grandes foulées nerveuses et des yeux noirs qui lançaient des éclairs, prêts à foudroyer le premier importun qui entraverait son chemin. Elle avait un large visage couperosé, franc et direct, qui aurait pu être agréable à regarder si elle n'avait arboré cet air farouche et revêche, qui la rendait intimidante. Alix en fut bouleversée et une bouffée de nostalgie la submergea. La femme fulminait de rage rentrée. Elle était venue contre son gré et ne cherchait même pas à dissimuler ses sentiments : cette mission imposée, des plus délicates, lui pesait.

La première rencontre fut tendue. Tétanisée, Alix souleva sa tunique blanche en tâchant de maîtriser le tremblement de son corps et se laissa examiner avec répugnance. Elle aurait voulu pouvoir la congédier sans ménagement, comme on rêve de se débarrasser d'une insupportable démangeaison. De son côté, Catherine Martin semblait nourrir les mêmes ruminations, ses mains rugueuses palpant sans douceur le ventre blanc, indifférente au regard qui pesait sur elle. En son for intérieur, dévorée par l'angoisse, Alix implorait Dieu pour que cette femme ne remarque rien. Son ventre était encore si plat, ne pouvait-il pas faire illusion? Il lui sembla cependant que l'auscultation durait plus que de raison et sa tension monta d'un cran encore. Catherine Martin avait un air concentré, les yeux plissés et le nez froncé. Puis, d'un geste sec, elle rabattit la tunique et elle se releva, le visage indéchiffrable.

— Votre époux sait-il? finit-elle par lâcher froidement.

La gorge sèche et le corps couvert d'une sueur froide, Alix soutint son regard avec défi.

— Quoi donc? Que j'attends un enfant? Évidemment…

— Vous savez très bien ce que je veux dire…

Alix se sentit chanceler. Catherine la dévisageait durement, bras croisés sous son opulente poitrine.

— Non. Bien sûr que non. Cela remonte à une autre vie… avant tout ça… avant que le père de cet enfant ne soit tué… Moi-même je ne me doutais encore de rien lorsque mon époux a fait sa demande. Sinon…

Sa voix se brisa et elle essuya rageusement les larmes qu'elle sentait poindre sous ses paupières. Inspirant un bon coup, elle darda à nouveau les yeux sur la femme et, d'une voix froide, reprit :

— Pourrais-je vous faire confiance ? Sauriez-vous garder le silence ? Car si mon époux apprenait la vérité…

— À mon avis, ce sera compliqué. L'enfant sera là d'ici trois, quatre lunes, tout au plus. Il est bien vigoureux et déjà de belles proportions.

Alix fixa la matrone d'un air abasourdi.

— Je suis donc perdue…, murmura-t-elle.

— J'ai rarement vu ça de toute ma vie… C'est comme si votre corps avait nié l'existence de ce petit…

— L'ai-je mis en danger ?

— Je ne pense pas.

— Je ne sais que faire pour le sauver…

— Ne vous tourmentez pas, dit Catherine dont la voix s'était subitement adoucie.

Comme Alix lui décochait un regard perplexe, elle reprit à voix basse :

— Nous ferons en sorte qu'il ne vous arrive rien, à vous et au petit.

— Nous ?

— Oui ! tout votre entourage, tous ceux qui veillent sur vous depuis votre arrivée.

— Oh… je ne me leurre pas, vous savez, je ne suis qu'une étrangère ici et c'est normal.

— C'est surtout votre époux qui est haï. Mais... je ne devrais pas vous dire tout ça...

— Vous n'avez rien à craindre de moi, si c'est ce que vous redoutez. Ma vie et celle de mon enfant ne tiennent qu'à un fil et, pour l'instant, elles reposent entre vos mains...

— Disons donc que nous nous protégerons mutuellement, grommela Catherine. Quant à votre époux, je doute fort qu'il ose crier sur tous les toits qu'il est le père d'un bâtard. Il sera forcé de ravaler son orgueil bafoué pour sauver les apparences ! Votre fils portera son nom, tout au moins sur le papier, que cela lui plaise ou non ! En attendant, nous ferons comme si de rien n'était. Je vais veiller sur vous jusqu'à votre terme, comme cela a été convenu.

— Merci..., chuchota Alix.

— J'espère que votre époux garde ses distances avec vous ?

— Oui... pour cela, il s'est montré très conciliant...

— Tant mieux !

Contre toute attente, Alix s'attacha très vite à Catherine et se mit à guetter ses visites avec impatience. Moments de répit, de réconfort aussi, qui brisaient sa solitude. C'était une femme un peu rustre, qui ne s'embarrassait pas de scrupules inutiles et qui allait toujours droit au but. Elle ne parlait jamais pour ne rien dire, préférant les réponses lapidaires et sèches. Mais son regard trahissait une profonde humanité ainsi qu'une immense générosité. Elle connaissait les vertus des plantes médicinales et s'en servait parfois pour soulager Alix, tout en lui faisant promettre chaque fois de ne rien dire : « Les gens peuvent être tellement suspicieux et malveillants ; dans ma profession, on ne doit se fier à personne. » Elle-même mâchouillait souvent des bourgeons de peuplier, pour soulager douleurs dentaires ou migraines. Alix lui enviait cette connaissance ancestrale, transmise de mère en fille. Elle observait soigneusement la préparation des cataplasmes et des décoctions, tâchant de tout mémoriser. Amadouée, Catherine concédait quelques secrets de fabrication et mettait en garde dans le choix des doses, car la nature pouvait tout aussi bien guérir que tuer.

— Mais toi, tu n'as pas de fille à qui transmettre tes connaissances ? s'enquit un jour Alix.

— Non. Je n'ai pas cette chance.

— Je sais que tu es mariée même si tu n'en parles jamais. Et cela m'ennuie de vous avoir séparés, toi et ton époux. Alors, si tu le souhaites, je peux le faire venir au château, lui trouver un emploi et vous loger…

— Non ! Ce ne sera pas nécessaire !

La réaction de Catherine avait été si vive qu'Alix se tut quelques instants, troublée.

— Mais pourquoi ? Tu ne souhaites pas vivre à ses côtés ? Cela fait plus de trente nuits que tu ne l'as pas rejoint…

— Oubliez ça, ma dame ! Il ne voudra jamais, c'est peine perdue. Et c'est tout aussi bien, croyez-moi.

Perplexe, Alix insista :

— Il n'est pas bon avec toi ?

— Il ne s'agit pas de ça.

— Mais alors ? Je ne comprends pas…

— Il ne voudra jamais mettre les pieds ici, c'est tout. N'en parlons plus maintenant.

Songeuse, Alix n'avait pas insisté.

Régulièrement, Catherine lui palpait le ventre et se concentrait sur les mouvements de l'enfant. La grossesse suivait son cours sans problème. Alix la regardait faire avec affection. En très peu de temps, la matrone était devenue une confidente et une complice. Si elle-même se confiait encore peu, Alix n'hésitait plus à lui parler de sa vie d'autrefois, de son enfance à Arrigues, de sa mère et de ses sœurs qui lui manquaient, sans oublier Albin. La première fois qu'elle l'évoqua, la matrone eut un imperceptible tressaillement.

— Il ne fut donc jamais comme un frère pour vous ?…

— Oh non. Je crois même que je l'ai aimé dès que je l'ai vu.

— Et lui ?

— Je ne sais pas… Il parlait peu. Tout était dans son regard. Un peu comme toi d'ailleurs…

Catherine esquissa ce qui ressemblait à un sourire, un peu contraint, un peu gêné. Pendant qu'Alix évoquait Albin, sa main caressait machinalement son ventre. Le regard perdu dans le vague, elle ne faisait plus attention à Catherine qui la fixait, la physionomie indéchiffrable.

— Et toi, Catherine, tu n'as donc pas d'enfants.

— Non. À croire que Dieu tout-puissant a décidé que je n'étais pas faite pour en porter, mais juste pour mettre ceux des autres au monde. Chacun sa croix.

— Tu aurais pourtant fait une excellente mère, j'en suis persuadée… une vraie louve…, répliqua vivement Alix en lui étreignant la main.

Émue, Catherine bougonna :

— Peut-être bien… Mais vous aussi, vous serez une louve pour votre enfant.

L'expression de joie furtive sur le visage d'Alix s'estompa aussi brusquement qu'elle était apparue, cédant la place au doute et à l'inquiétude. Le regard perdu dans le vide, elle ne répondit pas.

Courant décembre, alors que les premières neiges recouvraient le paysage, Alix reçut un messager venant d'Arrigues, un simple manant déguenillé et épuisé, qui avait voyagé nuit et jour en prenant des chemins de traverse pour mieux passer inaperçu. Il lui apportait une lettre qu'il avait pour consigne de remettre en main propre, un jour où le seigneur de Beaumont serait absent. Bouleversée, Alix attendit d'être seule pour en prendre connaissance. Les mains tremblantes, elle décacheta le parchemin, découvrant avec émotion l'écriture soignée de sa mère, juste quelques phrases transcrites en langue d'oc, lui annonçant qu'elle allait être envoyée dans un couvent, ainsi que Marie et Clothilde, et que c'était là un sort pas trop mauvais. Perdue dans ses pensées, oscillant entre la peine ravivée et le soulagement, elle n'entendit pas Catherine qui était entrée sans bruit dans la chambre. Cette dernière toussota. Surprise, Alix sursauta et dissimula furtivement la missive sous son surcot. Peine perdue, l'œil acéré de la matrone avait tout vu. Pour autant, elle ne fit aucun commentaire et, la mine impénétrable, la rejoignit sur la banquette, reprenant son métier à tisser là où elle s'était arrêtée.

Au bout d'un long silence, Alix finit par s'enhardir :

— Dis-moi. Connaîtrais-tu une personne digne de confiance qui pourrait me servir de messager ?

Comme Catherine lui jetait un regard interrogateur, Alix enchaîna précipitamment :

— Ma mère et mes sœurs me manquent. Ne pas avoir de leurs nouvelles me torture.

— Je connais peut-être quelqu'un…, finit par marmonner la matrone du bout des lèvres.

— C'est vrai ? Il aurait à se rendre à Arrigues au début et puis aussi à Mortes-Pierres, là où vit désormais ma sœur Jeanne.

Catherine se contenta de hocher la tête.

— Mon époux n'est pas encore rentré. Si je les écris aujourd'hui, penses-tu que... ?

— Oui.

Alix soupira, éperdue de reconnaissance :

— Merci.

— Par contre, vous devriez brûler celle-ci, reprit Catherine en désignant d'un coup de menton la missive maladroitement dissimulée.

Tu as raison... J'allais le faire...

Lorsque la lettre d'Alix à sa mère partit, confiée cérémonieusement à un messager tout jeune mais au regard déterminé, Héloïse, Marie et Clothilde ne se trouvaient déjà plus à Arrigues, entamant le périple qui les mènerait au couvent Sainte-Radegonde. Geoffroy avait chargé quelques soldats d'escorter le convoi qui se mit en branle dans un silence de mort, presque incognito, au milieu d'une cour désertée par ses occupants ; pas le moindre rassemblement, aucune effusion, aucun adieu éploré. Geoffroy y avait veillé personnellement, déterminé à ce que cet exil se fasse dans l'opprobre général, désireux que les gens effacent de leur mémoire l'existence même de ces femmes, volatilisées sans honneur ni fanfare, comme une page qui se tournait, définitivement. Une manière de les enterrer vivantes, sauf la petite Marie qu'il reviendrait chercher le moment voulu, lorsqu'elle serait en âge de contracter une union.

Alors seulement, il put jouir de la sensation unique et grisante des retrouvailles avec son domaine. Il se mit à arpenter ses terres, chevauchant du matin au soir par tous les temps, se réappropriant de vieilles émotions, revivant ses années d'enfance bénies, lumineuses, alors qu'il grandissait auprès de sa mère, unique fils d'un père inconnu parti guerroyer en Terre sainte. Il avait repris ce qui lui était dû, effacé les années infamantes, reconquis son honneur. Et tandis que son cheval galopait dans le vent, il lui semblait entendre la voix de Mahaut qui lui soufflait à l'oreille toute sa fierté. Il ne lui restait plus qu'à faire venir une châtelaine et fonder une nouvelle lignée de seigneurs d'Arrigues. Marguerite de Limoux obsédait ses pensées, sa froideur et les silences étranges d'Aymeric ne faisant qu'exacerber sa détermination. Il voyait avec impatience la date de leurs noces approcher, rêvant de soumettre ce jeune corps récalcitrant.

Un jour qu'il revenait de l'une de ses longues chevauchées exténuantes, sa monture crottée et fourbue, un valet vint lui annoncer qu'un messager l'attendait dans la grande salle. Intrigué, Geoffroy sauta à terre et, confiant la bride de son cheval à un palefrenier, rejoignit à grands pas le corps de logis. Un homme, petit et rougeaud, se présenta en balbutiant : il était envoyé par la mère supérieure du couvent. Cette dernière était très inquiète, ses protégées n'étaient pas arrivées !

— Comment ça, pas arrivées ?

— Elles ont disparu, mon seigneur. La mère supérieure, ne les voyant pas arriver, a envoyé deux hommes de confiance à leur rencontre. Ils n'ont retrouvé que l'escorte dont les corps étaient criblés de flèches. Quant à ces dames, aucune trace… Nous redoutons hélas un terrible malheur, les chemins sont si peu sûrs en ces temps-ci…

— Ce n'est pas possible ! éructa Geoffroy, saisi soudain d'un terrible soupçon.

Abasourdi, il pivota sur lui-même, scrutant la grande salle d'un air furieux, comme si Albin avait pu se cacher derrière l'une des tentures pour l'épier et se délecter de son forfait !

— Il a osé ! proféra-t-il, blême de rage. Mes doutes étaient donc fondés ! Il me le paiera !

Le messager, qui ne savait trop si le seigneur s'adressait à lui ou parlait tout seul, courba le dos piteusement.

— C'est que la région pullule de *faydits*, mon seigneur. Il se peut que les dames aient été enlevées par vengeance ou contre rançon…

Geoffroy éclata d'un rire sans joie, tonitruant.

— Oh que non ! Je connais celui qui est derrière tout ça ! Et il vient de signer son arrêt de mort ! La terre ne sera jamais assez vaste pour qu'il se cache de moi, je finirai par le retrouver !

Puis tournant les talons, fulminant, il hurla à la cantonade :

— Sergent ! Réunissez la garde !

Dès le lendemain, Geoffroy décida d'aller rendre visite à Aymeric de Limoux. Son futur beau-père ne pourrait lui refuser de l'aide dans sa traque d'Albin, d'autant plus que ce dernier, s'il était toujours en vie, représentait désormais une menace réelle pour eux tous. Il confia la forteresse à son sergent et quitta Arrigues à l'aube, avec seulement trois hommes pour l'accompagner, déterminé à parcourir la distance le plus rapidement et discrètement possible, quitte à pousser les montures jusqu'à l'épuisement. Ils empruntèrent des chemins de traverse sans rencontrer âme qui vive, contournèrent les villages dont les fumées s'élevaient au loin dans le ciel menaçant, prêt à crever, et, durant tout le temps que dura cette folle chevauchée à bride abattue, avec pour unique bruit le martèlement sourd des sabots et le souffle rauque des chevaux, Geoffroy ne cessa de ressasser l'affront – sa belle-mère et sa sœur enlevées, ses trois soldats tués. Il était persuadé qu'Albin n'avait pas agi seul et que ce ne serait pas un loup solitaire qu'ils auraient à traquer mais toute une meute. Qu'importe ! La chasse en serait d'autant plus excitante ! Ils franchirent des combes sombres et humides, traversèrent des bois touffus, à l'affût du moindre signe, les *faydits* étant réputés pour leurs embuscades. Mais il n'avait pas peur, bien au contraire, espérant presque voir surgir Albin et ses complices, tant l'envie de lui régler son compte était violente. Cependant ils arrivèrent sans encombre au château d'Aymeric de Limoux, austère forteresse qui surplombait un gros bourg depuis un promontoire rocheux peu élevé.

Aymeric de Limoux vint à la rencontre de Geoffroy en courbant le dos sous les trombes d'eau. Le cheval de ce dernier dérapa sur le sol spongieux. Les bêtes comme les hommes ruisselaient. La pluie s'était mise à tomber sans discontinuer en début d'après-midi, transformant les chemins en rigoles boueuses et diluant le paysage en une morne palette de gris et de brun. Sans un mot, les hommes allèrent se mettre à l'abri dans la grande salle du logis. Devant la cheminée, Geoffroy se délesta de son manteau gorgé d'eau et s'ébroua, la chevelure tout ébouriffée.

— Un temps à se retrouver trempé jusqu'aux os, commenta Aymeric qui ordonna discrètement à un serviteur de leur apporter du vin chaud aux épices.

Lorsqu'ils furent enfin à l'abri des oreilles indiscrètes, il écouta la requête du jeune homme sans l'interrompre, la mine perplexe.

— Es-tu en train de sous-entendre que ce serait cet Albin qui aurait trahi Agénor et qui serait venu à mon château pour nous prévenir de leur attaque ? finit-il par murmurer, incrédule.

— Et qui d'autre ? s'impatienta Geoffroy. Ce n'était pas l'un de mes messagers en tout cas. Et Albin ne faisait pas partie des corps que j'ai fait enterrer. Vous ne l'avez pas tué pour la simple raison qu'il n'était pas avec la troupe.

— Mais pourquoi aurait-il fait ça? Je croyais qu'Agénor était comme un père pour lui?

— Parce qu'il n'était pas celui qu'il donnait l'impression d'être. Mais qu'importe ses motivations! Il est toujours en vie et il est un danger pour nous tous.

— Pourquoi donc, s'il a eu ce qu'il voulait?

Geoffroy eut un geste plein de rage contenue.

— Parce qu'il veut faire main basse sur Arrigues et se venger; il aimait Alix plus que tout.

— Alix… que tu as mariée à Philippe?

— Oui.

— Alors, si tu dis vrai, nous n'aurons pas de répit tant qu'il n'aura pas été capturé ou tué…, murmura Aymeric d'un air songeur.

— Je le pense aussi. Il est aux abois. Or il n'y a pas plus dangereux qu'un homme traqué et qui n'a plus rien à perdre. Je suis sûr que c'est lui qui est derrière l'enlèvement d'Héloïse et de Marie.

— Hmm… Le pays grouille de *faydits* qui sont très difficiles à appréhender, tu le sais mieux que quiconque. Ton père était le plus redoutable et il a fallu qu'il soit trahi pour qu'on puisse lui mettre la main dessus. Ces derniers temps, plusieurs moines mendiants ont été assassinés, des franciscains et des dominicains. Je ne peux pas dire que je portais dans mon cœur ces fous de Dieu, mais c'est un fait, la région n'est absolument pas sûre. On dit que se trouvent à la tête de ces bandes quelques seigneurs qui ont réussi à s'enfuir après la mise à sac de leur seigneurie. Toutefois, rien ne nous prouve qu'Albin de Fourques en fasse partie. Je n'ai jamais entendu ce nom.

— C'est pour cette raison qu'il est d'autant plus dangereux. Restez toujours sur vos gardes. Ne laissez jamais vos filles sans bonne escorte.

Aymeric hocha la tête.

— Nous ferons en sorte qu'il ne nous échappe pas une seconde fois.

— Bien. J'aimerais également avancer la date des noces.

Aymeric eut un geste de surprise et se racla la gorge.

— Quelle impatience !

— Et puisque je suis là, j'aimerais en profiter pour voir ma future épouse. Nous n'avons guère eu l'occasion de faire connaissance jusqu'à présent et nous sommes comme deux étrangers l'un pour l'autre.

— Oui, je comprends, mais…, soupira Aymeric. Nous devons avoir une discussion, toi et moi. Certaines choses ont… changé.

— Qu'est-ce qui se passe ? gronda Geoffroy, aussitôt sur la défensive et dont les yeux noirs n'étaient plus que deux fentes hostiles.

L'attitude évasive d'Aymeric ces derniers temps – mélange exaspérant d'embarras et de boniment, comme s'il cherchait à noyer le poisson – avait fini par éveiller des soupçons plutôt inquiétants chez Geoffroy. Il n'y avait rien de plus insupportable à ses yeux que de se sentir dupé ou pris pour un idiot. Tout cela lui mettait les nerfs à vif. Le corps tout entier raidi et les poings serrés, il toisa son interlocuteur d'un air menaçant. Ce dernier, percevant le brusque changement d'atmosphère, voulut l'attraper par l'épaule dans un geste paternel mais Geoffroy se dégagea avec véhémence.

— Je te rassure, l'alliance entre nos deux familles n'est pas remise en question, tu n'as pas à t'inquiéter.

— Quel est le problème, alors ?

— Eh bien… je préférerais te donner ma seconde fille, Aude.

— Pardon ? fit Geoffroy en s'immobilisant net et dévisageant Aymeric avec stupéfaction.

— Rassure-toi, elle est consentante. Aude ferait en outre une excellente épouse, tu ne perdrais pas au change, crois-moi ! Nous garderions les mêmes termes du contrat pour te prouver ma bonne foi !

— Je ne comprends rien ! Quel coup vicieux êtes-vous en train de comploter ? Où est Marguerite ? Je veux lui parler !

Reculant de trois pas, Aymeric de Limoux leva les mains en signe d'apaisement.

— Je comprends ta déception et ton désarroi. Je vais être honnête avec toi. J'ai moi aussi été mis devant le fait accompli. Nous avons été tous les deux trahis et floués. Marguerite s'est enfuie.

— Enfuie ? balbutia Geoffroy, abasourdi, qui sentit le sol s'ouvrir sous ses pieds.

— Elle ne voulait pas se marier. Elle s'est enfuie une nuit et s'est mise sous la protection du couvent de Sainte-Anne. Pour moi, elle n'est plus ma fille.

— Elle est entrée dans les ordres ?

— Oui.

Geoffroy encaissa la nouvelle en silence, sonné. Au bout d'un moment, il demanda, le regard empli de doutes :

— Et depuis quand le saviez-vous ?

— La veille du mariage de tes sœurs. Mais ce n'était pas le moment pour évoquer le sujet.

— Mais qu'est-ce que vous attendiez pour me le dire ?

Aymeric soupira :

— J'espérais… qu'elle reviendrait à la raison. Ce qui n'est pas le cas. Et je te le répète, pour moi, c'est comme si elle était morte et enterrée. Elle n'existe plus. Et tu devrais en faire autant.

Geoffroy tituba jusqu'à une fenêtre comme s'il eût été ivre et laissa vagabonder un regard vitreux sur la campagne qui s'étendait en contrebas, parcelles de mauvaises terres caillouteuses et de vergers dénudés dont les branches se dressaient, pareilles à des membres torturés, en direction d'un ciel gris comme l'étain. Le jeune homme se sentait glacé de l'intérieur. La voix assourdie d'Aymeric lui parvint aux oreilles, comme venant de très loin.

— Je sais que c'est une énorme déception. Mais plus j'y pense et plus je me dis que Marguerite n'était pas l'épouse idéale. Aude est une jeune fille raisonnable, docile, qui a reçu la meilleure éducation et qui te servira parfaitement. Elle est de constitution robuste. Elle fera une excellente et fidèle compagne.

Une bouffée de haine pure l'assaillit, ravageuse.

— Parce que vous croyez que je vais me contenter de miettes ? riposta-t-il brusquement en faisant volte-face. Allez tous au diable !

Attrapant au vol son manteau, il tourna les talons et quitta la pièce à grandes enjambées furieuses.

— Il reviendra, ne t'en fais pas, murmura Aymeric tandis qu'une silhouette surgissait de derrière une tenture qui masquait l'accès à un couloir.

Depuis sa cachette, Aude avait pu entendre toute la conversation. Elle rejoignit son père, la mine dévastée.

— Il est furieux, père, et il n'acceptera jamais. Je ne suis pas celle qu'il voulait.

— Oh mais si, il finira par céder, crois-moi, grommela-t-il d'un air féroce. Je le tiens et il le sait parfaitement. Une réputation peut se défaire aussi vite qu'elle s'est faite, et les mauvaises rumeurs sont si vite lancées. Pour le moment, il est plein d'arrogance et se sent trahi. Mais il reviendra vite à de meilleurs sentiments, il a trop besoin d'alliances et, sans nous, il est isolé et vulnérable.

Accablée, Aude ne répondit pas. Elle imaginait sans peine la rage qui devait bouillonner au fond du cœur fier de Geoffroy. Elle ne pouvait s'empêcher de songer que c'était elle qu'il fuyait. Le dégoût dans sa voix, tellement flagrant, résonnait encore à ses oreilles bourdonnantes et il lui semblait que son front rougeoyait sous l'injure qui l'avait frappée de plein fouet. Aux yeux de Geoffroy, elle avait toujours été transparente et sans intérêt. Pire, il semblait même qu'elle ne lui avait jamais rien inspiré d'autre que de la répulsion. Elle en était mortifiée, choquée et luttait violemment contre les larmes. Geoffroy avait érigé des murailles infranchissables autour de lui, le rendant à la fois impénétrable et lointain. Le corps saisi d'un élancement douloureux, elle se retourna vers son père, en quête de paroles réconfortantes, et réalisa, suffoquée, qu'elle était seule ; ce dernier s'était esquivé sans bruit, appelé par d'autres urgences. Bouleversée, elle céda aux larmes. Elle s'était trompée et bercée d'illusions, elle le comprenait maintenant. Car même si Geoffroy revenait à la raison et acceptait cette union, il y aurait toujours le fantôme de Marguerite entre elle et lui. Leur union serait bâtie sur la déception, la rancœur, l'amertume, tel un poison invisible.

Aymeric de Limoux avait raison. Geoffroy ne donna pas signe de vie pendant plusieurs semaines, période durant laquelle Aude oscilla entre résignation et désespoir. Mais il finit par revenir et la jeune fille, abasourdie, incrédule, crut en défaillir. Elle le vit de loin qui sautait à bas de son cheval, douloureusement beau et distant, et elle sentit son cœur, faible et aveugle, bondir d'espoir.

Aude n'avait pas la beauté de sa sœur, loin s'en faut. Mais elle avait un port altier et digne, qui laissait entrevoir une certaine force de caractère. Elle soutint le regard de Geoffroy sans ciller alors qu'il la toisait de la tête aux pieds, avec des airs mauvais de maquignon. Elle endura sans broncher le mépris à peine dissimulé. Les derniers événements avaient endurci la jeune fille et la petite oie blanche impressionnable d'autrefois n'existait plus ; trop de larmes, de désillusions et de chocs étaient passés depuis, laminant tout sur leur passage.

— Alors ? As-tu réfléchi ? Mon offre tient toujours. Tu sais l'estime que je te porte et une parole donnée est sacrée à mes yeux, annonça Aymeric.

Le regard d'Aude alla de son père à Geoffroy. Seuls ses yeux étaient secs et brûlants ; tout le reste de son corps était comme engourdi et glacé. Elle les entendait parler d'elle comme si elle eût été une jument sur le point d'être vendue, son propriétaire tâchant de vaincre les dernières réticences d'un acquéreur peu emballé et soupçonneux. La situation n'aurait pu être plus humiliante.

— À une seule condition, marmonna Geoffroy. Je veux modifier les termes du contrat concernant la dot.

— Tu es bien gourmand…

— Oh non, c'est au contraire une piètre compensation !

Puis s'adressant sans crier gare à Aude, brutalement :

— Tu ne t'envoleras pas comme ta sœur ?

La jeune fille sursauta. Elle s'était repliée tellement loin en elle-même qu'elle se sentit comme foudroyée par le regard scrutateur que Geoffroy dardait sur elle.

— Père vous l'a dit, je suis consentante, balbutia-t-elle.

— Dans ce cas, fixons une date, nous avons assez traîné comme ça, maugréa le jeune homme qui se détourna presque aussitôt pour se concentrer sur les nouveaux termes du contrat qu'il souhaitait négocier avec son futur beau-père.

Ce dernier congédia sa fille d'un geste furtif. Aude se retira sans un mot, la mort dans l'âme.

Tandis que son époux courait par monts et par vaux, Alix, cloîtrée dans son castelet, se constituait peu à peu une petite cour de fidèles : quelques jeunes filles du bourg, émues de se retrouver au service d'une noble dame et grâce auxquelles Alix espérait en apprendre plus sur son nouveau domaine, son histoire mouvementée et celle de ses sujets ; une garnison fixe de soldats loyaux que Philippe de Beaumont l'avait laissée choisir dans un moment de grande mansuétude, et qui ne la perdaient pas de vue, pas tant pour la surveiller que pour veiller sur elle, tous dévoués à sa cause. Il y avait aussi le tout jeune Barnard, fidèle messager à la loyauté indéfectible et qui se serait fait couper la langue plutôt que de la trahir. Qui à ses heures perdues se prenait pour un troubadour, n'hésitant pas à déclamer tout fier quelques vers de son cru à la belle châtelaine qui les lui avait inspirés et à qui il ne cachait pas ses sentiments. Et Catherine, qui l'avait connu en langes, d'ironiser, goguenarde : « Vrai, vous l'avez ensorcelé ! Ça n'a pas encore de poil au menton et ça joue au galant ! » Pour la première fois depuis longtemps, Alix se prenait à rire. Elle était à peine plus âgée que lui, et pourtant, il lui semblait qu'elle avait déjà vécu mille et une vies. Pour tous, elle ressentait un réel attachement et une gratitude infinie, consciente des efforts qu'ils déployaient pour atténuer la douleur de son exil et la violence de son deuil. Aussi n'avait-elle qu'un désir en retour : les protéger, veiller sur eux.

Un jour, elle reçut un groupe de femmes venues la solliciter. Elle les écouta, attentive et vibrante d'empathie. Philippe avait fait capturer plusieurs hommes soupçonnés de comploter contre lui avec l'ancien seigneur de Vauriac. Ceux-ci, des pères, des époux, des frères ou des fils, croupissaient dans un cachot en attendant d'être pendus. Elles la supplièrent d'intercéder en leur faveur, implorant la clémence de leur nouveau seigneur.

Si Alix était estimée de ses sujets, il était loin d'en être de même pour Philippe de Beaumont que tous redoutaient pour ses coups de sang et ses représailles traumatisantes. La jeune fille entendit les doléances et les suppliques, horrifiée de la manière dont son époux matait ses sujets et de la haine qu'il leur inspirait. Le regard implorant de ces femmes la bouleversa. Sa seule compassion ne pouvait suffire quand tout s'insurgeait en elle. Elle tenta d'aborder le sujet avec Philippe au retour d'une de ses expéditions. Elle espérait lui faire comprendre qu'un peu de douceur et de tolérance de sa part ramènerait peut-être plus facilement la paix sur leurs terres. Elle le vit se raidir, la mine outragée. Et ce n'est que lorsqu'elle se tut, tremblante et pleine d'appréhension, qu'il daigna enfin répondre, d'une voix qui claqua comme un fouet dans le silence pesant :

— Tu te mêles d'affaires qui ne te regardent pas, ma mie. Je ne veux plus avoir ce genre de conversation avec toi, tu m'entends ? Ce sera mon dernier avertissement.

La gorge nouée par le dégoût et l'impuissance, Alix se contenta d'acquiescer du menton, posant instinctivement les mains sur son ventre à peine arrondi que le surcot masquait encore. Elle le regarda s'en aller, tandis qu'il marmonnait entre ses dents quelques imprécations furieuses, et elle sut que sa désastreuse intervention venait de précipiter la mort de ces pauvres gens. De fait, les cinq hommes furent pendus dès le lendemain à l'aube.

— Qu'est-ce que vous imaginiez, ma dame? la rabroua Catherine. Votre époux est un homme sans pitié. Si vous saviez ce qu'il fait à ceux qu'il attrape! Il leur coupe la langue et leur crève les yeux!

Frémissant d'horreur, Alix détourna le regard pour dissimuler ses larmes.

— Elles sont venues parce qu'elles avaient confiance en moi…

— Non, elles sont venues parce qu'elles étaient désespérées, et que vous êtes comme elles, enchaînée.

— Il y a eu une autre embuscade, j'ai entendu les soldats en parler entre eux. Philippe va lancer une nouvelle chasse à l'homme.

— Cela finira par se retourner contre lui! maugréa la matrone avec férocité. Il ne sera pas toujours à l'abri. Partout il est honni. Il finira par en payer le prix…

Alix dévisagea Catherine sans un mot, ébranlée par sa véhémence.

— Je comprends. Nous sommes des usurpateurs. Notre présence ici est illégitime et barbare, finit-elle par murmurer.

— N'allez pas croire que c'est à vous que l'on veut du mal! rétorqua brusquement Catherine, comme prise de remords. Ils savent que vous êtes aussi sa victime.

— Mais de qui parles-tu, Catherine…?

Cette dernière haussa les épaules, mal à l'aise, avant de piquer du nez sur sa tapisserie qu'elle transperça rageusement.

— Est-ce que ton époux fait partie des *faydits* qui sèment le trouble dans le fief? demanda Alix.

Comme la femme s'obstinait dans son mutisme, Alix insista :

— Réponds-moi ! Est-ce que tu connais ces hommes ?

— Vous n'avez pas besoin de le savoir ! Moins vous en saurez et mieux ça vaudra pour vous ! se rebiffa la matrone.

Abasourdie, Alix mit quelques instants à assimiler la révélation. Elle paraissait si ébranlée que Catherine se radoucit et répéta :

— Mais vous, vous ne craignez rien…

— Et pourquoi donc ? Je suis son épouse, lâcha Alix avec amertume. Et je n'ai aucune influence sur lui.

— C'est une brute. Vous n'avez rien à voir avec lui.

— Qu'est-ce qu'on va devenir ? gémit la jeune fille en posant la main sur son ventre dans lequel le petit donnait des coups de pied de plus en plus vigoureux. Sa colère sera terrible…

— J'espère que vous me pardonnerez…, murmura alors Catherine, le regard fuyant et le front cramoisi.

— De quoi parles-tu ?

La matrone laissa filer un interminable moment avant de répondre, du bout des lèvres :

— Je n'ai pas pu me taire.

Alix dévisagea sa compagne sans comprendre. Puis, lentement, une peur affreuse se glissa en elle, lui nouant les tripes et la gorge, et elle sentit le sol s'ouvrir sous ses pieds.

— Qu'est-ce que tu veux dire ? souffla-t-elle d'une voix blanche. Tu m'avais assuré que tu ne dirais rien à mon époux ! Il a deviné ? Il t'a menacée ?

— Il ne s'agit pas de votre époux. Et non, il ne se doute de rien.

— Je ne comprends rien, explique-toi.

— Je parle de celui qui accompagne notre ancien seigneur. Le père de votre enfant, marmonna sombrement Catherine.

Alix vacilla sous le choc, le souffle coupé. Prise de vertige, elle chercha à s'asseoir, tituba, manqua s'écrouler. Catherine, dévorée par la culpabilité, la rattrapa de justesse et l'aida à s'allonger. Alix était livide et haletait, comme si elle venait de voir un revenant. Elle agrippa son ventre en gémissant, saisie d'une contraction soudaine.

— Calmez-vous, ma dame, tout va bien…, s'exclama Catherine.

Elle caressa doucement le front d'Alix, tout moite de sueur froide, comme on rassure un enfant, luttant pour ne pas fuir le regard éperdu qui la fixait. Alix lui agrippa brusquement le poignet et Catherine ne put réprimer un sursaut.

— Le père de mon enfant est mort, je te l'ai dit… Alors pourquoi me racontes-tu ça, si ce n'est pour me torturer ?

— Je suis désolée…

— Cela ne peut pas être Albin. Alors qui est cet homme ?

— Je ne l'ai jamais vu personnellement. Mais il est arrivé peu de temps après vous et, partout, il se dit qu'il est là pour vous…

Hébétée, Alix se sentait comme prise dans un tourbillon. Qu'était en train d'insinuer Catherine ? Était-elle en train de lui dire l'inconcevable ?

— Comment est son cheval ?

Prise de court, Catherine bafouilla :

— J'ai entendu dire qu'il montait un grand cheval gris.

— Alors ce n'est pas lui, soupira Alix en se laissant retomber contre les coussins. Albin avait un cheval noir comme la nuit. C'était mon père qui le lui avait offert. Il adorait cet animal.

Des larmes silencieuses ruisselaient sur ses joues, mouillaient ses cheveux, rougissaient ses yeux. Son souffle était court et irrégulier comme après un effort.

— Encore combien de temps avant que l'enfant naisse ? murmura-t-elle, éteinte.

— Deux ou trois lunes, pas davantage…

Impossible de trouver le sommeil cette nuit-là. Alix était encore sous le coup de l'émotion. Comme s'il lisait dans ses pensées, l'enfant en elle ne cessait de gigoter. Elle sentait ses pieds cogner contre ses côtes. Catherine lui avait dit qu'il s'était déjà retourné.

Prêt.

Il y eut soudain un léger bruit dans la pièce. Comme un frémissement de l'air, quelque chose d'imperceptible, relevant davantage de l'intuition. Alix se figea, l'oreille aux aguets. Était-ce Philippe qui venait se faufiler, comme ça lui arrivait certaines nuits, quand il était un peu aviné ? Elle sentit qu'on s'allongeait à côté d'elle sur le lit, avec précaution, comme si on ne souhaitait pas la déranger. Sans bouger, se raidissant instinctivement, elle fixa la lueur mourante des braises dans la cheminée et guetta le souffle de son époux contre son oreille. Elle n'était plus habituée à sa présence la nuit. À chacun de ses retours, elle priait pour que leurs retrouvailles ne soient pas trop intimes. Pour le moment, la grossesse la préservait. Il n'osait plus la toucher comme avant mais cela ne l'empêchait pas de venir parfois la rejoindre, sans crier gare, et de s'étendre contre elle, pressant et impatient. Elle se laissait alors caresser, inerte, en tâchant de faire abstraction de cette respiration rauque qui résonnait désagréablement à son oreille. Puis il s'écartait d'elle, se levait d'un bond et quittait la chambre aussi brusquement qu'il avait surgi. En quête de compensations, ailleurs, en attendant qu'elle soit à nouveau entièrement disponible.

Le corps se blottit contre son dos, l'enveloppant tout entière, tandis qu'elle retenait son souffle, feignant le sommeil, mais tous les sens à l'affût, et le cœur battant à tout rompre. Cette douceur, cette délicatesse, même, ne ressemblaient pas à Philippe. Puis une main brûlante se mit à caresser son ventre à travers l'étoffe. Elle tressaillit. Contre son oreille, un soupir échappé, presque un sanglot. Cette respiration… Ses doigts allèrent à sa rencontre, timides, presque effrayés – et si ce n'était qu'un rêve ? –, s'attardèrent sur la douceur de la peau, redessinant mentalement les creux et les bosses, les cicatrices, tandis qu'elle sentait sa chaleur l'imprégner lentement et qu'il s'emboîtait avec elle comme s'il ne voulait plus faire qu'un. Elle n'entendait plus rien d'autre que les battements effrénés de son cœur, comme s'il avait déjà compris, lui. Bouleversée, elle fit brusquement volte-face et se retrouva nez à nez avec Albin dont les yeux brillaient dans la pénombre. Instinctivement, il posa un doigt sur ses lèvres : « Chhh… »

Elle crut qu'elle allait défaillir.

Ignorant les larmes qui ruisselaient sur son visage, elle se mit à lui palper les joues, le front, les yeux et la bouche, incrédule, éberluée, ses doigts pris de frénésie se perdant ensuite dans ses cheveux qu'il avait longs et emmêlés. Et puis ses lèvres de se poser sur les siennes avec fougue, en sanglotant. Il l'étreignit avec force et ils demeurèrent enlacés, sans bouger, longtemps, enfouis dans l'odeur de l'autre.

— Tu étais mort…, gémit-elle d'une toute petite voix. Dis-moi que je ne rêve pas…

— Non, je suis bien là…, chuchota-t-il d'une voix altérée par l'émotion.

— Comment es-tu entré dans le château ? Tu as pris des risques complètement fous pour venir jusqu'ici. Mon époux peut revenir d'un jour à l'autre. Et si on te surprenait ?

Au loin, une chouette hulula. Tous deux l'écoutèrent en silence, front contre front.

— Ne t'inquiète pas, finit-il par murmurer. Il y a un passage secret qui relie la chapelle à l'église de Vauriac. Et puis Roger de Vauriac a gardé des complices entre ces murs et n'est pas très loin. Ton époux est parti chasser au mauvais endroit ; il aura été mal informé…

— Je ne comprends pas… J'ai vu les corps de mon père et de Guillaume. Et j'ai cru qu'on t'avait laissé là-bas et enterré avec les autres.

Ses mains ne se lassaient pas de le caresser, pour être sûres que c'était bien lui et non un fantasme, un rêve éveillé qui la laisserait anéantie au petit jour.

— C'est une longue histoire…

— Dis-moi.

Albin soupira, comme s'il répugnait à raviver de douloureux souvenirs. Et lorsque sa voix, rauque et frémissante, retentit dans l'obscurité, Alix sentit tous ses muscles se contracter, jusqu'à son ventre qui n'était plus qu'une masse dure, appréhendant ce qui allait suivre.

— On chevauchait de nuit et c'est moi qui ouvrais la marche. Un sanglier a jailli des fourrés juste sous les jambes de mon cheval, qui a pris peur. Il s'est cabré et m'a désarçonné. En voulant me relever, j'ai tout de suite su que notre équipée était compromise pour moi. Je m'étais blessé à une jambe, une douleur atroce, impossible de poser le pied à terre. Quant à mon cheval…

en fuyant dans le sous-bois, il a trébuché contre une souche et s'est brisé un jarret.

Alix gémit :

— Oh ! mon Dieu…

— Il a fallu l'abattre.

— Oh non…

— C'est Guillaume qui s'en est chargé. Moi, je n'aurais pas pu… Mais il souffrait… et ne pouvait pas se relever. On n'avait pas le choix.

— Tu n'étais pas avec eux alors… quand… ?

— Non. Agénor connaissait des paysans qui occupaient une ferme pas très loin sur le plateau. Il m'a laissé là, le temps que ma jambe se rétablisse et que je puisse les rejoindre plus tard devant les remparts de Toulouse. Dès que j'irais mieux. C'est ce qui était convenu. Mais c'est la dernière fois qu'on s'est parlé. J'ai appris ensuite ce qui s'était passé, l'embuscade…

Il se tut un long moment avant de reprendre d'une voix étranglée :

— Dès que j'ai pu, je suis retourné vers Arrigues. Mais je n'avais plus de cheval et ça m'a pris un temps fou. J'ai marché nuit et jour. Un matin, sur les hauteurs, du côté des bergeries, je suis tombé sur Pierre et toutes les familles qui vivaient chez nous et que ton frère avait chassées. Ils prenaient des forces avant de repartir. Ils étaient tous dans un état pitoyable. Quand il m'a vu, j'ai cru que Pierre allait s'évanouir puis il s'est mis à pleurer. Il me croyait mort et il m'a supplié de fuir ; il disait que j'arrivais trop tard. Mais il était hors de question que je parte sans toi. J'ai continué mon chemin et je suis arrivé à Arrigues. J'ai essayé de me faufiler à l'intérieur mais ce fut impossible. Tout était fermé, surveillé, la garnison avait changé, il y avait aussi des Français. Alors je n'ai rien pu faire d'autre qu'attendre et guetter, encore et toujours.

Il se tut brusquement, en proie à une vive émotion, avant de reprendre dans un souffle :

— Si tu savais comme ça me rend fou de te savoir avec lui. De n'avoir rien pu faire pour empêcher tout ça…

Alix lui caressa lentement le visage, baisant ses paupières et sa bouche en y mettant toute son âme.

— Il n'a jamais eu de moi qu'une coquille vide, tu le sais… Et tu es *vivant*…

— Chaque nuit, je rêve de le tuer de mes propres mains…

— Je ne veux pas que tu te mettes en danger pour moi ! Promets-le-moi, Albin !

— Tu ne me feras pas renoncer aussi facilement !

— Je ne te demande pas de renoncer mais juste de te protéger. Je ne supporterais pas une fois de plus l'annonce de ta mort ! Je n'arrive pas à y croire… tu es là, en vie…

Albin rétorqua d'une voix âpre :

— Je ne suis plus celui que tu as connu…

— Il en est de même pour moi.

— J'ignore comment tout cela finira.

— J'aimerais tellement que notre enfant grandisse en sachant qui est son père…

— Et moi, je voudrais que la mère de mon enfant n'appartienne qu'à moi.

— Mais je suis à toi. Et je le serai toujours.

— Je ne le laisserai pas te faire du mal.

— Je sais.

— Nous aurions dû fuir quand il en était encore temps…

— Oui. J'aurais dû te suivre quand il en était encore temps. Je ne me le pardonnerai jamais.

— Ce n'est pas ta faute. Et tout n'est pas encore perdu. Un jour, peut-être…

— Oui, un jour…

Il l'embrassa, une pluie de baisers passionnés partout sur son visage, avant de l'étreindre fort contre lui, comme s'il voulait se fondre en elle.

— Où te caches-tu ?

— J'aime autant que tu ne le saches pas. Nous bougeons sans cesse. Nous ne nous fixons jamais nulle part.

— Quel genre d'homme est ce Roger de Vauriac que tu as rejoint ? Car tu appartiens bien à sa milice, n'est-ce pas ?

— Plus ou moins… Je tiens à garder ma liberté. C'est un homme impulsif, à la rancune tenace mais qui a le sens de l'honneur. Il ne cédera jamais même si sa position est aussi délicate que la mienne. Je dois rester sur mes gardes : Geoffroy sait que je suis toujours en vie. Je me méfie bien plus de lui que de ton époux.

Alix se redressa sur un coude, alarmée, chancelant sous la révélation.

— Je me souviens, Geoffroy s'était absenté pour identifier et ensevelir les autres corps. C'est là qu'il a dû comprendre.

— Forcément… Et aujourd'hui, il a une autre bonne raison de m'en vouloir. Ta mère, Clothilde et Marie devaient être envoyées dans un couvent. Mais sur le chemin, nous avons tendu un piège à l'escorte et nous les avons enlevées.

— Qu'est-ce que tu dis ? souffla-t-elle.

— Rassure-toi, elles vont bien ! Je les ai emmenées à Montségur, le château de Raimond de Péreille. C'est là-bas que Pierre avait l'intention de conduire les familles. Il y a, paraît-il, un grand prédicateur, Guilhabert de Castres, ainsi que des milices armées. Elles y sont en sûreté.

— Comment allaient-elles ?

— Elles vont bien, Alix, je te le promets. Et je continuerai de veiller sur elles. Montségur ressemble beaucoup à Arrigues, si ce n'est que c'est encore plus haut et escarpé. Un vrai nid d'aigle.

Pour la première fois, Alix sourit à travers ses larmes, rassérénée.

— Je suis tellement heureuse, murmura-t-elle.

— Roger m'a juré qu'il ne toucherait jamais à toi… ni à notre enfant.

— Je n'ai pas peur pour moi… mais seulement pour toi. Et Pierre, comment allait-il ? Je n'ai même pas pu lui dire adieu.

— Le voyage l'avait beaucoup affaibli, quand je l'ai vu la dernière fois, à Montségur. Je ne sais pas si je le reverrai…

— Il a dû parcourir un tel chemin… et maintenant nous sommes tous séparés.

Albin l'embrassa, un baiser lent, empreint de douceur et de mélancolie.

— Tu sais, je n'oublie pas Jeanne non plus, chuchota-t-il. Elle a épousé le pire des soudards. Mais lui non plus ne l'emportera pas au paradis…

— Surtout, ne prends pas de risques inconsidérés.

— Je serai prudent.

— Pour le moment, tu es dans mes bras et c'est tout ce qui compte. Sens bouger notre enfant. Il sera bientôt là, tu sais… bien trop tôt, hélas…

— Oui… et c'est pour cela que je reste dans les parages. Je ne te laisserai plus jamais.

Albin prit l'habitude de se glisser dans le lit d'Alix dès que Philippe de Beaumont s'absentait, restant auprès d'elle jusqu'au blanchiment de l'aube, souffles mêlés, étroitement enlacés. Bien qu'elle tremblât à l'idée des risques chaque fois qu'il se faufilait dans le corps de logis, chaque nuit elle guettait, espérait sa venue, se morfondant et se tourmentant dès que son absence se prolongeait. C'était alors comme être suspendue au-dessus du vide, la respiration bloquée, au bord de l'asphyxie. Condamnée à l'attente perpétuelle et à l'incertitude. Angoissée, désabusée, triste presque toujours. Leur amour était impossible, ils le savaient mais ils s'entêtaient. Quitte à se brûler les ailes, tôt ou tard.

Catherine, qui s'inquiétait de voir la jeune fille sombrer dans la mélancolie, l'incita à se dégourdir les jambes. Cela faisait trop longtemps qu'elle vivait confinée dans cette chambre, à tourner en rond. Les prémices du printemps étaient là : le sous-bois en contrebas des remparts commençait à se tapisser de jonquilles. Un joyeux torrent éphémère – miraculeuse résurgence née des fortes pluies des derniers jours – y retentissait en écho, dévalant les pentes moussues en sonores cabrioles. Les bourgeons sur les arbres s'apprêtaient à éclore, scintillants de rosée, tandis que l'aube encore assombrie bruissait de chants d'oiseaux invisibles. Le bleu du ciel apparaissait alors lentement, délavé et pâle. Et partout le bruit cristallin de l'eau, qui gouttait des branches, glissait sur les pierres et l'herbe, exhalant une odeur de terre et d'humus. Il ne fallait pas s'emballer trop vite, répétait Catherine. À cette époque de l'année, la neige et le grand froid pouvaient revenir aussi vite qu'ils avaient disparu, l'hiver n'était pas fini. Mais en attendant, il fallait profiter de cette accalmie. Les deux femmes descendirent se promener dans le jardin de simples encore tout engourdi de son hibernation. D'un œil expert, Catherine lui nommait les plantes qui peinaient à sortir de terre et expliquait leurs propriétés médicinales. Alix écoutait sans broncher, fascinée. Certaines étaient tellement insignifiantes d'apparence qu'il paraissait incroyable qu'elles puissent posséder autant de vertus. « La banalité dissimule souvent d'insoupçonnables qualités », professait Catherine. Elle voulut aussi aller voir sa jument qui avait passé les trois derniers mois enfermée dans l'écurie. Elle aussi aurait eu besoin de se dégourdir les jambes. Ses naseaux frémissants soufflèrent fort, comme s'ils cherchaient à exprimer une indicible émotion tandis qu'Alix lui caressait le chanfrein et passait ses doigts dans les crins emmêlés. Impossible alors de ne pas penser au cheval noir d'Albin, cette bête somptueuse, dont la longue crinière ondulée recouvrait entièrement l'encolure. Elle pouvait encore entendre le bruit que faisaient ses sabots aux larges paturons quand il caracolait dans la cour, piaffant d'impatience, aussi cabotin que son maître était discret. Elle n'arrivait toujours pas à croire qu'il ait fallu l'abattre.

Les deux femmes déambulèrent ensuite dans la cour du château puis sur les remparts, y croisant la garnison qui la salua respectueusement. Catherine s'opposa à ce qu'Alix grimpe tout en haut de la tour, vu son état et l'étroitesse des marches. Mais la jeune fille insista. Elle avait envie d'embrasser du regard le paysage vallonné qui s'étendait à perte de vue. À leurs pieds, le gros bourg de Vauriac et ses toits aux tuiles roses. Au sud et à l'ouest, une mosaïque de parcelles noires entourant des villages que des bois sombres trouaient ici et là. Au nord et à l'est, un relief plus accidenté et plus aride, qui lui rappelait davantage Arrigues. Alix chercha des yeux l'endroit où se cachait peut-être Albin. Où se trouvait-il à l'instant même ? Quand reviendrait-il ? Reviendrait-il seulement ? Sans lui, tout était manque.

Dans son ventre, l'enfant donna un coup de pied plus virulent que d'habitude, la faisant sursauter. Posant ses deux mains dessus comme si elle cherchait à l'apaiser, elle murmura :

— Je le sens si vigoureux. Mais je voudrais le garder encore en moi. J'aimerais qu'il patiente encore un peu…

— Hélas, il manquera bientôt de place et vous avez déjà des contractions…

— Tu ne me laisseras pas, après la naissance ?

— Je ferai tout ce qui est en mon pouvoir pour rester à vos côtés.

— Philippe sera furieux…

Philippe de Beaumont avait déjà des soupçons. Mais, troublé, perturbé, il refusait d'y prêter attention, comme cherchant à nier ce qui lui sautait pourtant aux yeux. Il espaça ses expéditions et se fit plus présent au château, comme s'il pressentait quelque chose, contraignant Albin à disparaître. Ce furent des journées éprouvantes pour Alix, son époux rôdant autour d'elle, tantôt hargneux, tantôt bienveillant, tandis que les silences d'Albin la mettaient à la torture. Lorsqu'elle pressait Catherine de questions, dans l'espoir d'avoir quelques nouvelles, cette dernière secouait tristement la tête : elle non plus ne savait rien. D'ailleurs, son propre époux pouvait tout aussi bien être déjà mort, elle en serait la dernière avertie. C'était un sort qu'elle avait appris à accepter avec le temps. « On finit par s'habituer à tout », disait-elle. En attendant, la matrone dissimulait sa propre appréhension à la jeune châtelaine dont la silhouette toute frêle n'était pas bâtie pour la naissance qui s'annonçait.

Alix ressentit les premières douleurs de l'enfantement alors que le mois de février de l'an 1219 était sur le point de s'achever. L'aube se levait à peine, révélant un paysage embrumé et humide. La violence des contractions la surprit et la plia en deux tandis qu'elle sortait juste du lit. Catherine accourut aussitôt, alertée par ses cris de douleur. *Nous y voilà*, songea-t-elle sombrement.

Le travail dura deux longues journées. Bien que douloureuses, les contractions se révélaient peu efficaces. Tout son corps semblait vouloir résister à l'assaut des vagues qui le submergeaient. Terrifiée, Alix s'épuisait, ne parvenant plus à contenir cris et larmes. Jamais elle n'aurait imaginé qu'une telle souffrance puisse exister. Comment survivre à ça? La douleur déferlait sans répit, *crescendo*, lui broyant le ventre, lui coupant le souffle. Elle tremblait de tous ses membres, écartelée. Des servantes se relayaient à son chevet avec de l'eau fraîche, qu'elles passaient sur son front moite. Semi-consciente, elle haletait, agrippant tout ce qui était à portée de main, la vue brouillée sous la violence de l'effort. Catherine aussi haletait et se démenait, le front plissé, l'encourageant à voix haute, la secouant quand elle la sentait capituler, à bout de forces. Régulièrement, elle vérifiait la descente de l'enfant dans le bassin trop étroit. Le bébé était mal positionné. Abruptement, la matrone tenta de le manipuler, arrachant un hurlement de douleur à Alix dont le visage était congestionné par l'effort. De l'autre côté de la porte, Philippe de Beaumont faisait les cent pas, ivre de fatigue et d'inquiétude. Ces cris, il en avait déjà entendu de semblables. C'était comme si on l'écorchait vive. L'accouchement ressemblait trop à une mise à mort, l'enfant n'arrivait pas à passer. Le va-et-vient des servantes commençait à l'affoler. Il avait déjà vécu pareille situation dans une autre vie, un autre lieu. L'enfant et la mère avaient alors succombé. Au second jour, n'y tenant plus, il coinça une servante à laquelle il demanda de transmettre un message à Catherine : « Si on ne peut plus rien pour la mère, qu'on sauve au moins l'enfant! L'enfant doit vivre! »

La jeune servante hocha la tête avec effroi avant de disparaître dans la chambre d'où provenait une odeur douceâtre de sang, reconnaissable entre mille.

Philippe avait calculé le nombre de lunes depuis leur nuit de noces : l'enfant arrivait trop tôt, il ne vivrait pas. Il en était à la fois désespéré et furieux. Certes, Alix était jeune et récupérerait. Elle ferait d'autres enfants, mais elle pouvait aussi y rester.

Et puis, au bout d'un temps infini, alors qu'il n'y croyait plus et se résignait déjà à l'inéluctable, un vagissement retentit, le figeant net. L'enfant était vivant et ses pleurs vaillants. C'était inespéré, complètement fou aussi. Il n'attendit pas qu'on l'appelle et, à bout de nerfs, s'engouffra dans la chambre sans crier gare. Il ne vit pas les servantes qui retiraient précipitamment les draps souillés ni la mine désapprobatrice de Catherine. Alix gisait dans le lit, pâle comme une morte, les cheveux collés par la sueur. Mais sa poitrine se soulevait doucement. En vie. Elle avait survécu. Elle regardait en direction de la matrone qui emmaillotait le nouveau-né, les yeux étincelants comme sous l'effet de la fièvre. La révélation frappa alors de plein fouet Philippe de Beaumont et il chancela, livide. L'enfant était né à terme, sans équivoque possible. C'était même un nouveau-né de bonne taille, qui avait dû frayer son chemin coûte que coûte, mettant en danger sa mère. Le sol s'ouvrit sous ses pieds et il se sentit aspiré dans le vide. Son soulagement, ô combien stupide !, n'avait duré qu'un bref battement de cœur avant que ce dernier ne dérape dans sa poitrine, en état de choc, submergé par le dégoût et la honte. Il avait été trahi et bafoué. Comment avait-il pu être aussi aveugle ?

— C'est un fils, mon seigneur, annonça prudemment Catherine. Comme vous devez être fier !… Voulez-vous le porter ?

Il ne répondit pas et ils se défièrent du regard, comme statufiés. La fureur lui déformait le visage et exorbitait ses yeux injectés de sang. Instinctivement, Catherine pressa le nouveau-né contre sa poitrine et se détourna, faisant bouclier de son corps. L'air dans la pièce s'était comme raréfié d'un coup. Les servantes s'étaient tues et figées. Gestes suspendus, attente. Sur sa couche, Alix chercha à se redresser. Elle le voyait de dos, les poings obstinément serrés le long du corps, comme s'il cherchait à se contenir ; sa silhouette trapue et massive tellement tendue qu'il en tremblait presque. Dans les bras de Catherine qui tentait de le bercer, le nouveau-né se mit à pleurer. Alix lui jeta un regard paniqué avant de le reporter sur son époux. Ce dernier fit alors brusquement volte-face vers elle. Un vieux sanglier, blessé à mort, sur le point de charger, voilà ce qu'elle vit. Elle n'eut pas le temps de se ressaisir qu'en deux bonds il fut au bord du lit. Alors que ses yeux la transperçaient avec haine, sa bouche mielleuse se colla tout contre son oreille, distillant un venin qu'elle fut seule à entendre :

— Traînée. Je devrais te tuer. Tu n'es qu'une sale putain. Tu me le paieras.

Puis, d'une main brutale, il saisit son menton et colla ses lèvres sur les siennes avec violence. Alix réprima un gémissement de douleur. Il l'écrasait de tout son poids ; ses dents la mordirent jusqu'au sang. Mais lorsqu'il se redressa, sa physionomie avait changé. La rage froide avait cédé la place à une mine farouche et fière. Une métamorphose aussi radicale que glaçante. Il lança alors à la cantonade :

— Merci, ma belle épouse, pour ce magnifique cadeau. Tu m'as donné un très beau fils ! Je suis un époux comblé !

Puis il sortit de la chambre, laissant toute l'assistance assommée.

Catherine ne s'était pas trompée : l'époux d'Alix sauva les apparences et reconnut l'enfant sans faire de vagues. Il fit sonner les cloches de toutes les églises et organisa des réjouissances dignes de l'événement.

— Est-ce qu'*il* sait ?

Confinée dans la chambre tout le temps que prendraient ses relevailles, Alix tournait en rond, folle d'inquiétude à l'idée qu'Albin finisse par revenir au château, au mépris de toute prudence.

— Forcément ! Les cloches ont sonné partout et la nouvelle est sur toutes les langues..., grommela Catherine.

— Il ne doit pas venir ! implora-t-elle en agrippant le bras de la matrone qui ne chercha pas à se dégager, le regard empreint de compassion. Philippe ne cesse de rôder autour de moi, il a compris.

— Ne vous tourmentez pas.

— C'est tellement dur, j'ai tellement peur...

— Prenez votre enfant dans vos bras. Voyez comme il est en bonne santé, c'est tout ce qui compte...

Le visage ruisselant de larmes, Alix hocha la tête en silence et serra contre elle le nouveau-né dont les yeux noirs la fixaient. Il ressemblait tellement à son père.

Philippe de Beaumont arriva dans la chambre en fin de journée, congédiant d'un simple regard les servantes puis se tournant vers Catherine :

— Emmenez l'enfant à sa nourrice, sa présence épuise sa mère, il n'a rien à faire ici !

La matrone obtempéra sans broncher et s'éloigna, non sans avoir jeté un regard désolé à la jeune femme qu'elle laissait seule avec lui. Pleine d'appréhension,

Alix chercha à se redresser contre les coussins en réprimant une grimace. Son corps, laminé par l'épreuve qu'il avait traversée, peinait à se remettre. Le passage en force de l'enfant avait tout déchiré et les saignements restaient abondants. Gardant le silence pendant un long moment, Philippe se contenta de la fixer d'un œil haineux. Puis, lui tournant le dos, il se dirigea vers la fenêtre et lâcha :

— Je sais qui est le père. Et je sais aussi qu'il est toujours en vie.

— C'est impossible… Il a été tué quand…

— Cessez cette mascarade ! hurla-t-il en faisant brutalement volte-face, le visage transformé par la rage. Vous me prenez pour un imbécile ?

— Bien sûr que non…

En deux grandes enjambées, il fut à nouveau sur elle et, lui attrapant la mâchoire, qu'il broya comme dans un étau, il l'écrasa de tout son poids, bouche contre bouche.

— Dès que vous serez relevée, j'exige un nouvel enfant de vous ! En contrepartie j'élèverai votre bâtard et je lui donnerai mon nom. Mais seuls les enfants que vous me donnerez par la suite seront mes héritiers !

Dans l'impossibilité de répondre, les doigts de son époux lui labourant la chair, Alix cilla des paupières, la vue brouillée par les larmes.

— Vous n'allaiterez pas l'enfant. Je veux que vos relevailles soient le plus brèves possible. À la moindre incartade de votre part, je vous répudie, vous enferme dans un couvent et vous ne verrez plus jamais votre fils. Quant à votre amant… je vais le traquer. Je suis sûr qu'il n'est pas très loin ; je détiens son fils, il sera bien obligé tôt ou tard de se mettre à découvert !

L'une de ses mains s'était glissée sous la tunique blanche d'Alix, remontant le long de ses cuisses, lui pétrissant le bas-ventre puis les seins.

— Je saigne encore, mon seigneur…, haleta-t-elle.

— Je sais bien ! Mais plus pour longtemps ! grogna-t-il.

Il se releva, la mine sombre.

Alix retint sa respiration jusqu'à ce qu'il ait quitté la pièce. Puis elle fondit en larmes.

Le printemps était là mais il semblait à Alix que son cœur était resté prisonnier d'un hiver éternel. Elle ne voyait que rarement son fils que Philippe de Beaumont tenait éloigné d'elle. De temps en temps, Catherine bravait l'interdit quand le seigneur avait le dos tourné et montait le nouveau-né auprès de sa mère qui le serrait alors contre elle sans pouvoir contenir ses larmes. Elle avait senti ses seins se gonfler de lait puis se tarir, tout aussi douloureusement. Vide de la vie qu'elle avait portée. Son fils lui manquait atrocement. En le lui enlevant, on l'avait amputée d'une partie d'elle-même. Son absence la rendait à moitié folle. Chaque jour elle demandait de ses nouvelles à Catherine : est-ce qu'il ne pleurait pas trop loin d'elle, est-ce qu'il se nourrissait et dormait bien ?

— Il est beau comme un ange, répondait doucement la matrone. Il ne pleure presque jamais. Ne vous inquiétez pas, je veille sur lui.

— Il ressemble tant à son père…, soupirait Alix.

Elle se sentait comme écrasée par une tristesse infinie.

Albin n'était pas réapparu. Peut-être ne verrait-il jamais son fils. Mais c'était sans doute tout aussi bien. Une partie d'elle-même était résignée et presque soulagée. Car tant qu'il se tiendrait loin, peut-être aurait-il une infime chance d'échapper à Philippe de Beaumont. L'accalmie illusoire des festivités, après la naissance de l'enfant, avait été de courte durée. Depuis, l'insécurité et la suspicion régnaient à nouveau dans la région. Dans la foulée, Philippe de Beaumont avait ordonné la fouille méthodique de toutes les maisons du bourg et des villages alentour. Même le château avait été fouillé de fond en comble, les serviteurs questionnés, tout suspect mis aux fers puis pendu en place publique. Les soldats ratissaient la campagne jusque dans les coins les plus reculés. Pour l'instant, Albin de Fourques était introuvable et Philippe de Beaumont fulminait. Cependant, il ne doutait pas que ses efforts finiraient par être récompensés. Albin était un homme aux abois dont il détenait le fils ; tôt ou tard, il finirait par se trahir.

Tout en Alix criait le besoin de lui et son impuissance. Son absence laissait en elle un gouffre béant qu'elle ne savait comment combler. Ne restait qu'un long cri muet. Un enlisement. On l'avait enterrée vivante. Les jours, cruels, s'écoulaient dans une insupportable lenteur, bruyants de silence. Elle n'avait aucune nouvelle, à croire qu'il s'était volatilisé. Et même si, au fond, elle savait qu'il n'était pas loin, le vide causé par son absence n'en était pas moins vertigineux. Obstinée, Catherine tentait de lui redonner le goût de vivre. Chaque matin, elle lui décrivait ces petits miracles du printemps : l'éclosion des premières fleurs sur les pommiers et les cerisiers, les lilas en boutons, le tintamarre provoqué par un couple de pies qui avaient décidé de nicher tout en haut du noyer. Et si Alix acceptait de se lever et de faire quelques pas dehors dans le jardin des simples ? Partout la nature se réveillait. Alix avait besoin de soleil et d'air. Elle était tellement blanche depuis son accouchement. Tellement éteinte.

Au mois d'avril, Philippe de Beaumont échappa de peu à une embuscade. Il ne dut la vie sauve qu'à la vaillance de son escorte. Il rentra à Vauriac avec une troupe décimée et quelques blessures, autant physiques que d'orgueil. Un silence consterné l'accueillit. Tout le monde savait qu'il y aurait des représailles, Philippe de Beaumont s'enferrant de plus en plus dans l'acharnement. Ces embuscades à répétition, ces traques qui ne menaient à rien ne lui laissaient aucun repos. Il rêvait d'exterminer une bonne fois pour toutes ces bandes de *faydits* qui perturbaient son domaine. Ne supportait plus d'être nargué par l'ancien seigneur et d'imaginer qu'on en faisait des gorges chaudes derrière les volets clos. Et plus que tout, il était obsédé par l'idée qu'Albin de Fourques soit toujours dans les parages. Il durcit les mesures d'isolement autour d'Alix. Seules Catherine et quelques servantes étaient tolérées dans son entourage. Catherine n'était admise que pour veiller aux suites de couches ; bientôt sa présence auprès de la jeune châtelaine ne serait plus nécessaire. Quant à Alix, elle ne pouvait plus se déplacer sans que des sentinelles ne lui emboîtent le pas à distance. La moindre de ses promenades dans les jardins ou sur les remparts était épiée, scrutée. Elle n'était rien d'autre qu'une prisonnière.

Deux lunes après l'accouchement, Philippe de Beaumont se glissa à nouveau dans la couche de son épouse. Il la chevaucha avec mépris, la clouant sous son poids, l'haleine lourde et le souffle rauque. Comme elle tentait de résister, il lui empoigna la chevelure à pleine main pour lui maintenir la tête en arrière, la bouche déformée par un rictus de rage et de désir mêlés. Suffoquant à moitié, Alix tenta de se dégager. Il la gifla à toute volée. Au bord de la nausée, elle sentit la douleur pulser dans tout son corps. Un liquide chaud coula entre ses jambes, poissant les draps. Philippe lâcha un juron et se retira avec répugnance. Il quitta la pièce en pestant, la laissant à moitié consciente, le visage ruisselant de larmes.

Catherine entra dans une colère noire quand elle découvrit le lendemain matin les draps souillés et la mine de déterrée d'Alix :

— Il finira par vous tuer ! Vous n'êtes pas encore rétablie ! Quelle brute ! Je vais aller lui parler et lui faire entendre raison, à cet imbécile ! S'il veut avoir à nouveau un fils, il ferait mieux d'être plus raisonnable !

En guise de réponse, Alix se recroquevilla en position fœtale et lui tourna le dos, le corps encore secoué de sanglots silencieux.

Alix était sciemment tenue à l'écart de tout ce qui se passait hors des murs du château. Lorsqu'elle voyait son époux se hisser sur son cheval gris et partir avec une troupe armée, elle tremblait à l'idée qu'il était peut-être sur les traces d'Albin. Mais les rumeurs d'embuscades lui parvenaient aussi aux oreilles et elle se mettait à espérer. Était-ce Albin qui était derrière tout ça ? Elle interrogeait Catherine mais cette dernière demeurait évasive et prétendait ne rien savoir. Parfois, il lui arrivait de s'absenter mystérieusement du château. À l'affût, Alix supposait qu'elle allait retrouver son époux, car, lorsqu'elle revenait, elle la trouvait différente, les joues rosies, le regard plus vif. Elle se prenait alors à l'envier.

— Parle-moi de ton époux, s'enquit-elle un jour qu'elles se promenaient dans le jardin. Est-ce que tu l'aimes ? Comment l'as-tu connu ?

Embarrassée et rougissante, Catherine maugréait : quelle étrange question ! Elle n'était pas sûre de savoir ce que c'était. Une chose était sûre, cela n'avait pas grand-chose à voir avec les *cansos* des troubadours. Et cela faisait un bout de temps qu'elle s'était promis d'arrêter de souffrir pour un homme. Parce que c'était ça ou avoir des cheveux blancs avant l'heure. Toujours à les attendre, à se faire du mauvais sang. Son époux, elle le connaissait depuis toujours. Leurs parents étaient voisins. Le mariage s'était décidé le plus naturellement du monde lorsqu'elle avait commencé à sortir de l'enfance. Lui était déjà un homme. Un insoumis et une forte tête. En l'écoutant, Alix songeait qu'à défaut d'être amoureuse, Catherine n'en était pas moins admirative.

— Mais les hommes ne sont pas faits pour rester dans nos vies, conclut-elle sombrement.

Lorsque son époux n'était pas là, Alix en profitait pour garder son fils auprès d'elle. Elle ne se lassait pas de le contempler. Il était si beau. Ces yeux noirs ourlés de longs cils qui la fixaient si sérieusement, comme s'il cherchait à sonder son âme, c'étaient ceux d'Albin. Il avait aussi hérité de sa fossette au menton. Ses gazouillis la ravissaient et elle s'enivrait de son odeur. Son tout-petit, la chair de sa chair, sorti de son ventre, qui pour l'instant dépendait d'elle mais qui un jour, si Dieu le permettait, deviendrait un homme. Alors lui aussi lui échapperait, suivant sa propre destinée sur laquelle elle n'aurait plus aucune influence si ce n'est cette prière muette qu'elle adresserait tous les soirs aux étoiles, jusqu'au bout : que la vie l'épargne. D'ores et déjà, elle savait qu'elle serait une mère louve, prête à tous les sacrifices pour lui.

À la moindre occasion, Alix écrivait à Jeanne. Le jeune et discret Barnard endossait son rôle de messager, tout honoré d'une telle marque de confiance. Prêt à prendre tous les risques pour la satisfaire, peut-être parce qu'il savait qu'elle guetterait fébrilement son retour. Et même si ce n'était pas pour les raisons qu'il aurait espérées, il n'en était pas moins comblé et se sentait comme des ailes dans le dos. « Un chien fou, ne cessait de grommeler Catherine, désapprobatrice. Mais il n'y a pas plus fiable que lui. Il se ferait couper la langue plutôt que de vous trahir. »

— Promets-moi, Barnard, de rester prudent ! insistait Alix. Ne prends pas de risques inconsidérés.

— Ne vous inquiétez pas pour moi, ma dame, je suis aussi furtif et invisible que le vent et j'ai les oreilles qui traînent partout sans en avoir l'air !

Elle ne lisait pas tout de suite les missives de Jeanne, qu'il lui rapportait toujours en main propre. Elle voulait d'abord qu'il lui raconte ce qu'il avait vu et entendu durant son voyage. Un rituel. Ils se promenaient alors dans le jardin, presque en tête à tête, sans plus se soucier des servantes ou de Catherine qui traînaient en arrière. Leur conversation était chuchotée, elle l'interrogeait, insatiable, et lui la dévorait des yeux. C'est ainsi qu'Alix apprit ce jour-là l'entrée du roi de France dans le conflit. Lui qui se tenait jusqu'à présent à l'écart… La nouvelle ne pouvait être plus mauvaise pour Toulouse, le comté, l'Occitanie. Les troupes royales venaient de massacrer toute la population de Marmande. Un effroyable coup de semonce. Dans les campagnes on ne parlait que de ça. Alix écouta le jeune messager avec horreur. Un massacre qui en rappelait d'autres, Béziers, Minerve, Lavaur… C'était une belle journée qui avait pourtant bien commencé. Il pleuvait des pétales de fleurs, qui tourbillonnaient au gré du vent léger, pareils à des flocons de neige. L'air embaumait la glycine à peine éclose et les lilas. Le ciel était d'un bleu limpide. Philippe absent, elle avait son fils auprès d'elle. Mais loin là-bas derrière l'horizon, des milliers d'innocents – hommes, femmes et enfants – venaient de périr. Raymond de Toulouse était de plus en plus acculé. L'Occitanie était en train de sombrer. Un corbeau croassa subitement au-dessus de leurs têtes, la faisant sursauter. Hagarde, elle le suivit du regard jusqu'à ce qu'il disparaisse.

Lorsqu'elle se retrouva seule dans sa chambre, Alix laissa passer du temps avant de décacheter la lettre. Ses pensées étaient toutes tournées vers Agénor, se remémorant les souvenirs chers qu'elle avait de lui, le cœur gonflé de chagrin. Comment aurait-il réagi à l'annonce du ralliement de Louis VIII ? Bien qu'amère, elle n'était pas dupe. Tôt ou tard, Louis VIII aurait fini par revendiquer sa part de butin, d'autant plus qu'on le disait influencé par son épouse, la très pieuse reine Blanche de Castille. Pour le couple royal, impossible de tolérer plus longtemps la contagion hérétique, qui se trouvait aux portes de son royaume. Mais sous prétexte de répondre à l'appel du pape, ce n'était ni plus ni moins qu'une tentative de mainmise sur le comté.

D'une main tremblante, elle brisa le sceau puis, s'approchant de la lueur d'une bougie, se mit à lire. Les deux sœurs s'écrivaient en langue d'oc au cas où les lettres seraient tombées entre de mauvaises mains. Une fois lues, elles les brûlaient. Il n'y avait qu'auprès de Jeanne qu'Alix osait réellement s'épancher. Un fardeau qu'elle déposait à ses pieds, le temps de quelques lignes. Car qui d'autre que Jeanne pouvait mieux la comprendre et la soutenir ? Leurs sorts étaient hélas si semblables ; l'une comme l'autre vivaient les mêmes épreuves et c'était sans doute encore plus dur pour Jeanne qui n'était toujours pas enceinte et dont l'époux s'impatientait. Alix se tourmentait beaucoup pour sa jeune sœur dont les lettres étaient empreintes d'une détresse mal dissimulée. Elle aurait voulu l'avoir auprès d'elle, pouvoir la prendre dans ses bras et la câliner comme lorsqu'elle était petite. Elle haïssait de toute son âme Charles de Mareille.

Malgré les risques, Alix avait fini par confier à sa sœur ses retrouvailles inespérées avec Albin. La seule manière de se prouver qu'elle n'avait pas rêvé, que cette nuit-là il s'était bien faufilé dans son lit, vivant.

Et depuis, elle ne cessait d'évoquer le vide laissé en elle, l'ambivalence de ses sentiments, le besoin de le revoir mais également la peur, l'incertitude quant à son sort. Elle écrivait sans retenue les brutalités de son époux, sa dureté à l'égard de ses sujets, sa traque obsessionnelle qui le menait aux pires exactions, la peur et le mépris qu'il inspirait autour de lui. Comment tout cela allait-il finir ? Elle faisait régulièrement le même cauchemar, chaque nuit : Albin capturé et enchaîné, un Philippe de Beaumont triomphant qui la forçait ensuite à assister à sa mise à mort. Puis leur fils, étouffé dans son sommeil, dont elle serrait le petit corps inerte dans ses bras, incapable de le ranimer, malgré ses suppliques, ses larmes, ses cris. Sa douleur et son chagrin atteignaient alors un tel paroxysme qu'elle se réveillait toujours à cet instant, en hurlant, le corps couvert d'une sueur froide et le cœur affolé.

Cela faisait trois mois maintenant que Philippe de Beaumont ratissait la région, en vain ; Albin lui échappait toujours. Un matin, il déboula sans crier gare dans la chambre de son épouse, provoquant aussitôt le silence autour de lui. Il lui annonça qu'il devait partir plusieurs jours : il se rendait à Arrigues afin de rencontrer son beau-frère, avec qui il prétendait avoir quelques comptes à régler. Agité et vindicatif, il la transperça de son regard amer. La jeune femme ne releva pas. Un bref moment, elle avait redouté qu'il ne lui demande de l'accompagner. Or, revenir à Arrigues, croiser à nouveau le regard de Geoffroy auraient été tout simplement au-dessus de ses forces. Elle se contenta d'encaisser sa mauvaise humeur, silencieuse, de crainte de le braquer davantage, et ne se laissa aller au soulagement que lorsqu'il eut quitté la pièce, telle une tornade.

Qu'importe ce qu'il comptait manigancer avec Geoffroy lors de cette entrevue, son absence serait avant tout un répit inestimable. Elle en avait besoin plus que jamais. Ce matin-là, au moment de la toilette, elle s'était évertuée, honteuse, à dissimuler aux yeux de Catherine les ecchymoses qu'il lui avait laissées sur les seins et entre les cuisses. Cette dernière, le visage éloquent, avait murmuré :

— Cela ne peut pas durer ! Vous allez y laisser la vie si cela continue ainsi…

Si Geoffroy fut surpris de la visite de son beau-frère, il n'en montra rien. Il feignit d'ignorer la mine furibonde qu'affichait Philippe de Beaumont et lui offrit l'hospitalité le plus chaleureusement du monde en clamant « Cher beau-frère, quel plaisir, quel honneur ! » à tout bout de champ. *Insolent et outrecuidant ! Provocateur ! Fieffé menteur ! Tu t'es bien ri de moi !* songeait Philippe de Beaumont que sa longue chevauchée n'avait pas calmé, loin de là. Cependant, le jeune homme ne paraissait pas gêné outre mesure et profita même de l'occasion pour lui présenter sa toute jeune épouse, Aude, qui s'inclina timidement, frappée par l'hostilité à peine dissimulée qui se dégageait de cet homme. Tout n'était que tension et conflit intérieur dans sa posture, jusqu'à ses poings fermés, énormes et lourds et dont les articulations blanchissaient sous la violence réprimée. Elle jeta un regard interrogateur à Geoffroy mais ce dernier arborait une mine impénétrable. Philippe de Beaumont les félicita du bout des lèvres, sans se radoucir, goûtant peu la désinvolture de son hôte.

Geoffroy avait appris la naissance du petit Damien. Il aurait fallu être idiot pour ne pas comprendre que quelque chose clochait dans la date. Il avait donc sa petite idée sur ce qui amenait Philippe de Beaumont à Arrigues. Il était d'ailleurs étonné qu'il ne se soit pas manifesté plus tôt. Prudent, il attendit que son visiteur s'exprime, ce qui ne tarda guère. Gesticulant et postillonnant, Philippe de Beaumont attaqua :

— Vous ne vous êtes pas encore acquitté de la totalité de la dot de votre sœur. J'exige aujourd'hui le dernier versement. J'ai besoin de fonds.

— Qu'est-ce qui se passe ?

— Il y a que mon fief grouille d'hérétiques et que j'aimerais faire tomber une fois pour toutes Roger de Vauriac et son protégé, Albin de Fourques !

En entendant ce dernier nom, Geoffroy frémit.

— Je pensais qu'il était mort…

Philippe sursauta comme si une guêpe venait de le piquer. Cramoisi et les yeux exorbités, il foudroya son interlocuteur.

— Oh non, ne jouez pas à ce petit jeu-là avec moi ! Vous étiez au courant ! Et vous m'avez vendu un fruit pourri ! J'ai failli les faire jeter au fond du puits, elle et son bâtard ! C'est tout ce qu'elle méritait !

Aude, qui se tenait à l'écart, tout souffle retenu, vit Geoffroy se raidir. Sa physionomie s'était brusquement modifiée, comme un chat sur ses gardes. Yeux plissés, il murmura d'une voix sourde :

— Je vous mets en garde, Philippe… S'il devait arriver malheur à ma sœur et à mon neveu…

— Quel comble ! Je pense que vous êtes au contraire fort mal placé pour me menacer de la sorte !

— Je veux être sûr qu'ils ne risquent rien.

— Et pour quelle raison ? Pour pouvoir continuer de protéger vos intérêts ? grinça Philippe.

— Nous avons conclu un accord.

— En effet, et j'attends toujours le complément de ce qui m'est dû !

— Ce sera fait.

— Je veux également que vous traquiez cet Albin de Fourques. Impossible de mettre la main dessus. Il se cache peut-être sur vos terres.

— Oh non, je ne crois pas. Il sait très bien que ce serait le dernier endroit où se réfugier… Mais pour vous prouver ma bonne foi, je peux mettre à votre disposition quelques soldats. Et faire mes propres recherches. Et pour ce qui est d'Alix, je ne savais pas. Je suis désolé. Nous avons été dupés tous les deux.

Philippe ricana, amer :

— Certes, mais moi bien plus que vous !

— Je pourrais récupérer l'enfant si vous voulez vous en débarrasser…

Tandis qu'Aude tressaillait, dévisageant Geoffroy avec incrédulité, Philippe riposta, sarcastique :

— Et crier ainsi sur tous les toits que je suis cocu ? Oh non, cet enfant, vous ne l'aurez jamais ! Il ne sera ni d'Arrigues ni de Vauriac, mais, comme son géniteur, rien qu'un vagabond sans titre et sans terre. Quant à sa mère, j'ai bien l'intention d'avoir d'autres enfants avec elle.

— Je vous demande juste d'y réfléchir. Je pourrais veiller à son éducation lorsqu'il sera en âge et il ne vous encombrerait plus.

— Et moi, je ne crois pas que ce serait vers vous que je me tournerais, rétorqua Philippe.

Geoffroy préféra ne pas insister.

Les deux hommes discutèrent encore un long moment, en aparté, cette fois-ci, après que Geoffroy eut signifié à Aude de se retirer. Remplie d'appréhension, la jeune fille descendit au verger. Une servante fit mine de l'accompagner mais elle la renvoya. Elle avait besoin d'être seule pour réfléchir à la scène à laquelle elle venait d'assister. Elle était troublée. Du regard, elle parcourut les murs aux pierres blanches qui la cernaient, la végétation qui tentait de s'y agripper, les hautes herbes qu'elle foulait, en songeant que c'était ici qu'Alix et ses sœurs avaient grandi. Cela lui semblait étrange de savoir que peu de temps encore auparavant l'air avait résonné de leurs rires et de leurs voix. Parfois lui parvenaient aux oreilles des phrases saisies au vol, prononcées par des serviteurs qui les avaient connues et les évoquaient furtivement. C'était comme vivre avec des fantômes. Elle aurait aimé les connaître et partager leur quotidien ; il lui semblait au plus profond d'elle-même qu'elles se seraient entendues, soutenues, entraidées. Oui, là était son plus grand regret. Depuis qu'elle vivait à Arrigues, elle était totalement isolée du reste du monde. Elle n'avait plus aucune nouvelle ni de sa sœur ni de son père, qui venait de plus en plus rarement. Geoffroy, quant à lui, était un époux distant et peu loquace. Elle n'avait pas compris sa requête un peu plus tôt ; pire, cela l'avait même choquée. Qu'il puisse songer à arracher cet enfant à sa mère, sans le moindre état d'âme ! Dans quel but ? Pour en faire le sien ? Par esprit de vengeance ? Pour se protéger ? Mais de qui ou de quoi ? Elle n'était pas encore mère mais déjà elle sentait toutes les fibres de son corps se rebeller face à une telle ignominie. Et le jour où elle aurait enfin un enfant, Dieu ! comme elle l'aimerait !

12

Temps troubles
(1219-1220)

L'été puis l'automne passèrent, Philippe de Beaumont n'avait toujours pas mis la main sur Albin de Fourques. Les attaques de *faydits* se raréfiaient. Est-ce que cela signifiait un début de lassitude du côté des bannis ? Une prise de conscience depuis l'intervention de l'armée du roi de France ? Un repli, une capitulation ? Comprenaient-ils enfin que toutes ces embuscades étaient vaines et ne menaient à rien sauf à faire souffrir des innocents ? Cependant Philippe de Beaumont ne décolérait pas, forcé d'admettre qu'Albin n'était peut-être plus sur ses terres depuis un bon moment, qu'il avait trouvé refuge ailleurs et qu'il ne parviendrait jamais à le débusquer. Quand la frustration et le dépit l'étouffaient trop, il allait s'en prendre à Alix qui l'écoutait sans mot dire, le regard absent. Chaque mot pourtant était un coup de poignard.

— Vous aviez là un piètre amant, ma dame ! Un hérétique, un lâche, sans terre et sans honneur, qui a préféré prendre la fuite et vous abandonner à votre sort, vous et son propre fils ! C'est dire comme il devait vous aimer !

En effet, Albin n'était pas réapparu. Aucun signe de vie depuis des mois. Elle commençait à redouter le pire : traqué par tous, il était peut-être mort sans qu'elle en sache rien. Ou blessé. Ou capturé. Et pendant ce temps, c'était avec un autre homme qu'elle devait partager sa couche. Un homme qu'elle haïssait de toute son âme et qu'elle rêvait de poignarder lorsqu'il la possédait la nuit avec des halètements de bête, s'impatientant de ne pas la voir enfanter à nouveau malgré ses assauts répétés.

Elle saignait souvent et se plaignait auprès de Catherine de douleurs dans le bas-ventre. Cette dernière la palpait sans rien dire, la mine rembrunie.

— L'enfant a fait des dégâts quand il est passé. Je crains qu'il ne vous faille du temps pour vous remettre. Si seulement votre époux pouvait garder ses distances…

Elle faisait boire à Alix des décoctions pour aider à la cicatrisation et pour qu'elle reprenne aussi des forces. Pour cela, elle descendait quotidiennement dans le jardin des simples et prélevait les plantes dont elle avait besoin. Pâle, amaigrie et les yeux cernés, Alix lui saisissait parfois la main qu'elle serrait très fort, avec reconnaissance.

— Sans toi, je ne sais pas ce que je serais devenue. Je serais sans doute morte…

L'hiver était sur le point de s'installer, apportant avec lui les premières chutes de neige, aussi éphémères que soudaines, lorsque Philippe de Beaumont congédia brusquement Catherine. Depuis quelque temps, il nourrissait des soupçons à son égard. Et si Alix n'enfantait plus à cause des potions que cette femme fabriquait pour elle ? Il avait ouï dire que certaines plantes avaient le pouvoir d'empêcher une femme de procréer, voire de tuer un bébé non désiré encore dans la matrice. Il la fit convoquer pour lui signifier que sa mission au château était finie. Catherine savait qu'elle était restée bien plus longtemps que nécessaire auprès d'Alix et que sa présence n'était plus indispensable. Elle avait rempli la mission dont on l'avait chargée au départ, à savoir veiller sur la grossesse et mettre au monde l'enfant, qui depuis grandissait fort bien. Elle tenta quelques objections dans le maigre espoir de convaincre le seigneur de Beaumont. Mais celui-ci avait son visage des mauvais jours et elle ne fit que se heurter à un regard haineux.

— Parce que vous croyez que je ne sais rien de vos complots à toutes les deux ? cracha-t-il avec rage. Disparaissez avant que je ne vous livre pour pratique de sorcellerie ! Vous n'approcherez plus jamais mon épouse. Elle n'a plus besoin de vos services. Prenez vos affaires et partez immédiatement !

Les jambes flageolantes et les larmes aux yeux, Catherine rassembla le peu qu'elle possédait et quitta le château sans avoir pu faire ses adieux à Alix.

La jeune femme se retrouva totalement isolée. Catherine partie, Barnard fut lui aussi contraint de garder ses distances : le château était devenu une véritable souricière. Privée des nouvelles de Jeanne, de la présence de Catherine et de son fils qu'elle ne pouvait plus voir que quelques instants dans la journée – juste le temps de le serrer dans ses bras, de le bercer et de le couvrir de baisers que déjà on le lui reprenait –, elle se sentit submergée par le désespoir.

La pluie tombait sans discontinuer depuis des jours, diluant le paysage, l'effaçant presque comme si tout était destiné à retourner à la boue et au néant. L'eau se précipitait bruyamment dans la cour transformée en bourbier. Le vent soufflait fort, malmenant les arbres dénudés et s'infiltrant partout dans le logis, aplatissant le feu dans les cheminées et faisant trembler la flamme des bougies qui ne parvenaient pas à chasser toutes les ombres. Ces dernières gagnaient peu à peu du terrain comme une lèpre sournoise. Alix tomba malade. Une méchante fièvre qui contraignit Philippe de Beaumont à faire venir le médecin juif qui officiait au bourg. Il le reçut avec froideur, lui faisant clairement comprendre qu'il tolérait sa présence parce qu'il n'avait pas d'autre choix. L'homme, chétif d'allure, cheveux longs jusqu'aux épaules et tout de noir vêtu, ne parut pas s'en émouvoir. Aussi calme que le seigneur était agité, il le suivit jusqu'au chevet d'Alix qu'il demanda à examiner sans témoins. Philippe de Beaumont obtempéra à contrecœur et s'éloigna bruyamment, incapable de dissimuler la méfiance que lui inspirait le Juif.

Lorsque le médecin ressortit de la chambre un peu plus tard, ce fut pour tomber nez à nez avec le seigneur qui avait attendu derrière la porte en faisant les cent pas.

— Alors ? rugit celui-ci, la main posée instinctivement sur la dague qu'il portait à la ceinture.

Le médecin leva les deux mains en signe d'impuissance. Il murmura le plus doucement possible, comme on s'adresse aux enfants ou aux mourants :

— Je crains, mon seigneur, que la jeune dame ne puisse plus concevoir d'enfants. Heureusement que Dieu dans sa grande miséricorde vous a déjà accordé un fils.

Philippe de Beaumont blêmit puis chancela sous la nouvelle. Il s'attendait à tout sauf à cela. Les yeux exorbités, il balbutia :

— Vous en êtes certain ?

— Hélas ! Votre épouse souffre d'un abcès qui peine à cicatriser et qu'il faut absolument soigner. Peut-être une conséquence de l'accouchement ou de relevailles trop précipitées ? Je suis désolé. Je vais préparer un onguent qu'elle devra étaler là où la chair est purulente, aussi longtemps que nécessaire. La convalescence sera longue et devra être totale si vous ne souhaitez pas une rechute…

En guise de réponse, le seigneur émit un grognement rageur avant de balancer son poing contre la porte qui vibra sous l'impact. Front baissé et épaules rentrées, le Juif reprit :

— Si vous le permettez, je viendrai régulièrement voir si tout se passe bien…

— Non, merci, cela ne sera pas nécessaire. Apportez l'onguent dès qu'il sera prêt et les dames de compagnie de mon épouse s'occuperont d'elle.

Le médecin comprit qu'il valait mieux ne pas insister et demanda s'il pouvait se retirer afin de préparer l'onguent qu'il ferait apporter dès que possible. Philippe de Beaumont acquiesça en silence puis tourna les talons.

Des servantes furent chargées de veiller aux soins d'Alix, se relayant sans mot dire à son chevet. Semi-consciente, Alix se laissait faire. Son esprit dérivait aux confins d'un territoire inconnu, englué dans un marasme sans fond. Des images, des voix, des sons se superposaient et se télescopaient dans sa tête, réalité et rêves confondus. Elle voyait sa mère assise près d'elle et sentait sa main qui lui caressait doucement le front. Elle se mettait alors à lui parler. Des propos décousus et haletants, que des crises de larmes interrompaient. Parfois Albin était là aussi qui lui souriait et lui assurait que tout allait bien, que leur fils était grand et fort et ne craignait plus rien. Agénor surgissait alors et c'était comme si subitement une odeur de cuir de sueur et de cheval avait envahi la chambre. L'esprit pouvait tromper, leurrer les sens à sa guise et se nourrir d'hallucinations, mais pouvait-il tricher avec les odeurs ? Certaines nuits, l'odeur était si forte que cela la réveillait en sursaut. Au bout de quelques jours, la fièvre commença à tomber. Un soir de décembre, alors qu'elle récupérait lentement, Philippe de Beaumont pénétra dans la chambre de son épouse puis, s'immobilisant au bout du lit, la toisa de toute sa hauteur, sourcils froncés et mine rembrunie.

— Comment vous sentez-vous ? finit-il par marmonner du bout des lèvres.

— Je voudrais voir mon fils, cela fait longtemps…

— Voir votre fils ? Une dernière fois, dans ce cas, car vous n'en aurez bientôt plus l'occasion. Je viens d'envoyer un courrier à votre frère pour lui annoncer mon intention de vous répudier.

Alix poussa un cri horrifié puis, cherchant à se redresser contre les coussins, implora :

— Mais pourquoi ? Bientôt j'irai mieux !

— Non, vous n'irez pas mieux et vous ne pourrez plus jamais enfanter. Je n'ai donc plus aucune raison de vous garder comme épouse. Notre mariage aura été un désastre jusqu'au bout.

Elle se mit à pleurer.

— Par pitié !

— Et pourquoi vous accorderais-je ma pitié ? Vous m'avez bafoué et humilié ! J'élève votre bâtard à qui j'ai dû donner mon nom ! Vous resterez ici le temps de vous rétablir complètement puis, après les fêtes de la Nativité, vous partirez dans un couvent. J'envoie dès ce jour un messager à Rome pour que le pape me délie de notre serment. Il ne me le refusera pas.

— Alors par pitié, laissez-moi partir avec mon fils et vous n'entendrez plus jamais parler de nous !

— Oh non ! L'enfant restera avec sa nourrice jusqu'à ce qu'il soit en âge de subvenir seul à ses besoins. Vous devrez lui faire vos adieux !

Un long hurlement s'échappa d'Alix qui tenta de s'agripper aux bras et aux jambes de son époux pour le retenir et le supplier. Il se dégagea avec véhémence.

— Estimez-vous heureuse ! J'aurais pu faire en sorte qu'il ne vive point ! Commencez à préparer vos malles.

Alix hoqueta de désespoir, la vue brouillée et les oreilles bourdonnantes. Son cœur battait comme s'il s'apprêtait à bondir hors de sa poitrine. Philippe la repoussa violemment puis quitta la pièce sans un regard de plus. Anéantie, la jeune femme s'écroula et perdit connaissance.

Le messager de Philippe de Beaumont ne devait jamais atteindre Rome. On retrouva son corps égorgé sur un chemin enneigé non loin de Vauriac mais personne ne crut bon d'en avertir le seigneur des lieux.

Puis, un soir de janvier, quelques jours à peine après l'Épiphanie, Philippe apprit que des *faydits* avaient à nouveau été vus pas très loin dans la campagne. Les témoins parlaient d'une troupe imposante, constituée d'une quinzaine de cavaliers avec à leur tête le fameux Roger de Vauriac – toujours lui ! – reconnaissable entre mille à cause de la vilaine cicatrice qui lui barrait la joue droite depuis une escarmouche qui avait failli lui être fatale l'année précédente. Le sang de Philippe ne fit qu'un tour. Les voilà qui revenaient le narguer et le provoquer ! Mais quelle erreur de leur part ! Avec toute cette neige fraîchement tombée, il lui serait facile de les traquer, puis de les débusquer. Il n'y avait pas de temps à perdre. Le ciel était d'un gris de cendre. Il fallait sur-le-champ partir à leur recherche avant qu'une nouvelle averse de neige ne recouvre les traces. Il aboya ses ordres à ses soldats. Parmi eux, il possédait encore quelques hommes que Geoffroy lui avait concédés au printemps précédent. Aucune nouvelle cependant de ce dernier. Philippe ignorait s'il avait déjà reçu la lettre dans laquelle il annonçait sa décision de répudier Alix mais il en doutait ; le mauvais temps avait dû ralentir le messager et il avait donc encore un peu de répit avant de le voir débarquer avec une troupe armée. De toute façon, il se sentait prêt à le recevoir et à en découdre si besoin.

Tête baissée, entouré d'une dizaine de ses soldats les plus aguerris, Philippe de Beaumont quitta le castelet dans un nuage de neige, l'épaisseur du manteau blanc absorbant étrangement les bruits des sabots. Il se dit que c'était de bon augure : on ne les entendrait pas venir.

C'était en fait une embuscade qui les attendait au cœur d'un bois sombre. Lorsque Philippe comprit qu'on les avait conduits droit dans un piège, que tout cela n'avait été que manipulation, il était trop tard. Une pluie de flèches jaillit de partout, les fauchant net. Puis des hommes surgirent des branches et des fourrés, épées et dagues brandies, faisant cabrer les chevaux et chuter les cavaliers, dont certains étaient déjà grièvement touchés. Il n'eut pas le temps de dégainer son épée qu'il se retrouva jeté à terre, piétiné par les montures affolées, puis transpercé, mutilé jusqu'à ce que son corps ne soit plus qu'une masse sanguinolente. Le reste de son escorte subit le même sort. Leurs corps ne furent retrouvés que plusieurs jours après, par un braconnier qui relevait ses pièges. Mais les loups avaient eu le temps de s'en repaître et ce furent des dépouilles particulièrement méconnaissables qui furent ramenées à Vauriac.

Le sergent du château vint en personne annoncer la nouvelle à Alix. À la mine qu'il affichait, à sa gaucherie lorsqu'il lui demanda de lui accorder une entrevue, la jeune femme comprit tout de suite que quelque chose de grave s'était passé. Elle l'écouta sans mot dire, raide et livide, tâchant de dissimuler le feu qui couvait sous la glace, un véritable brasier. Elle se sentait à la fois incrédule, abasourdie et ahurie. Les mots du sergent rebondissaient, se dédoublaient dans sa tête. Son époux... assassiné ? Sa dépouille reposait dans la chapelle mais la dame ne devait pas aller voir, elle qui se remettait à peine de sa longue maladie. Elle entendait bien qu'on tâchait de lui épargner un choc. Le sergent, un homme massif et grisonnant, qui en avait vu d'autres, semblait très éprouvé. Ce n'était plus le soldat aguerri qu'elle pensait connaître mais un homme secoué, qui l'implorait presque de ne pas aller se recueillir auprès de son époux. Les loups, comprenait-elle ? Ces satanées bêtes... Et puis cela avait été un véritable carnage : même les chevaux avaient été abattus. Les *faydits* qui avaient fait ça étaient sans états d'âme. Il venait de renforcer la garde mais il ne fallait pas se voiler la face, ils restaient vulnérables.

L'affolement était général et bruissait jusque dans le bourg et les villages alentour. Tout le monde s'attendait à voir surgir Roger de Vauriac, vengé et triomphant. Qu'il faille s'en réjouir ou pas, c'était une autre histoire. Il y avait bien ceux qui l'espéraient, mais la plupart avaient tant souffert et eu peur ces derniers mois ! Tous ces règlements de comptes, ces représailles qui n'en finissaient pas et dont ils étaient toujours les premières victimes, c'était à ne plus savoir à quel saint se vouer. Leur jeune châtelaine était elle-même devenue une proie idéale, seule avec un fils en bas âge. Partout des voix s'élevaient, compatissantes, inquiètes pour elle. Car si Philippe de Beaumont avait été exécré de son vivant, Alix avait su les toucher.

Cette dernière vécut les événements dans un état second, oscillant entre euphorie et angoisse. Elle n'ignorait rien de la précarité de sa position et du danger qu'elle et son fils pouvaient courir. Elle vivait retranchée dans le castelet, consciente que tout pouvait soudain basculer. Et pourtant, elle ne ressentait aucune peur. Elle ne pouvait s'empêcher d'espérer, de guetter le retour d'Albin. Faisait-il partie de la bande qui avait échafaudé la perte de son époux ? Avait-il frappé lui-même ce jour-là ? Toutes les fibres de son corps n'aspiraient qu'à une chose : sentir à nouveau sa chaleur, ses mains et ses lèvres sur elle. C'était comme une rébellion intérieure qui l'empêchait de trouver le sommeil. Elle voulait aussi lui présenter son fils – il en était grandement temps – tout comme elle voulait être certaine qu'il était sain et sauf, que son corps n'était pas resté dans ces bois, lui aussi. Pourquoi ne venait-il pas, comme avant, à la faveur de la nuit, profitant que la garnison soit désorientée ? À chaque nouvelle aube, le désespoir et la déception la submergeaient. Son silence la rendait folle.

Les servantes bourdonnaient autour d'elle, terrifiées. Et si Roger de Vauriac revenait, réclamant de droit son bien usurpé, qu'adviendrait-il de la jeune châtelaine ?

— Eh bien, je ne résisterai pas, les rassurait-elle d'un ton tranquille. À quoi bon ? Résister me forcerait à verser encore plus de sang pour rien.

Elle avait eu tout le temps d'y songer, durant ses longues nuits d'insomnie, pour savoir quelle était au final la bonne décision à prendre. Il était évident qu'elle ne s'accrocherait pas à Vauriac. Elle était prête à partir avec son fils, à chercher refuge dans un couvent ou peut-être à Montségur, où elle pourrait retrouver sa mère et Marie. À moins qu'Albin ne lui demande de partir avec lui. Passer les Pyrénées et entamer une nouvelle vie ailleurs, rien que tous les trois. Il ne se passait pas un jour sans qu'elle regrette de ne pas l'avoir fait quand il le lui avait demandé. C'était alors une autre vie, avant que tout ne s'effondre.

Un matin, on demanda à la voir. C'était Catherine. Une joie intense saisit Alix qui se leva précipitamment, le cœur palpitant. Les deux femmes s'étreignirent avec effusion.

— Comme tu m'as manqué…, murmura Alix.

— J'étais tellement inquiète… Vous alliez si mal…

— Je vais beaucoup mieux, rassure-toi !

D'un geste, Alix congédia toutes les servantes pour pouvoir être seule avec Catherine puis elle la dévisagea sans dissimuler son bonheur. Quelque chose d'indicible avait changé en elle, qu'elle ne parvenait pas à cerner. Une douceur qu'il n'y avait pas avant. À moins que cela ne soit de la tristesse ou de l'inquiétude.

Catherine dit alors :

— Me permettriez-vous de revenir auprès de vous, ma dame ? Je pourrais être votre dame de compagnie et veiller sur vous et votre petit. Je m'occuperais aussi du jardin des simples. Vous n'auriez pas à le regretter.

— Ta place est ici, tu le sais. Que j'ai haï mon époux lorsqu'il t'a renvoyée !

— Je n'ai même pas pu vous faire mes adieux… Mais maintenant il est mort, Dieu ait son âme, et c'est vous désormais notre châtelaine. C'est une excellente nouvelle pour nous tous !

— Hélas, je ne suis pas sûre d'être là encore très longtemps. Roger de Vauriac va vouloir récupérer sa seigneurie. Et je n'ai pas l'intention de m'y opposer.

— Non, ma dame, il ne reviendra pas, il n'en a pas les moyens.

Alix considéra Catherine avec perplexité.

— Je ne comprends pas…

— Il a été excommunié, ma dame, et sa tête mise à prix. Ses terres redistribuées. S'il reprenait possession de Vauriac, il sait très bien que les Français viendraient aussitôt l'assiéger. Il n'est pas fou à ce point.

— Mais alors, ces embuscades, ces règlements de comptes ?

— Le désir de vengeance, le désespoir, la colère, un sursaut d'orgueil, pour l'honneur…

— Je comprends…

— Vous ferez une excellente châtelaine. La paix reviendra peu à peu sur vos terres. Et votre fils sera notre futur seigneur.

— As-tu eu des nouvelles d'Albin ?

Catherine secoua la tête. Alix la pressa.

— Me dis-tu la vérité ? Je n'ai pas besoin que l'on me protège. Je veux savoir.

— Ce n'était pas eux, ma dame, murmura alors Catherine d'une voix étranglée.

— Qu'est-ce que tu dis ?

— L'attaque dans le bois. Ce n'était pas eux.

Alix accusa le coup, blême.

— Où sont-ils alors ?

— Aux dernières nouvelles, ils étaient du côté de Montségur. On dit qu'il se monte une armée là-bas. Mais c'est difficile d'être sûr.

— Quand as-tu vu ton époux pour la dernière fois ? reprit Alix, qui sentait un grand froid l'envahir.

Face à elle, Catherine semblait se décomposer au fur et à mesure. Elle lui cachait quelque chose.

— La dernière fois ? C'était il y a deux lunes. Il est mort, ma dame.

— Qu'est-ce qui s'est passé ? chuchota Alix, souffle retenu.

— Fallait bien que ça arrive un jour ou l'autre même si je ne sais pas ce qui s'est vraiment passé. On l'a trouvé dans les bois. Il avait été blessé d'un coup de lame au ventre. Il s'est vidé de son sang et, quand on me l'a ramené, c'était trop tard…

— Oh, mon Dieu !

Catherine haussa les épaules et balaya l'air de la main comme si elle chassait une mouche invisible.

— Vous savez comment il aimait se faire appeler ? Trompe-la-Mort ! Moi, je lui avais bien dit qu'un jour ou l'autre ça lui porterait malheur ! Comme si on pouvait tromper la mort ! Je ne connais personne qui a réussi à lui échapper ! Mais il n'a pas voulu m'écouter.

— Je suis désolée.

— Quant à savoir qui a vraiment assassiné votre époux…

Les deux femmes se dévisagèrent, tendues. Ce n'était pas qu'un seul homme que l'on avait occis au fond d'un bois mais un chevalier et toute une troupe bien entraînée. À cet instant, un fracas retentit dans la cour, les faisant sursauter. Elles échangèrent un regard inquiet. C'était le bruit d'une cavalcade ; l'irruption au galop de nombreux cavaliers que personne n'attendait. Puis des éclats de voix suivis d'un branle-bas de combat, couverts par les aboiements des chiens subitement déchaînés. Dans un même mouvement, elles coururent à la fenêtre. Il ne fallut que quelques instants à Alix pour comprendre ce qui se passait sous ses yeux. Le blason d'Arrigues, un griffon d'or sur champ d'azur, était sur tous les écus. Et au milieu des cavaliers, Geoffroy sur un grand cheval bai. Tétanisée, Alix le vit qui balayait du regard la façade du corps de logis, comme s'il cherchait à voir à travers les pierres, et elle sentit son sang se figer dans ses veines.

— Je comprends mieux maintenant. J'ai été libérée pour mieux tomber sous le joug de mon frère, murmura-t-elle.

— Que vient-il faire ici ?

— Faire la connaissance de son neveu ? Et sans doute me soumettre à une nouvelle union pour que je ne reste pas indécemment seule et sans défense trop longtemps…

— Je vais vous laisser alors.

— Oui. Notre entrevue risque d'être houleuse. Je te ferai signe dès que je pourrai.

Catherine était à peine partie qu'Alix entendit dans les couloirs des bruits de pas et des cliquetis d'armes. Elle inspira profondément, se préparant à la confrontation. Stupidement, elle avait toujours espéré ne jamais devoir le revoir. Elle ne réalisait que maintenant toute la tension qu'elle avait accumulée, prenant conscience de la colère qui était toujours là ainsi que du chagrin qui ne demandait qu'à rejaillir. Allait-elle s'effondrer en larmes dès qu'il franchirait le seuil ? Elle se sentait aussi démunie et fragile qu'en ce jour fatidique où elle avait été séparée de sa mère et de ses sœurs. Il n'y avait pas de mots pour dire ce qu'elle ressentait à l'égard de Geoffroy, cela allait bien au-delà de la haine et c'était davantage une pelote inextricable mêlant dégoût, nausée et effroi.

Elle se tenait près de la fenêtre, tendue et crispée, lorsqu'il surgit dans la pièce. Il s'immobilisa et ils se jaugèrent du regard en silence. Il avait changé, les traits du visage plus marqués, la mâchoire plus saillante et les yeux plus enfoncés dans les orbites. Comble de l'ironie, sa ressemblance avec Agénor semblait s'être accrue : la même chevelure noire, le même regard et la même courbe des lèvres, au point qu'Alix se sentit tressaillir, troublée.

Elle décida de rompre le silence la première.

— Que me vaut l'honneur de ta visite ? Tu n'as pas amené ton épouse avec toi ?

Ses yeux, gênants, ne la lâchaient pas, la détaillant de la tête aux pieds comme s'ils la redécouvraient.

— J'ai ouï dire que tu avais été souffrante.

— Mais tu vois, je vais mieux.

— Je suis là parce que ton époux est mort et que tu n'as plus de protection. Vauriac est désormais à la merci de n'importe quel prédateur.

— Je vois que tu te soucies de mon cas, grinça-t-elle, acide. Dois-je comprendre que tu m'as déjà choisi un nouvel époux ?

Geoffroy grimaça avec un féroce mépris.

— Parce que tu crois qu'un homme voudrait encore de toi ? Tu es la femme qui a couché avec l'hérétique le plus recherché de la région. Tu as sali notre nom. On ne te considérera jamais plus autrement que comme une pestiférée, surtout si l'on devait apprendre que tu ne peux même plus procréer.

Alix chancela.

— Qui te l'a dit ? balbutia-t-elle.

— Quoi donc ? Que tu es un ventre mort et que ton cher époux avait l'intention de te répudier ? C'est lui-même qui a eu la stupidité de m'en avertir ! Je lui avais laissé des hommes à moi la dernière fois qu'il était venu à Arrigues. Un chien hargneux venu aboyer sur mes terres pour revendiquer ce qui lui était dû. Ils ont été mes oreilles et mes yeux sans qu'il se doute de rien.

— Alors c'est toi qui as manigancé cette embuscade… C'est toi qui l'as fait tuer ! s'exclama-t-elle, livide.

— Tu devrais plutôt être reconnaissante ! Sans moi, tu serais à cette heure enfermée dans un couvent, séparée de ton fils.

— Pourquoi as-tu pris ce risque ? murmura-t-elle, abasourdie. En quoi mon sort t'importe-t-il ? Si les Français apprennent ton implication, c'est Arrigues que tu exposes. Je croyais que tu étais prêt à tous les compromis, y compris les pires coups bas, pour épargner ta chère forteresse !

— Mais pour tout le monde, ce sont les *faydits* qui ont assassiné ton époux. Et personne ne pourra jamais prouver le contraire car c'était bien là leur manière de procéder, non ? Et si je suis ici maintenant, ce n'est que dans le but de venger mon cher beau-frère et assurer la sécurité de mon neveu ! rétorqua froidement Geoffroy.

Alix fixa son frère avec effroi.

— Qu'est-ce que tu comptes faire ? finit-elle par demander d'une voix blanche.

— Établir un contrat qui vous mettra sous ma tutelle, toi et ton fils, jusqu'à ses douze ans.

— Mais tu n'es pas chez toi ici ! Et je saurai parfaitement gérer mon domaine sans ton aide ! riposta-t-elle, cinglante. Tu peux t'en retourner !

— Soit, si c'est ce que tu souhaites, mais dans ce cas, j'emmène Damien avec moi à Arrigues où il sera vraiment en sécurité !

— Je te l'interdis ! cria-t-elle.

— Alors tu accepteras la tutelle !

— Tu n'auras jamais mon fils, gémit-elle d'une voix rauque.

— Allons, Alix, tu ne t'en sors pas si mal. Tu es débarrassée de ton époux et je t'offre ma protection. Que pourrais-tu espérer de plus ?

— Que tu disparaisses de ma vie…

— Ça, c'est impossible, je le crains ! rétorqua-t-il avec une pointe d'amusement dans la voix.

Imperceptiblement, il s'était approché d'Alix qui tremblait de tous ses membres, rageuse et humiliée. Ils étaient à présent proches au point de s'entendre respirer, calmement pour lui, bien plus rapidement pour elle. Distraitement, il saisit une mèche de cheveux qui s'était échappée des longues tresses et l'enroula autour de ses doigts en y observant les jeux de lumière. Elle se dégagea, en lui décochant un regard furibond. Il l'observa tranquillement. Puis, au bout d'un moment, il fit volte-face et, le dos tourné, dit :

— Et Albin ? Où est-il ?

— Je ne sais pas.

— Si par hasard tu venais à le revoir, dis-lui bien qu'il ne m'échappera pas éternellement.

— Et si au contraire tu le laissais tranquille ? implora-t-elle, brusquement lasse et découragée.

— Jamais, tu m'entends ?

— Alors sois maudit !

— Tu ne pourras pas le protéger indéfiniment.

— Sauf s'il disparaît… En ce moment même, il est sans doute très loin d'ici…

— Si c'était vraiment le cas, il serait encore plus lâche que je ne l'imaginais !

— Sors de ma chambre, maintenant, Geoffroy. Fais ce que tu as à faire puis repars à Arrigues et ne reviens jamais.

Le jeune homme hocha gravement la tête.

— Je viendrai te chercher dès que le contrat sera rédigé pour que tu y apposes ta signature.

Elle haussa les épaules et regarda vers l'agitation qui régnait en contrebas dans la cour.

— Tu me présenteras aussi mon neveu tout à l'heure. Je suis curieux de savoir à qui il ressemble…

— Va-t'en.

Alix dut endurer la présence de Geoffroy pendant plusieurs jours, le temps de faire rédiger le contrat puis d'y apposer les signatures devant témoins. Elle s'y résolut, la mort dans l'âme.

Elle pouvait à nouveau garder son fils auprès d'elle. La veille de son départ, Geoffroy passa dans la chambre pour le voir. S'accroupissant, il observa l'enfant qui jouait avec un hochet dans son berceau. En voyant son fils qui agrippait un des doigts de Geoffroy en toute innocence, Alix faillit bondir. C'était comme voir le diable penché sur son enfant, attendant son heure. Elle se retint en se mordant les lèvres.

— Je viendrai régulièrement vous voir, au moins une fois l'année, dit Geoffroy. Mais si entre-temps tu avais besoin d'aide, envoie-moi un messager sans traîner, c'est compris ?

Alix soutint son regard sans ciller.

— Tout ira bien et nous saurons nous débrouiller sans toi, riposta-t-elle froidement.

Geoffroy fit comme s'il n'avait pas entendu et poursuivit :

— Quand Damien sera en âge, tu me l'enverras pour son éducation.

— Non.

— Alix…, gronda-t-il, menaçant.

— Mon fils ne quittera pas Vauriac. Je le ferai éduquer ici.

Pendant un bref moment, le frère et la sœur s'affrontèrent du regard avec hostilité. Puis se radoucissant soudain, Geoffroy murmura :

— Nous en reparlerons.

Alix ne répondit pas, tendue. Elle avait appris depuis longtemps à se méfier des faux airs innocents de Geoffroy, qui donnait l'impression de capituler pour mieux tromper. Ce n'est que lorsqu'il quitta la chambre qu'elle s'autorisa à souffler. Elle se précipita alors sur son fils qu'elle saisit dans ses bras et, tout en le couvrant de baisers, lui murmura : « Ne crains rien, je ne le laisserai jamais t'approcher ou te faire du mal… »

Elle avait oublié ce que pouvaient être le bonheur et l'insouciance. En même temps que le printemps s'annonçait, comme une renaissance, Alix baissait peu à peu la garde et reprenait goût à la vie. La disparition de son époux l'avait rendue libre de ses mouvements. Elle chevaucha à nouveau sa jument blanche, tout émue de renouer avec de vieilles émotions qu'elle croyait disparues à jamais. Elle s'était constitué une nouvelle escorte de soldats fidèles et loyaux en qui elle pensait avoir une totale confiance. Elle garda le vieux sergent qui lui avait annoncé le décès de Philippe et qui dès le lendemain des funérailles était venu lui prêter serment de fidélité. Et même si elle se doutait que Geoffroy avait laissé des hommes à lui dans son entourage – ses *corbeaux*, comme il aimait les appeler –, elle se tranquillisait peu à peu, partageant son temps entre la gestion de la seigneurie, son fils et Catherine. Barnard aussi était de retour, remplissant à nouveau sa fonction de messager. Elle se mit à récrire à Jeanne comme autrefois, elle avait tant de choses à lui raconter. Cependant, Barnard revint une première fois bredouille, puis de plus en plus souvent. Inquiète, Alix insista.

— Tu lui as pourtant bien remis ma lettre en main propre ?

— Les premières fois, oui, ma dame, mais votre sœur était rarement seule et je pense qu'elle était surveillée. Et pour la dernière lettre, je n'ai pas réussi à entrer en contact avec elle. J'aurais pu persister mais j'avais peur de lui causer du tort ou de tomber dans un piège. Quant à confier la lettre à une tierce personne que je ne connaissais point, je n'ai pas osé…

— Tu as bien fait, Barnard.

— Je suis désolé, ma dame.

— Comment était-elle lorsque tu l'as vue la dernière fois ? Est-ce qu'elle allait bien ?

— On ne faisait que se croiser, sans même échanger un mot. Elle dissimulait votre lettre sous son surcot et partait. Je crois qu'elle avait peur. Son époux a une terrible réputation, là-bas, vous savez…

Comme elle levait sur lui des yeux tourmentés, il poursuivit :

— Il y a dans la cour de leur château une potence qui est dressée en permanence. La dernière fois, ils n'avaient pas décroché le corps. C'était…

— Est-ce que tu l'as vu, lui ? Charles de Mareille ?

— Non, ma dame, car je fais en sorte de me présenter lorsqu'il est absent… Pas tellement envie de tomber sur lui, vu tout ce qu'on en raconte. Il paraît qu'il torture les prisonniers qui sont dans ses geôles pour les faire avouer. Et qu'il en aurait fait jeter par-dessus les remparts.

— Pourquoi ne m'écrit-elle plus ? gémit Alix, en se parlant à elle-même.

Elle fixa sur ses genoux la lettre qu'elle avait rédigée pour elle quelques semaines plus tôt et qui lui était revenue, intacte. Levant brusquement la tête, elle dit :

— Est-ce que tu serais prêt à aller jusqu'à Montségur pour porter d'autres lettres, à ma mère et à mon autre sœur ? Je sais que c'est très loin et que le chemin est périlleux… Si tu refuses, je comprendrai.

Barnard bomba le torse avec orgueil, les yeux brillants.

— Vous savez bien que je ferais n'importe quoi pour vous, ma dame !

— Toutefois je ne veux pas que tu commettes de folie, promets-le-moi…

— J'ai toujours été prudent.

Elle lui sourit avec affection, sourire qu'il lui rendit avec fougue. Il avait la chevelure tout ébouriffée et le teint hâlé par le grand air. Elle en savait si peu sur lui, benjamin d'une grande fratrie, la mère morte en couches depuis plusieurs années, le père, meunier, qui ne s'était pas remarié. C'étaient les frères aînés qui aidaient le père au moulin. Barnard, lui, avait préféré travailler au château comme homme à tout faire. Débrouillard, malin, serviable et fidèle. Il cumulait les qualités et Alix se rendit compte qu'elle se reposait de plus en plus sur lui.

Auprès de Catherine, Alix continuait d'apprendre le nom des plantes et leurs vertus médicinales. Chaque matin, les deux jeunes femmes descendaient au jardin. Elles taillaient et désherbaient les petits carrés. Elles récoltaient feuilles et fleurs pour les faire sécher. Alix adorait froisser certaines feuilles pour ensuite humer ses doigts : odeurs de mélisse, de verveine citronnée, de menthe et de lavande… Dans ces moments-là, Catherine se laissait parfois aller à des confidences sur sa vie d'avant. Parce qu'elle vivait hors des murs de Vauriac, pas loin de la lisière de la forêt, et qu'elle était réputée pour sa connaissance des plantes et ses dons de guérisseuse, elle avait souvent été l'objet de craintes superstitieuses ou de défiance.

— Un jour, les gens t'encensent parce que tu les as soulagés ou guéris, et puis, ils oublient aussi vite et tu deviens alors celle dont on se méfie, celle qui fait peur et qui sent le soufre.

— C'est pour cela que tu m'as demandé si tu pouvais rester au château ?

Catherine mit un certain temps avant de répondre, le visage sombre, tandis qu'une mèche de cheveux échappée de son bonnet lui fouettait le front.

— Oui, finit-elle par articuler avec réticence.

— Tu te sentais menacée ?

— Disons que je n'étais plus en sécurité. Mon époux qui a été tué, et puis…

Elle se tut, une main posée sur son ventre, les yeux brillant anormalement. Mue par une intuition soudaine, Alix se figea.

— Attendrais-tu un enfant ?

Catherine hocha la tête.

— Pour quand sera la naissance ?

— Je suppose pour la fin de l'été.

— C'est une merveilleuse nouvelle !

Catherine grimaça un sourire triste.

Le mois de juin arriva, chaud et sec. Alix, Catherine et les femmes du château descendaient chaque jour à la petite rivière qui serpentait dans le sous-bois. Elles empruntaient pour cela la petite porte qui se trouvait près du verger et qu'un églantier recouvrait à moitié. Elles cheminaient ensuite à la queue leu leu en parlant et en riant à haute voix. Des cigales invisibles stridulaient, assourdissantes au-dessus de leurs têtes. L'air embaumait le thym sauvage. Le sol, sec et rocailleux, crissait sous les pieds. Les arbres – des chênes verts pour la plupart – étaient plus tortueux que hauts et laissaient apercevoir le ciel très bleu. Tout en bas coulait la petite rivière miroitante qui n'était pas sans rappeler à Alix le cours d'eau qui se trouvait au pied d'Arrigues. Elle était toutefois moins encaissée et plus exposée au soleil. Au plus chaud de la saison, elle se réduisait à un tout petit filet qui se faufilait entre les pierres plates. Les femmes retiraient alors leurs chausses, retroussaient leurs robes puis s'aventuraient sur les berges de galets blancs. L'eau n'était pas si froide et les enfants du village aimaient aussi s'y retrouver pour barboter ou pêcher dans les trous d'eau.

Les nuits étaient chaudes et bruissaient de vie. Le moment entre chien et loup était celui qu'Alix préférait. Elle déambulait alors seule sur les remparts, en quête d'une légère brise. Les grillons et les criquets avaient pris le relais des cigales et, dans le ciel qui tardait à s'assombrir, les chauves-souris improvisaient leur ballet virevoltant. L'obscurité tombait peu à peu sur la campagne. Pas une lueur à l'horizon. Comme chaque fois, elle se prenait à guetter le hululement d'une chouette qui devait nicher pas très loin.

Un soir qu'elle se promenait face au soleil couchant, contemplant les derniers éclats du jour qui nimbaient l'horizon de pourpre, elle perçut dans son dos comme un frémissement. Elle n'eut pas besoin de se retourner pour savoir. Deux mains lui enlacèrent la taille et elle s'abandonna à l'étreinte en gémissant doucement, reposant contre le torse d'Albin sa tête juste calée sous son menton.

— Enfin… Tu en as mis du temps…, soupira-t-elle.

— Je sais. Je suis désolé.

— Où étais-tu ? Quand tu disparais comme ça, j'ai toujours l'impression que je ne te reverrai jamais plus.

Albin enfouit son visage dans la chevelure dénouée d'Alix, l'étreignant avec fougue.

— Il fallait qu'on s'éloigne un peu… surtout avec Geoffroy dans les parages.

— Tout le monde pense que c'est vous qui êtes à l'origine de la mort de mon époux…

— Geoffroy n'a fait que nous devancer. Ton époux ignorait qu'il était pisté par deux meutes différentes.

— Deux meutes ennemies…

— Oui.

— Il a laissé des hommes ici.

— Je sais. Nous les avons repérés.

Faisant volte-face, Alix dévisagea intensément Albin, caressant de ses mains la barbe naissante qui lui brunissait les joues. Ils s'embrassèrent, d'abord lentement, avec une infinie douceur, puis de plus en plus passionnément.

— Je sais ce que tu as enduré, lâcha-t-il soudain, le visage bouleversé. Je sais ce qu'il t'a fait subir. Il n'y a pas une nuit où cela ne me hante pas… J'aurais voulu être là pour te protéger et l'abattre de mes propres mains.

— Et tu y aurais laissé la vie. Non, Albin. Je ne l'aurais pas supporté.

— Je n'ai toujours pas vu mon fils.

— Il n'est pas trop tard. Viens.

Tandis qu'Albin attendait dans la chambre d'Alix en faisant les cent pas, cette dernière partit chercher l'enfant qui dormait auprès de sa nourrice.

Dans les bras de sa mère, Damien regardait tout autour de lui, les yeux grands ouverts, et babillait, bavard et étonné. Albin les regarda approcher, figé d'émotion.

— N'est-ce pas qu'il est ton portrait craché ? badina Alix. Il n'aura pas hérité de mes cheveux roux mais de tes boucles noires et de cette petite fossette sur le menton. J'imagine que tu lui ressemblais quand tu avais son âge.

— Je ne sais pas, balbutia le jeune homme, bouleversé.

— Tu veux le prendre dans tes bras ?

Il acquiesça sans mot dire. Damien changea de bras sans protester, dardant un regard curieux sur son père.

— Il n'a jamais été farouche. Il ne pleure presque jamais. C'est un ange, murmura Alix, émue.

— Comme il est beau… Est-ce que tu as souffert ? Dire que je n'étais même pas là…

— Peut-être, mais j'ai tout oublié.

Ils s'enlacèrent étroitement, leur fils entre eux deux, joue contre joue, et demeurèrent un long moment sans bouger. Les petits doigts de Damien exploraient la barbe d'Albin avant de se perdre dans les longs cheveux de sa mère sur lesquels il se mit à tirer avec vigueur. Il tenta de les mettre à la bouche et sa mère l'arrêta en riant.

— J'essaierai désormais de venir vous voir le plus souvent possible.

— Et pourquoi n'irions-nous pas tous ensemble à Montségur ? suggéra Alix, pleine d'espoir. On rejoindrait maman et Marie. On reverrait Pierre. Et nous n'aurions plus besoin de nous cacher. Nous pourrions vivre au grand jour comme mari et femme !

— Ce serait mon vœu le plus cher... mais je ne vous y emmènerai pas.

Alix sursauta et, s'écartant légèrement, fixa Albin sans comprendre.

— Pourquoi ? balbutia-t-elle, déçue.

— Parce qu'il serait illusoire de croire que nous serions plus en sécurité là-bas. Tôt ou tard, les Français finiront par assiéger la forteresse. Et je ne veux pas que vous soyez là-bas lorsque cela arrivera. Je ne veux pas que mon fils grandisse en fugitif. Ici, vous êtes en sécurité. Et même si cela me coûte de le reconnaître, Geoffroy est votre meilleure protection. Tant qu'il sera là, personne n'osera s'attaquer à Vauriac.

Alix l'avait écouté sans broncher, consternée.

— Alors, cela veut dire que nous mènerons éternellement cette vie clandestine ? Condamnés à être séparés, pour toujours ? Ne me dis pas ça, Albin, s'il te plaît...

— Oh, Alix...

— Ne nous laisse plus seuls, je ne le supporterais pas !

— Je viendrai aussi souvent que possible, chaque nuit si je le peux…

— Et c'est toi qui courras le risque de te faire prendre. Tu sais bien que Geoffroy te traque !

— Tant que je me déplacerai seul, il aura du mal à me localiser. Et je serai très prudent.

— Alors, cesse au moins de participer aux expéditions de Roger de Vauriac. Elles ne te concernent plus !

— Bientôt, je te le promets. Encore une dernière expédition à laquelle je ne peux me dérober, et après, je prendrai mes distances.

— De quoi s'agit-il ? C'est dangereux ?

— Je ne peux rien t'en dire pour l'instant…

— Vous n'allez pas vous attaquer à Geoffroy ?

— Alix…

— Tu m'avais déjà dit ça autrefois à Arrigues, c'était censé être ta dernière expédition avec mon père et vous n'êtes jamais revenus.

— Mais celle-ci est indispensable. Tu comprendras plus tard.

La mine rembrunie, sans un mot, Alix prit Damien dans ses bras et s'en alla le recoucher.

À son retour, alors que la chambre n'était plus que faiblement éclairée par l'éclat de la lune, elle se dévêtit en silence et se glissa dans le lit contre le corps chaud d'Albin. Ventre contre ventre, jambes mêlées, ils s'embrassèrent avec fougue. Le manque, la frustration, la peur avaient exacerbé leurs sentiments. Ils n'avaient qu'un seul désir, se perdre en l'autre, s'abandonner à l'exultation des corps. À la fois revanche et besoin vertigineux de se sentir vivants, encore. De s'accrocher à l'instant présent et de vivre un état de grâce. Et tandis que le plaisir affluait, le désespoir se mélangeait à la fureur. Car bientôt l'aube serait là et, dans son sillage, à nouveau le sentiment de perte et de chagrin immense.

— Promets-moi que tu ne me quitteras pas pendant que je dors. Je veux être réveillée et pouvoir te dire au revoir…, chuchota Alix, blottie contre le flanc encore haletant d'Albin.

Il lui embrassa les cheveux.

— Je te le promets.

— Et dis-moi que tu reviendras.

— Aussi souvent que possible.

— Tu vas me manquer. C'est atroce. Si Damien n'avait pas été là, je serais partie avec toi.

— Ne pleure pas, Alix…

Ils ne fermèrent pas l'œil de la nuit, se caressant et s'embrassant.

Lorsque l'aube commença à blanchir, Albin s'extirpa à regret des bras d'Alix. Elle se redressa sur son séant et posa sa tête contre son dos en l'enlaçant.

— Je t'aime, murmura-t-elle d'une voix éteinte.

— Et moi donc… Tu as toujours été ma raison de vivre.

Il disparut avant qu'il ne fasse trop jour, après un dernier baiser, une dernière étreinte, désespérée. Lorsqu'elle fut seule, Alix se laissa retomber sur le lit et se mit à pleurer.

Elle guettait sa venue chaque nuit. Et son cœur tambourinait, comme pris de folie, lorsqu'elle le sentait se glisser contre elle dans le lit, prenant possession de ses lèvres et de son corps. La vie leur octroyait enfin un répit, une trêve précieuse, une revanche sur tout ce qu'ils avaient dû traverser. C'était comme une renaissance. Après avoir vécu si longtemps sur le qui-vive, l'accalmie était inespérée et grisante. Trompeuse aussi : dans l'obscurité rassurante, ils se prenaient parfois à imaginer que le pire était derrière eux. Que plus rien ne les séparerait désormais. Mais le lever du soleil leur rappelait très vite la réalité et les vieux instincts reprenaient le dessus ; ils étaient conscients que jamais, sous aucun prétexte, ils ne devraient baisser la garde. Les nuits seraient le royaume secret de leurs retrouvailles, à défaut de pouvoir vivre ensemble en plein jour.

Chaque séparation était un vrai déchirement.

Ils se remémoraient avec nostalgie ce temps où ils étaient toujours ensemble à Arrigues, les longues chevauchées, la bergerie dans la garrigue, le vallon boisé au milieu duquel coulaient des eaux froides comme la glace. Bienheureuse insouciance.

Une nuit, Albin murmura :

— Je vais devoir m'absenter pendant plusieurs jours…

Alix se redressa sur un coude, tentant de distinguer dans la pénombre les contours de son visage, qu'il avait tourné vers elle. Elle était anéantie. Toute cette période avait été trop belle pour pouvoir durer et elle s'en voulait presque d'avoir voulu y croire.

— Quand reviendras-tu ?

— Je ne sais pas. Dès que possible.

— Où vas-tu ?

— Je ne peux rien te dire, Alix.

Il fallut renouer avec ces longues périodes d'attente et d'incertitude. Le lit vide et les silences. L'été était torride en cet an de grâce 1220. Dans la journée, les ruelles de Vauriac et la cour du château étaient plongées dans une lourde torpeur. Chacun se terrait derrière les volets clos en guettant les heures plus fraîches. Seuls les cris des martinets résonnaient dans le ciel et cela rappelait à Alix sa vie d'autrefois à Arrigues. Les pierres blanches qui réfléchissaient sans pitié la lumière aveuglante du soleil, brûlantes, domaine exclusif des petits lézards gris qu'elle s'amusait à attraper tandis que ses sœurs poussaient de hauts cris lorsque la queue lui restait entre les doigts, gigotant comme un gros ver. L'horizon semblait onduler, la végétation flétrissait. La rivière en contrebas n'était plus qu'un mince filet d'eau dans lequel on pouvait juste tremper les pieds. Au plus fort de la chaleur, les femmes restaient à l'abri des murs épais du château. De violents orages éclataient parfois la nuit. Leurs éclairs déchiraient les ténèbres. La pluie tombait bruyamment, faisant naître d'éphémères ruisseaux dans la cour et dans les rues du bourg. Court répit cependant, l'eau s'évaporant presque aussitôt sous le soleil implacable déjà de retour. Les corps étaient languides et moites. Les nuits, mauvaises. Seule dans son lit, Alix se laissait bercer par le roulement du tonnerre. Ses pensées ne quittaient jamais Albin : où était-il en ce moment même ? Avait-il trouvé un abri pour se protéger ? Quand reviendrait-il ? Reviendrait-il ? Pensait-il à elle ?

Le ventre très proéminent, Catherine endurait la chaleur sans se plaindre : pour la première fois, elle menait une grossesse à terme et l'enfant semblait vigoureux. Sa venue au monde était imminente. Aussi, lorsqu'une nuit elle surgit sans crier gare dans la chambre d'Alix, échevelée et juste vêtue d'une tunique blanche, cette dernière crut que l'heure était arrivée et qu'elle venait demander de l'aide. Catherine portait à bout de bras une torche dont la lueur vacillante trouait l'obscurité, éclairant juste le bas de son visage, lèvres serrées et déterminées. Elle précédait deux autres silhouettes qui se déplaçaient à sa suite en silence. Se redressant sur son séant, Alix, perplexe, reconnut Barnard puis sentit son cœur cesser de battre en découvrant Albin qui venait derrière. Il portait dans ses bras un corps inerte et titubait sous le poids, à bout de souffle. Elle bondit hors du lit. Il paraissait exténué. Une méchante barbe lui mangeait le bas du visage. Était-il blessé ? Il boitait. Et cette personne dans ses bras ? Une femme ? Était-elle morte ?

— J'ai réveillé Catherine, nous avions besoin de son aide pour venir jusqu'à vous, se justifia Barnard en bafouillant.

C'était la première fois qu'il voyait Alix dévêtue, sa longue chevelure rousse lui descendant en cascade jusqu'à la taille. La torchère qui vacillait au bout du bras de Catherine l'éclairait comme de l'intérieur, rendant sa tunique translucide. Troublé, il ne pouvait s'empêcher de la dévisager à la dérobée. Jamais il ne l'avait vue aussi belle qu'en cet instant. Lorsqu'il fut à quelques pas d'elle, il baissa cependant la tête et se figea, confus. Ce n'est qu'à ce moment qu'Alix, éberluée, réalisa qu'il était lui aussi blessé, que ces traces noires, sur son visage et ses mains, étaient du sang séché. Albin déposa son fardeau sur le lit aux draps repoussés et Alix se sentit vaciller. C'était Jeanne. Plus morte que vive. Et grosse de plusieurs mois.

— Il lui faut du repos, haleta Albin tandis qu'Alix fixait sa sœur d'un air abasourdi, pétrifiée.

Catherine prit les choses en main. À voix basse, elle demanda à Barnard d'aller chercher de l'eau. Le jeune garçon obtempéra sans broncher et s'esquiva.

— Mon Dieu, qu'est-ce qui s'est passé ? s'exclama Alix en saisissant les mains de sa sœur entre les siennes pour les presser contre ses lèvres.

Elles étaient glacées.

Jeanne laissa échapper un faible gémissement. Elle entrouvrit les yeux et les referma presque aussitôt, comme à bout de forces. Catherine entreprit d'allumer d'autres torches. Dehors, le vent s'était levé, un orage se préparait. L'air était étouffant. Albin se laissa tomber par terre, le dos contre le lit, et posa son front en sueur sur ses genoux.

— Vous avez enlevé Jeanne ! C'était ça, votre dernière expédition ? souffla Alix en s'agenouillant à sa hauteur.

Il secoua la tête.

— Ils ont fait mieux que ça, ma dame ! intervint Catherine d'un ton féroce. Ils ont incendié le château et envoyé tous ces suppôts de Satan à leur vraie place : en enfer !

Alix lança un regard éperdu à Albin.

— Ne t'inquiète pas, murmura-t-il. Il n'y a aucun survivant, on s'en est bien assurés, son époux ne partira pas à sa recherche. Cela faisait des mois qu'on préparait l'expédition, ils ne pouvaient pas nous échapper. Jeanne aussi est censée avoir péri dans l'incendie. Cela fait dix jours que nous voyageons de nuit afin de ne pas éveiller les soupçons et elle est épuisée. Nous aurions pu nous cacher quelque part en attendant qu'elle reprenne des forces mais elle est sur le point d'accoucher et il n'y avait qu'ici qu'elle pouvait être à l'abri.

Il leva vers elle un visage sur lequel se disputaient la culpabilité et l'inquiétude. Bouleversée, Alix posa son front contre le sien et chuchota :

— Tu l'as sauvée… et tu me l'as ramenée…

— Personne ne doit la voir ni découvrir sa véritable identité, intervint Catherine. Sinon, nous subirons des représailles.

— Geoffroy, surtout, ne doit jamais se douter de rien ! insista Albin. Il doit croire qu'elle est morte elle aussi.

— Le château est grand, nous la cacherons !

— Si on devait découvrir sa présence, je dirais que c'est une parente que vous avez eu la bonté de recueillir après son veuvage, comme vous l'avez fait pour moi, reprit Catherine. Vous ne devrez plus jamais appeler votre sœur par son prénom, même devant moi !

Comme Barnard revenait avec l'eau, Catherine commença à laver le visage, le cou et les mains de Jeanne avec une infinie douceur. Celle-ci bredouilla des paroles indistinctes sans reprendre connaissance.

— Comment va-t-elle ? se tourmenta Alix.

En dépit du ventre énorme qui déformait sa tunique, Jeanne était décharnée. Son visage, émacié et crayeux, avait perdu ses rondeurs d'enfance. Il ne restait d'elle que la peau sur les os, jusqu'à ses doigts où les phalanges saillaient anormalement.

— Elle se laissait dépérir, murmura Barnard. C'est ce que disaient les rumeurs. Il était grand temps…

— Barnard a été nos yeux et nos oreilles. Il a pris d'énormes risques, expliqua Albin.

Alix ne répondit rien mais le regard brillant qu'elle posa sur le jeune garçon était suffisamment éloquent pour que celui-ci se mette à rougir.

— Mais il ne s'agit pas non plus de vous mettre en danger, toi et Damien, reprit Albin en se relevant péniblement. Et lorsque le bébé sera né, je les emmènerai à Montségur.

Alix sursauta, choquée.

— Tu l'y emmènerais alors que tu nous le refuses à moi et à ton fils ? siffla-t-elle d'une voix blanche.

— Il a raison, ma dame, ronchonna Catherine. Sa présence ici ne peut être que provisoire. Elle ne sera pas tenable indéfiniment. Tôt ou tard votre frère risque de tout découvrir…

— Alors nous irons tous ensemble à Montségur ! rétorqua Alix dont le sang semblait bouillir dans ses veines.

— Alix…, supplia-t-il en tentant de l'attirer contre lui.

Mais elle se dégagea vivement et, se tournant vers sa sœur, répliqua :

— Va te reposer, et toi aussi, Barnard. Catherine et moi allons nous occuper de Jeanne.

Albin acquiesça en silence, la mine rembrunie. Mais alors qu'il s'apprêtait à tourner les talons, Alix fit brusquement volte-face et se jeta contre son torse. Elle était tellement plus petite et menue que lui. Il n'eut qu'à l'enlacer, la serrant de toutes ses forces, avec émotion, la soulevant presque de terre.

— Merci…, souffla-t-elle contre sa poitrine.

Elle entendait son cœur cogner tout contre son oreille. Il était en vie et c'était tout ce qui comptait. Parce que le jour où ce cœur cesserait de battre, elle savait que le sien se figerait aussi.

— Dis-moi que tu seras encore là la nuit prochaine, que tu ne vas pas repartir…

— Oui. Je serai là…

Elles installèrent Jeanne dans une petite pièce isolée tout en haut d'une tour dont les ouvertures donnaient sur le jardin. La vue plongeait sur les bois qui s'étendaient au pied des remparts et bien au-delà, vers la plaine grillée par le soleil. Seuls Catherine et Barnard étaient autorisés à monter jusque là-haut. En aucune façon, il ne fallait éveiller les soupçons.

Après une longue nuit de sommeil, Jeanne émergea lentement. En découvrant sa sœur à son chevet, qui la fixait ardemment comme si elle eût été une apparition, elle fondit en larmes. Des sanglots à n'en plus finir, comme si elle avait des mois et des mois de chagrin, de douleur à évacuer. Bouleversée, Alix la prit dans ses bras et frémit. S'il n'y avait pas eu ce gros ventre entre elles, elle aurait presque eu l'impression d'étreindre un squelette. Sa petite sœur était méconnaissable. Quel genre d'homme pouvait bien faire subir un tel traitement à son épouse ?

— Tu es en sécurité maintenant, lui chuchotait-elle en lui caressant les cheveux. Albin t'a sauvée. Je suis tellement heureuse de t'avoir auprès de moi… Tout ça est derrière toi.

Catherine ausculta Jeanne sans mot dire, la mine contrariée. Lorsqu'elle eut fini, elle se releva laborieusement, son propre ventre faisant contrepoids, et s'écarta du lit, attendant qu'Alix la rejoigne. À voix basse, elle dit :

— L'enfant va bientôt naître. C'est un miracle qu'il ne soit pas né plus tôt avec tout ce qu'elle a enduré.

— Comment va-t-il ?

— Il semble bien se porter. C'est votre sœur qui m'inquiète le plus. Elle a besoin de reprendre des forces.

Alix amenait le petit Damien avec elle, qui jouait à leurs pieds et passait ses journées avec Jeanne. La pièce où elles se trouvaient avait été confortablement aménagée afin d'adoucir son sentiment de réclusion. Chaque jour, Alix s'évertuait délicatement à la faire parler. Elle l'interrogeait sur sa vie là-bas, sur les raisons qui l'avaient poussée à ne plus répondre à ses lettres. Mais Jeanne demeurait évasive ; elle était souvent au bord des larmes. Alors, elle déviait sur des sujets plus heureux, évoquait leur enfance à Arrigues, tentant de la faire réagir. Jeanne hochait la tête, songeuse et triste. Une tristesse sans fond dans laquelle elle semblait engluée. En état de choc aussi, comme si elle ne se remettait pas de ces derniers mois, qui avaient dû être un enfer. Follement inquiète, Alix persévérait, tentant de lui arracher un sourire. Elle voyait bien la manière dont Jeanne contemplait Damien, ses yeux qui brillaient d'envie et d'émotion. Une infime étincelle de vie à laquelle elle voulait s'accrocher.

Un jour, elle murmura :

— Je n'oublierai jamais ce qu'a fait Albin. Risquer sa vie pour moi. Nous irons tous ensemble à Montségur, n'est-ce pas ? Retrouver maman et Marie, ne plus jamais être séparées…

— Oui, je te le promets, murmura Alix d'une voix fêlée.

— Tu l'avais promis à Marie avant de partir, je m'en souviens… Elle doit nous attendre.

— Il faut d'abord mettre ton bébé au monde.

— Montségur, Montségur…, marmonna Catherine entre ses dents.

Alix la foudroya du regard et riposta sourdement :

— Tout ce qui reste de notre famille est là-bas. Pourquoi ne pourrions-nous pas l'y rejoindre ? Tu ne le ferais pas, toi ? Ce ne serait pas ton désir le plus cher ?

— Et vous nous enlèveriez notre jeune maître, alors ? Vous livreriez Vauriac à votre frère ? Est-ce donc le sort que vous réservez à vos sujets ? fit Catherine avec fougue.

— Et si vous veniez avec nous, toi et ton enfant ? Qu'est-ce qui te retient ici, si ce n'est de mauvais souvenirs ?

— Pour vivre comme une fugitive ?! Très peu pour moi ! Je suis née ici et je suis attachée à ma ville. Je n'en partirai que les pieds devant !

— Catherine a raison, intervint doucement Jeanne alors qu'Alix dévisageait cette dernière avec stupeur. Ta place est ici. Ton peuple t'estime et a confiance en toi. Tu ne peux pas le trahir. Damien est le futur seigneur de Vauriac. Pourquoi quitterais-tu cette vie qui s'annonce enfin meilleure pour vous ?

— Et Albin, tu y penses? siffla Alix, les joues empourprées d'indignation. Si je reste à Vauriac, nous serons condamnés à être séparés. À Montségur, nous pourrions être ensemble. Alors qu'ici, aux retrouvailles succéderont toujours les séparations. Et c'est insupportable!

— Mais songe à ton fils, insista Jeanne, les larmes aux yeux.

Alix poussa un cri exaspéré et se leva avec brusquerie. Prisonnière. Voilà ce qu'elle était et serait jusqu'au bout.

Albin la rejoignait dès la nuit tombée, comme un voleur. C'était à la fois doux, tendre et douloureux. Ils s'aimaient avec passion, en silence, puis s'endormaient quelques heures dans les bras l'un de l'autre jusqu'à ce qu'elle le sente se lever doucement. Elle émergeait alors du sommeil, alertée, un vide froid dans son dos, là où il se tenait un peu plus tôt. Il faisait encore sombre dans la pièce mais déjà l'horizon bleuissait, elle savait qu'il ne pouvait s'attarder davantage. La boule au ventre, elle le regardait se vêtir sans rien dire, à quoi bon. Elle attendait l'ultime moment où, une fois prêt, il se penchait sur elle pour lui dire au revoir. Elle tendait alors ses bras vers lui et l'enlaçait avec fougue, lui couvrant le visage de baisers. « À très bientôt », lui murmurait-il, la voix nouée.

Alix était à fleur de peau. Ils n'abordaient plus le sujet épineux de Montségur, tout comme ils n'osaient pas évoquer l'avenir. Albin ne lui disait rien de l'endroit où il allait lorsqu'il n'était pas auprès d'elle, ni de ce qu'il faisait durant ses absences. Elle ignorait si c'était pour la protéger ou parce qu'un fossé se creusait déjà entre eux, inévitable. Mais elle avait beau le harceler de questions, tempêter, parfois même menacer, il ne cédait jamais, plus silencieux et rembruni que jamais. Elle réalisait alors, complètement abattue, qu'elle ne faisait que ruer dans le vide. C'était à la fois incompréhensible et désespérant. Elle lui en voulait terriblement de lui infliger cette incertitude, puis réalisait avec effroi que son attitude ne faisait que le blesser davantage et qu'il souffrait bien plus qu'elle ne l'imaginait de ce qu'il lui imposait. Quand elle n'y tenait plus, elle s'épanchait auprès de Catherine et de Jeanne.

— Albin a toujours été secret et taiseux, je devrais le savoir. Déjà autrefois, ça me rendait à moitié folle. Mais pourquoi ne peut-il pas comprendre que ses silences sont pour moi une vraie torture ? Le silence, c'est une porte ouverte dans laquelle s'engouffre mon imagination. Et quand il ne me répond pas, c'est plus fort que moi, mon esprit cherche ses propres réponses.

— Il te protège. Ne doute pas de son amour, tentait de la rassurer Jeanne. Moi aussi je le connais bien et je pense qu'il souffre énormément de devoir t'imposer tout ça. Comment pourrait-il en être autrement ? Ce n'était pas ce qu'il espérait ni pour toi ni pour lui.

— Il a raison de rester prudent, ma dame. On ignore qui sont les oreilles et les yeux de votre frère, mais il n'y a pas à douter là-dessus, il a laissé des corbeaux et pas qu'au château.

— J'ai essayé de savoir de qui il pouvait s'agir parmi la garde, les serviteurs, les valets, les palefreniers… je continue de chercher.

— Impossible de savoir, ces individus-là se fondent dans les murs, on ne les voit pas, murmura Catherine avec fatalité.

Jeanne fixait sa sœur douloureusement. Elle était bien placée pour savoir que les secrets n'étaient pas tenables, que tôt ou tard, un geste, un mot les perdraient et que la séparation serait inévitable. Tout comme elle connaissait suffisamment le tempérament impétueux d'Alix pour savoir qu'elle n'était pas de nature à se résigner, quitte à risquer le tout pour le tout. Alix leur avait déjà confié qu'elle avait cherché le fameux passage secret par lequel Albin pénétrait dans le château à la nuit tombée. Elle savait que son entrée était quelque part dans la chapelle. Mais où ? Derrière l'autel ? Derrière une statue ? Y avait-il une dalle qui se déplaçait ? L'endroit était tellement nu, il semblait dépourvu de la moindre cachette ! Et si ce passage existait réellement, où débouchait-il ? Sur quelle distance avait-il été creusé ? Et tandis qu'elle se posait toutes ces questions à voix haute, obstinée, Catherine secouait la tête d'un air désapprobateur.

— Il vaut mieux ignorer certaines choses, ma dame, pour votre bien à tous. Quant à ce passage, si vous voulez mon avis, ce n'est qu'une légende. On en parlait déjà du temps de l'ancien seigneur. Mais personne ne l'a jamais vu.

Lorsque les deux sœurs se retrouvaient seules en tête à tête, instinctivement elles se blottissaient l'une contre l'autre sur le lit comme lorsqu'elles étaient petites. Nul besoin de parler, il leur suffisait de garder le silence, les yeux perdus dans le vague, doigts enlacés, caresses effleurées. Elles se laissaient bercer par la respiration de l'autre, s'apaisant au contact de l'odeur familière, parfum de chèvrefeuille ou de mélisse. Elles s'évertuaient à ne pas penser à l'avenir, lorsque l'enfant serait né et qu'il faudrait se séparer, encore. En se concentrant bien, il était peut-être possible de faire durer l'instant et de suspendre le temps.

Elles demeuraient recluses derrière les murs épais qui les protégeaient de l'été sec et brûlant. Le ventre de Jeanne était tout déformé et tendu, comme un fruit trop mûr prêt à éclater. La naissance était imminente. La nuit, les contractions l'empêchaient de fermer l'œil. Un matin, alors qu'elle arborait une mine particulièrement exténuée, de grands cernes mauves soulignant ses yeux bleus comme des agates, elle confia à Alix que si c'était une fille, elle souhaitait l'appeler Béatrice, comme cette aïeule qu'elles n'avaient jamais connue, la mère d'Héloïse dont Alix avait hérité la chevelure de feu.

Alors, ce sera Béatrice, acquiesça Alix en posant une main sur le ventre rebondi.

— Béatrice, Alix, Héloïse, Marie d'Arrigues..., reprit Jeanne en souriant.

Une nuit, alors que l'orage menaçait au loin, zébrant le ciel d'éclairs silencieux, Jeanne ressentit les premières douleurs de l'enfantement.

Les coups de tonnerre étouffèrent les cris de douleur. Alix et Catherine s'occupèrent d'elle tandis qu'Albin et Barnard guettaient derrière la porte, accroupis à même les dalles dans l'obscurité, là où ils devaient être et nulle part ailleurs, tenus à l'écart d'une histoire vieille comme le monde qui ne regardait que les femmes. Régulièrement, Albin levait un regard anxieux sur le ciel obscur au-delà de la fenêtre. Il redoutait de ne pouvoir rester jusqu'au dénouement. Barnard, lui, avait posé ses deux mains sur ses oreilles et sursautait chaque fois qu'un cri de Jeanne se faisait trop perçant.

Dans la chambre, Alix et Catherine s'affairaient sans répit autour de Jeanne. Alix lui rafraîchissait le corps d'eau florale. La chaleur dans la pièce était moite et étouffante. Toutes trois étaient en sueur. Lorsque les contractions atteignirent leur paroxysme, Jeanne se mit à gémir sans discontinuer, note lancinante à donner la chair de poule. Catherine l'encourageait sans faiblir, obstinée et déterminée. Si elle était inquiète, jamais elle ne le montra. Et pourtant, dès le début elle avait su que cela ne serait pas facile : Jeanne avait un bassin très étroit, les contractions étaient peu efficaces et l'enfant mal engagé.

Soudain, lorsque Alix vit que le ciel s'éclaircissait déjà, elle jeta un regard à Catherine qui se contenta de hocher la tête puis elle s'élança hors de la pièce, espérant de tout son cœur qu'Albin n'était pas déjà parti. Mais les deux hommes étaient encore là, adossés au mur, mines harassées et inquiètes. Sans un mot, elle se jeta dans ses bras. Elle n'eut pas besoin de parler; Albin comprit qu'il serait obligé de se sauver avant que le nouveau-né ne soit arrivé. S'il en ressentit de la déception, il tâcha de ne pas le montrer et se contenta de murmurer à l'oreille d'Alix :

— Courage! Veille bien sur Jeanne, je serai de retour dès le crépuscule. Je t'aime.

Ils s'embrassèrent avec ardeur, puis il s'esquiva, laissant Barnard seul et tout désemparé. Se retournant vers lui, Alix murmura :

— Va dormir un peu. Ce n'est pas encore pour tout de suite, hélas…

Il opina, les yeux rougis de fatigue, puis s'éloigna en titubant.

Donner naissance, c'était aussi livrer bataille avec la mort. Lutter et s'échiner à donner la vie, coûte que coûte. Un enfant qui n'arrivait pas à passer mais dont la mère, épuisée, usait ses dernières forces.

À quel moment précisément Alix comprit-elle que quelque chose n'allait pas? Peut-être en découvrant le visage anormalement concentré de Catherine? Ou en réalisant que tout cela durait depuis trop longtemps et que Jeanne, exsangue, pleurant de douleur et d'épuisement, semblait à bout de forces ? Le bébé ne descendait pas comme il fallait, coincé dans le bassin. Catherine pesa de tout son poids sur le ventre de Jeanne qui hurla en se cabrant à moitié. L'orage s'était éloigné, ses cris risquaient d'être entendus dans le reste du château. Alix sentit la peur s'insinuer en elle.

— Allez, Jeanne, il faut pousser… encore un effort.

Mais c'était comme une agonie qui n'en finissait pas. Jeanne pleurait et tremblait de tous ses membres et ce fut avec un cri de bête, à glacer le sang, qu'elle expulsa le nouveau-né. Puis elle retomba inerte sur le lit.

— C'est une fille ! s'exclama Catherine, émue aux larmes tandis que le bébé se mettait à crier.

— Je veux la voir, murmura Jeanne.

Alix écarta tendrement les cheveux qui s'étaient collés sur son visage en sueur.

— Tu as réussi. Elle est toute petite mais tellement mignonne. Regarde-la !

Jeanne sourit faiblement. Elle n'avait même pas la force de tendre les bras et laissa Alix poser le bébé sur sa poitrine.

— Ma petite Béatrice…

Ses paupières se fermèrent, comme si un sommeil irrépressible la gagnait peu à peu. Mais de fait, n'avait-elle pas bataillé vaillamment pendant des heures ? Posé sur elle, le bébé vagissait, et Alix, bouleversée, avait décidé d'attendre encore un peu pour l'emmailloter.

— J'ai froid…, chuchota Jeanne dont les lèvres étaient toutes décolorées.

Alarmée, Alix scruta sa sœur, anormalement languide et le teint livide. Elle lui serra la main mais elle ne réagit pas, yeux mi-clos, souffle à peine perceptible. Alors, le cœur battant à tout rompre, elle remarqua brusquement le silence anormal de Catherine, qu'elle avait presque oubliée dans son émoi. Faisant volte-face, elle la découvrit, étrangement muette et le visage assombri, qui épongeait le sang entre les jambes de Jeanne. Du sang qui ne semblait pas vouloir se tarir. Une peur affreuse la submergea, comme un coup de poing en plein visage.

— Qu'est-ce qui se passe, Catherine ?

Celle-ci secoua la tête sans desserrer les lèvres.

Alix entendait son cœur tambouriner dans sa tête, au bord de la nausée et de la panique.

— Jeanne, ne t'endors pas ! cria-t-elle en se retournant vers Jeanne dont la tête dodelinait doucement.

Cette dernière frémit et esquissa un léger sourire.

— Ouvre les yeux, Jeanne ! Regarde ta fille ! Elle a hérité tes yeux bleus, elle est si jolie…

Sa voix s'étrangla, noyée de larmes.

— Prenez le bébé, ordonna brusquement Catherine.

Alix obéit sans broncher, éperdue, ses yeux faisant l'aller-retour entre Jeanne qui semblait perdre peu à peu toute couleur et Catherine qui s'acharnait à endiguer l'hémorragie, la mine féroce. Il y avait du sang partout et Catherine, échevelée, en sueur, en était couverte comme si c'était le sien.

— Non, non, non, Jeanne ! Regarde-moi, ouvre les yeux ! cria Alix, affolée.

Un faible gémissement s'échappa des lèvres blanches de Jeanne. Puis sa tête, soudain, bascula sur le côté. Un soupir et ce fut tout.

En état de choc, Alix fixa la poitrine qui venait de se figer, comme ça, le temps d'un battement de cils, presque traîtreusement. Ce n'était pas possible, c'était inconcevable, Jeanne ne pouvait pas les abandonner ainsi et s'éteindre comme une chandelle dont on aurait soufflé la flamme. Sans bruit ni dernières paroles.

— Jeanne ! appela-t-elle en la secouant, d'abord doucement puis de plus en plus fort.

— On ne peut plus rien faire, dit dans son dos la voix atone de Catherine.

— Non, tu te trompes !

— Ma dame…

— Jeanne, réponds-moi, ouvre les yeux ! Ta petite a besoin de toi ! J'ai besoin de toi ! Ne me laisse pas !

— Je suis désolée, murmura Catherine qui lui prit le bébé des bras sans qu'Alix réagisse, effondrée.

— Dieu ne peut pas être si cruel ! s'écria Alix qui se laissa tomber à genoux, terrassée par la douleur.

Le front collé contre la main inerte de Jeanne, elle se mit à sangloter avec violence. Quel Dieu pouvait permettre une telle cruauté, lui rendre sa sœur pour la lui enlever presque aussitôt et pour toujours ?

— Que Dieu ait son âme et qu'elle repose en paix…, murmura Catherine en se signant.

Quand, à la nuit tombée, Albin se faufila dans la chambre anormalement sombre et silencieuse, son cœur comprit, avant même qu'il ait vu le corps qui reposait sur le lit, entouré de bougies. On avait brûlé des herbes aromatiques pour purifier l'air de la pièce et chasser l'odeur de la mort. Il s'approcha de la veillée funèbre comme un somnambule, dévasté de chagrin. Il ne savait qu'une chose : il n'était pas revenu à temps. Il était loin de Jeanne lorsqu'elle avait rendu son dernier souffle et c'était intolérable. À genoux sur le sol, Alix lui tournait le dos, prostrée et immobile. Il se figea, poings serrés, quand il fut au pied du lit et contempla en silence, les yeux brûlants de larmes, le visage apaisé de Jeanne qui semblait dormir. La mort, curieusement, lui avait redonné la douce innocence de ses jeunes années. On lui avait lavé puis tressé les cheveux et ses mains reposaient, croisées sur son ventre encore gonflé. Réprimant un sanglot, il lui effleura les mains qui n'étaient pas encore très froides, à croire qu'elle allait se réveiller d'un instant à l'autre et que tout cela n'était qu'un cauchemar. Alix semblait s'être statufiée, figée dans sa douleur. Il s'accroupit à sa hauteur et l'attira contre lui. Elle avait le visage ruisselant de larmes. Elle se laissa aller contre sa poitrine et pleura en silence.

— Et l'enfant ? finit-il par murmurer, la gorge nouée d'appréhension.

Se redressant lentement, échevelée et hagarde, Alix lui désigna du regard un coin de la chambre plongé dans l'obscurité. Un berceau en bois s'y trouvait. Le cœur battant la chamade, Albin se mit debout et approcha. Un bébé emmailloté y dormait paisiblement.

— C'est une petite fille. Béatrice, annonça Alix.

Les jours qui suivirent la mort de Jeanne, Alix demeura prostrée, le regard perdu dans le vide, comme à cette époque où elle avait cru tout perdre. Catherine avait beau rôder autour d'elle avec Damien dans les bras, rien ne la faisait émerger de sa torpeur. Il avait fallu inhumer la jeune fille de nuit, clandestinement, dans la petite chapelle. C'étaient Barnard et Albin qui s'en étaient chargés à la lueur de quelques flambeaux vacillants tandis que Catherine montait la garde, nerveuse. Un adieu affreux, sans aucune cérémonie, à peine une prière et une simple bougie laissée sur le sol. Le bébé, quant à lui, demeurait caché dans l'ancienne chambre de Jeanne et c'est Catherine qui s'en occupait, le temps que la jeune châtelaine reprenne ses esprits et réfléchisse à son sort. Il n'était d'ailleurs pas certain que l'enfant survive. Elle avait dû remuer ciel et terre pour trouver une paysanne acceptant de l'allaiter sans poser de questions, en échange d'une bourse bien remplie. Mais le bébé était tout petit et paraissait fragile. Il pleurait beaucoup, jour et nuit, et refusait souvent le sein, comme s'il se laissait dépérir. Catherine était éreintée. En fait, il ne se calmait que lorsqu'elle le prenait dans ses bras et faisait les cent pas en fredonnant une berceuse.

Parfois Alix montait en silence et les surprenait ainsi. Elle les considérait sans rien dire puis ses yeux remplis de larmes tombaient sur le lit qu'avait occupé Jeanne.

— Est-ce que la petite vivra ? s'enquit-elle, désespérée. A-t-elle accepté de se nourrir aujourd'hui ?

— Elle s'accroche mais je ne peux prédire l'avenir, ma dame…

— Pauvre enfant…

— Qu'allez-vous faire ? L'emmener à Montségur ? Ce ne serait vraiment pas raisonnable, elle n'y survivrait pas.

— Comme si je pouvais m'en séparer ! C'est tout ce qui me reste de Jeanne !

— Alors, si vous acceptiez, je pourrais m'en occuper. Nous dirions que c'est la fille d'une de mes parentes morte en couches. Personne n'ira vérifier… Et vous l'élèveriez comme il se doit et lui donneriez l'éducation qu'elle mérite.

— Donne-la-moi, veux-tu ? Je voudrais la prendre dans mes bras…

Le bébé protesta quand il quitta le giron protecteur de Catherine et, à son tour, Alix dut arpenter la pièce de long en large, tout en la berçant.

— Dans son malheur, cette petite a beaucoup de chance, murmura Catherine. Votre sœur n'était hélas pas bâtie pour mettre au monde un enfant. Si elle était restée auprès de son époux, elle serait morte là-bas toute seule, sans que vous ayez jamais la possibilité de connaître sa fille. Dieu dans sa grande miséricorde a permis que vous soyez auprès d'elle au moment où elle a rendu son dernier souffle. Elle a pu partir en paix, en sachant que sa petite serait entre de bonnes mains et non pas dans les griffes de son père.

Bouleversée, Alix leva sur Catherine un regard éperdu de reconnaissance.

Jeanne n'était enterrée que depuis une petite semaine lorsqu'un matin Alix se réveilla en sursaut, hagarde et inexplicablement angoissée. C'était pourtant une belle journée qui s'annonçait, lumineuse et pas trop chaude. Les rayons du soleil dansaient sur la pierre blanche, distillant ici et là des taches mouvantes. Cependant, la sensation d'oppression persistait, comme un signal d'alarme interne dont elle ne parvenait pas à comprendre le sens. Albin s'était esquivé à l'aube comme d'habitude et elle s'inquiéta aussitôt à l'idée que ce pressentiment le concernait peut-être. Mais déjà son esprit vagabondait en direction de Damien et la panique la jeta hors du lit. Pieds nus et en simple chemise, elle courut jusqu'à la pièce que son fils partageait avec sa nourrice et son frère de lait. Elle entra en trombe et soupira de soulagement en découvrant Damien déjà réveillé, qui jouait sous la surveillance de plusieurs servantes. Sans donner d'explication, elle se dirigea droit sur lui, le prit dans ses bras en riant et le couvrit de baisers. Elle resta un petit moment en sa compagnie jusqu'à ce qu'elle réalise, à nouveau inquiète, qu'elle n'avait pas encore vu Catherine. Cette dernière, en temps ordinaire, aurait déjà dû la rejoindre pour lui donner des nouvelles de Béatrice. Son absence n'était pas normale. Poussée par l'appréhension, elle grimpa tout en haut de la tour, son ventre vide protestant contre le tournis qu'elle lui imposait. En arrivant dans la pièce, hors d'haleine, elle vit Catherine, qui se tenait assise au milieu du lit souillé de sang, le visage hébété. Elle avait dans ses bras un paquet enveloppé de linge et Alix, frappée de stupeur, mit un temps infini avant de comprendre qu'il ne s'agissait pas de Béatrice, qui pour une fois gazouillait tranquillement dans son berceau, mais d'un nouveau drame. Affolée, elle se précipita sur la jeune femme qui paraissait abasourdie. Et son cœur cessa de battre lorsqu'elle découvrit le petit corps gris et fripé que le linge dissimulait. Accablée, elle murmura :

— Oh non… Donne-le-moi, Catherine. Tu ne peux pas le garder…

Cette dernière tressaillit mais ne résista pas lorsque Alix lui retira doucement le petit corps. Elle n'osa pas regarder si c'était une fille ou un garçon, c'était au-dessus de ses forces.

Le regard vitreux de Catherine se posa sur elle et Alix se sentit chavirer.

— Tu as mal, dis-moi ? Pourquoi n'es-tu pas venue me chercher ? Je t'aurais aidée…

— C'est arrivé trop vite… et c'était déjà trop tard. Cela faisait plusieurs jours que je ne le sentais plus bouger dans mon ventre. Le terme était dépassé et il ne venait pas… j'aurais dû m'en douter…

La jeune femme éclata en gros sanglots et, submergée par la peine, Alix ne put retenir ses propres larmes.

Alix l'aida à ôter sa chemise tachée de sang puis entreprit de faire sa toilette, délicatement, lui lavant le corps avec de l'eau florale, estompant l'une après l'autre toutes les traces de la naissance, comme si elle cherchait à tout effacer, la douleur, la peine, jusqu'au souvenir même de cette tragédie, laissant en tas par terre le linge qu'elle brûlerait plus tard. Catherine se laissait faire sans rien dire, apathique, son regard fuyant la petite silhouette emmitouflée qu'Alix avait posée sur le coffre, en attendant de pouvoir s'en occuper. Ce n'est que lorsque Béatrice commença à protester dans son berceau, réveillée par la faim, que Catherine parut émerger de sa torpeur. Subitement aux aguets, inquiète, elle papillonna du regard en quête de l'endroit d'où venaient les pleurs. Et comme elle faisait mine de vouloir se lever, Alix la retint fermement.

— Reste allongée, tu dois te reposer !

— La petite a faim, il faut l'emmener à sa nourrice.

Songeuse, Alix ne répondit pas tout de suite. Une idée complètement folle, mais évidente aussi, et pleine d'espérance, venait de germer dans son esprit. Elle alla chercher la petite qui pleurait à présent très fort et, tout en la berçant, l'apporta à Catherine. Un seul regard leur suffit ; les deux jeunes femmes venaient de se comprendre sans un mot, les yeux brillants, soufflées par leur audace. Catherine dénoua précipitamment le haut de sa tunique, dégageant un sein douloureusement gonflé, et Alix lui tendit le bébé qui se mit à téter goulûment.

L'enfant de Catherine était aussi une petite fille. Mais elle était morte bien avant de naître, étranglée par son cordon. Les yeux secs et rougis d'avoir trop pleuré, Catherine l'embrassa une dernière fois, aussi glacée que l'était le corps de son enfant. Puis profitant que c'était la pleine lune cette nuit-là, avec l'aide de Barnard, ils l'ensevelirent dans le jardin des simples, au pied d'un pommier.

Ce fut une nuit blanche, une nuit de veillée funèbre, même s'il n'y avait plus de corps à veiller.

Puis, à l'aube, Alix mit Béatrice dans les bras de Catherine et déclara, la voix vibrante d'émotion :

— Cette petite est de mon sang mais je ne pourrai jamais le révéler, pour sa propre sécurité. Je ne pourrai donc jamais être la mère dont elle a besoin. Je sais que tu l'aimes et te soucies de son sort. Alors… j'ai bien réfléchi… elle ne pourrait pas avoir meilleure mère que toi. J'ai bien conscience qu'elle ne remplacera jamais l'enfant que tu as perdue, mais ensemble, vous pourriez reprendre goût à la vie et surmonter cette tragédie…

Catherine fixa la jeune châtelaine d'un air bouleversé. Déjà ses bras enserraient le bébé, à la fois inquiets et possessifs.

— Et vous ne me la reprendriez jamais ?

— Elle portera ton nom, Catherine. Dès demain, je fais venir le chapelain pour qu'il la baptise. D'une manière ou d'une autre, c'est toi qui l'as mise au monde. Elle sera désormais ta fille, si tu l'acceptes. Je sais que tu seras une excellente mère, je n'ai aucun doute. Vous vivrez au château et je veillerai à ce que vous ne manquiez jamais de rien.

— Mais nous vivrons dans le mensonge…

— C'est vrai… mais c'est un secret qui vous appartient. Si, un jour, tu souhaites lui révéler la vérité, je ne t'en empêcherai pas, tant qu'elle reste protégée.

La petite tétait avec voracité et Catherine, troublée, la contempla avec amour. Quant à Alix, pour la première fois depuis la mort de sa sœur, elle se sentait apaisée, preuve qu'elle avait pris la bonne décision. Béatrice grandirait auprès d'elle et avec Damien. Elle pourrait veiller sur elle tout en lui assurant la sécurité de l'anonymat. Elle serait à l'abri de toutes représailles ou revendications, que ce soit du côté de Geoffroy ou de la famille de son père car personne ne saurait jamais quel sang coulait dans ses veines. Et c'était la Providence qui avait mis Catherine sur son chemin. Une courageuse comme il en existait peu, qui saurait l'aimer et la protéger sans faillir.

13

La quête de la vérité
(1245)

Une pluie d'orage tombait sans discontinuer, noyant la cour du château de Vauriac sous des ruissellements boueux. Il n'y avait pas âme qui vive dehors, comme si les lieux avaient été abandonnés. Trop de vent. Les soldats en faction, invisibles, s'étaient repliés sous les coursives et dans les échauguettes. Réveillé aux aurores par le tonnerre, frère Thomas s'était réfugié dans la chapelle et priait, visage de gisant, blafard et inexpressif, seules ses lèvres remuant en silence.

L'*autre* était en train de prendre de plus en plus de place. Il déchirait lambeau par lambeau la nouvelle peau qu'il s'était forgée avec le temps. Les souvenirs revenaient par fulgurances, des voix, des images et de vieilles douleurs aussi, lui lardant la chair comme des coups de poignard. Cependant il luttait de moins en moins ; dans un éclair de lucidité, il avait compris que le combat était perdu d'avance. C'était une histoire vieille de vingt-cinq ans qui trouvait enfin son dénouement. La boucle sur le point d'être bouclée. Une résurgence. S'il avait cru un jour possible de fuir son destin, aujourd'hui il savait que cela n'avait été qu'une illusion. Blaise n'était jamais parti. Et il n'avait eu de cesse de retrouver Alix.

Il se revit à genoux sur ce chemin caillouteux, à s'abîmer les mains, pour tenter de creuser un trou dans lequel pousser le corps de frère Grégoire. Un trou qui n'était pas assez profond ; il lui avait alors fallu entasser des pierres sur le cadavre, dans un buisson.

Le désir de vengeance, violent et impérieux, l'avait fait revenir à Arrigues. Il n'avait pas été difficile de se faufiler dans le château. Les vieux réflexes n'avaient pas disparu. Ombre insaisissable, il avait surpris ce qu'Agénor et sa garde rapprochée tramaient. Cette ultime expédition qui allait signer leur arrêt de mort. Il les avait dénoncés sans l'ombre d'un remords.

Il était déjà loin lorsque Aymeric de Limoux avait ramené la dépouille d'Agénor. Après les avoir dénoncés, Blaise avait décidé de marcher droit devant lui en direction de l'est, un voyage qui devait durer plus d'un an et durant lequel il abandonna progressivement des morceaux entiers de lui-même, muant de corps et d'âme, tranchant dans le vif les derniers liens qui le retenaient encore là-bas. Jamais il ne s'était retourné. Son chemin, plein d'embûches et de détours, finit par l'amener au monastère de Sainte-Croix, niché au cœur d'une grande forêt dans le riche duché de Bourgogne. Il avait ouï dire qu'il appartenait à l'ordre des dominicains, comme frère Grégoire. Il leur demanda l'hospitalité et n'en ressortit plus.

Il aurait pu rester dans ce monastère jusqu'à la fin de ses jours, retiré des turpitudes du monde. C'était après tout ce à quoi il aspirait le plus. L'oubli, l'absolution, la paix de l'âme. Son passé, son histoire n'intéressaient personne. Une ombre parmi les ombres. Les jours s'écoulaient sans surprise, réglés et rassurants. Il ne connaissait plus la faim ni la peur du lendemain. L'écho de la croisade contre les Albigeois paraissait loin, presque irréel. Son esprit longtemps engourdi s'était éveillé au contact des chants liturgiques et des lectures saintes. Les cauchemars s'espaçaient. Il cessa d'entendre dans son sommeil la voix menaçante de Geoffroy. Il oublia aussi peu à peu celle d'Alix. Son visage s'estompait lentement dans les limbes de son inconscient. Bien sûr, des interrogations restées en suspens le harcelaient encore certaines nuits : Albin mort, Alix avait-elle été mariée? Et puis les années avaient passé. Alix était peut-être morte maintenant. Vingt-cinq ans de silence et d'ignorance totale quant à son sort, c'était presque une éternité.

Et puis il y avait eu le massacre d'Avignonet. Le juge inquisiteur Guillaume Arnaud et tous ses compagnons, une quinzaine d'hommes de Dieu, assassinés dans leur sommeil. L'expédition avait été menée par Pierre-Roger de Mirepoix, gendre de Raimond de Péreille, châtelain du castrum de Montségur, dernier bastion hérétique. Parmi la troupe de *faydits*, les noms de Roger de Vauriac et d'Albin de Fourques avaient été prononcés. Albin de Fourques! Un fantôme, un revenant. Il avait senti le sol s'ouvrir sous ses pieds. La première brèche dans la personnalité qu'il s'était bâtie tout au long de ces années, Blaise devenant peu à peu frère Thomas. Puis le frère supérieur les avait tous réunis dans la salle du chapitre. Il avait le visage grave de celui qui avait appris une tragique et révoltante nouvelle. Sa voix chevrotait. En quelques mots, tout fut dit : les évêques d'Albi et de Toulouse réclamaient des moines dominicains pour remplacer leurs martyrs. Ne sachant pas ce qui lui prenait, mû par une impulsion soudaine, frère Thomas s'était porté aussitôt volontaire.

Retiré du monde depuis tant d'années, frère Thomas retrouva un pays changé, bouleversé par les combats incessants qui avaient opposé seigneurs francs et occitans. L'histoire avait continué de se dérouler sans lui. En 1224, le fils de Montfort avait cédé ses vicomtés du Languedoc à la couronne de France. Deux ans plus tard, c'était Louis VIII qui mourait, laissant la régence à sa très catholique épouse Blanche de Castille. Puis l'année 1229 avait vu la création d'un tribunal de l'Inquisition, encourageant la délation et envoyant au bûcher tout suspect de plus de douze ans. L'Église traquait les parfaits, les simples croyants mais aussi des malheureux dénoncés par la rumeur publique, ceux qui hébergeaient les suppôts de Satan et ceux qui ne communiaient pas au moins trois fois par an. On se lança dans des chasses à l'homme. On prit des familles de *faydits* en otage. On déterra même des morts soupçonnés d'hérésie pour brûler leur cadavre. Plus que jamais l'Occitanie était à feu et à sang, à croire qu'elle ne connaîtrait plus paix ni répit. L'ost royal avait pratiqué la tactique de la terre brûlée autour de Toulouse, acculant Raymond VII à la capitulation. Puis 1232 fut l'année où Montségur entra en résistance. À sa tête, bien sûr, les seigneurs hérétiques Raimond de Péreille et Pierre-Roger de Mirepoix. Ils avaient créé des milices armées qui sévissaient dans toute la région.

Frère Thomas connaissait par cœur tous les procès-verbaux de l'Inquisition rédigés au moment de la prise de Montségur. Ils évoquaient la présence de cent cinquante personnes et plus de deux cents religieux. Il y avait aussi quinze chevaliers et cinquante soldats ainsi qu'une armée d'un millier d'hommes. Le siège, éprouvant, avait duré presque une année.

En revenant à Arrigues, après les interminables détours et méandres qu'avait suivis sa vie, frère Thomas ne doutait pas qu'il accomplissait là l'ultime dessein de Dieu. Montségur était tombé depuis un an et Alix était la dernière survivante hérétique d'une famille qui avait payé un lourd tribut. Elle et Geoffroy…

Il y avait tant de choses cependant qu'il ignorait à son sujet. Le fil s'était rompu ; elle était devenue une étrangère pour lui. Qu'avait été sa vie durant ces vingt-cinq années loin de lui ? Elle ne s'était jamais remariée après son brutal veuvage. Pourtant les prétendants n'avaient pas dû manquer et la seigneurie de Vauriac avait dû alimenter bon nombre de convoitises, avec une femme seule et vulnérable à sa tête. Seule… peut-être pas tant que ça, à bien y songer. Quel rôle avait joué Geoffroy durant toutes ces années ? Quant à Albin, qui n'avait cessé de passer à travers les mailles du filet, où se terrait-il, ce maudit ? Frère Thomas ne doutait pas un instant qu'il soit resté proche d'Alix. Il était toujours dans les parages, à veiller sur elle, et il le ferait jusqu'au bout, même si lui aussi finirait par la perdre. Car c'était là leur dernier combat et aucun des deux ne pourrait le remporter cette fois-ci. Alix était malade. Elle dépérissait à vue d'œil. Elle était en train de mourir. Frère Thomas se tassa sur lui-même, le visage entre les mains, et se mit à gémir *crescendo*. Alix, la dernière fille d'Agénor… son ange, son soleil. Quel horrible et cruel privilège que le sien, l'avoir vue naître puis revenir pour la voir mourir !

Toutes ses nuits étaient désormais la proie de cauchemars. Ses hurlements, terrifiants, réveillaient en sursaut le greffier qui dormait sur la couche voisine et qui s'effrayait de la lente métamorphose du juge.

Cette nuit-là, frère Thomas fut réveillé par des cris stridents. Le cœur cognant à toute vitesse, hagard, il mit du temps à reprendre ses esprits, scrutant autour de lui les ténèbres. Il était sûr d'avoir entendu un appel au secours, déchirant, terrifié, à croire qu'on assassinait quelqu'un derrière les murs épais qui l'encerclaient. Le corps parcouru de frissons et couvert d'une désagréable sueur froide, il tendit l'oreille, tentant de percer le silence mais celui-ci était total, suffocant comme dans un tombeau. Il réalisa alors, ébranlé, qu'il avait encore été victime d'un cauchemar particulièrement oppressant, tant il semblait réel. Il avait rêvé de Jeanne cernée par les flammes dans son château. Jeanne et ses extraordinaires yeux bleu-gris. Il réprima un violent haut-le-cœur.

Il ne ferma plus l'œil de la nuit et guetta l'aube avec impatience. Au petit matin, il quitta la chambre sans bruit et partit en quête de Béatrice.

Il se mit à l'épier. La jeune fille vaquait à ses tâches sans se soucier de sa présence, même lorsqu'il se prenait à rôder trop près d'elle. La plupart du temps, elle demeurait dans la chambre d'Alix pour lui tenir compagnie. Mais elle semblait également évoluer dans le château comme si elle en eût été la maîtresse naturelle et légitime, soldats, palefreniers, écuyers et servantes s'adressant toujours à elle avec respect ou dévotion. C'était un comportement pour le moins inhabituel et étrange, si l'on considérait que cette jeune fille n'était qu'une simple dame de compagnie issue du peuple, une servante en somme et non une noble dame. Qui était réellement Béatrice ? À moins que les sentiments de Damien pour elle, sans équivoque en vérité, n'aient inspiré le respect des petites gens ? Était-elle sa promise et par là même la future châtelaine ? Quelle relation entretenaient-ils en réalité ? Frère Thomas savait qu'ils avaient grandi ensemble. Avaient-ils été élevés comme frère et sœur ? Était-ce là le lien qui les unissait ? Un sentiment fraternel et loyal ? En son for intérieur, il en doutait fort. Il avait été le témoin invisible de l'amour naissant entre Albin et Alix. Il y avait des signes qui ne trompaient pas, des gestes qui en disaient long. Damien avait à son égard des regards possessifs qui parlaient d'eux-mêmes. Cette manière discrète, presque imperceptible, de la frôler, de lui saisir une main pour la lâcher presque aussitôt, cette connivence si intime qu'elle pouvait se passer de mots… Parfois même ils partaient seuls à cheval, ne revenant pas avant le crépuscule, complices et chahuteurs comme des enfants. Tout cela dépassait forcément le simple lien amical ou fraternel. En outre, plus il observait Béatrice, plus il était sujet à des vertiges, à des visions troublantes qui se superposaient, comme s'il faisait malgré lui un bond dans le passé. La beauté délicate et diaphane de Béatrice ne pouvait que lui rappeler les filles d'Agénor ainsi que leur mère Héloïse. Et ses yeux étaient ceux de Jeanne. Or cette dernière avait péri dans l'incendie de son château et nulle part il n'avait été mentionné qu'elle avait eu un enfant. Ni elle ni Marie d'ailleurs, dont la mort à Montségur était avérée. Alors ? C'était à devenir fou.

Un matin, n'y tenant plus, frère Thomas interpella la jeune fille alors qu'elle sortait de la chambre d'Alix. Une ombre inhabituelle planait sur son visage qui alarma le juge. Aussi, lui emboîtant le pas, il s'enquit abruptement :

— Comment va votre maîtresse ? Elle ne se montre plus, voilà des jours que je ne l'ai pas aperçue ! Elle ne descend même plus au jardin ?

Béatrice lui décocha un regard dans lequel se mêlaient l'ennui et l'irritation.

— Son état s'est encore dégradé, finit-elle par dire, à contrecœur.

Frère Thomas sentit son cœur se recroqueviller sur lui-même. Il avait déjà vu ces symptômes qui n'auguraient rien de bon. Béatrice se dirigeait vers les cuisines, descendant vivement l'escalier, faisant fi de l'irrégularité et de l'étroitesse des marches. Il décida de la suivre, s'évertuant à accorder son pas au sien, et faillit la heurter lorsqu'elle s'arrêta net au détour d'un couloir. Faisant volte-face, elle le dévisagea alors franchement, la mine intriguée.

— Vous aussi, vous avez l'air souffrant, lâcha-t-elle.

Ses yeux bleus le détaillaient sans complaisance, avec une telle insistance qu'il se vit presque à travers son regard : la peau jaunâtre et purulente, les orbites assombries par de larges cernes noirs, la silhouette décharnée…

— Je dors mal en ce moment, éluda-t-il sèchement.

— Pourquoi me suivez-vous ? Vous êtes perdu ?

— C'est que je me pose une multitude de questions à votre sujet.

Béatrice esquissa un mouvement de surprise.

— Je ne comprends pas. S'agit-il d'un interrogatoire ? Où est votre greffier ?

— Je pourrais en effet vous convoquer à nouveau. Cependant, j'espérais qu'une simple conversation suffirait.

Il la vit se raidir, sur ses gardes.

— Mais je vous ai déjà tout dit.

— Et moi, mon intime conviction m'assure du contraire.

— Dans ce cas, convoquez-moi à nouveau, en présence de votre greffier ! répliqua-t-elle vivement en faisant mine de s'échapper.

Il la rattrapa brutalement par le bras, ses doigts lui broyant la chair plus fort qu'il ne l'aurait souhaité, mû par la peur de la voir se dérober. Béatrice s'immobilisa en réprimant un cri de douleur et d'indignation mélangées. Ils se dévisagèrent intensément.

— Je sais que vous n'êtes pas la fille de Catherine Martin.

S'il espérait voir Béatrice flancher et blêmir, il en fut pour ses frais. Elle le fixa longuement avant de murmurer :

— D'où vous vient une telle idée ? Les registres paroissiaux affirment pourtant le contraire. Vous n'avez qu'à aller vérifier par vous-même.

— Ils peuvent avoir été falsifiés. Tout comme on peut avoir menti et avoir déclaré votre naissance sous un faux nom.

— Si cela devait être vrai, vous en savez alors plus que moi..., reprit-elle d'une voix ferme.

Il y avait un tel sang-froid chez cette jeune fille, comme si rien ne pouvait la désarçonner, que frère Thomas en fut sur le moment décontenancé. Soit elle ignorait vraiment tout de ses origines, soit elle était réellement la fille de Catherine Martin. Mais sa petite voix intérieure ne cessait de trépigner : il ne se trompait pas, il en avait l'intime conviction. Ne restait alors que cette dernière option : Béatrice savait admirablement mentir.

— Je me suis renseigné, damoiselle. Dame Alix, qui vous connaît depuis votre plus jeune âge, a beaucoup de tendresse pour vous, inutile de le nier, cela saute aux yeux. Mais se serait-elle entichée d'une simple fille de servante, au point de l'élever comme sa propre enfant ? Le jeune seigneur est également très prévenant à votre égard. Je dirais même qu'il semble épris de vous... Seriez-vous son amante ?

Il la vit sursauter comme si on venait de la gifler.

— En quoi nos sentiments vous concernent-ils ? siffla-t-elle avec véhémence.

— Mais peut-être n'êtes-vous qu'une sœur ? Une fille illégitime que dame Alix aurait mise au monde en secret ? Ou bien une cousine ? insista-t-il âprement.

— Vous divaguez ! Nous n'avons aucun lien de sang !

— Et moi, je n'en crois pas un traître mot ! riposta-t-il, ulcéré.

Autant d'obstination et de duplicité le faisait bouillir. Combien de temps encore s'entêteraient-ils à nier et à l'égarer ? Excédé, il fut sur le point de lui crier la preuve irréfutable qui mettrait un terme à cette mascarade. Il avait connu Jeanne, mieux que quiconque. Il se souvenait encore parfaitement du bleu de ses yeux, si rare et si unique. Cela ne pouvait pas être une simple coïncidence. Il se retint *in extremis*, en se mordant les lèvres avec fureur sous le regard éberlué de Béatrice qui le dévisageait comme s'il eût été fou.

— Mon Dieu ! Je mettrais ma main à couper que vous n'êtes pas la naïve petite colombe que vous paraissez être !

Il lui décocha un ultime regard, furieux, puis tourna les talons et disparut dans l'escalier.

Le soleil déclinait lentement à l'horizon, nimbant le paysage d'une douce lumière mordorée, lorsqu'un serviteur vint chercher frère Thomas. Ce dernier déambulait dans le jardin en psalmodiant à voix basse. C'était devenu une habitude : il y descendait chaque soir depuis la fin de sa convalescence, qu'il pleuve ou qu'il vente, dans l'espoir d'y croiser Alix dont il savait que c'était l'un des rituels. Et bien que cela fasse longtemps qu'elle ne s'y montrait plus, il persistait, s'accrochant à un maigre espoir comme aux branches cassantes d'un arbre malade. Le serviteur s'approcha avec réticence, délivra son message à toute allure puis s'esquiva aussi vite qu'il était apparu. Frère Thomas, lui, s'était figé. Alix demandait à le voir. Il ne s'y attendait plus, c'était inespéré. Avait-elle eu vent de sa conversation avec Béatrice ?

Les jambes flageolantes – ces traîtresses qui le lâchaient et l'affaiblissaient ! – il pénétra dans la chambre baignée de lumière. Son irruption suspendit net les conversations feutrées des suivantes qui tenaient compagnie à Alix. Dans un état second, il piétina les fleurs sauvages qui jonchaient le sol, obnubilé par la silhouette d'Alix qui se découpait près de la fenêtre, en contre-jour, tout auréolée de lumière. Les femmes s'empressèrent de sortir en le contournant soigneusement, évitant son regard qu'il avait incandescent ; à l'évidence, un feu invisible consumait cet homme.

Lorsqu'il fut assez près d'elle, raide et tendu comme un arc au point qu'il en tremblait presque, alors seulement elle tourna le visage vers lui. Il ne put réprimer un frisson. Il ne l'avait pas revue depuis quelques jours seulement mais c'était comme si une éternité s'était écoulée. Elle avait encore maigri et paraissait décharnée. Elle avait mauvaise mine, ses yeux étaient cernés et même ses cheveux avaient perdu leur flamboyant éclat. Il se figea, frappé d'horreur. La belle Alix, l'enfant rieuse et téméraire, n'était plus que l'ombre d'elle-même. Et pourtant… une étrange force semblait irradier de sa peau translucide, la transfigurant jusque dans son regard intense. Incrédule, il la vit se lever, lentement ; l'effort lui coûtait, mais elle était si déterminée, ses yeux implacablement vrillés sur lui, qu'il se sentit comme cloué sur place. Puis elle s'immobilisa à quelques pas de lui, comme si elle refusait de l'approcher davantage.

— Puisque vous êtes encore ici à rôder et qu'il vous faut à tout prix une victime, je me dénonce.

Frère Thomas frémit : sa voix avait changé. Elle était rauque et essoufflée ; on aurait dit qu'elle charriait des pierres.

— Vous pouvez me traduire devant un tribunal, me condamner au bûcher, je me rends, je suis prête à signer ma déposition dans votre maudit registre. Où est votre greffier, d'ailleurs ? Vous vouliez des hérétiques ? Me voilà. Mais en contrepartie, je veux que vous cessiez de harceler Béatrice et mon fils. Ils ne le méritent pas et ne sont en rien concernés par cette histoire.

— Vous avouez votre hérésie ? balbutia le juge médusé.

— On dirait que cela vous contrarie !

— Je ne suis pas dupe. Je sais que vous agissez ainsi pour protéger la jeune Béatrice… comme si elle était votre fille ?

— Sur ce point, vous avez raison, je l'aime comme si elle était ma propre fille. Mon fils l'épousera bientôt et, par les liens du mariage, elle le deviendra vraiment. Ils méritent de vivre en paix. Votre présence réveille des morts, mon père, et exacerbe de vieilles douleurs. Pourquoi ?

Sa voix se brisa et une toux caverneuse la plia en deux comme une simple brindille.

La vie d'Alix ne tenait plus qu'à un fil ; elle fuyait, s'échappait inexorablement telle l'eau que rien ne peut retenir.

Bouleversé, le juge fut sur le point de tomber à ses pieds, de saisir le bas de sa robe et de l'étreindre sauvagement comme il en rêvait depuis des jours. Lever le masque enfin et laisser ruisseler la douleur, le chagrin. Les mots se pressaient dans sa gorge, l'étouffant à moitié. Comme il aurait voulu qu'elle le reconnaisse en cet instant, qu'elle lui prenne les mains et pleure avec lui ce passé à jamais perdu, gâché ! Il n'était peut-être pas encore trop tard pour l'absolution et le pardon. Mais pourquoi ne le reconnaissait-elle pas ? Ces dents brisées, ce visage marqué, ces innombrables cicatrices ? Ses lèvres, sa langue brûlaient de lui dire qu'il n'avait cessé de penser à elle et que s'il était là aujourd'hui, c'était pour se fondre à nouveau dans sa vie, comme un vieux chien bêtement fidèle et soumis. Un seul geste d'elle, un seul mot, et la carapace se serait fendue. Il serait redevenu pour elle l'enfant Blaise, désespérément épris d'une petite fille aux cheveux rouges comme les châtaigniers en automne. Mais les paroles que prononça ensuite Alix le figèrent, réduisant au néant la lente et laborieuse métamorphose :

— Que Dieu soit muet, c'est tellement pratique. Existe-t-il seulement ? J'ai eu la chance de grandir aimée de mes parents. Je n'ai jamais connu la morsure de la badine sur ma peau d'enfant. Leur bienveillance a été mon plus grand trésor. Ils m'ont accordé la plus grande liberté qui soit, dans un monde où les femmes en ont si peu. Ils ont fait de moi une femme instruite, qui a appris à lire et à écrire. Père n'aurait jamais marié ses filles à des soudards, quitte à les garder pures et inaccessibles. À l'époque, naïve et protégée comme je l'étais, cela me paraissait normal. Tout comme il me semblait normal de rire, d'être joyeuse et d'aimer sans entraves. Mais c'était oublier que pour vous, les hommes d'Église, même le rire, la joie de vivre, la quête du bonheur sont hérétiques. En fait, vous n'êtes que des charognards. Vous vous repaissez du malheur d'autrui. Vous êtes des oiseaux de malheur, porteurs de pestilence. Comme je vous plains ! Quelle misérable destinée que la vôtre !

Elle le fixait avec tant de pitié qu'il en fut humilié, choqué. Il sentit la bile monter et lui imprégner la bouche.

— Vous vous trompez, ma dame, murmura-t-il d'une voix blanche. Je ne vous dénoncerai pas car seul Albin de Fourques m'intéresse. C'est pour lui que je suis ici. Et maintenant, permettez-moi de me retirer, je pense que vous avez besoin de vous reposer…

Il s'inclina, le cœur chaviré par un douloureux tumulte. Cette conversation sonnait comme des adieux et il réalisait, non sans désespoir, que la rédemption serait tout simplement impossible.

Après le départ de l'homme d'Église, Alix regagna la banquette près de la fenêtre à laquelle on avait ôté le panneau de parchemin huilé pour qu'elle puisse jouir de la vue et prendre un peu l'air. Elle s'y laissa tomber, comme vidée de toute énergie. En contrebas, le vent secouait la frondaison du gros tilleul dans lequel Damien, enfant, aimait tant grimper et se cacher. None sonna à la cloche de l'église.

Ils avaient eu quelques années de bonheur. Damien et Béatrice avaient grandi ensemble en toute quiétude. Liée à Alix par le secret, Catherine était devenue une amie et un soutien sans faille durant ces longues périodes où Albin demeurait absent. Béatrice avait bénéficié d'une excellente éducation et tous pensaient que la châtelaine s'était entichée de l'enfant, peut-être parce qu'elle savait qu'elle n'en aurait plus d'autres à elle. De fait, elle ne s'était jamais remariée, chose plutôt inhabituelle et risquée en ces temps troubles, exposant le fief à toutes les convoitises et aux pillages des routiers qui sillonnaient la campagne. Mais Vauriac avait été épargné, comme hors du monde. D'aucuns murmuraient parfois qu'ils devaient cette accalmie au redoutable Geoffroy d'Arrigues, sur le compte duquel couraient toutes sortes d'histoires plus folles et inquiétantes les unes que les autres. Peu en fait l'avaient déjà aperçu mais tous s'accordaient à confirmer sa dureté, sa réputation de guerrier implacable et ses alliances qui sentaient le soufre. Et même s'il ne se montrait que très rarement à Vauriac, uniquement lors d'événements particuliers qui nécessitaient sa présence, cela provoquait toujours un vif émoi parmi les habitants de la seigneurie.

Étrange paradoxe pour Alix, qui n'eut de cesse, galvanisée par le dégoût qu'il lui inspirait, de garder Geoffroy le plus éloigné possible de son fils, dont le sort dépendait pourtant de lui. Elle n'était pas dupe, ses silences n'étaient que menace latente et elle le haïssait de toute son âme pour la tenir ainsi en son pouvoir. Libre en apparence, prisonnière et dépendante, encore et toujours. Il était comme une araignée dans sa toile, à l'affût, prêt à faire main basse sur son fief comme sur son fils, toujours obsédé par l'idée de traquer Albin, qui ne connaîtrait jamais le repos. Impossible de baisser la garde.

Les nuits étaient leur royaume, à elle et à Albin. Il lui arrivait de rester auprès d'elle comme s'il n'allait plus jamais repartir puis de disparaître à nouveau subitement. Des hommes de Geoffroy aperçus dans la contrée, un soupçon, une langue bien avertie, un guet-apens évité de justesse, une grosse frayeur qui le rappelaient à l'ordre *in extremis*. Il continuait aussi d'aller et venir entre Vauriac et Montségur. Elle savait qu'il participait à des combats lorsqu'il revenait marqué de nouvelles blessures. Mais elle n'avait aucun moyen de le retenir auprès d'elle. Il était comme le vent d'automne, insaisissable, fougueux et tourmenté.

Tel était le sort des femmes en ces temps qui leur étaient incléments : attendre, se résigner, prier, endurer, redouter et aimer malgré tout.

Le destin ne les avait pas épargnés, leur infligeant son lot d'épreuves et de désenchantement. La capitulation de Raymond de Toulouse et la débandade générale. Puis, comme si les guerres n'avaient pas assez purgé le pays, la malemort avait à nouveau répandu ses miasmes partout dans la région, vidant le fief de la moitié de ses habitants. Toutes ces tenures désertées, des hameaux entiers abandonnés qui grouillaient autrefois de vie. Alix se revit parcourant ses terres à cheval pour contempler l'ampleur du désastre. Des familles entières décimées. Autant d'orphelins. Elle perdit son cher et brave Barnard cette année-là et ce fut comme un coup de poignard en plein cœur. Lui si vaillant et enjoué, qu'elle avait presque fini par considérer comme un jeune frère, emporté en trois jours par la fièvre. Mais ses deux petits, Damien et Béatrice, survécurent, Albin et Catherine aussi, et ce fut un miracle. « Les voies du Seigneur sont impénétrables », répétait à l'envi le gros prêtre, gavé et gras comme un pourceau, qui officiait alors au bourg et dont le triple menton tressautait à chaque mouvement. À la demande d'Alix, il avait prié pour les morts et organisé une procession, en échange d'une coquette somme d'argent, évidemment. Cupide et immonde personnage qui faisait commerce du malheur d'autrui ; Alix n'avait jamais cessé de regretter la bonté et l'abnégation de Pierre d'Albret. Encore un être aimé, disparu dans les limbes mouvementés du passé. Le vieillard avait rendu l'âme quelques mois après son arrivée à Montségur, épuisé par tout le chemin qu'ils avaient dû parcourir pour atteindre ce nouveau refuge. Mais elle ne l'avait su que bien des années après et, lorsque Albin le lui avait annoncé, elle s'était d'abord refusée à le croire.

Elle avait cessé de prier Dieu et exécrait tous ses représentants ici-bas, qui ne faisaient que juger, menacer et sanctionner. Pour autant, ce choix ne regardait qu'elle et n'engageait personne d'autre. C'était sa liberté à elle, de décider de croire encore ou pas, et elle ne faisait de mal à personne. Aussi de quel droit seraiton venu la juger ?

Ce fut au tour de sa mère, Héloïse, de s'éteindre là-bas, à Montségur, sans qu'elles se soient jamais revues. Clothilde l'avait précédée de quelques mois. Encore une sombre nouvelle, une énième blessure à l'âme, même si elle savait que les deux femmes reposaient désormais en paix, que jamais plus rien ne les atteindrait.

Ne restait plus que Marie. Cette petite sœur quittée enfant, devenue femme loin des yeux et du cœur, une étrangère à qui elle avait fait pourtant, autrefois, la promesse de venir la chercher dès qu'elle le pourrait. Une promesse qu'elle n'avait pas tenue, longtemps hantée par la mort de Jeanne.

Mais lorsque les troupes du roi de France décidèrent d'assiéger Montségur, en cette funeste année 1243, elle sut que c'était leur dernière chance de se retrouver. Et qui mieux qu'Albin pouvait deviner ce qui la tourmentait, lui qui savait lire en elle comme dans un livre ouvert ?

— Nous avons encore une chance de la sortir de là, lui murmura-t-il une nuit.

Alix roula sur le flanc pour lui faire face, submergée par une vieille peur qu'elle pensait avoir muselée.

— C'est de la folie. Ils sont encerclés. Tu ne passeras pas.

— Je connais des passages. Je profiterai de la nuit pour me faufiler à l'intérieur. Ils tiendront ! Là-bas, il y a la fine fleur de la chevalerie occitane. S'ils doivent en découdre, ils se battront jusqu'au bout…

— Mais y aura-t-il seulement combat? Le roi n'est pas fou : il préférera attendre, les affamer et les assoiffer. Souviens-toi, Carcassonne…

Fataliste, Albin ne répondit pas, se contentant de caresser l'épaule nue d'Alix dont la peau miroitait à la lueur du feu de cheminée. Cela faisait tellement longtemps qu'ils redoutaient sans le dire cette expédition de trop, celle qui sonnerait les adieux ultimes.

— Fais ce que tu as à faire, finit-elle par murmurer, la voix nouée par l'émotion. Quoi qu'il advienne, je chérirai à jamais ces années volées à la malédiction. Nous aurons pris tout le bonheur qui nous revenait. Je n'ai aucun regret et, si tout devait s'arrêter demain, j'aurais tout vécu intensément.

— On dirait que tu me fais tes adieux…

— Peut-être par superstition. Pour que le destin soit contraint de te ramener à moi, encore une fois…

— Mon amour…

Ils s'embrassèrent longuement, soudés l'un à l'autre avec toute la force du désespoir.

— Je reviendrai, je te le promets.

Albin ne donna pas signe de vie quatre longs mois durant. Il était blessé et Marie n'était pas avec lui. Tandis qu'il expliquait à Alix l'échec de ses tentatives pour pénétrer dans Montségur, cette dernière soignait avec effroi les tuméfactions qu'il avait sur tout le corps. Hématomes, plaies ouvertes et sans doute une ou plusieurs côtes brisées vu la difficulté qu'il avait à parler et à respirer sans souffrir le martyre. Sur le chemin du retour, trahi par la fatigue, il avait commis l'erreur de baisser la garde. Désabusé, il se doutait que cela finirait par arriver. Cela faisait si longtemps qu'il vivait sur le qui-vive, beaucoup trop longtemps. Et ce jour-là, il se sentait tellement anéanti, démoralisé. Il était tombé sur des hommes de Geoffroy au détour d'un chemin. Déjà l'un d'eux filait au triple galop avertir leur seigneur tandis que les autres se ruaient sur lui. Il s'était battu avec la force du désespoir, sans se laisser désarçonner, fonçant dans le tas avec son cheval. Ils étaient trois contre lui. Une mêlée violente, un corps à corps à l'aveugle, sauvage. Il était si las et si usé qu'un instant il se vit capituler. À quoi bon fuir éternellement, encore et encore, sans jamais connaître le répit ? Avoir vécu toute sa vie comme un fantôme, dépossédé de tout. Il n'était plus jeune et n'avait plus la flamme ni la hargne d'autrefois. Ce corps, qu'il avait tant malmené, n'encaissait plus les coups. De vieilles douleurs persistaient dans sa chair. Et il valait sans doute mieux que Geoffroy le récupère mort plutôt que vif. Alors à quoi bon ? Et puis, il avait pensé à Alix, qui l'attendait. Il avait réussi à s'enfuir, éperonnant son cheval qui s'était cabré sous la douleur. La poursuite avait duré longtemps et il avait cru un moment qu'il n'y arriverait pas. Il était talonné. Tout le sous-bois résonnait de la folle cavalcade. Sa monture soufflait de plus en plus fort, le mors et le poitrail blancs d'écume. Parfois elle trébuchait, puis repartait de plus belle. Une bête courageuse et vaillante, qu'il menait à la mort. Il longeait alors un précipice tapissé d'une végétation dense et sombre, un enchevêtrement inextricable de fourrés et d'arbres. Profitant d'un virage qui le dissimulait au regard de ses poursuivants, sans réfléchir, il se jeta à terre et dégringola la pente tandis que le cheval, délesté de son poids, bondissait en avant. La chute fut rude et il crut qu'il ne s'arrêterait jamais de tomber, giflé par les ronces et les branches basses. Un roulé-boulé qui lui coupa le souffle. Puis il heurta violemment un tronc et perdit connaissance.

— Je suis resté caché plusieurs heures dans le sous-bois, pour être bien certain que je les avais semés.

— Ils ne sont pas venus jusqu'ici… ou tout au moins, je ne les ai pas vus.

— Mais ils ne doivent pas être très loin et surveillent sûrement tous les accès. À l'heure qu'il est, Geoffroy est sans doute au courant.

— Tu aurais pu mourir tout seul dans ce bois, gémit Alix, au bord des larmes, et sans que j'en sache rien. Je n'aurais jamais dû accepter de te laisser repartir à Montségur… Tu ne quitteras plus Vauriac. Finies les expéditions. Geoffroy peut toujours surgir à l'improviste, je te cacherai, il ne te trouvera jamais ! Mais toi et moi, on ne se quitte plus…

— Trop dangereux.

— Je m'en moque, Albin ! Je suis la châtelaine de cette seigneurie et je protège qui je veux ! Regarde dans quel état tu es…

Catherine entra sans bruit dans la chambre, avec plusieurs pots d'onguent qu'elle déposa sur le lit. Puis elle contempla sans mot dire le torse meurtri d'Albin, que la lueur dansante des bougies éclairait crûment. À ses pieds gisaient un tas de linges souillés ainsi qu'une cuvette remplie d'eau rougie.

— Soigne-le, s'il te plaît, l'implora Alix. J'ai lavé ses plaies mais il ne va pas bien… Je crois qu'il a de la fièvre. Il grelotte et il est couvert de sueur.

— La fatigue, murmura Albin.

— Il va falloir le cacher et rester vigilants, avertit Catherine. Des cavaliers étrangers ont été vus en train de rôder dans les parages depuis quelques jours… Il est recherché.

— Geoffroy ne fouillera pas le château, je ne le laisserai jamais faire. Ou alors, il faudra qu'il en fasse le siège et qu'il me transperce de son épée. Avertis Damien et Béatrice. Que Damien veille sur le château et prenne toutes les décisions qui s'imposent. Moi, je reste ici, ma place est au chevet d'Albin.

— J'irai les prévenir dès que possible…

— Et tu leur diras d'être plus prudents que jamais ! Geoffroy ne cédera pas.

— Ne vous inquiétez pas, ma dame.

Albin aurait-il voulu s'éloigner de Vauriac qu'il n'aurait pas pu. Certaines de ses blessures, qu'il avait fallu recoudre, s'étaient infectées et il n'était pas transportable. Il fut contraint de garder le lit – le début d'une longue et éprouvante convalescence. S'ils n'avaient pas de nouvelles de Geoffroy, Alix, cependant, ne se faisait aucune illusion : ils étaient plus vulnérables que jamais et ce n'était qu'une question de jours ; bientôt le seigneur d'Arrigues apparaîtrait comme un diable pour exiger qu'on lui livre le fugitif. Aussi gardait-elle en permanence dans une de ses manches un poignard. Aux abois. Sursautant au moindre bruit inhabituel et ne dormant plus que d'un œil.

— Ne t'inquiète pas, quoi qu'il arrive, je ne le laisserai pas entrer dans l'enceinte du château, tentait de la rassurer Damien. Je ne suis plus sous sa tutelle, il n'a plus aucun droit sur nous !

— Tu le connais mal…

— Sa présence n'est plus légitime ici.

— Certes. Et j'aimerais avoir ta confiance. Quand ton père sera réveillé, va le voir. Il voulait te parler hier soir.

— Que voulait-il me dire ?

Alix haussa les épaules, lasse et résignée.

— Je ne sais pas. Il n'a pas voulu me préciser.

— Très bien. Fais-moi signe, je ne serai pas très loin…

Lorsque Catherine ne pouvait venir, c'était Alix qui nettoyait ses blessures. Elle connaissait suffisamment bien les plantes désormais pour se débrouiller seule.

Albin la fixait d'un regard enfiévré.

— Je suis désolé pour Marie…

Montségur n'était pas encore tombé mais se trouvait en état de siège. Peut-être la citadelle tiendrait-elle encore un peu puis la nourriture viendrait à manquer. Il n'y aurait en tout cas ni miracle ni secours providentiel. Le monde entier se détournait désormais de ce dernier soubresaut de la foi cathare. L'armée qui l'encerclait était immense. L'Église et la royauté triompheraient.

— Je ne la reverrai pas, constata seulement Alix, d'une voix atone.

En son for intérieur, il lui semblait qu'elle avait toujours su que cela finirait ainsi. Elle ne saurait jamais ce qu'était devenue la petite Marie en grandissant. Elle savait juste qu'elle ne s'était pas mariée, se consacrant à la foi.

— Ils laisseront peut-être la vie sauve à ceux qui accepteront de se rendre…

— Mais tu le sais aussi bien que moi, Marie ne se rendra pas.

— Non, en effet…

Au tout début de l'été de l'an 1245, l'état de santé d'Alix se dégrada d'un coup. Personne ne vint le lui annoncer, pourtant frère Thomas le pressentit – à moins que ce ne fût la bête qui sommeillait en lui – affreusement, dans sa chair et dans son âme, comme une marque au fer rouge. Dans le château se mit à régner une effervescence anormale. Partout dans les couloirs on se hâtait, se bousculait et se croisait avec des mines affligées. Les voix n'étaient plus que des chuchotements et se taisaient, méfiantes, dès qu'on apercevait le juge à portée d'oreille.

Assis derrière son pupitre, le greffier copiait une page de la Bible, indifférent aux rumeurs qui agitaient son entourage.

— Il semblerait que la châtelaine vive ses dernières heures…, commenta-t-il.

Le moine espérait surtout en son for intérieur que cela signifierait enfin leur retour à Toulouse, mettant un terme à cette mission incompréhensible et stérile. Un retour délicat cependant pour le juge qui avait clairement fait la sourde oreille et désobéi aux injonctions de monseigneur l'évêque. Il serait bien obligé de répondre de ses actes et il le paierait sûrement fort cher ! Les vraies motivations du juge resteraient un mystère pour le greffier et la cohabitation devenait franchement insupportable tant frère Thomas semblait avoir perdu la raison. Quand on leur avait annoncé l'agonie d'Alix de Beaumont, le greffier estomaqué avait vu le juge bondir hors de leur petite cellule. On aurait dit un possédé, yeux exorbités, lèvres retroussées écumantes, sa peau livide marbrée brusquement de plaques rouges purulentes comme si des griffes invisibles l'avaient lacérée. Trop surpris, il avait renoncé à le poursuivre et avait préféré garder prudemment ses distances.

Frère Thomas s'était réfugié sur les remparts. Le seul endroit suffisamment isolé où il pouvait faire les cent pas tel un enragé, dans le maigre espoir d'apaiser le tumulte en lui. C'était tout simplement insupportable, ces deux voix dans sa tête ; celle de Blaise qui hurlait, stridente, bestiale. Oui, Alix était en train de mourir. Chaque fibre de son corps le sentait. Il en était malade à crever. Dévasté. Et puis, par-dessus, il y avait la voix encore plus inquiétante de frère Thomas qui tentait de reprendre le contrôle. Si Alix était en train de mourir, Albin ne pourrait plus se dérober, il viendrait forcément, pour lui faire ses adieux. Peut-être même qu'accablé de chagrin il se rendrait ensuite à la justice divine. Tournant sur lui-même telle une toupie, yeux hagards et souffle court, frère Thomas fut brusquement frappé par une intuition : cela faisait tellement longtemps qu'il n'avait pas vu Albin. Ce dernier avait peut-être énormément changé, au point d'être méconnaissable ! Et si, durant tout ce temps, il n'avait cessé de se trouver sous son nez, à son insu, exposé mais protégé ? Il hoqueta d'horreur. Comment avait-il pu être aussi stupide et aveugle ? Peut-être même l'avait-il croisé, frôlé sans se douter de rien !

Il se jeta à corps perdu dans l'escalier en quête de Damien et le trouva dans la cour auprès d'un cavalier qui s'apprêtait à partir, porteur d'un message.

— Comment va votre mère ? s'enquit le juge.

Damien se retourna lentement et le fixa d'un air absent. Son attitude semblait si désemparée, si éloignée de l'arrogance et de la fierté dont il était coutumier que frère Thomas chancela, glacé d'effroi.

— Je veux voir votre mère ! Nous avons encore beaucoup de choses à nous dire !

Damien tressaillit comme si un taon l'avait piqué et son regard s'anima brusquement, furieux.

— Seigneur ! Vous êtes pire qu'une sangsue ! Laissez-la en paix, bon Dieu ! Ma mère partira avec ses secrets, vous ne saurez rien de plus !

— Laissez-moi lui donner les derniers sacrements !

Le jeune homme le considéra avec horreur puis, sans répondre, bousculant le juge d'un coup d'épaule, s'éloigna à grandes enjambées.

Il lui fut impossible d'approcher la chambre d'Alix; partout des gardes semblaient avoir pour ordre de lui bloquer le passage, quoi qu'il tente, à toute heure. Béatrice était invisible, sans doute au chevet de la châtelaine, mais il ne manqua pas l'arrivée de Catherine Martin qui se coula dans le logis en fin de journée, telle une ombre furtive et empressée. Il y avait un tel va-et-vient dans les cours, et un tel sentiment de désarroi chez tout le monde, qu'Albin de Fourques aurait pu s'introduire dans le château sans même qu'on le remarque. Obnubilé par cette idée, le juge passait son temps à épier les visages qu'il croisait.

Il passa la nuit dans l'angoisse la plus totale, incapable de fermer l'œil, guettant le son du glas qui annoncerait le trépas d'Alix. Mais seuls les ronflements du greffier emplissaient le silence. L'aube n'était pas encore levée lorsqu'un bruit de cavalcade retentit dans la cour, réveillant d'un coup tout le château, habitants, chiens et coqs. Il bondit hors de son lit et se précipita à la fenêtre. Il eut beau se tordre le cou, impossible de voir de qui il s'agissait; les chevaux hennissaient, énervés, et des hommes criaient. Il quitta la chambre comme une furie. Le temps qu'il arrive en bas, les palefreniers s'occupaient déjà des chevaux délestés de leurs cavaliers. Mais il reconnut sur l'un d'eux le blason d'Arrigues. Geoffroy était là.

À nouveau, l'âme torturée, il se mit à rôder autour de la chambre d'Alix. Il avait suffi d'une nuit sans sommeil pour qu'il redevienne le mendiant d'autrefois. Pour tromper l'attente, il fit les cent pas en psalmodiant à voix basse, sursautant chaque fois qu'il entendait la porte s'ouvrir. Il aperçut Catherine sortir les yeux congestionnés et rougis. Des bruits de bottes résonnèrent sur les marches et Geoffroy surgit en coup de vent. Il le frôla sans le voir et disparut dans la chambre, la porte claqua lourdement dans son dos. Il sembla au juge qu'il y resta un temps infini. Aucun bruit ne filtrait. Puis le seigneur d'Arrigues réapparut, le visage éprouvé et le dos voûté. À nouveau il ignora ostensiblement le juge qui était pourtant à quelques pas de lui. Il s'éloigna et frère Thomas l'entendit qui interpellait Damien. Leurs éclats de voix firent écho un bref moment, tendus et agressifs, avant de s'estomper quand les deux hommes s'enfermèrent dans la grande salle pour poursuivre leur houleuse conversation à l'abri des oreilles indiscrètes.

Frère Thomas n'avait plus conscience du temps écoulé. Il finit par s'asseoir par terre devant la porte close et attendit sous le regard impénétrable des gardes qui en surveillaient l'accès. Il n'avait pas mangé depuis la veille mais il ne ressentait ni faim ni soif, comme dissocié de son corps. Au bout d'un long moment, alors que les serviteurs commençaient à allumer les torches, un bruit de pas retentit à nouveau. Levant les yeux, vaguement hébété, frère Thomas reconnut Geoffroy qui le toisait de toute sa hauteur, le visage chamboulé comme il ne l'avait encore jamais vu. Le juge en ressentit une peur instinctive. Si même Geoffroy ne contenait plus ses émotions, c'est qu'un fait nouveau s'était produit, à son insu.

— Retournez à Toulouse, mon père. Votre mission est achevée. Je croyais d'ailleurs que vous étiez déjà parti. Vous n'avez pas tenu compte de l'ordre de votre hiérarchie, pourquoi ?

Se relevant péniblement, le corps tout endolori, le juge affronta son regard sans ciller.

— C'est que je ne vous comprends pas, mon seigneur, et je sens bien que vous me dissimulez quelque chose. Vous sembliez si déterminé et si sûr de vous. Renoncer ne vous ressemble pas. Vous le savez aussi bien que moi : si Albin de Fourques doit enfin se montrer, c'est maintenant ou jamais. Voilà pourquoi je suis encore ici.

Le visage de Geoffroy se déforma dans une affreuse grimace, soudain menaçant.

— Et moi je vous dis que vous pouvez déguerpir, vous n'avez plus rien à faire ici !

— Vous n'avez aucun ordre à me donner !

— Nous nous sommes tous les deux fourvoyés et je vous ai induit en erreur. Je vous ai mandé pour rien, Albin de Fourques est mort depuis longtemps et je viens d'en avoir la preuve. Inutile de chasser un fantôme, n'est-ce pas ?

— Je ne vous crois pas ! balbutia le juge, ébranlé.

Voilà qu'on cherchait encore à le manipuler comme un vulgaire pantin et qu'on le congédiait d'un simple claquement de doigts ! Est-ce que tout allait recommencer comme avant ? Était-il voué à courber l'échine devant la famille d'Arrigues, soumis comme un chien galeux qui ne connaissait que le coup de bâton et s'en félicitait ? Son sang ne fit qu'un tour.

— Je veux donner les derniers sacrements à dame Alix ! Laissez-moi entrer !

— Jamais !

— Dans ce cas, je vous dénoncerai, vous et toute votre famille, pour hérésie au tribunal d'Inquisition ! s'égosilla le juge dont la voix résonna dans tout l'étage.

— Soyez maudit ! Vous êtes prévenu : si vous faites cela, je ne donne pas cher de votre peau !

— Ce sont des menaces de mort ?

Geoffroy, le visage révulsé par le dégoût, n'eut pas le temps de répliquer. La porte de la chambre s'ouvrit à cet instant, cédant le passage à Béatrice. La jeune fille considéra d'abord les deux hommes en silence. Elle avait pleuré et semblait se contenir à grand-peine.

Puis, se tournant vers l'homme d'Église, elle murmura d'une voix atone :

— Dame Alix vous attend…

Geoffroy réprima un sursaut de colère et, furibond, tourna les talons. Frère Thomas s'engouffra dans la pièce, le cœur en pleine débandade. La lourde porte se referma dans son dos et il se retrouva seul avec Alix. La chambre embaumait la lavande et le romarin dont on avait jonché le sol. La lumière du soleil couchant inondait la pièce orientée plein ouest. L'atmosphère en était tout apaisée. Cela ne ressemblait pas à la chambre d'une mourante. Des oiseaux invisibles pépiaient sur le rebord de la fenêtre et une brise légère rafraîchissait la pièce. Il avait fait un temps magnifique ce jour-là même si frère Thomas n'en avait rien vu. Il s'approcha lentement du lit dans lequel reposait Alix, le ventre noué et les jambes flageolantes. Elle avait le visage tourné vers la fenêtre, immobile, sa poitrine se soulevant à peine comme si son existence ne tenait plus qu'à un souffle ténu. Ses cheveux dénoués étaient poisseux et collaient à ses joues blêmes de sueur. Frère Thomas se sentit chanceler et dut s'agripper au pilier du lit.

— Je suis venu pour les derniers sacrements, ma dame…

— Je ne vous ai pas fait venir pour cela, murmura-t-elle en tournant la tête dans sa direction. Je n'en veux pas. On a déjà récité pour moi le *pater* et le *consolamentum*. J'ai l'âme en paix.

Le juge accusa le coup.

— Qui donc ?

— Quelle importance ! Je ne vous le dirai pas, de toute manière.

— Il est encore temps pour vous de soulager votre conscience et de vous repentir ! Dieu peut encore vous pardonner !

Alix se contenta d'esquisser un sourire triste et le considéra presque avec pitié. Perdant pied, le juge reprit :

— Où est Albin de Fourques ?

— Vous ne renoncerez jamais…

— Est-ce lui qui vous a donné le *consolamentum* ? Il est venu cette nuit ?

Au lieu de répondre, Alix plissa les yeux pour mieux contempler son interlocuteur. Ils s'observèrent ainsi un long moment.

— Depuis le début, votre visage me disait quelque chose, finit-elle par chuchoter. Et je crois savoir qui vous êtes. Dire que c'est Geoffroy qui vous a chargé de cette mission ! Quel imbécile ! Vous avez de la chance que je ne lui aie rien dit car à cette heure-ci vous ne seriez plus en vie…

Frère Thomas blêmit, les jambes et le souffle coupés tandis qu'elle continuait de le dévisager avec curiosité.

— Va, je ne trahirai point ton secret, Blaise. Mais je comprends mieux maintenant…

— Vous divaguez ! couina-t-il, terrifié.

— Oh non ! Et tu t'es servi de la religion pour mieux te venger de nous. Tu as su jouer de nos discordes et de nos faiblesses. Tu nous connaissais si bien. Et tu avais tellement de griefs contre nous…

— Vous confondez, je ne sais de quoi vous parlez, la fièvre sans doute !

Elle ne l'entendit pas et poursuivit, le visage subitement comme éclairé de l'intérieur, paisible et lumineuse :

— Je pensais que tu étais mort. Je m'en souviens très bien. La dernière fois que je t'ai vu, les hommes de mon père et mon frère t'avaient battu et laissé pour mort. Je n'ai plus jamais eu aucune nouvelle de toi par la suite. Geoffroy a toujours été cruel et sans pitié. Même avec nous, ses propres sœurs.

Au bord de la nausée, frère Thomas détourna les yeux. Elle ne l'avait donc pas vu, ce jour-là, dans les bois ? Alix reprit d'une voix lointaine, ses yeux fixant le vague :

— Nous étions tous des obstacles pour lui. Et c'est lui que tu aurais dû poursuivre et traquer. Pas Albin qui n'a jamais mérité un tel acharnement.

— N'ayez crainte, votre frère sera le prochain sur ma liste, éructa-t-il d'une voix rauque.

— Trop tard… Au contraire, il faudra que tu partes sans te retourner, et cette fois-ci pour toujours. Car lui n'hésitera pas…

— Il ne me fait pas peur ! Et personne ne peut se soustraire au jugement divin ! Votre frère brûlera dans les flammes de l'enfer.

— Pourquoi t'es-tu acharné à traquer Albin, lui qui ne t'a jamais rien fait ? Parce qu'il m'aimait et que tu ne le supportais pas ?

Lèvres et poings serrés à s'en faire mal, frère Thomas ne répondit pas.

— Tu te souviens de Jeanne et de Marie ? Je sais que tu les aimais aussi. Nous n'étions que des enfants et nous étions particulièrement insouciantes. Nos parents nous avaient élevées comme des princesses, à l'écart du monde et de ses soubresauts. Comment imaginer que cela ne pourrait pas durer ? Il ne se passe pas un jour où je ne pense à elles. Je n'ai pas peur de mourir, je suis prête, je sais qu'elles m'attendent, ainsi que père et mère. Tu te souviens de Pierre d'Albret ? Il disait que le bonheur ne se trouvait pas ici-bas mais qu'un jour nous serions tous libérés de nos chaînes. C'était un homme d'une grande bonté et dont la voix n'a jamais cessé de me guider, malgré la séparation.

— Cet homme vous a au contraire dévoyée !

— La souffrance t'a rendu aussi mauvais que Geoffroy !

Le juge sursauta sous l'insulte, comme si on venait de le gifler.

— Vous ne pouvez pas nous comparer ! Lui et moi n'avons absolument aucun point en commun !

— Si tu le dis... Mais dans ce cas, pourquoi tiens-tu tant à dénoncer Albin ? Pour me punir ? De quoi ? Pour te venger de ma famille qui n'a pas voulu de toi ? Tu n'as donc jamais ressenti le besoin de pardonner, un jour ?

— Parce que vous, vous pardonnez à votre frère ce qu'il vous a infligé ? riposta-t-il avec colère.

— Je n'ai pas besoin de pardonner : pour lui, je ne ressens plus que mépris et pitié. C'est une âme tourmentée et blessée, qui ne guérira jamais. Quant à toi, soit, je vais t'indiquer le chemin qui te mènera à Albin. Vous vous expliquerez. Il t'attend. Et j'espère que vous ferez la paix, pour moi.

Il sursauta lorsque la main brûlante d'Alix agrippa brusquement la sienne avec une force insoupçonnée.

— Approche-toi, chuchota-t-elle.

Il dut se pencher, coller son oreille contre sa bouche pour écouter l'itinéraire qui le mènerait à Albin. Les battements assourdissants de son cœur couvraient par moments le filet de voix à peine audible d'Alix, comme si elle était à bout de forces et qu'elle avait trop parlé. Le moindre effort désormais semblait lui coûter. Quand elle eut fini, elle se laissa tomber sur les coussins, haletante.

— Maintenant, laisse-moi, Blaise.

Le juge – à moins que cela ne fût Blaise, comment savoir qui il était désormais ? – retrouva l'air libre en titubant, défait et sous le choc. Ni Damien, ni Béatrice ou Geoffroy n'étaient en vue. La valetaille le frôlait sans faire attention à lui. Il inspira à pleins poumons, avec la sensation d'avoir gardé la tête sous l'eau trop longtemps, jusqu'à l'asphyxie. Il tremblait de tous ses membres. Il avait tellement prié pour qu'elle le reconnaisse et, maintenant que c'était arrivé, il ne savait que ressentir : jubilation ou affolement. Elle ne l'avait pas oublié. Il était d'autant plus sidéré qu'elle lui avait livré Albin en lui révélant sa cachette. Était-ce une capitulation ? Une manipulation ? Geoffroy était-il complice ou dupe ? Frère et sœur avaient longuement parlé en tête à tête. Que s'étaient-ils dit ? L'idée qu'on lui tendait peut-être un piège lui effleura l'esprit. Après tout, comment être certain que Geoffroy, Damien et Alix n'étaient pas de connivence ? Un ultime complot ourdi ensemble pour faire vaciller l'Inquisition en s'en prenant à ses représentants ? L'idée d'être si près du but ne l'aveuglait pas encore totalement ! L'itinéraire chuchoté par Alix était d'ailleurs troublant : il lui faisait emprunter la petite porte dérobée dans le verger puis traverser le bois qui s'étendait au pied des murailles, franchir la rivière et rejoindre ensuite le plateau. Elle ne lui avait pas dit combien de temps il devrait marcher, seulement qu'il finirait par arriver dans un ancien hameau abandonné lors du dernier épisode de peste. Cela paraissait à la fois trop simple et terriblement tentant. N'était-il pas sur le point de se jeter dans la gueule du loup ? Albin était un guerrier qui se battrait jusqu'au bout et qui n'avait plus peur de se salir les mains.

Mais une part de lui-même n'y croyait pas. Alix lui avait sauvé la vie autrefois. Il avait confiance en elle, même si cela paraissait absurde. D'ailleurs, n'avait-elle pas écarté Geoffroy en lui affirmant qu'Albin était mort ? Il ignorait tout des preuves qu'elle avait dû lui fournir pour le convaincre mais le fait est que Geoffroy avait fait complètement volte-face et qu'il avait paru très ébranlé. Avait-elle éloigné d'Albin celui qu'elle estimait le plus dangereux ? Et jeté dans la fosse le plus vulnérable ?

Frère Thomas dut se résigner à laisser passer la nuit avant de décider ce qu'il allait faire : se lancer seul sur les traces d'Albin au risque d'y laisser la vie ou attendre une escorte et demander à son greffier de se joindre à eux ? La voix de la raison lui dictait la seconde option. Mais en son for intérieur, il savait déjà qu'il irait seul, sans plus rendre de comptes à personne. C'était désormais une histoire personnelle.

Il faisait encore nuit lorsqu'il se mit en marche, poussé par une force invisible. Au début, il n'eut pas à s'interroger sur la direction à prendre : il n'y avait qu'un seul sentier qui sinuait en pente raide, celui-là même qu'il avait emprunté lors de son enlèvement. Ces souvenirs résonnaient à son oreille comme un sombre présage mais, obstiné, il tâchait de les ignorer. En outre, le passage ne semblait pas avoir été utilisé depuis quelque temps, disparaissant parfois sous la végétation, genévriers, genêts et chênes verts aux troncs noueux. Il parcourut le bois sans rencontrer personne. Même les oiseaux étaient anormalement silencieux. Il faisait encore sombre et il distinguait mal le tracé envahi par les herbes hautes et les ronces. Ses pieds nus, dans les sandales, furent rapidement en sang.

Il arriva au bord de la rivière, peu profonde à cet endroit et qu'un gué traversait. Sans hésiter, il s'engagea sur les pierres bringuebalantes, mouillant le bas de sa robe de bure. L'eau était glaciale et il sentit tous ses poils se hérisser. Arrivé sur la berge opposée, il s'accorda quelques instants de repos, pour reprendre son souffle avant d'entamer la lente ascension. Puis il se mit à longer la rivière en quête d'un sentier qui le mènerait sur les hauteurs, même si, de ce côté, le bois paraissait encore plus sauvage et touffu. La cime des arbres masquait le ciel, qui peinait à s'éclaircir, et le juge se rendit compte qu'il avait perdu toute notion du temps. Mais dans sa tête, la voix d'Alix continuait de résonner, imperturbable : *Suis le chemin jusqu'à la lumière, passe sous la branche tordue d'un gros chêne. Quand tu arriveras là-haut, tu tomberas sur la lande. Il faudra alors marcher tout droit en direction du sud, jusqu'aux ruines d'un hameau.* Il se lança dans l'ascension du coteau, se frayant un passage au milieu d'une végétation touffue, le souffle de plus en plus court. Et lorsqu'il déboucha enfin à la lisière, hors d'haleine, bras et jambes griffés de partout, il se laissa tomber à terre, éreinté.

Il marcha à travers la lande, passant devant d'anciens enclos et des champs à l'abandon. Il pouvait encore voir des murs en pierres sèches à moitié écroulés qui délimitaient autrefois les parcelles de terre. Des familles avaient vécu et travaillé là. Le soleil ne tarda pas à cogner. Seuls quelques arbres chétifs dispensaient un peu d'ombre. Un paysage de bout du monde qui lui en rappela un autre. Il commençait à avoir soif et la sueur dégoulinait dans ses yeux. Soudain, sur l'horizon qui ondulait, un hameau surgit : quelques cahutes de pierres aux charpentes effondrées. Mobilisant ses dernières forces, il avança en titubant, le regard fixé sur l'apparition – réalité ou mirage ? –, la gorge complètement asséchée. Dans le ciel bleu, au-dessus de sa tête, croassa un couple de corneilles qu'il chassa en leur lançant des cailloux. Il arriva à hauteur de la première maison au toit éventré et s'immobilisa, incrédule. Les genêts avaient tout envahi. Il scruta les ruines avec fébrilité, s'attendant à voir apparaître une silhouette au détour d'un mur. Albin allait-il surgir sur son grand cheval noir comme autrefois et lui proposer une trêve, pour l'amour d'Alix ? À moins qu'il ne soit disposé à se rendre, las et accablé ? Fadaises et divagations de vieux fou ! Comme si une telle chose était imaginable ! Quel pauvre imbécile ! Il chancela et réprima un haut-le-cœur. Il avait péché par orgueil et seul le malin pouvait l'avoir conduit ici, au milieu de nulle part. Peut-être même qu'il devenait fou ! Toute cette histoire qui remuait la boue du passé lui avait fait perdre la raison ! Dans sa tête, la voix d'Alix se tut brusquement. Poings levés au ciel, il poussa un long hurlement qui sembla se propager à l'infini sur la lande. Puis la colère le submergea comme une bile noire et amère. Il pénétra dans le hameau en vociférant, lançant des imprécations au ciel et aux oiseaux. Il n'y avait même pas d'église ni de cimetière. Un lieu maudit qui sentait la mort ! Les gens qui vivaient ici autrefois avaient tout simplement disparu, à moins qu'on n'ait brûlé leurs dépouilles. Il ne restait aucune trace d'eux ! Il traversa le hameau de part en part, hébété, et trébucha soudain sur des cailloux qui avaient roulé en plein milieu du chemin. Son regard tomba alors sur un cairn surmonté d'une croix en bois que le vent avait à moitié renversée. Des fleurs de genêt, fanées, reposaient à sa base. Il s'immobilisa net, atterré. Il balaya du regard les alentours en quête d'autres sépultures. Mais il n'y en avait aucune autre.

— Non, ce n'est pas possible, balbutia-t-il en tombant à genoux.

Des sanglots déchirèrent sa poitrine tandis qu'il s'affaissait sur lui-même, se recroquevillant sur son chagrin et sa douleur, insoutenables.

Alix l'avait-elle conduit à la tombe d'Albin ? Se pouvait-il qu'il fût enterré là-dessous ? Depuis quand ?

Il s'étendit sur le sol, bras en croix, le visage ruisselant de larmes. Il était revenu trop tard. Il avait échoué.

Il n'émergea de sa torpeur que lorsque le soleil commença à décliner à l'horizon. Comme s'il se réveillait d'un cauchemar. Lentement. Hagard. Perdu. Une soif terrible lui brûlait le gosier. Il passa la langue sur ses lèvres craquelées. Sa peau, brûlée et écorchée, le tiraillait de partout et sa robe était grise de poussière. Il fixa ses mains comme si ce n'étaient pas les siennes. Puis se leva, pareil à un somnambule.

Machinalement, il entreprit de rebrousser chemin en direction de la ligne verte du bois, là-bas très loin, conscient que ses jambes risquaient de se dérober à tout instant, terrassées par la fatigue et le contrecoup. Mais tournant résolument le dos au cairn, sans un dernier regard.

Il dévala plus qu'il ne descendit la pente boisée, se raccrochant aux branches quand il sentait qu'il ne contrôlait plus rien. Arrivé à la rivière, il tomba à genoux sur la berge et se mit à boire avec frénésie. Il fut frappé par son reflet, effrayant, comme lacéré, déformé par le désespoir et la douleur, et ses sanglots redoublèrent – des hurlements de bête à l'agonie.

Soudain, le glas se mit à retentir au loin. Écho lugubre qui le figea. Son sang se glaça. En état de choc, il comprit instantanément. Alix l'avait sciemment éloigné du château pour pouvoir s'éteindre en paix. Il s'effondra comme une masse, évanoui.

Si le greffier fut étonné de voir surgir le juge inquisiteur dans un si piètre état, plus mort que vif, il n'en laissa rien paraître. Partout dans le château et jusque dans le bourg, le chaos régnait, indescriptible. Nombreux étaient ceux qui avaient le visage ravagé par les larmes. Dans un état second, frère Thomas se fraya un chemin dans la masse, fendant l'attroupement sans voir aucun visage, hermétique aux lamentations, glacé jusqu'au plus profond de son âme. La porte de la chambre d'Alix était close lorsqu'il passa devant mais il savait qu'à l'intérieur devaient se trouver toute la famille et les proches réunis. Il ne chercha pas à s'imposer et se rendit directement à la petite cellule qu'il partageait avec le greffier. Il se dévêtit complètement avant de s'agenouiller. Puis, avec son ceinturon, commença à se flageller le dos avec vigueur, jusqu'à ce que la peau se déchire, que les vieilles cicatrices s'ouvrent à nouveau et que le sang ruisselle.

Ce fut le nouveau prêtre de Vauriac qui célébra la messe des funérailles, tandis que frère Thomas et son greffier s'étaient placés discrètement au fond de l'édifice. Il était convenu qu'ils reprendraient dès le lendemain la route de l'évêché. Leur mission ici n'avait plus lieu d'être. La dame de Vauriac aurait un enterrement chrétien sans aucune équivoque, humble et digne à la fois. Le sol de la chapelle avait été jonché de fleurs coupées, giroflées, valérianes et glaïeuls. La lumière pénétrait à flots à travers les vitraux, colorant les dalles de teintes dansantes. Trop petit, le lieu ne pouvait accueillir toute la foule et une grande partie demeura à l'extérieur dans un silence exemplaire face aux portes restées ouvertes. À la fin de la cérémonie, frère Thomas attendit que tout le monde soit sorti, d'abord Geoffroy et son épouse Aude, Béatrice et Catherine qui se tenaient enlacées et nombre de personnages inconnus aux mines recueillies. Il attendit aussi dans un silence éloquent que son greffier s'éloigne à son tour. Alors seulement il s'approcha de l'autel. Les bougies finissaient de se consumer autour du cercueil tandis que des hommes descellaient une dalle, à droite de la nef. N'était resté que Damien, qui lui tournait le dos, veillant à la manœuvre, immobile et silencieux. Tremblant d'émotion, frère Thomas caressa le bois du cercueil et lâcha un long soupir. Il lui était impossible d'imaginer Alix là-dedans. Et il lui était encore plus intolérable d'imaginer que désormais, il continuerait de fouler cette terre alors qu'elle avait cessé de respirer. Le vide qu'elle laissait en lui était tout simplement incommensurable, vertigineux, effrayant. Comment continuer de vivre après ça ? Pourquoi Dieu avait-il permis qu'il lui survive si ce n'était là un ultime châtiment ? La tentation le submergea d'un coup, aussi soudaine et irrésistible que brutale. Le désir morbide mais impérieux de la contempler encore une fois. Un dernier geste, fou d'amour et de désespoir, pour graver à jamais son visage dans sa mémoire et peut-être même effleurer sa joue, ses lèvres, ses paupières, comme si elle était simplement endormie… Jetant un coup d'œil au dos de Damien, profitant de ce que les outils des hommes résonnaient sur la pierre, les oreilles bourdonnantes, il poussa de toutes ses forces sur le couvercle qui glissa juste assez pour pouvoir l'entrevoir. Un horrible grincement lui sembla résonner dans toute l'église et le terrifia. Il lui fallut alors d'interminables secondes pour réaliser que ses yeux fixaient un cercueil vide. Relevant la tête, hébété, il heurta de plein fouet le regard de Damien qui le dévisageait d'un air farouche. Ce dernier, en deux grandes enjambées, fut sur lui et, d'une voix étouffée, proféra :

— Qu'est-ce qui vous a pris ?

— Où est-elle ?

— Là où elle doit être ! Vous pensiez sincèrement que je la laisserais reposer auprès de cet époux qu'elle n'a jamais aimé ?

Estomaqué, frère Thomas le bouscula et se précipita vers les dalles funéraires que les hommes avaient descellées. Il lut le nom de Philippe de Beaumont sur la première. Un cercueil gisait au fond du caveau. Puis ses yeux tombèrent sur la dalle voisine, blanche, sobre, presque anonyme s'il n'y avait eu cette inscription en latin : *ad vitam æternam – Jeanne.* Il sentit le sol s'ouvrir sous ses pieds.

C'est à peine s'il sentit la poigne féroce de Damien qui le saisissait par l'épaule. Et il n'opposa aucune résistance quand ce dernier le chassa de l'église sans ménagement.

— Partez d'ici, vous et vos semblables, et ne revenez plus jamais !

Nul ne devait revoir le juge, qui disparut mystérieusement, corps et biens, la nuit qui suivit l'inhumation d'Alix. L'escorte, les gens du château, tous fouillèrent partout. On sonda même le fond du puits. Damien fit déployer la garde jusque dans le bourg, on ratissa les bosquets, on longea la rivière, en vain. L'homme semblait s'être volatilisé. Déconcerté, le greffier n'osa faire part de ses soupçons, mais pour lui, il était évident que le juge avait pris lâchement la fuite, conscient des sanctions méritées et exemplaires qui l'attendaient à l'évêché.

— J'ai toujours pensé que c'était un homme étrange qui dissimulait de sombres secrets, confia Catherine. Il y avait une grande souffrance en lui mais de quelle nature, je n'aurais su dire. M'est avis qu'il a commis un geste désespéré. Nous retrouverons un jour son corps, la nature finira bien par nous le rendre, tôt ou tard…

— Allons, un homme d'Église qui mettrait fin à ses jours ? protesta Damien, perplexe.

— Catherine a raison, intervint Béatrice. Moi aussi je pense que cet homme n'était pas celui qu'il prétendait être et qu'il dissimulait quelque chose... Cette manière qu'il avait de rôder autour d'Alix, comme s'il n'était venu que pour elle en fait.

— Il a compris, pour le cercueil..., avoua alors Damien, la mine rembrunie.

Les deux femmes frémirent.

— Mon Dieu ! Comment ? s'exclama Béatrice.

— J'avais le dos tourné. Ce fou a fait glisser le couvercle, comme s'il se doutait de quelque chose, et...

Catherine se signa en frémissant.

— Cet homme, c'était le diable !

— Crois-tu qu'il est allé prévenir Geoffroy ? s'inquiéta Béatrice.

— Si c'est le cas, c'est un homme mort, Geoffroy l'aura fait taire pour toujours...

— Alors prions pour que l'on ne retrouve jamais son corps sur nos terres, sinon l'évêché ouvrira une enquête et nous aurons à nouveau l'Inquisition sur le dos, gémit Béatrice, accablée.

— Je crains davantage Geoffroy, en ce qui me concerne, murmura Catherine d'une voix blanche. À quoi doit-on s'attendre, s'il est au courant pour le cercueil ? S'il nous réclame le corps d'Alix ?

— Je l'ignore, soupira Damien. Et pour tout dire... je ne sais pas vraiment ce qui s'est passé dans l'église. Le juge était bouleversé, c'est certain, quand il a vu le cercueil vide mais je crois qu'il le fut encore davantage quand il a découvert la sépulture de Jeanne ! Il s'est littéralement décomposé sous mes yeux... et il s'est laissé chasser de l'église, comme un malpropre, sans même protester ! Comme éteint, brisé de l'intérieur... Ce n'était plus le même homme.

Catherine blêmit.

— Mon Dieu… Si Geoffroy découvre tout… et si c'est lui qui est derrière la disparition du juge…

— Autant en avoir le cœur net !

Damien abandonna les deux femmes et partit à la recherche de son oncle.

Ce dernier était sur le départ, dans l'écurie, qui surveillait les derniers préparatifs, houspillant les palefreniers et les pressant de se hâter. Occupé, il leva à peine les yeux sur son neveu lorsque celui-ci arriva à grands pas.

— Tu pars avant qu'on ait retrouvé la trace du juge ? s'étonna le jeune homme non sans une pointe d'agressivité dans la voix.

Geoffroy lui décocha un regard surpris avant de ricaner :

— J'ai d'autres sujets de préoccupation que le sort de ce moine illuminé ! Nous n'avons retrouvé son corps nulle part. J'en déduis donc qu'il se terre quelque part et qu'on ne le reverra jamais. Ce qui est tout aussi bien, non ?

— L'as-tu revu après la cérémonie ? insista Damien.

— Non, pourquoi ? Je n'avais plus rien à lui dire !

— C'est pourtant toi qui nous l'as jeté dans les pattes !

Jetant un bref regard à la ronde, Geoffroy se rapprocha de son neveu et, lui agrippant le bras, rétorqua d'une voix menaçante :

— Ne joue pas à ce petit jeu avec moi, Damien. Je n'ai jamais été dupe. Je *l'*ai vu de mes propres yeux, il y a cinq lunes, pas loin d'ici, alors que tout le monde prétendait qu'il était mort à Montségur. Mes hommes ont failli l'avoir. Il en a réchappé de justesse mais il était salement blessé. Il avait donc besoin de se faire soigner. Et je sais pertinemment qu'il s'est réfugié ici.

— Je ne vois pas de qui tu parles, riposta Damien d'une voix blanche.

Geoffroy lâcha un soupir exaspéré.

— C'est fini, tu n'as plus besoin de le protéger. Ni de me mentir. Ton père a succombé à ses blessures, c'est du passé, j'aimerais désormais que nous entretenions de meilleures relations, toi et moi… Après tout, nous sommes du même sang.

— Oublier le passé ? Entretenir de meilleures relations ?! Alors qu'il est mort à cause de toi ? C'est toi qui l'as tué ! Tout comme tu es responsable de la mort de ma mère ! Elle l'a veillé nuit et jour jusqu'au bout. Et quand on l'a enterré sur le plateau, elle était tellement désespérée qu'elle a voulu rester là-haut toute la nuit, alors qu'il pleuvait à verse ! Elle est tombée malade, de chagrin et de détresse. Alors sois maudit pour tout le mal que tu nous as causé !

La mine révulsée par le dégoût, Damien se dégagea vivement et, tournant les talons, quitta l'écurie comme une furie. Dans sa précipitation, il ne vit pas Aude qui s'était approchée sans bruit. Elle soutint le regard de Geoffroy, sans ciller, livide. Comme il était loin le temps où elle lui avait voué une vénération sans borne, pauvre enfant naïve et follement amoureuse ! Depuis, sa vie avait tourné lentement au calvaire, un chemin de croix interminable, qu'elle subissait en silence par amour pour son dernier fils encore vivant.

— Nous partons dans une heure. Préviens ta suivante, je ne tolérerai aucun retard ! maugréa-t-il les dents serrées.

Mais Aude ne fit pas mine de s'en aller et, d'une voix froide, dit :

— Tu n'es vraiment pour rien dans la disparition de ce moine ?

— Bon Dieu, mais qu'est-ce que vous avez tous ? Bien sûr que non !

Autrefois, elle se serait liquéfiée face à son courroux. Elle resta de marbre. Puis, lentement, lui tourna le dos et s'en alla.

Épilogue

Blaise était déjà bien loin lorsque les derniers visiteurs quittèrent Vauriac en cette année 1245. Blaise ou frère Thomas, qu'importe, il était redevenu un simple vagabond, un enfant sauvage fuyant les hommes, qui n'aurait jamais dû quitter les bois. Il disparut sans laisser de traces et personne n'entendit plus jamais parler de lui.

Damien de Beaumont épousa Béatrice l'année suivante, au printemps de l'an de grâce 1246. La noce se fit en petit comité. En réalité, ce ne fut une surprise pour personne : il épousait son amour d'enfance sans se soucier ni des ragots ni du mépris de son oncle qui jugea pourtant l'union avec désapprobation : ce mariage était une déplorable mésalliance qui lui rappelait trop l'inconséquence de son propre père Agénor. Furieux, il n'assista pas à la cérémonie.

Lors de l'ultime et fatale expédition d'Agénor, Albin avait paradoxalement eu la vie sauve grâce au sanglier qui s'était jeté dans les jambes de son grand cheval noir. Le destin en décida autrement pour Geoffroy. Durant l'hiver 1247, lors d'une battue près d'Arrigues, un sanglier blessé surgit des fourrés et chargea sa monture. Pris de peur, le cheval se cabra et désarçonna son cavalier. Geoffroy fut tué sur le coup, la nuque brisée.

Damien et Béatrice de Beaumont se rendirent à Arrigues au printemps suivant. Ils furent accueillis par Aude qui les attendait à la fois avec appréhension et impatience. Qu'allait-il advenir d'elle désormais ? Elle aurait aimé finir ses jours dans un couvent, y rejoindre sa sœur qu'elle n'avait jamais revue. Mais il lui restait ce dernier enfant, Richard, si précieux et fragile, dont les jours étaient comptés, unique héritier – encombrant ? – d'Arrigues. L'enfant était sans défense, à la merci de Damien. Car elle n'était pas dupe : tous deux pouvaient prétendre à l'héritage d'Arrigues. Et Damien avait tant de raisons de les haïr.

Son inquiétude cependant s'estompa rapidement. Aux premiers mots échangés, elle comprit que Damien n'était pas venu revendiquer sa part d'héritage. Ce dernier n'avait aucun trait en commun avec son oncle. Elle découvrit au contraire un jeune homme posé et réfléchi. Avec Béatrice, ils formaient un très beau couple visiblement épris, ce qui suscita chez Aude un douloureux sentiment d'envie ; ce genre d'amour qu'elle aurait aimé connaître avant que les désillusions ne balaient tout sur leur passage. Damien était beau et, en l'observant à la dérobée, elle pensa à son fils aîné qui aurait eu presque le même âge et qui lui aurait peut-être ressemblé s'il avait vécu. Elle imaginait souvent ses fils perdus sous des traits adultes, les parant de mille et une nobles qualités…

Damien n'avait jamais mis les pieds à Arrigues, tout comme Aude n'avait jamais vraiment connu Alix, seulement entraperçue le soir de ses noces.

Elle le regarda visiter la forteresse, à la fois excité et méfiant, comme si l'endroit, envoûtant, portait une sombre malédiction dont il devait se tenir éloigné.

Ici, il marchait dans les pas de ses parents lorsqu'ils étaient encore enfants. C'était là qu'ils avaient grandi et vécu leurs plus belles années. En découvrant la nature hostile et aride qui encerclait le château, il comprenait mieux le tempérament fier et impétueux de sa mère.

Ce n'était pourtant que des pierres. Les lieux gardaient-ils vraiment la mémoire de ceux qui y avaient vécu, aimé et souffert ? Est-ce que l'esprit d'Agénor rôdait encore certaines nuits dans les couloirs venteux ? Est-ce qu'on pouvait voir les fantômes des trois sœurs ? Certaines fois, Aude avait été tentée de le croire, incapable de discerner la frontière entre la réalité et le rêve. Mais elle se serait bien gardée de l'avouer de peur de passer pour une folle. Damien visita tout avec l'impatience et l'enthousiasme caractéristiques de la jeunesse. Béatrice l'accompagnait, plus réservée. De temps en temps, elle glissait de furtifs sourires à Aude qui les suivait de loin, nouant et dénouant ses doigts avec nervosité.

— Et mon cousin ? lâcha subitement Damien, prenant de court Aude. Je sais qu'il est malade. Mais pourrais-je quand même le rencontrer ?

Aude sentit son cœur faire un bond dans sa poitrine.

— Ce n'est qu'un enfant, il est sans défense..., balbutia-t-elle, presque implorante.

— N'ayez crainte, ma tante. Je ne suis pas venu réclamer Arrigues. Vous êtes ici chez vous et vous y resterez aussi longtemps que vous le désirerez. Et si vous me le permettez, nous veillerons sur vous et mon cousin.

Les yeux remplis de larmes, Aude acquiesça en silence, la gorge trop nouée pour esquisser le moindre son.

Ils s'engagèrent dans l'escalier à vis qui menait aux appartements de Richard. Aude se déplaçait comme une somnambule tandis que le couple lui emboîtait le pas sans mot dire. Mais devant la porte close, Aude s'immobilisa et, s'éclaircissant la gorge, dit :

— Geoffroy ne s'est jamais remis de la fatalité qui s'est acharnée sur ses fils et il m'en a toujours tenue pour responsable. Si j'ai souffert dans ma chair et dans mon âme, lui n'a ressenti que révolte et injustice. Il veillait sur vous de loin, parce qu'il savait que vous seriez un jour son dernier et unique héritier. Il l'a toujours su, et a fait en sorte qu'il n'y ait jamais aucun obstacle sur ce chemin qu'il avait tracé pour vous…

— Nous n'étions pourtant pas en bons termes, s'étonna Damien. Et ma mère le haïssait.

— Mais c'était dans sa nature de n'être jamais en bons termes avec qui que ce soit, soupira-t-elle. Il était craint, respecté, mais il avait fait le vide autour de lui, autour de nous…

— Son souvenir hantera longtemps ce pays, chuchota Béatrice, émue par la détresse mal dissimulée d'Aude.

— Il avait honte de son fils, qui n'a jamais pu jouer comme les autres enfants de son âge, qui n'a jamais appris à monter à cheval ni à grimper aux arbres, encore moins à se battre, sous peine de se vider de son sang à la moindre égratignure…

Elle se tut, songeuse, avant de reprendre :

— Vous savez, je l'ai vraiment aimé. Mais ce ne fut jamais réciproque. C'était ma sœur qu'il désirait.

Sur ces confidences, elle ouvrit doucement la porte et leur céda le passage, révélant une chambre inondée de lumière dans laquelle un enfant chétif et pâle étudiait face à un lutrin, sous le regard bienveillant du chapelain, un vieillard aux cheveux blancs. Leurs yeux convergèrent, intrigués, vers les nouveaux venus. Richard plongea son regard interdit dans celui de Damien et s'y perdit. Damien lui sourit.

— Je suis heureux de faire ta connaissance, jeune cousin.

Vers l'an 1249, près de Vézelay en Bourgogne, le bruit courut un jour qu'un vieil ermite était arrivé dans la montagne. Il s'était installé dans une cavité rocheuse camouflée par des arbres. Personne ne savait rien de lui, c'était un vieillard hirsute et décharné, à la longue barbe blanche et aux yeux quasiment aveugles mais qui donnaient l'impression de voir à travers les âmes. L'homme, hagard, proférait souvent des discours décousus et mystiques. Fou ou vrai saint, la frontière était confuse. Mais il ne pouvait être que protégé de Dieu pour endurer ainsi la faim, l'isolement et les hivers rigoureux du Morvan, année après année. Les gens des alentours prirent l'habitude de lui apporter de la nourriture en échange de prières. Ils ne savaient pas vraiment s'il les voyait ou même les entendait mais on disait qu'il avait déjà fait des miracles. Tout le monde le surnommait Saint-Loup, du nom du lieu-dit sur lequel se trouvait la grotte.

Et puis un jour, à l'aube de l'année 1267, la nouvelle de sa mort se propagea. Ceux qui l'avaient trouvé au pied de sa grotte prétendaient qu'il avait une mine radieuse comme s'il avait vu une apparition. On ne douta point qu'il avait aperçu la Vierge Marie au moment où il passait de vie à trépas. Aussitôt, une foule se pressa au sommet de la colline, pareille à une marée humaine prise de frénésie religieuse. Le temps que le seigneur des lieux, Martin de Marcillac, arrive à son tour, il était déjà trop tard et il ne put qu'assister impuissant à une étrange curée : des hommes et des femmes en transe dépeçant le vénérable ermite, le désossant et repartant chacun avec sa précieuse relique, dents et oreilles arrachées, doigts coupés aux ongles noirs de crasse, touffes de cheveux gris-blanc, hardes mises en charpie. Ne laissant derrière eux qu'une masse sanguinolente et informe. Le cœur au bord des lèvres, horrifié par tant de superstition, d'ignorance et de bêtise, le seigneur rebroussa chemin, chargeant quelques-uns de ses hommes d'ensevelir le reste de la dépouille.

La veille, un couple de corneilles s'était installé dans l'arbre juste devant la grotte. Il n'avait cessé de criailler, attirant l'ermite dehors. Ses yeux ne voyaient plus que des ombres depuis longtemps et il n'entendait guère mieux. Pourtant, il reconnut tout de suite la voix qui lui chuchota à l'oreille : *Qu'as-tu fait, toi dans les veines duquel coulait le sang d'Agénor ?* Il distingua un doux visage penché sur lui et frémit sous la caresse des cheveux roux tandis que la voix fredonnait une troublante mélopée : *Je suis là, tu vois... Je suis venue te chercher... Il est temps.* Il sentit son cœur s'apaiser jusqu'à ne plus être qu'un battement imperceptible et lointain. Il soupira puis sourit au visage blanc qui le fixait. Enfin ! Il attendait depuis si longtemps… Un dernier souffle et ce fut tout. Alix.

FIN

Postface

Le pardon de l'Église catholique huit siècles plus tard

Source : la depêche.fr (22 septembre 2016)

« Il s'agit de panser des plaies vieilles de huit siècles. Dans le cadre du jubilé de la miséricorde voulu par le pape François, l'évêché de l'Ariège a décidé d'entamer une "démarche de pardon" pour le drame qui s'est déroulé le 16 mars 1244 au château de Montségur.

Considérés comme hérétiques par l'Église, environ deux cents cathares avaient péri sur un bûcher à la fin de la croisade albigeoise, le 16 mars 1244. "Il ne s'agit pas de réécrire l'histoire mais bien d'un travail de purification de la mémoire, selon Mgr Jean-Marc Eychenne, évêque de Pamiers. Exterminer des personnes en raison de leurs convictions religieuses et politiques ne peut pas être un chemin : c'est en totale contradiction avec le message du Christ et des Évangiles. Et ici en Ariège, l'inconscient collectif reste marqué par ces blessures." Surtout dans le contexte actuel, le premier représentant de l'Église en Ariège insiste sur l'importance de la "distanciation" entre les pouvoirs religieux et politiques. C'est en ce sens qu'il célébrera une messe le 16 octobre prochain dans l'église de Montségur.

Le château de Montségur est situé sur son "pog", à 1 200 mètres d'altitude au-dessus du petit village de Montségur, il a été construit en 1206. Le château actuel a pris la place du village fortifié tenu par les cathares. Au XIIIe siècle, le castrum abrita les Albigeois de façon assumée jusqu'au siège du "pog".

Mille ans d'histoire imprègnent les ruines du château de Montségur. Capitale du catharisme au XIIIe siècle, il a fait face au siège mené par les croisés pendant presque un an. En mars 1244, après onze mois de siège, l'armée des croisés d'Hugues des Arcis, sénéchal de Carcassonne sous les ordres du roi de France, attaque le château de Montségur. Au matin, environ deux cents cathares monteront eux-mêmes sur le bûcher, préférant la mort au reniement de leur foi. »

Chronologie

1208

Janvier : assassinat de Pierre de Castelnau.

Mars : Innocent III appelle à la croisade contre les cathares.

1209

Juin : Raymond VI fouetté en public.

Juillet : mise à sac de Béziers. Neuf mille personnes tuées par les croisés. Début de la croisade albigeoise.

Août : siège puis reddition de Carcassonne. Simon de Montfort devient le nouveau vicomte de Béziers et Carcassonne. Il prend la tête de la croisade.

Novembre : mort de Raymond-Roger Trencavel.

1210

Siège et chute de Bram, Cabaret et Minerve. Cent quarante parfaits brûlés à Minerve.

1212

Siège et chute de Lavaur, quatre-vingts chevaliers pendus, quatre cents parfaits brûlés. Cinquante à cent parfaits brûlés aux Cassés.

1213

Septembre : bataille de Muret. Le roi Pierre II d'Aragon est tué ainsi que sept mille autres personnes avec lui.

Quatrième concile du Latran qui nomme Simon de Montfort seigneur de tout le Languedoc.

1216

Mort d'Innocent III. Toulouse mise à sac.

1217

Siège de Toulouse.

1218

Simon de Montfort tué au pied des murailles de Toulouse.

1219

Première intervention de l'armée du roi de France, massacre de Marmande, sept mille morts.

1221

Mort de saint Dominique.

1222

Mort de Raymond VI de Toulouse.

1224

Amaury, fils de Simon de Montfort, cède le contrôle du Languedoc à la couronne française.

1225

Mort d'Amaury de Montfort.

1226

Début de la croisade de Louis VIII contre le Sud. Louis meurt peu après, Blanche de Castille devient régente.

1228

Campagne de la terre brûlée contre Toulouse.

Raymond VII fouetté publiquement à Paris, fin de la croisade albigeoise. Les terres de Toulouse sont saisies par la Couronne. Raymond VII ne conserve que la ville de Toulouse et se voit contraint de marier son seul enfant, une fille de neuf ans, à l'un des fils de Louis VIII.

1233

L'Inquisition est fondée pour combattre les hérétiques.

1242

Les inquisiteurs Étienne de Saint-Thibéry et Guillaume Arnaud sont assassinés à Avignonet. Raymond VII lance une dernière campagne contre la papauté et la couronne française.

1243

Mai : début du siège de Montségur.

1244

Mars : Montségur se rend. Deux cent vingt-cinq parfaits sont brûlés sur le champ des brûlés (*Prat dels Cremats*).

1244/1245

Procédures inquisitoriales renforcées en Languedoc.

1249

Mort de Raymond VII.

Glossaire

Auditeur : personne intéressée par le catharisme mais qui n'était pas prête ou volontaire pour devenir membre à part entière de l'Église.

Alva : sorte de longue robe que portaient les parfaits.

Canso : chant poétique (en langue occitane) des troubadours, évoquant l'amour, la joie et la jeunesse.

Consolamentum : rite cathare de baptême qui élevait le croyant au rang de parfait. Bon nombre de croyants reçurent le *consolamentum* sur leur lit de mort.

Croyants : la majorité des cathares étaient des croyants mais n'avaient pas reçu le *consolamentum*. Ils ne devaient observer aucune restriction alimentaire.

Faydits : les seigneurs languedociens qui étaient punis de *faidiment* pouvaient l'être pour deux raisons différentes. Soit ils étaient des croyants cathares et donc directement coupables d'hérésie, soit ils refusaient de prêter allégeance aux meneurs de la croisade, ce qui faisait d'eux (aux yeux des croisés) des protecteurs des hérétiques.

Un seigneur ou chevalier puni de *faidiment* voyait ses terres *mises en proie* et pouvait donc se les faire confisquer par les croisés. De nombreux *faydits* ainsi pourchassés rejoignirent le maquis et prirent une part active dans la résistance à l'occupation de l'Occitanie par les croisés.

Parfait : équivalent cathare du prêtre. Les parfaits étaient d'austères ascètes vêtus de l'*alva*.

Les heures canoniales : au sein des ordres religieux catholiques, les heures canoniales sont les moments quotidiens dédiés à la prière, en plus de la messe journalière. Ces heures découpaient la journée en huit parties et rythmaient la vie des villages au gré des cloches qui sonnaient les différentes heures canoniales. Comme le temps n'était pas mesuré de manière atomique à l'époque (c'est-à-dire que le référentiel « heure » n'était pas un concept défini comme celui comportant de nos jours 3 600 secondes), il s'agissait d'approximations. Ce découpage comporte donc huit heures : les matines, les laudes, la prime, la tierce, la sexte, la none, les vêpres et les complies. Les matines correspondent au milieu de la nuit. Les laudes correspondent à l'aurore. La prime est la première heure du jour (environ 6 heures du matin, pour nous). La tierce correspond à la troisième heure du jour (9 heures pour nous). Suivant le même raisonnement, la sexte et la none correspondent respectivement à la sixième (midi pour nous) et à la neuvième heure (15 heures pour nous) du jour. Puis les vêpres correspondent au soir (quand il fait encore jour). Enfin, les complies marquent le moment avant le coucher. Il y a donc sept heures canoniales en journée, et une durant la nuit. Pour retenir dans l'ordre les heures canoniales, mémorisez cette petite phrase : « Mets le paquet, tu seras le nouveau vainqueur du concours » pour : matines, laudes, prime, tierce, sexte, none, vêpres, complies.

Ribauds : piétons misérables sans protection corporelle mais féroces, qui précédaient l'armée croisée dans la prise des villes, se livrant à une véritable boucherie.

Bibliographie

Les Cathares, secrets et histoire, Sean Martin, éditions Evergreen, 2009.
Citadelles du vertige, Michel Roquebert, Privat, 1991.
Le Bûcher de Montségur, Zoé Oldenbourg, Gallimard, « Folio histoire », 1989.
Le Drame albigeois et l'Unité française, Jacques Madaule, Gallimard, « Idées », 1973.

Remerciements

C'est une longue histoire que cette histoire… qui a eu besoin de temps et de beaucoup de patience pour se peaufiner, pour prendre confiance en elle et être ce qu'elle est aujourd'hui.

Une chose est certaine, elle ne serait pas ce qu'elle est sans le soutien et les encouragements reçus tout au long de son écriture.

Alors un immense merci à mes amis, lecteurs de la première heure, fidèles et précieux, qui n'ont pas hésité à se plonger dans les innombrables versions de ce roman lorsqu'il n'était encore que chrysalide. Leurs encouragements, leur foi en moi et en cette histoire, leurs conseils toujours pertinents et bienveillants, m'ont aidée à surmonter les doutes et à avancer.

Un grand merci aussi à tous mes lecteurs du site des Nouvelles Plumes dont les commentaires m'ont fait chaud au cœur, à mon éditeur Jean-Laurent Poitevin et à Karine son assistante pour leur confiance ainsi qu'à toute l'équipe de Nouvelles Plumes qui a œuvré pour donner vie à ce livre.